DEANA ZINSSMEISTER

Das Pestdorf

Buch

Trier, im Jahr 1671. Nach den Schrecken der vergangenen Jahrzehnte erfreuen sich Susanna und ihr Mann Urs an ihrem friedvollen Leben zusammen mit ihren beiden Kindern Gritli und Michael. Doch Michael scheint verändert, seit er von einer Italienreise zurück ist. Und dann gerät Gritli in große Gefahr: Als sie mit einem Freund eine Botenfahrt nach Piesport an der Mosel unternimmt, bricht dort unerwartet die Pest wieder aus. Sofort wird der Ort von der Außenwelt abgeriegelt: Unter Strafandrohung darf niemand mehr hinein oder hinaus. Als Susanna und Urs von der Gefahr hören, in der ihre Tochter schwebt, ist ihr Entsetzen groß. Urs setzt alles daran, sie zu retten. Doch noch jemand muss dringend in das Pestdorf, und derjenige würde sogar dafür töten …

Weitere Informationen zu Deana Zinßmeister
sowie zu lieferbaren Titeln der Autorin
finden Sie am Ende des Buches.

Deana Zinßmeister

Das Pestdorf

Roman

GOLDMANN

Dieses Buch ist auch als E-Book erhältlich.

Verlagsgruppe Random House FSC® N001967
Das FSC®-zertifizierte Papier *Pamo House* für dieses Buch
liefert Arctic Paper Mochenwangen GmbH.

1. Auflage
Deutsche Erstveröffentlichung Dezember 2015
Copyright © 2015 by Deana Zinßmeister
Copyright © dieser Ausgabe 2015
by Wilhelm Goldmann Verlag, München,
in der Verlagsgruppe Random House GmbH
Umschlaggestaltung: UNO Werbeagentur München
Umschlagmotiv: Waschhaus: »The Petits Murs Wash-House«
(oil on canvas), Tesniere, Victor Theophile (1820–1904) / Musee des Beaux-Arts,
Caen, France / Bridgeman Images; FinePic®, München;
Hand mit Tuch: AKG Images / Amerling,
Friedrich von (1803–1887). »Junges Mädchen«, 1834
(Öl auf Leinwand).
Karte: Peter Palm, Berlin
Redaktion: Eva Wagner
AG · Herstellung: Str.
Satz: omnisatz GmbH, Berlin
Druck und Bindung: GGP Media GmbH, Pößneck
Printed in Germany
ISBN 978-3-442-48101-9
www.goldmann-verlag.de

Besuchen Sie den Goldmann Verlag im Netz:

Diesen Roman widme ich
meiner ehemaligen Literaturagentin
Ingeborg Rose

Die Region Piesport 1670
Richtung Bitburg
Klausen
Wallfahrtskirche und Eberhardsklause
Sehlem
Krames
Michelskirche
Thomasberg
Hohlweg
Piesport
Spoar (Sperre)
Wintrich
Ferres
Müstert
Hansenberg
Nikolausfelsen
Loreleyfelsen
Mosel
Dhron
ERZBISTUM TRIER
Dhron
Mosel
Leiwen
Trittenheim
N
W
O
S
Mehring
Richtung Kaiserslautern
0
2500 m
Richtung Nohfelden
Richtung Trier

Personenregister

Die mit einem * versehenen Personen haben tatsächlich gelebt.

Einwohner von Trier
Susanna und Urs Blatter, Eheleute in Trier
Michael, Urs' und Susannas Sohn
Margarete, genannt Gritli, Urs' und Susannas Tochter
Jaggi, Urs' Vater
Barbli, Urs' Mutter
Bendicht, Urs' verstorbener Onkel, Jaggis Bruder
Elisabeth, Bendichts Frau

Nathan Goldstein, Goldhändler jüdischen Glaubens

Melchior Hofmann, junger Fuhrunternehmer
Thomas Hofmann, Melchiors Vater
Eva Hofmann, Melchiors Mutter

Ulrich Recktenwald, in Gritli verliebter junger Mann
Juliana Recktenwald, Ulrichs Mutter

Karl Kaspar von der Leyen* (1618–1676), Kurfürst und Erzbischof von Trier

Urban Griesser, mittelloser Mann ohne Heimat

Einwohner von Piesport
Hans Bender, Zender = Oberbürgermeister
Theo Schucklos, Meier = Vertreter des Grundherrn
Friedrich Pitter, Weinbauer
Bärbel Pitter, seine Frau
Gesinde am Weingut Pitter:
Achim, Holzknecht
Ines, junge Lehrmagd
Jakob, Knecht
Martha, Magd
Martin, Großknecht

Christian, Knecht am Weingut Scheckel

Gottfried Eider, reichster Mann in Piesport
Dorothea Eider, seine Frau

Johann Burkhard von Piesport* (1603–1675), Freiherr von Piesport

Kloster Eberhardsklausen
Johann Peter Verhorst* (1657–1708), Weihbischof von Trier
Johann Schuncken* (1691–1718), Prior
Saur*, Priester (Vorname u. Lebensdaten unbekannt)
Blasius*, Priester (Vorname u. Lebensdaten unbekannt)

Der Gotteslästerer?

Piesporter Sage von der Michelskirch

Gegenüber waldbewachsnen Höhen
durch manche Sage wohlbekannt,
wo auf Mosellas Ufern wehen,
liegt ein Dörfchen an des Flusses Rand.

Piesport heißt es, buntgestreifte Auen
schließen es von allen Seiten ein,
hinter ihnen ziehen sich die blauen
grünen Berge, bepflanzt mit Wein.

Dort stehet auf geweihter Stelle,
gnadenspendend ein Marienbild,
eine Blumenkrone in den Haaren
und von weißem Schleier eingehüllt.

Früher prangte eine goldne Krone
auf der Jungfrau hochgeweihtem Haupt,
jedoch sie wurd mit frevelhaftem Hohne
vom Ritter Chlodwig einst geraubt.

Ueber Simmern kam er hergeritten,
manche Burg besaß er an dem Rhein,
die er seinen Nachbarn abgestritten,
durch verwegnen Trutz und Heuchelschein.

Chlodwig gedachte hier am Moselstrand
seiner Tochter einen Gemahl zu frein;
denn in seinem eignen Vaterland
wollte keiner Schwiegersohn ihm sein.

Kaum erholte er sich von dem wilden Ritte,
als ein Gewitter über Piesport zog,
und drängte durch das offne Gitter,
wo er mit seinem Pferd zum Schutze floh.

Und er nahte dem geweihten Orte
nicht mit andachtvollem Sinn,
sondern drängte durch die zweite Pforte
keck sein Ross bis zum Altare hin.

Und er setzte dem Göttlichen zum Hohne
auf des Rosses Haupt die goldne Krone.
Kaum ermisst es die goldne Last,
als ein schreckliches Rasen es erfasst.

Und es rannte in verwegnem Wahn
bis auf den nahgelegnen Felsen an,
wo früher herrschte eine glatte Silberbahn.

Und es sprang in rasender Wut
samt dem geraubten Gut
über den hohen Fels hinab in die tiefe Flut.

Schäumend schlägt die aufgereizte Welle,
wenn der Schiffer kommt an diese Stelle,
wo er dann zum Himmel blickt
und fromme Gebete zur Mutter Gottes schickt.

Oft sah man in den heilgen Nächten
Ross und Reiter ziehen gen die Flut,
einen glühenden Zügel in der Rechten
und in der Linken das geraubte Gut.

(mitgeteilt nach der Überlieferung von J. Bomberding)

Prolog

In Trier, im Mai 1655

Urs hielt die Nase in die Höhe und schnupperte. »Mir läuft das Wasser im Mund zusammen!«, sagte er und blickte Susanna leidend an.

»Wenn du dich von jeder dieser Köstlichkeiten verführen lässt, wirst du so kugelrund wie ich«, erklärte sie lachend und zeigte auf ihren vorgewölbten Bauch. Ein spitzbübisches Schmunzeln überzog Urs' Gesicht, als sein kleiner Sohn sich an seine Beine presste.

»Was ist mit dir, Michael?«

»Nimm ihn auf die Schultern. Die vielen Menschen ängstigen ihn sicherlich«, überlegte Susanna und strich ihrem Sohn durch das braune, leicht gewellte Haar. Sie sah, wie sich seine Augen mit Tränen füllten, und drückte ihm einen Kuss auf die Stirn. »Du musst dich nicht fürchten, mein Engel«, versuchte sie ihn zu trösten.

»Komm her, du kleiner Angsthase«, neckte Urs den Jungen und hob ihn auf seine Schultern.

»Nenn ihn nicht so. Er ist keine zwei Jahre alt und sieht nichts, außer den vielen Beinen um sich herum. Wenn er von deinen Schultern herunterschauen kann, wird seine Angst vergehen«, belehrte Susanna ihren Mann.

»Wo ist mein kleiner Schatz?«, fragte hinter ihnen eine Stimme.

»Barbli«, rief Susanna erfreut, als sie ihre Schwiegermutter sah. Sie umarmte die Frau, ebenso Urs' jüngere Schwester Vreni.

»Du siehst hübsch aus«, lobte sie das Festgewand der Fünfjährigen und drehte sie im Kreis, wobei das helle, offene Haar des Mädchens hin und her wehte.

»Was hast du, mein großer Junge? Schenkst du deiner Großmutter heute kein Lächeln?«, fragte Barbli ihren Enkel und kniff ihm liebevoll in die Wange. Michael blickte mit großen braunen Augen um sich, wobei seine Mundwinkel verdächtig zuckten.

»Ich glaube, dass ihn die vielen Leute und die Geräusche ängstigen«, entschuldigte Susanna das Verhalten ihres Kindes.

»Das sieht einem Blatter nicht ähnlich. Alle männlichen Nachkommen sind mutig und waghalsig, selbst wenn sie keine Soldaten werden«, erklärte Barbli und sah ihren Sohn aus hellgrauen Augen herausfordernd an.

Urs schaute erschrocken zu seiner Frau, die anscheinend weder den bissigen Unterton ihrer Schwiegermutter noch das Entsetzen ihres Mannes bemerkt hatte. Hastig gab er seiner Mutter ein Zeichen zu schweigen. Es war weder der Ort noch der Zeitpunkt, seiner Frau reinen Wein einzuschenken. Schließlich musste er sich für diesen Augenblick, wenn er Susanna die Neuigkeit mitteilte, erst innerlich wappnen, da er wusste, dass sie sein Vorhaben nicht gutheißen würde. Er straffte die Schultern. Den heutigen Tag wollte er sich durch nichts verderben lassen, sondern das außergewöhnliche Spektakel genießen. Morgen war schließlich auch noch ein Tag, um Susanna die Wahrheit zu gestehen.

Barbli wusste, dass sie ihren Sohn mit der Bemerkung nicht nur reizte, sondern auch in die Enge trieb. Anscheinend hatte er Susanna noch immer nichts von seinen Plänen erzählt, für die sie – ebenso wie für sein Schweigen – kein Verständnis hatte.

Ihre Sohnesfrau schien von all dem nichts mitzubekommen, denn sie scherzte mit dem kleinen Michael, um ihn von seiner Angst abzulenken.

»Sicher wird unser zweiter Sohn ein wahrer Blatter«, sagte Urs versöhnlich in Richtung seiner Mutter.

»Falls der Vater überhaupt erfährt, dass es ein Junge ist«, flüsterte Barbli, sodass nur er es hören konnte.

Der verzog genervt die Mundwinkel, während Susanna lachend fragte: »Woher willst du wissen, dass es wieder ein Junge wird?«

»Da seid ihr ja!«, rief eine krächzende Männerstimme, und dann in hohem Ton: »Es wird Zeit! Sie werden jeden Augenblick kommen!«

Aller Augen blickten zu Susannas Vetter Arthur, der neben ihnen aus dem Getümmel aufgetaucht war. Der Fünfzehnjährige war mittlerweile einen Kopf größer als seine Base und von muskulöser Statur.

»Deine Stimme wird jeden Tag wandelbarer«, erklärte Susanna lachend.

»Diesen Weg muss jeder Bursche beschreiten, um ein Mann zu werden«, erklärte Barbli verständnisvoll und sah ihren zweitgeborenen Sohn an. »Leonhard wird ebenfalls bald in den Stimmbruch kommen.«

»Darauf kann ich verzichten«, erklärte der Elfjährige und blickte seinen Freund kichernd an.

Arthur schlug ihm mit der flachen Hand sanft auf den Kopf und raunte freundschaftlich: »Halt's Maul.«

»Gott zum Gruße«, erklang eine weitere Stimme neben ihnen. Hansi Federkiel blickte kauend in die Runde, schluckte und schob sich den Rest einer wohlriechenden Fleischpastete zwischen die Zähne. Dann leckte er sich genüsslich jede einzelne Fingerkuppe ab.

»Ich wusste, dass wir zu spät sind!«, rief Barbli erschrocken, als sie den Stallburschen erblickte. Da Hansi Federkiel die Fürsorge über die Pferde der kurfürstlichen Garde oblag, konnte seine Anwesenheit nur bedeuten, dass der Festzug des Kurfürsten bereits unterwegs war.

»Habt keine Bange, Frau Blatter. Der Erzbischof und die Soldaten haben mich vorgeschickt, da sie zu Pferd schneller sind. Außerdem ist es nicht einfach, sich einen Weg zu Fuß durch die Menschenmenge zu bahnen. Die Leute schieben sich dichtgedrängt vorwärts, sodass man nur mit Mühe an ihnen vorbeikommt. Deshalb muss ich auch sofort weiter. Aber auch Ihr und die Euren sollten nicht länger warten, Frau Blatter, denn sonst kommt Ihr womöglich nicht nah genug an das Podest heran. Seht nur, wie die Menschen zum Domplatz drängen!«, rief er aufgewühlt. »Es wäre eine Schande, wenn Ihr Euren Mann in seiner stattlichen Uniform nicht sehen könntet, nur weil Ihr in der letzten Reihe stehen müsstet, Frau Blatter.«

»Das ist wohl wahr, Hans. Lasst uns sofort losgehen, damit wir eurem Vater zuwinken können, wenn er den Kurfürsten zum Podest geleitet. Gewiss wird ihm nie mehr in seinem Leben solch eine Ehre zuteilwerden«, sagte Barbli voller Stolz und reichte ihrer Tochter die Hand. »Komm, Vreni, ich möchte nicht riskieren, dich in der Menschenmenge zu verlieren. Behalte Michael auf deinen Schultern, Urs. So kommen wir schneller voran.«

Schon von Weitem konnte man das Holzgerüst an der Domfassade erkennen.

»Schaut nur!«, rief Arthur aufgeregt und zeigte zu den Musikern mit Trompeten und Trommeln, die die Zeigung des Heiligen Rocks musikalisch untermalen sollten.

Die Fanfaren setzten ein, und alle blickten neugierig die Straße entlang, wo sich die Menge teilte, um einen Korridor zu schaffen. Als die Trompeten verstummten, hörte man Hufgeklapper und Pferdeschnauben. Schon kam das prächtige Ross des Kurfürsten und Erzbischofs Karl Kaspar von der Leyen in Sicht. Ihm folgten Seite an Seite seine beiden Hauptmänner Jaggi Blatter und Eberhard Dietz. Die Menschen brachen in Jubel aus und huldigten ihrem Regenten. Der nickte ihnen zu, sodass seine Locken, die seitlich unter dem Hut hervorspitzten, im Takt wippten. Er war in dunkelblauer Festtagstracht gekleidet, und trotz der frühlingshaften Wärme hatte er einen schweren Umhang umgelegt, der mit weißem Pelz verbrämt war. Auch die Männer seiner Garde waren wegen des besonderen Ereignisses neu eingekleidet worden.

»Seht nur, wie stattlich euer Vater in seiner Uniform aussieht«, sagte Barbli, die ihrem Mann schüchtern zuwinkte.

Als Jaggi im langsamen Schritt an seiner Familie vorbeiritt, verriet sein Blick die Freude über die Ehre, die ihm der Regent hatte zuteilwerden lassen. Erst vor Kurzem hatte Jaggi seiner Frau und den Kindern anvertraut, dass er und seine Männer in einer geheimen Mission den Heiligen Rock von Coelln nach Trier gebracht hatten. Barbli hätte vor Stolz hüpfen mögen. Ihr Mann war dafür verantwortlich, dass die Menschen aus nah und fern nach Trier strömten, um die Reliquie zu bestaunen. Mit glänzenden Augen blickte sie ihm hinterher.

Plötzlich rief ein Junge in der Nähe laut: »Vater!«

Barbli wandte ihren Blick dem Knaben zu, der nicht älter als drei Jahre alt zu sein schien. Er hatte flachshelles Haar, mit dem er sofort auffiel.

Ein Soldat, der zwei Pferde hinter ihrem Mann auf einem prächtigen schwarzen Ross ritt, sah in die Menge. Dabei streifte sein Blick erst Barbli und blieb dann an Susannas Gesicht hängen. Es schien, als ob er kurz stutzte, bevor er dem Knaben zulächelte und die Hand zum Gruß hob.

»Er ist sicher der Vater des Knaben«, flüsterte Barbli ihrer Schwiegertochter zu und blickte sie schmunzelnd an. Doch sogleich erstarb ihr freudiger Gesichtsausdruck, denn aus Susannas Gesicht schien jede Farbe gewichen zu sein.

»Was ist mit dir? Geht es dir nicht gut?«, fragte Barbli besorgt.

Susanna war unfähig zu sprechen. Kreidebleich stand sie da und blickte dem Reiter auf dem schwarzen Pferd mit entsetztem Blick nach.

Kapitel 1

Im Pfälzer Wald, 1671

Der Mann trat aus dem Schutz der Bäume hervor auf die Lichtung, die von verharschtem Schnee bedeckt war. Kaum setzte er einen Fuß auf die Eisschicht, knirschte sie unter seinen Sohlen, sodass sein Körper durch das kratzende Geräusch von einer Gänsehaut überzogen wurde. Auf seinem Weg zuvor hatte der weiche Waldboden seine Schritte verschluckt, und er konnte sich lautlos fortbewegen. Doch das Knacken des verhärteten Schnees schien in der Stille der Nacht verräterisch nachzuhallen. Hastig ging er in die Knie, hob den Blick und schaute sich mit angehaltenem Atem um.

Als er niemanden entdeckte, ließ er die Luft ruhig aus den Lungen entweichen. Er blieb jedoch wachsam.

Sogar die Tiere scheinen diese Gegend zu meiden, dachte er, als er vor sich auf der freien Fläche keine Wildspuren erkennen konnte. Obwohl das fahle Mondlicht den festgefrorenen Schnee wie einen geschliffenen Edelstein funkeln ließ, wirkte die Gegend unheimlich und düster.

Der Fremde zog seine löchrigen Wollhandschuhe aus und blies den Atem in die ineinandergefalteten Handflächen. Seine Hände waren eiskalt. Auch die gestrickte Mütze, die er tief ins Gesicht gezogen hatte, schützte ihn kaum vor der klirrenden Kälte. Mit den Fingerspitzen fuhr er langsam über die Stelle, wo einst sein rechtes Ohr gewesen war. Das hatte man ihm bereits als Knabe abgeschlagen, doch noch immer schmerzte die Narbe – besonders während der eisigen Wintermonate.

Die kalte Luft kroch durch seine Kleidung bis in die Knochen, sodass sie schmerzten. Bibbernd zog er den verschlissenen Umhang fest um die Schultern und legte die durchgerissenen Stoffenden auf den angewinkelten Oberschenkeln ab. Die starre und gebeugte Haltung ließ seine Beine taub und steif werden. Er zitterte, und die Zähne schlugen aufeinander. Er versuchte so flach wie möglich Luft zu holen, damit der helle Dunst seines Atems ihn nicht verraten konnte. Blinzelnd suchte er die Umgebung ein weiteres Mal ab. Erst als er sich sicher war, dass außer ihm niemand sonst auf der Lichtung war, kam er ächzend aus der Hocke hoch. Kaum stand er gerade, nahm er aus dem Augenwinkel eine Bewegung wahr. Ruckartig wandte er den Kopf in die Richtung, und ebenso schnell fand seine Hand die Stelle, wo er am Körper ein Messer versteckt hielt. Als er erkannte, dass es nur ein Ast war, der sich im Wind sanft hin und her bewegte, spürte er Erleichterung. Er zog die Handschuhe über seine kalten Finger und sah zur anderen Seite der Lichtung, wo sich die Silhouette des Waldes dunkel und bedrohlich vom Nachthimmel abhob. Jedem anderen hätte bei diesem Anblick das Herz vor Angst schneller geschlagen, aber der Fremde kannte keine Furcht. Dieses Gefühl hatte er schon als Knabe aus seinem Kopf verbannt und als Erwachsener vergessen. Ohne sich ein weiteres Mal umzusehen, rannte er los.

Der Mann lief die Waldschneise hinaus. Unter seinen Sohlen wurde der Schnee bei jedem Schritt weicher, bis er plötzlich bis zu den Waden einsackte. Es kostete ihn Kraft weiterzugehen.

»Als junger Mensch wäre ich über die Lichtung gerannt, ohne anzuhalten«, schimpfte er und blieb keuchend stehen. Schweiß durchnässte sein Hemd. Er wischte sich erschöpft über die grauen Bartstoppeln, an denen Eis klebte. »Hoffentlich finde ich die Alte bald«, murmelte er und schaute suchend zu den Baumwipfeln empor, doch er konnte keinen Qualm erkennen, der auf eine Hütte hätte schließen lassen. »Ich muss tiefer in den Wald gehen«, knurrte er und stapfte mit schweren Schritten vorwärts.

Er entdeckte die windschiefe Kate, zwischen Bäumen versteckt und von dichtem Strauchwerk verdeckt. Zuerst glaubte er an eine Sinnestäuschung, da er in der Dunkelheit nur unscharf sehen konnte. Doch beim Näherkommen roch er Rauch und entdeckte die Tür, die man ihm in dem Dorf beschrieben hatte. Sie war aus armdicken Ästen zusammengezimmert worden, in denen ein sonderbares Symbol eingebrannt war. Er trat näher und schaute sich das geschwärzte Zeichen an, erkannte aber nicht, was es darstellen sollte. Mit fester Hand schlug er gegen das Holz, und als sich nichts rührte, wiederholte er den Schlag.

Da rief eine krächzende Stimme: »Komm herein! Ich habe dich erwartet.«

Erstaunt zog er seine buschigen Augenbrauen zusammen, wodurch sich sein Blick verfinsterte. Er schob den Holzstift zur Seite, und die Tür ging auf. Ein unangenehmer Geruch, gemischt aus Kräutern, feuchtem Holz und gekochtem Fleisch, umhüllte ihn, und er drehte angewidert den Kopf zur Seite. Dumpfes Lachen war zu hören.

»Schließ die Tür. Die Kälte kommt herein«, rief ein Weib schnatternd.

Der Mann tat, wie ihm geheißen, zog die Handschuhe aus und nahm die Mütze vom Kopf. Auf einer offenen Feuerstelle inmitten der Hütte köchelten Fleischbrocken in einem eisernen Topf. Die feuchte Luft legte sich auf Haut und Haar, und seine Kleidung wurde klamm, da der Dampf durch das Loch im Dach nur schwer abziehen konnte. Er blickte umher auf der Suche nach der Alten und fand sie in einer Ecke auf dem Boden sitzend.

Der Schein des Feuers warf Schatten auf ihr mit Falten überzogenes Gesicht. Kleine Augen lagen tief in den Höhlen, sodass man die Farbe der Iris nicht erkennen konnte. Sie hatte ihre grauen Haare zu einem dicken Zopf geflochten, den sie über die Schulter trug und der ihr bis zur Hüfte reichte. Er wusste, dass sie seinen abschätzenden Blick spürte, doch es schien sie nicht zu stören.

»Bist du Adele Geizkopfler?«, fragte er, um sich zu versichern, dass er die richtige Frau gefunden hatte.

»Was willst du von mir?«, fragte sie und reckte ihr Kinn.

»Wenn du wusstest, dass ich komme, musst du auch wissen, warum ich dich aufsuche«, antwortete er spöttisch.

»Bist du gekommen, weil du denkst, ich wäre eine Seherin?«, fragte sie und zog ihre Stirn kraus, während sie ihn musterte. »Du machst nicht den Eindruck eines einfältigen Narren, der solch einen Unsinn glauben würde«, stellte sie fest. »Ich kann dich beruhigen. Ein Vöglein hat mir gezwitschert, dass du mich suchst.«

Er rieb sich über die Narbe neben der Wange, die durch die Hitze und den Wasserdampf juckte.

Der Blick der Frau folgte seinen Bewegungen. »Du scheinst ein langfingriges Kind gewesen zu sein.«

»Wie kommst du darauf, dass man mir das Ohr schon im Kindesalter abgeschlagen hat?«, fragte er argwöhnisch.

»Jeder weiß, dass dies die Bestrafung für Kinder ist, die stehlen. Erwachsene werden gehängt.«

»Das ist eine Vermutung, die nicht immer zutrifft«, wies er sie rüde zurecht.

Die Alte ließ sich durch sein ungehaltenes Wesen nicht einschüchtern und sagte: »Setz dich, und verrate mir deinen Namen.«

Er ignorierte ihre Aufforderung und zischte: »Meinen Namen musst du nicht wissen.«

»Du bist ein ungehobelter Kerl«, rügte Adele ihn und füllte einen Becher mit einem dampfenden Getränk, den sie ihm reichte. »Das Gebräu wird dich von innen wärmen. Trink und erzähl mir deine Geschichte.«

»Meine Geschichte geht dich genauso wie mein Name nichts an, und dein Gebräu kannst du behalten«, antwortete er barsch.

»Warum so unfreundlich?«, fragte Adele und musterte ihn

von der Seite. »Du hast Hunger«, erkannte sie, da er zum Kochtopf schielte und sich die Lippen leckte. »Es dauert, bis das Fleisch weich ist. Setz dich endlich!«, befahl sie ihm ungeduldig und zeigte zu einem Katzenfell, das ihr gegenüber auf dem Boden lag. »Hier, trink von dem Sud. Deine Lippen sind ganz blau verfärbt«, ermahnte sie ihn nun freundlich.

Er gab nach und setzte sich auf das Fell, das vor der Kälte des festgetretenen Waldbodens in der Hütte schützen sollte. Zögerlich nahm er den Becher entgegen und nippte von dem heißen Gebräu.

Schon nach wenigen Schlucken spürte er, wie ihm warm wurde. Er entspannte sich und zog den Umhang aus, den er ebenso wie die Mütze und die Handschuhe neben sich legte. Als er die Ärmel seines wollenden Kittels hochschob, kamen auf seinen Unterarmen rote und wulstige Narben zum Vorschein.

»Auch aus der Kindheit?«, fragte die Alte neugierig.

»Mein Leben geht dich nichts an. Also erspar mir weitere Fragen«, sagte er leise und funkelte sie an.

Sie zuckte unbekümmert mit den Schultern und rührte in dem Eintopf. »Was willst du von mir? Es muss dringend sein, da du in eisiger Kälte den weiten Weg auf dich genommen hast.«

»Es heißt, du weißt, wie man an ein Geldmännchen kommt.«

Die Alte verdrehte die Augen. »Alles scheint sich um Macht und Reichtum zu drehen«, murmelte sie und schüttelte verständnislos den Kopf. »Solch ein Geldmännchen kannst du bei jedem fahrenden Händler kaufen. Dafür hättest du nicht hierherkommen müssen«, wies sie ihn mürrisch zurecht.

»Ich weiß, dass sie von diesen Scharlatanen angeboten werden. Aber die sind allesamt Betrüger«, antwortete er wütend.

»Ah! Du bist auch auf solch einen hereingefallen«, kicherte sie.

»Halt dein Maul«, blaffte er.

»Benimm dich! Du bist Gast in meiner Hütte«, erwiderte Adele.

Überrascht sah er sie an. Dann lachte er schallend auf. »Du bist eine furchtlose Frau«, stellte er fest.

»Ich lebe allein in der Einöde, da kann ich mir Angst nicht leisten. Das eingebrannte Zeichen auf der Tür schützt mich vor allem Bösen.«

Er streckte seine Beine aus und stützte sich mit dem rechten Ellenbogen ab. »Aberglaube!«, murmelte er abfällig und trank in einem Zug den restlichen Sud. Den leeren Becher stellte er neben sich auf den Boden. Das warme Gebräu schien durch seine Knochen zu dringen. Der Schmerz ließ nach, und er seufzte zufrieden. Dann verriet er ihr: »Dieser Halunke hat mir erzählt, dass ich das Geldmännchen in einer Kiste mit Münzen aufbewahren solle, dann würde es das Geld auf magische Weise vermehren. Ich habe es gemacht und gewartet. Aber nichts geschah. Da bin ich ihm hinterhergereist und habe ihn an seinem langen dünnen Hals aufgehängt.«

»Wie dumm von dir!«, sagte die Alte gackernd. »Das wäre die Gelegenheit gewesen, an ein wahres Geldmännchen zu gelangen.«

Sein Oberkörper schnellte hoch. »Wie meinst du das?«, fragte er und setzte sich auf.

Adele sah ihn mit lachenden Augen an und schwieg.

»Erzähl, was du meinst«, presste er mühsam beherrscht zwischen den Zähnen hervor.

»Ich schlage dir ein Geschäft vor. Du erzählst mir, warum man dir als Kind das Ohr abgeschlagen hat, und dann beantworte ich dir deine Frage.«

»Warum willst du meine Geschichte wissen?«

Die Frau stand schwerfällig auf und ging zu einem Kräuterbüschel, das an einem Regalbrett hing. Sie besah sich einzelne Blätter und zupfte sie ab. Dann zerrieb sie sie zwischen ihren Handflächen und ließ sie in den Fleischeintopf bröseln.

»Ich möchte wissen, mit wem ich es zu tun habe. Bis der Eintopf fertig ist, haben wir Zeit, uns gegenseitig Fragen zu beantworten«, sagte sie und setzte sich wieder. »Also: Wie lautet dein Name?«

Er schnaufte laut aus. »Ich habe wohl keine andere Wahl.«

»Wenn du Antworten willst ...«

Mit beiden Händen strich er sich über die Stirn, als ob er die aufkommenden Erinnerungen verjagen wollte. Dann ließ er die Arme sinken, und sein Blick wurde starr. »Mein Name lautet Urban Griesser, und ich stamme aus einem kleinen Ort bei Coblenz. Mein Vater ...« Er stockte und fuhr dann mit verächtlicher Stimme fort: »... war wie viele Männer seines Schlags versoffen, brutal und doch ein Feigling. In Gegenwart von anderen traute er sich kaum das Maul aufzumachen, und er war unterwürfig wie ein geschlagener Hund.« Der Klang seiner Worte spiegelte den Hass auf den Erzeuger wieder. »Ich war neun Jahre alt, als ich beobachtete, wie er mit anderen Saufbolden aus dem Ort in den nahen Wald ging. Meine kindliche Neugierde trieb mich, ihnen zu folgen. Die Kerle verschwanden in einer abgelegenen Hütte, und ich lauschte an der Tür. Kaum hatte ich mein Ohr gegen das Holz gepresst, sprang die Pforte auf, und ich stolperte in die Kate. Ich kann heute noch ihr hämisches Lachen hören, als ich vor ihre Füße auf den staubigen Boden fiel.«

Griesser verstummte und wischte sich erneut über die Stirn. Seine Augen schienen eine Spur dunkler zu werden und glänzten wie Kohle, als er fortfuhr: »Einer der Männer war der Metzger des Ortes. Sein Nacken war in drei Speckringe gelegt, und seine Unterarme so dick wie meine Oberschenkel. Er zog ein Messer aus seinem Gürtel, das er zum Abstechen des Schlachtviehs benutzte, und packte mich am rechten Ohr. Ich habe geschrien und voller Furcht meinen Vater angeblickt, aber der sah mich nur feige an. ›Der Lauscher an der Wand hört seine eigene Schand‹, verkündete der Metzger. Ich hörte mich ›Vater!‹ schreien, als etwas Brennendes meinen Kopf zu durchschneiden schien. Ich wusste nicht, woher der Schmerz kam, und blickte zu dem Mann, der mir lachend mein abgetrenntes Ohr vor die Nase hielt.«

Urban Griesser verstummte und stierte in die Glut unter dem Kessel.

»Es muss fürchterlich gewesen sein«, flüsterte die Alte.

Sein Blick wandte sich ihr zu. »Der brennende Schmerz, den das Messer hinterlassen hat, war unbeschreiblich, aber auszuhalten. Der Schmerz, als meine Mutter die Wunde ausbrannte, war ebenfalls unbeschreiblich, aber auszuhalten. Doch der Schmerz, weil mein Vater es wortlos geschehen ließ und mir nicht half, der war fürchterlich und nicht auszuhalten«, erinnerte er sich. Dann wurde sein Kreuz gerade, und seine Stimme bekam einen abgestumpften Klang. »Mittlerweile bin ich ein alter Mann und erinnere mich kaum noch daran.«

Adele Geizkopfler betrachtete den Mann, den sie nicht kannte und doch durchschaute. Die dunklen, mit Silberfäden durchzogenen Haare reichten ihm bis zum Kinn und verdeckten die hässliche Narbe. Da seine Haut wettergegerbt schien, schlussfolgerte sie, dass er viel unterwegs war. Tiefe Falten um Mund und Nase wiesen auf Härte gegenüber sich selbst und anderen hin. Auch der Ausdruck seiner fast schwarzen Augen war erbarmungslos, und doch konnte sie ein unsicheres Flackern darin erkennen. Sie schätze ihn auf vierzig Jahre oder sogar älter.

»Ich glaube dir nicht, dass du das Furchtbare vergessen hast«, sagte sie leise. »Du hast nur gelernt, den Schmerz zu verbergen, aber ich erkenne ihn in deinen Augen. Nicht nur dein Ohr ist vernarbt, auch deine Seele!«, erklärte die Frau weise.

»Halt dein Maul, Alte! Ich brauche dein Mitleid nicht. Lös dein Versprechen ein, damit ich wieder gehen kann.«

Adele verzog keine Miene und nickte. Sie faltete die Hände in ihrem Schoß und sah ihm geradewegs in die Augen. »Höre, was ich dir zu berichten habe. Weißt du, dass ein Geldmännchen auch Galgenmännchen genannt wird?«

Griesser schüttelte den Kopf. »Das habe ich noch nie gehört. Warum Galgenmännchen?«

»Weil es unter einem Galgen wächst«, erklärte sie leise.

Er sah sie ungläubig an und drohte: »Wage nicht, dich über mich lustig zu machen. Du denkst, ich bin dumm und glaube dir diesen Unsinn.«

»Du bist zu mir gekommen. Ich habe keinen Vorteil davon, dich anzulügen.«

Man konnte sehen, wie Griessers Gedanken hinter seiner Stirn hin und her sprangen. »Erzähl mir, was du darüber weißt«, befahl er knurrend.

Die Frau wollte ob des Tons aufbegehren, doch als sie seinen Blick sah, schluckte sie ihre Widerworte und erklärte: »Es heißt, wenn der Samen eines Gehenkten auf die Erde fällt und sich am Boden mit dem Wasser des Todgeweihten vermengt, erwächst daraus der Alraun, den du Geldmännchen nennst.«

Griessers Augen weiteten sich ungläubig. »Ein Geldmännchen wächst aus dem Samen eines Mannes? Wie das Kind im Bauch einer Frau? Das kann ich mir nicht vorstellen. Du lügst!«, unterstellte er ihr.

»Warum sollte ich dich anlügen? Du wolltest eine Antwort, und das ist sie.«

Griesser wusste nicht, was er davon halten sollte. Das hatte er nie zuvor gehört. »Ich kann mir nicht vorstellen, dass ein Geldmännchen so erschaffen wird«, murmelte er stirnrunzelnd. Aber, dachte er, es war so unbegreiflich, dass es wahr sein konnte. Er forschte im Gesicht der Alten und versuchte herauszufinden, ob ihre Augen etwas anderes sagten als ihr Mund. Doch sie schaute ihn offen an. Er atmete tief ein. Wochenlang war er umhergeirrt auf der Suche nach jemandem, der ihm Auskunft über ein Geldmännchen geben könnte. Schließlich hatte man ihm hinter vorgehaltener Hand den Namen der Alten zugeflüstert.

»Du hast ein solches Männchen wachsen gesehen?«, fragte er.

Sie schüttelte ihr graues Haupt, und er war überrascht.

»Ich denke, du weißt, wie ich an ein Geldmännchen komme. Schließlich hat man mir deinen Namen genannt.«

»Ich habe es schreien gehört«, flüsterte sie geheimnisvoll.

»Schreien?«, wiederholte er ungläubig.

»Wenn es aus dem Boden herausgerissen wird, schreit es, dass es dir eiskalt über den Rücken läuft.«

»Wer sagt das?«

»Du bist nicht der Erste, der solch ein Geldmännchen haben will. Warum, glaubst du, gibt es kaum jemanden, der dir Auskunft geben kann?«

Griesser zuckte mit den Schultern.

»Es schreit und heult so fürchterlich, dass der Mensch, der es aus dem Boden zieht, durch das Geschrei alsbald sterben muss«, verriet sie leise. »Schrill und entsetzlich, und niemand kann sich dem entziehen.«

Urban Griesser riss entsetzt die Augen auf. »Woher willst du das wissen?«

»Eines Nachts vor vielen Jahren habe ich den Alraun unter dem Galgen unseres Ortes gehört, und am nächsten Morgen hat man eine Leiche gefunden.«

»Meine letzte Hoffnung ist zerstört«, keuchte er und wusste nicht, was tun mit seiner aufsteigenden Wut, die ihm die Luft abdrückte.

»Du hast Glück, dass du zu mir gekommen bist«, kicherte Adele.

Griesser schaute erstaunt.

»Aber erst will ich wissen, wofür du das Geldmännchen benötigst.«

»Du bist ein neugieriges, aufdringliches altes Weib«, schimpfte er, doch dann überzog ein Schmunzeln sein Gesicht. »Aber deine furchtlose Art gefällt mir«, sagte er. Sein Blick wurde wieder ernst, als er verriet: »Ich habe es satt, umherzureisen und nicht zu wissen, wohin ich gehöre. Meine Knochen schmerzen von den zahlreichen Brüchen und Verletzungen, die ich mir im Kampf als Söldner zugezogen habe. Ich möchte sesshaft werden, aber dabei nicht, wie so viele, von der Hand in den Mund leben. Man soll mich achten und nicht verachten, weil ich arm bin. Und deshalb benötige ich Geld – viel Geld.«

Die Alte sah ihn forschend an.

»Außerdem bedeutet Geld Macht, und die will ich haben. Nur wer Geld besitzt, kann in dieser Welt etwas erreichen«, zischte Griesser.

»Warum stiehlst du es nicht?«

»Ich bin ein guter Schwertführer, aber ich tauge nicht zum Dieb.«

»Um das zu wissen, musst du es bereits ausprobiert haben«, schlussfolgerte sie.

Er nickte. »Schon mehrmals. Und jedes Mal bin ich nur knapp dem Henker entkommen.«

Adele Geizkopfler schien zu überlegen. »Dein Leid aus Kindestagen rührt mich, Urban Griesser, und nur aus diesem Grund werde ich dir helfen und dir verraten, wie du an den Alraun gelangst, ohne dabei tot umzufallen. Ich nehme an, dass du noch nie einen gesehen hast?«

Griesser schüttelte den Kopf.

»Das dachte ich mir, denn sonst hätte man dich nicht übers Ohr hauen können.« Als er bei dieser Bemerkung die Luft scharf zwischen die Zähne sog, fuhr sie hastig fort: »Der Alraun ist weiß und dick, und eine Hälfte ist gespalten, sodass es aussieht wie zwei übereinander verschränkte Menschenbeine. Die andere Hälfte ist am oberen Ende mit dünnen Wurzeln bedeckt, die wie dünne Haare wirken. Zieht man ihm Kleider an, gleicht er einem Menschlein. Bedenke, wenn man einen Alraun besitzt, muss man Sorge tragen, dass es ihm gut geht. Man muss ihn sauber halten und ihn in ein Bettchen legen.«

Griessers Stirn zerfurchte sich. »Das hört sich an wie Altweibergeschwätz. Du nimmst mich auf den Arm«, unterstellte er der Greisin.

Die lachte breit. »Ob du das glaubst oder nicht, musst du entscheiden. Aber bevor du dich festlegst, höre das Wichtigste: Willst du den Alraun aus dem Boden reißen, benötigst du einen Hund. Einen, dessen Fell so schwarz wie die Nacht ist. Nicht ein einziges andersfarbiges Härchen darf an seinem Körper wachsen. Nachdem du dir die Ohren mit Wachs oder Pech verstopft hast, damit du das Geschrei nicht hören musst, schlägst du über den Alraun drei Kreuze. Erst dann darfst du die Erde um ihn herum aufgraben. Grabe nur so weit, bis du das eine Ende einer dünnen Schnur um des Alrauns Körper festmachen kannst. Das andere bindest du dem Hund an den Schwanz. Nimm ein Stück Brot, und halt es dem Hund vor die Nase, damit er es schnuppern kann. Dann läufst du geschwind davon. Der Köter wird dir folgen und dabei den Alraun aus der Erde reißen. Durch das fürchterliche Geschrei wird der Hund baldig tot umfallen. Doch dir wird nichts geschehen. Sobald du den Alraun in Händen hältst, wird er dir Glück und Reichtum bringen. Aber sei vorsichtig! Bist du nicht gut zu ihm, wird er sich in ein Galgenmännchen verwandeln und dich ins Verderben stürzen.«

Adele Geizkopfler schaute Griesser an, der über das Gehörte nachzudenken schien. Als er nichts sagte, meinte sie: »Jetzt musst du nur noch einen Mann finden, den man zum Tode durch den Strang verurteilt hat und hängen wird.«

Urban Griesser antwortete mit fester Stimme: »Glaube mir, damit werde ich kein Problem haben!«

Kapitel 2

In Trier im selben Monat

Margarete drückte mit der einen Hand vorsichtig die Türklinke herunter, während sie versuchte, nicht mit der anderen den heißen Sud im Becher zu verschütten. Die Tür öffnete sich geräuschlos zur Schlafkammer der Eltern. Abgestandene, warme Luft strömte ihr entgegen. Die Fünfzehnjährige wartete einige Augenblicke, bis sich ihre Augen an das schummrige Licht gewöhnt hatten. Dann trat sie leise ein.

»Gritli, bist du es?«, krächzte Susanna und räusperte sich. Schlaftrunken sah sie zu ihrer Tochter, die den Becher neben dem Bett auf das Tischchen stellte.

»Ich bringe dir heißen Kräutertrank«, erklärte das Mädchen, das Gritli genannt wurde. »Geht es dir besser, Mutter? Lässt die Erkältung nach?«

»Ich fühle mich ausgeruht. Auch scheint das Fieber zurückgegangen zu sein. Wie spät ist es?«

»Kurz vor Mittag.«

»Um Himmels willen, ich habe den Morgen verschlafen!«, rief Susanna aufgeschreckt und schlug die Bettdecke zurück.

»Bleib liegen. Nur dann wirst du gesund«, mahnte die Tochter.

»Aber ich muss …«, begehrte Susanna auf, doch sie wurde von Gritli unterbrochen.

»Bevor Vater das Haus verließ, hat er nach dir gesehen. Als er sah, dass du tief und fest schläfst, sagte er zu mir: ›Sorge dafür, dass deine Mutter im Bett bleibt, und lüfte ihre Kammer, damit sie frische Luft atmet‹«, wiederholte Gritli die väterliche Anweisung und zog den Vorhang vom Fenster zurück. »Und jetzt deck dich zu, Mutter, damit ich lüften kann.«

Susanna schmunzelte. »Du bist ein folgsames Kind!«, lobte sie ihre Tochter, als ein Hustenanfall sie nach Luft japsen ließ.

Sofort reichte das Mädchen ihr den Becher. »Trink, Mutter. Die Kräuter darin werden dir guttun.«

Susanna trank von dem Gebräu und legte sich erschöpft zurück. Mürrisch blickte sie zum Fenster hinaus. »Es schneit schon wieder. Dieser Winter ist besonders lang und kalt«, schimpfte sie und zog sich die Decke bis zum Kinn. »Ich bin ein Sonnenkind und brauche die Wärme. Schließ das Fenster, und zieh den Vorhang vor. Ich will das Wetter nicht sehen, Gritli.«

»Es ist aber trotzdem da«, kicherte das Mädchen und schüttelte das Kissen und die Decke auf. Dann setzte sie sich auf die Bettkante. »Hast du es warm genug, Mutter, oder soll ich dir eine zusätzliche Decke bringen?«

Susanna schüttelte den Kopf. »Nein, es ist alles bestens. Stell dir vor, Kind, mein Elternhaus hatte nicht einmal Fensterscheiben, sodass wir im Winter die Öffnungen mit Stroh und Lumpen verschließen mussten.«

»Gab es damals keine Glasscheiben?«, fragte die Tochter erstaunt.

Susanna musste über die Frage lächeln. »Natürlich gab es die auch in meiner Jugend, nur konnten sich meine Eltern kein Glas leisten. Das war den reichen Menschen vorbehalten. Außerdem herrschte damals Krieg, und Glasereien waren selten.«

»Aber wir sind doch wohlhabend«, entgegnete das Mädchen.

»Ja, uns geht es gut. Doch meine Eltern waren arme Bauern, die zudem in einer sehr harten Zeit leben mussten.«

»Ich weiß nichts über meine Großeltern. Nur, dass sie im Land an der Saar gelebt haben und früh gestorben sind.«

Susanna Miene verhärtete sich, und sie schaute auf einen Punkt an der Wand. Ihre Gedanken entführten sie in eine andere Zeit.

Margarete betrachtete Susanna. Ihr wurde zum ersten Mal bewusst, dass sie von der Kindheit und Jugend ihrer Mutter kaum etwas wusste. Wenn sie ehrlich war, interessierte sie beides nie, und sie hatte die andere Familie nicht vermisst. Ihre Großeltern Barbli und Jaggi, die Eltern ihres Vaters Urs, hatten ihre Enkelkinder von klein auf liebevoll umsorgt. Außerdem gab es noch Tante Vreni mit ihrer Familie, ihren Oheim Leonard, dessen Frau Anni und deren Kinder. Auch mit ihrem Bruder Michael hatte sie ein inniges Verhältnis – obwohl er wegen seiner Arbeit nur selten zuhause war. Ihre Mutter hatte außerdem einen Vetter namens Arthur, an den sich Margarete allerdings kaum erinnerte, da er nicht bei ihnen lebte. Er hatte den Tod seiner Frau, die mit dem Neugeborenen im Kindbett verstorben war, nicht überwunden und deshalb Trier und seine Base verlassen. Niemand wusste, wo er war oder wie es ihm ging.

Womöglich habe ich über Mutters Angehörige nicht nachgedacht, weil die Verwandtschaft meines Vaters so zahlreich ist, ging es dem Mädchen durch den Kopf. Wenn sie genau überlegte, wurde auch nie über sie gesprochen. Jedenfalls nicht in ihrem Beisein.

»Mutter, was hast du?«, fragte Margarete bestürzt, da sie glaubte, in Susannas Augen Tränen glitzern zu sehen.

Susanna schaute erschrocken hoch und wischte sich über das Gesicht. »Verzeih, mein Kind, wenn ich dich erschreckt habe«, entschuldigte sie sich. »Zu meiner Schande habe ich schon lange Zeit nicht mehr an meine Familie gedacht, obwohl ich immer Angst hatte, sie zu vergessen und mich nicht mehr an ihre Gesichter zu erinnern. Ich weiß, dass ich lange Zeit sogar zum lieben Gott gebetet habe, damit er mir hilft, mich immer an sie zu erinnern. Doch wenn man nicht an sie denkt …«, weinte sie und griff unter ihr Kopfkissen, wo sie ein Taschentuch hervorzog, um sich zu schnäuzen.

»Hast du sie vergessen?«, fragte ihre Tochter vorsichtig.

Susanna schüttelte den Kopf. »Nein«, lachte sie unter Tränen. »Ich kann sie deutlich vor mir sehen und mich sogar an ihre Stimmen erinnern.«

»Wie waren sie? Wann sind sie gestorben? Warst du bei ihnen, oder hast du da schon in Trier gelebt? Erzähl mir von ihnen«, wurde sie von Margarete mit Fragen bestürmt.

»Musst du nicht in der Küche helfen?«, erinnerte Susanna das Mädchen an seine Pflichten.

»Nein! Marie ist wieder gesund, und Großmutter Barbli hilft ihr. Wir haben alle Zeit der Welt«, erklärte Gritli und blickte die Mutter neugierig an.

Susanna wollte Luft holen, doch der Atem schien ihre Lungen nicht zu erreichen. Es war, als ob die Neugier der Tochter ihr die Brust zudrückte. Aber im Grunde wusste sie, dass sie sich nur fürchtete, über ihre Angehörigen zu sprechen. Die Erinnerungen schmerzten nach so vielen Jahren noch immer. Auch wollte sich Susanna das Schreckliche von damals nicht mehr ins Gedächtnis zurückrufen. Doch sie erkannte den erwartungsvollen Blick Gritlis, die von der Arnoldschen Familie so gut wie nichts wusste. Hatten ihre Kinder nicht das Recht zu wissen, was damals geschehen war und wer ihre Familie war?, fragte sich Susanna. Sie dachte an Oheim Bendicht, der sich im Alter nicht mehr erinnert hatte, wie seine Frau hieß. Könnte ihr das mit ihrer Familie ebenso passieren? Heißt es nicht, dass man Tote am Leben hält, indem man Geschichten über sie erzählt? Susanna setzte sich auf und bat: »Stopf mir das Kissen in den Rücken, damit ich angenehm sitze, wenn ich dir von deinen Großeltern erzähle.«

Hastig erfüllte Margarete den Wunsch der Mutter und setzte sich ihr gegenüber aufs Bett. »Erzähl mir als Erstes von deinen Geschwistern«, bat Gritli und flüsterte: »Wie aufregend!«

Susannas ernste Gesichtszüge wurden weich. »Ich hatte einen zwei Jahre älteren Bruder namens Johann. Er war mein Beschützer, mein Ritter, mein Held.«

»So wie Michael für mich«, rief Gritli freudig, und Susanna nickte.

»Und so wie dein Bruder manchmal ein liebevolles Scheusal sein kann, so war Johann ebenfalls ab und zu unausstehlich«, lachte Susanna. »Wenn ich recht überlege, gleichen sich die beiden, obwohl Michael feinfühlig und auch feingliedrig ist. Johann war ein echter Naturbursche. Groß und breitschultrig, und er strotzte vor Kraft. Er mochte es, die Arbeiten auf dem Hof zu verrichten und mit unserem Vater die Äcker zu bestellen. Auch war er ein treffsicherer Jäger, der versuchte, unseren Speiseplan mit Wild aufzubessern. Leider waren die Wälder während des langen Kriegs fast leergejagt. Aber wenn er einen Hasen oder einen Fasan vor die Flinte bekam, dann war dessen Tod gewiss.«

»Wie hat dein Bruder dich geärgert?«, wollte Gritli wissen.

»Mit so vielen Dingen, die heute lustig erscheinen. Doch damals hätte ich ihm am liebsten den Hals umgedreht. Die Zeiten in meiner Kindheit waren sehr hart und karg, da schon viele Jahre dieser unsägliche Krieg geherrscht hat. Wir mussten täglich ums Überleben kämpfen. Es gab wenig zu essen, und nur sehr selten Milch mit Honig zu trinken. Einmal hatte Johann mir Salz in die Milch gerührt, sodass sie ungenießbar wurde. Er dachte sich nichts dabei und wollte mich nur ärgern. Aber mein Vater war darüber so erzürnt, dass er ihn mit dem Gürtel schlug, obwohl er uns sonst nie züchtigte.«

Gritlis Augen weiteten sich vor Entsetzen.

»Da kannst du erkennen, wie gut es euch geht, mein Kind, und das nicht nur, weil ihr keinen Hunger kennt«, erklärte Susanna augenzwinkernd.

»Wie war deine Schwester?«, wollte das Mädchen von ihr wissen.

Ein feines Lächeln überzog Susannas Gesicht. »Bärbel war neun Jahre jünger als ich und ein Sonnenschein. Aber sie hatte auch ihren Dickkopf und war ungestüm. Das Kind konnte kaum ruhig stehen, was meinen Bruder zur Weißglut brachte. ›Kannst du nicht einmal stillstehen?‹, hat Johann sie dann angeschnauzt. Doch Bärbel kümmerte sein Ärger nicht. Mit ihren strahlenden Äugelein hat sie ihn angelächelt und einfach nur ›Nein!‹ geantwortet, wobei sie vor ihm auf und ab gesprungen ist, sodass ihre langen braunen Zöpfe hin und her hüpften. Das hat Johann natürlich noch wütender gemacht«, lachte Susanna. »Meine kleine Schwester war wissbegierig und konnte jeden mit Fragen löchern. Sie kletterte auf Bäume und kannte keine Furcht. Mutter meinte stets, dass Bärbel wohl besser ein Junge geworden wäre«, lächelte sie und verstummte. Erst nachdem sie mehrmals Luft geholt hatte, flüsterte sie: »Ich würde unser ganzes Geld dafür hergeben, wenn ich hätte sehen dürfen, wie sie heranwächst.« Ihre Stimme versagte, da Tränen sie am Weitersprechen hinderten.

Die Tochter nahm ihre Hand und streichelte darüber. »Es tut mir leid, dass meine Neugier dich traurig macht, Mutter«, sagte das Mädchen leise.

Susanna strich ihr zärtlich über die Wange. »Du musst dich nicht schuldig fühlen, mein Kind. Ich bin froh, dass du nach meiner Familie gefragt hast, denn nur so lebt sie weiter.«

»Erzählst du mir mehr von ihnen?«, fragte Gritli zaghaft. Kaum nickte Susanna, wollte das Mädchen wissen: »Wenn mein Bruder Michael deinem Bruder Johann gleicht, sehe ich dann aus wie deine Schwester Bärbel?«

Susanna betrachtete ihre Tochter und schüttelte den Kopf. »Je älter du wirst, desto mehr gleichst du deinem Vater, zumal du die rostroten Haare und die bernsteinfarbenen Augen von ihm geerbt hast.« Als das Mädchen enttäuscht schaute, fügte sie hinzu: »Aber als du geboren wurdest und wir beide uns zum ersten Mal anblickten, glaubte ich, dass meine Mutter mich anschaut. Ich hatte das Gefühl, als ob sie wiedergeboren wäre.«

»Wirklich?«, fragte ihre Tochter freudig.

»Ja, das ist die Wahrheit, Gritli. Und wenn ich genau nachdenke, dann hast du sehr viel von ihr geerbt.«

»Was noch?«

»Nichts Äußerliches, aber Wesenszüge. Wie du war auch meine Mutter eher zurückhaltend und überlegte zuerst, bevor sie etwas Unbedachtes sagte oder tat. Sie wagte es nicht, jemanden zu beurteilen, ohne ihn näher zu kennen, und sie suchte immer das Gute im Menschen. Mutter war eine gerechte Frau – ebenso wie du, mein Kind. Auch war sie über alle Maßen hilfsbereit und hätte ihr letztes Hemd gegeben, wenn sie jemandem damit geholfen hätte. Zudem war sie gütig und fromm. Das sind Eigenschaften, die du ebenfalls in dir trägst, Gritli«, erklärte Susanna ernst. Als sie den zweifelnden Gesichtsausdruck ihrer Tochter sah, zog sie sie in ihre Arme und drückte ihr einen Kuss auf die Stirn. »Glaube mir, du bist die perfekte Mischung aus all den guten Seiten der Blatters und der Arnolds.«

Gritli lächelte zufrieden. »Wie sah dein Vater aus?«

»Dein Großvater war kein groß gewachsener Mann und im Laufe der Jahre durch die schwere Arbeit auf dem Hof krumm geworden. Als ich Kind war, hatte er einen schweren Unfall mit einem Fuhrwerk, wobei sein Bein mehrmals brach. Danach hinkte er, denn sein Fuß war schief zusammengewachsen. Aber das tat seiner Schaffenskraft keinen Abbruch. Kaum krähte der Hahn, war er schon auf den Beinen. Ich erinnere mich, dass meine Eltern eine liebevolle Ehe geführt haben. Wenn Vater mal mürrisch war, musste Mutter ihn nur anlächeln, und du konntest sehen, wie seine Laune sich hob. Dann sagte er zu ihr: ›Maria, du wickelst mich wieder um deinen kleinen Finger.‹« Susanna stockte, denn in diesem Augenblick erinnerte sie sich wieder daran, wie sie ihren Vater blutüberströmt auf dem Boden im Stall des elterlichen Hofs gefunden hatte.

»Mutter, erzähl mir mehr von Großvater«, bat Gritli.

Doch Susanna schüttelte den Kopf. »Für heute sind es genug Erinnerungen.«

Gritli spürte, dass es falsch wäre, die Mutter, in deren Blick tiefe Trauer zu erkennen war, allein zu lassen. »Verrate mir, wie du meinen Vater getroffen hast«, versuchte sie Susanna von den trüben Gedanken abzulenken.

»Du hast noch eine andere Eigenschaft mit meiner Mutter gemein. Du bist ebenso feinfühlig wie sie.« Mit diesen Worten strich Susanna dem Mädchen eine lockige Haarsträhne hinter das Ohr. Dann erklärte sie: »Leider lernte ich deinen Vater nur kennen, weil etwas Fürchterliches geschehen war.« Als sie Gritlis bettelnden Blick sah, seufzte sie. »Ich hatte mir geschworen, nicht mehr darüber zu sprechen. Doch ich werde dir gern erzählen, wie ich deinem Vater begegnet bin.

Ich war siebzehn Jahre alt, als ich zu meiner Tante reiste, die gerade entbunden hatte. Da sie nach der Geburt geschwächt war, sollte ich ihr im Haushalt helfen. Als ich nach einer Woche ins Köllertal zurückkehrte, war unser Hof niedergebrannt, und alle meine Familienangehörigen ermordet.«

»Wie furchtbar!«, rief Gritli entsetzt und schlug sich die Hand vor den Mund. »Wer hat das gemacht und warum?«, fragte sie mit weit aufgerissenen Augen.

»Wenn du mich unterbrichst, kaum dass ich einen Satz gesprochen habe, erzähle ich nicht weiter. Also schweig, und lass mich ausreden«, ermahnte Susanna das Mädchen sanft, das daraufhin nickte. »Schon bald kehrten die Mörder zurück, denn mein Vater hatte ihnen nicht das gegeben, warum sie gekommen waren.«

Gritli öffnete bereits den Mund, um der Mutter wieder eine Frage zu stellen. Doch mit einer strengen Geste verhinderte Susanna, dass sie erneut unterbrochen wurde, und sprach weiter: »Die Mörder wussten, dass mein Vater im Besitz einer Karte war, die sie zu einem Schatz führen würde.«

»Eine Karte, die den Weg zu einem Schatz weist?«, rief Gritli ungeachtet der Ermahnung dazwischen. Susanna nickte, doch das Mädchen zweifelte. »So etwas gibt es wirklich?«

»Ja, solch eine Karte gibt es, und dank ihr können wir ohne Geldsorgen leben.«

»Du hast damit einen Schatz gefunden, der uns reich gemacht hat?«

Susanna bejahte die Frage, und ihre Tochter riss erstaunt die Augen auf. »Allerdings weiß ich nicht, ob der Fund wirklich mit der Schatzkarte zu tun hatte, oder ob wir nur Glück hatten«, erklärte Susanna nachdenklich.

»Wo ist diese Karte? Zeigst du sie mir?«, fragte Gritli.

Susanna schüttelte den Kopf. »Wir haben sie lange vor deiner Geburt verbrannt. Allerdings reichte diese Karte allein nicht aus, um einen Schatz zu finden. Deshalb hör weiter zu, was geschehen ist, denn sie brachte nicht nur Gold und Geld, sondern auch Tod und Verderben über uns.«

Das Mädchen sah seine Mutter erschrocken an.

»Du musst wissen, Gritli, dass ein Schatz von Geistern bewacht wird, die dafür Sorge tragen, dass niemand das Versteck findet. Deshalb benötigt man nicht nur eine Schatzkarte, sondern auch Werkzeuge und viel Mut, denn es heißt, dass diese Hüter des Schatzes Diener des Satans sind. Es sind gefallene Engel mit unbegrenztem und unbeschreiblichem Zerstörungswillen … Ich denke, das war der Grund, warum mein Vater die Karte nicht selbst genutzt hat. Er hatte Angst und auch nicht die Beherztheit oder die Kraft, sich mit solchen Geistern anzulegen. Doch die Mörder meiner Eltern waren furchtlos.« Susanna schluckte hart und fuhr mit leiser Stimme fort: »Als ich damals meinen Vater im Stall fand, lebte er noch, obwohl man ihn brutal gefoltert hatte. Vielleicht hätte er überlebt, wenn nach dem Tod meiner Mutter nicht sein Lebenswille gebrochen wäre und er nicht den Tod herbeigesehnt hätte. Bevor er starb, vertraute er mir das Versteck der Schatzschriften an und ermahnte mich zu fliehen, denn er war sich sicher, dass die Mörder zurückkommen würden. Kaum hatte ich meine Familie beerdigt und die Schatzkarte gefunden, standen die Verbrecher auf dem Hof. Nur durch eine List konnte ich ihnen entkommen und suchte Schutz bei meiner Tante. Doch da war ich nicht willkommen, sodass ich wieder fort musste. Ich irrte umher, bis ich mich bei einer Bauersfamilie in einem fremden Ort in Sicherheit wähnte. Doch die Mörder spürten mich auf und bedrohten sogar diese Familie. Als ich vor ihnen weglief, schossen sie auf mich und verletzten mich. Ich erreichte mit letzter Kraft ein Waldgebiet. Dort fand mich dein Vater, der damals mit seinen Eltern und seinen Geschwistern aus ihrer Heimat, der Schweiz, nach Trier reiste. Obwohl dein Vater noch kein erfahrener Heiler war, konnte er mir helfen. Er rettete mich vor dem sicheren Tod ...«

»... und seitdem seid ihr euch in tiefer Zuneigung zugetan«, schlussfolgerte Gritli mit leuchtenden Augen.

»Nein, so war es nicht«, schmunzelte Susanna. »Ich muss gestehen, als ich deinen Vater kennenlernte, war ich nicht immer ehrlich und freundlich zu ihm. Eigentlich war ich ein richtiges Biest«, lachte sie. »Zwar merkte ich recht bald, dass er mir gefiel. Trotzdem habe ich seine Freundlichkeit und Hilfsbereitschaft ausgenutzt. Erst als ich glaubte, ihn verloren zu haben, merkte ich, wie sehr ich ihn mochte. Zum Glück ließ er sich von meiner Garstigkeit nicht abschrecken und hat um meine Hand angehalten. Dank seiner Hartnäckigkeit bin ich seit fast zwanzig Jahren seine Frau und die Mutter seiner Kinder«, beendete Susanna ihre Geschichte. Als sie den verträumten Blick ihrer Tochter erkannte, sagte sie zärtlich: »Ich wünsche dir von Herzen, mein Kind, dass auch du einen so guten Mann finden wirst.«

»Bei meinen Freundinnen sucht der Vater den Bräutigam aus«, erklärte das Mädchen und verzog den Mund.

»Das muss nicht das Schlechteste sein. Vor allem, wenn es geschäftliche Vorteile gibt, so wie bei den Voss', die durch das Arrangement mit den Schulzes ihr Geschäft vergrößern konnten – was sie allein nicht geschafft hätten, da ihnen das Geld fehlte.«

»Das heißt aber nicht, dass einem der ausgewählte Ehemann gefällt. Zum Glück haben wir kein Geschäft und genügend Geld«, murmelte Gritli.

Susanna lachte leise. Sie nahm das Gesicht ihrer Tochter in beide Hände und sagte: »Ich verspreche dir, dass du deinen Ehemann selbst aussuchen darfst.«

»Denkst du, dass Vater damit einverstanden wäre?«, fragte das Mädchen zweifelnd.

»Glaub mir, er will nur das Beste für dich und deinen Bruder. Und wenn er denkt, dass deine Wahl nicht die beste ist, dann musst du ihn vom Gegenteil überzeugen. Und dabei, mein Kind, kannst du mit meiner Hilfe rechnen.« Susanna betrachtete ihre Tochter, deren Gesicht zu leuchten schien. Irgendetwas verriet ihr, dass Gritli bereits jemanden kennengelernt hatte.

Unvermittelt schlugen die Turmuhren in Trier die erste Mittagsstunde und lenkten sie von ihren Gedanken ab. »Wo ist dein Vater, Gritli? Normalerweise kommt er um diese Zeit zu einem kleinen Zwischenmahl nach Hause«, wunderte sich Susanna. »Hoffentlich hat es im Hospital keinen Notfall gegeben.«

»Vater sagte mir, dass er zusammen mit Elisabeth zu Ur-Oheim Bendicht gehen will«, verriet das Mädchen.

Susanna runzelte die Stirn. »Bei diesem furchtbaren Wetter?«, staunte sie. »Heute ist ihr Hochzeitstag«, fiel es ihr ein.

»Hochzeitstag? Erzählst du mir, wie Elisabeth und Bendicht sich kennengelernt haben?«, bettelte Gritli aufgeregt.

»Nein, mein Kind! Das ist deren Geschichte, und die soll dir Elisabeth erzählen.«

Urs zog an der Klingelschnur und hoffte, dass man ihm die Tür rasch öffnete. Seine kalten Finger brannten, als ob sie Feuer gefangen hätten. Um sie zu wärmen, vergrub er sie in den Achselhöhlen unter seinem Umhang. Selbst die kurze Entfernung vom

Hospital bis zum Wohnhaus seines Oheims reichte aus, um von Kopf bis Fuß durchgefroren zu sein. Er stapfte mit den Füßen auf, damit die Gefühllosigkeit aus seinen Beinen verschwand. Endlich hörte er jemanden am Türschloss hantieren.

»Komm schnell ins Warme, mein Junge!«, rief Elisabeth, und er trat ein. Sie ging in die Küche vor, wo die Glut in der Herdstelle für wohlige Wärme sorgte. »Dieser Winter ist grausam und unerbittlich«, schimpfte sie und zog den Schal fest um ihre Schultern. »Ich will nur schnell meinen Umhang umlegen, dann können wir gehen.«

»Willst du wirklich bei diesem Wetter vor die Tür?«, fragte Urs sanft.

»Warum nicht? Ich bin schließlich nicht aus Zuckerguss«, erklärte sie schnippisch und wollte an ihm vorbeigehen, doch er hielt sie am Arm fest. »Das weiß ich, Elisabeth. Aber viele Wege sind vereist, und überall gibt es Schneeverwehungen. Wenn du hinfällst und dir ein Bein brichst … Er würde es verstehen«, versuchte er sie umzustimmen.

»Unsinn! Mir wird nichts geschehen«, erklärte sie energisch.

»Lass es uns verschieben, Elisabeth! Sobald der eisige Wind nachgelassen hat, werde ich wiederkommen, und dann werden wir …«

»Verstehst du nicht, Urs? Ich muss gehen! Heute ist unser Hochzeitstag«, unterbrach ihn Elisabeth.

Urs seufzte und ließ sie los. »Ja, ich weiß. Auch, dass dieser Tag dir sehr wichtig ist. Aber ich meine es nur gut mit dir. Morgen kann das Wetter schon anders sein«, versuchte er abermals sein Glück, sie von ihrem Vorhaben abzubringen.

Doch sie schüttelte den Kopf. »Ich werde gehen! Mit dir oder ohne dich!«

»Ich bin zu alt, um in der Kälte zu stehen, und ich sollte stattdessen am warmen Kaminfeuer sitzen«, klagte Jaggi Blatter und schlug seine Arme um den Pelzmantel. Ärgerlich schaute er zum Himmel empor, wo graue Wolken voller Schnee hingen. Wir sollten es auf morgen verschieben, überlegte er grimmig, doch dann wurden seine Gesichtszüge weich. »Ich weiß, dass du für mich dasselbe tun würdest, mein lieber Bruder«, flüsterte er, während ihm eiskalter Wind Tränen über die Wangen trieb.

Jaggi blickte sich in der Hoffnung um, seinen Sohn Urs mit der Schwägerin kommen zu sehen. Doch außer herabfallendem Schnee war nichts zu erkennen. Es wird das Beste sein, wenn ich vorgehe, sonst friere ich womöglich noch fest, scherzte er bitter.

Sehr zu seinem Leidwesen hatte sich Jaggi eingestehen müssen, dass er im Laufe seines Alters unsicher auf den Füßen geworden war. Zumal ihm besonders bei nasskaltem Wetter beide Knie schmerzten und er deshalb nicht mehr fest auftreten konnte. »Warum kann man nicht ewig jung bleiben?«, schimpfte er und setzte vorsichtig einen Schritt vor den anderen, da er wusste, dass sich unter den Schneeverwehungen spiegelglatte Eisflächen verbargen, die ihn zu Fall bringen konnten. Nicht auszudenken, wenn ich ausrutschen und in dieser Kälte liegen bleiben würde, dachte er.

Da hörte er, wie hinter ihm jemand seinen Namen rief. Er blieb stehen und sah sich um. Sein Sohn Urs führte die Frau seines Bruders am Arm zu ihm. Als sie vor ihm stehen blieben, umarmte er seine Schwägerin.

»Ich danke dir, Schwager, dass du mich trotz des Wetters begleitest«, sagte Elisabeth ergriffen.

»Das bin ich Bendicht schuldig«, antwortete Jaggi ernst und versuchte seine wahren Gefühle nicht zu zeigen.

Als er ihr seinen Arm reichte, bat Urs: »Vater, lass mich zwischen euch gehen, denn so ist es für euch sicherer.«

»Wer von uns hätte früher gedacht, dass wir beide einmal alt und gebrechlich werden, Elisabeth?«, brummte Jaggi und hakte sich nur widerwillig bei seinem Sohn unter, was auch seine

Schwägerin, die verhalten lächelte, tat. »Ja, Jaggi, das ist wohl wahr. Wir glaubten früher, ewig jung und voller Tatendrang zu bleiben.«

»Ihr könnt euch glücklich schätzen, dass ihr so gut so alt geworden seid«, erklärte Urs und führte die beiden durch die Gräberreihen.

»Ich kann nichts erkennen. Alles ist unter einer dicken Schneeschicht bedeckt«, schimpfte sein Vater, dessen Blick suchend umherschweifte. »Wer weiß, ob wir hier überhaupt auf dem richtigen Weg sind?«, meckerte er und schaute seinen Sohn mürrisch an.

»Hier ist es«, flüsterte Elisabeth und blieb stehen. »Ich grüße dich, mein Lieber«, sagte sie und hielt sich die Hand vor den Mund, da sie von Gefühlen überflutet wurde.

Urs kniete sich nieder und wischte den Schnee vom Grabstein seines Onkels. »Guten Tag, Oheim Bendicht«, flüsterte auch er. Als er aufstand und seinen Vater anblickte, hob dieser die Hand und blieb stumm. Urs ahnte, dass er befürchtete, seine Stimme könnte ihn verraten.

Elisabeth blickte unter Tränen zu dem kalten Stein, auf dem Bendichts Name und sein Geburts- und Sterbedatum eingemeißelt worden waren. Auch nach fünf Jahren kam es ihr unwirklich vor, dass ihr Mann nicht mehr bei ihr war. Obwohl der Tod sicherlich eine Erlösung für ihn gewesen war, hatte sie ihn nicht gehen lassen wollen.

Bendichts Wesensveränderung war schleichend gekommen. Zuerst vergaß er ab und an Kleinigkeiten, was er mit Humor nahm. Doch als die Abstände kürzer wurden und er selbst spürte, dass etwa mit ihm nicht stimmte, wurde er ungehalten und wütend. Manchmal war er, wenn er etwas nicht fand oder nicht wusste, so erzürnt, dass er sie beschuldigte, ihn absichtlich zu ärgern und deshalb die Dinge vor ihm zu verstecken. Auch unterstellte er ihr, ihm falsche Auskunft zu geben, um ihn an der

Nase herumzuführen. So ging das einige Jahre lang, und das Zusammenleben wurde schwierig.

Das Einzige, was offenbar unverändert blieb, war die Freude an seinen Büchern. Doch dann erkannte Elisabeth, dass Bendicht nicht mehr darin las, sondern nur die Buchstaben anstarrte. Das war der Anfang vom Ende. Zum Schluss saß er teilnahmslos vor dem Fenster und wusste nicht einmal mehr ihren oder seinen Namen. All das hätte Elisabeth klaglos ertragen, wenn ihr Ehemann bei ihr geblieben wäre. Doch der Tod fragte nicht nach ihrem Befinden. Eines Tages war Bendichts Herz im Schlaf stehen geblieben, und er war erlöst.

»Heute wären wir siebzehn Jahre verheiratet, mein Schatz«, flüsterte sie, als ob Bendicht sie hören könnte. Mit tränenverschleiertem Blick schaute sie auf sein Grab und klagte: »Von denen waren uns zwölf gemeinsame Jahre vergönnt. Doch diese waren die glücklichsten meines Lebens. Nicht einen Tag möchte ich davon missen. Was würde ich dafür geben, wenn ich noch einmal dein brummiges Wesen oder dein Schnarchen neben mir hören könnte. Jeder Tag ohne dich ist eine Qual für mich. Ach, wären wir doch wieder vereint, Bendicht. Aber anscheinend hat der Herrgott noch kein Einsehen, denn er lässt mich noch nicht zu dir.«

Elisabeth spürte, wie ihr Schwager an ihrem Arm erstarrte. Erschrocken blickte sie ihn an. »Er fehlt mir«, entschuldigte sie ihre persönlichen Worte, die eigentlich nicht für fremde Ohren bestimmt gewesen waren.

»Uns allen«, erklärte Jaggi und drückte ihre Hand. Es hatte ihn gefreut, als sein Bruder eine gute Frau fand, mit der er bis zum Schluss ein glückliches Leben führte – auch wenn Bendicht in den letzten Monaten sein Glück nicht mehr wahrgenommen hatte. Seine Krankheit war für alle furchtbar gewesen, da sie tatenlos mit ansehen mussten, wie Bendicht immer weniger wurde. Nicht nur geistig hatte er abgebaut, auch körperlich. Dabei hatte Jaggi stets angenommen, dass er selbst in den Himmel vorgehen würde, da er als Soldat vielen Gefahren ausgesetzt war. Doch der Herrgott hatte anders entschieden, und jeder musste diese Entscheidung ertragen.

Jaggi schloss die Augen und betete stumm.

Urs hatte das Gefühl, der Boden würde unter ihm schwanken. Nach Elisabeths bewegenden Worten spürte er die Trauer über den Tod seines Oheims mit einer Grausamkeit aufsteigen, als ob dieser erst heute von ihnen gegangen sei. Auch verstärkte sich sein Schuldgefühl, weil er ihm nicht hatte helfen können. Dabei hatte er nichts unversucht gelassen. Als Bendichts Wesen sich so stark veränderte, hatte Urs zuerst in den Schriften der alten Gelehrten nachgeforscht. Zu seinem Erstaunen kannte man diese Krankheit schon in der Antike, denn der Wesir Ptahhotep hatte sie in der altägyptischen Lebenslehre schon dargestellt: *»Der Mund ist schweigsam, er kann nicht mehr reden. Das Herz lässt nach, es kann nicht mehr des Gestern erinnern ... Was das Alter den Menschen antut? Übles in jeder Hinsicht!«*

In Urs hatte sich alles gesträubt, das zu glauben, denn es bedeutete: kein Linderung, keine Heilung, keine Hoffnung. Er suchte weiter und fand eine Abhandlung der Äbtissin Hildegard von Bingen. Doch auch ihrer Meinung konnte er nicht zustimmen. Sie war der Ansicht, dass manche Krankheiten als Teil des göttlichen Plans zu verstehen seien, die entweder eine Strafe für begangene Sünden oder eine Prüfung Gottes darstellten. Zu heilen wären sie nur durch ein gottesfürchtiges Leben, unterstützt durch Heilkräuter, die das Säftegleichgewicht im Körper wiederherstellen würden.

Das konnte jedoch nicht stimmen, denn Bendicht war Zeit seines Lebens ein gläubiger Mensch gewesen, der sich nichts hatte zuschulden kommen lassen.

Daraufhin sprach Urs mit jüdischen Ärzten und mit Professoren an der Universität zu Heidelberg. Doch alle zuckten ratlos mit den Schultern und meinten, dass sein Siechtum eine Folge des Alters wäre. Unabwendbar und unheilbar. Urs musste sich eingestehen, seinem Oheim nicht helfen zu können. Er war gegen diese Krankheit ebenso machtlos wie gegen die Pest.

Urs senkte den Blick und entschuldigte sich abermals mit einem stummen Gebet für seine Unfähigkeit. Als er wieder aufschaute, sagte er: »Lasst uns nach Hause gehen, bevor wir uns in der Kälte den Tod holen.«

Kapitel 3

In der Nähe von Coblenz

Ella stieß mit dem langen Holzpaddel die Hundshaut in den Trog und versuchte sie gleichmäßig durch die Brühe zu ziehen. Der Gestank und die Dämpfe trieben ihr die Tränen in die Augen. Auch brannten ihre Hände, die von dem kalten und dunklen Wasser, in das sie den Kot der toten Tiere eingemengt hatte, gerötet und aufgeplatzt waren. Ella fror. Ihre Kleidung war durchnässt und hing ihr schwer am Körper. Aber sie musste weiterrühren, damit die Häute einheitlich getränkt wurden. Müde blinzelte sie in den grauen Nachmittagshimmel und wischte sich mit dem Handrücken über die Lider, da herabfallender Schnee an ihren Wimpern hängen blieb. Als sie dabei ihre aufgeplatzte Augenbraue berührte, zuckte sie zusammen. Ängstlich blickte sie zum Schuppen hinüber, in dem ihr Mann weitere Häute bearbeitete. Ihr Herz schlug vor Furcht einige Takte schneller. Sie hoffte, dass er vor dem Abend nicht herauskommen würde. Sein Anblick widerte sie an, und sein Geruch verursachte ihr Übelkeit. Wenn sie nur an seine Berührungen dachte, zog sich ihr Magen zusammen. Fast täglich bestieg er sie. Erst recht, seit ihr Monatsfluss versiegt war. »Jetzt kannst du wenigstens keine unnötigen Bälger mehr gebären«, hatte er hämisch grinsend zu ihr gesagt und war brutal in sie eingedrungen.

Ella seufzte niedergeschlagen. Heirate einen Metzger, dann musst du niemals Hunger leiden, hatte der Vater ihr geraten und sie im Alter von fünfzehn dem acht Jahre älteren Wendel Bloch zur Frau gegeben. Vom ersten Augenblick an hatte die Ehe unter keinem freudigen Stern gestanden. Ellas Leben war von Schlägen und Gemeinheiten begleitet. Ihr Mann war fast jeden Tag betrunken und so brutal, wie er mit dem Schlachtvieh verfuhr, so war er auch zu ihr. Selbst wenn sie schwanger war, nahm er darauf keine Rücksicht. Fünf Mal war sie guter Hoffnung gewesen, doch nur das dritte Kind, eine Tochter, hatte überlebt. Zum Glück hatte das Mädchen einen guten Mann gefunden, mit dem sie einige Ortschaften entfernt lebte. Man sah sich nur selten, da die Mutter keinen Kontakt zu ihrer Tochter hegen durfte. Ella vermisste ihr Kind schmerzlich, doch das Wohlbefinden ihrer Tochter lag ihr mehr am Herzen als ihr eigenes. Sie hatte sich damit abgefunden, dass sie allein war – allein mit ihrem Mann, der trotz seines Alters seine Prügelkraft nicht verlor. Oft betete sie, dass der Herrgott sie zu sich nehmen solle. Doch da der kein Einsehen hatte, hoffte sie, dass er ihren Mann holen würde. Inzwischen hatte sie auch diese Hoffnung begraben. »Wahrscheinlich will Gott nichts von uns wissen«, murmelte sie und stieß wütend das Paddel in die Brühe. »Mein halbes Leben bin ich nun schon wegen meines Mannes eine Ausgestoßene. Eine Frau, mit der niemand etwas zu tun haben will, weil er das Messer herausgezogen hat«, schimpfte sie verhalten, damit Wendel ihre Worte nicht hörte.

Besonders wenn sie mit ihrem Schicksal haderte, dachte sie an den Tag zurück, als ihr Mann den Hofhund erschlagen hatte, weil er krank und zu nichts mehr zu gebrauchen gewesen war. Wendel hatte geglaubt, dass niemand das Verschwinden des Hundes bemerken würde, denn das Töten des Tieres wäre die

Arbeit des Abdeckers gewesen. Doch als ihr Mann den Kadaver auf dem Acker verscharrte, musste ihn jemand beobachtet und die Missetat dem Schinder verraten haben. Der hatte am nächsten Tag gut sichtbar sein Messer tief in ihren Türpfosten gerammt, sodass jeder im Dorf Bescheid wusste. Von dem Tag an waren ihnen Hohn und Schmach sicher gewesen, und Wendel und Ella galten wie der Abdecker als Menschen ohne Ehre. Ihr Mann hätte dem Schinder für das Töten des Hundes als entgangenen Lohn lediglich eine Abfindungssumme zahlen müssen, dann wären sie die Schande losgeworden. Doch stattdessen hatte er das Geld ins Wirtshaus getragen und mit besoffenem Kopf das Messer aus dem Türholz herausgezogen. Weil ihr Mann das Messer eines Unehrbaren angefasst hatte, war er für alle Zeit ebenfalls ehrlos geworden, und sie als sein Weib mit ihm. Voller Entsetzen hatte Ella ihn angeschrien: »Was hast du getan?«, woraufhin er seine Wut an ihr ausließ. Tagelang hatte sie nicht aufstehen können und wie ein Säugling ins Bett gemacht. Seit diesem Augenblick hasste sie Wendel abgrundtief.

Die Dorfbewohner hatten sie aus ihrem Haus vertrieben. Sie mussten zu anderen Ausgestoßenen am Rande des Ortes umsiedeln und fortan in einer verfallenen Hütte leben. Die Leute mieden sie. Niemand kam sie besuchen, keiner sprach mit ihnen, und niemand reichte Ella mehr die Hand. Sie waren fortan geächtet und lebten ein einsames Dasein, aus dem es kein Entrinnen gab.

Ella rührte ein letztes Mal die Häute um und deckte den Trog mit Brettern ab. Dann presste sie ihre schmerzenden Hände zwischen den Rockstoff, um sie zu wärmen.

»Wenn doch endlich der Frühling käme«, flüsterte sie bibbernd. Doch so sehr sie die Wärme herbeisehnte, so sehr würde dann auch der Gestank zunehmen, der durch die kalte Witterung erträglich wurde. Wie ich dieses Leben hasse, dachte sie und ging in die Hütte.

Wendel Bloch schabte mit seinem scharfen Messer Fleischreste und Fett von der Haut. Dabei sah er grimmig zu den Hunden, die in ihren Käfigen wimmerten und heulten. »Haltet eure Mäuler, sonst schlitze ich eure Kehlen auf«, fauchte er und trat gegen die Verschläge.

»Du hast es weit gebracht«, sagte eine Stimme voller Verachtung hinter ihm.

Bloch erschrak bis ins Mark und wandte sich der Stimme zu. »Wer bist du?«, schnauzte er und musterte den Fremden.

»Hast du einen Hund, so schwarz wie die Nacht?«, fragte der Mann, ohne zu antworten.

»Woher soll ich das wissen? Sieh selbst nach. Wozu benötigst du ihn?«

»Das geht dich einen feuchten Furz an«, entgegnete der Fremde und durchsuchte die Käfige mit einem Blick. Er konnte anscheinend keinen schwarzen Hund finden, denn er kam zurück und stellte sich vor Bloch, der erneut fragte:

»Wer bist du?«

»Erkennst du mich nicht?«, fragte der Mann und zog verwundert eine Augenbraue hoch.

»Müsste ich das?«

»Ich habe dich nicht vergessen.«

»Wärst du ein Weib, könnte ich das verstehen«, griente Bloch und fasste sich in den Schritt.

Der Mann blickte ihn abfällig an und kam näher. Die Hunde in ihren Käfigen knurrten und kläfften laut.

»Vom Metzger zum Hundeschlächter«, spottete der Fremde.

Bloch überlegte und grub in seiner Erinnerung. »Irgendwie kommst du mir bekannt vor«, murmelte er und musterte die ärmlich gekleidete Erscheinung. »Kommst du aus einem der Nachbarorte? Haben wir schon zusammen gesoffen?«

»Du weißt, dass niemand mit einem Ehrlosen trinken darf, da er sonst selbst verflucht ist.«

»Man darf auch nicht mit mir sprechen, außer man ist selbst ein Unehrlicher.«

»Das bin ich nicht.«

»Dann bist du es jetzt«, höhnte Bloch.

Doch der Fremde schüttelte den Kopf. »Ich habe mich vor dir schützen lassen.«

»Davon habe ich noch nie gehört. Wie soll das gehen?«

»Durch weiße Magie. Außerdem übe ich kein Handwerk aus, das durch Gerede mit dir unehrenhaft werden könnte.«

»Wer bist du, und was willst du? Sprich oder verschwinde.«

»Setz dich, Wendel Bloch, dann werde ich dir antworten.«

»Ich habe keine Zeit für solche Spiele. Wo ist Ella? Hast du ihr etwas angetan?«

»Warum sollte ich deiner Frau Schaden zufügen? Die Arme ist mit dir gestraft genug.«

»Woher kennst du sie? Warst der Alten wohl schon zwischen den Schenkeln«, brauste Bloch auf und wollte sich mit dem Messer, das er noch immer in seiner Hand hielt, auf den Fremden stürzen.

Der streckte ihn mit einem gezielten Faustschlag zu Boden. »Halt die Fresse, und bleib im Dreck sitzen, wo du auch hingehörst«, zischte der Mann und blickte ihn aus hasserfüllten Augen an.

Bloch hatte sich auf die Zunge gebissen und spuckte Blut. Zornig wischte er sich über die Lippen und streckte ächzend die Beine aus. »Ich schlitze dir den Bauch auf und verfüttere deine Gedärme an die Hunde«, drohte er mit gereiztem Gesichtsausdruck, während der Fremde ihn seelenruhig ansah. »Jetzt sag endlich, wer du bist«, brüllte Bloch.

Der Mann nickte. »Vor vielen Jahren, als du noch kein ehrloser Hundeschlächter warst, hast du einem kleinen Jungen grundlos Schmerzen zugefügt …«, begann er und wurde von Bloch sofort unterbrochen.

»Wer soll das gewesen sein? Ich kann mich an keinen Jungen erinnern.«

»Der Vater des Knaben war dein Speichellecker, der das Maul nicht aufbekam. Ohne mit der Wimper zu zucken, hat er der Verstümmlung seines eigenen Kindes zugesehen.«

»Du verdammter Hurensohn musst mich verwechseln«, schrie Bloch und wollte aufstehen, doch er wurde mit dem Fuß zurückgestoßen.

»Es hat einige Zeit gedauert, bis ich dich finden konnte. Doch dann hörte ich von dem Mann, der einst ein Metzger war und jetzt am Rande des Dorfes bei den Ehrlosen haust. Ein Ehrloser bist du also geworden! Einer, dessen Namen man nicht auszusprechen wagt. Tagelang habe ich dich beobachtet, weil ich mir sicher sein wollte. Doch im Grunde wusste ich sofort, als ich dich sah, dass du es bist. Dein dreifaltiger Nacken, deine Augen unter wulstigen Lidern, deine dicken Oberarme – all das hat sich in mein Gedächtnis eingebrannt. Du hast dich nicht verändert und bist der gleiche elende Kerl geblieben wie damals: rücksichtslos, brutal und niederträchtig«, erklärte der Fremde und zog seine Mütze herunter. Er drehte den Kopf zur Seite, sodass eine hässliche Narbe zu sehen war.

Bloch begann zu ahnen, wen er vor sich hatte. »Hieß dein Vater Griesser?«, fragte er. Der Fremde nickte, und Bloch lachte gehässig auf. »An seinen Vornamen kann ich mich nicht erinnern. Dein Alter war unbedeutend, und deinen Namen wollte ich nie wissen. Es hat gereicht, dass ich dein Ohr als Andenken behalten und es später an meinen Hofhund verfüttern konnte«, spottete er.

»Du verdammter Bastard«, fluchte Urban Griesser und packte ihn am Kragen.

»Was willst du von mir? Seitdem ist eine Ewigkeit vergangen. Warum kommst du jetzt, nach so vielen Jahren? Lass mich los, und geh deines Weges.«

»Wendel Bloch, ich verurteile dich wegen deines Verbrechens an Urban Griesser zum Tod durch den Strang«, presste Urban hervor und zog ihn auf die Beine.

»Bist du Richter geworden?«, gellte Bloch und schlug um sich.

»Gott ist mein Zeuge und dein Richter«, versicherte Urban ihm und packte ihn am Kragen, um ihn nach draußen zu zerren.

Ella brühte sich einen Becher Kräutersud auf und goss das restliche heiße Wasser in eine Schüssel, um einige Tropfen Ringelblumenöl hinzuzufügen. Langsam tauchte sie ihre geschundenen Hände in das Heilwasser und schloss die Augen. Als der Schmerz abebbte, öffnete sie die Augen und stutzte. Sie trat dichter an die fast blinde Scheibe des schmalen Küchenfensters heran. Was geschah da draußen? Wer war der Fremde, der ihren Mann am Kragen aus dem Schuppen zog, und warum tat er das?

Ella sah, wie Wendel wild um sich schlug, doch der Fremde ließ nicht locker, bis er ihn zu Boden stieß. Ella sah, wie Wendel auf die Knie hochkam und flehend die Hände hob. Er schrie und jammerte, sodass Ella versucht war, nach draußen zu eilen, um ihm zu helfen.

Da schaute der Fremde in ihre Richtung, als ob er ihre Gedanken erahnte. Etwas in seinem Blick verriet ihr, dass es besser war, in der Hütte zu bleiben. Sie nickte dem Unbekannten zu, ohne nachzudenken. Nun nahm der Fremde einen Schal und band ihrem kreischenden Mann den Mund zu, und mit einem Strick fesselte er ihm die Hände. Wie ein Stück Schlachtvieh zog er ihn vom Schuppen fort.

Ella sah den beiden nach, bis sie aus ihrem Sichtfeld verschwunden waren. Mit tränenverschleiertem Blick sah sie zum Himmel empor und bekreuzigte sich. Stumm dankte sie ihrem Herrgott, dass er ihre Gebete erhört hatte.

Kapitel 4

In Trier

Urs trat an Susannas Bett heran, beugte sich über sie und gab ihr einen Kuss.

»Du bist eiskalt«, sagte sie und hielt ihn am Arm fest. »Leg dich zu mir, und wärme dich«, bot sie ihrem Mann an, der es sich nicht zweimal sagen ließ, seine Schuhe auszog und zu ihr ins Bett stieg.

»Schneit es noch?«, flüsterte sie, während sie ihren Kopf auf Urs Brust bettete und die Decke über beide ausbreitete.

»Es hat aufgehört, doch der Himmel hängt voller Schnee. Wir haben bereits März, aber der Winter scheint kein Ende nehmen zu wollen«, murmelte er und fragte: »Wie geht es dir, mein Schatz?«

»Der Husten hat nachgelassen, und das Fieber ist abgeklungen. Morgen werde ich wieder aufstehen können.«

»Hat Gritli dich gut versorgt?«

»Sie hat mir deine bitteren Kräuter aufgebrüht«, sagte Susanna und verzog angewidert das Gesicht. »Mehr als einen Becher kann ich von dem Sud nicht trinken.«

Urs lachte verhalten. »Er soll nicht schmecken, sondern dir helfen. Und das tut er.«

»Wie war es im Hospital? Hattest du viel zu tun?«

»Wegen Schnee und Eis haben wir vermehrt Knochenbrüche zu richten. Viele sind stark erkältet, haben Darmbeschwerden und Kopfschmerzen.«

»Gritli erzählte, dass du mit Elisabeth bei Bendicht gewesen bist.«

»Ich wollte sie an ihrem Hochzeitstag nicht allein gehen lassen und habe sie zum Friedhof begleitet, wo Vater auf uns gewartet hat. Der Gang zu Bendichts Grab ist auch für mich schwer. Dabei hatte ich gehofft, dass ich mich irgendwann mit seinem Tod abfinden würde. Fünf Jahre ist er nun schon tot, und ich vermisse ihn wie am ersten Tag. Er fehlt mir besonders in den Abendstunden, wo wir uns früher ausgedehnt beraten und gestritten haben. Sein scheinbar grenzenloses Wissen hat mich stets beeindruckt. Ohne lange nachzudenken, konnte er mir sagen, wo in den Büchern der Gelehrten was geschrieben steht. Auch musste er nur die Symptome kennen, um eine Krankheit zu benennen. Selbst wenn nun andere Heiler und sogar studierte Mediziner mich in meiner Arbeit unterstützen, so ist durch Bendichts Tod eine große Lücke entstanden, die niemand füllen kann.«

»Ich weiß, was du meinst und wie du dich fühlst«, sagte Susanna leise und fuhr ihrem Mann durchs rostrote Haar, in dem graue Fäden schimmerten. »Unsere Tochter hat heute nach meinen Eltern und Geschwistern gefragt.«

Urs drehte den Kopf und sah sie überrascht an. »Wie kam sie dazu?«

»Ein dummer Zufall«, erklärte Susanna und schilderte ihrem Mann das Gespräch mit Gritli.

»Du wolltest doch niemals wieder darüber sprechen«, sagte Urs und drückte Susanna einen Kuss auf die Stirn.

»Ja, ich weiß. Doch ich bin froh und erleichtert, dass sie nun die Wahrheit kennt. Heute wurde mir erstmals bewusst, dass Margarete meiner Mutter sehr ähnlich ist. In unserer Tochter lebt sie weiter.«

»Das freut mich sehr, obwohl ich stets dachte, dass sie mein Ebenbild wäre.«

»Mit ihren rostroten Locken und den bernsteinfarbenen Augen sieht sie aus wie du. Aber ihr Wesen gleicht sehr dem meiner Mutter.«

»Wie hat sie die Geschichte aufgefasst?«

»Gritli war bestürzt und traurig. Als sie meine Trauer erkannte, lenkte sie mich ab und fragte, wie wir uns kennengelernt haben«, berichtete Susanna ihrem Mann.

»Ich hoffe, du warst ehrlich und hast nichts verschönt.«
»Wie meinst du das?«, fragte Susanna.
»Dass du ihr die Wahrheit erzählt hast.«
Susanna blickte mit gerunzelter Stirn und sah ein Glitzern in seinen Augen. »Du meinst, ob ich ihr erzählt habe, dass du Angst vor meinem Vermögen hattest und mich deshalb nicht heiraten wolltest? Dass du glaubtest, nichts wert zu sein, weil ich eine reiche Frau war?«
»Nein«, lachte Urs, »ich meinte, dass du ein Teufelsbraten warst, der unhöflich, biestig und gemein war und meine Freundlichkeit ausgenutzt hat und das ...«
Susanna warf sich über ihn und verschloss seinen Mund mit ihren Lippen. »Schweig!«, flüsterte sie und küsste ihn, was er leidenschaftlich erwiderte. Als seine Hand unter ihr Nachtgewand wanderte, sagte sie atemlos: »Gritli kann jeden Augenblick hereinkommen.«
Urs vergrub stöhnend sein Gesicht in ihrem dunklen Haar. »Ich werde heute Abend über dich herfallen«, versprach er.
Susanna lachte. »Und ich werde dich wach machen, wenn du schnarchend neben mir liegst.«
Als ihr Mann aufstehen wollte, verriet sie ihm: »Ich glaube, dass unsere Tochter langsam flügge wird.«
Erstaunt legte er sich wieder zurück. »Wie meinst du das?«
Susanna zuckte mit den Schultern. »Ich kann es dir nicht sagen. Es ist das Gefühl, das eine Mutter ihrer Tochter gegenüber entwickelt.«
Urs zog zweifelnd die Brauen in die Höhe. »Was sagt dir dein Gefühl über unseren Sohn? Es wäre an der Zeit, dass er sich eine Frau sucht, bevor ihm unsere Tochter zuvorkommt.«
»Ach, ich würde es begrüßen. Stell dir vor, mein Lieber, wie schön es wäre, wenn das Haus mit Kinderlachen erfüllt wäre.«
Urs blickte seine Frau erstaunt an. »Du möchtest Großmutter werden?«

»Ich hätte nichts dagegen.«

»Wir sind ein uraltes Ehepaar geworden«, murmelte er kopfschüttelnd und schwang die Beine aus dem Bett.

»Das ist der Lauf der Zeit und des Lebens«, lachte Susanna und strahlte ihn aus ihren rehbraunen Augen an.

»Weiß du, wann unser Sohn nach Hause kommt?«, fragte Urs, während er sich die Schuhe überzog.

»Rechtzeitig zum Osterfest im April«, verriet Susanna. »Ich bin gespannt, was er zu berichten weiß.«

»Seit er für die Familie Devora reist, ist er kaum noch zuhause, sodass man wenig über sein Leben weiß«, klagte Urs.

»Dafür versorgt uns Michael mit Köstlichkeiten aus dem fernen Italien. Und der Rotwein mundet dir vorzüglich, mein Lieber.«

»Ich hätte nicht gedacht, dass unser Sohn einmal Kaufmann wird. Der Umgang mit Zahlen scheint ihm zu gefallen, auch wenn ich mir gewünscht hätte, dass er in meine Fußstapfen tritt. Doch nicht jeder hat die Fähigkeit zu heilen.«

»So, wie auch nicht jeder zum Soldatenleben taugt«, erinnerte Susanna ihren Mann, der auf Wunsch seines Vaters in dessen Fußstapfen hätte treten sollen.

»Deshalb habe ich zugestimmt, als Michael den Wunsch äußerte, mit Devora in dessen Heimat Italien reisen zu dürfen. Er soll sein Wissen vertiefen und brauchbare Erkenntnisse gewinnen, die er hier in Trier niemals erhalten würde.«

»Das war ein weiser Entschluss, mein Lieber«, lobte Susanna ihren Mann und erklärte: »Durch Michael werde ich wichtige Verbindungen zu Geschäftsleuten in Italien knüpfen können. Erst letzte Woche hat mir ein Kunde gesagt, dass Trier noch immer der wichtigste Umschlagplatz für die Kurpfalz wäre. Es kommen sicher wieder bessere Zeiten, in denen der Handel florieren wird, und bis dahin will ich einige Geschäftspartner gefunden haben.«

»Weiß das auch Clemens Eisenhut? Da du seine Teilhaberin bist, musst du als Erstes ihn von deinem Vorhaben überzeugen. Doch so wie ich ihn einschätze, verschließt er sich eher dem Neuen und hält am Alten fest.«

Als Urs den enttäuschten Blick seiner Frau sah, fügte er tröstend hinzu: »Du weißt, mein Liebes, dass ich vom Handel nichts verstehe. Vielleicht irre ich mich, und Eisenhut stimmt deinem Vorhaben zu. Trotzdem möchte ich meine Bedenken äußern, denn ich kenne dich gut, Susanna. Wenn du dir etwas in den Kopf gesetzt hast, dann willst du es auch umsetzen – koste es, was es wolle. Doch wir steuern keinen guten Zeiten entgegen. Noch immer herrscht Armut unter den Menschen, die sich weder Fleisch noch einen Arzt leisten können. Glaubst du wirklich, dass es hier Abnehmer für teure Spezialitäten aus dem fernen Italien gibt?«

»Du siehst zu schwarz …«, versuchte Susanna den Einwand ihres Mannes zu entkräften.

Doch er schnitt ihr das Wort ab. »Ich sehe, dass die Unruhen wegen marodierender Soldaten zunehmen. Uns stehen harte Zeiten bevor.«

»Sicherlich werden die Zeiten sich wieder ändern. Wir müssen an die Zukunft denken und in sie investieren. Was hältst du davon, wenn wir Michaels Heimkehr zu Ehren ein Essen geben?«, versuchte Susanna das Gespräch in eine andere Richtung zu lenken. »Schließlich war unser Sohn fast ein Jahr fort. Auch unsere Freunde und Bekannten werden erfreut sein, ihn wiederzusehen. Ich werde einige einladen.«

»Dann lade auch Erich Schönborn und seine Tochter ein. Sie würde mir als Frau für unseren Sohn sehr behagen.«

»Vielleicht hat Michael sein Herz schon verschenkt.«

»An wen?«

»Die Familie von Devoras Bruder hat vier ansehnliche Töchter.«

»So weit kommt es, dass unsere zukünftige Schwiegertochter aus einem fernen Land stammt«, erklärte Urs gereizt.

»Ich habe Gritli versprochen, dass sie sich ihren Mann selbst aussuchen darf, und dasselbe sollte auch für unseren Sohn gelten.«

»Wie kannst du solch ein Versprechen geben? Das werde ich niemals unterstützen.«

»Wir beide haben uns selbst gefunden …«

»Das war etwas anderes! Dein Vater war tot, und …«

»… deiner wollte mich nicht. Deshalb weiß ich, wie schlimm es ist …«

»Susanna«, unterbrach Urs seine Frau energisch. »Ich werde für unsere Kinder den jeweiligen Ehegatten auswählen und natürlich darauf achten, dass er oder sie zu ihnen passt. Oder weißt du etwas Schlechtes über die Tochter von Schönborn zu berichten?«

»Nein. Die Familie hat einen tadellosen Leumund.«

»Dann setze sie auf die Gästeliste und überlege, wen wir noch einladen können. Sobald die Fastenzeit vorbei ist, werden wir ein großes Essen veranstalten.« Urs ging zur Kammertür, wo er sich noch einmal zu Susanna umdrehte. »Ruh dich aus, mein Liebling. Ich werde im Hospital nach meinen Patienten sehen.«

Susanna starrte auf die Tür, die hinter ihrem Mann ins Schloss fiel, und dachte nach. Urs kannte sie wirklich gut, denn sie würde sich von nichts und niemandem von ihrem Vorhaben abhalten lassen. Genauso wenig wie damals, als alles anfing, nachdem der Tuchweber Eisenhut ihr sein Leid geklagt hatte. Kaum hatte er ihr gestanden, dass er sich in Geldnot befand und keine Ware mehr einkaufen konnte, versprach sie ihm einen Kredit, ohne mit Urs darüber zu sprechen. Susanna wollte sich damals die Gelegenheit nicht entgehen lassen, eine eigene Existenz aufzubauen, die nichts mit dem Hospital ihres Mannes zu tun hatte.

Das Donnerwetter, als Urs von ihrem eigenständigen Handeln erfuhr, war noch einige Häuser der Gasse entlang zu hören gewesen, dachte sie schmunzelnd.

Doch allen Einwänden zum Trotz setzte sie ihren Kopf durch und gewährte Eisenhut einen Kredit, mit dem sie sich als Gegenleistung in sein Geschäft einkaufte. Sie hatte fortan Mitspracherecht, obwohl sie das Handwerk nicht beherrschte. Als es zu Streitigkeiten innerhalb der Zunft kam, lernte Susanna alles, was sie über das Tuchgewerbe wissen musste. Da der Kredit auch Jahre später noch nicht gänzlich zurückgezahlt war, wurde Susannas Stellung innerhalb des Wollhandels immer stabiler. Mittlerweile hatte sie eine eigene Schneiderei, in der mehrere Frauen den Stoff aus der Weberei Eisenhut verarbeiteten.

Susanna kaute auf der Innenseite ihrer Wange. Sie ärgerte sich, weil sie mit Urs über das Versprechen gesprochen hatte, das sie ihrer Tochter gegeben hatte. »Meine Kinder sollen sich ihre Ehegatten selbst aussuchen«, brummte sie. Allerdings musste sie sich eingestehen, dass auch ihr eine Schwiegertochter aus Italien nicht genehm wäre. »Womöglich würde Michael mit ihr in ihre Heimat ziehen, und ich würde dann meinen Sohn und meine Enkelkinder selten oder nie wieder sehen.« Sie könnte Michael bei der Wahl ein wenig nachhelfen, überlegte sie und sah das Gesicht der Schönborn-Tochter vor sich. Das Mädchen war so hübsch wie ein Engel, aber hatte sie auch ein engelgleiches Wesen? Susanna erinnerte sich, wie das Mädchen in ihrem Beisein eine Bedienstete ihres Vaters ausgeschimpft hatte, ohne Mitgefühl zu zeigen. Sie hat die junge Magd aufs Übelste beleidigt und ihr gedroht, sie auf die Straße zu setzen. Dieses Benehmen war abscheulich, zumal das Vergehen gering war, hatte die Dienerin doch lediglich die Milch verschüttet. Susanna hatte damals schon den Verdacht gehegt, dass die Tochter des Ratsherrn ihre privilegierte Stellung hervorheben wollte. »Ach, nein«, seufzte sie, »dieses Mädchen kommt nicht in die engere Wahl.«

In Gedanken ging sie die Töchter der anderen Ratsherren und Zunftmitglieder durch. »Wollweber Eisenhut hat fünf Töchter. Eine müsste doch für meinen Michael geeignet sein«, sinnierte Susanna. »Anna ist zu alt, Walburga bereits vergeben, Agnes nicht hübsch genug. Katharina …« Sie überlegte. »Katharina müsste jetzt fünfzehn Jahre alt sein und ist somit im idealen Heiratsalter. Ihr Gesicht ist freundlich, und mit den zahlreichen Sommersprossen wirkt sie liebreizend. Auch interessiert sie sich für das Geschäft. Ja, ich glaube, dass Katharina die perfekte Frau und Schwiegertochter wäre. Aber ob ihr Vater das ebenso sieht? Ich werde einen Plan ersinnen, den er nicht ablehnen kann. Und meinem lieben Michael werde ich meine Wahl als seine eigene schmackhaft machen«, sprach Susanna zu sich und musste laut auflachen. »Wie mein lieber Urs schon sagte: Was ich mir in den Kopf gesetzt habe, versuche ich auch zu erreichen.«

Kapitel 5

Im Dorf Piesport

Martha wurde von lautem Gepolter geweckt. Verschlafen rieb sie sich die Augen und ging zu der kleinen Dachluke, durch die sie auf den Hof blicken konnte. Im Schein der Fackeln erkannte sie Jakob, der Fässer über die Pflastersteine zum Fuhrwerk rollte. Nachdem der Weinbauer alle Holztonnen auf der Ladefläche verstaut hatte, sah sie, wie er sich auf den Kutschbock setzte und die Pferde antraben ließ.

Er macht sich auf nach Trier, freute sich Martha und kleidete sich geräuschlos an. Um die anderen Mägde, mit denen sie sich die Kammer teilte, nicht zu wecken, zog sie die Schuhe erst draußen vor der Stiege an. Leise stieg sie die steile Leiter hinunter und versteckte sich neben dem Hof hinter einer breiten

Weinrankenreihe. Als ihr Liebster an ihr vorbeikam, zog sie ihn am Arm hinter das Grünzeug und warf sich ihm an den Hals.

»Martha!«, keuchte er, weil er keine Luft mehr bekam.

»Der Bauer kommt nicht vor Sonnenuntergang zurück, wenn er nicht sogar über Nacht in der Stadt bleibt. Wir haben genügend Zeit …«, flüsterte sie und führte den Satz nicht weiter, sondern fasste ihm frech in den Schritt.

»Martha!«, keuchte er nun vor Erregung.

»In der Mittagszeit?«, fragte sie, und er nickte.

Seit vier Wochen waren die Magd und der Knecht ein Paar, und immer, wenn sich ihnen die Gelegenheit bot, trafen sie sich in einem kleinen Steinhaus inmitten des Weinbergs. In ihrem heimlichen Liebesnest hofften sie unentdeckt zu bleiben, da das Häuschen nur während der Erntezeit als Lager für die Arbeitsgeräte genutzt wurde. Der Weinbauer, für den beide arbeiteten, verbot Liebschaften innerhalb seines Gesindes und würde sie ohne Erbarmen auf die Straße setzen, sollte ihre Liebesbeziehung bekannt werden. Aber was sollte man machen, wenn die Gefühle verrückt spielten und sich nicht kontrollieren ließen?

Der steile Anstieg zum kleinen Steinhaus ließ Martha nach Luft schnappen. Der kalte Wind, der über den Weinberg pfiff, brannte in ihrer Lunge und fuhr durch ihre Kleidung. Als sie endlich vor dem Häuschen stand, blickte sie sich nach allen Seiten um. Niemand war zu sehen. Deshalb legte sie einen Stein neben den Eingang als Zeichen für Jakob, dass sie bereits da war. Martha öffnete das Türchen, schlüpfte hinein und legte innen den Riegel um. Auch drinnen war es kalt und zugig, und zu ihrem Leidwesen gab es keinen Kamin, den sie entzünden könnte. Fröstelnd schlang sie sich die Arme um die Brust.

Das nächste Mal bringe ich einen Sack voller Stroh mit und stopfe damit die Ritzen aus, dachte sie. Seit sie sich mit ihrem Liebsten hier traf, hatten sie heimlich ein Kissen, eine Decke und eine Matratze hergebracht, damit sie nicht auf kaltem Boden liegen mussten. Da der Raum fensterlos war, entzündete sie mehrere Kerzen, die für sanftes Licht sorgten.

Schließlich klopfte es dreimal an der Tür, und Martha schob den Riegel zurück. »Da bist du endlich!«, wisperte sie und schlang die Arme um Jakobs Hals, der sie voller Begierde küsste.

»Ich habe nicht viel Zeit«, flüsterte er zwischen zwei Küssen. »Der Großknecht vergnügt sich gerade mit der Waschmagd. In einer Stunde muss ich zurück sein, sonst fällt es auf.«

»Dann lass uns keine Zeit mit Geschwätz vergeuden«, kicherte Martha und entkleidete sich, um sich dann auf der Matratze auszustrecken und ihren Liebhaber beim Ausziehen zu beobachten. Wie gut er aussieht, dachte sie. Und jung war er – fast fünf Jahre Altersunterschied lagen zwischen ihnen.

Als Martha vor zwei Monaten auf den Hof gekommen war, hatte sie sich unter den Knechten absichtlich den siebzehn Jahre alten Jakob ausgesucht. Einen, der in der Liebe noch unerfahren war und kaum etwas darüber wusste. Es hatte Martha große Lust bereitet, ihm so manche Raffinesse beizubringen. Sie dachte an ihr erstes Mal, bei dem er scheu vor ihr gestanden und sich für seine Männlichkeit geschämt hatte, die ungestüm in seinem Beinkleid gewachsen war. Doch er war ein gelehriger Schüler und hatte schnell das Schamgefühl abgelegt. Als er nun nackt und grinsend vor ihr stand, schlug Martha das Laken zurück, damit er ihren drallen Körper mit den prallen Brüsten betrachten konnte.

»Leg dich zu mir, und wärme mich«, gurrte sie und klopfte neben sich auf den Strohsack.

Jakobs Augen schienen vor Begierde zu funkeln. Er stellte sich seitlich und stützte die Hände in den Hüften ab. Voller Stolz präsentierte er ihr seine erstarkte Männlichkeit.

Martha kicherte und musterte lustvoll seinen Körper, als sie aus den Augenwinkeln etwas an der Wand vorbeihuschen sah. »Ihhhh!«, schrie sie und zog die Decke über sich. »Da ist ein Vieh in unserer Hütte.«

Jakob drehte sich um und griff in derselben Bewegung nach seiner Hose. »Wo?«, rief er, während er hineinschlüpfte.

Martha wies in die Ecke. Er nahm den Spaten auf, der neben der Tür stand, und schlich nach hinten. »Eine Ratte!«, flüsterte er, hob den Spaten in die Höhe und erschlug sie. Mit den Fingerspitzen hob er das tote Tier am Schwanz in die Höhe und brachte es vor die Tür, wo er es zwischen die Weinreben warf.

»Der Weinbauer scheint recht zu haben, denn er meint, dass wir eine Ungezieferplage bekommen werden. Allerdings denke ich, dass wir bereits eine haben, denn erst am Morgen haben der Holzknecht und ich zwei Ratten im Haus totgeschlagen«, verriet Jakob, als er zurückkam und die Tür schloss. Er zog sein Beinkleid wieder aus und schaute enttäuscht an sich herunter. »Schau dir das an! Alles futsch«, schimpfte er.

»Jammere nicht, mein Liebster, sondern leg dich zu mir. Ich weiß, wie wir den Kleinen wieder groß werden lassen«, säuselte Martha, und Jakob kroch zu ihr unter die Decke.

Als sie seinen Brustkorb streichelte, spürte sie kleine Pusteln auf seiner Haut. »Was ist das?«, fragte sie und nahm eine Kerze, um die Pickel im Licht besser betrachten zu können.

»Nichts weiter. Nur ein paar Flohstiche. Ich glaube, der Hofhund hat Flöhe, denn er kratzt sich den lieben langen Tag.«

»Dann bin ich beruhigt«, flüsterte Martha und rutschte wieder unter die Decke.

Kapitel 6

Michaels Blick schweifte über das Wasser des Lago di Como, das im Licht der tiefstehenden Sonne golden glitzerte. Er sah zu den Bergen, die im Hintergrund majestätisch emporragten. Mit ihren schneebedeckten Gipfeln standen sie im Gegensatz zu den bunt blühenden Pflanzen am Ufer. Sie erschienen wie gemalt und wirkten dadurch fast unwirklich. Michael versuchte die Schönheit der Landschaft in seine Gedanken aufzunehmen, um sich zuhause daran erinnern zu können. Als eine Hand über seinen verschwitzen Körper strich, hielt er die Luft an, um sie keuchend wieder auszustoßen.

»Ich kann dich nicht gehen lassen«, flüsterte die Stimme dicht an seinem Ohr.

Michael versuchte zu lächeln. »In meiner Heimat ist alles unter einer dicken Schneeschicht erstarrt. Kalt und scheinbar ohne Leben – so wie ich, wenn ich gehen werde«, versuchte er zu scherzen und wischte sich verstohlen über die Augen. »Deshalb will ich jeden Sonnenstrahl in mich aufnehmen. Ich will mir die Wärme im fernen Trier ins Gedächtnis zurückrufen können, wenn Kälte mich umgibt. Ebenso wie jede einzelne der roten und gelben Blumen, die hier zuhauf wachsen und die es bei uns nicht gibt. Ich möchte die klare Luft tief in meine Lungenflügel einschließen und am liebsten nie wieder ausatmen.«

»Aber du kommst wieder! Es ist kein Abschied für immer«, wisperte die Stimme an seinem Ohr, während Arme seinen Oberkörper umschlangen.

»Wir wissen beide, dass ich morgen gehe und nicht wiederkommen werde«, erklärte Michael mit fester Stimme, obwohl seine Augen sich erneut mit Tränen füllten. Angestrengt blickte er hinaus aufs Wasser.

»Das darfst du nicht sagen! Was wird aus uns? Was wird aus mir?«

»Es gibt kein ›uns‹! Wir wissen beide, dass unsere Liebe keine Zukunft hat. Meine Eltern würden dich niemals anerkennen. Wir haben vier Monate lang einen Betrug gelebt und uns selbst belogen. Nein, es gibt kein ›uns‹.«

»Dann geh nicht zurück! Bleib hier, bei mir!«

»Wo ist der Unterschied? Wenn unsere Liebe bekannt wird,

werden wir brennen. Wir müssen einander vergessen«, flüsterte Michael und spürte im selben Augenblick einen Kuss auf seinem Rücken, der ihm eine Gänsehaut bescherte.

»Das werde ich niemals können. Ich spüre zum ersten Mal, dass ich lebe und liebe.«

»Versteh doch! Es gibt keine Hoffnung für uns. Wir haben einen Traum gelebt, der morgen zu Ende geht. Er lässt einen bittersüßen Geschmack zurück, der meine Sehnsucht nach dir betäubt. Mein Trost werden die Nächte sein, wenn wir uns in unseren Träumen wiedersehen. Sie werden uns als Einziges bleiben.«

»Ich verfluche das Schicksal, und gleichzeitig bin ich ihm dankbar, dass es dich zu mir geführt hat. Meine Sehnsucht zu dir wird mich am Leben halten, und ich werde hier auf dich warten. Ich gebe die Hoffnung nicht auf, dass du eines Tages zurückkehrst.«

»Wir hatten etwas Wunderbares, etwas Seltenes, und daran werden wir uns ein Leben lang erfreuen«, erklärte Michael gequält. »Liebe mich ein letztes Mal, damit ich die Erinnerung in mein Herz einschließen kann.«

Michael wollte nicht gehen, wollte diese Liebe nicht verlieren, aber er konnte sie auch nicht halten. Langsam drehte er sich um und legte die Arme um den zuckenden Körper seiner großen Liebe. »Weine nicht, Andrea! Ich werde dich niemals vergessen«, flüsterte er und gab sich dieser Liebe ein letztes Mal hin.

Kapitel 7

Eisiger Wind trieb Schnee vor sich her und ließ Wendel Blochs Tränen auf seinen Wangen erstarren. Zitternd stolperte der Alte hinter Griesser durch die Dunkelheit, der ihn an einem Strick über den hart gefrorenen Acker zog. Knöcheltiefe Verwehungen ließen seine Schritte unsicher werden. Er fror in der dünnen Kleidung, und gleichzeitig schwitzte er. Vor Anstrengung japste er nach Luft, doch bei jedem Atemholen sog er den Knebel in seinen Schlund, wo der wollende Stoff seine Kehle austrocknete. Bloch glaubte zu ersticken und hustete.

Griesser drehte sich genervt zu ihm um. »Was hast du?«, fragte er und riss an dem Führstrick. Bloch fiel wie ein nasser Sack zu Boden. »Du bist zu fett, Wendel. Das warst du früher schon«, höhnte er und schaute hasserfüllt auf den Schlächter nieder. »Weißt du, was ich in meiner Erinnerung an dich vor Augen habe?«

Bloch schüttelte den Kopf.

»Ich habe an dein fettes Genick denken müssen, das ich damals vor mir sah, als du mich verstümmelt hast. Meine Familie musste Hunger leiden, während du so viel zu fressen hattest, dass dein Nacken sich in drei Ringen um deinen Hals legen konnte«, presste Griesser hervor und trat wütend nach Bloch. Als sich die Gesichtsfarbe des Hundshäuters veränderte, löste er widerwillig den Knebel aus dessen Mund.

Bloch legte sich auf den Rücken und keuchte nach Luft. Als sich sein Herzschlag beruhigt hatte, stand er wankend auf und brüllte: »Ihr musstet Hunger leiden, weil dein Alter ein Taugenichts war, der das wenige Geld ins Wirtshaus trug, statt euch Essen zu kaufen.«

Griesser holte aus und streckte Bloch mit einem Faustschlag zu Boden.

Der blieb stöhnend liegen. »Warum schlägst du mich wegen deines Alten, der nie nach dir gefragt hat?«, jammerte er und spuckte Blut in den Schnee. Als Griesser auf ihn zukam, hielt er sich schützend die Arme vor das Gesicht.

»Keine Angst, ich werde dich nicht noch mal schlagen, denn du wirst hängen. Nur dann bist du für mich von Nutzen.«

Wegen seiner aneinandergebundenen Hände kam Bloch nur

mühsam auf die Beine. Sein Herz schien vor Angst schneller und lauter zu schlagen. »Warum willst du mich hängen? Nach so vielen Jahren. Aus Rache?«, gellte seine Stimme durch die Dunkelheit.

Urban Griesser betrachtete Wendel Bloch, der am ganzen Körper zitterte, aus kalten Augen. »Rache ist wie ein Gift, das uns in etwas Abscheuliches verwandelt. Nein, ich will keine Rache nehmen. Außerdem wäre sie zu einfach und zu schnell vorbei.«

»Dann lass mich gehen. Ich werde niemandem erzählen, wo du gewesen bist«, bettelte Bloch.

Urban Griesser zog seinen Umhang über der Brust fest zusammen. »Wen interessiert, ob ich bei dir gewesen bin? Steh endlich auf, damit wir weiterkommen.«

»Wohin gehen wir?«

»Zum Galgenberg.«

»Du willst mich richten, weil ich dir ein Ohr abgeschnitten habe?«, schrie Bloch und versuchte aufzustehen.

»Schlägst du immer noch dem Vieh vor dem Schlachten ein Bein ab, damit es tanzt?«

Wendel Bloch blickte unter seinen wulstigen Lidern zu Griesser hoch. »Woher weißt du davon?«

»Ihre Schmerzensschreie waren bis zu unserem Haus zu hören.«

»Rede keinen Unsinn. Wenn sie ein paar Mal im Kreis gehopst sind, habe ich ihnen den erlösenden Schlag gegeben.«

»Du hast keine Ehre im Leib!«

»Was hat meine Ehre mit dem dämlichen Vieh zu tun? Es wird geboren, um zu sterben.«

»Ich habe beobachtet, wie du deine Frau geschlagen hast.«

»Was geht dich das an? Hättest ihr helfen können, anstatt dich zu verstecken und zuzuschauen«, rief Bloch zornig, dem das Gerede zuwider wurde. »Du hattest deinen Spaß, nun lass mich gehen.«

»Du wirst hängen, damit dein Leben wenigstens im Angesicht des Todes einen Nutzen hat.«

Wendel Bloch erkannte Griessers entschlossenen Blick und brüllte: »Ich entschuldige mich für all meine Vergehen und verspreche, dass ich mich bessern werde. Lass mich gehen!«

Als Griesser den Kopf schüttelte, flüsterte er: »Warum?«

Griesser antwortete gefühllos: »Mir fällt sonst niemand ein, den ich hängen könnte!«

Wenig später saß Wendel Bloch vor dem brennenden Feuer, ohne die Wärme zu spüren. Hände und Füße waren ebenso kalt und leblos wie seine Beine. Er warf einen raschen Seitenblick zu Griesser, der versuchte, dem toten Hasen, den sie steifgefroren auf dem Feld gefunden hatten, das Fell abzuziehen.

»Ich werde es kaum bis zum Galgenberg schaffen«, erklärte Bloch. »Bis wir ihn erreichen, bin ich erfroren.«

»Deshalb habe ich das Feuer entfacht«, sagte Griesser ungerührt und spießte den Hasen auf eine Astgabel, die er rechts und links auf zwei Steine über die Flammen legte. Schon bald brutzelte das Fleisch und verströmte Essensgeruch. Angewidert wandte Bloch den Kopf zur Seite. Obwohl sein Magen knurrte, hatte er keinen Hunger. Der Geruch des erhitzten Fleischs verursachte ihm Übelkeit, und er schüttelte sich.

»Was ist mit dir? Geht es dir nicht gut?«, fragte Griesser scheinheilig und drehte langsam die Astgabel, damit der Hase von allen Seiten geröstet wurde.

Bloch wollte sich die Blöße nicht geben einzugestehen, dass die Angst ihm die Kehle zuschnürte. Er versuchte sich abzulenken und fragte: »Wo bist du in all den Jahren gewesen?«

»Das geht dich nichts an.«

»Sollen wir stumm nebeneinandersitzen?«

Griesser kniff schwach die Augen zusammen und zuckte mit den Schultern. »Ich war hier und dort und nirgends.«

»Du hast im Gefängnis gesessen«, mutmaßte Bloch und lachte spöttisch.

Griesser tat, als ob er die Häme überhörte, und drehte gleichmäßig weiter den Ast mit dem Hasenbraten, der nun fast gar war. Dann versank er in dunkler Erinnerung. »Als ich zwölf war, starb meine Mutter. Sie hatte uns Kinder vor den Übergriffen meines Vaters geschützt und die Schläge mit ihrem Körper abgewehrt. Doch nun war der Schutz nicht mehr da, und mein Vater prügelte erbarmungslos auf uns ein. Ich brachte meine jüngeren Schwestern zu den Nonnen in Sicherheit und heuerte selbst auf einem Schiff an. Wir beförderten Holzstämme und fuhren die Flüsse rauf und runter und von der Nordsee zur Ostsee. Jahrelang hatte ich öfter Wasser unter den Füßen als Erde. Eines Tages fuhren wir auf offener See, als ein Ofen explodierte und das Schiff Feuer fing. Kannst du dir das vorstellen? Das Schiff brannte mitten auf dem Meer, umgeben von Wasser, das normalerweise Flammen löscht.« Griesser schüttelte ungläubig den Kopf. Noch immer war ihm diese Tatsache unverständlich. »Der Kahn ging mit allem unter, was sich darauf befand. Ich konnte mich als einziger an einen Baumstamm klammern und überlebte. Seitdem meide ich jedes Schiff und jedes Gewässer, in dem ich nicht mehr stehen kann. Nun wird es Zeit, sesshaft zu werden, und dafür benötige ich Geld.« Griesser sah Bloch scharf an, der zusammenzuckte. »Deshalb brauche ich dich«, verriet er ihm leise und nahm den Hasen vom Feuer. Mit seinem Messer zerteilte er das Fleisch und gab Bloch ein Stück davon ab. »Iss!«, forderte er ihn auf, doch Bloch wandte angeekelt den Kopf zur Seite. »Iss, damit deine Manneskraft reifen kann.«

»Du hältst dich für witzig, aber du bist ein Idiot«, zischte Bloch, der die Andeutung nicht verstand.

Das machte Griesser so wütend, dass er seine Absicht nicht länger verschwieg. »Wenn die Henkersschlinge den Hals eines zum Tod Verurteilten zuschnürt, wird er ein letztes Mal Wasser lassen. Auch wird ein letztes Mal sein Samen zur Erde fallen. Vermischt sich beides am Boden, erwächst daraus ein Geldmännchen, das dem Finder zu grenzenlosen Reichtum verhilft«, erklärte Griesser und biss in den trockenen Hasenschenkel.

»Du bist des Wahnsinns«, schrie Bloch und wollte aufspringen. Doch das Seil um seine Hände hielt ihn am Boden. »Denkst du wirklich, dass ich im Angesicht des Todes meine Manneskraft zeigen kann?«

Griesser nickte mit eisigem Blick. »Es heißt, dass das Letzte, was ein Mann von sich gibt, sein Samen ist.«

»Du verdammter Hurensohn«, brüllte Bloch außer sich, sodass Speichelfäden aus seinem Mund flogen. Er wusste, dass sein Schicksal besiegelt war. Seine Schultern zuckten, als er heftig zu plärren begann.

»Hör endlich auf zu jammern. Irgendwann müssen wir alle sterben. Du nur etwas früher«, erklärte Griesser zwischen zwei Bissen. »Der Hase ist staubtrocken. Ich bräuchte einen Krug Bier, um ihn besser hinunterschlucken zu können«, murmelte er und kaute gequält. Als er sah, dass Blochs Fleisch unberührt war, forderte er streng: »Iss endlich, damit du nicht versagst!«

Es war in den frühen Morgenstunden, als die beiden Männer den Hügel erreichten, auf dem der Galgen stand. Ein angenagter Leichnam, der von Schnee und Eis überzogen war, schwang im Wind hin und her. Der Strick um den Hals des Toten war steifgefroren, rieb bei jeder Bewegung am Galgenbaum und verursachte ein schauerliches Geräusch.

»Du wartest hier«, befahl Griesser und ließ das Seil los, mit dem Bloch gefesselt war. Er ging hinüber zum Galgen, stellte die Leiter an, die am Boden lag, und stieg die Stufen hinauf. Als er das Messer hervorzog und dabei nach unten schaute, sah er, wie Bloch davonrannte. »Du kommst nicht weit«, murmelte er und schnitt seelenruhig den Leichnam ab, der zu Boden plumpste.

Knochen knackten und brachen und stachen aus dem gefrorenen Fleisch hervor. Ungerührt des Anblicks stieg Griesser herab und ging Bloch hinterher. Er fand ihn schon bald auf dem Boden kauernd und weinend.

»Hab Erbarmen«, flehte der Hundshäuter und streckte seine Hände zum Himmel.

»Sieh dich an, wie erbärmlich du vor mir hockst. Du bist nur stark mit dem Messer in der Hand, um wehrlose Tiere aufzuschlitzen oder einen unschuldigen Knaben zu verstümmeln.«

Griesser packte den Alten an den Schultern und zog ihn auf die Beine. Dann trieb er ihn in Richtung Galgenbaum.

Bloch spürte einen Stoß und fiel schreiend von der Leiter ins Bodenlose. Röchelnd hing er am Seil. Seine Beine zappelten und stießen wild durch die Luft.

Zufrieden sprang Griesser von den letzten Stufen herunter, zog dem Baumelnden die Hose herunter und wartete. Pisse verteilte sich schwach auf dem Boden. Sonst geschah nichts. Wie gebannt starrte er auf Blochs Männlichkeit, die sich nicht regte. »Verdammter Hund!«, schrie er zum Galgen hinauf. »Selbst im Angesicht des Todes bist du zu nichts zu gebrauchen. Jetzt versprüh endlich deinen Samen.«

Blochs Zappeln und Röcheln wurde schwächer, und schließlich hing er regungslos am Galgen. Trotzdem wartete Griesser in der Hoffnung, dass sich wenigstens ein Tropfen mit der Pisse vermengen würde.

Als nichts geschah, fasste er sich verzweifelt an den Kopf und riss die Mütze herunter, die er wütend in den Schnee warf. »Verdammt sollst du sein, und deine Seele soll im Fegefeuer schmoren«, schrie er und stieß gegen die Beine des Toten, der sich daraufhin im Kreis drehte. Schließlich lehnte sich Griesser gegen die Balken des Galgenbaums und dachte nach.

Es kann nicht daran liegen, dass ich keinen schwarzen Hund

gefunden habe, war sich Griesser sicher. Den benötige ich erst später. Hat womöglich die Alte im Wald mich belogen? Oder war Bloch zu alt? Wie lange kann ein Mann Kinder zeugen?, überlegte er und erinnerte sich, wie selbst die Greise in seinem Dorf noch mit ihrer Manneskraft geprahlt hatten. Er blickte zu Bloch hinauf und betrachtete das blau verfärbte Gesicht des Toten.

»Ich muss einen Jüngeren hängen«, murmelte er.

Kapitel 8

In Trier

Gritli lag auf ihrer Bettstatt und träumte von Ulrich, der ihr nicht aus dem Sinn ging. Wie gutaussehend er geworden war, fand sie und seufzte leise. Mit seinen dunklen Haaren, die ihm bis zum Kinn reichten, seinen haselnussbraunen Augen und seiner hochgewachsenen Statur wirkte er erwachsen und männlich.

Wann hatte sie Ulrich das letzte Mal gesehen? Das musste vor zwei Jahren gewesen sein, kurz bevor er zu dem Weinbauern in die Lehre gegangen ist, überlegte sie. Von seiner Mutter hatte sie gehört, dass er seitdem einige Wegstunden entfernt am anderen Moselufer lebte und nur noch selten in die Stadt kam.

Gritli hatte nicht damit gerechnet, Ulrich am Marktbrunnen zu treffen, und ihn zweifelnd angestarrt, da sie nicht sicher war, ob es tatsächlich er war, der vor ihr stand. Er hatte sie sofort erkannt und über ihren Gesichtsausdruck laut lachen müssen.

»Du schaust, als ob ich ein Gespenst wäre«, hatte er gesagt und sie herzlich begrüßt. Gritli erfuhr, dass er für einige Tage nach Trier gekommen war, da sein Vater krank darniederlag. »Es steht nicht gut um ihn«, hatte er ihr verraten.

Das war jetzt fast eine Woche her, und seitdem dachte Gritli jeden Augenblick an ihn. »Ob ich ihn besuchen könnte?«, murmelte sie und verwarf den Gedanken wieder. »Das schickt sich nicht«, befand sie und zog die Mundwinkel nach unten. »Aber wenn ich seine Mutter besuchen würde, wäre das unverfänglich, zumal ihr Mann schwer krank ist. Vielleicht könnte ich ihr anbieten, meinen Vater um Heilkräuter zu bitten.«

Aufgeregt setzte sich das Mädchen auf. »Genauso werde ich es machen«, nahm sie sich vor und umfasste aufgeregt ihre erhitzten Wangen. Da hörte sie die Stimme der Mutter, die durchs Treppenhaus ihren Namen rief. Hastig zog Gritli die Schuhe über und stieg die Stufen nach unten.

»Du musst Besorgungen für mich machen«, empfing die Mutter sie an der untersten Stufe. »Folge mir in die Küche.«

Als Gritli die Wünsche der Mutter hörte, fragte sie mürrisch: »Warum muss ich auch noch zum Bäcker gehen? Der ist am anderen Ende der Stadt. Kann Marie nicht das Brot und den Kuchen backen?«

»Nein, das kann sie nicht auch noch erledigen. Sie hat schon genug mit den Essensvorbereitungen zu tun. Außerdem muss ich die Backwaren bestellen.«

»Warum?«, fragte Gritli angesäuert, da sie nun keine Zeit haben würde, um Ulrich zu besuchen.

»Die Frau des Bäckers hat zwei neue Kleider bei mir bestellt und schon im Voraus bezahlt. Ich bin froh, dass ich ihr nun ebenfalls einen Auftrag erteilen kann. Es gibt einfache Regeln, die man als Kaufmann beherzigen sollte. Wenn ich das nicht beachte, kann ich nicht erwarten, dass andere Krämer oder Handwerker ihr Geld bei mir lassen. Außerdem will ich Michael eine Freude machen, wenn er nach Hause kommt, denn ich weiß, dass er diesen Kuchen besonders mag.«

Nun musste Gritli kichern. »Glaubst du, dass Michael in Italien nichts zu essen bekommen hat? Ich erinnere nur an die Köstlichkeiten, die er uns mehrmals geschickt hat.«

»Sei still, Kind, und lass mir die Freude, meinen Sohn zu verwöhnen«, bat die Mutter und zwinkerte ihr zu. Dann begleitete sie ihre Tochter an die Tür. »Hast du dir alles gemerkt?«, fragte sie und legte dem Mädchen einen Umhang um den Hals.

»Ich bin kein Kind mehr!«, schimpfte Gritli.

Ihre Mutter seufzte. »Ja, ich weiß! Das ist ja das Schlimme.«

Susanna blickte ihrer Tochter nach, bis sie an der nächsten Häuserecke verschwunden war. Zurück in der Küche, ging sie die Gästeliste noch einmal durch. Urs und sie hatten beschlossen, zwanzig Gäste einzuladen. Darunter waren ehrenhafte Bürger, angesehene Handwerker und auch Rats- und Zunftmitglieder. Die meisten hatten Töchter im heiratsfähigen Alter, was für Urs ein wichtiges Kriterium gewesen war. Bei ihren ersten Überlegungen hatte Susanna nur an diejenigen Familien gedacht, mit denen sie ständig zu tun hatte. Doch dann zählte Urs weitere auf, die er einladen wollte. Diese hatten nicht nur aus den Kinderschuhen herausgewachsene Töchter, sondern standen auch finanziell recht gut. »Einen Hungerleider können wir in unserer Familie nicht gebrauchen«, erklärte Urs bestimmt.

Susanna blickte ihn missmutig an. »Du scheinst überheblich geworden zu sein«, erklärte sie kopfschüttelnd. »So kenne ich dich nicht. Denk dran, dass wir früher selbst wenig hatten.«

»Du sagst es, meine Liebe. Ich möchte nicht, dass es noch einmal so weit kommt. Stell dir vor, wie gut es deinen Eltern heute gehen würde, und wie hart sie damals arbeiten mussten. Ich kann mich noch daran erinnern, wie es war, als meine Eltern mit uns in der Schweiz lebten und meine Mutter besonders im Winter oft nicht wusste, was sie uns kochen sollte, da die Speisekammer leer war. Uns geht es gut, und das soll auch in Zukunft so bleiben. Außerdem hätte ich bei ärmeren Heiratskandidaten stets das Gefühl, dass sie nur das Erbe unserer Kinder wollen.«

Susannas Stirn legte sich in Falten. »Wir sind nicht reich und haben auch keinen Titel …«

»Das ist wohl war. Aber wir gehören zu den angesehenen Familien in Trier«, unterbrach er sie. Urs schien den Unmut seiner Frau zu spüren, denn er legte seinen Arm um sie und küsste ihre Wange. »Ich bin immer noch dein Urs von früher, der im Laufe seines Lebens nur etwas weiser geworden ist. Besonders, wenn es um die eigenen Kinder geht.«

Susanna seufzte. Urs hatte recht. Auch sie wollte auf den Wohlstand nicht mehr verzichten. Außerdem stimmte es, dass er immer noch der Mann war, in den sie sich als junge Frau verliebt hatte. Der Ehemann, der seine Familie beschützte und umsorgte. Der einen kranken Menschen nicht abwies, weil dieser kein Geld hatte, um seine Medizin zu bezahlen. »Ich hole es mir von den Vermögenden«, hatte er ihr schmunzelnd verraten, als er einmal einen Bettler kostenlos verarztete.

Sie lächelte und betrachtete den Ring am Finger, den Urs ihr vor vielen Jahren als Zeichen seiner Liebe geschenkt hatte. Der Goldhändler Nathan Goldstein hatte ihn zu einem Spottpreis an Urs verkauft, da er wusste, dass er sich den wahren Wert des Rings nicht leisten konnte. Goldstein hatte es ihnen Jahre später gestanden und schelmisch gelacht, als er ihnen außerdem verriet, dass der darauffolgende Kunde den Preis ausgeglichen hätte. »So macht man den einen Kunden glücklich, und dem anderen tut es nicht weh«, hatte er erklärt.

Seit Urs das Hospital führte, handelte er nach diesem Prinzip und behandelte arme Menschen kostenlos. So gütig und großzügig wie er war, so engstirnig konnte er sein, dachte Susanna. Urs schien manchmal zu vergessen, dass Geld nicht gleichzusetzen war mit einem guten Wesen. Aber ein guter Charakter war das Wichtigste bei der Partnerwahl, fand Susanna und betrachtete die Gästeliste.

Nun standen die Namen des Apothekers Hans Ellentz, des reichen Krämers Johann Lorentz, des Faßbendermeisters Johann

Hermes und noch einige andere Namen alteingesessener Familien auf der Liste, und nicht jeder Gast war Susanna genehm. Einige Familien, die schon seit langer Zeit in Trier lebten, waren sehr hochmütig gewesen, als Susanna und Urs sich um die Bürgerschaft der Stadt beworben hatten. Zum Glück gehörte Trier zu den Städten, die Fremde ohne Schwierigkeiten aufnahmen. Sie mussten lediglich einen Aufnahmeantrag beim Bürgermeister stellen und versichern, frei von Leibeigenschaft zu sein. Dann waren sie zum Eid zugelassen worden und konnten wählen, entweder das Bürgergeld zu bezahlen oder einen Amtskauf zu tätigen, was sie zum Mitglied einer Zunft gemacht hätte. Da beide zur damaligen Zeit kein Handwerk ausübten, hatten Susanna und Urs beschlossen, das Bürgergeld zu zahlen. Das war zwar nicht viel, aber man musste auch das haben. Dank des Schatzfundes konnte Susanna für alle Mitglieder der Familie Blatter, ihren Vetter Arthur und sich selbst die Gebühren bezahlen. »Hätte ich damals schon gewusst, dass ich eines Tages eine Schneiderei besitzen würde, wäre ich sofort einer Zunft beigetreten«, schimpfte sie in Gedanken. Doch so musste sie erst viel Geld verleihen und das selbstgerechte Gerede alteingesessener Leute ertragen, die jedem Fremden misstrauisch begegneten, da sie befürchteten, man würde ihnen ihren Platz streitig machen.

Das sind dieselben Menschen, die heute um unsere Freundschaft buhlen, dachte Susanna bitter. Sie war stolz auf sich, denn trotz aller Bedenken hatten sie im Laufe der Jahre ein Unternehmen gegründet, das ständig wuchs. Urs war ein anerkannter Arzt geworden, der ein Hospital leitete. Und ihr Schwiegervater genoss als ehemaliger Leibgardist des Kurfürsten Karl Kaspar von der Leyen großes Ansehen. Susanna lachte. »Was verlangt man mehr vom Leben?«

Dann schnitt sie eine Grimasse und flüsterte: »Urs hat recht! Unsere Kinder verdienen nur die besten Ehepartner. Aber ob diese unter den Nachkommen unserer Gäste zu finden sind, bezweifle ich.«

Gritli besorgte zuerst die Dinge, die ihr die Mutter aufgetragen hatte, was sich als Fehler herausstellte. Nun musste sie den vollgepackten Korb durch die ganze Stadt tragen, um zum Bäcker zu gelangen. Kaum hatte sie den Laden betreten, stellte sie den Korb auf den Boden und stützte ihre Hände schnaufend auf die Knie.

»Na, junge Dame«, sagte jemand vor ihr. »Du hast wohl zu viel eingekauft.«

Gritli blickte auf und sah die Frau des Bäckers, die nun auch sie erkannte.

»Ach herrje, die junge Blatterin. Du bist deinem Vater wie aus dem Gesicht geschnitten«, sagte die Frau und klatschte in die Hände.

»Ja, das höre ich in letzter Zeit des Öfteren, Frau Alff«, sagte Gritli und fächerte sich Luft zu.

»Du bist ganz erschöpft, mein Kind. Komm in die Küche. Ich wärme dir einen Becher Milch, und dazu gibt es frischen Nusszopf«, lockte sie das Mädchen.

»Habt Dank, Frau Alff. Dazu werde ich sicherlich nicht nein sagen.«

Gritli nahm den Korb und folgte der Frau durch eine Tür hinter der Ladentheke in die Küche. Dort stellte sie ihre Einkäufe auf den Tisch und zog den Umhang aus.

»Ah, die junge Blatterin«, rief nun auch ihr Mann, der nebenan in der Backstube den Teig walzte. »Was führt dich zu uns?«

»Die Mutter schickt mich …«

»Sicher sind meine Kleider fertig«, unterbrach sie die Bäckersfrau mit leuchtenden Augen.

»Das weiß ich leider nicht, Frau Alff. Ich soll für das Festessen meines Bruders Kuchen und Brot bestellen.«

»Ach«, sagte die Frau enttäuscht. »Dann will ich Feder und Papier holen, um deine Bestellung aufzuschreiben. Aber zuerst bekommst du die warme Milch und ein Stück von dem Nusszopf.«

Es dämmerte, als Gritli die Bäckerei verließ. Sie war vollgestopft mit Kuchen, der in ihrem Bauch in einem Krug Milch schwimmen musste. »Ich werde morgen nichts essen oder trinken können«, murmelte sie und blickte auf den restlichen Nusszopf, den die Bäckersfrau ihr eingepackt hatte. »Mit den besten Grüßen an deine Mutter. Vielleicht kannst du ihr sagen, wie sehr ich mich auf die neuen Kleider freue«, hatte Frau Alff kichernd gesagt. Gritli war schlau genug, um ihre wahre Absicht zu durchschauen. Sie will Mutter bestechen, damit die Kleider schneller fertig werden, dachte sie und umfasste den Korb mit beiden Armen. »Ich muss mich beeilen, bevor es stockdunkel wird«, nuschelte sie.

Da sie nicht damit gerechnet hatte, noch so spät unterwegs zu sein, hatte sie keine Laterne mitgenommen. Sie überlegte, die Bäckersfrau um eine zu bitten, doch wie sollte sie mit dem schweren Korb auch noch ein Licht halten können?

Mit gekräuselter Nase blickte sie zum grauen Himmel empor, wo helle Wolkenbänder entlangzogen. »Zum Glück schneit es nicht«, murmelte sie und ging die Straße entlang. Sie versuchte sich zu sputen, doch die Last schien mit jedem Schritt, den sie zurücklegte, schwerer zu werden. Immer öfter setzte sie den Korb ab und schnaufte durch. Als sie wieder stehen blieb, um Luft zu holen, bemerkte sie, dass sie in eine falsche Gasse abgebogen war. »Vermaldeit! Wie konnte das geschehen? Wo bin ich hingeraten?«, überlegte sie und spürte Angst in sich aufsteigen.

Je weiter sie die schmale Straße entlangschlich, desto unheimlicher wurde es. Die Lichter in den Häusern reichten nicht bis zu ihr auf den Boden. Nur wegen der aufgeschütteten Schneehaufen konnte sie den Weg erkennen. Doch sie wusste nicht, wo sie war.

»Es wäre ratsam, wenn ich dorthin zurückgehe, wo ich abgebogen bin«, murmelte sie, als hinter ihr eine raue Stimme fragte:

»Was macht ein hübsches Mädchen zu später Stunde in einer finsteren Straße?«

Gritli schloss für mehrere Herzschläge die Augen und drehte sich dann um. Dicht hinter ihr stand ein Mann, der die zerschlissene Uniform eines fremdländischen Soldaten trug. Er schien von der Sorte Mann zu sein, vor der sie ihre Eltern gewarnt hatten. Sie presste sich den Korb wie ein Schutzschild vor die Brust. Er kam näher und strich ihr mit seiner eiskalten Hand über die Wange. »So ein hübsches Kind«, raunte er, und Gritli roch seinen Weinatem. Angewidert drehte sie den Kopf zur Seite.

»Ich gefalle dir wohl nicht?«, fragte er in ärgerlichem Ton.

Hastig schüttelte Gritli den Kopf.

Daraufhin verzog er gehässig den Mund. Er griff nach ihrem Handgelenk und wollte sie zu sich ziehen, doch sie schrie auf und wehrte sich. Da sie den Korb nicht losließ, stieß sie mit dem Ellenbogen heftig gegen die Brust des Soldaten, der leicht ins Straucheln geriet.

»Na warte, du Miststück«, zischte er wütend und holte zum Schlag aus.

Im selben Moment sah Gritli aus den Augenwinkeln eine zweite Hand, die den Soldaten von hinten packte und wegzog.

»Du wirst doch kein wehrloses Mädchen schlagen wollen?«, fragte die Stimme, die zu der Hand gehörte.

»Was geht dich das an? Mach, dass du Land gewinnst.«

»Sie ist mein Mädchen, und das teile ich nun mal nicht gerne.«

Der Soldat grunzte und murrte: »Musst mir deshalb nicht die Hand brechen. Woher soll ich das wissen? Ich bin doch kein Unmensch und belästige eine, die bereits vergeben ist.«

»Das dachte ich mir! Schließlich siehst du wie ein Ehrenmann aus«, erklärte der Fremde, dessen Gesicht Gritli nicht erkennen konnte, da er im Schatten einer Hauswand stand. Nun wandte sich der unbekannte Retter ihr zu und sagte: »Mein Liebes, gib mir den Korb. Er ist zu schwer für dich.«

Gritli war vollkommen durcheinander und reichte dem Fremden wortlos den Einkaufskorb, als sie sah, wie der Soldat etwas in die Höhe hob und auf ihren Beschützer einschlagen wollte.

»Passt auf!«, rief sie und drehte sich samt Korb zur Seite. Sie hörte einen Schlag, und dann einen Schmerzensschrei.

»Du hast mir die Nase gebrochen«, jammerte der Soldat.

»Mach, dass du verschwindest, sonst breche ich dir noch mehr«, befahl der Fremde.

Gritli konnte eilige Schritte hören, die sich entfernten. Als sie eine Hand auf ihrer Schulter spürte, wollte sie losschreien, doch der Fremde sagte: »Hab keine Angst, ich will dir nichts Böses. Ich werde dich sicher nach Hause bringen.«

Gritli wagte kaum aufzusehen und folgte stumm ihrem Befreier, der ihren Korb trug. Als sie den Schein von Flammen vor einem Haus erkannte, atmete sie erleichtert auf. Sie wusste, dass sie auf der Hauptstraße angelangt waren, wo abends die Kaufmänner vor ihren Geschäften brennende Feuerkörbe aufstellten, um ihren Kunden zu zeigen, dass sie noch geöffnet hatten.

Gritli machte einen tiefen Seufzer und blieb stehen. »Ich danke Euch! Jetzt weiß ich, wo ich bin, und finde den Weg allein nach Hause«, sagte sie und blickte dabei den Mann zum ersten Mal an. Sie war überrascht, denn er schien nicht älter als ihr Bruder zu sein.

»Ich habe gedacht, dass du älter wärst«, sagte sie und fragte verwundert: »Wie konntest du einen erfahrenen Soldaten besiegen?«

»Der erfahrene Soldat reichte mir nur bis zum Kinn, war dreißig Jahre älter und zudem betrunken. Auch du hättest ihn umhauen können, wenn die Angst dich nicht gelähmt hätte.«

Gritli betrachtete den Burschen. Er war mindestens einen Kopf größer als sie und hatte kurze helle Haare. Wenn sie sich nicht täuschte, waren seine Augen blau.

»Bist du dir gewiss, dass du allein nach Hause gehen kannst?«, fragte er zweifelnd und musterte auch sie eingehend.

»Wenn ich ehrlich sein soll, wäre es mir lieber, wenn du mich bis vor die Haustür begleiten würdest. Der Korb ist sehr schwer, und meine Arme und Beine zittern«, antwortete sie und fühlte sich auf einmal müde und elend.

»Wie heißt du?«, wollte er wissen.

»Gritli.«

»G r i t l i«, wiederholte er und zog den Namen in die Länge. »Ein seltener Name.«

»Mein richtiger Name lautet Magarete, nach der Großmutter meines Vaters. Da die Familie meines Vaters aus der Schweiz stammt, wird Magarete Gritli abgekürzt. Mein Nachname lautet Blatter. Vielleicht hast du schon von uns gehört. Mein Vater leitet das Hospital, und meine Mutter besitzt eine Schneiderei …« Gritli wurde bewusst, welchen Unsinn sie von sich gab, und schaute erschrocken in die Augen des jungen Mannes, der sie grinsend betrachtete. Als sie spürte, wie ihre Wangen heiß wurden, senkte sie rasch den Kopf und tat, als ob sie an ihrem Umhang etwas richten müsste.

»So, so, du bist also eine Blatter!«, schmunzelte er.

»Kennst du uns?«, fragte sie überrascht.

»Wer in Trier kennt die Familie Blatter nicht?«

»Ach ja?«, fragte Gritli erstaunt. »Und wie heißt du?«

»Melchior. Mein Nachname ist unbedeutend, denn uns kennt nicht jeder in Trier«, spottete er, und Gritlis Gesicht wurde erneut von Röte überzogen.

»Ich muss dringend nach Hause. Meine Eltern werden sich sicher schon sorgen«, erklärte sie heiser und ging voran.

»Margarete«, rief ihre Mutter entsetzt. »Wie konntest du so unaufmerksam sein und dich verlaufen?«

»Das weiß ich nicht«, sagte Gritli kleinlaut.

»Wir können dem Herrgott und diesem jungen Mann dankbar sein, dass dir nichts Schlimmes widerfahren ist. Weißt du, wie er heißt und wo er wohnt? Ich möchte mich bei ihm erkenntlich zeigen, dass er dich aus den Fängen dieses Ungeheuers befreit hat.«

Gritli fand, dass ihre Mutter übertrieb, aber sie war zu müde, um es klarzustellen.

»Er heißt Melchior. Mehr weiß ich leider nicht.« Außer, dass er strohblondes Haar und blaue Augen hat, dachte sie, denn das hatte sie im hellen Schein ihrer Hauslaterne feststellen können, als sie sich verabschiedet hatten.

Und wenn er lacht, hat er ein süßes Grübchen in der rechten Wange, fügte sie in Gedanken hinzu.

Kapitel 9

»Ihr müsst den Kräutersirup trinken, sonst werden sich Eure Leibschmerzen verstärken, Herr Deger«, ermahnte Urs den Alten, der die Lippen fest aufeinanderpresste und störrisch den Kopf zur Seite drehte. Um den bitteren Geschmack des Galgantpulvers zu mildern, war es mit Honig angerührt worden, doch selbst diese Mischung weigerte sich der Mann zu schlucken. »Das Kraut hilft am besten gegen Eure Gallenkolik, Herr Deger«, versuchte Urs den Alten zu locken, doch der blieb stur.

Urs stand mit einem Seufzer von der Bettkante auf und rief mit einem Fingerzeig eine Schwester zu sich. »Schickt einen Boten zu Herrn Degers Weib. Sie soll ihn abholen, da ich nichts mehr für ihn tun kann. Es wäre zudem ratsam, den Sargmacher kommen zu lassen, damit er Maß nimmt«, flüsterte Urs so laut, dass sein Patient die Worte verstehen konnte.

Mit bedauerndem Blick verabschiedete er sich von dem Mann.

Der riss entsetzt die Augen auf. »Steht es so schlimm um mich?«, krächzte er.

Urs zuckte mit den Schultern und verließ den mit Tüchern abgeteilten Krankenbereich. Als er sich zum nächsten Patienten ans Bett stellte, hörte er Deger aufgeregt rufen: »Wie lange soll ich noch auf meine Medizin warten?«

Urs untersuchte die Hand einer Frau, als ein junges Mädchen zu ihm geeilt kam, das erst seit zwei Tagen im Sankt-Jakob-Hospital arbeitete. »Ich habe vor dem Tor einen Mann gefunden. Ich glaube, er benötigt Eure Hilfe«, sagte es scheu.

»Dann bring ihn herein«, forderte Urs sie auf und legte der Frau einen Verband an.

Da sich das Mädchen nicht regte, fragte er in strengem Ton: »Warum stehst du hier noch rum?«

»Der Mann … er hat … und er … eklig. Ich will … anfassen«, stotterte das Mädchen und blickte Urs trotzig und gleichzeitig ängstlich an.

»Herr im Himmel! Sprich in klaren Sätzen«, schimpfte Urs, woraufhin das Mädchen rot anlief und den Tränen nahe schien.

Ohne ein weiteres Wort eilte er an ihr vorbei den Gang entlang zur Eingangstür. Er trat vor das Hospital und konnte niemanden sehen, als er hinter einem Strauch Beine am Boden entdeckte. Urs hastete zu dem Gebüsch und kniete sich zu dem Mann hinunter, der auf dem kalten Grund lag und stöhnte.

»Was fehlt Euch?«, fragte Urs und befühlte die Stirn des Mannes. Er erkannte die Blässe unter dem vom Fieber erhitzten Gesicht. Rasch schlug er den zerlumpten Umhang zurück, und sogleich schlug ihm ein widerwärtiger Geruch nach Schweiß, Eiter und geronnenem Blut entgegen, der ihm den Atem raubte. Urs ignorierte den Gestank und schob das blutdurchtränkte Hemd hoch. Als er die klaffende Bauchwunde sah, deren Ränder entzündet und vereitert waren, wusste er, dass er handeln musste. »Ihr müsst versuchen, ins Haus zu gelangen, damit ich euch verarzten kann. Beißt die Zähne zusammen, guter Mann, ich werde Euch helfen aufzustehen.«

Der Fremde griff nach Urs' Kittel und zog ihn zu sich herunter. »Ich kann Euch nicht entlohnen.«

»Ihr seid Trierer Bürger und von gutem Leumund?«, fragte Urs ernst.

Der Mann nickte zögerlich.

»Dann macht Euch keine Sorgen. Das Hospital steht jedem Trierer offen«, erklärte Urs.

Aufatmend legte sich der Verletzte zurück auf den Boden. »Gebt mir kurz Zeit zum Verschnaufen, damit der Schmerz abebben kann. Dann werde ich mit Eurer Hilfe aufstehen können.« Der Fremde schloss die Augen, atmete einige Male tief durch und rief: »Jetzt!«

Urs zögerte keinen Augenblick und riss ihn an den Armen in die Höhe, wobei der Mann seinen Schmerz hinausbrüllte.

»Stützt Euch auf mich«, schnaufte Urs und führte den keuchenden und wimmernden Schwerverletzten ins Haus. Kaum hatten sie die Eingangstür erreicht, rief Urs die Namen seiner Helferinnen, die sogleich herbeistürmten und halfen, den Mann zu stützen. Gemeinsam brachten sie ihn in den Behandlungsbereich, wo sie ihn auf eine Pritsche setzten.

Kaum hatte er sich niedergelegt, betrat eine ältere Frau den Raum. Die tiefschwarze Kleidung und ihre dunkle Haube ließen ihre Gesichtsfarbe totenblass und durchscheinend wirken. Wie ein Geist stand sie da und musterte aus wässrig grauen Augen den Verletzten, der unentwegt vor Schmerzen jammerte. Mit strengem Blick wandte sie sich an Urs. »Ist er aus Trier und von gutem Ruf?«

»Er hat beides bejaht«, erklärte Urs und trat näher auf sie zu, sodass der Patient aus ihrem Blickwinkel verschwand.

»Ihr vertraut ihm?«, fragte die Alte misstrauisch und spitzte an Urs vorbei.

»Ich habe keine Zeit, das zu überprüfen, denn ich muss schnell handeln, wenn ich ihn retten will.«

»Woher stammen seine Verletzungen?«

»Das kann ich Euch erst beantworten, wenn ich sie untersucht habe. Wenn Ihr mir erlaubt, meine Arbeit zu verrichten, werde ich Euch später Bericht erstatten.«

»Morgen reicht vollkommen«, erklärte die Frau hastig, als die Pein des Mannes sich in einem langgezogenen Schmerzlaut entlud. Erschrocken legte die Alte beide Hände auf ihre Ohren, bedachte den Mann mit einem letzten strengen Blick und wandte sich zum Gehen. Doch dann sah sie zurück und sagte: »Herr Blatter, wenn Ihr mit ihm fertig seid, lüftet den Raum. Der Gestank ist kaum auszuhalten.« Mit raschelndem Rock rauschte sie davon.

Der Verletzte hob schwer atmend den Kopf. »Wer war das? Kann sie mich abweisen?«, keuchte er voller Angst.

»Nein! Das würde Frau Kues nicht machen. Sie ist eine Pfründerin«, erklärte Urs und trat seitlich neben den Mann, der sich zurücklegte.

»Warum befiehlt sie Euch? Seid Ihr nicht der Arzt hier im Hospital?«

»Ja, das bin ich. Aber durch die großzügige Schenkung, die Frau Kues dem Sankt-Jakob-Hospital getätigt hat, können wir mittellose Menschen kostenlos behandeln. Da ist es nur selbstverständlich, dass sie über alles Bescheid wissen will. Doch jetzt haltet still. Thea wird Euch Mohnsaft zu trinken geben, damit Ihr einschlaft.«

»Was habt ihr mit mir vor?«, ächzte der Kranke erregt.

»Ich kann Euch nur retten, wenn ich den Eiter aus der Wunde

spüle und sie anschließend ausbrenne. Es wird sehr schmerzhaft werden, doch mit Hilfe des Mohnsafts werdet Ihr nichts spüren.«

Der Mann schluckte mit bleichem Gesicht den bitteren Trank. Kaum war er eingeschlafen, machte sich Urs mit seinen Helferinnen ans Werk.

Urs saß erschöpft in seinem Arbeitszimmer und wischte sich müde über die Augen. Er hatte sein Bestes für den Verletzten getan, aber ob er die Verwundungen überleben würde, konnte er nicht wissen, zumal der Mann eine zweite Wunde seitlich hatte, die zwar kleiner, aber ebenfalls entzündet war. »Solche Verletzungen können nur von einem Messerstich herrühren«, mutmaßte Urs und verdeckte sein Gesicht mit beiden Händen.

Wenn das Frau Kues erfährt, wird sie den Mann sofort des Hospitals verweisen, einerlei, ob er gesund ist oder nicht, fürchtete Urs. Wie in fast allen Krankenhäusern, die Arme und Bedürftige kostenlos behandelten, gab es strenge Regeln, die beachtet werden mussten. Meist waren es Traditionen aus früheren Zeiten, denen die Hospitäler folgten. Und dazu gehörte, nur Menschen aufzunehmen, die einen aufrichtigen Lebenswandel führten. Ob dieser Patient einen geraden Weg gegangen war, musste Urs bezweifeln, denn woher sonst sollten diese Verletzungen stammen, wenn nicht von einem Kampf?

»Vielleicht überlebt er nicht. Er kann Wundbrand bekommen. Die Haut um die Verletzungen ist stark gerötet, heiß und schon vom Eiter zerfressen«, überlegte Urs leise und ging in Gedanken nochmals seine Behandlung durch. Nachdem beide Verletzungen gründlich vom Eiter befreit waren, hatte er sie mit herbem Wein ausgewaschen. Um die erneut auftretenden Blutungen zu stillen, hatte er Schafgarbentinktur darübergeträufelt, die zudem den inneren Heilungsprozess anregen sollte. Anstatt die Wunden auszubrennen, schnitt er das verfaulte Fleisch ab und nähte die sauberen Wundränder zusammen. Danach bestrich er sie mit Honig und legte einen Leinenverband an. »Mehr konnte ich nicht für ihn tun«, seufzte Urs und ließ die Fingergelenke knacken.

Er sah zum Fenster seines Arbeitszimmers hinaus. Es war bereits dunkel und Zeit, nach Hause zu gehen, doch er musste noch etwas Wichtiges erledigen. Als es zaghaft an der Tür klopfte, rief er laut: »Herein!«

Das Lehrmädchen trat ein und wagte kaum aufzuschauen. Urs stand auf und stellte sich mit verschränkten Armen vor seinen Arbeitstisch.

»Wie alt bist du?«

»Zwölf Jahre, Herr Blatter.«

»Und wie lautet dein Name?«, fragte Urs, obwohl er den kannte.

»Hildegard«, antwortete das Mädchen leise.

»Hildegard! Hildegard! Hildegard«, wiederholte er mehrmals, bis das Mädchen zu ihm aufblickte. »Du weißt, dass das ein sehr bedeutender Name ist?«

Die Zwölfjährige schüttelte den Kopf.

»Du weißt nicht, wer Hildegard von Bingen war?«

Wieder Kopfschütteln.

»Hildegard von Bingen lebte vor vielen hundert Jahren als Ordensschwester in einem Kloster, wo sie die Heilwirkung der Kräuter erforscht hat. Dank ihr und dem Wissen über diese Pflanzen konnte ich dem Mann helfen, den du vor dem Hospital gefunden hast. Doch was nützt hundert Jahre altes Wissen, wenn man einem Verletzten oder Kranken die Hilfe verweigert?«

»Er sagte, er hätte kein Geld, deshalb wusste ich nicht, ob es richtig ist, Euch von ihm zu berichten. Außerdem hat er furchtbar gestunken … ich hatte Angst … konnte ihn nicht anfassen …«, schluchzte das Kind.

»Hildegard, merke dir: Jeder, der unsere Hilfe benötigt, ist in unserem Hospital willkommen! Einerlei, woher er kommt, wie er heißt, ob er Geld hat oder nicht. Glaub mir, auch unser Herr im Himmel macht keinen Unterschied, ob ein armer oder ein reicher Mann oder einer, der ein Bad genossen hat, an seine Himmelspforte klopft. Es zählt einzig und allein die arme Seele, die wir retten können.«

Mit tränennassen, großen Augen schaute die Zwölfjährige Urs an.

»Nur wenn ich mich auf dich verlassen kann, dass du jeden einlassen wirst, der unsere Hilfe benötigt, darfst du weiterhin hier arbeiten«, erklärte Urs streng.

Hildegard schluchzte und nickte eifrig.

»Dann darfst du jetzt nach Hause gehen und morgen in der Früh wiederkommen«, erklärte Urs freundlich und lächelte sie an.

Das Kind erwiderte zaghaft das Lächeln, bedankte sich und eilte aus der Kammer.

Kaum hatte sich die Tür hinter ihr geschlossen, atmete Urs laut aus und nahm seinen Umhang.

Der Heimweg in der klaren und kalten Nachtluft tat ihm gut. Der Druck im Schädel ließ nach, und die bedrückenden Gedanken verschwanden. »Jetzt einen Becher heißen Würzwein, und dann ins Bett«, gähnte er und betrat sein Wohnhaus.

Bereits auf dem Gang hörte er eine vertraute Stimme, die seine Müdigkeit schlagartig vertrieb.

»Ich freue mich, zu so später Stunde noch einen besonderen Gast in meinem Heim begrüßen zu dürfen«, sagte Urs lachend und trat auf den Goldhändler Nathan Goldstein zu, der sich mühsam von seinem Stuhl erhob. »Bleibt sitzen, alter Freund«, begrüßte er den betagten Mann und umarmte ihn. »Warum kommt Ihr so spät? Ist etwas geschehen?«, fragte er besorgt und küsste seine Frau auf die Stirn, die ihm Würzwein in einen Becher füllte.

»Ach, junger Freund, Ihr wisst, dass man Juden nicht gern im Christenviertel sieht. Ich möchte Euch das Gerede ersparen, weshalb ich bei Nacht und Nebel komme. Außerdem bin ich alt und benötige kaum noch Schlaf, sodass ich für jede Gelegenheit dankbar bin, die Nacht mit einem anregenden Gespräch zu verkürzen.«

Urs nahm den Becher von Susanna entgegen und nippte daran.

»Nathan wartet schon geraume Zeit auf dich, mein Lieber. Er wollte bereits gehen, doch ich konnte ihn mit meinem Apfelkuchen bestechen, dass er blieb«, sagte sie und sah lächelnd zu dem Alten hinüber, dessen schlohweißes Haar im sanften Licht der zahlreichen Kerzen zu leuchten schien.

»Vor unserem Eingang lag ein schwer verletzter Bettler, der zwei entzündete Stichwunden hatte, die ich behandeln musste«, entschuldigte sich Urs und streckte die Beine von sich.

»Konntet Ihr ihn retten?«, fragte Goldstein.

Urs zuckte mit den Schultern. »Das wird sich morgen zeigen.«

Susanna stellte einen Teller mit frisch gebackenem Brot und Käse auf den Tisch. »Ihr beiden müsst auf mich verzichten. Ich muss noch an den Kleidern für die Frau des Bäckers arbeiten«, sagte sie und drückte Urs einen Kuss auf den Scheitel. Dann beugte sie sich zu Goldstein hinab, um ihn zu umarmen. »Ich hoffe auf ein baldiges Wiedersehen, Nathan«, sagte sie und verließ die Küche.

Urs brach Brot ab und schnitt Käse auf. »Greift zu«, forderte er den Goldhändler auf, doch der hob die Hände. »So, wie ich weniger Schlaf benötige, verhält es sich auch mit dem Essen. Ich verspüre kaum Appetit.«

Kauend schaute Urs hoch. »Geht es Euch nicht gut? Muss ich mich sorgen?«

Als Goldstein nicht sofort antwortete, forschte er in den Augen des alten Mannes und untersuchte mit seinem Blick dessen Gesicht und Gestalt. Er konnte jedoch nichts Auffälliges bemerken. »Ihr scheint in einer guten Allgemeinverfassung zu sein. Das Einzige, was ich zu bemängeln hätte, wäre, dass Ihr etwas hagerer seid als bei unserem letzten Treffen. Auch wenn Ihr keinen Appetit verspürt, Ihr solltet Euch zum Essen zwingen«, empfahl Urs und biss vom Brot ab.

»Ich werde Euch verlassen«, erklärte Nathan Goldstein so leise, dass Urs glaubte, sich verhört zu haben. Doch der Blick des Freundes verriet das Gegenteil.

Urs schob das Essen von sich. »Wohin geht Ihr?«, fragte er heiser.

»Zurück in meine Heimat.«

»Warum?«

»Das Ende meines Lebens auf Erden naht, und ich möchte nicht in fremder Erde beerdigt werden. Auch wenn ich viele Jahre in Eurem Reich verbracht habe, so ist es nie meine Heimat geworden. Sehr zu meinem Leid musste ich meine Frau hier beerdigen, da sie schwer krank war und nicht mehr reisen konnte. Doch ich bin gesund und kann mein Ableben planen. In zwei Tagen werde ich nach Israel heimkehren.«

»Nathan, Ihr könnt mich nicht auch noch allein lassen!«, rief Urs entsetzt.

»Ich habe unsere gemeinsame Zeit genossen, junger Freund, und bin für jeden einzelnen Augenblick dankbar. Doch wenn ich länger warte, werde ich es womöglich nicht mehr schaffen. Meine verbleibende Zeit auf Erden ist sehr begrenzt, und die Reise lang.«

»Erst mein Oheim, und jetzt Ihr!«, flüsterte Urs und griff sich mit beiden Händen in die Haare. Verzweifelt stützte er die Ellenbogen auf dem Tisch ab.

»Seid nicht betrübt, Urs. Ich bin einige Jahre älter, als Euer Oheim wurde, und habe ihn bereits um fünf Jahre überlebt. Was will ich mehr«, lachte der alte Mann verhalten, doch dann wurde er wieder ernst. »Ich vermisse Euren Onkel und meinen Freund Bendicht jeden Tag schmerzlich. Er war einer der wenigen Christen, die mir ohne Vorurteile gegenübertraten. Wir waren zwei Männer, die dieselben Belange verfolgt haben, dieselbe Wissbegierde hatten und nächtelang unsere Meinungen austauschten. Wir haben uns gegenseitig beschimpft, wenn der eine eine andere Sichtweise hatte als er selbst, und wir haben uns umarmt, wenn wir zu demselben Ergebnis gekommen sind. Bendicht hat mein Leben bereichert«, sagte Goldstein. »Seit fünf Jahren sitze ich Abend für Abend da und starre auf die Tür. Natürlich weiß ich, dass er nicht wiederkommt. Doch manchmal sehe und höre ich ihn und halte Zwiegespräch mit meinem alten Freund, sodass ich an meinem Verstand zweifle«, sagte er mit schelmischen Blick.

»Wer wird mich beraten, wenn Ihr nicht mehr da seid?«, fragte Urs mehr sich selbst und sah gequält zu Goldstein.

»Urs, ich habe Euch nie beraten! Ich habe Euch immer nur zugehört und euch andere Sichtweisen vermittelt. Bei all Euren Fragen habt Ihr stets selbst die Antwort gefunden. Ihr müsst nur in Euch hineinhören, dann werdet Ihr wissen, was zu tun ist.«

Urs zog zweifelnd die Augenbrauen zusammen. »Wird Aaron mit Euch gehen?«

»Nein, mein Neffe wird hierbleiben. Sein Sohn Benjamin wird mich begleiten und danach nach Trier zurückkehren. Soll er Euch Heilkräuter aus Israel mitbringen, die Ihr in Eurem Gewächshaus anpflanzen könnt?«

Urs zuckte mit den Schultern.

Goldstein betrachtete Urs, der ihm nahestand wie ein Sohn. Es brach ihm fast das Herz, ihn so betrübt zu sehen und ihn verlassen zu müssen. »Habt Ihr je bereut, dass Ihr nicht in meine Heimat gereist seid, um die Heilkunst des Morgenlandes kennenzulernen?«, versuchte er ihn abzulenken.

Urs blickte ihn überrascht an und überlegte dann. »Ich habe

damals sehr lange mit meiner Entscheidung gekämpft, zu gehen oder zu bleiben. Ihr kennt den Grund, warum ich mich dagegen entschieden habe. Dieser Ausflug in eine andere Welt hätte zwei Jahre und länger gedauert. Susanna wäre mir mit den Kindern niemals gefolgt, und ich wollte sie nicht verlieren. Dank Eurem Neffen Aaron, der ein begnadeter Arzt ist, habe ich viel über die morgenländischen Heilmethoden lernen können. Er hat mich an seinem Wissen und seinen Erfahrungen teilhaben lassen wie kein anderer. Zusammen ist es uns gelungen, die morgenländische mit der abendländischen Heilkunst zu verbinden. Deshalb bereue ich es nicht, hiergeblieben zu sein. So wie es gekommen ist, war es richtig. Zumal die Pest so gut wie ausgemerzt und der Druck von mir gewichen ist, ein Heilmittel gegen die Seuche zu finden. Zwar wissen wir nicht, warum sie nur noch selten und vereinzelt aufflackert. Aber das spielt keine Rolle mehr. Wichtig ist, dass der Schwarze Tod besiegt wurde und nicht wiederkommt.«

Nathan Goldstein nickte nachdenklich. »Vielleicht hat es damit zu tun, dass die Menschen sich von dem langen Krieg erholt haben. Sie haben mehr zu essen, und das Elend hat ein Ende«, überlegte er. »Ich bewundere Euch, dass Ihr es gewagt habt, einen Pesttoten zu öffnen, um die Krankheit zu erforschen. Wie tief der Wunsch zu heilen in Euch verankert ist, wurde mir dadurch verdeutlicht. Selbst die Gewissheit, dass ein grausamer Tod Eure Bestrafung gewesen wäre, wenn Euch jemand beim Öffnen der Leiche entdeckt hätte, konnte Euch nicht davon abhalten. Nur wenige wären so mutig gewesen.«

Urs nickte. »Ja, der Feuertod wäre meine Strafe gewesen. Aber was hätte ich machen sollen, Nathan? Allem Anschein nach war mein Oheim an der Pest erkrankt. Ich musste ihm helfen und herausfinden, wie die Seuche im Körper eines Kranken wütet. Leider hat das Öffnen des Toten nichts gebracht, denn er war an der Lungenpest gestorben.«

»Ich weiß, dass Euch das noch immer betrübt. Aber dank Euch

hat der Tote eine würdevolle Bestattung erhalten und musste nicht in irgendeinem Erdloch auf seine Erlösung warten.«

Urs seufzte. Er erinnerte sich, dass manche Pesttoten nicht beerdigt wurden, als die Pest damals wütete. Die Menschen hatten Angst, sich anzustecken. Während die meisten zu Lebzeiten für ihre Beerdigung vorsorgten und einen Totengräber bezahlten, konnten andere es sich nicht leisten, einen Mann im Voraus zu entlohnen. Deshalb gruben sich einige in ihrer Todesangst ihr eigenes Grab und setzten sich in der Hoffnung davor, dass sie nach ihrem Tod hineinfallen und jemand Erde über sie schaufeln würde. Dies wäre auch das Schicksal des jungen Mannes gewesen, dessen Leichnam Urs geöffnet hatte. Als Nathan Goldsteins Männer den Toten in dem Loch fanden, war er kurz zuvor gestorben. Heimlich schafften sie ihn in einen Eiskeller, wo Urs ihn untersuchen konnte. Anschließend wurde der Pesttote mit kirchlichem Beistand zu Grabe getragen.

Goldstein blickte Urs wohlwollend an. »Seit die Pest ausgerottet ist, konntet Ihr Euch auf die allgemeinen Krankheiten konzentrieren. Es war Gottes Fügung, dass zu diesem Zeitpunkt Aaron nach Trier gekommen und geblieben ist.«

»Was aber weniger mit mir, als mit der Tochter Eures Kunden zu tun hatte«, lachte Urs leise, und Goldstein stimmte ein. »Ja, der Liebe sei Dank. Aaron und Nurit sind nun schon ein altes Ehepaar und mit Kindern reichlich gesegnet.«

»Ich werde Euch schmerzlich vermissen«, flüsterte Urs, den die Gefühle übermannten.

Nathan Goldstein zeigte zur Decke und versprach: »Eines Tages werden wir wieder vereint sein. Bis dahin werde ich mit Eurem Oheim über Euch wachen.«

Als Nathan Goldstein gegangen war, saß Urs gedankenverloren am Küchentisch. Er überdachte seine Antwort auf die Frage des Goldhändlers, ob er es bereut hätte, nicht in dessen Heimat Israel gegangen zu sein. Zwar hatte Urs mit einem klaren Nein geantwortet, aber sicher war er sich nicht. Er erinnerte sich wieder zurück an den Tag, als er seinem Oheim seine Entscheidung mitgeteilt hatte.

Es war an dem Tag der Zeigung des Heiligen Rocks gewesen. Urs hatte seinen Oheim an der Schranke des Domvorhofs erwartet, doch Bendicht und seine Frau waren damals nicht erschienen, sodass er sich gesorgt hatte. Nachdem er die hochschwangere Susanna und seinen Sohn Michael nach Hause gebracht hatte, war er durch die mit Pilgern und Schaulustigen überfüllten Gassen zum Haus seines Oheims geeilt.

Trier, im Mai 1655

Urs zog an der Schnur der Klingel. Kurz darauf wurde die Tür geöffnet.

»Sei gegrüßt, Elisabeth!«

»Gottes Segen, mein lieber Urs. Komm herein, dein Oheim sitzt schon wieder über seinen Büchern.«

»Wenn er die Schriften studiert, muss ich mir keine Sorgen machen«, lachte Urs und folgte der Frau in die Schreibstube seines Onkels.

»Schau, Bendicht, wer uns besucht!«

Urs' Oheim blickte von einem dicken Buch auf. Als er seinen Neffen sah, überzog ein breites Lächeln sein Gesicht.

»Ich habe euch beide bei der Reliquienzeigung vermisst«, erklärte Urs und umarmte den Onkel.

»Wir waren nicht da, denn dein Oheim hatte seinen Talisman verlegt, und ohne seinen Schutzheiligen geht er nicht aus dem Haus«, verriet Elisabeth und sah ihren Mann mürrisch an.

»Schimpf nicht, meine Liebe! Schließlich hast du ihn mir zu unserer Hochzeit mit den Worten geschenkt, dass er mich auf allen meinen Wegen beschützen soll. Da kann ich doch nicht ohne ihn quer durch Trier gehen, wo so viele Menschen unterwegs sind.«

»Dir wäre der Himmel schon nicht auf den Kopf gefallen. So haben wir den wichtigsten Tag in der Geschichte Triers verpasst.«

»Beruhige dich, meine Liebe. Du wirst noch Gelegenheit bekommen, dir das Gewand unseres Herrn anzusehen.«

»Ja, das werde ich. Und wenn es sein muss, auch ohne dich!«, erklärte Elisabeth und sah ihren Mann entschlossen an.

Urs schmunzelte, denn er kannte die liebevollen Sticheleien zwischen seinem Oheim und dessen Frau. Er setzte sich auf einen Schemel, als Elisabeth ihn unvermittelt fragte:

»Hast du deiner Frau derweil verraten, dass du vorhast, sie und eure beiden Kinder allein zu lassen?«

»Ich glaube nicht, dass dich das etwas angeht, meine Liebe«, mischte sich Bendicht bärbeißig ein.

»Da ich wahrscheinlich die arme Susanna trösten muss, geht es mich sehr wohl etwas an!«

Urs spürte, wie ihm flau im Magen wurde. Nun schien der richtige Zeitpunkt gekommen zu sein, seinem Oheim seine Entscheidung mitzuteilen. Er räusperte sich und erklärte dann mit fester Stimme: »Ich habe mich entschlossen, nicht ins gelobte Land, nach Jerusalem, zu reisen.«

Bendicht sah ihn ungläubig an. Als er die Ernsthaftigkeit im Blick des Neffen zu erkennen glaubte, schüttelte er den Kopf, wobei sein halblanges graues Haar hin und her flog. »Nein, nein, nein«, schimpfte er laut. »Das kannst du mir nicht antun! Ich habe alles sorgsam vorbereitet, alle wissen Bescheid und erwarten dich. Meine monatelange Planung kannst du nicht einfach aufgeben!« Seine Stimme überschlug sich, und er funkelte Urs wütend an. »Was soll ich Nathan Goldstein sagen? Er wird mir die Freundschaft aufkündigen. Welcher Teufel hat dich geritten, dass du von einem Augenblick zum anderen alles wegwirfst? Nun schwindet die Möglichkeit, dass ich ein Heilmittel gegen die Pest finde. Du weißt, dass die morgenländische Medizin fortschrittlicher ist als unsere abendländische. Sicher hat Susanna das von dir verlangt? Vertrau mir, mein Junge, ich werde sie umstimmen. Sie wird auf mich hören!«, ereiferte er sich.

»Susanna weiß nichts von meinen Reiseabsichten. Ich habe es ihr gar nicht erst erzählt«, versuchte Urs ihn zu beruhigen.

»Sie weiß nichts davon?«, fragte Bendicht misstrauisch, und Urs verneinte.

»Was ist dann der Grund für deinen Sinneswandel?«

»Als ich an den Universitäten zu Mainz und Heidelberg mein medizinisches Wissen vertieft habe, war ich immer nur wenige Wochen von meiner Frau und meinem Sohn getrennt. Doch die Reise, die ich jetzt unternehmen soll, würde mich fast zwei Jahre lang von meinen Lieben fernhalten. Außerdem fällt die geplante Abreise mit dem Geburtstermin meines zweiten Kindes zusammen. Selbst wenn ich sie deshalb verschieben würde – ich möchte Susanna mit den Kindern nicht allein lassen, sie aber auch nicht einer langen Reise und den möglichen Gefahren unterwegs aussetzen. Deshalb kann ich sie auch nicht mitnehmen. Ich würde mir niemals verzeihen können, wenn meiner Familie etwas zustoßen würde, während ich in der Fremde weile … Wenn wir beide ehrlich sind, Oheim, ist es ein nicht umsetzbarer Plan. Ich habe mich von Träumen, Hoffnungen und Wünschen beeinflussen lassen, die deine sind. Du kannst diese Reise altersbedingt nicht auf dich nehmen, und ich kann dich in der Fremde nicht vertreten, denn ich muss bei meiner Familie bleiben.« Leise fügte er hinzu: »Diese Reise war allein dein Wunsch, nicht meiner.« Er traute sich kaum, seinem Oheim in die Augen zu blicken.

»Du redest dummes Zeugs«, begehrte Bendicht auf. »Es war ebenso deine Entscheidung wie meine. Du suchst jetzt nur eine Ausrede, um mir die Schuld zu geben, weil du feige bist«, schimpfte er.

Seine Frau schnaubte entsetzt. »Bist du jetzt endlich still! Urs hat die Wahrheit gesprochen. Du hast ihn dazu genötigt, in ein fremdes und weit entferntes Land zu gehen, weil du besessen davon bist, ein Mittel gegen die Pest zu finden. Wahrscheinlich willst du als großer Gelehrter in einem dieser Bücher stehen, in die du den lieben langen Tag deine Nase steckst. Dabei ist die Pest so gut wie ausgerottet. Widme deine Kraft und dein Wissen einer anderen Krankheit, die du bekämpfen kannst«, sagte sie versöhnlich, als er sie empört anblickte.

Urs wusste nichts mehr zu erklären. Es war alles gesagt. »Ich denke, es ist das Beste, wenn wir alle eine Nacht darüber schlafen und morgen nochmals miteinander sprechen«, schlug er vor und sah bittend zu seinem Onkel.

Der murmelte, ohne seinen Neffen anzublicken: »Es ist alles gesagt. Du hast deine Entscheidung getroffen, und die muss ich wohl oder übel annehmen.«

»Oheim ...«, flüsterte Urs, doch Elisabeth gab ihm zu verstehen, dass er gehen sollte.

»Ich bringe dich zur Tür«, sagte sie und führte ihn zum Eingang. »Mach dir keine Sorgen, mein Junge. Deine Entscheidung ist richtig. Du musst an Susanna und die beiden Kleinen denken. Er wird es verstehen, glaub mir. Spätestens, wenn er den Säugling in seinen Armen hält.«

»Dein Wort in Gottes Ohr«, sagte Urs verzweifelt.

Tagelang hatte Urs' Oheim ihn damals nicht sehen wollen. Jede Begegnung hatte er vermieden und jede Einladung ausgeschlagen. Zum Glück hatte sich Nathan Goldstein eingemischt und vorgeschlagen, dass sein Neffe Aaron Urs in die Geheimnisse der morgenländischen Medizin einweihen könnte. Als Urs den Vorschlag angenommen hatte, entspannte sich das Verhältnis zu seinem Oheim etwas. Doch erst als die kleine Margarete geboren wurde, war Bendicht versöhnt gewesen.

»Nicht auszudenken, wenn die kleine Gritli und ihr Bruder in der Ferne groß werden würden und ich beide nicht mehr sehen könnte«, hatte er geflüstert, als Urs ihm das Mädchen in den Arm gelegt hatte.

Nein, ich bereue nichts. Meine Entscheidung damals war richtig, und ich würde sie wieder treffen, dachte Urs. Zufrieden stand er auf und ging nach oben in seine Schlafkammer, wo Susanna ihn erwartete.

Kapitel 10

Urban Griesser hatte abseits des Henkerbaums ein kleines Feuer entfacht, um sich zu wärmen, und war daneben eingeschlafen. Er erwachte, weil sein Körper auf dem kalten Boden ausgekühlt war. Als er aufblickte, sah er, dass das Holz verkohlt war. »Kein Wunder! Die Flammen sind schon längst erloschen«, murmelte er zitternd und setzte sich auf. Die Abenddämmerung hatte bereits eingesetzt. Gähnend schaute er sich um, und sein Blick fiel auf den Galgen. Bloch, schoss es ihm durch den Kopf.

Griesser sprang auf und ging einige Schritte auf den Henkersbaum zu. Dank des hellen Schnees konnte er sein Umfeld gut erkennen. Wäre es nicht sicherer, den Toten zu begraben? Sonst kommt man mir womöglich noch auf die Schliche, überlegte er und fluchte im selben Augenblick. »Das hat dieser Schweinehund nicht verdient. Außerdem ist der Boden knüppelhart gefroren. Nicht einmal eine Axt würde etwas ausrichten können.« Er sah nach, ob vielleicht doch ein Tropfen Samen zu Boden gefallen war, und rieb die Hände aneinander, die vor Kälte gefühllos waren. Bibbernd schlug er die Arme um seinen Brustkorb. Scheinbar eine Ewigkeit blickte er unter die schwebenden Füße des Toten, wo nur mit Mühe blassgelbe Flecken im Schnee zu erkennen waren.

»Vertane Zeit«, schimpfte er und sah auf die zusammengeschrumpelte Männlichkeit zwischen den Beinen des Gehängten. Vor Wut schlug er mit der Hacke in den Erdboden und spürte sogleich stechenden Schmerz durch seinen Fußknochen zucken. Grimmig blickte er zum Henkersbaum empor. Die Fratze des Toten war ebenso tiefblau verfärbt wie die Zunge, die seitlich zwischen den Lippen herausquoll. Blochs erstarrter Blick schien seinen Henker zu durchbohren.

»Selbst im Tod machst du Scherereien«, schimpfte Griesser und verfluchte Bloch ein zweites Mal. Dann sah er zu Boden auf die Reste des anderen Leichnams, den er vor der Hinrichtung vom Galgen abgeschnitten und unter einen Busch geworfen hatte. Aus der Ferne erkennt man zwischen den beiden keinen Unterschied, überlegte er. Auch verirrt sich bei der Kälte niemand hier herauf, der den Tausch bemerken könnte.

»Die Krähen werden sich über den Fettsack freuen«, grinste Griesser gehässig und ging endgültig von dannen.

»Du kommst spät«, sagte Melchiors Mutter und blickte von ihrer Stopfarbeit auf. »Ich weiß nicht, ob der Eintopf noch warm ist«, erklärte sie vorwurfsvoll.

»Ich hatte zu tun!«, erwiderte Melchior knapp, nahm eine Schüssel und füllte sie mit der Gemüsesuppe.

»Was kann man zu dieser Stunde Wichtiges zu erledigen haben?«, murmelte die Frau und biss den Wollfaden ab.

»Wie geht es Vater?«, fragte Melchior, um sie auf andere Gedanken zu bringen. Er setzte sich zu ihr an den kleinen rechteckigen Küchentisch und schlürfte seine Suppe. »Hm, gut«, lobte er den Eintopf, in dem seine Mutter Gemüse gekocht hatte, das vom letzten Sommer aus ihrem Garten stammte und im Winter haltbar blieb.

Die Mutter freute sich über Melchiors Appetit. Mit einem Seufzer schaute sie zum Fenster, an dem der Wind den Laden klappern ließ. »Dein Vater schläft zum Glück. Es wird Zeit, dass der Frühling und mit ihm die Wärme kommt. Die Kälte macht deinem Vater sehr zu schaffen. Heute muss sein Bein besonders geschmerzt haben. Er konnte kaum auftreten. Es ist schon Jahre her, und trotzdem macht ihm der Bruch noch immer Schwierigkeiten. Dank des Mohnsafts kommt er zur Ruhe und kann schlafen. Ich muss morgen neuen besorgen. Die Flasche ist fast leer.«

»Schon wieder?«, fragte Melchior. Seine Mutter zuckte mit den Schultern. »Was soll ich machen?«

»Mittlerweile trinkt Vater diese Medizin wie andere Hustensirup. Ich werde mit dem Arzt sprechen, ob es eine andere Möglichkeit gibt, ihm die Schmerzen zu nehmen«, schlug er vor. Seine Mutter nickte dankbar und nahm den nächsten Strumpf, der gestopft werden musste, aus dem Korb.

Melchior betrachtete seine Mutter, deren Miene kummervoll wirkte. Waren ihre blonden Haare schon immer so glanzlos gewesen, und hatte sie ihre Mundwinkel stets nach unten gezogen? Wann hatte er sie das letzte Mal lachen gehört?, überlegte er. Er wusste, dass die Mutter ihm verschwieg, wie unausstehlich der Vater all die Jahre gewesen war. Immer wenn der Schmerz ihn überrollte, war er trübsinnig und gereizt zugleich, was seine Mutter zu spüren bekam. Seit er den Mohnsaft schluckte, schlief er besser, dessen war Melchior sich sicher. Er hatte mit einer Kräuterfrau über den Betäubungssaft gesprochen, die daraufhin entsetzt die Hände gehoben und geraunt hatte: »Es ist Satanswerk und verändert das Wesen eines Menschen, denn es macht ihn willenlos.«

Melchior wusste, was das Weib meinte, da er fast täglich die Veränderung selbst beobachten konnte. Er erinnerte sich noch gut an seine Kindheit, als der Vater ein ruhmreicher Soldat gewesen war. Zwar kam er selten nach Hause, war oft wochenlang fort, doch wenn er bei seiner Familie weilte, dann war er ein herzensguter Mann, der mit dem griesgrämigen Kranken von heute kaum etwas gemein hatte.

Melchior seufzte schwer, sodass seine Mutter zu ihm aufsah.

»Du hast mir immer noch nicht gesagt, was du so spät zu schaffen hattest«, erinnerte sie ihn.

Kaum hatte seine Mutter gefragt, sah Melchior Gritlis Gesicht vor sich. Auch glaubte er wieder den Duft ihrer Locken zu riechen, die unter ihrer Mütze hervorgequollen waren. Ihre warmen bernsteinfarbenen Augen, mit denen sie ihn zaghaft und doch neugierig gemustert hatte, schoben sich in seine Erinnerung. Verunsichert bemerkt Melchior, dass sein Herz schneller schlug und seine Hände feucht wurden.

Als seine Mutter seinen Blick erkannte, huschte ein Lächeln über ihr Gesicht. »Du schaust jetzt so aus wie damals dein Vater, als wir uns kennenlernten. Es war dieser besondere Ausdruck in seinen Augen, der mich für ihn eingenommen hat. Ich nehme an, dass du bei einem Mädchen gewesen bist«, sagte sie leise und schaute ihren Sohn liebevoll an. Als sie seine Verlegenheit erkannte, schmunzelte sie. »Lerne ich sie kennen?«

Melchior nickte. »Ich hoffe, dass sie meine Frau wird«, erklärte er heiser und war über seine eigene Antwort überrascht.

Kapitel 11

Einige Tage später, am Nachmittag in Bitburg

Urban Griesser schloss hinter sich die wuchtige Eingangstür der Schänke und wischte mit der Handkante die Regentropfen von seinem Umhang. Er blickte die sechs Treppenstufen hinunter in den Schankraum, wo ein Knecht ein ellenlanges Holzscheit in den mannshohen Kamin der gegenüberliegenden Wand hievte. Kaum hatte es Feuer gefangen, breitete sich Wärme aus, sodass sich Griesser den Mantel von den Schultern riss. Auch war die Luft in dem Wirtshaus zum Schneiden dick, denn in vielen Pfeifen der zahlreichen Gäste glomm Tabakskraut.

Erst nach einigem Suchen erblickte Griesser einen freien Platz in einer der hinteren Reihen. Zielstrebig stieg er die ausgetretenen Sandsteinstufen hinab und trat an den Tisch, wo sich mehrere Männer angeregt unterhielten.

»Darf ich mich zu Euch setzen?«, fragte er höflich.

Nachdem er kurz gemustert worden war, nickten sie, und er nahm Platz.

»Ist das nicht ein Sauwetter?«, fluchte Griesser und versuchte unverfänglich mit seinem Sitznachbarn ins Gespräch zu kommen. Doch der drehte ihm den Rücken zu.

»Was darf ich bringen?«, fragte eine Schankmagd, die plötzlich neben ihm stand.

Kaum hatte er heißen Würzwein und Schmalzbrot bestellt, drehte das Mädchen sich um und ging zum Ausschank zurück. Sehnsüchtig blickte er ihm hinterher. Ich habe schon lange nicht mehr bei einer Frau gelegen, stellte er fest und fand, dass ihm diese zu dürr war. Er fuhr sich mit der Hand über die Wade. Sein dünnes Lederschuhwerk und seine kniehohen Strümpfe waren von dem heftigen Regenguss aufgeweicht. Da er aber in der Nähe des Kamins saß, konnten sie schnell trocknen.

Griesser blickte zu den Gesellen an seinem Tisch, die ihn kaum beachteten. Sie schienen eine angeregte Unterhaltung zu führen, deren Inhalt er nicht verstehen konnte. Es waren fünf Männer unterschiedlichen Alters, die die gleiche Tracht trugen. Sie hatten erdbraune Uniformen an, deren Jacken in der Mitte von Zinkknöpfen verschlossen wurden. Erst jetzt bemerkte er ihre spitzen hellen Hüte, die übereinandergestapelt am Ende der Bank lagen. Es könnten Büttel sein, überlegte er, als die dürre Magd ihm seine Bestellung brachte. Er bedankte sich mit einem Kopfnicken und umschloss mit beiden Händen den Becher mit dem Würzwein.

Schlürfend genoss er den heißen Alkohol, der eine wohlige Wärme in seinen Gedärmen aufsteigen ließ. Während er in seine Scheibe Brot biss, die dick mit Gänseschmalz bestrichen war, hörte er plötzlich ein Wort, das ihn zusammenzucken ließ.

»… Hinrichtung …«

Griesser schaute erschrocken neben sich und wandte rasch den Kopf wieder nach vorn, damit die Männer seine Aufregung nicht bemerkten. Er starrte vor sich hin und kaute langsam, um dem Gespräch folgen zu können. Er hoffte, dass die Männer nicht bemerkten, dass er sie belauschte.

»Es war abzusehen, dass der Galgen bei der Hinrichtung bricht«, erklärte einer der Männer.

»Ich habe es nicht kommen sehen, zumal der Verurteilte ein hageres Bürschchen war.«

»Irgendwann ist auch das dickste Holz morsch.«

»Weißt du mit Sicherheit, dass es faul gewesen ist?«

»Nein, das weiß ich nicht, aber warum sonst sollte ein Balken brechen?«

»Hoffentlich ist das kein Zeichen, dass Dämonen die Richtstätte heimsuchen.«

Griesser hörte, dass jemand die Luft scharf durch die Zähne sog, und auch er selbst hielt vor Schreck kurz den Atem an.

»Mal den Teufel nicht an die Wand«, flüsterte der Mann neben ihm und bekreuzigte sich.

»Warum habt ihr den Balken nicht ausgetauscht?«, fragte eine sehr junge Knabenstimme.

»Bist du von Sinnen? Wir meiden den Galgen wie der Teufel das Weihwasser und scheuen uns, ihn zu berühren, denn die Schuld eines jeden Verbrechers, der an diesem Balken hingerichtet wurde, hat sich in dem Holz gespeichert. Erst wenn alle Zimmerleute aus der Umgebung sich vor dem Galgenbaum versammeln und ein Rats- oder Gerichtsherr das frisch entrindete Bauholz berührt und es somit für ehrlich erklärt hat, werden Handwerker es wagen, an die Arbeit zu gehen.«

»Wieso entrindetes Holz?«, wollte die junge Stimme wissen.

»Damit sich keine Dämonen unter der Rinde verbergen können«, erklärte jemand gedämpft. Als die Männer schwiegen, schielte Griesser in ihre Richtung.

»Junge, du weißt anscheinend nichts über die Bräuche einer Hinrichtung und darüber, wie eine Hinrichtungsstätte beschaffen sein muss«, sagte der älteste unter ihnen, der am Ende der Bank saß. Wieder folgte Schweigen, als dieselbe Stimme fragte: »Wie vielen Hinrichtungen hast du schon beigewohnt?«

»Das war meine erste, Herr Lampe. Ich habe keine Ahnung vom Handwerk des Scharfrichters. In meiner Familie wurde niemals über den Henker gesprochen, da es hieß, dass er verflucht sei.«

»Warum willst du dann Büttel werden? In diesem Beruf hast du es ständig mit dem Verfluchten zu tun«, spöttelte der Alte.

Einer der Männer auf der anderen Tischseite lehnte sich grinsend zurück, sodass Griesser nun den Jungen erblickte, der zwischen zwei kräftigen Mannsbildern saß. Der Knabe war etwa dreizehn Jahre alt und von gedrungener Statur. Sein Gesicht schien mit roten Pickeln übersät zu sein, die ihn zu jucken schienen, da er sich immer wieder über die Wangen rieb. Man hatte ihm das braune Haar raspelkurz geschoren und dabei die Kopfhaut verletzt, was blutverkrustete Schnitte verrieten. Als der Junge zu ihm schaute, versenkte Griesser seinen Blick in dem Becher mit Würzwein.

»Mein Vater hat uns letzten Sommer verlassen. Nun muss ich Geld verdienen. Mutter meint, dass Büttel immer gebraucht werden. Ich wäre lieber Bäcker geworden, denn Brot brauchen die Menschen noch mehr«, erklärte der Knabe ehrlich.

»Als Bäcker wärst du sicherlich selbst dein bester Kunde geworden«, schmunzelte der Älteste und erklärte dann wohlwollend: »Ich werde dir verraten, was du noch nicht weißt. Merke dir: Scharfrichter wird man nicht, sondern man wird in diesen Beruf hineingeboren. Ein Henker ist so unehrlich wie seine gesamte Familie. Weder er noch seine Kinder können jemals Bürger oder Paten werden. Niemand will mit ihnen etwas zu tun haben. Keiner spricht mit ihnen oder gibt ihnen die Hand. Sie müssen am Rand der Stadt leben und dürfen niemals an Festlichkeiten teilnehmen. Henker dürfen nicht in Wirtshäuser gehen, wenn es dort keinen gesonderten Platz für sie gibt. Schau hinter dich, Bursche. Am Ende des Raums steht ein kleiner Tisch mit einem einfachen Schemel davor. Siehst du den Krug, der mit einer Kette an der Wand verankert ist?«

Der Junge drehte sich um, und als er den Büttel wieder anblickte, nickte er.

Griessers Blick war dem Fingerzeig des Alten ebenfalls gefolgt, und auch er entdeckte den besagten Bierkrug.

»Das ist der Platz des Scharfrichters, auf den sich niemand sonst setzen darf. Damit keiner aus demselben Krug wie der Unehrliche trinkt, wurde der Becher an die Wand geschmiedet. So kann er nicht verwechselt werden, wenn er ausgespült werden muss«, raunte der Alte.

»Warum ist der Henker unehrlich? Lügt er?«, fragte der Knabe mit aufgeregtem Zittern in der Stimme.

Griesser konnte hören, wie der Mann tief Luft holte und dann erklärte: »Man sagt über Henker, dass sie falsch, treulos, heuchlerisch, verlogen und heimtückisch sind. All das bedeutet das Wort ›unehrlich‹. Warum sie diesen Ruf haben, weiß ich nicht«, gab der Büttel zu und bestellte mit einem Fingerschnippen einen neuen Krug Bier.

»Vielleicht, weil sie foltern und töten, ohne selbst ihr eigenes Leben zu riskieren«, überlegte einer der anderen Gerichtsdiener.

»Soll nicht nächste Woche der Hansi Eberle gehängt werden? Was machen wir, wenn der Galgen bis dahin nicht fertiggestellt ist?«, warf einer der jüngeren Männer ein.

»Wenn es nach mir ginge, würde ich den Eberle ohne Aufsehen hinrichten. Der Schützenturm steht um diese Jahreszeit zum Teil unter Wasser, sodass man den Schuft unter Ausschluss der Öffentlichkeit ertränken könnte. Genauso, wie er das arme Mädchen umgebracht hat. Langsam den Kopf unter Wasser drücken. Das wäre die gerechte Strafe für den Hurensohn. Aber mich fragt ja niemand. Deshalb wird man ihn hängen, sobald der Galgenbaum erneuert ist.«

»Eine heimliche Hinrichtung wäre auch für Meister Hans das Beste.«

»Warum?«, fragte der Knabe und nippte an seinem Getränk.

»Damit dem Henker eine erneute Schmach erspart bleibt. Du konntest heute erleben, wie die Menge ihn ausgebuht und beschimpft hat, weil sie ihn für den gebrochenen Balken verantwortlich gemacht haben. Sollte beim nächsten Mal wieder etwas schiefgehen, werden die Leute ihn steinigen.«

»Was kann der Meister Hans dafür?«, fragte der Jüngere verunsichert.

»Ach Junge, du bist wahrlich unerfahren«, stöhnte der Alte. »Eine Hinrichtung soll die Menschen erfreuen. Doch heute sind sie um ihr Vergnügen gebracht worden, und irgendjemand muss dafür herhalten.«

»Wenn wir ehrlich sind, ist der Alte schon lange nicht mehr der Scharfrichter, der er einst war. Ich kann mich an Zeiten erinnern, da hat er mit einem Streich den Hals des Verurteilten zugleich mit einem von diesem in der Hand gehaltenen Blumenstrauß durchschnitten«, sagte ein Büttel, der bislang geschwiegen hatte.

»Wen wundert's? Der Teufel mit Namen Branntwein hat Besitz von ihm ergriffen. Als er letzten Monat das Schwert zum Enthaupten heben wollte, ist er rücklings auf den Arsch gefallen. Auch heute hat er geschwankt. Das Volk befürchtet, dass er seine magische Gewalt verloren hat.«

»Nicht mehr lange, und er legt seinen Kopf selbst auf den Henkersklotz«, zischte ein anderer.

»Habt ihr gesehen, was für einen bösen Blick der Verurteilte dem Henker zugeworfen hat? Ich sage Euch, der Meister Hans sollte eine Maske tragen, damit das Böse nicht in ihn fahren kann.«

»Ich habe nur gesehen, wie der Gehängte sich in die Hose gepisst hat und wie seine Männlichkeit sich ein letztes Mal geregt hat«, raunte einer der Büttel.

»Ja, das habe ich auch gesehen. Nur dass sein Schwanz dieses Mal keine Frau beglückt hat, sondern seine Männlichkeit in die Hose gegangen ist«, lachte ein Glatzköpfiger und schlug vor Vergnügen mit der Faust auf die Tischplatte.

Griesser hatte gerade den Krug an die Lippen geführt. Wie versteinert hielt er in der Bewegung inne und wagte kaum zu atmen. Die Alte im Wald hatte also doch recht gehabt. Zum Tode Verurteilte zeigten ein letztes Mal ihre Manneskraft. Gemischt mit Pisse, erwächst daraus der Alraun, dachte Griesser und beschloss, dass er bei der nächsten Hinrichtung dabei sein würde.

Kapitel 12

Am Rande des Dorfs Piesport

Marthas Blick glitt suchend über den braunen Acker, den die Knechte für die Aussaat vorbereiteten. Sie legte sich die Hand vor die Augen, um besser sehen zu können. Doch weder auf dem Fuhrwerk noch an der Egge konnte sie ihren Jakob entdecken. Seltsam, dachte sie. Er war doch für die Arbeit auf dem Feld eingeteilt worden. Vielleicht musste er in den Weinberg gehen, überlegte sie. »Mist!«, schimpfte sie leise. »Jetzt habe ich mich wegen Jakob für den Acker gemeldet. Hätte ich gewusst, dass er heute hier nicht arbeitet, wäre ich lieber zu den Knechten in den Wingert gegangen und hätte denen ihr Mittagsmahl gebracht.« Nun war es zu spät, zumal die Burschen, die auf dem Acker schafften, sie entdeckt hatten und zu sich winkten.

»Was stehst du herum und glotzt in die Gegend, anstatt uns das Essen zu bringen?«, schimpfte der Älteste unter ihnen. »Gib mir zu trinken, bevor ich verdurste.« Martha reichte ihm den Krug mit dem verdünnten Bier, von dem er gierig trank. Dann reichte er ihn an die anderen Knechte weiter. Während Martha Brot, Käse und Speck verteilte, versuchte sie zu erfahren, wo Jakob abgeblieben war. »Kann es sein, dass ein Knecht fehlt? Ich habe zwei Scheiben Brot über«, fragte sie gespielt gleichgültig.

Die Knechte sahen sich feixend an.

»Da hast du richtig gezählt«, frotzelte einer und grinste frech.

»Der Jakob liegt mit der Küchenmagd auf dem Heuschober und macht ihr den Hengst«, lachte ein anderer, und die restlichen Burschen stimmten in das Gelächter ein.

Martha spürte, wie sie kreidebleich wurde. Tränen der Empörung, des Zorns und der Enttäuschung schossen ihr in die Augen.

»Lasst es gut sein!«, rief der Großknecht. »Seht ihr nicht, wie die Magd leidet?«

Martha wischte sich hastig über das Gesicht. Aller Augen waren auf sie gerichtet.

»Du musst keine Angst haben, dass Jakob dich betrügt. Er liegt krank im Bett, und nur das Fieber leistet ihm Gesellschaft. Als ich in der Früh nach ihm sah, war sein Gesicht verquollen, und er hatte Gliederschmerzen.«

»Warum sagst du mir das erst jetzt?«, schimpfte Martha, griff nach dem leeren Korb und lief über den Acker zurück zum Weingut.

Martha betrat die Kammer der Knechte, die unter dem Scheunendach nächtigten. Obwohl der Raum groß und offen war, hatte sie das Gefühl, als ob die Luft abgestanden sei und zudem ekelhaft stank. Als ob etwas verfaulen würde, dachte sie und trat an Jakobs Bett heran, das in einer Nische der Dachschräge stand. Hier war der Gestank stärker, sodass sie angewidert das Gesicht verzog. Sie ignorierte den widerlichen Geruch, den der Kranke anscheinend verströmte, und beugte sich nach vorn, um sanft Jakobs Wange zu berühren. Sein Haar war verschwitzt, und seine Haut schien zu glühen. Hastig zog sie die Finger zurück. Jakob schlug die Lider auf. Aus glasigen Augen blickte er sie leidend an.

»Wie geht es dir, mein Liebster?«, fragte Martha leise.

Als er zu sprechen versuchte, verzog er gequält das Gesicht. »Ich habe das Gefühl, innerlich zu verbrennen. Auch schmerzt mein Hals entsetzlich«, krächzte er mühevoll und holte keuchend Luft.

»In der Früh ist die Magd vom Rebenschneider am Fieber gestorben. Du wirst dich hoffentlich nicht bei ihr angesteckt haben.«

»Du meinst die Mutter von Stefan, dem Lehrling des Hufschmieds?«

Martha nickte.

»Ich habe sie seit geraumer Zeit nicht mehr gesehen«, erklärte Jakob hustend und setzte sich keuchend auf.

Martha betrachtete seinen Hals und stutzte. Hastig nahm sie eine Kerze von dem kleinen Tisch inmitten des Raums und entzündete sie mit zitternden Händen. Im Schein des schwachen Lichts betrachtete sie Jakobs Hals genauer. »Was sind das für schwarze Flecken auf deiner Haut?«, fragte sie angsterfüllt, doch ihr Liebster war bereits wieder in die Kissen gesunken und eingeschlafen.

Leise verließ sie die Dachkammer und kam mit frischem Kräutersud und einem feuchten Tuch zurück. Während Jakob schlief, tupfte sie ihm mit dem Wolltuch über Gesicht und Hals. Sie öffnete seinen Kittel über der Brust und erschrak. Die kleinen Flohstiche hatten sich entzündet und waren nun stark gerötet und vereitert. Auch hier schimmerten schwarze Flecke auf der Haut.

»Was ist nur mit dir?«, weinte Martha, als Jakob erneut erwachte.

»Sei nicht traurig, Liebste. Morgen werde ich sicher wieder gesund sein«, wisperte er.

Martha wollte ihm glauben und nickte. »Hier, mein Liebster, trink von dem Kräutersud. Dann wirst du sicher rasch gesund werden«, bat sie ihn und hielt ihm den Becher an die Lippen.

Jakob nippte vorsichtig an dem Getränk. Kaum hatte er den Sud hinuntergeschluckt, würgte er, und ein Blutschwall ergoss sich über Martha, die entsetzt aufschrie.

Susanna betrachtete die Stoffballen, die gerade geliefert worden waren. »Sind das nicht herrliche Farben?«, fragte sie ihre Tochter und löste die Kordel, mit der ein Bund zusammengehalten wurde. Mit einem wonnigen Seufzer ließ sie den senfgelben Wollstoff durch die Finger gleiten und rieb mit einem Zipfel an ihrer Wange. »Dieses Jahr ist die Wolle besonders zart«, sagte sie und blickte Gritli freudestrahlend an, die ebenfalls begeistert mit den Fingerspitzen über die Ware strich.

»Kommen diese zarten Stoffe ausschließlich aus der Eifel?«, fragte das Mädchen.

»Nicht das Tuch, sondern die Wolle kommt aus der Eifel, da dort besondere Schafe gezüchtet werden. Ein Tuchhändler erklärte mir, dass dieser Landstrich große Ackerflächen hat, auf denen kaum etwas angebaut werden kann, da sie durch die Brandrodung ausgelaugt sind. Allerdings eignen sie sich als Weideflächen für diese Schafe, die sich dort anscheinend wohlfühlen. Es sollen da riesige Herden übers Land ziehen, die diese hervorragende Wolle liefern. Bis sie jedoch zu solch einem weichen Tuch wird, sind viele Arbeitsgänge vonnöten.«

»Welche?«, fragte Gritli neugierig.

Ihre Mutter schaute auf. »Wieso möchtest du wissen, wie Stoff hergestellt wird?«

Das Mädchen zuckte mit den Schultern. »Ich habe mir nie Gedanken darüber gemacht, wie das Tuch entsteht. Doch heute möchte ich mehr erfahren«, erklärte sie und hievte die Ballen auf den Tisch. Dann öffnete sie die anderen Kordeln und musterte die Ware.

»Ich freue mich über deine Neugier«, sagte Susanna und betrachtete ihre Tochter, die die Stoffbahnen wie ein römisches Gewand vor sich hielt.

Susanna wusste, dass Gritli zwischen den unterschiedlichen Wünschen der Eltern hin und her gerissen war. Ihre Tochter zeigte sowohl als Heilerin wie auch als Schneiderin großes Geschick. Für beide Berufe brachte sie die notwendigen Begabungen mit. Gritli konnte nicht nur mit Nadel und Faden fingerfertig umgehen. Sie verfügte auch über die Fähigkeit, Kunden passende Farben auszusuchen, die deren Haut schmeichelten und sie hübsch aussehen ließen. Außerdem war das Mädchen einfallsreich und ahnte schon beim Betrachten der Kundin, wie das Kleid für sie auszusehen hatte. Und sie vermochte einen Entwurf detailgenau aufs Papier zu bringen. Allerdings konnte Susanna nicht leugnen, dass Gritli in der Krankenpflege ebenfalls ihren Platz hätte. Das Mädchen war einfühlsam und hatte die Gabe, die kleinen wie auch die großen Patienten zu trösten und zu beruhigen. Sie wusste, wie sie unterschiedliche Medizin einsetzen musste und welches Kraut bei welcher Erkrankung helfen würde.

Susanna seufzte. Es war nicht leicht, Gritli zu dem für sie richtigen Weg zu raten. Urs hätte es gerne gesehen, dass seine Tochter ihn im Hospital unterstützen würde. Er hoffte, dass sie irgendwann sogar die Leitung dort übernehmen könnte. Es war sein innigster Wunsch, und er versuchte fast verbissen Gritli davon zu überzeugen, Krankenpflegerin zu werden. Sein Sohn Michael zeigte nicht nur kein Talent für diesen Beruf, sondern wurde schon beim Anblick des kleinsten Blutstropfens kreidebleich. Daher konzentrierte sich Urs auf seine Tochter in der Hoffnung, dass sie in seine Fußstapfen treten würde.

Aber war das gegenüber dem Mädchen gerecht?, fragte sich Susanna zum wiederholten Mal. Schließlich hatte man auch ihrem Sohn die Möglichkeit gegeben, seinem Berufswunsch nachzugehen. Michael war der geborene Kaufmann, dessen war Susanna sich sicher, und sie war dankbar, dass er bei einer der einflussreichsten Familien von Trier das Handeln erlernen konnte. Auch wenn sie ihn wegen seines Berufs schon seit fast einem Jahr nicht mehr gesehen hatte, da er am Comer See bei der Familie Devora lebte und arbeitete. Deshalb sollte Gritli ebenfalls die Möglichkeit erhalten, sich ohne Druck entscheiden zu können. Es war Susanna wichtig, dass auch ihre Tochter einen Beruf erlernte, um selbstständig zu sein. Sie selbst wusste, wie schwer es war, als Frau abhängig zu sein. Auch wenn es nicht die Regel war, dass Frauen einen Beruf erlernten – ihre Tochter sollte diese Möglichkeit erhalten.

Es ist nicht leicht, wenn man mit mehr als einem Talent gesegnet ist, dachte Susanna, als sie ihren Namen hörte. Erschrocken blickte sie auf und sah in das lachende Gesicht ihrer Tochter.

»Hast du geträumt?«, fragte Gritli und legte den grünen Stoff zur Seite, um den zartblauen vor sich zu halten. »Du wolltest mich an deinem Wissen teilhaben lassen, wie diese weichen Stoffe hergestellt werden«, erinnerte sie die Mutter liebevoll.

»Ich habe nachgedacht und mich dabei in meinen Gedanken verloren«, entschuldigte sich Susanna, um dann zu erklären: »Nachdem die Wolle gewaschen, gekämmt und zu Fäden gesponnen worden ist, wird in Heimarbeit am Webstuhl das Tuch hergestellt. Der gewobene Stoff wird anschließend in Seifenwasser gewalkt, denn durch das Kneten soll er verfilzen, weil man sich dadurch größere Haltbarkeit erhofft. Die Menschen haben dieses Walken früher mit den Händen und Füßen gemacht, was sehr anstrengend gewesen sein muss. In Trier gibt es schon seit vielen hundert Jahren mehrere Walkmühlen, die die Arbeit der Menschen übernommen haben.«

Gritli zog nachdenklich die Augenbrauen zusammen. »Wo stehen diese Mühlen?«

»Eine am Biewerbach, die andere am Altbach im Trierer Vorort Löwenbrücken, und die dritte auf der Moselinsel beim Martinskloster. Wenn du willst, gehen wir zusammen zum Biewerbach, und du kannst sie dir anschauen. Durch das riesige Wasserrad werden Holzklöppel und Holzhämmer angetrieben, die rhythmisch auf das Tuch einschlagen und es weichklopfen«, erklärte Susanna eifrig.

In diesem Moment verdunkelte sich der Verkaufsraum, und heftiger Regen setzte ein. »Das hat mir noch gefehlt«, stöhnte sie und entzündete die Kerzen des Kronleuchters und in den Gläsern. Plötzlich prasselten dicke Hagelkörner gegen die Fensterscheibe des Geschäfts, sodass Susanna besorgt nach draußen blickte. In wenigen Augenblicken war die Straße vor dem Haus mit einer dicken Schicht Eis bedeckt. Menschen hasteten an ihrem Laden vorbei und mussten aufpassen, nicht auszurutschen. Viele versuchten sich vor den Eisgeschossen in Sicherheit zu bringen und sprangen unter den Dachüberständen hin und her. Andere rannten in Hauseingänge oder drückten sich dicht an die Hauswände.

»Wo ist nur der Frühling? Wir haben schon Anfang April! Ich werde noch verrückt, wenn sich nicht bald das Wetter ändert«, schimpfte Susanna und zuckte im selben Augenblick zusammen. Direkt über dem Haus hörte man das Krachen des Donners, der die Wände erzittern ließ. Gleißende Blitze erleuchteten den Himmel.

Die Türglocke erklang, und eine Frau stürmte herein. »Entschuldigt bitte, Frau Blatter, aber ich fürchte mich vor Gewitter«, sagte sie und strich sich das nasse Haar zurück, das sich aus ihrem Knoten gelöst hatte. Zitternd schlang sie die Arme um ihre durchnässte Kleidung und duckte sich, als erneut der Donnerschlag krachte.

»Frau Recktenwald«, rief Susanna überrascht und bat Gritli: »Bring rasch ein Handtuch, damit Frau Recktenwald sich trocknen kann.« Sie schob der Frau einen Stuhl hin und forderte sie auf: »Setzt Euch. Ich werde nachsehen, ob ich ein Kleid habe, das ich Euch ausleihen kann. Ihr holt Euch sonst eine Erkältung.«

»Bitte macht Euch keine Umstände, Frau Blatter. Ich werde gleich wieder gehen. Das Gewitter wird sicher weiterziehen. Schaut, der Regen hat bereits nachgelassen.«

»Aber dafür heult jetzt der Wind«, bemerkte Gritli und sah ängstlich nach draußen. Erneut krachte der Donner.

»Wenn ich darf, werde ich in Eurem Geschäft noch einige Minuten warten«, sagte die Frau.

Das Mädchen reichte ihr ein Handtuch, das sie dankend entgegennahm. »Du kennst mich nicht mehr«, stellte Frau Recktenwald fest und sah Gritli freundlich an.

Gritli betrachtete sie nachdenklich und schüttelte dann den Kopf. »Es tut mir leid! Ich weiß nicht, wer Ihr seid.«

»Du bist doch die Tochter von Frau Blatter?«, vergewisserte sich die Frau, und Gritli nickte. »Ich bin Ulrichs Mutter.«

Gritlis Augen weiteten sich erstaunt. »Entschuldigen Sie, Frau Recktenwald. Ich habe Sie nicht erkannt. Obwohl der Name mir hätte vertraut sein müssen«, versuchte sie sich zu erklären.

»Da du das Ebenbild deines Vaters bist, und da Ulrich zudem deine Anmut beschrieben hat, habe ich sofort gewusst, dass du es bist.«

»Wie geht es Eurem Mann, Frau Recktenwald?«, fragte Susanna dazwischen.

Die Frau blickte kurz zu Boden und holte tief Luft. »Wir hoffen und warten, dass unser Herrgott Erbarmen zeigt und meinen lieben Heinrich von seinem Leid erlöst«, sagte sie mit rauer Stimme.

»Das tut mir leid«, sagte Susanna mitfühlend. »Kann man nichts mehr für ihn tun?«

Frau Recktenwald schüttelte den Kopf. »Euer Mann hat meinen Mann untersucht. Die Krankheit frisst ihn von innen auf. Dank der Medizin des Herrn Blatter können wir ihm wenigstens die Schmerzen lindern. Ich werde sicher bald vorbeikommen müssen, damit Ihr mir ein schwarzes Kleid schneidert, Frau Blatter.«

Als Susanna Tränen in den Augen der Frau sah, strich sie ihr tröstend über den Arm.

Dankend schaute Frau Recktenwald auf. Als ihr Blick zu Gritli wechselte, hatte sie ihre Gefühle wieder unter Kontrolle. »Vielleicht hast du Zeit, uns zu besuchen?«, fragte sie das Mädchen. »Ulrich würde sich sicher freuen. Schon seit Tagen weicht der arme Junge nicht von der Seite seines Vaters. Er hat Angst, nicht da zu sein, wenn Heinrich den letzten Atemzug tut. Ablenkung würde ihm sicher guttun. Was hältst du von morgen Nachmittag? Ich würde uns einen Kuchen backen.«

Gritli erkannte nicht nur Frau Recktenwalds erwartungsvollen Blick, sondern spürte auch den ihrer Mutter auf sich ruhen. Beide Frauen ließen ihr keine Wahl, und sie stimmte zu. »Ich werde morgen Nachmittag vorbeischauen«, erklärte sie zaghaft.

»Das freut mich, und Ulrich sicher noch mehr«, sagte Frau Recktenwald, als es erneut krachte und der Himmel durch einen Blitz hell erleuchtet wurde. Die drei Frauen stießen vor Schreck spitze Schreie aus und hielten sich die Ohren zu.

Kurz danach ertönten Signalhörner. Fragend blickte Susanna ihre Tochter und Frau Recktenwald an. Plötzlich wusste sie, was die Fanfaren zu bedeuten hatten.

»Feuer!«, flüsterte sie, um dann laut zu rufen: »In der Stadt brennt es!« Aufgeregt lief sie zur Eingangstür und riss sie auf. Schon sah sie die ersten Männer mit Eimern an sich vorbeistürmen. Andere trugen Laternen, Feuerhaken, Leitern und Wasserspritzen. Als ein Mann einen Schubkarren mit einem Wasserfass an ihr vorbeischob, rief Susanna ihm zu: »Wo brennt es?«

»Der Blitz hat in die Sankt-Antonius-Kirche eingeschlagen. Der Dachstuhl soll brennen«, schrie er gegen den Wind und rollte den Karren durch die Eispfützen, so schnell er konnte.

Susanna ging zurück in den Laden. »Herr im Himmel, steh uns bei«, flüsterte sie. »Die Pfarrkirche Sankt Antonius soll brennen. Hoffentlich greift das Feuer nicht auf die Häuser über.«

»Ich verstehe das nicht. Es ist alles nass. Wieso kann es brennen?«

»Der Blitz muss in das Gebälk eingeschlagen haben.«

»Was sollen wir machen? Helfen?«, fragte Gritli, doch Susanna schüttelte den Kopf.

»Wir können nichts ausrichten. Zum Glück ist das Unwetter weitergezogen. Was für eine Aufregung. Ich werde uns einen Kräutersud aufbrühen«, schlug sie vor, doch Frau Recktenwald hob die Hand. »Für mich bitte nicht. Ich muss nach Hause. Vielen Dank, dass Ihr mir Schutz geboten habt, Frau Blatter. Grüßt Euren Mann von mir«, bat sie und reichte Susanna die Hand.

»Das war eine Selbstverständlichkeit«, sagte Susanna und erwiderte den Händedruck.

Kaum hatte die Frau den Laden verlassen, drehte sie sich zu ihrer Tochter um. »So, so, der Ulrich Recktenwald.«

Gritli spürte, wie ihre Wangen heiß wurden. »Ich habe ihn durch Zufall am Brunnen getroffen …«

»Du musst mir nichts erklären, mein Kind. Ich habe doch gesehen, wie er dein Herz zum Klopfen gebracht hat. Als du neulich abends heimkamst, hattest du ebenso rote Wangen wie jetzt.«

»Aber das war nicht Ulrich …«, wollte sich Gritli wehren und alles erklären, doch in diesem Moment wurde die Tür aufgestoßen.

Die junge Hildegard trat atemlos ein. Ihr Haar war vom Windspiel zerzaust und stand in alle Richtungen ab. »Seid gegrüßt!«, sagte sie mit schwacher Stimme und wandte sich an Gritli: »Dein Vater schickt mich. Du sollst zu ihm ins Hospital kommen.«

»Was ist geschehen? Geht es meinem Mann gut?«, fragte Susanna aufgeregt.

»Eurem Mann geht es gut, Frau Blatter. Aber andere wurden verletzt.«

»Verletzt?«

»Ich glaube, durch das Unwetter«, erklärte das Mädchen verunsichert.

»Was heißt das?«

»Ich kann es Euch nicht erklären. Plötzlich waren schreiende und blutende Menschen im Hospital … Ich weiß nicht, woher sie gekommen sind.«

»Ich begleite euch beide ins Hospital.«

»Und der Laden?«

»Wir schließen zu. Bei dem Wetter kommt kein Kunde mehr, und die Ware können wir auch morgen prüfen. Gritli, blas die Kerzen aus.«

Urs wusste nicht mehr, wem er zuerst helfen sollte. Wo er auch hinsah, überall lagen und saßen verletzte Menschen, die seine Hilfe benötigten. Leichtverletzte wimmerten leise vor sich hin, während die Schwerverletzten ihren Schmerz hinausschrien. »Ich werde wohl eine Nachtschicht einlegen müssen«, murmelte er, als er die überfüllten Gänge sah.

Zahlreiche Personen waren vom Hagel überrascht worden und hatten sich nicht schnell genug in Sicherheit bringen können, sodass sie von den Eiskugeln getroffen wurden. Manche hatten durch die Geschosse, die so groß wie Kinderfäuste gewesen waren, schmerzhafte blaue Flecken bekommen. Andere hatten blutende Platzwunden am Kopf. Als ob Urs mit diesen Patienten nicht schon genug zu tun hätte, kamen nun Verletzte hinzu, die von herunterfallenden Trümmerteilen der brennenden Sankt-Antonius-Kirche verwundet worden waren. Brennendes Holz, Balken und Ziegel waren auf einige Männer herabgestürzt, die im Vorhof gestanden und versucht hatten, den Brand zu löschen, und hatten Brandwunden, Prellungen und klaffende Platzwunden verursacht. Zwei Männer hatten sogar Knochenbrüche davongetragen.

Urs blieb zwischen den Verwundeten stehen, stemmte die eine Hand in die Hüfte und fuhr sich mit der anderen übers Gesicht. Erschöpft atmete er kräftig durch.

»Herr Blatter! Kommt rasch!«, rief eine der Schwestern aufgeregt und eilte hinter einen Vorhang, wo ein Mann auf einem Krankenlager vor Schmerzen stöhnte. Im selben Augenblick sah Urs die Pfründerin Frau Kues mit Frau Hauptmann den Gang entlangeilen. Beide Frauen hatten bereits zu Lebzeiten ihr Vermögen dem Hospital überschrieben und erhielten deshalb bis zu ihrem Tod freie Wohnung und Kost in einem Nebengebäude des Hospitals. Beide nahmen sich seitdem das Recht, alles zu erfahren, was mit dem Hospital zu tun hatte. Auch hinterfragten sie manchmal Urs' Entscheidungen. Nichts schien ihnen verborgen zu bleiben.

Da Urs kein Verlangen verspürte, den Frauen Erklärungen zu geben, drehte er sich auf dem Absatz um und ging in die entgegengesetzte Richtung.

»Herr Blatter«, hörte er da bereits die schrille Stimme von Frau Hauptmann, die sogar das Geschrei der Verletzten überdeckte. Ob Urs wollte oder nicht, allein der Klang ihrer Worte ließ ihn strammstehen. Langsam wandte er sich den beiden Frauen zu und versuchte freundlich zu lächeln.

»Frau Kues, Frau Hauptmann! Was kann ich für Euch tun?

Wie Ihr seht, bin ich im Augenblick sehr beschäftigt. Meine Patienten schreien förmlich nach mir«, versuchte er zu scherzen.

»Das können wir hören, Herr Blatter. Wir wollen wissen ...«

Urs unterbrach Frau Kues und presste zwischen seinem mühsam lächelnden Mund hervor: »Ich habe leider keine Zeit, diese Menschen zu fragen, ob sie das Trierer Bürgerrecht haben, und kann auch nicht ihren Leumund prüfen ...«

»Herr Blatter«, wurde nun Urs von Frau Hauptmann unterbrochen. »Seid nicht kindisch! Da Ihr Euch in einem Notstand befindet, wollen wir Euch unsere Hilfe anbieten. In Zeiten der Not ist es wichtig, einander zu helfen, nicht wahr, Frau Kues?«, fragte sie ihre Bekannte.

»Genau so ist es, meine Liebe. Wir sind kampferprobt und scheuen keine Arbeit. Schließlich haben wir den langen Krieg überlebt. Also, Herr Blatter, sagt uns, wie wir Euch helfen können.«

Urs wusste nicht, was er antworten sollte. Zum einen war er über das Angebot der beiden Frauen überrascht, zum anderen wollte er die beiden Alten nicht in seiner Nähe wissen. Ihre Anwesenheit würde ihm das Gefühl geben, beobachtet zu werden. Doch er konnte nicht leugnen, dass er dringend helfende Hände brauchte. Er sah sich um und entschied: »Ihr würdet den Patienten helfen, indem Ihr ihnen Wasser und Brot reicht.«

An den Mienen der beiden Frauen konnte Urs erkennen, dass sie sich gewichtigere Aufgaben erhofft hatten. Doch schließlich nickten sie, und Frau Kues sagte: »Wir werden in die Küche gehen und veranlassen, dass die Köchin beruhigenden Kräutersud aufbrüht und Brot schneiden lässt. Beides werden wir dann verteilen.«

»Das wäre eine große Hilfe. Außerdem würde es mir helfen, wenn Ihr den Kopfverletzten das Blut abtupfen würdet, damit ich die Wunden schneller ansehen kann. Aber nur, wenn Ihr Euch dazu imstande fühlt. Nicht jeder kann Blut sehen.«

Nun hellten sich ihre Gesichter auf, und beide nickten eifrig. »Wie bereits erwähnt, wir haben den langen Krieg überlebt und werden wegen ein paar Tropfen Blut nicht in Ohnmacht fallen. Nicht wahr?«, fragte Frau Kues und wandte sich mit freudigem Blick ihrer Bekannten zu.

»Nein, das werden wir gewiss nicht«, bestätigte Frau Hauptmann.

»Dann an die Arbeit«, bat Urs und ließ die beiden Frauen stehen, um sich seinem nächsten Patienten zu widmen.

Susanna und Gritli, die zwischen sich die zwölfjährige Hildegard an den Händen mit sich zogen, liefen durch die Straßen und die Gassen von Trier. Es schien, als ob der Wind sie vorwärts drückte und sich ihre Füße immer schneller bewegten. Die Luft trug den Geruch der brennenden Kirche zu ihnen, ebenso wie das Knistern des brennenden Holzes und das Geschrei der Männer, die sich Befehle zuriefen.

Erst als die Fleischstraße in Sicht kam, wurden die Geräusche und der Brandgestank geringer. Das Grundstück des Sankt-Jakob-Hospitals war durch eine hohe Mauer von der Fleischstraße abgegrenzt, sodass man es nicht einsehen konnte. Durch das Tor des Haupteingangs gelangten Susanna und die beiden Mädchen auf den Innenhof des Geländes, das mit Sträuchern eingesäumt war. Sie gingen rechts an der Kirche entlang, hinter der sich seitlich die Gebäude des Hospitals anschlossen. Bündig mit der Rückfront des Kirchenhauses hatte man einst ein weiteres Gebäude angebaut, in dem sich heute die Unterkünfte der Pfründer befanden.

Susanna stieß das schwere Portal auf und erblickte die vielen Verletzten in den Gängen, die stöhnten und wimmerten. Als sie Frau Kues sah, die beruhigend auf einen Mann einsprach und ihm die blutverschmierte Stirn abtupfte, zog sie verwundert eine Augenbraue in die Höhe. Da sie die Situation nicht zu deuten wusste, eilte sie auf die Frau zu und nahm ihr das Tuch ab. »Das müsst Ihr nicht machen, Frau Kues! Ich werde Euch die Arbeit abnehmen.«

»Lasst mich meine Arbeit machen, Frau Blatter. Für Euch gibt es sicher eine andere Aufgabe. Fragt Euren Mann«, erklärte die Alte unwirsch und riss ihr den Lappen aus der Hand.

Susanna sah Gritli an, die stumm mit den Schultern zuckte. »Lass uns nach deinem Vater sehen«, sagte sie und ging den Gang entlang. Als sie Urs' Stimme hörte, schlug sie den Vorhang zur Seite.

Ihr Mann blickte auf. »Danke, Hildegard, dass du meine Frau und meine Tochter gerufen hast«, lobte er das Mädchen, das mit ängstlichen Augen auf die blutgetränkten Tücher schaute. »Geh in die Küche, und hilf der Köchin, eine kräftige Suppe zu kochen.«

Hildegard nickte eifrig und verschwand.

»Ich glaube nicht, dass sie sich für den Dienst in einem Hospital eignet«, erklärte er und verknotete den Faden aus Kalbssehne, mit dem er die Wunde an der Hand des Mannes genäht hatte. »Ihr seid sehr tapfer gewesen«, lobte ihn Urs. »Gritli, würdest du die Wunde verbinden?«, fragte er seine Tochter, die nickte und sich sofort an die Arbeit machte.

»Wie ich sehe, benötigst du meine Hilfe nicht«, schmunzelte Susanna und zeigte in Richtung der Pfründerinnen.

»Ich konnte weder Frau Kues noch Frau Hauptmann bremsen, mir zu helfen«, flüsterte Urs und wusch sich in einer Schüssel die Hände mit verdünntem Essigwasser.

»Was kann ich tun?«, fragte Susanna.

»Die Schwestern sortieren die Schwerverletzten aus. Alle Leichtverletzten müssen auf dem Gang bleiben, damit sie die Betten nicht unnötig belegen. Du würdest uns helfen, wenn du die kleineren Wunden säuberst und die Prellungen mit Ringelblumensalbe bestreichst. Diese Leute sind dann beruhigt, und du kannst sie nach Hause schicken. Nur so bekommen wir Ordnung in das Durcheinander. Würdest du das machen?«, fragte Urs.

»Natürlich!«, erklärte Susanna und ging zu einem Mann, der sich seine geschwollene Hand hielt.

Kapitel 13

Gritli war zum Umfallen müde. Gähnend hielt sie sich die Hand vor den Mund. Wie eine Schlafwandlerin schlich sie durch die Gassen von Trier. Sie hatte bis spät in der Nacht die Verletzten im Hospital versorgen müssen und war erst beim ersten Hahnenschrei zuhause gewesen. Zwar hatte sie bis zum Mittagsmahl im Bett gelegen, aber geschlafen hatte sie kaum. Wie soll man in der Früh einschlafen, wenn man sonst um diese Zeit aufstehen muss, schimpfte sie. Unentwegt hatte sie sich von einer Seite auf die andere gedreht. Als sie endlich die nötige Ruhe gefunden hatte, um in den Schlaf zu gleiten, hatte ihre Mutter vor ihr gestanden und sie aus dem Bett gescheucht.

»Raus aus den Federn! Du musst zu Frau Recktenwald gehen«, hatte die Mutter ihr befohlen und die Bettdecke weggezogen.

»Kann ich die Frau nicht ein anderes Mal besuchen?«, hatte Gritli gemurrt und sich das Tuch wieder übers Gesicht gelegt.

»Das wäre unhöflich, Margarete! Schließlich hat Frau Recktenwald sich die Mühe gemacht und einen Kuchen gebacken.«

Allein die Ansprache mit ihrem vollen Vornamen zeigte Gritli, dass die Mutter keine weiteren Ausreden hören wollte und ein Nein nicht akzeptieren würde. Trotzdem versuchte das Mädchen, sie umzustimmen. »Ich habe so gut wie nicht geschlafen und kann kaum die Augen offen halten. Bis in die frühen Morgenstunden habe ich die Wunden der Patienten versorgt, Mutter. Lass mich bitte zuhause bleiben. Ich verspreche dir, dass ich Frau Recktenwald sofort morgen Vormittag meine Aufwartung machen werde.«

»Jetzt schlägt es dreizehn«, hatte die Mutter verärgert geschimpft und entrüstet die Hände in die Hüften gestemmt. »Du bist ein junger Mensch, der durchaus eine schlaflose Nacht verkraften kann. Nimm dir ein Beispiel an deinem Vater. Er hat sich keine Ruhe gegönnt und durchgearbeitet. Seit gestern war er nicht einmal zuhause, um die Kleidung zu wechseln. Und auch ich habe kaum geschlafen und trotzdem bereits mit der Köchin das Essen für die Rückkehr deines Bruders besprochen. Nur du liegst noch im Bett. Ich sage es ein letztes Mal: Steh endlich auf, Margarete Blatter!«

Dann war ihre Mutter aus der Kammer gerauscht, und Gritli wusste, dass sie gehorchen musste. So liebevoll ihre Mutter war, so unbeirrt konnte sie in ihren Absichten sein.

Inzwischen war das Unwetter des Vortags weitergezogen. Nur die Wasserlachen in den Straßen zeugten von dem Wolkenbruch, der über der Stadt niedergegangen war. Der Wind hatte die dunklen Wolken fortgetrieben und der Sonne Platz gemacht, die von einem strahlend blauen Himmel schien. Seit Langem konnte man wieder die Wärme spüren, nach der Mensch und Natur lechzten. Vögel zwitscherten, und Katzen und Hunde sonnten sich auf Mauern oder balgten sich am Wegesrand. Kinder hüpften vergnügt umher.

Gritli konnte sich des Gefühls nicht erwehren, dass die Sonne den Menschen ein Lächeln ins Gesicht zauberte, und auch ihre Stimmung hob sich. Wenn ich heute Frau Recktenwald meine Aufwartung mache, dann habe ich es hinter mir, dachte sie entschlossen. Doch an der Wegbiegung zur Antoniusstraße, über die sie in die Feldstraße gelangte, in der die Familie Recktenwald wohnte, stockten ihre Schritte. Nachdenklich blickte sie sich in alle Richtungen um und ging dann kurzentschlossen geradeaus weiter zur Sankt-Antonius-Kirche. Ich will sehen, wie sehr das Feuer das Gotteshaus zerstört hat, dachte sie und wusste, dass es im Grunde eine Ausrede war, um Zeit zu schinden.

Gritli seufzte. Sie verspürte einfach kein Verlangen, Ulrichs Mutter zu sehen, und zögerte deshalb das Treffen hinaus. Es hat sicher mit meiner Müdigkeit zu tun, überlegte sie, da Frau Recktenwald kein unangenehmer Mensch war und sie sich auf das Wiedersehen mit Ulrich freute. Aber je später ich zu ihnen komme, desto kürzer muss ich bleiben, dachte sie und ging weiter.

Schon von Weitem sah sie den verkohlten Dachstuhl und das geschwärzte Mauerwerk des Kirchturms. Mit jedem Schritt wurde der kalte Brandgeruch stärker, der in der Luft hing. Gritli ging um die Mauer herum, die das Gelände der Kirche einsäumte, um zum Tor zu gelangen. Sie wollte gerade durch den Eingang gehen, als ein Mann sich ihr in den Weg stellte.

»Niemand darf hier durchgehen. Das Gelände ist gesperrt. Es ist zu gefährlich, denn es könnten Teile vom Dach herabfallen«, erklärte er mit wichtiger Miene und schickte Gritli mit ausgestrecktem Arm zurück. Zahlreiche Männer waren damit beschäftigt, Trümmerteile zur Seite zu hieven.

»Das Feuer scheint heftig gewütet zu haben«, meinte Gritli und schaute an dem geschwärzten Turm hinauf. Der Blick des fremden Manns folgte ihrem, und er nickte.

»Zum Glück ist nur hier ein Blitz eingeschlagen. Doch nun geh zurück, Mädchen, denn gleich werden die Handwerker das verkohlte Holz vom Turm werfen.«

Kaum hatte er den Satz beendet, hörte man von oben jemanden »Achtung!« brüllen, und schon krachten die ersten verbrannten Balken am Boden auf, wo zwei zerbrachen.

Gritli sprang vor Schreck zur Seite und gegen einen Körper. Erschrocken drehte sie sich um und blickte in strahlend blaue Augen.

»Au!«, rief Melchior und hob seinen linken Fuß hoch.

Entsetzt presste Gritli ihre Hand auf den Mund und trat zurück. »Es tut mir leid!«, rief sie.

»Ist schon gut«, sagte Melchior lachend und fragte: »Was machst du hier?«

»Dasselbe könnte ich dich auch fragen«, antwortete sie forsch.

»Ich arbeite hier«, erklärte er.

»Gehörst du zu den Bauarbeitern?«

»Nein, ich bringe neues Holz für den Dachstuhl ... Ich war überzeugt, dass ihr bereits das verkohlte Holz weggeschafft habt«, wandte sich Melchior an den Mann, der dafür zuständig war, dass niemand durch das Eingangstor ging, der im Innenbereich nichts zu suchen hatte.

»Das geht nicht so schnell, denn manche Balken glimmen noch oder sind zu heiß zum Anpacken.«

»Wo soll ich die neuen Balken hinlegen?«

Der Aufpasser zuckte mit den Schultern und sah sich suchend um.

»Ich kann es nicht wieder mitnehmen. Ich muss heute noch andere Sachen ausliefern.«

»Dann leg es innen an der Mauer ab«, schlug der Mann vor, und Melchior nickte.

Gritli hatte Melchior stumm zugesehen. Ihr schien, als ob ihr Herz schneller schlug, was sie verunsicherte. Unbewusst kaute sie auf der Innenseite ihrer Wange. Sie konnte nicht leugnen, dass Melchior bei Tageslicht sehr ansehnlich war. Obwohl sie das schon beim Schein des Nachtfeuers vermutet hatte, doch jetzt war sie sich sicher. Unwillkürlich verglich sie den dunkelhaarigen Ulrich mit dem blonden Melchior. Beide waren stattliche Burschen, und beide gefielen ihr. Sie verzog die Mundwinkel und seufzte.

»So schwer?«, fragte Melchior grinsend.

Sofort schoss ihr die Hitze ins Gesicht. »Ich muss weiter«,

murmelte sie und drehte sich ohne ein weiteres Wort auf dem Absatz um.

»Ach, Kind!«, wurde Gritli von Frau Recktenwald begrüßt. In ihrem Gesicht konnte man Trauer und Spuren von Tränen erkennen. Auch jetzt konnte sie ihre Gefühle kaum zurückhalten.

Gritli ahnte, was geschehen war. Wortlos folgte sie der Frau, die sie in das kleine Zimmer neben der Küche führte, wo sie sich ans Fenster stellte und hinausblickte.

»Es tut mir leid«, erklärte Gritli, da sie nicht wusste, was sie sonst sagen sollte. Frau Recktenwald blickte sie nicht an und stand mit dem Rücken zu ihr, sodass ihre leisen Worte kaum zu verstehen waren.

»Ich habe mir gewünscht, dass der Herrgott meinen Mann von seinem Leid erlöst. Doch nun, da meine Gebete erhört wurden, bereue ich meinen Wunsch. Ich fühle mich dafür verantwortlich, dass Friedrich aus dem Leben schied.«

»So dürft Ihr nicht denken, Frau Recktenwald. Ihr müsst Euch an dem Gedanken festhalten, dass Euer Mann von seiner Qual erlöst ist. Dort, wo er jetzt ist, ist er befreit von allen Schmerzen. Dort geht es ihm besser, und ich bin mir sicher, dass er Euch für Euren Wunsch nach Erlösung dankbar sein wird.«

»Ach, Kind!«, flüsterte Frau Recktenwald ein zweites Mal und sah Gritli nachdenklich an. »Du magst recht haben. Aber im Augenblick spüre ich nur Schmerz, der mir mein Herz zerreißen will. Geh zu Ulrich, mein Kind. Er wird für deine tröstenden Worte dankbar sein und sie auch verstehen.«

»Wo ist er?«, fragte Gritli.

»Bei seinem Vater«, wisperte Frau Recktenwald und kämpfte erneut mit den Tränen. Entkräftet ließ sie sich auf einen Stuhl fallen und wies mit dem Zeigefinger nach oben. »Neben der Treppe, das erste Zimmer links«, flüsterte sie und weinte in ein Taschentuch.

Gritli trat zaghaft vor die Tür. Sie hatte Angst vor dem, was sie dahinter erwarten würde. Aber sie wagte nicht, das Haus zu verlassen, ohne Ulrich ihr Beileid ausgesprochen zu haben. Vorsichtig drückte sie die Klinke nach unten und öffnete die Tür. Gegenüber stand das Fenster weit offen und ließ kühle Luft herein. Da das Zimmer auf der Nordseite lag, hatte die Sonne hier keine Kraft. Sie sah nach links zum Bett. Ulrich saß auf einem Stuhl davor und hatte die Stirn auf die Armbeuge seines toten Vaters gelegt, dessen Hand er festhielt.

Er scheint zu schlafen, dachte Gritli erleichtert und wollte das Zimmer wieder verlassen.

»Mutter?«, fragte Ulrich heiser.

»Nein, ich bin es. Gritli«, antwortete sie leise.

Langsam hob Ulrich den Kopf und drehte sich zu ihr um.

»Gritli«, flüsterte er, erhob sich und ging zu ihr. Als er vor ihr stand, konnte sie den Schmerz in seinen Augen erkennen, die rot unterlaufen waren. Sein Gesicht war kreidebleich, was durch die dunklen Bartstoppeln verstärkt wurde.

»Es tut mir so leid, Ulrich!«

»Ich weiß«, sagte er und kämpfte mit seinen Gefühlen. Seine Hand strich über ihre Wange, und er versuchte zu lächeln. »Ich habe so gehofft, dass du kommst«, gestand er ihr und zog sie in seine Arme. Seufzend versteckte er sein kaltes Gesicht in ihrer Halsbeuge, und sie ließ es geschehen. Sie schloss die Augen und fuhr ihm sanft mit der Hand übers Haar.

»Seit Tagen bin ich nicht von seiner Seite gewichen. Heute habe ich nur für wenige Augenblicke das Zimmer verlassen. In dieser Zeit ist er gestorben. Warum hat er mir das angetan? Warum hat er nicht auf mich gewartet? Ich war nicht bei ihm, als er seinen letzten Atemzug tat, konnte seine Hand nicht halten, ihn nicht umarmen«, klagte er und sah Gritli schmerzerfüllt an.

»Der Tod ist schwer zu begreifen, wenn man sich nicht verabschieden kann«, sagte Gritli mitfühlend und strich Ulrich über den Arm. »Aber dein Vater ist nun erlöst von seinen Schmerzen«, versuchte sie ihn zu trösten.

»Ich wollte seine Wärme, seinen Geruch in mir aufnehmen, damit ich mich immer an ihn erinnere.«

»Man hält die Toten am Leben, in dem man ihre Lebensgeschichten weitererzählt. Denn nur dann werden sie niemals sterben.«

Ulrich hielt sie auf Armeslänge von sich und sah ihr in die Augen. »Woher hast du diese Weisheit?«

»Von meiner Mutter«, sagte sie und schaute beschämt nach unten.

Er hob mit seinem Zeigefinger ihr Kinn, sodass sie sich in die Augen sahen.

»Ich bin dankbar, dass wir uns am Brunnen wiedergefunden haben. Ich werde dich nie wieder verlieren!«, versprach er und zog sie erneut an sich. Als Gritli spürte, dass er ihren Scheitel küsste, versteifte sie sich. Er schien das zu merken, denn er drückte sie eine Spur fester an sich. »Du musst keine Angst vor mir haben. Ich werde dich nicht bedrängen«, flüsterte er an ihr Ohr.

Gritli hatte plötzlich das Gefühl, dass jemand hinter ihr stand. Auch glaubte sie eine Stimme flüstern zu hören: »Betrüblich, dass mein Mann das nicht mehr erlebt.«

Erschrocken wand sich Gritli aus Ulrichs Armen und drehte sich um. Seine Mutter stand mit tränennassen, aber leuchtenden Augen in der Tür und betrachtete beide wohlwollend.

»Ich … Ihr … keine …«, stammelte Gritli mit feuerrotem Gesicht.

»Du musst dich nicht erklären«, sagte Frau Recktenwald freundlich und lächelte ihrem Sohn zu. »Ich möchte euch beide bitten, mich mit meinem Mann einige Augenblicke allein zu lassen, damit ich mich von ihm verabschieden kann, bevor der Sargmacher kommt, um Maß zu nehmen«, sagte sie und trat an das Bett. Dort faltete sie die Hände ihres Mannes und setzte sich auf den Stuhl, auf dem zuvor Ulrich gesessen hatte.

Gritli floh regelrecht aus dem Zimmer und eilte die Treppe hinunter.

»Ich muss nach Hause«, sagte sie zu Ulrich, der ihr gefolgt war.

»Du bist erst gekommen«, erklärte er wie ein trotziges Kind und wollte sie in die Stube ziehen.

»Ihr müsst sicher einiges für die Beerdigung regeln«, sagte Gritli geistesgegenwärtig.

Ulrich sah mit traurigem Blick zur Treppe hinauf. »Du hast recht! Ich muss meine Pflicht tun und meine Wünsche zurückstellen.« Er trat auf sie zu und legte seine Hand auf ihre Wange. »Kommst du morgen wieder?«

»Das kann ich dir nicht versprechen, da morgen mein Bruder zurück erwartet wird. Sicherlich muss ich meiner Mutter bei den Vorbereitungen helfen. Ich werde aber zur Beerdigung kommen«, erklärte sie hastig, als Ulrich etwas erwidern wollte.

Gritli ging eilig, aber nicht überhastet zur Eingangstür, die sie mit einem Ruck öffnete. Über ihre Schulter rief sie Ulrich eine Verabschiedung zu, und bevor er wusste, wie ihm geschah, trat sie nach draußen und verschwand in der Straße.

»Was ist mit dir, Kind?«, fragte Susanna ihre Tochter, die sich zum wiederholten Mal mit der Nadel in den Finger gestochen hatte. Die beiden saßen sich in der Schneiderstube gegenüber und verrichteten Näharbeiten.

Gritli legte den Stoff zur Seite und sog an ihrem blutenden Finger. »Ich weiß auch nicht, was heute mit mir los ist«, klagte sie.

»Hat es mit dem Tod von Ulrichs Vater zu tun?«

Die Fünfzehnjährige runzelte die Stirn. »Wie kommst du darauf? Ich kannte den Mann nicht. Ich habe ihn heute auf dem Totenbett zum ersten Mal gesehen.«

»Seit du von den Recktenwalds zurück bist, verhältst du dich auffällig. Dann ist es Ulrich, der dich so durcheinanderbringt«, stellte Susanna fest, was ihre Tochter anscheinend entrüstete, denn sie erwiderte ungestüm: »Ich weiß nicht, ob er mich durcheinanderbringt oder ärgerlich macht.«

»Das musst du mir erklären«, bat Susanna, die ihr Nähzeug nun ebenfalls zur Seite legte und das Mädchen erwartungsvoll anblickte.

Als Gritli unsicher auf der Innenseite ihrer Wange kaute, musste Susanna schmunzeln. Auch sie hatte diese Eigenart als junger Mensch gehabt, die sich ihre Tochter anscheinend abgeschaut hatte. »Du weißt, du kannst mit mir über alles sprechen«, versuchte sie ihrem Kind die Hemmung zu nehmen.

Gritli nickte und erzählte von Ulrichs seltsamem Benehmen.

»Das zeigt nur, dass er dir zugetan ist«, erklärte Susanna.

»Aber das zeigt man doch nicht, wenn erst kurz zuvor der Vater gestorben ist«, rügte Gritli das Betragen des jungen Manns.

»Er war sicher froh, dass du gekommen bist und ihn trösten konntest. Gerade in der Zeit der tiefen Trauer sagt und tut man Dinge, die man sonst nicht wagen würde«, entschuldigte Susanna Ulrichs Verhalten.

Als Gritlis Blick sich verhärtete, glaubte Susanna den wahren Grund für die Zweifel ihrer Tochter zu erkennen.

»Ich war der Ansicht, du würdest den Jungen mögen.«

»Natürlich mag ich Ulrich, aber nicht so. Ich mag ihn anders.«

»Kürzlich in der Nacht …«

»Mutter, ich hatte dir damals gesagt, dass ich Ulrich am Brunnen wiedergesehen habe. In der Nacht jedoch … das war ein anderer.«

»Ach ja?«, fragte Susanna überrascht. »Daran kann ich mich nicht erinnern.«

»Doch, ich habe dir von dem Unbekannten berichtet, den ich in der dunklen Gasse zum ersten Mal traf.«

»Du meinst, als du beinahe diesem Unhold … Und jetzt weißt du mehr?«

Gritli nickte zögerlich.

Susanna betrachtete ihre Tochter, die im Mai sechzehn Jahre alt werden würde. Sie wusste, dass andere Mädchen in diesem Alter bereits manche Liebeserklärung erhalten und auch schon Erfahrungen gemacht hatten. Einige waren bereits verheiratet. Doch ihre Tochter schien unbedarft und zurückhaltend zu sein. Susanna spürte, dass die Zeit bald kommen würde, in der Gritli ihre eigenen Erfahrungen machen würde. Gute wie schlechte.

Hoffentlich werde ich die Gelegenheit haben, sie vor den schlechten zu bewahren, dachte Susanna und nahm die Hand ihrer Tochter in die ihre. »Dann erzähl mir von dem Jungen von neulich Nacht«, bat sie Gritli.

Deren Blick wurde weich.

Kapitel 14

Bitburg – elf Tage vor Ostern

Urban Griesser biss in den verschrumpelten Apfel, den er einer Frau auf dem Markt geklaut hatte. Während er kaute, beobachtete er aus der Ferne die Männer, die sich auf dem Galgenberg eingefunden hatten. Seit fast vier Wochen wartete er auf die Hinrichtung des Hansi Eberle. Zweimal war sie bereits verschoben worden, weil keiner der Handwerker es wagte, den gebrochenen Balken des Galgens zu ersetzen.

Bereits bei seiner Ankunft in Bitburg hatte Griesser im Wirtshaus die Büttel der Stadt belauscht und dabei erfahren, dass die Strebe durchgefault war. Sie zu ersetzen, unterlag vorgeschriebenen Ritualen, da man glaubte, dass Dämonen die Galgen heimsuchten, weil der böse Geist der Gehenkten im Holz der Gerüste gespeichert war.

Griesser schleuderte das Kerngehäuse des Apfels weg und ging einige Schritte auf den Galgenberg zu. Zu seinem Bedauern konnte er die Worte nicht verstehen, die der Ratsherr murmelte, während er das Holz berührte. Als die Zimmerleute geschlossen einen Gesang anstimmten und die Fäuste gen Himmel reckten, zuckte Griesser zusammen. Ihr Gebaren erinnerte ihn an eine geheimnisvolle Zeremonie, die er einmal als Kind auf einem Dorfplatz beobachtet hatte. Dort hatten die Bauern der Umgebung um besseres Wetter gebetet, was nichts Außergewöhnliches gewesen wäre, hätte das Treffen nicht mitten in der Nacht stattgefunden.

Griesser wurde von seinen Gedanken abgelenkt, als der Ratsherr fortging und die Handwerker das Holz vom Karren luden. »Endlich«, murmelte er und eilte dem Bürgermeister hinterher. Obwohl der Mann klein und rundlich war und älter als sein Verfolger schien, lief er flink auf kurzen Beinen davon. Griesser hatte Mühe, ihm zu folgen, und erst kurz vor der Stadt holte er ihn ein.

»Herr Schwertkehrer, wann wird Eberle endlich hingerichtet?«, rief er ihm zu.

Der Bürgermeister drehte sich nach Griesser um. »Warum wollt Ihr das wissen?«, fragte er mit verkniffener Miene.

»Ich kann es kaum erwarten, den Hurensohn hängen zu sehen«, antwortete Griesser und machte einen entschlossenen Gesichtsausdruck.

»Ach ja? Was habt Ihr mit ihm zu schaffen?«

»Ich kenne ihn nicht einmal«, entrüstete sich Griesser.

»Warum wollt Ihr dann wissen, wann er hängen wird?«

»Weil er dieses unschuldige Mädchen umgebracht hat und den Tod verdient.«

»Dann kanntet Ihr das Kind, das zu Tode kam?«

»Nein, das kannte ich ebenfalls nicht.«

»Ihr verwirrt mich. Wer seid Ihr überhaupt?«, fragte der Bürgermeister und musterte Griesser mit stechendem Blick von oben bis unten.

Griesser hatte nicht mit den Gegenfragen des Mannes gerechnet. Er erwartete auf seine einfache Frage eine einfache Antwort. Aber anscheinend hatte er sich geirrt, und nun musste er sich blitzschnell eine Geschichte zusammenreimen, die dem Mann gefallen und seine eigentliche Absicht nicht verraten würde. Er versuchte Zeit zu schinden und fragte: »Warum wollt Ihr meine Frage nicht beantworten?«

Die Augen des Bürgermeisters verengten sich. Beherzt ging er auf Griesser zu und tippte ihm mit seinem kleinen dicken Finger gegen die Brust. »Weil ihr ihn womöglich befreien wollt und nur so tut, als ob Ihr ihn gern hängen seht.«

»Wie könnt Ihr solche Gedanken hegen?«

»Was spricht gegen diese Überlegung? Ihr gebt mir unbefriedigende Antworten, da liegt es nahe, dass Ihr etwas im Schilde führt.«

»Ihr habt recht, Herr Schwertkehrer. Ich will Euch erzählen, warum ich diesen Mistkerl endlich am Galgen baumeln sehen will. Darf ich Euch zu einem Bier einladen?«, fragte Griesser scheinheilig, und der Mann nickte.

In dem Wirtshaus, in dem Urban Griesser bereits vor vier Wochen die Büttel belauscht hatte, saß er nun mit dem Bürgermeister von Bitburg zusammen. Nachdem die Schankmagd ihnen das Bier gebracht hatte, tischte er dem Mann seine Lügengeschichte auf. »Vor vielen Jahren ereilte meine jüngere Schwester das gleiche Schicksal wie dieses Mädchen. Es war kurz nach dem langen Krieg. Marodierende Soldaten zogen plündernd, brandschatzend und mordend übers Land. Meine kleine Schwester wusch an einem Bach unsere Wäsche, als ein Mann sie niederschlug, missbrauchte und anschließend in dem kalten Bach ertränkte.« Griesser stockte und rieb sich theatralisch über die Augen. »Ihr könnt Euch sicher vorstellen, Herr Schwertkehrer, dass der Schmerz über den Verlust der geliebten Schwester mich fast zerriss. Der Mann floh, doch dank einer beherzten Bürgerwehr konnten wir ihn einfangen und vor Gericht stellen. Auch er wurde zum Tode durch den Strang verurteilt. Doch erst als ich ihn am Galgen zucken sah, konnte ich mit meiner Wut und Trauer abschließen und wieder ruhig schlafen. Für solche Bestien gibt es nur den Tod, und je länger die Vollstreckung hinausgezögert wird, desto länger dauert das Leid der Familie, denn sie kann nicht zum normalen Tagwerk zurückkehren.«

Griesser hatte sich so sehr in die Erzählung hineingesteigert, dass er fast selbst glaubte, sie könnte wahr sein. Doch da er seine Schwestern persönlich in einem Kloster untergebracht und die damals Vier- und Sechsjährigen seitdem nicht wiedergesehen hatte, fiel ihm wieder ein, dass diese Geschichte nur seiner Fantasie entsprungen war. Erleichtert wischte er die aufkommenden Tränen fort und räusperte sich.

»Das ist wahrlich sehr tragisch«, erklärte der Ratsherr beeindruckt. »Nun kann ich Eure Frage verstehen und werde sie beantworten. Hans Eberle wird eine Woche vor Ostern gehängt werden.«

Griesser rechnete rasch in Gedanken. Heute war der zehnte April, Ostern am einundzwanzigsten, überlegte er. Nur noch wenige Tage, dann komme ich endlich zu meinem Geldmännchen, dachte er erleichtert, als der Ratsherr ihn aus seinen Gedanken riss.

»Ich werde dafür sorgen, dass Ihr einen Platz in der ersten Reihe bekommt, damit Ihr seinen Tod verfolgen könnt. Eure Anteilnahme an dem Schicksal des armen Mädchens und seiner Eltern ist lobenswert. Die meisten Menschen wollen nur ein Spektakel erleben und kennen meist nicht einmal den Grund der Hinrichtung. Sehr lobenswert«, wiederholte er und nahm einen kräftigen Schluck aus dem Krug.

»Das ist gütig, Herr Schwertkehrer«, antwortete Griesser, der sich vor Freude auf den Oberschenkel hätte schlagen können. Die vorderen Plätze bei einer Hinrichtung wurden meist vom gehobenen Stand einer Stadt, den Ratsmitgliedern, Kirchenmännern oder sonstigen Würdenträgern beansprucht, sodass das einfache Volk sich meist viele Schritte entfernt von der Hinrichtungsstelle aufstellen musste. Von dort hatte man nur einen unscharfen Blick auf das Geschehen. So wäre es auch Griesser ergangen, der als Fremder wahrscheinlich aus der letzten Reihe hätte zuschauen müssen. Doch unverhofft hatten ihm seine Lügen nun die Möglichkeit gegeben, jede Regung, die sich im Beinkleid des Verurteilten vollziehen würde, genau beobachten zu können. Griesser jubelte still, und damit ihn das freudige Glitzern in seinen Augen nicht verriet, hob auch er den Krug und versenkte seinen Blick im Bierschaum.

Michael klopfte weder an, noch läutete er die kleine Glocke an der Hauswand. Unbemerkt und leise öffnete er die schwere Eichentür, trat in den Hausgang und zog das Portal genauso geräuschlos hinter sich ins Schloss. Erst dann atmete er tief durch. Als die Sonne sich in dem Viereck aus farbigem Glas brach, das als Zierde in der Mitte des Türblatts der Eingangstür eingelassen war, hüpften bunte Punkte auf dem Holzdielenboden hin und her.

»Endlich daheim!«, flüsterte er und ging zu dem wuchtigen Schrank, der links im Flur an der Wand stand. Fast zärtlich strich er mit den Fingerkuppen über das Holz des Möbelstücks. Seit er sich erinnern konnte, stand es an diesem Platz. Michael lächelte, denn schon als kleiner Junge hatte er den Schrank berührt, wenn er vom Spielen ins Haus gekommen war. Es war wie ein Ritual oder wie ein Zwang, von dem er nicht wusste, warum er ihm nachgab. Vielleicht weil ich spüren muss, dass ich zuhause bin, überlegte er und fuhr wieder mit dem Zeigefinger die Konturen entlang. Wie damals konnte er auch nun jede Unebenheit in dem Eichenholz spüren. Michaels versonnenes Lächeln wandelte sich in ein Grinsen. Ich wette, dass Mutter den Schrank frisch mit Bienenwachs abgerieben hat. Das macht sie doch immer, wenn besondere Feste oder Feiertage anstehen. Ostern steht vor der Tür, aber ich kann mir vorstellen, dass sie meine Rückkehr zum Anlass nimmt, unser Haus auf Hochglanz zu bringen, dachte er schmunzelnd.

Um seine Vermutung zu bestätigen, kratzte er leicht über die Oberfläche. Tatsächlich blieb Wachs unter seinem Fingernagel hängen. In den südlichen Ländern benutzt man Olivenöl, das vollkommen vom Holz aufgesogen wird, dachte er und schloss die Augen, um sich auf den heimatlichen Geruch zu konzentrieren. Während seiner Ausbildung zum Kaufmann in Italien hatte er festgestellt, dass er nicht nur gut mit Zahlen umgehen konnte, sondern dass er auch einen sensiblen Geruchs- und Geschmackssinn hatte, was ihm beim Einkauf von fremdländischen Lebensmitteln und Gewürzen zugutekam. Seit er das wusste, versuchte er diese beiden Sinne weiter zu schärfen, indem er blind Gerüche erschnupperte oder Essbares vorkostete.

Michael war überrascht, wie unterschiedlich sein Heim im Gegensatz zum Haus seiner Gastfamilie am Comer See roch. Er fand, dass in seinem Elternhaus schwere und unangenehme Gerüche überwogen. Man konnte die Tiere im nahe gelegen Stall riechen und sogar den Misthaufen – wenn auch nur schwach. Diese unschönen Gerüche wurden mit den dominanten Gewürzen aus der Küche vermischt. Die Aromen von Braten, ausgelassenem Speck, Kohl, Lorbeer, Piment, Pfeffer und Butter zogen wie eine Duftfahne durch den Gang. Sie waren nicht hervorstechend und für andere womöglich kaum auseinanderzuhalten, aber Michael konnte ganz klar jeden Duft von dem anderen unterscheiden. Ein zusätzlicher Duft, der mit den Küchengerüchen nichts gemein hatte, gesellte sich schwach dazu. Es war der, der ihn an seine Mutter erinnerte. Lavendel! Michael wusste, dass sie immer ein getränktes Tuch im Ärmel versteckte für den Fall, dass der pochende Schmerz hinter ihrer Schläfe einsetzte. Anscheinend hat sie heute Kopfschmerzen, dachte er und folgte dem Lavendelduft durchs Haus. Zielsicher ging er in das Esszimmer, das nur für besondere Anlässe genutzt wurde. Meist nahm die Familie ihre Mahlzeiten in der Küche ein, da es nicht nur der wärmste Raum im Haus war, sondern weil man hier gemütlich zusammenhocken konnte. Die Eltern mochten es, mit dem Gesinde zusammen an einem Tisch zu sitzen und über Alltägliches zu plaudern.

Susanna saß am Esstisch und strich sich rechts und links über die Schläfen. Sie wusste, dass der Wetterumschwung die Ursache für den pochenden Schmerz in ihrem Kopf war.

Gestern noch Raureif auf den Wiesen, und heute Sonnenschein – wer kann das verkraften, jammerte sie in Gedanken und legte die Stirn auf die Tischplatte. Sie erinnerte sich, dass ihre Wetterfühligkeit während der Schwangerschaft mit Gritli begonnen hatte und seitdem geblieben war. Jedes Jahr, wenn der Herbst zum Winter und der Winter in den Frühling wechselte und sich das Wetter änderte, konnte sie sicher sein, dass sie von Kopfschmerzen heimgesucht wurde. Sobald die ersten Anzeichen zu spüren waren, träufelte sie sich Lavendelöl in ein Tuch, das sie sich auf die Stirn legte oder an dem sie roch. Heute jedoch half dieses Mittelchen nicht. Von Stunde zu Stunde pochte der Schmerz stärker.

Wahrscheinlich werde ich früh ins Bett gehen müssen, dachte sie und seufzte laut.

»So schlimm?«, fragte jemand hinter ihr. Sie wusste sofort, zu wem die Stimme gehörte. Tränen schossen ihr in die Augen.

»Michael«, rief sie und sprang vom Stuhl hoch, um sich mit einem Freudenschrei auf ihren Sohn zu stürzen. »Du bist endlich wieder Zuhause«, flüsterte sie und drückte ihm vor Freude einen Kuss auf die Wange.

»Mutter! Ich bin kein kleiner Junge mehr«, entrüstete er sich und wischte den Kuss fort.

»Ach, lass mich doch, mein Kind. Einerlei, wie alt du bist, du wirst immer mein Junge bleiben«, erklärte sie und schluchzte: »Ich bin so glücklich, dass du wieder da bist.«

»Ja, ich bin auch froh«, sagte Michael leise und umarmte seine Mutter, die ihren Kopf auf seinen Brustkorb bettete.

»Kann ich irgendetwas für dich tun, damit der Kopfschmerz nachlässt?«, fragte er besorgt.

Susanna winkte ab. »Mach dir keine Gedanken. Jetzt, da du da bist, geht es mir besser«, erklärte sie lächelnd und musterte ihren Sohn. Sein leicht gewelltes braunes Haar, das ihm bis zur Schulter reichte, war von der Sonne Italiens eine Spur heller, seine Haut einen Ton dunkler geworden. Auch schien er gewachsen zu sein, denn sie reichte ihm nur noch bis zu den Achseln. Sein Oberkörper erscheint breiter, überlegte Susanna, die die Muskeln unter dem Tuch seines Gewands spüren konnte. Aus braunen Augen blickte Michael seine Mutter erwartungsvoll an.

»Du hast sicher viele gebrochene Frauenherzen in Italien zurückgelassen«, lachte sie und erschrak im selben Augenblick, als seine Augen plötzlich traurig wirkten. Er wandte sich von ihr ab und ging zum Fenster. Wortlos stand er da und starrte hinaus.

»Du hast dein Herz in der Fremde verloren«, stellte Susanna leise fest. »Es tut mir leid, dass ich dir die Heimkehrfreude verderbe.«

Michael schloss bei diesen Worten die Augen. Ach Mutter, wenn du wüsstest, dachte er und spürte, wie seine Kehle sich verengte. Er wartete einige Herzschläge und drehte sich dann zu ihr um. »Mach dir keine Gedanken, Mutter. Ich bin zurück und habe Italien und alles, was dort war, hinter mir gelassen. Ich schaue nach vorn und bin gespannt, was die Zukunft für mich bereithält«, sagte er und versuchte zu lächeln, was kläglich misslang.

»Dann freu dich auf ein großes Essen mit angesagten Bürgern der Stadt und ihren heiratsfähigen Töchtern«, verriet Gritli, die im Türrahmen stand und ihren Bruder anstrahlte. »Bruderherz!«, rief sie und stürmte auf ihn zu. »Wir haben dich erst in den nächsten Tagen erwartet.«

Nachdem Michael seine Schwester umarmt und geherzt hatte, erklärte er: »Da das Wetter es zuließ, konnten wir den direkten Weg über die Schweiz nehmen und mehrere Tage Reisezeit sparen. Worüber ich sehr froh bin, denn je näher ich Trier kam, desto stärker spürte ich, wie sehr ich euch alle vermisst habe. Wie geht es Vater, Großvater und Großmutter und all den anderen?«, fragte Michael und versuchte seine trüben Gedanken zu vertreiben.

»Dein Vater ist im Hospital, und wie ich ihn kenne, kommt er erst nach Anbruch der Dunkelheit nach Hause. Aber wenn er hört, dass du da bist, wird er sicherlich früher heimkommen. Während du dich von der Reise erholst, mein Sohn, soll deine Schwester zu ihm gehen und ihm die freudige Nachricht überbringen. Auch müssen Großvater und Großmutter Bescheid wissen. Sie würden mir nicht verzeihen, wenn wir ihnen erst morgen von deiner Rückkehr berichten. Ich werde den Knecht zu ihnen schicken«, erklärte Susanna und kniff ihrem Sohn in die Wange, der entrüstet die Augen verdrehte.

»Mutter«, begehrte er ein zweites Mal auf.

Doch Susanna lächelte ihn an. »Ich werde sofort mit Marie sprechen, dass sie für dich dein Leibgericht kocht. Zwar hat sie schon den Braten und den Kohl auf dem Herd stehen, aber diese

Mahlzeit können wir im Keller kühl halten und morgen essen«, überlegte sie und verließ das Zimmer.

Gritli betrachtete ihren Bruder, der in ihren Augen unverschämt gut aussah. »Du strahlst wie die Sonne am Himmel«, lachte sie.

»Ich bin glücklich, wieder zuhause zu sein.«

»War es so furchtbar im fernen Italien?«, fragte sie. Sie sah, dass sich sein Blick nach innen kehrte und seine Freude verschwand. »Wenn du dich hier wieder eingelebt hast, musst du mir alles über dieses fremde Land erzählen«, sagte sie rasch und umarmte ihn ein weiteres Mal. »Du hast mir gefehlt, Bruderherz!«, gestand sie und sah ihm in die Augen. »Hast du mir etwas mitgebracht?«, fragte sie schelmisch grinsend.

»Aha, daher weht der Wind!«, lachte Michael und drückte ihr einen Kuss auf die Stirn. »Mein Gepäck wird in den nächsten Tagen eintrudeln. Mal schauen, ob etwas für dich dabei ist.«

Gespielt empört boxte Gritli ihm auf den Oberarm. »Du Schuft! Wie soll ich bis dahin nicht vor Neugierde platzen?«

»Das schaffst du schon«, lachte ihr Bruder und bat: »Lass uns zusammen zu Vater gehen. Ich bin auf sein Gesicht gespannt, wenn ich vor ihm stehe.«

Urs fluchte innerlich, da die Naht, mit der er dem Mann vor einigen Tagen eine Wunde vernäht hatte, entzündet war. Nun hieß es rasch handeln, damit sich der Wundbrand nicht ausbreitete. »Bring mir die Schafgarbentinktur«, rief er der jungen Helferin Hildegard zu, die sofort zum Regal eilte, wo alle Tinkturen aufgereiht nebeneinanderstanden. Hektisch schob sie die Behältnisse hin und her und suchte die kleine Flasche mit dem Heilmittel.

»Wie lang soll ich noch warten?«, schnauzte Urs ungeduldig, während er dem vor Schmerzen wimmernden Mann die Naht öffnete, damit der Eiter abfließen konnte.

»Ich kann die Tinktur zwischen all den anderen Flaschen nicht finden«, jammerte das Mädchen und schien kurz davor loszuheulen.

Urs musste an sich halten, um sie nicht des Zimmers zu verweisen. Sie ist zu nichts zu gebrauchen. Selbst einfache Dinge kann sie nicht ausführen, dachte er verärgert. »Sieh genau nach«, schimpfte er.

In diesem Moment tauchte die Flasche vor seinem Gesicht auf. Urs blickte überrascht über die Schulter und lächelte erleichtert, als er seine Tochter erblickte. »Dich schickt der Himmel, mein Kind! Du kannst mir helfen, die Wunde zu versorgen. Der Eiter hat bereits die Haut zerfressen. Wir müssen uns sputen. Spül die Wunde aus. Ich werde eine Paste anrühren, die hoffentlich helfen wird, den Wundbrand aufzuhalten.«

Als er die schreckensweiten und fiebrig glänzenden Augen des Mannes sah, meinte er: »Keine Angst, Herr Langfuß. Ich werde Euch Laudanum geben, das Euch den Schmerz nimmt.«

Kaum hatte er es ausgesprochen, wurde ihm die Ampulle mit der Opiumtinktur gereicht. Er sah nun über seine andere Schulter.

»Michael«, murmelte er ungläubig, und dann etwas lauter noch einmal: »Michael!«

»Ich grüße dich, Vater«, lachte sein Sohn.

Urs umarmte Michael freudig. »Wie schön, dich zu sehen, mein Junge!«, erklärte er und klopfte seinem Sohn auf die Schulter. Dann sah er zu Gritli. »Lass uns rasch die Wunde versorgen.« Grinsend blickte er zu Michael. »Du kannst mir sicher nicht helfen, oder?«

»Allein bei dem Anblick kriege ich das Würgen«, gab Michael ehrlich zu. »Ich werde derweil deinen Kräutergarten bewundern und auf euch warten«, versprach er und verließ den Behandlungsraum.

»Dass ich das noch erleben darf«, sagte Barbli und blickte ihren Enkel mit leuchtenden Augen an.

»Großmutter, wie kannst du so reden?«, fragte Michael entrüstet. »Du siehst wie das blühende Leben aus«, versuchte er sie aufzumuntern, doch Barbli winkte ab. »Meine Augen sind trüb, die Knochen schmerzen, sobald sich das Wetter ändert, und die Beine wollen auch nicht immer so, wie ich will.«

Jaggi tätschelte die Hand seiner Frau. »Der Herrgott meint es gut mit dir und lässt dich sicher noch viele Jahre bei uns. Ob er es auch gut mit mir meint, sei dahingestellt«, grinste er in die Runde.

»Bist du wohl ruhig«, wies ihn Barbli zurecht und schlug ihm sanft auf den Arm.

»Vater will dich nur ärgern, Mutter«, sagte Urs lächelnd. »Aber ich kann Michael ohne weiteres zustimmen. Anderen Frauen und anderen Männern in eurem Alter geht es nicht so gut. Ich weiß das, denn sie klagen mir tagtäglich ihr Leid.«

»Wo bleibt nur Elisabeth?«, fragte Susanna dazwischen. »Ihr Essen wird kalt, wenn sie nicht bald kommt.«

»Sicher lassen die Angehörigen von Frau Krämer Elisabeth nicht gehen. Du weißt, wie sehr sie mit ihren Worten die Familien der Verstorbenen trösten kann. Wahrscheinlich wäscht und kleidet sie die Tote heute und hilft, sie aufzubahren.«

»Elisabeth hat wahrlich eine Gabe, den Schmerz der Hinterbliebenen zu lindern.«

»Nur sich selbst kann sie nicht helfen«, meinte Urs.

»Ich dachte, dass sie Bendichts Tod überwunden hat«, sagte Susanna erstaunt, doch ihr Mann schüttelte den Kopf.

»Als ihr Hochzeitstag war und wir zusammen auf den Friedhof gingen, war ihr Schmerz so stark wie am Tag, als er starb.«

»Ich werde Bendichts Tod niemals überwinden, und nichts wird mich trösten können«, sagte Elisabeth, die plötzlich im Türrahmen stand.

»Es tut uns leid, dass wir über dich geredet haben«, sagte Urs und stand auf, um sie zu ihrem Stuhl zu bringen.

»Das muss es nicht«, sagte Elisabeth. »Ich bin glücklich und dankbar, dass ich in eurer Familie einen Platz gefunden habe. So kann ich mit meiner Trauer leben und auch überleben.« Sie sah zu Michael und lächelte. »Es ist schön, dich gesund und munter zu sehen. Ich hoffe, du erzählst mir von dem fernen Land, denn ich bin schon sehr neugierig. Aber zuerst habe ich Hunger«, erklärte sie und füllte ihren Teller. »Bevor ich es vergesse«, sagte sie zwischen zwei Bissen und wandte sich an Gritli. »Ich soll dich von Frau Recktenwald grüßen, die ich bei den Krämers getroffen habe. Auch soll ich dir sagen, dass Ulrich vorbeischauen wird.«

»Ulrich? Recktenwald? Kenne ich die Familie?«, fragte Urs neugierig.

»Frau Recktenwald ist eine Kundin von mir«, erklärte Susanna rasch, als sie sah, wie ihre Tochter puterrot anlief. Sie glaubte, dass Urs sich mit der Antwort zufriedengab, da er sich wortlos Wein nachfüllte.

Doch dann wandte er sich an seine Tochter: »Sollen wir diesen Ulrich zu unserem Festessen einladen, das wir für Michaels Rückkehr geben werden?«

Susanna blickte überrascht auf. Sie hatte nicht erwartet, dass Urs einen jungen Mann, den er nicht kannte, einladen würde. Sie war auf Gritlis Antwort gespannt und sah sie an.

Als Gritli spürte, wie ihr die Hitze in die Wangen stieg, senkte sie rasch den Kopf. Doch weil ihr Vater sie direkt ansprach, musste sie den Blick heben – einerlei, wie ihr Gesicht sich verfärbte. Alle Blicke waren auf sie gerichtet, sodass sich zu den pochenden Wangen eine plötzliche Übelkeit gesellte. Sie schluckte, denn sie wusste nicht, was sie antworten sollte.

»Ich glaube nicht, dass dieser Ulrich kommen wird«, half Elisabeth ihr unbeabsichtigt und sah Gritli entschuldigend an. »Seine Mutter sagte, dass er recht bald zurück muss zu dem

Weinbauern, für den er arbeitet. Anscheinend herrscht eine Rattenplage in den Weinbergen, denn die Bauern der Umgebung wollen sich zusammentun und das Ungeziefer ausräuchern.«

Gritli atmete erleichtert aus und murmelte kaum hörbar: »Manches regelt sich von selbst.«

Kapitel 15

In Bitburg

Hansi Eberle kniff erschrocken die Augen zusammen. Nach den vielen Wochen, die er in der dunklen Zelle verbracht hatte, blendete ihn sogar das Licht der späten Nachmittagssonne. Der Büttel nahm darauf keine Rücksicht und stieß ihn mit der Lanze aus der Tür des Kerkerturms ins Freie. Eberle hätte zum Schutz gern die Hände vor das Gesicht gehalten, doch die waren ihm auf dem Rücken zusammengebunden. Zitternd stand er in der Gasse und hob nur langsam die Lider, damit sich seine Pupillen an die Helligkeit gewöhnen konnten. Plötzlich wurden mehrere Eimer eiskaltes Wasser über seinem Rücken ausgegossen. »Du stinkst wie ein Schwein!«, rief der Büttel, und die Menge grölte.

Eberle schnaubte vor Schreck und schüttelte das nasse Haar hin und her. Zahlreiche Gaffer am Wegesrand blickten ihn böse an. »Bringt den Hurensohn endlich zum Galgen!«, rief jemand, und ein anderer brüllte: »Hängen soll er!«

Sofort wurde Eberle wie bei einer Prozession durch die Straßen in Richtung Richtplatz getrieben. Barfuß und tropfend musste er hinter einem betenden Mönch herlaufen, der gut sichtbar ein Kruzifix in die Höhe hielt. Eberle ließ ängstlich seinen Blick umherschweifen. Er konnte nicht einschätzen, wie viele Menschen seinen Tod miterleben wollten, doch es mussten Hunderte sein, die rechts und links am Weg standen und ihn rüde beschimpften. Vergeblich versuchten die Gerichtsdiener feixende Kinder und diejenigen zurückzudrängen, die versuchten, Eberle zu schlagen. Immer wieder warf der Pöbel faules Gemüse und Obst nach ihm, und manchmal traf ihn auch ein Stein. Da Eberle sich vor den Wurfgeschossen nicht schützen konnte, versuchte er seinen Kopf abzuwenden. Unerwartet wurde er von einem kräftigen Mann so heftig angerempelt, dass er in den Dreck der Straße fiel. Sein Kopf schlug hart auf, und er schrie vor Schmerzen.

»Seht nur, wie er wimmert«, keifte eine Greisin.

»Hat die kleine Agnes auch so geschrien, als du sie mit Gewalt genommen und anschließend wie eine Katze ersäuft hast?«, rief ein Mann, der ihm gleichzeitig in den Magen trat.

»Es reicht«, schimpfte ein anderer und zog Eberle auf seine Füße hoch. »Wenn ihr ihn vorher schon umbringt, muss er nicht mehr gehängt werden.«

»Danke«, murmelte Eberle.

»Dankt mir nicht, denn auch ich will dich hängen sehen.«

»Seid Ihr mit dem Mädchen verwandt?«

»Das tote Kind kümmert mich einen Dreck«, flüsterte der fremde Mann ihm ins Ohr, sodass niemand sonst es hören konnte.

Eberle schaute den Fremden, dessen stechender Blick ihn zu durchbohren schien, erschrocken und gleichzeitig erstaunt an. Doch dann wurde er von einem der Gerichtsdiener angestoßen, sodass er wieder vorwärtsstolperte. Wie unter Zwang schaute Eberle hinter sich, um den Mann noch einmal zu sehen. Als leichter Wind das Haar des Fremden zur Seite wehte, konnte Eberle erkennen, dass sein rechtes Ohr fehlte.

Urban Griesser wusste, dass in größeren Städten das Töten eines Verurteilten in ein Volksfest ausarten konnte. So war es auch bei dieser Hinrichtung.

Schon vor Tagen hatten geschäftstüchtige Verkäufer ihre Essensstände auf dem Marktplatz aufgebaut, um die Schar der Schaulustigen verköstigen zu können. Der Duft von frisch gebackenem Brot zog ebenso über den Platz wie der des gebratenen Schweins, das seit den frühen Morgenstunden an einem Spieß über einem Feuer brutzelte. Auch Wein und Bier flossen in Strömen, sodass einige der Besucher bereits Stunden vor dem Spektakel in weinseliger Laune waren. Unzählige Menschen drängten auf den Richtplatz, um den besten Platz zu erhaschen. Gaffer säumten die Straße, auf der der Verurteilte zum Galgen gebracht werden würde. Viele Schaulustige hatten faules Obst und Gemüse dabei, mit dem sie den Mörder bewerfen wollten.

Wie der Bürgermeister versprochen hatte, wies man Griesser einen Platz direkt vor dem Galgen zu, sodass er die Hinrichtung aus nächster Nähe beobachten konnte. Leider konnte er von dort nicht erkennen, wann Eberle zum Richtplatz geführt wurde. Zu viele Menschen standen ihm im Weg. Doch als der Verurteilte in die Straße zum Marktplatz einbog, ging ein Raunen durch die Menge. Griesser erhob sich, um besser sehen zu können, und erkannte schon von Weitem das Kruzifix, das der Mönch anscheinend ohne Ermüdung hochhielt. Als Griesser beobachtete, wie Kinder und Erwachsene Steine hinter ihren Rücken versteckten, wusste er, was folgen würde. Auch bemerkte er einen kräftigen Mann, der sich dicht an den Gang stellte.

Griessers Blick wurde nach vorn gelenkt, als der verurteilte Mörder in Sicht kam. Sofort erhoben sich laute Stimmen, die ihm Schmähungen und Schimpfworte zuriefen. Im selben Augenblick flogen Steine sowie faules Gemüse und Obst durch die Luft, die ihr Ziel selten verfehlten. Der Verurteilte schrie laut auf, wenn er getroffen wurde, doch Griesser hatte kein Mitleid.

Er kann von Glück sagen, dass die Folterknechte ihn zum Gaudium des Publikums nicht mit glühenden Zangen bearbeiten oder gar kastrieren, dachte er, als er sah, wie der breitschultrige

Mann Eberle zu Boden stieß. Rasch war Griesser zur Stelle und half dem wimmernden Mörder auf die Beine. Als der sich bei ihm für die Hilfe bedanken wollte, war es für Griesser ein Vergnügen, ihm die ungeschönte Wahrheit zuzuraunen. Als der Gerichtsdiener Eberle vorwärtsstieß, ging Griesser zurück zu seinem Platz.

»Wo seid Ihr gewesen?«, fragte der Bürgermeister Schwertkehrer, der neben ihn trat. »Ich habe befürchtet, dass Ihr gegangen seid.«

»Nein, keine Bange! Ich wollte mir den Spaß nicht entgehen lassen und sehen, wie der Mörder vom Volk bestraft wird.«

»Warum?«, fragte der Ratsherr überrascht. »Von Eurem Platz habt Ihr die beste Sicht auf das große Spektakel.«

Griesser hob die Schultern.

Schwertkehrer lachte schallend. »Ihr seid ein ungewöhnlicher Kauz!«

Als Trompetenfanfaren erklangen und Trommelwirbel einsetzte, rief der Bürgermeister aufgeregt: »Es geht los!« Eilig lief er zu seinem Platz zurück, und auch die Zuschauer, die am Straßenrand gestanden hatten, hasteten auf den Marktplatz.

Hansi Eberle wurde die Treppe zum Galgen hinaufgestoßen, der auf einem Podest gut sichtbar aufgebaut worden war. Die Schritte des Verurteilten und die der Henkersknechte brachten den Holzboden zum Vibrieren und den Galgenstrick zum Schwingen. Beim Anblick der Richtstätte und des Henkers, der ihm grimmig entgegenblickte, wurde Eberle aschfahl. Auch konnte er sich kaum noch auf den Füßen halten.

»Seht nur, wie er zittert!«, rief eine Frau, und die Meute lachte.

»Puh, es stinkt! Sicher hat er sich schon in die Hose geschissen.«

Nun tobte die Menge, und Eberle musste würgen. Seine Beine schienen zu versagen. Er ging auf die Knie nieder und erbrach sich.

»Es ist immer das Gleiche«, höhnte ein Mann. »Mörder löschen anderes Leben aus, doch geht es ihnen selbst an den Kragen, kotzen sie sich die Seele aus dem Leib.«

Griesser trommelte nervös mit dem Zeigefinger auf seinem rechten Oberschenkel. Angespannt presste er die Zähne aufeinander. Sein Herz schlug dumpf gegen die Rippen. Auch konnte er das Klopfen seines Pulsschlags am Hals spüren. »Jetzt hängt ihn endlich!«, murmelte er kaum hörbar.

Als der Henker zu dem Verurteilten trat, applaudierte die Menge. Mit festem Griff packte er den Todgeweihten am Genick und zog ihn zurück auf die Beine. Dann stieß er ihn zur Leiter, die gegen die Galgenstrebe gelehnt stand. Da Eberles Hände auf den Rücken gebunden waren, musste ein Scherge ihm helfen, die Leiter hochzusteigen. Gleichzeitig kletterte ein zweiter Henkersknecht die andere Leiter empor und legte ihm den Strick um den Hals.

Der Bürgermeister trat vor den Galgen und rief: »Hansi Eberle, wegen des Mords an Agnes Breiter bist du zum Tode verurteilt. Man hängt dich am Halse auf, bis du tot bist.«

Schwertkehrer trat zur Seite. Nachdem der Pfarrer für das Seelenheil des Todgeweihten gebetet hatte, stieß der Henker ihn in die Tiefe.

Eberle röchelte und zappelte, doch seine Beine stießen ins Leere. Sein graues Gesicht verfärbte sich in helles und dann in dunkles Rot. Schließlich lief er blau an. Gleichzeitig quollen seine Augen hervor. Er biss sich auf die Zunge. Blut rann aus seinem Mundwinkel. Er zuckte und gab undefinierbare Laute von sich. Als die Schaulustigen sahen, wie der Sterbende sich einnässte, waren ihm lautes Lachen und Spott selbst im Angesicht des Todes sicher.

All das interessierte Griesser nicht. Er beobachtete weder Eberles Todeskampf, noch hörte er die Schmährufe der Zuschauer. Seine Aufmerksamkeit galt allein dem Hosenlatz des Mannes. Wie gebannt starrte er auf die Stelle, wo sich dessen

Männlichkeit verbarg, und wartete ungeduldig darauf, dass sie sich regte.

Mehrere Krähen ließen sich mit kräftigen Flügelschlägen auf dem Galgen nieder. Als die Henkersknechte sie fortjagten, krächzten sie lautstarken Protest.

Eberles Todeskampf war ausgestanden. Seine Leiche hing schlaff am Henkersstrick und bewegte sich nur durch den leichten Wind, der über das Podest wehte. Die Zuschauer waren zufrieden und applaudierten. Dann verließen sie die Hinrichtungsstätte, um ihrem Tagwerk nachzugehen. Nur Griesser blieb sitzen. Noch immer starrte er auf den Hosenlatz des Toten, wo nichts zu erkennen war. Nur der feuchte Fleck der Pisse war zu sehen. Griesser verengte sein Sichtfeld, um besser sehen zu können. Doch mehr war da nicht.

Schon wollte er aufstehen, um aus nächster Nähe nachzusehen, als der Bürgermeister neben ihn trat. Griesser beachtete ihn nicht und ließ seinen Blick fest auf den Toten gerichtet. Erst als Schwertkehrer ihn ansprach, drehte er den Kopf.

»Kommt mit uns in den Ratskeller. Dort werden wir uns stärken und das Essen mit einem guten Tropfen hinunterspülen«, lud der Bürgermeister Griesser ein.

»Habt Dank, aber ich werde den Anblick noch einige Augenblicke genießen und dann meines Weges gehen. Ich muss weiter.«

Schwertkehrer schien erstaunt, denn er runzelte die Stirn. »Wohin wollt Ihr so schnell? Der Abend naht.«

Griesser fühlte sich ausgefragt und hatte Mühe, höflich zu bleiben. »Ich möchte zurück zu meinen Liebsten, denn ich will mich überzeugen, dass es ihnen gutgeht. Solch ein Ungeheuer wie dieser Eberle macht einem bewusst, wie schnell es anders sein kann«, log Griesser und schaute den Mann starr an.

Schwertkehrer nickte. »Wisst Ihr, es ist seltsam …«, begann er mit Blick auf den Toten, »… Eberles Frau erzählte, dass er schon seit Langem keinen mehr hochbekommen hat. Doch dann vergeht er sich an einem kleinen Mädchen. Wie soll man das verstehen?« Der Bürgermeister reichte Griesser die Hand. »Wenn ich Euch nicht überreden kann, bleibt mir nichts weiter übrig, als Euch eine gute Reise zu wünschen.«

Griesser erwiderte den Händedruck und wandte seinen Blick wieder dem Gehängten zu. Schwertkehrer verstand den Wink und drehte sich auf dem Absatz um. Ohne ein weiteres Wort ging er fort.

»Dieser verdammte Hurensohn«, zischte Griesser, als der Bürgermeister außer Hörweite war. »Kein Wunder, dass seine Männlichkeit sich nicht regt. Vermaledeit! Ich könnte ihm noch im Tod den Kopf abschlagen. Ich hatte gehofft, dass er mir den Samen und die Pisse liefert, damit ich endlich dieses Geldmännchen bekomme. Es kann doch nicht so schwer sein, jemanden zu hängen, der sich in seine Hose ergießt. Ich muss einen Jüngeren finden, den man hängen wird.«

Als die Schergen das Podest betraten, verstummte Griesser und kniff verärgert die Lippen zusammen. Die Männer schnitten den Toten vom Galgen, der mit lautem Knall aufs Holz krachte. Mürrisch sahen sie zu dem fremden Mann, der ihnen, offenbar neugierig, bei der Arbeit zusah.

»Lasst ihr ihn nicht länger hängen? Die Krähen freuen sich über das Fleisch«, fragte er.

»Wäre er auf dem Galgenberg hingerichtet worden, würde er bis zum Nimmerleinstag da hängen bleiben, damit die Krähen ihm das verwesende Fleisch von den Knochen picken können. Aber inmitten der Stadt machen wir das nicht. Er wird bald stinken, und dann kann man keinen Markt mehr abhalten. Aber Ihr habt recht. Eberle wird besonders schnell abgehangen, denn der Henker will aus seinem Fett Salben und aus seinen Organen andere Arzneien herstellen. Dann ist dieses Schwein wenigstens für etwas gut.«

Griesser erhob sich. »Darf ich mir ihn für einen Augenblick aus nächster Nähe ansehen?«

»Ja, schaut Euch diesen Hurensohn an, der die arme Agnes umgebracht hat. Furchtbar, welches Leid ihre Eltern ertragen müssen, und nur, weil der seinen Schwanz nicht ruhig halten konnte«, fluchte der Scherge.

»Seine Frau sagt, dass er schon lange keinen mehr hochbekommen habe«, zischte der andere und trat dem Toten in die Seite.

»Wahrscheinlich hat er sich ein Kraut besorgt, um seine Männlichkeit wiederzubeleben. Aber anstatt seine Alte zu besteigen, musste er sich an der Agnes vergehen«, schimpfte der Scherge. »Seht Euch den Bastard an, damit wir ihn wegbringen können.«

Griesser sprang auf das Podest und stellte sich über den Toten, um das Beinkleid nach dem verräterischen Fleck abzusuchen. Nichts, fluchte er in Gedanken und blickte den Schergen nach, die die Leiche an den Beinen fortzogen.

Kapitel 16

Auf dem Weingut Pitter in Piesport

Noch immer plagten Jakob heftige Hustenanfälle, die ihm das Atmen erschwerten. Kaum war ein Anfall abgeebbt, kam der nächste. Keuchend rang er nach Atem, und er glaubte zu ersticken. Beim Luftholen brannte seine Lunge wie Feuer, und seine Kehle schien wie rohes Fleisch zu sein. Panik ergriff ihn, wenn er schwarz-blutigen Auswurf abhustete.

Röchelnd sog er die Luft ein und hatte doch das Gefühl, keine zu bekommen. Heftiges Fieber schüttelte seinen Körper, und die

Haut glühte. Er kratzte gerade vorsichtig über die entzündeten und juckenden Stellen auf seiner Brust, als die Tür aufgestoßen wurde und der Holzknecht hereinschlurfte.

»Ich glaube, ich habe mich bei dir angesteckt. Mein Hals schmerzt, und ich fühle mich schlapp und kraftlos. Ich konnte nicht einmal mehr den halbvollen Eimer heben«, murmelte er und warf sich bäuchlings auf sein Lager.

»Weißt du, wo Martha ist? Sie sagte gestern, dass sie nach mir sehen und frisches Wasser bringen will«, krächzte Jakob.

»Ich glaube, sie hat es ebenfalls erwischt. Ich hörte, wie die Köchin fluchte, da Martha sich krank gemeldet hat«, nuschelte er.

»Das scheint eine hartnäckige Erkältung zu sein«, keuchte Jakob und hatte Angst, laut zu sprechen, da er dann wieder husten musste.

»Vermaledeit! Ich kann kaum schlucken! Auch friert es mich«, schimpfte der Knecht und zog die Bettdecke über sich. »Ich frage den Bauern, ob er nach einem Heiler schicken kann. Vielleicht gibt es irgendein Kraut, damit wir schnell wieder gesund werden.«

»Martha hat ihn schon darum gebeten, aber er meinte, Unkraut vergeht nicht. Wenn jetzt mehrere von uns krank sind, wird er vielleicht ein Einsehen haben. Sind sie schon Ratten jagen?«, fragte Jakob keuchend.

Er bekam keine Antwort. Mühsam stützte er sich auf seine Ellenbogen auf und blickte zu der Pritsche des Holzknechts, der eingeschlafen zu sein schien.

Jakobs Atem rasselte. Er keuchte und würgte mehrmals blutigen und schwarzen Schleim. Dieses Mal war das Abhusten so heftig, dass er Angst hatte, sich die Augen aus den Höhlen zu drücken. Während er würgte, spürte er, wie etwas in seinem Schädel zerplatzte.

Dann wurde es dunkel um ihn.

Kapitel 17

Gritli hielt lachend die Hände in die Höhe. »Bitte gib mir mein Geschenk, Bruderherz!«, bettelte sie.

Michael grinste breit. »Du kannst zahm wie ein Lamm sein«, bemerkte er augenzwinkernd und öffnete die Schnalle des Reisegepäcks, das zwei Tage nach ihm in Trier eingetroffen war. Zwischen seinen Kleidungsstücken zog er ein flaches Päckchen hervor. »Bitteschön, du Nervensäge! Die neueste Farbe aus *bella italia.*«

Mit freudigen Augen nahm Gritli sein Geschenk entgegen, das in zartgelbem Wachspapier eingewickelt war. »Allein das Papier ist schon besonders«, flüsterte sie und schnupperte an dem Päckchen, das einen besonderen Duft verströmte. »Es riecht wie das saure Obst, das du der Köchin mitgebracht hast.«

»Die gelbe Frucht heißt Zitrone, Schwesterherz. Der Saft und der Abrieb der Schale werden nicht nur bei der Zubereitung von Speisen verwendet. Daraus wird auch Duftwasser hergestellt, mit dem man das Papier beträufelt, bevor es mit Wachs überzogen wird.«

Gritli schloss die Augen und sog den Geruch des Geschenkpapiers tief durch die Nase. »Himmlisch«, seufzte sie.

»Wenn ich gewusst hätte, dass dich das parfümierte Papier begeistert, hätte ich mir dein Geschenk sparen können und stattdessen einen weiteren Bogen mitgebracht.«

»Bist du verrückt! Ich möchte doch nur den Augenblick hinauszögern, bis ich auspacke.«

Michael schüttelte verständnislos den Kopf, und Gritli öffnete schließlich den Knoten der dünnen Kordel und faltete das Papier auseinander.

»Oh, diese Farbe habe ich noch nie gesehen«, stammelte Gritli und ließ das Tuch durch ihre Finger gleiten.

»Ich weiß leider nicht, wie dieser Farbton genannt wird. Er sieht aus, als ob man burgundroten Wein mit Milch vermischt hätte, und trotzdem ist diese Farbe leuchtend. In Italien gibt es zahlreiche Blumen, die diesen Ton haben. Zum Beispiel die Alpenrose. Ich habe zwei Arten kennengelernt. Die eine heißt Behaarte Alpenrose, da deren Blätter an den Rändern feine Härchen haben.«

»Sonst hieße sie nicht so«, bemerkte Gritli und legte sich den Schal um.

»Schlaues Kind«, lobte ihr Bruder sie und schwärmte weiter: »Sie hat hellrosa Blüten, während die andere Sorte, die man Rostblättrige Alpenrose nennt, leuchtend rote Blütenblätter hat. Es gibt noch viele andere Blumen mit ähnlichen Farbabstufungen. Die meisten verströmen einen wunderbaren Duft.«

Gritli schien nicht zuzuhören. »Ist das Seide?«, fragte sie und drapierte sich den Schal um den Hals. »Sie fühlt sich anders an als unsere Wollstoffe«, erklärte sie und schloss vor Wonne die Augen.

»Man kann diese beiden Tücher nicht miteinander vergleichen«, klärte sie der Bruder auf. »Fürsten und Könige hüllen sich üblicherweise in dieses edle Tuch. Ich habe Mutter einen Ballen Seide für ihr Geschäft mitgebracht. Er ist von leuchtend grüner Farbe und eignet sich besonders für edle Festgewänder. Ich bin gespannt, was sie davon hält.«

»Grün steht mir sehr gut«, erklärte Gritli schelmisch.

»Mutter soll den Stoff verkaufen und nicht Kleider für dich daraus schneidern«, entrüstete sich Michael.

»Erzähl mir mehr über Italien«, bat Gritli und schnupperte an dem weichen Stoff ihres Schals.

»Ich hatte keine Zeit, durchs Land zu reisen, und konnte nur die Gegend erkunden, in der meine Gastfamilie lebt. Aber allein dieser Landstrich im Norden Italiens ist …« Michael suchte nach dem richtigen Wort, um die Schönheit dieser Region zu beschreiben. »… unglaublich!«, erklärte er und nickte dabei. »Ja, so könnte man es bezeichnen.«

Gritli schaute erstaunt auf. »Was begeistert dich so?«

»Einfach alles. Zum einen liegt der Ort, in dem die Familie Devora lebt, an einem riesigen See. Man kann von dem einen Ufer das andere nicht erkennen, so groß ist das Gewässer. Ich glaube, dass alle Seen in unserem Reich zusammengefasst nicht so groß sind wie der Lago di Como.«

»Lago di Como«, wiederholte Gritli und versuchte ihrer Stimme die gleiche fremdländische Klangfarbe zu geben, wie die Aussprache ihres Bruders sie hatte. »Vielleicht irrst du, und der See ist ein Meer«, überlegte sie, doch Michael schüttelte den Kopf. »Nein! *Lago* heißt See und nicht Meer.«

»Ist das alles, was dich an dem Land begeistert?«, fragte sie.

Michael schüttelte den Kopf. »In Italien scheint viel öfter die Sonne als in unserem Land. Auch der Winter dort ist anders. Zwar gab es Schnee in rauen Mengen, aber die Luft schien nicht so feucht und kalt zu sein wie hier. Außerdem hatte es den Anschein, als ob der Frühling nicht erst im März, sondern schon früher beginnt. Bereits im Februar, wenn hier noch alles unter Eis und Schnee erstarrt ist, sprießen dort die ersten Knospen. Viele Blumen entfalten ihre Blütenpracht und verströmen wunderbare Düfte. Gritli, du glaubst nicht, wie schön es ist, wenn man in dieser sonst so trüben Jahreszeit von der Sonne geweckt wird! Das Klima ist milder, wodurch dort Pflanzen wachsen, die es bei uns nicht gibt.«

»Zitronen und Alpenrosen«, erriet Gritli lächelnd.

Michael nickte. »Außerdem gibt es dort Orangenbäume, mit sonnengelben Früchten, die süß und saftig sind. Die Italiener essen das Obst zum Frühstück und pressen den Saft heraus. Auch gibt es dort Olivenbäume, die erst Erträge haben, wenn sie alt, grau und knochig aussehen. Aus den kleinen grünen Früchten gewinnt man Öl, in das die Italiener frisch gebackenes Brot tunken. Es ist ein wahrer Gaumengenuss. Die italienischen Speisen sind leicht und bekömmlich. Auch der Käse ist wohlschmeckend.«

»Kannst du diese fremde Sprache sprechen?«, fragte sie.

»Meine Sprachkenntnisse reichen aus, dass ich weder verdursten noch verhungern musste«, lachte Michael.

»Wie sind die Menschen in diesem Land? Sehen sie aus wie wir?«

»Sie haben zwei Augen, eine Nase, zwei Arme ... Aua!«, rief Michael, da Gritli ihm entrüstet auf den Arm schlug.

»Natürlich sehen die Italiener aus wie wir. Was denkst du?«, lachte er über ihre Frage.

»Das weiß ich nicht! Schließlich kenne ich keinen Italiener«, empörte sich Gritli über seinen Hohn. »Sind die Frauen hübsch anzusehen?«

Michael zuckte mit den Schultern.

»Weißt du das nicht?«, fragte Gritli erstaunt.

»Woran misst du Schönheit?«

Gritli musste nicht lang überlegen. »An ihrer Anmut, an der Art, wie sie die Haare tragen, an ihrer Kleidung, an der Grazie ihres Körpers ... es gibt vieles, wonach hübsches Aussehen bewertet wird. Gibt es keine Italienerin, die dein Herz erobert hat?«, fragte sie neugierig.

Der Blick ihres Bruders veränderte sich. Gedankenverloren starrte er vor sich hin. Seine Mundwinkel zuckten leicht, als ob er lächeln wollte und es sich verkniff.

Als Gritli das bemerkte, rief sie freudig: »Also doch! Du hast dich in eine fremdländische Schönheit verliebt. Wirst du sie wiedersehen? Oder gar ehelichen? Ach, Mutter wird sich freuen. Sie wünscht sich Enkelkinder, musst du wissen«, plapperte Gritli los und bemerkte nicht, wie Michaels Gesichtsfarbe sich veränderte.

»Du irrst! Es gibt keine Italienerin, die ich heiraten werde.«

»Nicht?«

»Nein!«, antwortete er barsch und durchquerte eilig seine Kammer. Er riss die Tür auf, die laut gegen die Wand stieß, sodass Gritli zusammenzuckte, und stürmte hinaus.

»Was ist in ihn gefahren?«, fragte sie sich und zog die Stirn in Falten. »Zuerst schaut er wie ein verliebter Gockel, und dann wird er wütend. Dummkopf!«, schalt sie ihn.

In dem Moment trat ihre Mutter ein. »Warum hat dein Bruder die Tür gegen die Wand geknallt? Habt ihr euch gestritten?«

»Nein, ich habe ihm nur eine Frage gestellt, bei der er wütend wurde. Allerdings weiß ich nicht, warum.«

Susannas Blick wurde auf das Tuch gelenkt, das ihre Tochter um den Hals trug. »Welch hübscher Schal und welch seltsame Farbe«, sagte sie und griff nach dem Stoff. »Seide!«, stellte sie fachmännisch fest. »Wie fein sie gesponnen wurde. Michael hat mir einen Ballen Seide mitgebracht. Wenn meine Kundinnen diesen besonderen Stoff sehen, werden sie sicher daraus Kleider geschneidert haben wollen. Michael meinte, dass Seidenraupenzucht die Zukunft wäre.«

»Seidenraupenzucht? Wird daraus das Garn hergestellt?«

Susanna nickte, doch dann rief sie: »Herr im Himmel! Jetzt hätte ich fast vergessen, dir zu sagen, dass Ulrich unten auf dich wartet.«

»Ulrich?«, fragte Gritli erschrocken und wollte ihre Mutter fragen, was er von ihr wollte – doch als sie spürte, wie ihre Wangen heiß wurden, verließ sie eilig den Raum.

Ulrich ging unruhig hin und her. Es hatte ihn Überwindung gekostet, bei der Familie Blatter zu läuten und um ein Gespräch mit deren Tochter zu bitten. Aber es war wichtig, dass er mit Gritli sprach. Bevor er zu seiner Arbeit in den Weinbergen zurückkehrte, wollte er ihr seine Gefühle gestehen. Erneut wurden seine Hände vor Aufregung feucht, denn er hatte keine Ahnung, wie er das Gespräch beginnen sollte. Er wollte sich ihr nicht hier im Flur erklären.

Vielleicht werde ich sie bitten, mit mir spazieren zu gehen, überlegte er. In dem Augenblick fiel die Sonne durch das Türglas und zauberte bunte Kleckse auf den Boden. Gedankenversunken sah er ihnen zu, als plötzlich im oberen Stock eine Tür knallte. Er schaute neugierig die Treppe hinauf. Ein junger Mann kam die Stufen heruntergesprungen und lief an ihm vorbei zur Haustür hinaus, ohne ihn zu beachten.

Ulrich blickte ihm verwundert hinterher. Das muss Gritlis Bruder sein, überlegte er, da er gehört hatte, dass dieser aus Italien zurückgekommen sei.

»Ich grüße dich, Ulrich«, sagte Gritli, die plötzlich an der Treppe stand.

»Gott zum Gruße«, antwortete er. Als Gritli auf ihn zukam, betrachtete er ihr Erscheinungsbild. Wie sie vor ihm stand, mit diesem farbigen Schal um den Hals geschlungen, der im Sonnenlicht zu funkeln schien und ihre Augen zum Leuchten brachte, fand er sich in seiner Absicht bestärkt. Damit das freudige Funkeln in seinen Augen ihn nicht verriet, schaute er auf seine Hände.

Gritli sah Ulrich abwartend an. Doch der sagte kein Wort, sondern betrachtete jeden einzelnen seiner Finger.

Irgendetwas muss er von mir wollen, sonst wäre er nicht gekommen, überlegte sie. Das letzte Mal hatte sie ihn bei der Beerdigung seines Vaters gesehen. Allerdings wollte sie ihn weder fragen, wie es ihm ging, noch, was ihn in ihr Haus führte. Sie wurde ungeduldig und verschränkte die Hände vor ihrem Rock. Stumm betrachtete sie Ulrich.

Er wirkte befangen. Nicht nur sein Brustkorb hob und senkte sich heftig. Sie glaubte auch, feine Schweißperlen auf seiner Stirn zu erkennen. Er ist verlegen, dachte sie und verkniff sich mit Mühe das Grinsen. Seine Ratlosigkeit rührte sie, und sie hatte plötzlich das Bedürfnis, ihn zu umarmen und sich an ihn zu schmiegen. Erschrocken über ihre Gedanken, überlegte sie, ob ihre Mutter recht hatte und sie womöglich Gefühle für Ulrich hegte. Nachdenklich zog sie ihre Stirn kraus.

Ulrich holte tief Luft und wollte gerade erklären, warum er gekommen war, als er das Zucken um Gritlis Mundwinkel erkannte. Sie lacht mich aus, dachte er, und der gerade aufflammende Mut verließ ihn wieder. Er schwieg, doch nach einer Weile wurde die Stille zwischen ihnen unangenehm. Wir können nicht ewig in diesem Gang stehen und uns anschweigen, überlegte er.

»Gritli ...«, begann er, als sie gleichzeitig »Ulrich ...«, sagte. Nun mussten beide lachen, und der Bann war gebrochen.

»Warum bist du gekommen?«, fragte sie.

»Ich muss wieder fort. Morgen schon. Deshalb wollte ich fragen, ob du mit mir zum Simeontor gehen möchtest.«

Gritli spürte, wie ihr Mund trocken wurde. Sie wusste, dass sich Verliebte heimlich am Simeontor trafen, um sich dort ungesehen von anderen zu küssen.

»Ans Simeontor?«, fragte sie.

Ulrich schien ihre Befangenheit zu bemerken, denn er schlug hastig vor: »Wir können auch auf die Stadtmauer gehen, wenn du nicht zu diesem Tor spazieren möchtest.«

Stadtmauer, wiederholte Gritli in Gedanken. Auch das war ein geheimer Treffpunkt für Pärchen, die ungestört sein wollten. Zu beiden Orten war sie noch nie von einem Burschen eingeladen worden. Auch war sie noch nie geküsst worden. Was soll ich ihm antworten?, überlegte sie und schluckte. Allerdings konnte sie nicht leugnen, dass ihr Ulrich gefiel und sie neugierig war, was er vorhatte.

»Wann würdest du mich abholen?«, fragte sie scheu.

»Nach dem Abendessen?«, fragte er, und sie nickte.

Michael irrte durch die Straßen von Trier und wusste nicht, wohin er gehen sollte. Er konnte keinen klaren Gedanken fassen. Die vielen Menschen, die Geräusche der Stadt – einfach alles hinderte ihn am Nachdenken. Die Wörter, die seine Schwester unbedacht ausgesprochen hatte, verursachten ein heftiges Hämmern in seinem Kopf. *Heirat, Kinder, Großmutter* hallte es in seinem Schädel wider und wider. Ihm wurde übel. Er rannte zur Römerbrücke, wo er sich gegen die Mauer lehnte. Seufzend ließ er den Kopf nach unten hängen, sodass die kühle Luft, die aus dem schnell fließenden Wasser zu ihm aufstieg, sein Gesicht kühlte.

»Herr im Himmel, hilf mir«, betete er leise, obwohl er wusste, dass Gott ihm sicherlich nicht helfen würde. Du wirst mich eher bestrafen, dachte er bitter und richtete seinen Blick zum Himmel. Aber du hast mich geschaffen – so wie ich bin, hielt er Zwiegespräch mit dem Schöpfer. Du musst dir etwas dabei gedacht haben, als du mir dieses Gefühl mitgegeben hast. Oder hat mich gar der Teufel höchstpersönlich erschaffen?, schoss es ihm durch den Kopf.

Michael wusste, dass seine Eltern zu einem großen Essen eingeladen hatten, um seine Ankunft zu feiern. Viele Namen auf der Gästeliste waren ihm bekannt. Darunter angesehene Bürger der Stadt, die mit ihren heiratsfähigen Töchtern kommen würden. Bedrückt schloss er die Augen. Als er Tränen in sich aufsteigen spürte, riss er sie wieder auf und sah hinunter zur Mosel.

Wenn ich mich jetzt hinunterstürze, wäre ich erlöst von meinem Leid, dachte er verzagt.

In diesem Moment sagte jemand hinter ihm: »Junger Mann, Ihr wollt hoffentlich keine Dummheit begehen!«

Erschrocken drehte er sich um und sah eine Frau, die ihn forschend musterte. Hastig wischte er sich über die Augen. »Nein! Ihr könnt beruhigt sein. Ich bin nicht lebensmüde.«

Sie nickte, doch ihre Augen verrieten, dass sie seiner Bekundung nicht traute. »Kein Kummer ist es wert, dass Eure Seele nach dem Tod in der Hölle schmoren wird.«

Erschrocken sah er sie an. »Hölle!«, flüsterte er, und sie nickte wieder.

»Wie ist Euer Name?«, fragte sie und schien ihn in ein Gespräch verwickeln zu wollen, um ihn so vor Dummheiten zu bewahren.

»Michael«, verriet er, ohne seinen Familiennamen zu nennen.

»Michael«, wiederholte sie erfreut. »Das muss ein Zeichen Gottes sein, denn vor zwei Wochen machte mich mein Sohn Mathias zur Großmutter. Mein Enkelsohn heißt Michael.«

»Dann möchte ich Euch gratulieren, Frau …«

»Bickelmann. Mein Name lautet Anna Maria Bickelmann. Ja, es ist eine wahre Freude, den kleinen Burschen zu sehen. Leider hat mein Mann seinen Enkelsohn nicht mehr erleben dürfen. Er ist vor zwei Jahren gestorben. Ohne Vorwarnung ist er beim Essen nach vorn gekippt und war tot. Für ihn war es sicher ein schöner Tod, aber für uns … Deshalb dürft Ihr Euch nicht mutwillig aus dem Leben verabschieden, Herr Michael. Eure Familie würde das nicht verkraften. Versprecht mir, dass Ihr das Eurer Familie nicht antut!«, forderte sie und sah ihn eindringlich an.

Michael betrachtete die Frau, die in ihrem hochgeschlossenen, schwarzen und schmucklosen Kleid klein und zerbrechlich wirkte. Sie hatte ihr Haar unter einer schwarzen Haube versteckt, und nur da und dort spitzten feine graue Strähnen hervor. Sein Blick glitt zu ihren Augen, mit denen sie ihn ebenso musterte. Als sich ihre Blicke trafen, lächelte sie.

»Versprecht mir, dass Ihr nach Hause geht und Eurer Familie keine Schande bereitet.«

Michael gab ihr sein Wort und reichte ihr zur Bekräftigung die Hand. Anscheinend zufrieden, ließ die Frau ihn allein und ging über die Römerbrücke in die Stadt hinein.

Als sie aus seinem Sichtfeld verschwunden war, drehte Michael sich wieder der Mosel zu und sah auf das Gewässer hinunter. Hat sie die Wahrheit gesprochen, und ich hätte mich womöglich von der Brücke gestürzt, wenn sie mich nicht zurückgehalten hätte?, fragte er sich. Nachdenklich schaute er zum Himmel empor. »Vielleicht meinst du es doch nicht so schlecht mit mir«, murmelte er.

Da hörte er eine Stimme in seinem Rücken, die seinen Herzschlag für einen Augenblick zum Aussetzen brachte. Bebend krallten sich seine Hände an der Brückenmauer fest. Er wusste sofort, wer hinter ihm stand, doch er wagte nicht, sich umzudrehen.

»Buongiorno«, flüsterte die Stimme, und Michael hatte das Gefühl, als ob sich flüssiges Eis in seinem Körper ausbreitete und ihn erstarren ließ.

Eine Hand legte sich auf seine Schulter, und er schnappte keuchend nach Luft. Er spürte, wie er unter der Berührung zu zittern begann. Seine Beine wurden weich. Er presste die Finger fest in die Brückenmauer, da er befürchtete, sonst in die Knie zu gehen. Er bekam Herzrasen. Seine Gefühle überschlugen sich. Angst machte sich neben Freude breit. Übelkeit neben Hochstimmung.

»Michele«, flüsterte die Stimme und zwang ihn, sich umzudrehen. Michaels Beine schienen steif wie Holz zu sein, sodass seine Bewegungen ungelenk wirkten.

Die Hand wurde von seiner Schulter genommen, und zwei Augenpaare blickten einander an.

»Was machst du in Trier, Andrea?«, stotterte Michael leise und fand nur schwer seine Stimme wieder.

»Brama«, war die einfache Antwort, die Michael bis zu den Haarwurzeln erröten ließ.

»Sehnsucht«, wiederholte er leise, und seine Hitze verstärkte sich. Vorsichtig schaute er sich nach allen Seiten um, da er befürchtete, dass man sie beobachten könnte. Er machte einen Schritt zur Seite, um Distanz zwischen ihnen aufzubauen. Nicht auszudenken, wenn man ihn in vertrauter Nähe mit einem Mann sah.

»Freust du dich nicht, Michele?«, fragte Andrea verunsichert, da ihm die ablehnende Haltung seines Liebsten nicht entgangen war.

»Wie hast du mich gefunden?«, fragte Michael scharf.

»Ich ging zu deinem Elternhaus …«

»Was?«, stöhnte Michael. »Bist du des Wahnsinns?«

»Beruhige dich, Michele. Sie haben mich nicht gesehen. Ich habe in einer Seitengasse gestanden und euer Haus beobachtet, als du herausgestürmt kamst und durch die Straßen liefst. Ich bin dir gefolgt und wollte dich hier, auf der Brücke, gerade ansprechen, als sich diese Frau zu dir gesellte.«

Trotz seiner Bestürzung und seines aufkeimenden Zorns gab sich Michael für einen kurzen Augenblick dem Klang der vertrauten Stimme hin. Wie wohlklingend sie ist, dachte er, wie harmonisch und wie männlich.

Dann wandelte sich sein versonnener Blick und wurde streng, als er fragte: »Wie lange wirst du bleiben? Wo wirst du nächtigen?«

Schulterzucken war die Antwort. Michael griff sich an die Schläfen. »Du kannst nicht ohne Vorwarnung in meiner Stadt auftauchen und keine Pläne haben. Was willst du hier? Willst du alles durcheinanderbringen und dann wieder verschwinden? Ich muss hier leben und allein klarkommen.« Michael hatte Mühe, seine Stimme im Zaum zu halten. Der Zorn gewann die Oberhand.

»Bitte sei nicht wütend auf mich, Michele! Ich werde dich keiner Gefahr aussetzen. Ich wollte dich nur sehen, dich nur spüren.«

Als er die Hand auf Michaels Arm legen wollte, schlug er sie fort. »Lass das! Wenn man uns zusammen sieht – zwei Männer, die Zärtlichkeiten miteinander austauschen –, werden wir womöglich wegen Unzucht wider die Natur angeklagt.«

»Aber doch nicht, wenn ich meine Hand auf deinen Arm lege. Entspann dich, Liebster«, versuchte Andrea die Situation zu entschärfen, doch Michael ging nicht darauf ein.

»Ich habe dir in Italien gesagt, dass ich nicht zurückkomme. Dass wir uns für immer trennen müssen!«

»Prego …«

»Lass mich in Ruhe. Ich will dich nie wiedersehen!«, presste Michael hervor und eilte fort.

Kapitel 18

Nachdem Ulrich Gritli wieder verlassen hatte, ging sie den restlichen Tag wie schwebend durchs Haus. Sie konnte es kaum erwarten, bis man sie zum Abendmahl rufen würde. Um die Zeit zu überbrücken, lenkte sie sich mit Arbeit ab. Als sie die Hühner fütterte, rief sie sich Ulrichs Gesicht in Erinnerung, doch statt seiner braunen Augen sah sie blaue vor sich. Überrascht schüttelte sie sich und hoffte, dass das Bild verschwinden würde. Doch die blauen Augen blieben. »Was hat das zu bedeuten? Ich habe Melchior seit letzter Woche nicht mehr gesehen. Warum erinnere ich mich lieber an ihn als an Ulrich?«, fragte sie sich und verbot sich selbst, weiter an den jungen Mann zu denken.

Endlich kam der erlösende Ruf zum Essen. Ihre Mutter hatte im guten Esszimmer eingedeckt und wie bei einem Feiertagsessen den Tisch schön hergerichtet. Seit Michael zurück war, schien es ihr Freude zu bereiten, wenn die Familie allein ohne Gesinde zusammensaß und plauderte. Besonders die Geschichten über Italien, die Michael zu erzählen wusste, bereiteten ihr großes Vergnügen.

Doch heute kam kein richtiges Gespräch auf. Zudem brachte Gritli kaum einen Bissen herunter – ebenso wie Michael. Ihr Bruder saß mit grimmigem Gesichtsausdruck am Tisch und stocherte im Gemüseauflauf herum. Er gab keinen Ton von sich.

»Schmeckt es euch nicht?«, fragte Susanna besorgt, und auch Urs schaute fragend seine Kinder an.

Als Gritlis Gesichtsfarbe aufflammte und Michaels Blick eine Spur finsterer wurde, zog sich Urs' Stirn kraus. »Kann es ein, dass ich Wichtiges nicht mitbekommen habe?«, fragte er seine Frau. Als die ihn mit dem ihr eigenen Blick ansah, der ihm signalisieren sollte zu schweigen, murrte er: »Schau nicht so! Ich will wissen, was los ist. Schließlich habe ich im Hospital alles stehen und liegen gelassen, um rechtzeitig zum Essen zu erscheinen. Wenn aber Schweigen und finstere Blicke an diesem Tisch vorherrschen, sollte ich wohl besser bei meinen Kranken im Hospital bleiben.«

Susanna seufzte vernehmlich und zischte: »Du bist so feinfühlig wie ein Hornochse.«

»Ich gehe zu Bett«, verabschiedete sich Michael und schob mit einem heftigen Ruck den Stuhl zurück. Ohne auf eine Antwort zu warten, verließ er das Zimmer.

»Darf ich ebenfalls aufstehen?«, fragte Gritli zaghaft.

»Wohin willst du? Auch zu Bett?«, fragte Urs misstrauisch.

Gritli schaute zu Boden und schüttelte zaghaft den Kopf. Wieder konnte Urs das Seufzen seiner Frau vernehmen, doch dieses Mal schaute er nicht über den Tisch zu ihr, denn er spürte bereits ihren missbilligenden Blick.

»Ulrich kommt bald vorbei«, verriet das Mädchen schüchtern.

»Ulrich Recktenwald, den Elisabeth letztens erwähnte?«

Erneut befangenes Kopfnicken.

»Ich war der Ansicht, dass er bereits in die Weinberge zurückgekehrt ist.«

»Er musste die Beerdigung seines Vaters abwarten. Doch nun scheint er morgen zu seiner Arbeit zurückzukehren.«

»Wohin wollt ihr gehen?«

Gritli zuckte mit den Schultern. »Spazieren«, sagte sie, doch es klang mehr nach einer Frage. »Darf ich gehen?«

Urs blähte seine Wangen auf und lies die Luft langsam entweichen. Er überlegte und sah kurz zu seiner Frau, die mit ihrem Blick wieder Signale gab.

»Wenn die Turmuhr die achte Stunde schlägt, bist du zurück«, ermahnte Urs seine Tochter, die freudig zustimmte und aus dem Zimmer stürmte.

Urs wandte sich seiner Frau zu. »Hör auf, mich mit deinen Blicken zu beeinflussen«, schimpfte er verhalten.

»Warum?«, fragte Susanna lächelnd. »Es wirkt doch«, sagte sie und kniff ihm freudig in die Wange, die er wieder aufgebläht hatte.

Gritli hatte sich kaum den Umhang umgelegt, da sah sie durch das Glas der Eingangstür einen Schatten. Rasch öffnete sie die Tür. Ulrich schaute sie überrascht an.

»Wie abgesprochen«, sagte er breit grinsend.

Sie trat heraus und schloss die Tür. »Um acht Uhr muss ich wieder zuhause sein«, erklärte sie.

»Dann lass uns keine Zeit verlieren«, sagte Ulrich und ergriff ihre Hand.

Bei der Berührung glaubte Gritli, dass ihr Herz eine Spur schneller schlug. Allerdings wusste sie nicht, ob der Grund dafür Freude oder Angst war. Ohne weiter darüber nachzudenken, folgte sie Ulrich durch die Straßen von Trier.

Je näher sie der Stadtmauer kamen, desto unwohler fühlte sie sich. Schon von Weitem sah sie Pärchen, die sich an die Steine drückten, und hörte leises Gekicher. Sie mussten ein Stück entlang der Mauer gehen, um genügend Abstand zu einem anderen Pärchen zu bringen.

Ulrich lehnte sich gegen die Steinwand, während Gritli vor ihm stehen blieb. Behutsam nahm er ihre Hände in seine. »Du hast eiskalte Finger«, flüsterte er rau. »Ich werde sie dir wärmen«, erklärte er leise und küsste jeden einzelnen. Dabei blickte er sie sehnsuchtsvoll an.

Er hätte vor Glück schreien mögen. Seit dem Morgen hatte er das Treffen herbeigesehnt und sich jede mögliche Situation vorgestellt. Er hatte nicht zu hoffen gewagt, dass es so leicht werden würde. Die Angst hatte ihn fast gelähmt, dass Gritli nicht mit ihm gehen oder ihn spätestens jetzt von sich weisen würde. Doch sie stand da und schaute ihn aus großen Augen an. Sollte er sich ihr offenbaren, oder wusste sie bereits, was er ihr sagen wollte? Konnte er womöglich einen Schritt weitergehen und sie küssen?

Gritli gestand sich ein, dass ihr diese Art Zärtlichkeit gefiel. Es kribbelte in ihrem Körper, und sie spürte, wie sich an ihren Armen die Härchen auf der Haut aufstellten. Ihr Blick schien in dem von Ulrich verankert zu sein, denn sie hatte keine Kraft, ihre Augen von ihm abzuwenden. Gebannt schaute sie ihn an, erwartungsvoll, was folgen würde. Als er alle Fingerkuppen geküsst hatte, führte er ihre Hände zu seinem Herz und legte sie auf seine Brust. Dabei musste sie einen Schritt näher kommen. Nun standen sie so dicht beieinander, dass sie seinen Atem auf ihrem Gesicht spürte. Als sein Mund näher kam, wagte sie kaum zu atmen. Sie wusste, dass er nun seine Lippen auf ihre drücken würde – sie wusste aber nicht, ob sie das wollte.

Doch als sie seinen Mund auf ihrem spürte, fühlte es sich gut an. Sie schloss die Augen und öffnete ihre Lippen. Kaum hatte sie sich Ulrichs Berührung hingegeben, sah sie in Gedanken Melchior vor ihren Augen. Erschrocken riss sie die Lider auf.

Ulrich wollte den Augenblick auskosten und beobachtete Gritli, während er sie küsste. Ihre Lippen fühlten sich weich und warm an, und als sie sie öffnete, wusste er, dass er gewonnen hatte. Zärtlich liebkoste er sie und ließ seine Hände über ihren Rücken gleiten, als sie plötzlich zu erstarren schien. Fragend schob er sie auf Armeslänge von sich, um sie ansehen zu können.

»Was ist, mein Liebes?«, fragte er.

»Ich weiß es nicht«, wisperte sie.

Ulrich glaubte ihre Gedanken zu erahnen und zog sie liebevoll an sich. »Du musst keine Angst haben. Ich werde dich zu nichts drängen. Wegen der Rattenplage in den Weinbergen werde ich wahrscheinlich erst zu Pfingsten nach Trier zurückkommen. Ich weiß, es ist eine lange Zeit, aber so haben wir die Möglichkeit, in uns zu gehen und unsere Liebe füreinander zu prüfen. Obwohl ich weiß, dass ich diese Zeit nicht brauche«, flüsterte er und küsste sie erneut.

Michael glaubte in seiner Kammer zu ersticken. Er riss das Fenster auf, streckte den Kopf weit hinaus und sog tief die kühle Abendluft in seine Lunge. Als er Stimmen hörte, blickte er nach unten und sah, wie seine Schwester Hand in Hand mit einem jungen Mann durch die Gasse lief.

Ich wusste nicht, dass Gritli einen Verehrer hat, dachte er erstaunt. Sein Gesichtsausdruck wurde leidend. »Sie hat es gut, denn sie kann sich mit ihrem Liebsten treffen«, murmelte er.

Da nahm er aus dem Augenwinkel eine Bewegung wahr. Er schaute nach unten und entdeckte eine Gestalt, die im Schatten eines Baums stand und ihm Zeichen zu geben schien. Da er sie nicht deutlich sehen konnte, zuckte er mit den Schultern. Die Person trat ins Licht. *Andrea!* Sein Herz begann zu rasen. Aufgewühlt blickte er sich von seinem Fenster aus nach allen Seiten um. Niemand war zu sehen. Er verbot sich den Gedanken, nach unten zu eilen, doch seine Sehnsucht schien ihn zu treiben. Mit einem Kopfnicken gab er Andrea ein Zeichen, dass er verstanden hatte, und schloss das Fenster.

Leise schlich er die Treppe nach unten und durch die Haustür ins Freie. Bevor er die Straße überquerte, vergewisserte er sich, dass ihn niemand sah. Dann lief er hastig im Schutz des Schattens zu dem Baum, wo er bereits erwartet wurde.

»Ich habe dir doch gesagt, dass ich dich nicht wiedersehen will«, wisperte er.

»Wir wissen beide, dass wir nicht ohne einander leben können, mein Geliebter.«

Michael blickte in die Augen, die ihm so vertraut waren, betrachtete den Mund, den er begehrte, und fühlte den Herzschlag, der seinen Puls beschleunigte. Ohne ein weiteres Wort presste er seine Lippen auf Andreas Mund. »Ich will dich fühlen und spüren«, flüsterte er keuchend. »Ich weiß, wo wir ungestört sind«, sagte er erregt, ergriff die Hand seines Geliebten und ging voraus.

Tausend Gedanken hinderten Urs am Einschlafen. Seit er die Verantwortung für das Sankt-Jakob-Hospital übernommen hatte, waren schlaflose Nächte die Regel. Meist beschäftigten ihn das Tagesgeschehen und die Probleme seiner Patienten bis weit in die Nacht hinein. Manchmal, wenn er nicht schlafen konnte, ging er in Gedanken seine operativen Eingriffe durch, sinnierte, ob er irgendetwas anders hätte machen können. Selten dachte er über unwichtige Dinge nach. In diesen Tagen überlegte er, welche Heilmittel er besorgen musste und welche Heilkräuter er zusätzlich anpflanzen könnte. Seit Nathan Goldstein abgereist war, hatte er niemanden mehr, mit dem er sich über seine Sorgen, Pläne oder Hoffnungen auszutauschen vermochte. Obwohl Goldstein kein Medicus war, sondern Goldhändler, hatte er einen klaren Blick gehabt. Allein die Tatsache, dass er Urs zuhörte, half ihm, manches Problem aus einem anderen Blickwinkel zu betrachten.

Goldstein und mein Oheim Bendicht haben mein Leben und

auch mein Wissen bereichert, dachte Urs und seufzte. Er blickte neben sich zu Susanna, die gleichmäßig atmete. Manches konnte er mit ihr besprechen, vor allem, wenn es die tagtäglichen Belange betraf oder wenn er Probleme mit den Krankenschwestern hatte. Aber Susanna hatte nicht für alles offene Ohren. Manche seiner Wünsche und Pläne konnte sie nicht nachvollziehen, nicht verstehen. Trotzdem wollte er ihre Ratschläge nicht missen.

Er lächelte, als er ihr sanftes Schnarchen vernahm. Auch nach den vielen Jahren, die sie nun schon zusammenlebten, waren ihre Liebe zueinander und ihre Begierde füreinander nicht geringer geworden.

Er hauchte Susanna einen Kuss auf die Stirn und stand auf, denn er wusste, dass es keinen Sinn hatte, im Bett zu bleiben. Frische Luft wird mir guttun, dachte er und zog sich seine Kleidung über. Leise verließ er die Kammer und das Haus.

Er ging nur wenige Schritte die Straße entlang und bog dann in die Seitengasse ein, die hinter ihrem Haus zu seinem Gewächshaus führte, wo er heimische und seltene Heilkräuter anpflanzte. Er hatte in einem Buch über die Möglichkeit gelesen, fremdländische Pflanzen aufzuziehen, wenn man ihnen ähnliche Bedingungen verschaffte wie in ihrer Heimat. Nachdem er sich mit Goldstein beraten hatte, ließ er ein kleines Holzhaus bauen, mit mehreren Glasfenstern und einer großen Glasscheibe im Dach. Solch ein Gewächshaus war ungewöhnlich und wegen der vielen Glasscheiben kostspielig. Aber Urs hatte sich auf den Versuch eingelassen und es nicht bereut. Manche fremdländischen Setzlinge hatte er von Goldsteins Verwandten bekommen, die sie ihm aus ihrer fernen Heimat mitbrachten, wenn sie den Goldhändler in Trier besuchten. Nicht jede fremde Pflanze wuchs in seinem Gewächshaus. Manche benötigten mehr Sonne, anderen war der Boden nicht sandig genug, und einige benötigten viel, andere wenig Wasser. Was jeder einzelnen Pflanze guttat, musste Urs im Laufe der Zeit erlernen. Doch mittlerweile kannte er sich aus, und es bereitete ihm Freude, mit anzusehen, wie die Pflanzen gediehen.

Urs griff sich die kleine Laterne, die am Gartenzaun hing, und entzündete die Kerze. Er öffnete das kleine Tor und betrat das Grundstück, auf dem das Gewächshaus stand. Plötzlich glaubte er gedämpfte Stimmen zu hören. Als er genau hinhören wollte, verstummten die Stimmen, und Urs meinte Keuchen zu hören. Seine Augenbrauen zogen sich zusammen, sodass dazwischen eine scharfe Falte entstand. Urs war sich sicher, dass sich eine Magd und ein Knecht in seinem Gartenhäuschen vergnügten. Er beschloss, ihnen einen Schrecken einzujagen, damit sie nicht wiederkamen, und schlich zur Tür.

Er musste schmunzeln, als er an die erschreckten Gesichter dachte, die er gleich zu sehen bekommen würde. Er zählte leise bis drei und stieß dann die Tür auf. Mit lautem Gepolter stürmte er in das Häuschen und wollte schon losschimpfen.

Doch was er erblickte, ließ ihm das Blut in den Adern gefrieren. Er schlug sich mit der Hand auf den Mund, um nicht laut loszuschreien.

Kapitel 19

Zwischen Piesport und dem Land an der Saar, im Wald

»Wann ist das Fleisch gar? Mein Bauch tut weh«, maulte der neunjährige Johannes, der Tannenzweige neben der Feuerstelle ausbreitete. »Es ist Abend, und ich habe seit dem Morgen nichts gegessen«, maulte er und setzte sich mit gekreuzten Beinen auf das frische Grün. Mit einem Ruck riss er einen dünnen Ast ab und zeichnete Muster in den Waldboden.

»Jammere nicht! Ich habe den Hasen erst aufgespießt und

über die Flamme gehängt. Iss von dem Brot, dann vergeht das Magenknurren.«

»Nein«, entrüstete sich der Neunjährige. »Ich will nicht schon wieder dieses alte Brot essen. Es ist so hart, dass mein Mund beim Kauen müde wird.« Mürrisch hieb er mit dem Stock auf den Braten.

»Lass das«, wies ihn Stefan zurecht und verzog genervt das Gesicht. »Du bist ein Quälgeist«, schimpfte er verhalten und sah seinen kleinen Bruder liebevoll an. Seit ihre Mutter zwei Monate zuvor an Fieber gestorben war und ihr Vater sich gleich danach aus dem Staub gemacht hatte, war er für seinen sechs Jahre jüngeren Bruder verantwortlich. Anfangs glaubte Stefan, allein für Johannes sorgen zu können. Doch bald war er mit der Verantwortung für den Neunjährigen überfordert. Er hatte es sich leichter vorgestellt, ein Kind zu betreuen, und musste rasch einsehen, dass er weder die Erfahrung noch die Geduld dafür hatte. Besonders schwierig war es, weil sein kleiner Bruder nach dem Tod der Mutter nicht allein sein wollte. Immer wenn Stefan zur Arbeit gehen wollte, schrie und tobte Johannes, sodass Stefan seinen Lehrmeister bitten musste, einige Tage zuhause bleiben zu dürfen. Der Hufschmied war kein Unmensch und hatte ihm eine Woche genehmigt, um die Beerdigung zu regeln. In dieser Zeit brachte Stefan seinen kleinen Bruder in der Schenke unter, damit er dort als Küchenjunge Geld verdiente. Doch weil der Neunjährige seine Mutter so schmerzlich vermisste, weinte er immerfort, anstatt zu arbeiten, sodass der Gastwirt ihn am zweiten Tag vor die Tür setzte. Stefan wusste sich keinen Rat, da Johannes nicht ohne ihn sein wollte. Immer öfter musste er zuhause bleiben, und schon bald entließ ihn der Hufschmied.

Ohne Stefans Lohn konnten sie die Miete nicht bezahlen und verloren ihr Heim. Sie hatten keine andere Wahl, als im Wald zu leben. Aus Ästen zimmerten sie sich einen Unterstand, der sie vor Wind und Regen schützte. Sie ernährten sich von dem, was die Natur ihnen zu bieten hatte. Manchmal stahlen sie in einem Dorf einen Laib Brot oder ein Stück Wurst. Aber das kam selten vor, da sie mittlerweile als diebische Brüder bekannt waren und die Bäcker und die Metzger auf ihre Ware besonders achtsam aufpassten, wenn die Buben auftauchten.

Stefan wusste, dass sie nicht immer so leben konnten. Deshalb hatte er beschlossen, die Schwester seiner Mutter aufzusuchen, die in dem kleinen Dorf Nohfelden wohnte. Sie war keine herzliche Frau, aber sie war ihre einzige Verwandte, an die sie sich in ihrer Not wenden konnten. Bei der Beerdigung seiner Mutter hatte Stefan versucht, mit der Tante über seine und Johannes' Zukunft zu sprechen, doch sie hatte keine Anstalten gemacht, die Burschen bei sich aufzunehmen. Enttäuscht hatten die beiden ihr nachgesehen, als sie wieder abreiste, kaum dass die Mutter unter der Erde lag.

Da Stefan bei der Beerdigung gehört hatte, wie die Tante beim Pfarrer über zunehmende Rückenschmerzen jammerte, beschloss der Junge, ihr seine Arbeitskraft anzubieten, in der Hoffnung, fortan bei ihr wohnen zu dürfen. Auf dem Weg nach Nohfelden beschlossen sie, in der Nacht im Wald zu rasten.

»Der Hase brennt!«, lenkte Johannes seinen Bruder von den Gedanken ab.

»Du musst aufpassen und den Spieß drehen«, schimpfte Stefan, da das Fleisch bereits schwarz verbrannt war.

»Woher soll ich das wissen?«, maulte der Junge und verzog den Mund.

Stefan seufzte laut und fuhr seinem Bruder, dem bereits die Tränen in den Augen standen, durchs Haar. »So brauchen wir kein Gewürz mehr«, tröstete er den Kleinen, der versuchte zu lächeln.

»Es dauert nicht mehr lang, dann ist das Fleisch gar«, versprach Stefan und drehte den Spieß.

»Warum sind wir nicht reich?«, fragte Johannes unvermittelt, sodass Stefan ihn erstaunt anblickte.

»Wie kommst du darauf?«

»Immer wenn mein Magen knurrt, muss ich an den reichen Mann in unserem Dorf denken. Seine Kinder müssen nicht im Wald wohnen und haben immer genügend zu essen. Ist er ein besserer Mensch, weil Gott ihn reich gemacht hat?«

Stefan spürte einen Kloß im Hals und wusste nichts zu antworten. Er räusperte sich und fragte: »Woher kennst du den Mann?«

»Ich kenne ihn nicht. Aber ich habe ihn sonntags in der Kirche gesehen. Er darf mit seiner Familie in der ersten Bank sitzen. Seine Frau, seine Kinder und auch er sind dicker als wir. Als ich Mutter fragte, warum sie so aussehen, sagte sie mir, dass sie immer genügend zu essen hätten. Sie wohnen in einem schönen Haus, in das ich nicht gehen durfte. Als ich es mir durch das Astloch in der Schlupfpforte ansehen wollte, hat der Knecht mich fortgejagt. Mein Freund Friedel meinte, dass Gott zwei Sorten Menschen erschaffen hat, arme und reiche. Warum hat Gott uns arm gemacht?«, fragte Johannes erneut.

Stefan atmete tief ein. »Ich glaube nicht, dass Gott dafür verantwortlich ist, wenn manche Menschen reich und andere arm sind. Es hat eher etwas mit Glück zu tun«, versuchte er zu erklären.

»Glück?«, fragte sein Bruder nachdenklich.

»Dieser Mann und seine Familie stammen nicht aus unserem Dorf, sondern sind Zugezogene. Niemand weiß, woher sie kommen, aber sie scheinen viel Geld zu besitzen. Ich hörte, wie die Dorfältesten gemunkelt haben, dass er ein Geldmännchen besitzen soll, das ihm in der Nacht sein Geld vermehrt.«

»Ein Geldmännchen«, flüsterte Johannes mit bebender Stimme, und Stefan nickte. »Warum haben wir kein Geldmännchen, wenn es Geld vermehren kann?«

»Weil es nicht einfach ist, ein solches zu bekommen. Die Alten haben erzählt, dass es von einem Gehängten stammen soll. Niemand traut sich, es den reichen Leuten zu stehlen. Geldmännchen sind unheimlich und verflucht«, flüsterte Stefan mit Grabesstimme, sodass die Augen seines Bruders sich entsetzt weiteten.

»Das ist gruselig«, wisperte Johannes.

In diesem Moment knackte es im Gebüsch, und er zuckte heftig zusammen.

Urban Griesser war der Handelsstraße in Richtung Süden gefolgt. Er wollte nach Kaiserslautern, woher seine Eltern stammten, die während des langen Kriegs von dort fortgegangen waren. Griesser war damals ein Säugling gewesen und kannte die Stadt nur aus den Erzählungen des Vaters. Er wusste, dass in Kaiserslautern fast täglich Gericht gehalten wurde und oft Hinrichtungen stattfanden. Es wäre doch gelacht, dachte er, wenn ich dort nicht endlich einen leistungsfähigen Verurteilten finde. Griesser beschloss, geradewegs nach Kaiserslautern zu gehen. Kleine Städte sind reine Zeitverschwendung, überlegte er, denn bevor er Bitburg verlassen hatte, erkundigte er sich bei dem Büttel, wann der nächste Mörder am Galgen baumeln würde. Der Stadtdiener hatte ihm mitgeteilt, dass die kommende Hinrichtung erst einen Monat später stattfinden würde. Es sollte eine Enthauptung werden, und die war für Griesser nutzlos.

Er hatte die Straße weit hinter Trier verlassen und war einem Weg durch einen Wald gefolgt. Nun stand er an einer Wegkreuzung und wusste nicht, wohin er sich wenden sollte. Ein Pfad führte geradeaus weiter, der andere nach rechts. Die aufkommende Abenddämmerung erschwerte seine Entscheidung, denn schon bald sah alles gleich aus. Mürrisch blickte er zwischen den Baumkronen zum Himmel empor. Noch waren die Bäume nicht belaubt, sodass er Sterne erkennen konnte. Wenn er den Nordstern entdeckte, würde er wissen, wohin er sich wenden müsste. Doch aufziehende Wolken verdeckten die Himmelskörper mehr und mehr, und schon bald war der Himmel dunkelgrau gefärbt.

In welche Richtung soll ich gehen?, überlegte Griesser und blickte sich suchend um. Er entschied, sich einen Unterschlupf zu suchen und die Nacht im Wald zu verbringen, um nicht ziellos durch die Dunkelheit zu stolpern und sich zu verirren.

Plötzlich glaubte er in der Ferne zwischen Baumstämmen Lichtflackern zu erkennen. Er kniff die Augen leicht zusammen. Das Licht blieb, und er war sich sicher, dass es der Schein eines Feuers war. Vorsichtig, da er kaum etwas sehen konnte, bewegte er sich so leise wie möglich auf den hellen Punkt zu. Er wollte vermeiden, dass die Leute am Lagerfeuer ihn bemerkten, da er nicht wusste, mit wem er es zu tun haben würde. Als er mehrmals mit dem Schienbein gegen hartes Gehölze am Boden stieß, konnte er nur mit Mühe sein Wehgeschrei unterdrücken. Leise fluchend ging er weiter, bis ein Ast ihm ins Gesicht peitschte. Tränen schossen ihm in die Augen. Er stieß schlimme Verwünschungen durch seine zusammengepressten Zähne aus und ging in die Hocke. Seine Wange brannte wie Feuer. Erst als der Schmerz nachgelassen hatte, schlich er weiter und versuchte mit den Händen weitere Äste abzuhalten. Je näher er dem Lagerplatz kam, desto größer wurde der Lichtschein, und schließlich hörte er Stimmen. Keine lauten und kraftvollen, sondern leise und schwache Stimmen. Das sind Kinder, dachte er erstaunt.

Griesser pirschte sich dicht heran, sodass er die beiden Knaben erkennen und belauschen konnte. Was er zu hören bekam, ließ sein Herz schneller schlagen. Sollte dieser Mann, von dem die Kinder erzählten, tatsächlich im Besitz eines Alrauns sein? Als er in Gedanken einen Schritt rückwärts ging, zerbrach trockenes Geäst unter seinen Sohlen. Das knackende Geräusch schien durch die Nacht zu dröhnen.

Stefan und Johannes schreckten hoch und starrten in den Wald.

»Nimm ein brennendes Stück Holz«, rief Stefan seinem jüngeren Bruder zu, während er nach dem spitzen Messer griff und sich vor Johannes stellte, der mit beiden Händen die hellrot leuchtende Fackel in die Höhe hielt. »Wer ist dort?«, schrie Stefan in die Düsternis, ohne etwas zu erkennen. Als sich niemand rührte, brüllte er: »Zeigt Euch!«

»Ihr müsst keine Angst haben. Ich habe mich im Wald verirrt und bin dem Schein eures Feuers gefolgt«, antwortete Urban Griesser schließlich.

»Wenn Ihr uns nichts Böses wollt, warum schleicht Ihr Euch an?«, rief Stefan misstrauisch.

»Ich wusste nicht, dass zwei Knaben am Feuer sitzen. Es hätten auch Wilddiebe oder Räuber sein können«, verteidigte sich der Mann und schielte zu dem Hasen, der mittlerweile schwarz verbrannt war. »Obwohl ihr anscheinend Wilderer seid.«

»Niederwild darf man jagen«, rechtfertigte sich Stefan und nahm das angebrannte Fleisch vom Spieß.

»Kann ich den Ast wieder ins Feuer werfen?«, fragte Johannes, der sich hinter dem Rücken seines Bruders versteckte.

Griesser erkannte die Angst des Kindes und sagte mit gedämpfter Stimme: »Ihr könnt mir glauben, ich will euch nichts Böses. Ich bin dankbar, nicht allein im Wald nächtigen zu müssen.« Als er sah, wie der ältere Junge das Messer sinken ließ, ging er zum Feuer und rieb seine Hände über der glimmenden Glut. Jetzt warf der kleinere Knabe den Holzknüppel in die Feuerstelle.

»Habt ihr mehr Holz, damit das Feuer nicht ausgeht?«, fragte Griesser, und die beiden Knaben zeigten zu einem Baum, unter dem dicke Äste lagen. Er holte einen Arm voll und schichtete sie über der Glut auf. Schon knisterten die Flammen.

»Ihr seht hungrig aus. Wollt Ihr von dem Hasen?«, fragte der ältere Junge und teilte mit dem Messer das Fleisch.

»Wie lauten eure Namen?«, fragte Griesser und setzte sich ans Feuer.

»Ich heiße Stefan, und das da ist mein Bruder Johannes.«

»Mein Name lautet Urban Griesser«, verriet er und biss in das verbrannte Fleisch. »Warum seid ihr allein im Wald? Wo sind eure Eltern?«, fragte er, während er mühsam kaute.

Die Buben erzählten Griesser ihre Geschichte, und Griesser hörte aufmerksam zu.

»Wohin willst du?«, fragte ihn der größere Junge.

»Nach Kaiserslautern«, antwortete Griesser gedankenverloren. Er überlegte angestrengt, wie er die Kinder dazu bringen könnte, von dem reichen Mann zu erzählen, über den sie gesprochen hatten, als er sie belauscht hatte.

»Du hörst mir nicht zu«, maulte der Jüngere, der anscheinend etwas gefragt hatte.

Griesser blickte auf. »Ich habe darüber nachgedacht, warum manche Menschen scheinbar vom Glück gesegnet und reich sind.«

»Weil sie ein Geldmännchen haben«, erklärte der Kleine und schluckte mühsam das trockene Hasenfleisch hinunter.

»Geldmännchen?«, fragte Griesser und tat erstaunt.

Stefan sah seinen Bruder vorwurfsvoll an. »Wir wissen nicht, ob das stimmt«, erklärte er. »Ich habe es von den Dorfältesten gehört, aber nie selbst ein Geldmännchen gesehen.«

»Kannst du auch nicht, denn niemand darf sich das Haus aus der Nähe ansehen«, sagte Johannes.

»Quatschkopf! Das Haus steht auf der anderen Seite der Kirche. Jeder sieht es, wenn er sonntags zur Messe geht«, schimpfte Stefan und schüttelte tadelnd den Kopf.

»Aber keiner darf durch das Tor in den Innenhof gehen«, widersprach Johannes erneut.

Griesser stöhnte laut auf. »In meinem Kopf schwirrt es wie in einem Bienenschwarm. Ich verstehe nicht, was ihr da redet. Klärt mich auf. Wo steht das Haus, und was hat es mit diesem Geldmännchen auf sich?«

Stefan warf den abgenagten Knochen ins Feuer und wischte

sich die angeschwärzten Finger am Hosenbein ab. »Wir kommen aus Piesport …«

»Wo liegt der Ort?«, fragte Urban sofort.

Stefan zeigte hinter sich. »Du musst in diese Richtung gehen. Von Piesport bis Nohfelden sind es nur drei Tag Fußmarsch. Doch wegen Johannes werden wir länger brauchen, da er ständig jammert und wir rasten müssen. Entweder schmerzen seine Beine, oder er muss pissen, oder er hat Hunger«, schimpfte er und blickte mürrisch zu seinem Bruder.

»Das stimmt nicht«, maulte der Kleine und drohte dem Großen mit dem angenagten Hasenbein.

»Streitet euch nicht«, ermahnte Griesser die Brüder und bat: »Erzählt mir von dem reichen Mann.«

»Ich weiß nicht viel über ihn«, erklärte Stefan. »Er heißt Gottfried Eider und soll vor vielen Jahren mit seiner Frau nach Piesport gezogen sein. Niemand im Dorf kennt ihn oder weiß, was er arbeitet. Manchmal fährt er mit der Kutsche fort und kommt erst Tage später zurück. Er ist meist in edles Tuch gekleidet, und auch seine beiden Töchter besitzen schöne Kleider. Die Mädchen sind hässlich und böse. Sie werfen Steine nach Hunden und Katzen. Seine Frau habe ich noch nie gesehen. Wenn sie in die Kirche geht, trägt sie einen Schleier vor dem Gesicht, sodass man sie nicht erkennen kann.«

»Vielleicht sieht sie auch hässlich aus«, warf der kleine Johannes ein, und Griesser musste schmunzeln.

»Woher weiß man, dass der Mann ein Geldmännchen besitzt?«

Stefan hob und senkte die Schultern. »Keine Ahnung. Ich kenne keinen, der es gesehen hat, aber jeder redet davon, weil Eider reich ist. Woher sonst soll er so viel Geld haben?«

Griesser grübelte, und der Junge schien seine Gedanken zu erahnen. »Das Geldmännchen ist verflucht, deshalb wagt niemand, es zu stehlen.«

»Ich habe keine Angst vor Flüchen«, erklärte er unerschrocken, sodass die beiden Knaben ihn bewundernd anblickten.

»Erklär mir genau, wo sein Haus in Piesport steht«, forderte Griesser und schaute den Jungen scharf an.

Stefan ließ sich von seinem Blick nicht einschüchtern und fragte: »Was habe ich davon, wenn ich es dir erzähle?«

»Was verlangst du?«, fragte Griesser zurück.

Stefan presste die Lippen aufeinander, sah zuerst seinen kleinen Bruder und dann Griesser an. »Wenn ich es dir verrate und du das Geldmännchen stehlen kannst, wirst du reich werden.« Griesser nickte, und der Junge dachte laut nach: »Du könntest uns von dem Geld abgeben.«

»Ja, das könnte ich.«

»Würdest du es tun?«

Griesser überlegte nicht lange. »Sobald das Geldmännchen mein Geld vermehrt hat, werde ich euch bei eurer Tante aufsuchen und euch für eure Hilfe entlohnen«, erklärte er.

»Versprochen?«, fragte Stefan zweifelnd, und Griesser gab ihm sein Wort.

Kapitel 20

Susanna erwachte und spürte sofort, dass sie allein in ihrem Bett lag. Sie setzte sich auf und sah sich um, konnte in der Dunkelheit jedoch kaum etwas erkennen. Da alles ruhig blieb, wusste sie, dass Urs ihre Kammer verlassen hatte. Sicher konnte er nicht schlafen und ist in sein Gewächshaus gegangen, überlegte sie und streckte sich wieder aus. Sie zog die weiche Decke über ihren nackten Körper und starrte zur Wand.

Doch je länger sie dalag, desto munterer wurde sie. Es hat keinen Sinn, im Bett zu verharren, wenn ich doch nicht schlafen kann. Aber es drängt mich nicht, mitten in der Nacht zu arbeiten, grübelte sie und entschied, ihren Mann aufzusuchen. Vielleicht werde ich durch den Spazierweg müde, dachte Susanna, sodass ich später wieder einschlafen kann.

Sie stieg aus dem Bett, zog ihre Kleider über und legte sich den Mantel um die Schultern. Dann schlüpfte sie in ihre Schuhe, schlich die Treppe hinunter und verließ das Haus. Vor der Tür atmete sie die Nachtluft ein und ging den Weg, den zuvor Urs genommen hatte. Hoffentlich erschrickt er nicht, wenn ich plötzlich vor ihm stehe, dachte Susanna kichernd, als sie aus dem Gewächshaus laute Stimmen vernehmen konnte.

Urs wird überfallen, zuckte es blitzschnell durch ihren Kopf. Sogleich spürte sie, wie ihr Herz raste und die Füße ihr nicht mehr gehorchten. Doch anstatt zur Tür zu eilen, blieb sie wie angewurzelt stehen. Angst presste ihre Kehle zusammen, und sie war unfähig, einen Ton hervorzubringen. Sie wollte schreien, doch es kam nur ein Krächzen. Vorsichtig sah sie sich um. Da glaubte sie die ängstliche Stimme ihres Sohnes und die fluchende Stimme ihres Mannes zu hören.

Das sind Urs und Michael, dachte sie erleichtert. Als die Stimmen lauter wurden, zog sie die Stirn kraus. »Warum streiten die beiden?«, fragte sie sich und wollte bereits zur Tür gehen, als sie stutzte. Da ist noch jemand, überlegte sie und drehte den Kopf zur Seite, um besser hören zu können.

Sie kniff leicht die Augen zusammen. Das hört sich wie Wehklagen an, allerdings in einer fremden Sprache. Könnte es Italienisch sein?, überlegte sie.

Der Wortwechsel im Gewächshaus wurde lauter, und sie hörte, wie ihr Mann wütend schrie. Ich muss wissen, was da drinnen vor sich geht, sagte sie sich und riss die Tür auf. Kaum war sie eingetreten, brüllte Urs: »Komm nicht herein!«

Doch da war es bereits zu spät. Susanna sah ihren Sohn, der halbnackt und mit verweintem Gesicht dastand. Als er seine

Mutter sah, zog feurige Schamesröte in sein Gesicht. Susanna blickte zu ihrem Mann. In all den Jahren hatte sie Urs noch nie so außer sich gesehen.

»Was habt ihr?«, flüsterte sie und befürchtete Schreckliches, als sie hinter ihrem Sohn eine Bewegung ausmachen konnte. Ihr Blick glitt zu Boden, und was sie da sah, jagte jede Farbe aus ihrem Gesicht.

Gritli starrte mit müden Augen zur Decke ihrer Kammer. In Gedanken hatte sie schon sämtliche Schafherden in Trier gezählt, und trotzdem konnte sie nicht einschlafen. Immer wieder dachte sie über Ulrichs Versprechungen nach. Wenn Vater erfährt, dass Ulrich mich geküsst hat, wird er außer sich sein, überlegte sie und schreckte hoch. Bin ich noch Jungfrau, oder haben seine Küsse mich entehrt? Darf ich trotzdem am Osterwasserholen teilnehmen? Sie kaute nachdenklich auf ihrer Lippe. Niemand weiß von den Küssen, dachte sie. Es wäre eine Schande, wenn ich dieses Mal kein Wasser schöpfen dürfte.

Sie wusste nicht, seit wann es diesen Brauch gab, oder woher er stammte. Doch schon Elisabeth, die Frau ihres Ur-Oheims Bendicht, kannte die Sitte, dass Jungfrauen vor Aufgang der Sonne des Ostertages stillschweigend Wasser aus einer Quelle oder einem Fluss schöpfen sollten. Angeblich war dieses Wasser besonders süß und lange haltbar. Zudem sollte es für zarte Haut sorgen.

Sie kicherte, als sie an das letzte Mal dachte. Wie jedes Jahr, wenn die Mädchen losmarschierten, versteckten sich die Burschen des Ortes am Weg entlang. Sie machten sich einen Spaß daraus, die Jungfrauen zu erschrecken, denn sobald die einen Laut von sich gaben, durften sie kein Wasser mehr schöpfen. Gritli waren die beiden Söhne des Goldschmieds gefolgt, die versuchten, sie in ein Gespräch zu verwickeln. Doch schlau wie sie war, hatte sie sich trockenes Brot in den Mund gestopft, das sie am Sprechen hinderte. Das werde ich dieses Jahr wieder machen, überlegte sie, als sie plötzlich an Melchior denken musste.

»Ob er an dem Brauch teilnimmt? Ich habe ihn noch nie dort gesehen. Dabei wären mir seine blauen Augen sicherlich aufgefallen«, seufzte Gritli und stellte sich sein Gesicht vor. Ob er erst nach Trier gezogen war? Vielleicht wohnte er am anderen Ende der Stadt, und sie waren sich deshalb nicht früher begegnet. Trier ist groß, überlegte sie. »Wenn ich wüsste, wo er sich herumtreibt, dann könnte ich ihm dort zufällig über den Weg laufen«, dachte sie breit grinsend.

Aber was würde Ulrich dazu sagen? Gritli kaute auf der Innenseite ihrer Wange. Er sagte doch, dass wir uns prüfen sollten. Schließlich habe ich ihm kein Versprechen gegeben, und außerdem muss ich nicht den Erstbesten nehmen, rechtfertigte sie sich trotzig.

In diesem Moment hörte sie laute Stimmen. Neugierig lauschte sie. Waren das die Stimmen ihrer Eltern?

Gritli stand auf und öffnete ihr Fenster, um den Kopf hinauszustrecken und seitlich zum hinteren Teil des Grundstücks zu schielen. Warum brennt im Gewächshaus eine Kerze?, überlegte sie, als abermals Stimmen zu ihr hochdrangen und Wehgeschrei zu hören war. Rasch zog sie sich ihr Kleid über und verließ die Kammer. Unerwartet traf sie im Dunkeln auf der untersten Treppenstufe mit der Köchin und dem Großknecht zusammen, die sie fragend anblickten.

»Hast du auch das Geschrei gehört? Da scheint jemand im Gewächshaus deines Vaters zu sein«, flüsterte der Knecht und hob einen Knüppel in die Höhe.

»Ja, das habe ich auch hören können«, antwortete Gritli ebenso leise.

»Marie, du hältst die Stellung im Haus, falls wir den Wachmann rufen müssen. Du, Gritli, bleibst dicht hinter mir«, befahl der Knecht und öffnete zaghaft die Haustür. In diesem Moment stießen sie mit Susanna zusammen, die kreidebleich vor ihnen auftauchte.

»Mutter, was ist geschehen? Du siehst aus, als ob dir der Heilige Geist erschienen wäre.«

Susanna rieb sich hastig über das Gesicht, um die verräterischen Tränen wegzuwischen. »Es ist nichts! Geht zurück in eure Betten«, sagte sie mit tonloser Stimme.

»Frau Blatter ...«, begann die Köchin, doch sie wurde sofort unterbrochen.

»Habt ihr nicht gehört? Verschwindet!«, rief Susanna nun schneidend und fügte hinzu: »Das gilt auch für dich, Gritli!«

Das Mädchen sah verstört zu seiner Mutter, doch Susannas Blick ließ keine Widerworte zu. Während der Knecht und die Köchin verwirrt in den hinteren Teil des Hauses zurückgingen, um von dort in ihre Unterkünfte zu gelangen, stieg Gritli die Treppe hinauf und verschwand in ihrer Kammer, lehnte aber die Tür nur an.

Gleich darauf hörte sie, wie unten die Eingangstür geöffnet wurde und ihr Vater und ihr Bruder die Treppe heraufgepoltert kamen.

»Geh in deine Stube, und wage nicht herauszukommen, bevor ich es dir erlaube. Solltest du davonlaufen, werde ich dafür Sorge tragen, dass auch für dich der Scheiterhaufen brennt.«

»Urs!«, rief Susanna entsetzt, und Gritli presste sich erschrocken die Hand auf den Mund. So hatte sie den Vater noch nie sprechen gehört.

Durch den Türspalt konnte das Mädchen erkennen, wie der Bruder in seiner Kammer verschwand und ihre Eltern nach unten gingen. Als die Tür der guten Stube im Erdgeschoss ins Schloss fiel, ging Gritli auf leisen Sohlen zur Kammer ihres Bruders und klopfte vorsichtig an.

»Michael«, flüsterte sie. »Michael, was ist geschehen?«

Als keine Antwort kam, legte sie ihr Ohr gegen das Türblatt.

Sie glaubte leises Weinen zu hören. Wieder klopfte sie gegen das Holz. »Sag mir, wie ich dir helfen kann«, wisperte sie und spürte, wie die Ungewissheit ihr Tränen in die Augen trieb.

»Lass mich in Ruhe. Niemand kann mir mehr helfen!«, hörte sie ihren Bruder rufen, und dann ein lautes Aufschluchzen.

»Herr im Himmel, was ist nur geschehen?«, flüsterte Gritli und ging zurück in ihr Bett.

Urs lief in der Wohnstube wie ein gefangenes Tier hin und her. Schnaps, dachte er und riss die Tür der Anrichte auf, aus der er eine Flasche und einen kleinen Becher herausnahm, den er sich mit dem Selbstgebrannten füllte. Er kippte mit einem Schluck das scharfe Getränk hinunter, das ihn husten und nach Luft japsen ließ.

»Was ist das für ein Teufelszeug?«, keuchte er und füllte abermals den Becher auf. »Ich hoffe, dass es meine Sinne benebelt, damit ich nicht verrückt werde«, murmelte er und kippte auch den zweiten hinunter. Der Korn brannte wie Feuer in seinem Schlund. Tief Luft holend, setzte er sich auf einen Stuhl am Tisch und vergrub das Gesicht in beiden Händen. »Womit haben wir das verdient?«, flüsterte er und weinte wie ein Kind.

Susanna hatte stumm vor sich hingestarrt und gehofft, dass sie aufwachen und alles nur ein Albtraum sein würde. Doch das bitterliche Weinen ihres Mannes, den sie noch nie zuvor in einem solchen Gefühlstaumel erlebt hatte, zeigte ihr, dass die Wirklichkeit sie eingeholt hatte und alles tatsächlich geschehen war. Sie schloss für einige Herzschläge die Augen und sah sofort das Bild, das sie niemals vergessen würde.

Ihr halbnackter Sohn, der mit gesenktem Blick vor seinem Vater stand, und ein fremder Mann, der seine Männlichkeit mühsam mit der Hand zu bedecken versuchte. Beiden jungen Männern brannten die Gesichter vor Scham und von den Ohrfeigen, die Urs ihnen in seiner Wut verabreicht hatte. Als Susanna das Gewächshaus betreten hatte, hatte Urs wie von Sinnen auf die jungen Männer eingeschlagen und dabei Verwünschungen der übelsten Sorte ausgestoßen. Erst als Susanna ihn wegstieß und Urs ins Stolpern geriet, schien er wieder zu sich zu kommen.

Dann hatte er mit eisigem Blick seinen Sohn und dessen Geliebten angesehen. »Der hier soll verschwinden und niemals wiederkehren. Sollte ich ihn noch einmal in deiner Nähe sehen, wird er brennen! Sag ihm das in seiner verfluchten Sprache, die ich danach nie, nie wieder von dir hören will!«, hatte Urs Michael gedroht und war dann hinausgegangen.

Susanna hatte Urs nachgeschaut, unfähig, irgendetwas zu sagen oder zu denken. Doch dann war sie aus ihrer Starre erwacht, denn sie hatte Angst, dass Urs wiederkommen und in seinem Zorn den beiden Männern Leid zufügen könnte. Widerwillig hatte sie dem Fremden seine Sachen in die Hand gedrückt und ihm ein Zeichen gegeben zu verschwinden. Keinen Augenblick zu früh, denn Urs kam zurück und brüllte seinen Sohn an, ins Haus zu gehen.

Jetzt griff Susanna nach der Hand ihres Mannes und zog sie zu sich.

»Lass mich!«, rief Urs und entriss sie ihr.

Erschrocken blickte sie zu ihm, und sie sah, dass seine Miene voller Abscheu war. »Du trägst an allem Schuld«, zischte er und funkelte sie böse an.

Susanna glaubte, der Boden unter ihr würde wanken. »Meine Schuld?«, fragte sie.

»Du wolltest, dass unser Sohn ins ferne Italien reist, um dort Kaufmann zu werden. Hätte ich ihn hierbehalten, wäre das nicht geschehen. Er wäre Arzt geworden und niemals vom Weg der Tugend abgekommen.«

»Das ist nicht gerecht!«, begehrte Susanna auf. »Ich wollte das Beste für unseren Sohn. Du warst mit der Entscheidung einverstanden, und du hast Michaels Italienaufenthalt mit der Familie Devora ausgehandelt.«

»Michael sollte nach Italien gehen, weil du dein Geschäft vergrößern wolltest. Er hätte in meine Fußstapfen treten und die Kunst des Heilens erlernen sollen«, presste Urs zwischen den Lippen hervor und sah seine Frau zornig an.

Susanna widersprach kraftlos: »Er ist nicht zum Heilen geboren und sollte die Möglichkeit haben, seinem Talent zu folgen …«

»Talent«, unterbrach Urs sie spöttisch. »So kann man es auch nennen.«

»Verhöhne mich nicht«, begehrte Susanna schwach auf. »Der Teufel hat sich seiner bemächtigt und ihn verführt«, erklärte sie kleinlaut, denn sie hatte keine Kraft, mit ihrem Mann zu streiten. Allein der Gedanke an die widernatürliche Unzucht, die ihr Sohn mit einem Mann getrieben hatte, bewirkte in ihr eine heftige Übelkeit. »Er ist kein schlechter Junge«, versuchte sie sich selbst zu beruhigen und blickte Urs flehend an.

»Du weißt, dass man Sodomie mit dem Feuertod bestraft«, erklärte Urs niedergeschlagen und rieb sich über das Gesicht. Seine Wut war der Verzweiflung gewichen. »Wenn jemand die beiden gesehen hat oder davon erfährt und es meldet, können wir unseren Sohn nicht retten.«

»Aber sie fügen doch keinem anderen Leid zu«, versuchte Susanna die beiden zu verteidigen.

»Du musst aufpassen, was du von dir gibst«, ermahnte Urs sie erregt. »Es ist Sünde. Gott hat uns nicht erschaffen, damit ein Mann einen anderen begehrt. Das ist wider die Natur.«

»Aber woher kommt dieses Verlangen?«

Urs hatte sich nie zuvor darüber Gedanken gemacht. »Vielleicht Weichlichkeit, vielleicht eine weibische Haltung. Wie soll ich das wissen? Es ist auf jeden Fall lasterhaft, denn es ist nicht natürlich.«

Susanna schreckte hoch. »Meinst du, unser Michael ist krank?«

»Wenn es eine Krankheit wäre, hätte ich darüber etwas in den Büchern der Gelehrten gelesen, aber ich kann mich an nichts erinnern.«

»Was sollen wir nur tun?«, jammerte Susanna.

»Du gehst sofort in der Früh in die Kirche und sprichst ein fürbittendes Gebet zum Heiligen Judas Thaddäus, dem Patron für aussichtslose Fälle und verzweifelte Notlagen. Das wird hoffentlich verhindern, dass unser Sohn in die Hölle fahren muss.«

Mit schreckensweiten Augen blickte Susanna ihren Mann an, der sich einen weiteren Schnaps eingoss. »Wir dürfen nicht verzagen, Susanna, und sollten das Festessen schon am Ostersonntag geben. Das Fastenbrechen ist ein einleuchtender Grund, um alle Familien, die wir kennen, mit ihren heiratsfähigen Töchtern einzuladen. Ich werde unserem Sohn an diesem Tag eine Braut aussuchen, die ihn auf den rechten Pfad zurückbringen wird«, erklärte Urs.

Susanna wagte nichts dagegen zu sagen.

Michael verkroch sich in seinem Bett und zog die Decke über das Gesicht. Er wollte nichts sehen und nichts hören. Sein Körper schmerzte von den Schlägen seines Vaters, doch das war ihm einerlei, denn die Todesangst, die sich seiner bemächtigte, war schlimmer. Sie ließ ihn keuchen und schlottern und hinderte ihn daran, einen klaren Gedanken zu fassen. War er von Gott verflucht worden, so wie sein Vater es hinausgebrüllt hatte? Würde Gott ihn wegen dieser Sünde in die Hölle schicken oder ihn womöglich auf Ewigkeit im Fegefeuer leiden lassen? Michaels Zähne schlugen aufeinander. Er schien keine Kontrolle mehr über seinen Körper zu haben, der heftig zitterte. »Herr, erbarme dich meiner. Ich kann nichts für meine Neigung. Ich kann nichts für die Gefühle, die ich für einen Mann empfinde. Du hast mich so erschaffen, warum bin ich der Sünder?«, weinte er unter der Decke. Er schloss die Augen, doch immer wieder schob sich das Gesicht des Liebsten in seine Erinnerung. »Verschwinde, Andrea«, flüsterte er, doch das Bild blieb. »Warum bist du mir gefolgt?«, jammerte er – und kannte doch die Antwort. *»Brama«*, wisperte er.

Auch Michael war von Sehnsucht zerfressen gewesen, als Andrea plötzlich aufgetaucht war. *Brama*, die Sehnsucht, würde bleiben.

Doch wenn Andrea nicht nach Trier gekommen wäre, hätte ich mich zwar nach ihm verzehrt, aber ich hätte ihn so in Erinnerung behalten wie an unserem letzten Abend, dachte er. Wie ein Gott hatte er im Schein der untergehenden Sonne ausgesehen – hoch oben über dem Lago di Como. Golden hatten die letzten Sonnenstrahlen ihn angestrahlt, sodass sein schweißnasser Körper glänzte.

»Doch nun weiß ich nicht, wo er ist und wie es ihm geht«, weinte Michael leise. »Auch er muss Schmerzen haben.« In Gedanken sah er Andreas blutende Lippen und sein zugeschwollenes Auge. »Wo wird er hingegangen sein? Sicher wird er zurückkommen und mich holen, damit wir gemeinsam fliehen. Er wird mich hier nicht allein zurücklassen«, schluchzte er und verfluchte sich selbst, dass er nicht in Italien geblieben war. »Ich würde gerne für alle Zeit im Fegefeuer schmoren wollen, wenn ich zu Lebzeiten mit Andrea hätte zusammenbleiben können«, weinte er. Als er Tritte auf der Treppe hörte, hielt er die Luft an.

Die Tür wurde aufgerissen, und jemand zog ihm die Bettdecke weg.

»Du versteckst dich vor deinen Sünden, doch Gott hat alles gesehen«, hörte er die kalte Stimme seines Vaters, der im dunklen Zimmer stand und vom Licht des Treppenhauses gespenstisch angestrahlt wurde. »Ich werde dich mit unserem Herrn versöhnen, indem du so schnell wie möglich heiraten und eine

Familie gründen wirst. Auch wirst du dein Zimmer nur noch verlassen, wenn ich es erlaube. Bete für dein Seelenheil. Flehe zum Herrgott, dass deine Sünden vergeben werden.«

Mit lautem Knall fiel die Tür ins Schloss, und Michael war wieder allein. Zitternd starrte er auf das Türblatt. Die Angst vor der Strafe Gottes war übermächtig.

Kapitel 21

In Piesport

Martin stieg so leise wie möglich die Leiter unters Dach hinauf, wo die einfachen Knechte ihr Lager hatten. Da er auf dem Weingut der Großknecht war, bewohnte er einen eigenen Raum, der sich neben der Küche befand. Zwar hatte die Kammer kein Fenster, aber sie war warm, denn eine Wand des Raums, der an die Küche grenzte, wurde vom Kochherd auf der anderen Seite geheizt. Das Lager der Knechte hingegen war zugig und das Dach undicht. Martin spürte, wie die Luft mit jeder Sprosse kühler wurde.

Jeder bekommt das, was er verdient, dachte er gehässig, denn er war übel gelaunt. Der Weinbauer hatte ihn nach dem Abendessen zu sich gerufen und ihm eine Standpauke gehalten, weil heute zwei Knechte bei der Arbeit gefehlt hatten.

»Sollten sie morgen in der Früh wieder nicht erscheinen, werde ich dir nicht nur den Ausfall von deinem Lohn abziehen, sondern mich nach einem anderen Großknecht umschauen«, hatte er gedroht und ihn grimmig angeblickt.

In seiner Aufgabe als Aufseher war Martin dafür verantwortlich, dass die Knechte ihre Arbeit zufriedenstellend verrichteten. Wenn der Weinbauer unzufrieden war, war der Großknecht der Erste, den er zur Rechenschaft zog. Martin tastete nach dem

Knüppel, den er sich an die Seite gebunden hatte, um leichter die Leiter hinaufsteigen zu können. Es ist das richtige Hilfsmittel, um dem faulen Pack zu zeigen, wer hier das Sagen hat, dachte er und murmelte: »So weit kommt es, dass ich für diese Faulenzer büßen muss.«

Er wollte die beiden überraschen und schlich sich deshalb an. Sicher liegen sie auf ihren Betten und lachen sich halbtot, weil ich leichtgläubig gewesen bin. Erst erzählt mir Jakob, dass er sich unwohl fühlt, und heute ahmt ihn der Holzknecht nach. Pah, krank, dass ich nicht lache, schimpfte er innerlich und nahm die nächste Sprosse, die unter seinem Gewicht knarrte. Erschrocken hielt er in der Bewegung inne, da er befürchtete, die beiden Burschen wären nun gewarnt. Doch alles blieb ruhig.

Der Großknecht öffnete die Luke zum Dachboden. Sogleich schlug ihm ein widerlicher Gestank entgegen, der ihm trotz der vorherrschenden Kühle den Atem verschlug. Anstatt faul herumzuliegen, sollten sie ein Bad nehmen, dachte er und zog sich auf den Boden hoch. Er schnürte leise den Prügel ab und umfasste ihn mit fester Hand, sodass er sofort zuschlagen konnte. Er trat an Jakobs Bett, hob den Knüppel in die Höhe und rief: »Beweg dich, du faules Gesindel! Ich erlaube nicht, dass ihr mich länger an der Nase herumführt.«

Der Knecht hatte die Decke bis über den Kopf gezogen. Nicht einmal die Nasenspitze schaute hervor. Als er sich nicht rührte, trat Martin gegen das Bett, aber es kam keine Reaktion. Nun ließ er den Stock auf ihn niedersausen. Nichts! Kein Wehgeschrei, keine Abwehr. Jakob blieb bewegungslos liegen.

»Du verdammter Hurensohn«, brüllte Martin und riss die Bettdecke zurück.

»Herr im Himmel! Ich habe ihn erschlagen«, flüsterte er entsetzt, als er die blutgetränkte Kleidung des Toten und das blutig rot gefärbte Bettzeug sah. Er strich mit den Fingern über das Blut, roch daran und zerrieb es zwischen seinen Fingern. Es ist bereits angetrocknet, dachte er und hob Jakobs Hand, die er sofort wieder fallen ließ, da sie eiskalt war. »Du bist nicht eben erst gestorben«, flüsterte Martin und entzündete eine Kerze, um den Knecht genauer ansehen zu können. Er bemerkte die schwarzen Flecken und roch, wie abscheulich der Tote stank. Angewidert rümpfte Martin die Nase. Er stieß den Leichnam mit dem Knüppel an.

»Warum stinkst du so?«, fragte Martin und blickte zur Pritsche des Holzknechts hinüber, der ebenfalls keinen Laut von sich gab. Er wird hoffentlich nicht auch tot sein, überlegte er, da der Bursche mit dem Rücken zu ihm lag, sodass der das Gesicht nicht sehen konnte.

»Achim«, rief Martin und ging zu ihm. Da der Holzknecht sich nicht rührte, schob er vorsichtig die Decke zurück. Erleichtert stellte Martin fest, dass sich der Brustkorb des Burschen hob und senkte. »Gott sei Dank, du lebst«, sagte er und stupste Achim mit dem Prügel an, der daraufhin leise stöhnte. »Was hast du? Steh auf, und sag mir, warum Jakob tot ist. Eine harmlose Erkältung lässt keinen Mann gleich ins Gras beißen.«

Mühsam drehte sich der Holzknecht zur Mitte. Er konnte kaum die Augen öffnen und blinzelte den Großknecht aus einem fiebrig glänzenden Gesicht an. »Tot? Vorhin hat er noch gehustet und nach Luft geschnappt«, murmelte Achim. »Mir ist so heiß. Meine Lunge brennt«, flüsterte er und glitt in einen Dämmerschlaf.

»Herr im Himmel, was ist mit euch beiden?«, überlegte Martin. Dann glaubte er, die Lösung gefunden zu haben. »Hast du auch die Martha bestiegen?«, fragte er den Holzknecht, der stumm blieb. »Hat sie euch womöglich mit einer Seuche angesteckt oder gar verhext? Seit sie mit dem Jakob rumgemacht hat, ist er krank«, schlussfolgerte Martin und ging zur Luke.

»Na warte, das Miststück werde ich mir jetzt vorknöpfen«, schimpfte er und verließ das Lager der Knechte.

Kapitel 22

Andrea stolperte durch die Dunkelheit. Er kannte sich in Trier nicht aus und wusste nicht, wohin er gehen sollte. Auch beherrschte er die Sprache kaum – im Grunde nur wenige Worte, und was Michele ihm beigebracht hatte, war nicht für fremde Ohren bestimmt. Hilfesuchend blickte er sich um, doch keine Menschenseele war zu sehen. Die Straßen schienen wie leergefegt. Sein Kopf dröhnte, als ob ein Schmied auf seinen Schädel wie auf einen Amboss schlagen würde. Er konnte auch kaum etwas sehen, da das linke Auge zugeschwollen war.

Was habe ich getan?, jammerte er in Gedanken. Ich bin Michele gefolgt, ohne nachzudenken, dass mein Handeln ihn in Gefahr bringen könnte. Ich habe mich von meiner Sehnsucht nach ihm treiben lassen. Wird Gott uns strafen, so wie es sein Vater prophezeit hat? Sind wir Abschaum und verflucht? Sind wir Ausgestoßene? Wie wird Gott uns strafen wollen?

Seine Beine zitterten vor Angst und Schmerzen so stark, dass er sich kaum aufrecht halten konnte. Er blieb stehen, strich sich durch das rabenschwarze schulterlange Haar und hielt sich die Stirn. Ihm wurde übel. Er wankte weiter und fand sich schließlich auf der Römerbrücke wieder, wo er seinen Liebsten Stunden zuvor getroffen hatte.

Vielleicht sollte ich in ein Kloster eintreten, um Abbitte für mich und Michele zu leisten, überlegte er. Womöglich kann ich Gott versöhnen. Aber reicht das Opfer für uns beide?, zweifelte er und blickte ins Wasser hinunter. Er spürte, wie sein Körper in Schweiß ausbrach und der Schmerz im Kopf stärker wurde. Auch pochte es hinter seinen Augen, und die Übelkeit nahm zu. Als er würgen musste, lehnte er sich weit über die Brückenmauer. Plötzlich wurde ihm schwarz vor Augen.

Er verlor das Gleichgewicht und fiel in das dunkle Wasser.

Nach Luft schnappend, tauchte Andrea aus der kalten Mosel auf und schrie um Hilfe. Niemand hörte ihn, niemand sah ihn. Der schnell dahinfließende Fluss zog ihn mit sich und drückte ihn immer wieder in die Tiefe. Strampelnd gelang es ihm aufzutauchen. Er schluckte Wasser, musste husten, ging erneut unter. Prustend kam er hoch, um abermals in die Tiefe zu sinken. Als er in der Dunkelheit des Wassers einen Lichtschein zu erkennen glaubte, überkam ihn plötzliche Ruhe.

Herr, wenn dies dein Wille ist und Michele deine Gnade findet, dann will ich mein Schicksal annehmen. Mit einem Lächeln auf den Lippen schloss Andrea die Augen und streckte Arme und Beine aus, um sich ohne Gegenwehr in die Tiefe ziehen zu lassen, wo er ein letztes Mal einatmete.

Der Fährmann lehnte sich über den Bootsrand und leuchtete mit der Laterne dicht über die Wasserlinie, sodass der Lichtstrahl in die Tiefe reichte. Dabei schwankte der Kahn hin und her. »Ich könnte schwören, dass ich einen Menschen im Wasser gesehen habe, der mich mit großen Augen angestarrt hat«, sagte er zu seinem Fahrgast, der ans andere Ufer wollte.

»Sicher hast du zu tief in den Bierkrug geschaut«, schimpfte der Mann und hielt sich mit beiden Händen fest. Mürrisch forderte er: »Nimm die Paddel wieder auf, damit ich schnell zu meinem Weib komme. Mich friert es, und ich kann es kaum erwarten, mich an ihrem Arsch zu wärmen.«

»Haha«, lachte der Alte. »Bis jetzt habe ich kaum etwas getrunken. Aber das ist meine letzte Überfahrt für heute, und danach gehe ich sofort ins Gasthaus, um diese schreckensweiten Augen zu vergessen.«

Kapitel 23

Susanna saß in ihrer Nähstube und konnte weder arbeiten noch einen klaren Gedanken fassen. Unruhig rutschte sie auf ihrem Schemel hin und her. Seit einer Stunde hatte sie das Kleid auf ihrem Schoss liegen, ohne es aufzunehmen. Sie war unfähig, einen Faden durch das Nadelöhr zu führen, da ihre Hände zitterten. Dabei wäre es wichtig, die letzten Stiche an dem Kleid zu verrichten, denn die Kundin wartete.

Ich bin seit dem gestrigen Abend wie gelähmt, dachte sie. Aber selbst wenn ich fähig wäre, die Arbeit an dem Gewand zu beenden – ich habe keine Zeit, das Kleid nach Piesport zu bringen. Da ich bei der Anprobe dabei sein muss, kann mich niemand vertreten. »Herkommen wird die Kundin nicht, das steht fest«, seufzte Susanna leise und jammerte im selben Atemzug: »Wie soll ich mich um das Festessen kümmern, damit wir rasch eine Frau für Michael finden, wenn ich Näharbeiten zu verrichten habe?«

Bei dem Gedanken an ihren Sohn brannten ihr die Nasenflügel von den aufsteigenden Tränen, die sie unterdrückte. Ein leises Stöhnen entwich ihrer Kehle. Die Näherinnen sahen zu ihr auf, wagten aber nicht, Fragen zu stellen. Susanna ignorierte die Blicke der Frauen und legte das Kleid sowie das Arbeitsmaterial auf einen Tisch. Mit steifen Bewegungen ging sie aus dem Raum über den Gang ins Lager, wo niemand sie beobachten konnte.

Dort starrte sie auf die Stoffballen im Regal, als ihre Gefühle sie überrollten. Hastig verschloss sie die Tür und lehnte sich dagegen. Sie hatte keine Kraft mehr, die Tränen zurückzuhalten, und weinte bitterlich. Um nicht laut aufzuschluchzen, presste sie sich den Stoff ihres Rocks vors Gesicht und ging in die Knie.

Susannas Körper bebte. Sie hatte das Gefühl, von der Angst, die sie seit dem vergangenen Abend beherrschte, erdrückt zu werden. »Herr, hilf mir, damit ich wieder Licht sehe«, flehte sie.

Bereits am frühen Morgen war sie in den Trierer Dom geeilt, um zum Heiligen Judas Thaddäus zu beten. Im Namen ihres Sohnes hatte sie alle Hoffnungen und Wünsche in eine Fürbitte gefasst. Doch nun war sie unsicher, ob sie nicht anmaßend war. Wie anders sollte sie ihr Kind von seiner Sünde reinwaschen? Eine gute Tat tilgt keine schlechte, und eine schlechte tilgt keine gute, hatte ihre Mutter stets gesagt, aber galt das auch für Sodomie? Oder hatte sich Michael bis in alle Ewigkeit versündigt? Würde Gott ihrem Sohn vergeben, wenn er eines Tages Einlass an der Himmelspforte wünschte? Susanna schlug sich die Hände vor das Gesicht.

»Urs hat recht! Ich allein trage die Schuld für die Verfehlung unseres Sohnes«, heulte sie und schniefte in ein Taschentuch, das sie aus dem Ärmel zog. Doch dann regte sich Trotz in ihr. »Aber warum eigentlich ich allein?«, überlegte sie laut. »Dieser italienische Bursche trägt sie ebenfalls. Er hat Michael verführt und ihn verhext, oder der Teufel ist in beide gefahren und hat sie zu dieser abscheulichen Unzucht getrieben«, wimmerte sie und vergrub das Gesicht erneut in ihrem Rockstoff.

Das Bild ihres entkleideten Sohnes und seines Liebhabers tauchte in ihren Gedanken auf und ließ sich nicht unterdrücken. Susanna schloss angewidert die Augen. »Mich wirst du nicht verführen«, schimpfte sie, da sie fürchtete, der Teufel könnte auch von ihr Besitz ergreifen und ihr deshalb diese Bilder schicken.

»Mutter«, hörte sie die gedämpfte Stimme ihrer Tochter, die gegen das Türblatt des Lagers klopfte. »Mutter, bist du da drin?«

Susanna wollte niemanden sehen, hob abwehrend die Hände und wollte Gritli fortschicken. Aber dann erhob sie sich und wischte sich mit beiden Händen über das Gesicht. Als sie die Tür öffnete, versuchte sie zu lächeln, aber sie spürte, wie ihre Mundwinkel zuckten, und ließ es bleiben.

Ihre Tochter betrachtete sie besorgt. »Mutter, warum versteckst du dich im Lager? Warum weinst du? Und bitte erklär mir, was gestern geschehen ist. Weder Michael noch Vater reden mit mir. Aber ich möchte euch helfen, doch das kann ich nur, wenn ich weiß, was los ist«, erklärte das Mädchen und wirkte dabei sehr erwachsen.

Susanna bedachte die Worte ihrer Tochter und zog sie dann in den Lagerraum. Bevor sie die Tür verschloss, sah sie sich nach allen Seiten um. Unsicher blickte sie Gritli an, die ihr Zögern bemerkte.

»Mutter ...« begann sie, doch Susanna wies ihr mit dem Zeigefinger an zu schweigen.

»Es fällt mir schwer, das auszusprechen, was gestern geschehen ist, denn es könnte unser Leben verändern ... Wenn es das nicht schon getan hat«, gestand Susanna und kämpfte abermals mit den Tränen.

Gritli musterte die Mutter, deren Augen vom Weinen gerötet waren. Ihr Gesicht war bleich und mit roten Flecken übersät. Auch schienen ihre Wangen eingefallen zu sein. Es tat dem Mädchen leid, die Mutter mit ihren Fragen noch mehr zu quälen. Aber Gritli wollte wissen, was ihre Familie so bedrückte. Weder der Vater noch der Bruder antworteten auf ihre Fragen. Seit dem Vortag redete niemand mit ihr. Michael hatte sich in seiner Kammer verschanzt und reagierte weder auf ihr Klopfen noch auf ihre Bitten. Der Vater war an ihr vorbeigestürmt und hatte nur über sie hinweggesehen. Er hatte übernächtigt und sorgenvoll gewirkt, sodass sie nicht wagte, ihm Fragen zu stellen.

Deshalb hatte sie die Mutter gesucht und erfahren, dass diese bereits in aller Herrgottsfrühe in die Kirche und anschließend direkt in ihren Laden gegangen war.

Susanna blickte ihre Tochter nicht an, obwohl sie wusste, dass diese sie betrachtete. Wie soll ich es meinem Kind erklären? Wie das Unfassbare schildern? Sicherlich werden mir die richtigen Worte fehlen, und ich werde mich in Geschwätz verstricken, befürchtete Susanna und atmete tief aus. Dann sah sie zu Gritli und sagte: »Viele Pläne, die unser Heiland für uns ersonnen hat, bereichern unser Leben. Aber nicht alle können wir verstehen oder einordnen. Wir können ihren Sinn nicht erkennen, denn mit manchen will er uns prüfen. Andere hat sich nicht Gott ausgedacht. Sie wurden vom Teufel gemacht …« Und so begann sie stockend zu berichten, was sich in der Nacht zuvor im Gewächshaus zugetragen hatte.

Urs stand vor dem Bett des Kranken und starrte auf dessen Wunde, ohne sie wahrzunehmen. Auch, was der Mann über seine Schmerzen sagte, hörte er nicht. Die Worte drangen wie aus weiter Ferne zu ihm und ergaben keinen Sinn. Urs hatte das Gefühl, als ob nur sein Körper anwesend war und sein Geist über ihm schweben würde. Wie ein fliegender Vogel sah er auf alles herab.

Er konnte nicht sagen, ob er etwas fühlte oder ob er nur so dastand. Vielleicht träume ich, dachte er. Womöglich sind diese Menschen nur Erfindungen meines Geistes, und in Wahrheit bin ich tot. Tot und leicht und befreit von allen Sorgen und aller Pein, grübelte er. Lachen ist die beste Medizin, kam ihm in den Sinn, und er lachte laut und schallend.

Doch plötzlich wurde er am Arm gerissen. Zuerst leicht, dann fest und mehrmals. »Herr Blatter! Herr Blatter!«, rief die Krankenschwester und schaute ihn erschrocken an.

»Findet Ihr mein Leiden zum Lachen?«, fragte der Patient. Er hatte sich auf die Bettkante gesetzt und sah Urs mit funkelnden Augen an.

Urs drehte den Kopf zur Seite, und die Leichtigkeit verschwand. Die Angst in den Augen der jungen Hildegard brachte ihn vollends zurück in die Gegenwart.

Ich werde verrückt, dachte er und wollte aus dem Zimmer fliehen. Als er im Begriff war hinauszustürmen, besann er sich seiner Aufgabe und befahl: »Macht ihm Umschläge mit Nelkenwurz.«

Dann verließ er eilends den Raum und ging in sein Arbeitszimmer.

Die Tür fiel mit einem lauten Knall ins Schloss. Urs drehte den Schlüssel um, damit niemand ihn störte. Erst dann atmete er tief durch. »Ich verliere meinen Verstand«, flüsterte er und setzte sich an seinen Schreibtisch, der mit Schriften überlagert war. Er nahm sich mehrere Bücher vor und blätterte in den Aufzeichnungen der weisen Männer. Seite für Seite blätterte er um, doch nirgends fand er einen Eintrag über Sodomie. Weder in den Schriften des Paracelsus' noch des Hippokrates' stand etwas über diese Krankheit. Urs überflog sogar die Schriften des persischen Heilers Avicenna, der in seinem Land Ruhm und Ehre durch seine Heilkunst erfahren hatte, doch auch dort stand nichts niedergeschrieben. »Wie soll ich Michael heilen, wenn ich nicht weiß, wie?«, flüsterte Urs und fegte die Bücher, Hefte und Schriften von der Tischplatte. Er stützte den Kopf in beide Hände und schloss die Augen.

Wäre doch Oheim Bendicht noch am Leben. Er wüsste, welches Kraut ich nehmen müsste, um die Unzucht aus Michaels Körper und aus seinen Gedanken zu tilgen. Auch Nathan Goldstein wäre eine große Hilfe, doch auch er hat mich verlassen, klagte Urs bei sich und spürte große Hoffnungslosigkeit in sich aufsteigen.

Michaels Augen brannten vor Müdigkeit. Er hatte mit aller Kraft versucht, wach zu bleiben, und stundenlang aus dem Fenster gestarrt. Immer wieder war er eingenickt und hochgeschreckt. Bis zum Morgengrauen hatte er die Hoffnung nicht aufgegeben, dass Andrea sich auf der anderen Straßenseite zeigen würde. Doch als der Tag anbrach, wusste er, dass Andrea nicht kommen würde. Wahrscheinlich liegt er in einem Gasthauszimmer und kann sich vor Schmerzen kaum bewegen, nachdem Vater ihn so übel geschlagen hat, versuchte Michael sich zu beruhigen. Sicherlich wird er morgen oder in zwei Tagen kommen, überlegte er. Ich bin sicher, dass er mich holen wird. Er würde mich nicht zurücklassen, dachte er und spürte, wie ihn der Gedanke beruhigte. Frierend und übermüdet legte er sich auf sein Bett und dachte an Italien. An den Lago di Como, wo er so glücklich gewesen war.

Plötzlich schoss ihm ein Gedanke durch den Kopf, der ihn erneut aufschrecken ließ. Andrea spricht nicht unsere Sprache. Wie kann er sich in Trier zurechtfinden? Doch dann tröstete er sich mit dem Gedanken, dass sein Liebster den Weg von seiner fernen Heimat Italien bis ins Reich und sogar bis nach Trier vor seine Haustür gefunden hatte. »Andrea ist gebildet, schlau und gutaussehend. Niemand würde ihm Hilfe verweigern«, war sich Michael sicher. Und er schlief mit der Erinnerung an die Sonne und die schneebedeckten Berge von Italien ein.

Kapitel 24

In Piesport

»Was hast du? Warum keuchst du so fürchterlich?«, wisperte die neunjährige Küchenhilfe und sah die Magd angsterfüllt an.

Martha starrte mit leblosem Blick vor sich. Sie wagte nicht, sich zu bewegen, denn ihr Körper schmerzte von den Zehen bis zu den Haarspitzen. Bei jedem Atemzug hatte sie das Gefühl, als ob jemand mit einer brennenden Fackel ihre Kehle röstete. Durst quälte sie, doch sie wollte nicht um einen Schluck Wasser bitten, da sie Angst hatte, der Schmerz beim Schlucken könnte sie zerreißen. Die Lippen waren aufgesprungen und blutverkrustet. Ihr Gesicht glühte. Das Haar lag feucht an ihrem Kopf.

Schweiß sammelte sich zwischen ihren Brüsten. Starr und still blieb sie liegen und hoffte, dass es ihr bald besser gehen würde.

Die Magd wusste nicht, warum sie so krank war. Sie hatte sich doch nur eine leichte Erkältung eingefangen. Sobald ich gesund bin, müssen wir uns ein wärmeres Liebesnest suchen. Das kleine Backsteinhaus ist zugig und hat keine Feuerstelle, an der wir uns wärmen können, überlegte sie und dachte an Jakob, der ebenfalls krank darniederlag.

Martha hatte ihn am Vorabend das letzte Mal besucht. Nachdem sie ihm frisches Wasser und Sud gebracht und er alles über sie erbrochen hatte, war sie zum Brunnen im Hof geeilt, um sich den blutigen Auswurf vom Arm und der Kleidung zu waschen. Zurück in ihrer Kammer war ihr bereits unwohl gewesen. Sie fühlte sich erschöpft und fiebrig und hatte sich bald schlafen gelegt. Kaum war sie in einen traumlosen Schlaf geglitten, störte heftiger Husten sie in ihrer Nachtruhe. Ihr Körper wurde von Krämpfen geschüttelt, sodass sie keinen Schlaf fand. Bald war sie so kraftlos, dass sie immer wieder ohnmachtsähnlich einschlief.

Hoffentlich verschwindet diese Erkältung so rasch, wie sie gekommen ist. Wie es wohl meinem Liebsten geht?, überlegte Martha. Jakob, seufzte sie in Gedanken und dachte an die Liebesspiele, die sie ihm beigebracht hatte. Sie musste grinsen, und ihre verkrusteten Mundwinkel rissen erneut auf.

Als Martha vor Pein stöhnte, sprang die Küchenhilfe auf und hielt ihr einen Becher Wasser an den Mund. Nur wenige Tropfen rannen in ihren Schlund, die meisten versickerten im Bettzeug. Vielleicht sollten Jakob und ich von hier fortgehen, dachte sie, um sich von dem Brennen in ihrer Lunge abzulenken. Auf einem anderen Weingut könnten wir als Paar neu anfangen. Vielleicht haben wir dort die Möglichkeit, eine andere Arbeit zu verrichten. Ich will mich nicht mehr als einfache Magd verdingen. Kindermagd bei der Bäuerin würde mir gefallen. Ich mag Kinder und möchte bald selbst welche haben. Jakob wäre sicher ein gerechter Vater. Einer, der nicht gleich zuschlägt, wenn die Kleinen sich nicht benehmen. Nicht wie mein Vater, der fast täglich den Rohrstock auf den Rücken seiner Kinder niedersausen hat lassen. Schon bei dem kleinsten Vergehen hat er den Stock, der über der Küchentür hing, heruntergenommen und auf uns Kinder eingedroschen. Ihm war es einerlei, welchen Körperteil er traf. Hauptsache, er konnte zuschlagen. Nein, so wäre Jakob nicht, war sich Martha sicher und musste wieder husten. Der Anfall war so heftig, dass sie befürchtete, ihr Schädel würde platzen. Sie würgte und erbrach in hohem Bogen schwarzen Schleim. Martha hörte noch die spitzen Schreie der kleinen Küchenmagd, an deren Namen sie sich nicht mehr erinnern konnte, dann wurde es dunkel um sie.

Der Großknecht hörte den langgezogenen Schrei, der gellend in seinen Ohren dröhnte. Er hastete an dem Gesinde auf dem Hof vorbei, das in seiner Arbeit innehielt und fragend um sich blickte. Als ihm jemand folgen wollte, brüllte er: »Wagt es nicht, eure Arbeit zu unterbrechen.« Mit großen Schritten lief er in Richtung Stallungen, da sich dahinter der Anbau befand, in dem die Mägde untergebracht waren. Ohne Vorwarnung stürmte er in den Raum und erblickte die kleine Küchenhilfe, die weinend am Boden vor der Pritsche der Magd kauerte. Das Mädchen war mit Blut und schwarzem Auswurf besudelt.

Martin streckte die Nase in die Höhe. »Hier stinkt's wie bei den Knechten. Mach Platz«, schimpfte er und stieß das Mädchen zur Seite, das heulend aufsprang und sich mit dem Rücken an die Wand drückte. Sie hätte sich liebend gern den ekelhaften Dreck vom Körper gewaschen, doch sie wagte es nicht, unerlaubt den Raum zu verlassen.

Der Großknecht blickte angewidert auf die Magd, die mit geschlossenen Augen dalag und sich nicht regte. Er nahm den Prügel und stupste sie damit an. Martha blinzelte und versuchte mit einem langgezogenen Laut, Luft in ihre Lunge zu ziehen. Dem folgte Hustengebell, das ihr Gesicht rot anlaufen ließ. Ihr Oberkörper krümmte sich, und sie japste nach Atem. Blut quoll aus ihrem Mund und ihrer Nase, und sie sank zurück in die Ohnmacht.

Der Großknecht rüttelte sie, und als sie nicht reagierte, wischte er mit dem Zeigefinger Blut von ihrem Hals fort. Wie bei dem Knecht zerrieb er es zwischen den Fingern und roch daran. Er rümpfte die Nase und schrie: »Du elende Hure! Welche Seuche hast du uns angeschleppt? Wen außer den beiden Knechten hast du noch angesteckt? Sag es mir!«

Martin war so böse, dass er versucht war, mit seinem Knüppel auf die Magd einzuschlagen. Doch weil die Küchenhilfe, die hinter ihm stand, wie am Spieß schrie, hielt er sich zurück.

»Halts Maul und verschwinde!«, brüllte er. Das Mädchen ließ es sich nicht zweimal sagen und wollte aus der Kammer laufen, doch Martin hielt sie zurück. »Warte!«, rief er, und das Kind blieb wie angewurzelt stehen. Er beugte sich über den Hals der Magd und wischte den Auswurf mit dem Deckenzipfel fort. Nachdenklich betrachtete er die Haut, die von schwarzen Flecken übersät war. Ohne sich umzudrehen, brüllte er: »Wasch dir das Blut aus dem Gesicht, und hol den Weinbauern. Aber beeil dich, sonst setzt es Prügel!«

Weinbauer Pitter saß in der Küche, um eine kleine Zwischenmahlzeit zu sich zu nehmen. Sein nach vorn gewölbter Bauch drückte gegen die Tischplatte, sodass er den Tisch von sich schob. Breitbeinig saß er da und stopfte sich kalten Braten in den Mund, den er mit Wein hinunterspülte. Er kaute schmatzend und rülpste laut. Seine Frau betrachtete sein rotes, verschwitztes Gesicht und meinte: »Du schnaufst und keuchst wie ein alter Ochse.«

»Die Hose ist zu eng und drückt mir die Luft ab.«

»Seit wann sitzt die Lunge in deinem Bauch?«

»Woher willst du wissen, wo meine Lunge sitzt? Bist du ein Medicus?«

»Ich weiß sehr wohl, dass die Lunge unter der Brust und nicht im Bauch sitzt.«

»Ah, mein Weib ist über Nacht allwissend geworden. Wenn ich sage, dass meine Hose zu eng ist, dann ist meine Hose zu eng. Sicher hat die Waschmagd mein Beinkleid mit dem Beinkleid von irgendeinem jungen Knecht verwechselt. Wenn ich sie sehe, werde ich sie zur Rechenschaft ziehen«, erklärte Pitter grimmig und schob sich den letzten Bissen zwischen die Zähne.

»Vielleicht solltest du weniger essen, zumal Fastenzeit ist.«

»Gott kann nicht wollen, dass ich vom Fleisch falle. Wer arbeitet, muss auch essen«, verteidigte er seinen Appetit. Als er jedoch den spöttischen Blick seiner Frau bemerkte, brauste er auf, und seine Stimme dröhnte: »Sag mir nicht, was ich zu tun habe. Noch bin ich der Herr im Haus. Es reicht, wenn mir das Gesinde auf der Nase herumtanzt und nicht zur Arbeit erscheint.«

Seine Frau ließ sich von seinem Gebaren nicht einschüchtern und setzte sich zu ihm an den Tisch. »Wer wagt es, nicht zu arbeiten?«, fragte sie vorwitzig und tupfte mit dem Finger die Brotkrümmel von seinem Teller, die sie dann ableckte.

»Der Knecht Jakob und Achim, der Holzknecht.«

»Welche Ausrede haben sie?«

Der Weinbauer zuckte mit den Schultern. »Was weiß ich! Das ist nicht meine Aufgabe. Der Großknecht ist dafür verantwortlich, dass das Gesinde vollzählig zur Arbeit erscheint. Ich werde ihm die verlorene Zeit vom Lohn abziehen. Nur wenn er es an der eigenen Geldkatze spürt, wird er Sorge dafür tragen, dass die Knechte nicht faulenzen.«

»Sie haben keine Achtung vor dir«, erklärte seine Frau ungerührt und ließ ihren Blick ungehemmt auf seinem dicken Bauch ruhen. »Du bist fett und unbeweglich geworden. Außerdem bist du schon am Vormittag angetrunken, sodass du dich ausruhen musst und nicht siehst, was um dich herum geschieht. Die Knechte nutzen das aus, denn sie wissen, dass du nicht nachprüfst. Der Großknecht ist unfähig, alle zu beaufsichtigen. Dass sie nicht zur Arbeit erscheinen, ist der Anfang vom Ende.«

»Halt's Maul, Weib. Was weißt du schon von der Führung eines Weinguts? Sieh zu, dass deine Mägde ihrer Arbeit nachgehen.«

»Das tun sie, dafür lege ich meine Hand ins Feuer.«

Die Tür ging auf, und die neunjährige Küchenhilfe erschien. Schüchtern trat sie an den Tisch heran. Der Bauer musterte das Kind, dessen Haare feucht waren.

»Ist heute Badetag?«, schnauzte er, sodass sie ob der Worte zusammenzuckte.

»Was ist, Ines?«, fragte die Bäuerin und trat zu dem Mädchen. »Warum hast du dein Haar gewaschen?«

»Die Martha ...«, stotterte die Kleine und schaute ängstlich zu dem Bauern, der schnaufend seinen Weinkrug leerte.

»Was ist mit der Magd?«

»Sie liegt im Bett und steht nicht auf ...«

»Du hast deine Mägde also im Griff«, unterbrach Pitter das Mädchen und sah seine Frau gehässig an. »Es reicht! Wenn das so weitergeht, können wir selbst im Weinberg schuften und auf dem Hof alle Arbeit verrichten. Ich werde jetzt für Ordnung sorgen und dem Pack zeigen, wie weit es mit seiner Faulheit kommt. Bring mir die Hundepeitsche, Mädchen.«

»Das kannst du nicht ...«, versuchte die Bäuerin ihren Mann umzustimmen.

»Wage es nicht, mir zu sagen, was ich kann und was nicht. Sonst bist du die Erste, die meinen Zorn zu spüren bekommt.«

Die Bäuerin schluckte ihre Widerworte hinunter und trat zur Seite. Sie kannte ihren Mann gut genug, um zu wissen, wann er es ernst meinte.

Pitter kam ächzend in die Höhe. Vor Anstrengung lief ihm der Schweiß über die Stirn, doch er zeigte keine Schwäche und riss der kleinen Küchenmagd die Peitsche aus der Hand. »Jetzt brechen andere Zeiten auf dem Weingut Pitter an!«, schrie er und stapfte hinaus.

Der Weinbauer stand neben Martin vor der Pritsche der Magd und sah auf sie herab. Ihr Gesicht hatte eine bläulich rote Farbe angenommen, und ihre Augen waren weit aufgerissen. Ebenso der Mund, der von dem dunklen Auswurf und dem Blut schwarz verfärbt war.

»Ist sie tot?«, fragte Pitter und kitzelte die Magd mit der Peitsche an der Nase. »Sie ist tot!«, stellte er ungerührt fest, da Martha keinerlei Regung zeigte. »Hol den Pfarrer, damit er ihr die letzte Ölung gibt.«

»Aber sie ist bereits tot«, wandte der Großknecht ein.

»Was kann ich dafür, wenn die Magd die Krankensalbung verpasst und stirbt? Sag dem Pfarrer, dass er eine extra Münze bekommt, wenn er darüber Stillschweigen hält. Die Magd kann mir dankbar sein, wenn sie von oben auf mich herunterschaut.« Er musterte die Tote und befahl: »Lass sie noch rasch herrichten. Man soll ihr das Blut aus dem Gesicht waschen. So sieht sie aus, als ob man sie geschlagen hätte. Ich kann kein unnötiges Gerede gebrauchen. Woran sie wohl gestorben ist?«

Als Martin herumdruckste, wurde der Weinbauer ungehalten. »Was willst du sagen? Oder hat es dir die Stimme verschlagen?«

»Entschuldigt, Bauer, aber habt Ihr die schwarzen Flecken bemerkt?«, fragte er und zog erst die Decke fort und dann das Hemd von Marthas Schultern.

»Welche Flecken?«, fragte Pitter und beugte sich ächzend nach vorn. Erst jetzt konnte er die Schatten unter der Haut erkennen. »Woher stammen sie? Sie sehen wie blau geschlagene Stellen aus, aber dafür sind sie zu klein und zu dunkel. Weißt du, was sie hatte?«

Martin schüttelte den Kopf.

»Selbst wenn wir ergründen, wie die Krankheit heißt, wird es die Magd nicht mehr lebendig machen. Hol den Pfarrer her. Ich muss mich erst mal stärken, dann werde ich mich um die beiden Knechte kümmern. Ihr scheine ich Unrecht getan zu haben. Offenbar war sie wirklich krank.«

»Der Knecht Jakob ist ebenfalls gestorben«, erklärte der Großknecht leise.

»Das sagst du erst jetzt? Was hatte er?«

»Das weiß ich nicht, aber er hat genauso ausgesehen wie Martha. Vielleicht hat sie ihn angesteckt«, erklärte er vorsichtig.

Der Bauer betrachtete die Tote und überlegte. »Womöglich hast du recht. Ruf mich, wenn du zurück bist. Die kleine Ines soll die Magd säubern.«

Der alte Pfarrer stützte sich auf seinen Gehstock und sah den Weinbauern vorwurfsvoll an. »Es hätte dir auffallen müssen, dass die Magd sterbenskrank war. Du hättest eher nach mir rufen müssen.«

»Sie war gestern noch munter, nicht wahr, Martin?« Pitter sah den Großknecht mit scharfem Blick an, der ihm sofort zustimmte.

»Ja, das kann ich bestätigen.«

»Sie riecht, als ob sie bereits tagelang tot wäre«, erklärte der Geistliche und schüttelte sich. Rasch reichte der Weinbauer ihm ein kleines Ledersäckchen, in dem mehrere Münzen klimperten. »Für deine Bemühung, Franz«, sagte er lächelnd und hoffte, dass er den Pfarrer damit überzeugen konnte, sein Amt auszuüben.

Der Alte ließ den Beutel wortlos unter seinem Talar verschwinden. Mit gerümpfter Nase salbte er Augen, Ohren, Nase, Mund, Hände und Füße der Toten und sprach dabei: »Durch diese heilige Salbung und durch seine mildreiche Barmherzigkeit verzeihe dir der Herr, was du gesündigt hast durch Sehen, Hören, Reden, Riechen, Tasten und Tun. Amen.«

»Amen!«, wiederholte die Bäuerin, die unbemerkt die Kammer betreten hatte.

»Was willst du hier?«, schnauzte ihr Mann sie an.

»Abschied nehmen. Immerhin war Martha meine Magd. Ich will sie noch einmal sehen. Sie war eine gute und fleißige Frau. Es ist schade, dass unser Herr sie so früh zu sich gerufen hat.«

Die Bäuerin trat dicht an das Lager heran und strich der Magd über die kalte Wange. Dabei kippte der Kopf zur Seite. »Leuchte mir«, forderte sie hastig den Großknecht auf, der die Laterne vom Boden aufnahm und über die Tote hielt. »Jesus und Maria! Habt ihr die schwarzen Flecken gesehen?«, fragte die Bäuerin mit zittriger Stimme.

»Diese nicht, aber die kleinen am Hals«, erklärte ihr Mann unbeeindruckt und trat neben sie. Der Pfarrer drängte sich neugierig zwischen das Ehepaar. Mit fragendem Blick sah die Bäuerin erst zu ihrem Mann und dann zu dem Gottesmann.

»Könnte Martha an der Pest gestorben sein?«, flüsterte sie, als ob sie Angst hätte, es laut auszusprechen.

»Unfug! Woher soll die Seuche kommen? Sie ist ausgerottet«, fuhr der Bauer sie an.

»Kannst du das mit Sicherheit sagen?«, wisperte sie.

Ihr Mann zuckte mit den Achseln. »Ich denke schon, denn als ich ein kleiner Junge war, hieß es, dass der Pestreiter dafür gesorgt hätte.«

»Pestreiter?«, fragten die Bäuerin und der Großknecht wie aus einem Mund.

»Er soll die Pest verscheucht haben. Aber so genau weiß ich es nicht, denn bei uns gab es keine Pestkranken. Und deshalb hat mich das Gerücht nicht interessiert.«

»Habt ihr noch nie von ihm gehört?«, mischte sich nun der Pfarrer ein.

Die Bäuerin und der Großknecht schüttelten den Kopf.

»Ich glaube, es ist jetzt fast zwanzig Jahre her …«

»Es hat ihn wirklich gegeben?«, unterbrach die Bäuerin den Geistlichen erstaunt.

»Natürlich«, erklärte der Pfarrer. »Zwar habe ich den Pestreiter nie persönlich gesehen, aber ich weiß von einigen Brüdern im Glauben, dass er sie aufgesucht hat. Er hat damals veranlasst, dass alle, die an der Seuche erkrankt waren, ihre Häuser und Wohnungen verlassen mussten. Man hat sie außerhalb von Menschenansiedlungen in abgelegenen Häusern oder Schuppen untergebracht. Kein Gesunder durfte mit ihnen Kontakt halten. Nur so war es möglich, den Schwarzen Tod zu besiegen.«

Die Bäuerin kräuselte nachdenklich die Stirn. »Was war mit deren Familien? Wer hat die Kranken versorgt?«

»Die Kranken wurden von ihren Familien getrennt, und die meisten haben sich nicht wiedergesehen.«

»Das ist unmenschlich«, erregte sich die Bäuerin, doch der Pfarrer erklärte: »Unmenschlich ist es, wenn die Kranken die Gesunden anstecken und sie somit zum Sterben verurteilt sind. So weit ich mich erinnern kann, haben Mitglieder der Sebastiansbruderschaft die Todgeweihten versorgt.«

»Aber haben sie sich nicht angesteckt?«, wollte der Bauer wissen, der aufmerksam zugehört hatte.

»Sie waren Anhänger des heiligen Sebastian, des Schutzheiligen gegen die Pest, und haben selbstlos bis zum bitteren Ende für die Kranken gesorgt. Viele sind bei derlei Arbeiten selbst am Schwarzen Tod gestorben. Hätte der Pestreiter nicht seine Pflicht getan ... ich wage es mir nicht vorzustellen. Ich bin der Überzeugung, wir haben es ihm zu verdanken, dass die Pest damals eingedämmt wurde.«

»Weiß man, wer er war?«

Der Pfarrer schüttelte den Kopf. »Niemand kannte seinen Namen oder wusste, woher er stammte. Er soll unheimlich ausgesehen haben, da er schwarz gekleidet war und eine furchteinflößende Pestmaske vors Gesicht gezogen hatte. Er ritt auf einem

Rappen, so groß wie ein Schlachtross. Wenn er seine Befehle gab, wagte es niemand, sich ihm zu widersetzen.«

Die Bäuerin blickte auf die tote Magd. »Was sollen wir machen? Wenn Martha tatsächlich an der Pest gestorben ist, müssen wir dem Zender Bescheid geben, damit er es meldet.«

»Was wird dann mit uns geschehen? Hat der Zender als Ortsbürgermeister das Recht, uns aus unseren Häusern zu verjagen und in Verschlägen zusammenzupferchen?«, fragte der Bauer mit banger Stimme.

»Das weiß ich nicht. Doch wenn wir es geheim halten, werden womöglich andere sterben müssen, und dann ist uns die Strafe Gottes gewiss«, flüsterte der Pfarrer und schlug das Kreuz über seine Brust, was das Ehepaar und der Großknecht ihm nachtaten. »Es ist unsere christliche Pflicht, den Tod der Magd nicht nur dem Zender zu melden, sondern auch dem Meier. Schließlich ist er der Vertreter des Grundherrn, der dringend benachrichtigt werden muss. Nicht auszudenken, wenn Karl Kaspar von der Leyen als größter Grundherr von Piesport über andere Wege von der Pestilenz erfährt. Sollte aber die Magd nicht an der Pest gestorben sein, dann haben wir nichts zu befürchten.«

»Der Knecht Jakob ist ebenfalls tot«, verriet der Bauer und sah betreten zu dem Pfarrer, der ihn daraufhin wütend anblickte. »An welcher Krankheit litt er?«

Der Großknecht zuckte mit den Schultern. »Seine Leiche sieht genauso so aus wie die der Magd«, gestand er leise.

»Wie konntest du nur so leichtsinnig sein?«, schimpfte der Pfarrer mit dem Bauern und betete: »Herr im Himmel, steh uns bei!«

Kapitel 25

Gritli schlich auf Zehenspitzen an der Tür ihres Bruders vorbei. Sie hoffte unbemerkt in ihre Kammer am Ende des Flurs verschwinden zu können. Es waren nur noch wenige Schritte, als sie hörte, wie Michaels Klinke nach unten gedrückt wurde und die Tür aufging. Gritli zog den Kopf zwischen die Schultern und kniff die Augen zusammen. Als Kind hatte sie geglaubt, wenn sie nichts sah, würden die anderen sie auch nicht sehen. Sie wusste natürlich, dass dies nicht zutraf, trotzdem stand sie mit geschlossenen Augen da.

»Schwesterherz«, flüsterte ihr Bruder hinter ihr.

Gritli zuckte bei dem Wort zusammen. Sie fühlte sich plötzlich als schlechter Mensch. Mit einem leisen Seufzer straffte sie den Rücken. Sie drehte sich langsam zu Michael um und erschrak. Ihr Bruder stand kreidebleich vor ihr. Er schien übernächtigt, denn unter seinen rotgeweinten Augen lagen dunkle Schatten. Obwohl er sich eine Decke über die Schulter geworfen hatte, zitterte er.

»Warum schleichst du an meiner Tür vorbei?«, fragte er mit bebender Stimme.

Gritli senkte den Blick und schwieg.

»Du weißt Bescheid und hast Angst vor mir«, stellte Michael verzweifelt fest. Das Zittern wurde stärker, und er musste sich an der Wand abstützen.

Gritli wagte ihn kaum anzuschauen, denn es beschämte sie, dass er sie durchschaut hatte. Nur zu gerne hätte sie es geleugnet, ihn getröstet, ihn in den Arm genommen, aber sie war gehemmt. Die Furcht, dass der Teufel, der anscheinend Besitz von ihrem Bruder ergriffen hatte, auch in sie fahren könnte, war groß. Zwar tat ihr sein verzweifelter Gesichtsausdruck in der Seele leid, aber sie konnte ihre Angst nicht besiegen und auf ihn zugehen.

»Lass mich nicht fallen, Gritli. Fang mich auf, damit ich nicht ins Bodenlose stürze«, bettelte er.

»Du verlangst zu viel, Michael. Wie kann ich das, ohne selbst Gefahr zu laufen, auf Abwege zu geraten?«

»Das kann ich dir nicht sagen, denn ich weiß es nicht«, flüsterte er. »Ich weiß nur, dass ich diesen Mann von ganzem Herzen liebe. Ist das ein Verbrechen? Trägt die Schuld daran der Teufel oder Gott?«

»Wie kannst du es wagen, unseren Heiland in einem Atemzug mit dem Teufel zu nennen?«, rügte Gritli den Bruder zornig.

»Gott hat mich so erschaffen.«

»Das hat er nicht! Satan hat dich verführt und vom rechten Weg abgebracht.«

Michael schlug die Hände vors Gesicht. »Wie kann ich jemals wieder auf den Pfad der Tugend zurückkehren? Ich quäle mich durch düstere Träume und erkenne, dass das Erwachen keine Erleichterung bringt«, weinte er und legte seine Stirn gegen die Wand.

Gritli trug einen inneren heftigen Kampf mit sich aus. Sie wollte zu Michael gehen und ihm sagen, dass sie für ihn da sei. Doch sie hatte das Gefühl, dass zwischen ihnen eine Mauer aus Abwehr, Angst und Scheu stand. Wer sollte diese Barriere jemals wieder einreißen, und wie? Sie kaute auf der Innenseite ihrer Wange.

»Könntest du für mich eine Fürbitte verfassen?«, fragte Michael zögerlich.

»Mutter war bereits in aller Früh im Trierer Dom und hat zum heiligen Judas Thaddäus gebetet, der in schwierigen und ausweglosen Situationen helfen soll.«

»In schwierigen und ausweglosen Situationen«, wiederholte Michael zerknirscht.

»Vielleicht solltest du dich einem Priester anvertrauen und eine Messe für dich lesen lassen«, überlegte sie und sah, wie ihr Bruder zusammenzuckte.

»Das kann ich nicht, denn er wird mich verdammen und es

dem Erzbischof mitteilen. Willst du mich brennen sehen?«, schnaufte Michael außer sich.

»Wie kannst du so etwas annehmen und auch noch aussprechen? Aber wir können dir nicht helfen, wenn du nicht selbst etwas unternimmst.«

Michael betrachtete seine Schwester, als ob er von ihr Abschied nehmen wollte, und flüsterte: »Es sind diejenigen, die uns am meisten bedeuten, die uns zerstören wollen.« Dann drehte er sich um und wollte in sein Zimmer gehen.

Doch Gritli packte ihn am Arm und hinderte ihn daran. »Du hast die Sünde begangen, nicht wir. Also schieb uns nicht die Schuld zu. Auch wir leiden unter deiner Lasterhaftigkeit, und auch wir werden dafür büßen müssen.«

Mit einem entsetzen Keuchen riss Michael sich los und stürmte in seine Kammer, wo er die Tür hinter sich ins Schloss warf.

Gritli hätte schreien mögen. In diesem Augenblick musste sie sich zusammenreißen, um ihren Bruder nicht zu hassen. Sie erinnerte sich an die Worte der Mutter, die an diesem Morgen unter Tränen gesagt hatte: »Wenn auch wir ihn verdammen, wer soll ihn dann retten? Du darfst ihn nicht verurteilen.«

Gritli hatte ihrer Mutter versprochen, den Bruder nicht fallen zu lassen. Aber ihr Versprechen umzusetzen fiel ihr schwer.

Was wird Ulrich sagen, wenn er von der Unzucht meines Bruders erfährt?, überlegte sie. Wird er sich dann noch mit mir abgeben wollen? Wird er mich dennoch küssen wollen? Gritli wünschte sich, sie könnte die Uhr zurückdrehen, denn dann hätte sie ihre Mutter niemals gedrängt, sie in das Familiengeheimnis einzuweihen. »Wie konnte ich nur so dumm sein«, warf sie sich selbst vor. »Jetzt quälen mich die gleichen Sorgen, die meine Eltern quälen, und keiner kann dem anderen helfen«, murmelte Gritli, als sie in ihre Kammer ging.

Susanna war seit dem Mittag damit beschäftigt, die Einladungen für das Festessen zu verfassen, und führte mit gleichmäßiger Schrift die angespitzte Gänsefeder über das Pergament.

»Wie weit bist du mit der Gästeliste?«, fragte Urs, kaum dass er die gute Stube betreten hatte.

»Ich grüße dich, Urs!«, entgegnete Susanna freundlich und blickte ihn prüfend an. Die Miene ihres Mannes war düster, und er schien übel gelaunt zu sein. Sie konnte seine Gemütslage verstehen, denn auch sie wusste nicht, wie es weitergehen sollte. Sie versuchte sich ihre Stimmung nicht anmerken zu lassen und tupfte die Spitze der Gänsefeder in das kleine Fass. Die überschüssige Tinte streifte sie am Rand ab, dann atmete sie tief ein und wartete, bis das leichte Zittern ihrer Hand nachgelassen hatte. Dann erst setzte sie die Federspitze auf das Blatt. »Das ist die letzte Einladung, die ich schreiben muss«, murmelte sie.

Urs trat neben sie und nahm ein Papier auf. »Da die Feier bereits am Ostersonntag stattfinden soll, wäre es ratsam, wenn du persönlich zu den Familien gehen und sie einladen würdest«, schlug er vor, während er den Text durchlas.

»Wäre das nicht aufdringlich? Womöglich würden sie misstrauisch werden«, gab Susanna zu bedenken. Bei der Vorstellung, selbst vorstellig zu werden, zog sich ihr der Magen zusammen.

»Unfug! Niemand wird vermuten, dass wir eine Absicht verfolgen. Wer nach dem Grund der Einladung fragt, dem solltest du erklären, dass wir das Fastenbrechen am Ostersonntag nutzen wollen, um ein großes Festessen für die Heimkehr unseres Sohnes zu geben. Nach 40 Tagen des Hungerns und Betens während der Fastenzeit werden sie nur an die erlesenen Speisen und den Wein denken und sich freuen, dass sie endlich wieder essen dürfen. Sie werden von den Köstlichkeiten schwärmen, die du kochen wirst.«

Susanna stöhnte und hielt im Schreiben inne. »Ich habe keine Zeit, von Haus zu Haus zu gehen und jeden persönlich einzuladen. Ich muss dringend das Kleid für Frau Eider fertignähen und es ihr nach Piesport zur Anprobe bringen«, wandte sie ein.

»Im Augenblick gibt es nicht Wichtigeres als dieses Essen.«

»Aber ich kann mein Geschäft ...«, begehrte Susanna auf, doch Urs' Blick erstickte jedes weitere Wort im Keim.

»Muss ich dich daran erinnern, dass dein Geschäft der Grund war, warum unser Sohn in die Fremde ging und dort lasterhaft wurde?«

Susanna wollte sich des Vorwurfs erwehren, doch ihr Gewissen ließ sie verstummen. Krummgebeugt saß sie da und hatte das Gefühl, dass Urs, obwohl er neben ihr stand, so weit entfernt von ihr war wie nie zuvor.

»Sind alle Familien mit heiratsfähigen Töchtern eingeladen?«, fragte er in strengem Ton, während er die Namen auf den Einladungen durchging.

»Alle, die wir beide in die nähere Auswahl gezogen hatten.«

»Ich kann mich nicht erinnern, mit dir über Namen gesprochen zu haben«, erwiderte Urs mürrisch.

»Es war vor dem ... diesen ...«, versuchte Susanna leise zu erklären, doch ihre Stimme versagte. Um das Brennen in den Augen zu unterdrücken, riss sie die Lider auf.

»Es ist wichtig, dass sich ein Mädchen findet, das Michael auf den Pfad der Tugend zurückführt. Von mir aus kann sie reizlos und ungebildet sein. Hauptsache, sie nimmt ihn zum Mann!«

»Wie kannst du so gehässig sprechen!«, rügte Susanna Urs verhalten, der sie ungerührt ansah.

»Willst du mir damit sagen, dass es dir lieber wäre, wenn Michael weiterhin den Makel mit sich tragen würde? Wir können uns glücklich schätzen, wenn niemand davon erfährt«, brauste er auf.

»Er ist unser Sohn. Wir dürfen ihn nicht verdammen«, flüsterte sie unglücklich.

Urs' Miene erstarrte, und er sackte kraftlos neben Susanna auf den Stuhl. »Ich weiß«, murmelte er und blickte sie verzweifelt an. Seine Hände zitterten, sodass er die Briefe ablegen musste. »Ich habe in jedem Buch geforscht, das von einem berühmten Heiler, Medicus oder Philosophen verfasst worden ist. Sogar die Schriften der Hildegard von Bingen habe ich studiert in der Hoffnung, einen Hinweis zu erhalten, wie ich unseren Sohn retten kann. Aber ich bin machtlos. Ich weiß, dass dieses Laster keine Böswilligkeit voraussetzt, sondern eine Krankheit des Geistes ist, die nicht mit der gesunden Vernunft übereinstimmt. Was nützen meine Erkenntnis und meine Heilkunst, wenn ich unser Kind nicht heilen kann?«, klagte er. »Meine letzte Hoffnung ist eine Ehefrau, die ihm zeigt, dass es nur eine Liebe gibt – die zwischen Mann und Frau.«

»Aber wenn sie hässlich und dumm ist, wird er sich nicht zu ihr hingezogen fühlen und sich womöglich nicht mit ihr einlassen«, gab Susanna zu bedenken.

Urs betrachtete das ängstliche Gesicht seiner Frau und versuchte zu lächeln.

»Da hast du sicher recht, mein Liebes. Wir sollten versuchen, ihm eine gebildete und hübsche Frau auszusuchen. Eine wie dich«, sagte er und zog sie zu sich. Er legte liebevoll seinen Arm um ihre Schultern. »Ich hätte niemals damit gerechnet, dass Gott uns eine so schwere Aufgabe auf die Schultern lädt. Aber gemeinsam werden wir sie lösen«, sagte er und küsste Susanna auf den Scheitel.

Kapitel 26

Die Frau des Weinbauern hatte angeordnet, die Toten im kühlen Gewölbekeller aufzubahren. Frau Pitter wollte die Leichen nicht in ihrem Haus haben, und deshalb waren sie nach unten gebracht worden.

Pfarrer Franz Faber sowie der Zender von Piesport, Hans Bender, folgten dem Bauern vorsichtig über die steilen Stufen, die in den Fels gehauen waren, hinab in den Keller des Weinguts Pitter. Die beiden Männer sahen sich unsicher an, als Pitter die Holzpforte aufschloss, hinter der sonst Rüben und anderes Gemüse für den Winter gelagert wurden. Kaum sprang das Törchen auf, schlug ihnen der Gestank von geronnenem Blut und Verwesung entgegen. Hastig hielten sich die Männer die Ärmel vor Mund und Nase.

»Ich hätte nicht gedacht, dass sie trotz der Kälte so stinken würden«, nuschelte der Weinbauer und trat in den halbrunden Raum, an dessen Wänden zahlreiche kleine Fässer lagerten.

»Hier bewahrst du wohl deine Kostbarkeiten auf«, mutmaßte der Zender, der mehr Interesse an dem Wein als an den Toten hatte. Neugierig besah er sich die eingebrannten Jahreszahlen auf den Holztonnen. »Das sind wahre Schätze«, murmelte er.

»Lasst uns nach den Verstorbenen sehen, damit wir rasch wieder nach draußen kommen«, bat der Pfarrer und zeigte auf die Toten, die auf dem blanken Lehmboden lagen. Überrascht blickte er den Weinbauern an. »Warum liegen hier drei Leichen? Ich kann mich nur an den Knecht Jakob und die Magd Martha erinnern.«

»Einer unserer Holzknechte ist ebenfalls gestorben«, berichtete Pitter mit trauriger Miene. Die Männer blickten zu den Toten, und der Pfarrer schlug das Kreuz über sie.

»Sie sehen aus wie jeder andere Verstorbene, den ich in meinem Leben gesehen habe«, erklärte der Zender und trat dicht an die Toten heran. Man hatte sie gewaschen und jedem ein Totenhemd übergezogen. Zudem waren ihre Hände auf der Brust gefaltet. Bender blickte auf die Magd herab und betrachtete ihr Gesicht. Ihr Kiefer war wie der der Männer mit Hilfe eines Schals hochgebunden worden, sodass ihr Mund nicht aufklappen konnte. »Außer, dass ihnen ein widerlicher Gestank entströmt, kann ich nichts Auffälliges entdecken«, erklärte er. »Wie kommt ihr beiden zu der Annahme, dass sie an der Pest gestorben sein könnten?«

Der Pfarrer zuckte mit den Schultern und sah den Weinbauern auffordernd an. Der räusperte sich und gestand: »Eigentlich war es mehr die Vermutung meiner Frau. Sie meinte, dass die schwarzen Flecken Anzeichen dafür wären. Mein Großknecht hingegen war der Ansicht, dass die Magd mit beiden Knechten ins Bett gestiegen wäre und deshalb beide mit derselben Krankheit angesteckt hätte. Warum sonst sollten zwei Männer und eine Frau fast gleichzeitig sterben?«

Hans Bender überlegte und ging in die Knie, um die Toten genauer zu betrachten. »Wie sah die Krankheit aus, die die drei hatten?«

Pitter kratzte sich am Schädel. »Husten, Fieber … wie bei einer heftigen Erkältung«, überlegte er.

»Das sind keine Merkmale, wie ich sie von der Pest gehört habe. Außerdem soll der Schwarze Tod seit Längerem ausgerottet sein. Was dein Großknecht sagt, erscheint mir eine folgerichtige Erklärung zu sein. Die Flecken könnten beim Liebesspiel entstanden oder Leichenflecken sein. Ich denke, dass wir die Vermutung deiner Frau für uns behalten sollten«, erklärte der Zender und wandte sich dem Pfarrer zu. »Hast du weitere Tote in der Gemeinde zu beklagen, Franz?«

»Nur eine Totgeburt beim Moor Heinrich seiner Frau«, überlegte er laut.

»Somit brauchen wir keinen weiteren Gedanken an die Pestilenz zu verschwenden«, freute sich Bender. »Ich würde dich bitten, Franz, dass wir die armen Seelen morgen früh zur ewigen Ruhe geleiten.«

»Morgen ist kein Beerdigungstag«, gab Pfarrer Faber zu bedenken.

»Wir wollen die Toten nicht länger hier unten liegen lassen.

Sie sollten rasch beerdigt werden. Zumal ich das Gefühl habe, dass der widerliche Gestank sich bereits auf meine Kehle gelegt hat.«

Hans Bender zwinkerte dem Weinbauern zu, der sofort verstand. »Dann lasst uns mit einem edlen Tropfen den Gestank fortspülen.«

»Dazu lassen wir uns nicht zweimal bitten, nicht wahr, Herr Pfarrer?«, lachte Bender und stieg die Stufen hinauf.

Die drei Männer saßen fröhlich zusammen, als der Zender lachend sagte: »Ich muss gestehen, das goldene Tröpfchen, das du uns hier kredenzt, ist von edler Traube. Aber mir gehen die kleinen Weinfässer im Gewölbekeller nicht aus dem Sinn.«

»Die sind nicht für euch bestimmt«, erstickte der Weinbauer jegliche Hoffnung des Mannes im Keim. »Der Wein muss noch einige Zeit lagern, dann werde ich ihn für viel Geld nach Berlin verkaufen.«

»Berlin?«, fragte der Pfarrer. »So weit weg?«, überlegte er.

In diesem Moment klopfte es an der Tür, und der Großknecht betrat die Stube.

»Gottes Segen«, grüßte er und zog seine Kappe vom Kopf, die er nervös zwischen seinen breiten Pranken knetete.

»Was gibt es?«, fragte Pitter unwirsch.

»Der Knecht Mattes ist im Weinberg von einer Ratte gebissen worden. Wir haben Mattes' Wunde sofort ausgebrannt, aber er wird einige Tage nicht arbeiten können. Als wir die Ratte verfolgt haben, konnten wir ein ganzes Nest ausräuchern und das Ungeziefer totschlagen. Aber ich befürchte, dass es noch mehr Nester gibt.«

»Diese verdammten Ratten!«, schimpfte der Weinbauer und bat den Pfarrer: »Franz, du musst jetzt nicht nur für die armen Seelen im Gewölbekeller beten, sondern auch zu den Heiligen, die uns von dem Ungeziefer erlösen können.«

»Ich werde die heilige Gertrud von Nivelles anflehen, die Rattenplage von euch zu nehmen. Aber ihr solltet auch durch Lärmen mit Glocken und anderen Instrumenten versuchen, die Viecher zu vertreiben.«

Der Weinbauer nippte an seinem Becher. Als er aufblickte und den Großknecht sah, blaffte er: »Was stehst du hier herum? Geh mit den Knechten in den Weinberg und räuchere die Nester aus! Die Mägde sollen dabei so viel Lärm wie möglich machen.«

Susanna suchte ihre Tochter und fand sie im Stall bei den neugeborenen Lämmern.

»Du musst mir helfen, Kind«, bat sie das Mädchen. »Ich muss dringend das Kleid von Frau Eider fertignähen, aber ich habe keine Zeit, weil dein Vater wünscht, dass ich den Gästen die Einladungen persönlich vorbeibringe. Könntest du bitte die Knöpfe mit Stoff beziehen und annähen?«

Gritli nickte und setzt das Lämmchen zurück in den Verschlag, das hüpfend und meckernd zu seiner Mutter lief.

»Wann benötigt Frau Eider ihr Kleid?«

»Ich hatte versprochen, dass ich es ihr morgen zur Anprobe nach Piesport bringen würde. Das geht nun nicht, und deshalb müsste sie nach Trier kommen, aber wie soll ich ihr Bescheid geben? Ich könnte ihr einen Boten schicken, aber dadurch verlieren wir Zeit.«

»Schick den Boten mit dem Kleid zu ihr.«

Susanna schüttelte den Kopf. »Du weißt, dass man bei einer Anprobe meist noch kleine Abänderungen am Saum tätigen muss. Das kann der Bote schwerlich übernehmen«, versuchte sie zu scherzen und versagte dabei kläglich. »Ach, Frau Eider ist eine so treue Kundin und bezahlt stets im Voraus. Ich werde sie sicher verlieren«, jammerte sie und streckte verzweifelt die Hände in die Höhe.

»Es gibt keine bessere Schneiderei als deine in Trier. Wo soll sie sonst ihre schönen Kleider nähen lassen?«, versuchte Gritli ihre Mutter zu trösten.

»Ach je, ich darf nicht daran denken, was geschieht, wenn die Leute von Michaels Verfehlung erfahren würden. Dann wird sicherlich niemand mehr ein Kleid bei mir bestellen. Was mir recht geschehen würde, denn ich trage die Schuld an Michaels Fehltritt.«

»Mutter«, rief Gritli erschrocken. »Wie kannst du so reden? Warum solltest du schuldig sein?«

»Dein Vater meint, dass es die Fremde war, die Michael dazu getrieben hat. Wäre er in Trier geblieben, hätte er diesen Menschen nie kennengelernt, und Satan hätte keine Macht über ihn bekommen. Was werden Barbli und Jaggi dazu sagen? Sie werden wie Urs denken. Jaggi hatte mich nicht als Schwiegertochter gewollt«, klagte Susanna weinerlich und tupfte sich über die Augen.

Gritli schüttelte ungläubig den Kopf. »Niemand wird etwas erfahren, wenn wir Stillschweigen bewahren. Ich selbst habe allerdings Angst, dass Ulrich es herausfinden könnte und dann womöglich nichts mehr mit mir zu tun haben möchte.«

»Du magst ihn«, stellte Susanna schniefend fest und versuchte zu lächeln. Gritli zuckte mit den Achseln. »Ich muss auch oft an Melchior denken, deshalb weiß ich nicht genau, für wen ich mehr empfinde. Ulrich ist zurück in den Weinbergen, und Melchior habe ich seit dem Unwetter nicht mehr gesehen. Ich weiß nicht einmal, wo er wohnt oder wer seine Eltern sind.« Gritli kam plötzlich ein Gedanke. »Wie wäre es, wenn ich Frau Eider das Kleid bringen könnte?«

»Wie willst du dorthin gelangen? Mit dem Kleid auf dem Arm kannst du schlecht zu ihr reiten. Und die Knechte, die im Wald Holz schlagen, haben unser Fuhrwerk mitgenommen.«

»Melchior hat ein Fuhrgeschäft. Wir könnten ihn mieten.«

Susanna ließ sich den Gedanken durch den Kopf gehen. Ihre sorgenvolle Miene entspannte sich. »Das ist ein wundervoller Einfall, meine Tochter. Aber wie willst du herausbekommen, wo er sein Geschäft hat? Ich dachte, du wüsstest so gut wie nichts über ihn.«

»Ich weiß, wen ich fragen könnte, und wenn du es erlaubst, werde ich das sofort machen. Dann kann ich Melchior aufsuchen und ihn für morgen in der Früh zu uns bestellen, damit Frau Eider am Mittag ihre Anprobe hat.«

Gritli lief durch die Gassen von Trier zur Sankt-Antonius-Kirche. Sie musste sich beherrschen, nicht wie ein kleines Kind vor Freude zu hüpfen. Ich habe nichts mehr gefürchtet, als Melchior nicht wiederzusehen, dachte sie aufgeregt. Doch nun hatte sich ihr eine Möglichkeit aufgetan, seine Adresse zu suchen, ohne dass es für sie unangenehm werden würde. Ob er wohl noch an mich denkt? Was mache ich, wenn er bereits ein festes Mädchen hat?, schoss Gritli die Frage durch den Kopf. Sie blieb erschrocken stehen, denn bis zu diesem Augenblick hatte sie nicht einen Gedanken in diese Richtung verschwendet. Nachdenklich kaute sie auf der Innenseite ihrer Wange. Unfug, du musst einfach auf dein Glück vertrauen, dachte sie und ging beschwingt weiter.

Am Portal der Mauer, die das Grundstück der Sankt-Antonius-Kirche umsäumte, schnaufte Gritli mehrmals durch, bis sie wieder gleichmäßig atmen konnte. Hier hatte sie Melchior das letzte Mal gesehen, als er das neue Holz für den abgebrannten Dachstuhl der Kirche brachte.

Gritli betrat mit heftig klopfendem Herz den Innenhof der Kirche. Ein Gerüst lehnte an einer Seite des Gebäudes. Verschiedene Werkzeuge lagen in einem Schubkarren, der neben einem Stapel Bretter stand. Da sie keinen Arbeiter entdecken konnte, legte sie die Hand gegen die Stirn und blickte am Kirchturm empor. Der verbrannte Dachstuhl war durch einen neuen ersetzt worden. Doch auch hier sah sie niemanden schaffen. Anscheinend ruhte die Arbeit an diesem Tag, schlussfolgerte sie und zog das Eingangsportal auf. Kalte Luft und der Geruch von Weihrauch strömten ihr entgegen. Sie trat in den Gang, schloss das Portal und knickste. Dann ging sie nach vorn zum Altar, wo sie einen älteren Mann erblickte. Als er die Kerzen entzündete, wusste sie, dass es sich um den Küster handeln musste. Sie schritt auf ihn zu, grüßte freundlich und fragte leise: »Wird heute an der Sankt-Antonius-Kirche nicht gearbeitet?«

»Nein«, antwortete der Kirchendiener mit ebenso gedämpfter Stimme. »Die Arbeiter wurden zu einer anderen Baustelle gerufen, da ein neugedecktes Dach eingestürzt ist, das sie abstützen müssen. Zum Glück ist das Dach unseres Gotteshauses geschlossen. Es macht also nichts, wenn sie erst in ein paar Tagen wiederkommen. Warum willst du das wissen?«

»Meine Mutter schickt mich, denn sie benötigt für eine Warenlieferung ein Mietfuhrwerk. Da sie weiß, dass das Holz der Kirche von einem solchen angeliefert wurde, hofft sie, von Euch die Adresse zu erfahren.«

Gritli war froh, dass der Küster erst wenige Kerzen in dem Kirchenraum entzündet hatte und er deshalb die Röte, die in ihrem Gesicht brannte, nicht bemerken konnte.

Der Mann tippte mit dem Zeigefinger der rechten Hand gegen seine Lippe und überlegte. Schließlich sagte er: »Du meinst sicher den jungen Melchior. Aber ich weiß leider nicht, wo er sein Geschäft hat. Warte, ich werde nachfragen.«

Während der Küster in der Sakristei verschwand, sah sich Gritli in der Kirche um. Sie fand, dass das Gotteshaus im Gegensatz zu anderen Kirchen in Trier sehr schlicht und schmucklos war. Ihr Blick fiel auf den Altar und das Kreuz dahinter. Da sie allein war, kniete sie nieder, schlug das Kreuz vor der Brust und faltete die Hände. Nur für ihre Ohren verständlich, murmelte sie für ihren Bruder Michael eine Fürbitte und bat Gott in seinem Namen um Vergebung. Als der Küster zurückkam, erhob sie sich.

»Melchiors Fuhrunternehmen befindet sich in der Nähe der Petrusstraße«, erklärte der Küster, während er einen Kienspan an einer Kerze entzündete, um damit das nächste Licht zu entfachen.

»Ich danke Euch«, sagte das Mädchen freudig, und der Mann wünschte: »Gottes Segen!«

Gritli musste ihre Schritte zügeln, um nicht aus dem Gotteshaus hinauszustürmen. Doch kaum hatte sie das Kirchengelände verlassen, rannte sie los. Sie achtete nicht auf die Menschen, denen sie begegnete, denn sie hatte Angst, Melchior nicht anzutreffen.

Erst als sie kurz vor der Petrusstraße war, hielt sie inne und keuchte nach Luft, als sie hinter sich das Rattern von Rädern auf dem Kopfsteinpflaster hörte. Sie blickte sich um, und da sah sie ihn.

Melchior hatte sie ebenfalls erblickt und zügelte neben ihr das Pferd. »Hast du dich verlaufen?«, fragte er und zog die Augenbrauen zusammen.

Gritli konnte nicht verhindern, dass ihr das Blut in die Wangen schoss. Sie spürte die Hitze und fächelte sich Luft zu, damit die Röte verschwand. Dabei schaute sie peinlich berührt zu Melchior auf, der scheinbar nur mit Mühe ein Grinsen unterdrücken konnte.

»Ich wollte zu dir«, sagte sie und wurde noch eine Spur roter.

»Zu mir?«, fragte er.

»Meine Mutter benötigt deine Dienste.«

»Deine Mutter?«

Gritli nickte. »Sie muss Ware nach Piesport bringen. Da unser Fuhrwerk im Einsatz beim Holzfällen ist, benötigt sie ein Mietfuhrwerk, und da dachte ich an dich.«

»Du hast mich deiner Mutter empfohlen?«

Wieder nickte sie.

»Ich bin sehr beschäftigt«, erklärte er. »Wann soll ich die Ware nach Piesport bringen?«

»Morgen.«

»Morgen«, wiederholte er. »Das ist ein Tag vor Karfreitag.«

»Ich weiß. Am Abend sind wir wieder zurück.«

»Wir?«

»Ich werde dich begleiten.«

»Warum? Traut ihr mir nicht?«

»Ich muss ein Kleid nach Piesport liefern und prüfen, ob es sitzt.«

»Normalerweise besteht meine Fracht aus Holzplanken oder Steinen. Ein einzelnes Kleid habe ich noch nie befördert. Wir werden den ganzen Tag unterwegs sein.«

»Um die Bezahlung musst du dir keine Gedanken machen.«

»Das mache ich nicht, aber ich finde es unnötig, mit einem Fuhrwerk …«

»Willst du nun den Auftrag oder nicht? Sonst suche ich mir einen anderen Fuhrunternehmer.«

»Wann soll ich dich und das Kleid abholen?«

»Wie lange benötigen wir bis nach Piesport?«

Melchior zuckte mit den Schultern. »Vier Stunden für einen Weg, denke ich.«

»Dann hol mich um fünf Uhr in der Früh ab.«

»Das geht nicht, denn ich muss um sieben mehrere Säcke Korn zur Mühle fahren.«

»Wann kannst du mich abholen?«, fragte Gritli gereizt.

Melchior rechnetet und meinte: »Ich denke, dass ich um zehn Uhr da sein könnte.«

»So spät?«, jammerte sie.

Melchior zuckte mit den Schultern. »Wenn du früher nach Piesport musst, dann solltest du dir einen anderen Fuhrunternehmer suchen.«

»Ist schon gut«, gab Gritli nach. »Hol mich um zehn Uhr ab.«
»Ich werde pünktlich da sein.«

Kapitel 27

Die neunjährige Ines saß am Tisch bei der Mutter und aß ihr Abendmahl. Als sie gerade erzählte, was sie bei ihrer Arbeit als Küchenhilfe auf dem Weingut erlebt hatte, betrat ihr Vater die Küche.

»Wiederhole, was du der Mutter erzählt hast«, forderte Robert seine Tochter auf. Er hatte nur den Schluss gehört und glaubte sich verhört zu haben.

»Beim Weinbauern Pitter sind fast gleichzeitig eine Magd und zwei Knechte gestorben«, erklärte das Mädchen und machte dabei ein gewichtiges Gesicht.

»Das weißt du genau?«

»Ich musste sie waschen und ihnen das Totenhemd überziehen. Dabei hatte ich große Angst, dass sie nach mir greifen würden.«

»Unsinn! Tote sind tot und greifen nicht nach kleinen Mädchen«, erklärte der Vater und grübelte. »Es ist seltsam, dass drei Menschen an einem Tag sterben, wenn sie nicht umgebracht worden sind oder sich im Krieg befinden. Was hat sie dahingerafft?«, fragte er und füllte sich aus einem kleinen Fass, das neben dem Spültisch stand, verdünnten Wein in einen Becher. Seine Tochter zuckte mit den Schultern. »Ich hörte, wie der Bauer zum Herrn Pfarrer und zum Zender sagte, dass die Martha die beiden Knechte mit ihrer Erkältung angesteckt hätte.«

Die Mutter fuhr der Tochter über das Haar. »Man stirbt nicht so schnell an einer Erkältung.«

»Das hat der Bauer auch gesagt«, wiederholte das Kind und brach in Tränen aus.

»Es gibt keinen Grund zu flennen«, schimpfte Robert. »Ich kann mir nicht vorstellen, dass eine Erkältung schuld an ihrem Tod sein soll. Vielleicht haben die drei zusammen im Bett …«

»Wirst du wohl schweigen. Das ist nichts, das für die Ohren unserer Tochter bestimmt ist«, rügte die Frau ihren Mann.

»Es dauert nicht mehr lang, da werden die Burschen in Piesport ihr an die Wäsche gehen«, griente der Vater und trank einen tiefen Schluck aus dem Krug. Er sah aus dem Augenwinkel, wie das Kind nickte. »Das hat der Großknecht auch gesagt«, wisperte es und sah den Vater ängstlich an.

»Was hat der Großknecht gesagt?«

»Dass die Martha mit beiden Knechten das Lager geteilt und ihnen die Seuche angehängt hätte.«

»Du hältst mich wohl zum Narren! Ich denke, sie sind an einer Erkältung gestorben«, brauste Johannes auf und hieb den irdenen Krug auf den Tisch, sodass Frau und Kind zusammenzuckten.

Als seine Tochter daraufhin nicht mehr wagte, etwas zu sagen, beruhigte er sich und fragte leise: »Wie kommt der Großknecht dazu, das zu behaupten?«

»Weil Martha und Jakob schwarzen Schleim gespuckt haben, der ekelhaft gestunken hat. Ich musste ihnen das Blut und den Auswurf wegwischen«, jammerte die Kleine.

Die Mutter blickte ihre Tochter überrascht an. »Blut?«, fragte sie stirnrunzelnd.

»Es kam im hohen Schwall aus Marthas Mund und hat mich vollgesaut. Es hat sogar in meinen Haaren gehangen«, jammerte Ines.

»Kann es sein, dass dieser alte Geizhals Pitter etwas verheimlichen will?«, fragte der Vater nachdenklich.

»Was sollte er verheimlichen wollen? Du sagtest, dass der Zender und der Herr Pfarrer bei dem Bauern gewesen sind, nicht wahr?«, fragte die Mutter ihr Kind, das eifrig nickte. »Dann ist alles rechtens«, fand sie.

»Ich traue dem Pitter nicht über den Weg. Deshalb will ich wissen, was auf dem Hof geschehen ist, und werde den Großknecht fragen. Ich weiß, wo ich ihn um diese Zeit finden werde«, erklärte der Mann und verließ die Küche.

Martin saß mit einigen anderen Knechten am Anlegesteg der Fähre in Richtung Dorfausgang. Hier unten an der Mosel konnte sie niemand beobachten, wenn sie während der Fastenzeit den Wein nicht ausreichend mit Wasser mischten, sondern ihn fast unverdünnt tranken. Und besonders heute brauchte Martin ein starkes Getränk, denn die Bilder gingen ihm nicht mehr aus dem Sinn. Immer wieder sah er in seiner Erinnerung das entstellte Gesicht des Holzknechts, der sich in einem schrecklichen Todeskampf gewunden haben musste. Seine im Tod erstarrte Miene hatte verkrampft und verzerrt gewirkt. Zudem waren sein Lager und sein Körper mit dicken Blutklumpen vollgespuckt gewesen. Es schüttelte Martin, und er leerte den Krug soeben zur Hälfte, als neben ihm eine Gestalt auftauchte. Er wollte den Wein schon in die Mosel schütten, als er den Vater der Küchenhilfe erkannte.

»Was willst du hier?«, fragte Martin den Mann mürrisch, da er keine Lust verspürte, mit ihm zu reden, und lieber seine Ruhe hatte.

»Ich muss mit dir sprechen«, erklärte Ines' Vater und trat dicht an ihn heran.

Martin schnaufte laut aus.

»Willst uns wohl prüfen und uns anschließend beim Weinbauern anschwärzen«, nuschelte einer der Knechte und hob drohend die Faust.

»Red kein dummes Zeug! Ich will nur einige Antworten haben, und wenn ihr mich zu einem Krug Wein einladet, sage ich nicht nein.«

Martin füllte seinen Becher auf und reichte ihn dem Mann. »Du musst aus meinem trinken«, sagte er und verriet: »Ich heiße Martin.«

»Robert«, sagte der Vater der Küchenhilfe und nahm einen kräftigen Schluck. »Das ist was anderes als dieser verdünnte Fusel, den man während der Fastenzeit trinken soll«, flüsterte er und schnalzte mit der Zunge.

»Was willst du wissen?«, fragte Martin und leerte den Becher, bevor er ihn wieder auffüllte.

»Meine Kleine hat erzählt, dass bei euch auf dem Weingut zwei Knechte und eine Magd gestorben seien. Nun will ich prüfen, ob meine Tochter eine Lügnerin ist.«

Martin blickte auf die schnell dahinfließende Mosel. Das Mondlicht spiegelte sich im Wasser und ließ es silbrig leuchten. Er wandte den Blick Robert zu und sagte: »Deine Tochter hat die Wahrheit gesprochen.«

»Wie kann das sein? Wurden sie ermordet?«, fragte er scherzend.

»So könnte man es sagen«, erklärte Martin, und Robert verschluckte sich. Keuchend sog er Luft ein und musste heftig husten.

»Wie meinst du das?«, fragte er, nach Atem ringend.

»Der Bauer, der Pfarrer und der Zender sind derselben Ansicht wie ich, dass Martha mit Jakob und Achim das Lager geteilt und die beiden mit irgendeiner Seuche angesteckt hat. Deshalb könnte man sagen, sie hat die beiden auf dem Gewissen.«

»Herr im Himmel! Welche Seuche rafft so schnell drei Menschen dahin?«

»Das weiß nur der Herr im Himmel«, höhnte Martin leise. »Allerdings muss sie im Körper der drei schlimm gewütet haben, denn sie haben Blut und sogar ihre Lunge ausgekotzt.« Martin schüttelte sich. »Ich kenne Sackflöhe, die man sich bei einer Frau einfangen kann. Auch habe ich schon von der Lustseuche gehört, die Geschwüre verursacht und bei der man verrückt werden soll. Aber mit der Krankheit kannst du einige Zeit überleben. Ich kenne jedoch keine Liebeskrankheit, die so schnell tötet wie diese. So etwas habe ich noch nie gesehen, und ich habe keine Ahnung, wie man es nennt.«

Robert überlegte, während er den nächsten Schluck nahm.

»Hatten die Toten schwarze Flecken an Hals und Körper?«, fragte einer der anderen Knechte, der aufstand, um in die Mosel zu pinkeln. Als er fertig war, drehte er sich den Männern zu.

»Woher weißt du von den Flecken, Christian?«, fragte Martin misstrauisch.

»Ich weiß es nicht, sondern frage nur.«

»Alle drei hatten schwarz verfärbte Hautstellen am Hals und auf der Brust.«

»Das dachte ich mir«, erklärte der Knecht heiser und flüsterte: »Sie sind an der Lungenpest gestorben.«

»Woher willst du das wissen?«, fragte Martin, dessen Stimme vor Angst vibrierte.

»Das, was du geschildert hast, kenne ich. Mein Vater hat sich damals die Seele aus dem Leib gekotzt«, erinnerte sich Christian.

»Dein Vater hatte die Pest? Sie soll ansteckend sein. Wieso hast du sie überlebt?«

»Damals hatte der Pestreiter uns gezwungen, alle Pestkranken von den Gesunden abzusondern. Mein Vater musste zum Sterben in ein Pestlazarett gebracht werden, das abseits unseres Dorfes mitten im Wald lag. Ich habe ihn nicht wiedergesehen. Aber ich kann mich noch gut an die Flecken und den schwarzen Auswurf erinnern. Glaubt mir, die drei auf dem Weingut sind an der Lungenpest gestorben.«

Robert blickte die Knechte mit schreckensweiten Augen an. »Wenn das stimmt, sind wir alle verloren.«

»Die Bäuerin hat recht gehabt«, flüsterte Martin und sah auf die Mosel hinaus.

»Wie meinst du das?«, fragte Robert, und der Großknecht wiederholte die Vermutung der Weinbäuerin.

»Dann hat der alte Pitter das verheimlichen wollen«, schimpfte Robert, doch Martin schüttelte den Kopf. »Das glaube ich nicht, denn der Pfarrer und der Bürgermeister meinten auch, dass die drei an einer Lustkrankheit gestorben sind.«

»Wir können das nicht für uns behalten«, sagte Christian. »Es wird mehr Tote geben. Wir müssen das unserem Lehnsherrn melden.«

»Ich glaube nicht, dass Martha noch mit anderen Knechten das Lager geteilt hat«, erklärte Martin hektisch.

»Glauben ist nicht Wissen«, spottete Christian. »Ich werde abhauen, damit mich die Seuche nicht auch noch packt.«

»Wohin willst du?«

»Das ist mir einerlei. Nur fort aus dem Pestdorf. Ich hatte einmal das Glück, dass der Schwarze Tod mich nicht geholt hat. Irgendwann ist mein Glück aufgebraucht«, erklärte er und leerte seinen Krug, den er Martin in die Hand drückte.

»Was sagst du deinem Bauern? Er wird dich nicht gehen lassen.«

Christian sah Martin erstaunt an. »Ich werde ihm nichts sagen. Oder denkst du, dass ich mich von ihm verabschieden sollte?«, spottete er. »Noch in dieser Stunde werde ich meine Sachen packen und verschwinden. Heimlich, damit der Alte nichts mitbekommt.«

Robert hinderte den Knecht am Fortgehen und hielt ihn am Ärmel fest. »Wenn die Magd und die beiden Knechte tot sind, ist die Gefahr gebannt, oder?«, fragte er.

»Das kann ich dir nicht sagen. Ich weiß nur, dass noch Tage später jemand an der Pest erkranken kann. Damals hieß es, dass man durch Berührung angesteckt wird. Ihr solltet jeden, der mit den drei Toten Kontakt hatte, in ein allein stehendes Haus weit weg von hier bringen. Wenn sie nach einem Monat noch am Leben sind, können sie zurückkehren.«

»Wieso einen Monat?«

Der Knecht zuckte mit den Schultern. »Es ist ratsam, die Kranken und die Leute, die sich vielleicht angesteckt haben, so lange wie möglich von den Gesunden fernzuhalten. Ich wünsche euch alles Glück der Welt, denn das werdet ihr brauchen«, sagte Christian und verschwand in der Dunkelheit.

Martin blickte ihm nach, dann drehte er sich Robert zu. »Deine Tochter hat die Toten gewaschen. Sie könnte sich angesteckt haben.«

»Bist du von Sinnen?«, ereiferte sich Robert und sah den Großknecht wütend an. »Sie ist erst neun Jahre alt.«

»Das hat nichts zu sagen. Du hast Christians Ratschlag gehört.«

»Ist er ein Heiler, dass er Ahnung von der Pest hat?«, brüllte Robert.

»Im Gegensatz zu uns hat er die Seuche bereits kennengelernt und überlebt. Ich vertraue auf seine Meinung. Wir müssen alle fortschaffen, die mit den Toten Kontakt hatten.«

»Was ist mit dir?«, fragte Robert und ging einen Schritt auf den Großknecht zu.

»Ich habe sie nur mit dem Prügelende berührt.«

»Bist du dir sicher?«

Martin nickte eifrig, und er sah Robert mit festem Blick an: »Ja, ich bin mir sicher. Nur mein Knüppel hat die Toten berührt. Wir müssen den Weinbauern und seine Frau wegschaffen … und deine Tochter«, mahnte er.

»Nur über meine Leiche«, begehrte Robert auf und spürte im selben Augenblick einen Schlag auf seinem Kopf, der ihn besinnungslos zu Boden gehen ließ.

Auch in dieser Nacht saß Michael auf einem Schemel vor dem Fenster seiner Kammer und blickte auf die gegenüberliegende Straßenseite. Angestrengt forschte er, ob er im Schatten der Hauswand eine Bewegung ausmachen konnte. Doch außer einer Maus, die über den Weg huschte, war nichts zu erkennen.

Michael wischte sich über das Gesicht. Seine Augen tränten unentwegt. Er wusste, dass es nicht nur vor Übermüdung geschah, sondern auch aus Enttäuschung, denn Andrea hatte ihn anscheinend verlassen. Seine – wie er gedacht hatte – große Liebe schien ihn zurückgelassen und vergessen zu haben. Auch wenn er selbst nicht kommen kann, so hätte er mir doch eine Nachricht schicken können, jammerte Michael in Gedanken.

Weil er gehofft hatte, dass ein Bote ihn aufsuchen würde, war er bei jedem Türglockengeläut hochgeschreckt. Aufgeregt hatte er am Treppenansatz gelauscht, ob jemand nach ihm fragte. Doch die Boten wollten entweder zu seiner Mutter oder zu seinem Vater.

Michael hatte dann gehofft, dass Andrea ihn in der Nacht aufsuchen werde, wenn alle schliefen und es ungefährlich war. Aber Andrea ließ sich nicht blicken. »Womöglich habe ich mich von ihm täuschen lassen«, schniefte Michael und presste sich ein Tuch vor den Mund, um nicht laut aufzuschreien. »Meine Familie hat sicherlich recht, dass Andrea der Teufel in Menschengestalt ist, der mich verführte.« Er zog die Knie vor die Brust und versteckte sein Gesicht dazwischen. »Wie konnte ich nur so dumm sein?«, weinte er. »Ich hätte sogar meine Familie für Andrea verlassen und wäre mit ihm weggegangen, weil ich glaubte, dass wir uns lieben. Doch ich habe mich geirrt. Ich bin Satan aufgesessen und muss nun sehen, wie ich damit zurechtkomme.« Er schlang die Arme um die Beine und legte den Kopf darauf. »Sogar meine Schwester verdammt mich wegen meiner Lasterhaftigkeit. Aber was kann ich dafür, wenn der Teufel mir die wahre Liebe vorgaukelt? Ich weiß, dass ich nicht der einzige Mann bin, der sündhaft geworden ist. Es gibt mehr Männer, die einem Mann verfallen sind. Es heißt, dass Adlige, Reiche und auch Kirchenmänner darunter seien. Sogar in den Klöstern sollen Mönche es miteinander getrieben haben. Wurden sie alle vom Satan verführt? Welches Ziel verfolgt er damit? Warum ist er mir im Körper eines wunderschönen Jünglings erschienen?«

Michael umfasste sein Gesicht mit beiden Händen. »Ich werde verrückt. Wie kann ich den Makel von mir schütteln und wieder gesund werden? Wie kann ich zurück zu meiner Familie finden?« Er stand auf, schob den Schemel zur Seite und presste seine ausgestreckten Arme gegen die Scheibe. Mit einem tiefen Seufzer legte er die Stirn gegen das Glas und starrte hinaus in die Dunkelheit. Sein Atem schlug sich als Dunst nieder und behinderte seine Sicht. Michael zeichnete mit dem Finger ein A auf die Scheibe und flüsterte: »Ich hätte mein Leben für Andrea gegeben, und dabei wäre es mir egal gewesen, dass in Wahrheit der Teufel in ihm steckt.«

Der Knecht Christian besaß nicht viel, was er sein Eigen nennen konnte. Leise, damit die anderen Knechte nicht wach wurden, rollte er sein zweites Hemd und die Hose für die Kirchgänge zusammen und verstaute beides in einem Beutel. Außerdem nahm er das kleine Holzkreuz von der Wand und stopfte es zwischen die Kleidung. Es war das Einzige, was seine Eltern ihm hinterlassen hatten. Sein Messer steckte er in das Futteral am Gürtel seiner Hose. Christian sah sich noch einmal um. Als er sicher war, dass er nichts vergessen hatte, stieg er die Leiter des Dachbodens hinab. Ich muss Essen und einen Wasserschlauch mitnehmen, überlegte er und schlich zur Küche, vor deren Tür er das laute Schnarchen der Köchin hören konnte. Da der Weinbauer Angst hatte, sein Gesinde könnte heimlich die Essensvorräte plündern, hatte er der alten Erna einen Schlafplatz in der Speisekammer zugewiesen. Christian wusste jedoch, dass sie so tief schlief, dass man sie hätte wegtragen können, ohne dass sie es merkte. Auf leisen Sohlen betrat er den Vorratsraum und ging zu dem Regal, an dem mehrere Hartwürste hingen. Er nahm eine Stangenwurst vom Haken und packte sie in den Beutel, ebenso wie ein Bund Zwiebeln, ein Stück Speck und einen Laib Brot. In der Küche nahm er einen leeren Wasserschlauch von der Wand und hing ihn sich um die Schultern. Er würde ihn später mit frischem Wasser aus einem Bach füllen. Als die Köchin laut nach Luft schnappte, um dann wie ein Schwein zu grunzen, konnte er sich nur mit Mühe das Lachen verkneifen. Rasch ging er aus der Küche und verließ durch den Hintereingang das Weingut.

Die neunjährige Ines wurde von einem Schrei im Haus geweckt. Verschlafen rieb sie sich die Augen. Sie glaubte geträumt zu haben, als sie aus der Küche lautes Gepolter hörte. Geschirr schien zu Bruch zu gehen. Auch konnte sie die kreischende Stimme der Mutter vernehmen. Verängstig und neugierig zugleich verließ das Kind das Bett und stieg die Treppe hinab. Als der Lärm auf jeder Stufe lauter wurde, blieb Ines zaudernd in der Mitte der Treppe stehen und blickte durch die Holzstreben des Geländers nach unten.

In diesem Augenblick kam ihre Mutter mit verweintem Gesicht an die unterste Stufe und rief ihr zu: »Versteck dich! Sie wollen dich holen!«

Ines wollte zu ihr laufen, doch die Mutter schüttelte den Kopf und bedeutete ihr, nach oben zu gehen. »Versteck dich«, wisperte sie erneut, und Ines fragte verstört: »Warum?«

Da wurde die Küchentür aufgerissen, und Pitters Großknecht sowie zwei weitere Knechte erschienen. Martin hatte eine Platzwunde auf der Stirn, die stark blutete. Als er Ines' Mutter erblickte, rief er wütend: »Du Miststück!«

»Nicht mein Kind!«, schrie Ines' Mutter und versuchte, vor ihm die Treppe zu ihrer Tochter hinaufzustürmen, doch der

Großknecht hielt sie am Fuß fest, sodass sie ungebremst auf die Stufen knallte. Erbarmungslos riss er sie am Bein zurück. Ihr Kopf schlug auf das harte Holz. »Flieh«, stöhnte sie und sah flehend ihre Tochter an. Dann wurde sie besinnungslos.

»Warum hast du das gemacht, Martin?«, fragte Ines weinend und kniete sich neben die Mutter.

»Du hast die Magd und die Knechte gewaschen, die an der Pest gestorben sind. Alle, die mit ihnen in Berührung kamen, müssen einen Monat lang in einem anderen Haus wohnen«, erklärte er mitleidlos.

»Du auch?«, fragte das Kind.

»Warum sollte ich?«

»Du hast sie auch berührt.«

»Das habe ich nicht«, wehrte sich Martin laut.

»Ich habe gesehen, wie du Martha das Blut abgewischt und es zwischen deinen Fingern zerrieben hast.«

Nun erinnerte sich Martin wieder, und sein Herz begann heftig zu klopfen. Er sah, wie sich die beiden anderen Knechte anblickten, da wurde er bereits am Arm gepackt.

»Du weißt, was das bedeutet«, sagte einer der Männer und zog ihn mit sich, während sich der andere die schreiende Ines über die Schultern warf.

Piesport lag malerisch gelegen am Hang eines steilen Weinbergs direkt an der Mosel. Das Dorf war nicht groß und zählte keine hundert Haushaltungen. Schmale und verwinkelte Gassen prägten ebenso das Bild wie die kleinen Häuser aus dunklem Schiefergestein. Um in den Ort zu gelangen, gab es nur zwei Wege, da unterhalb der Mosel ein steiler Fels aus dem Wasser aufstieg, den man nicht überqueren oder umrunden konnte. Oberhalb des Flusses befand sich der Nikolausfelsen, der so dicht ans Ufer reichte, dass es auch hier nicht möglich war, an ihm vorbeizukommen. Deshalb musste man mit der Fähre über den Fluss ans andere Ufer setzen oder den steilen Hohlweg nehmen, der seitlich den Weinberg hinaufführte. Diesen Weg gab es seit ewigen Zeiten, da er von den Römern stammen sollte, die ihn als Verbindung zwischen den beiden Hauptstrecken von Trier nach Bingen sowie nach Andernach genutzt hatten.

Eine weitere Möglichkeit war die Furt bei dem kleinen Ort Ferres, die jedoch nur bei niedrigem Wasserstand passiert werden konnte. Wollte man diesen Übergang nutzen, musste man zudem einen großen Umweg machen, weshalb er meistens nicht infrage kam, zumal Niedrigwasser unregelmäßig und oft nur im Hochsommer herrschte.

Christian wusste, dass der Fährmann zu dieser späten Stunde niemanden mehr ans andere Moselufer übersetzte. Er hätte deshalb bis zum Morgengrauen warten müssen, aber er wollte nicht einen Tag länger in Piesport bleiben. »Ich nehme lieber den anstrengenden Hohlweg in Kauf, als mich in dem Dorf womöglich mit der Seuche anzustecken«, grummelte er und lief in den Weinberg.

Zum Glück erhellte das Licht des Vollmondes den Pfad, sodass Christian rechtzeitig Unebenheiten erkennen konnte. Trotzdem achtete er sorgsam auf seine Schritte, denn am Rand des von Regen und Schneeschmelze ausgewaschenen Weges trat vereinzeltes Wurzelwerk an die Oberfläche, an dem man hängen bleiben und zu Fall gebracht werden konnte.

Christian war bereits ein weites Stück gegangen, als er verharrte und hinter sich blickte. Er wollte noch einmal den Ort sehen, in dem er viele Jahre gelebt und gearbeitet hatte. Das Wasser der Mosel glitzerte im Mondlicht und schien friedlich dahinzuplätschern, obwohl es ein schnell fließendes Gewässer war, das an manchen Stellen dreißig Fuß in die Tiefe reichte. Plötzlich wurde seine Aufmerksamkeit auf mehrere helle Punkte gelenkt, die sich hin und her bewegten. Das müssen Fackeln sein, überlegte er. Im nächsten Augenblick glaubte er Schreie zu hören. Die Laute wurden schriller, und da wusste er, dass er sich nicht getäuscht hatte. Christian war zu weit weg, um etwas verstehen zu können, doch die Lichter bewegten sich schneller und verschwanden in den Häusern, um kurz darauf in den Gassen wieder aufzutauchen. Er ahnte, was sich unter ihm im Dorf abspielte. »Sie treiben alle aus ihren Häusern, die mit den Toten in Berührung gekommen sind«, mutmaßte er.

Plötzlich erinnerte er sich wieder an Szenen in seiner Kindheit. Auch damals hatten die Menschen geschrien, geweint und um Gnade gefleht, und sogar sein Vater hatte gebettelt, in seinem Haus bleiben zu dürfen. Doch auch ihn hatte man zum Sterben fortgebracht.

Christian war mittlerweile ein Mann mittleren Alters, und trotzdem machte ihn die Erinnerung daran traurig. Aber er wusste, dass es nur eine einzige Möglichkeit gab, die Pest zu überleben. Man musste die Ansteckungsgefahr bannen, indem man die Menschen wegsperrte, die mit den Verseuchten Kontakt hatten. »Und dann muss man abwarten, wer daran erkrankt«, murmelte er.

Das Glockengeläut der Sankt-Michaels-Kirche ließ sein Herz rasen. »Herr im Himmel«, flüsterte er voller Schrecken. »Die Orte Krames und Ferres gehören zur Pfarrei von Piesport. Ich muss ihnen Bescheid geben, dass im Ort die Pest wütet und dort keine Hochzeiten oder Kindstaufen stattfinden können.«

Er schloss die Augen. Ich werde in der Wallfahrtskirche von Klausen eine Kerze für die armen Seelen in Piesport anzünden, und eine weitere aus Dankbarkeit, weil ich auch dieses Mal dem Schwarzen Tod entkommen bin, dachte er und warf einen letzten Blick hinab zur Mosel. Dann ging er den Hohlweg weiter und nahm sich vor, niemals wieder zurückzukehren.

Kapitel 28

Bereits lange vor dem Morgengrauen saß Gritli angekleidet auf ihrem Bett und wartete, dass die Kirchenglocken in Trier die nächste Stunde verkündeten. Doch als die Glocken erklangen, zählte sie nur sechs Schläge. Sie erhob sich seufzend und wanderte unruhig in ihrer Kammer hin und her. Irgendwann knurrte ihr Magen.

Ich sollte die Zeit nutzen und eine Kleinigkeit essen und auch etwas für unterwegs zusammenpacken, überlegte sie und ging nach unten in die Küche. Dort wurde sie von der Köchin begrüßt, die gerade das Feuer im Herd entfachen wollte. »Guten Morgen, mein Kind. Du bist früh auf. Konntest du nicht schlafen?«

»Ich muss für Mutter ein Kleid nach Piesport bringen und habe bis spät in der Nacht daran gearbeitet. Als ich endlich mit meiner Arbeit fertig war und mich hinlegen konnte, hatte ich Angst zu verschlafen und bin immer wieder hochgeschreckt. Da ich nicht mehr einschlafen konnte, habe ich mich angekleidet. Doch nun spüre ich, wie ich doch müde werde«, gähnte Gritli und setzte sich an den Tisch, wo sie ihren Kopf auf die Tischplatte legte.

Mitfühlend strich ihr die alte Marie über das lockige Haar, das im Nacken zusammengebunden war. »Ich werde dir einen kräftigen Sud aufbrühen, der dich belebt. Außerdem bekommst du frisch gebackenes Brot – dick mit Butter bestrichen«, versprach sie und küsste dem Mädchen, das sie seit seiner Geburt kannte und wie eine Enkeltochter liebte, den Scheitel. Dann schlurfte sie zur Herdstelle und legte Holz nach. Mit aufgeblähten Wangen blies sie kräftig in die glimmende Glut, und sogleich fing das trockene Scheit Feuer. Dann stellte sie den Kessel auf den Rost und erwärmte das Wasser für den Kräutersud. Während sie Brot abschnitt, fragte sie: »Was ist mit deinem Bruder?«

Gritli erschrak ob der Frage, und ihr Kopf ruckte von der Tischplatte hoch. »Wie meinst du das?«

»Seit Tagen verlässt er kaum seine Kammer. Wenn ich ihn sehe, schaut er beschämt weg oder geht mir aus dem Weg. Und auch du scheinst nicht viel mit ihm zu sprechen, obwohl er dir diesen schönen Schal mitgebracht hat, den du um den Hals trägst. Hat Michael Kummer?«

»Kummer?«, fragte Gritli und tat, als ob ihr das sonderbare Benehmen ihres Bruders nicht aufgefallen wäre.

Die Köchin zuckte mit den Schultern und stellte dem Mädchen das Brett mit dem Brot, das sie in Streifen geschnitten hatte, auf den Tisch. »Vielleicht vermisst er das fremde Land, in dem er so viele Monate gelebt hat«, überlegte sie laut.

»Das Wasser kocht«, versuchte Gritli die Köchin von ihren Gedanken abzulenken.

Marie wackelte zum Herd und zupfte von verschieden Kräuterzweigen, die an einem Balken hingen, mehrere Blätter ab. Sie zerdrückte sie zwischen den Handflächen und ließ sie in ein Leinentüchlein bröseln. Das band sie an den Enden zusammen und legte das Säckchen in einen Krug, den sie mit heißem Wasser auffüllte.

»Die Kräuter müssen im Wasser ziehen. In der Zeit kannst du mir meine Frage beantworten.« Als Marie Gritlis erstaunten Gesichtsausdruck sah, kicherte sie. »Du denkst wohl, dass ich eine alte Frau bin, die nicht mitbekommt, was du zu ihr sagst oder auch nicht sagst. Aber ich kenne dich schon viel zu lange, mein Kind. Ebenso wie deinen Bruder, und deshalb habe ich ein Recht zu erfahren, warum dein Vater und Michael nicht miteinander sprechen und warum dein Bruder sich kaum blicken lässt.«

In Gritlis Kopf schwirrten rasend schnell die Fragen durcheinander. Sollte sie Marie die Wahrheit erzählen oder lügen? Wäre es besser zu schweigen? Doch diesen Gedanken verwarf Gritli sofort, denn sie befürchtete, damit erst recht die

Neugierde der Köchin zu erregen. Es wäre sinnvoll, wenn ich ihre Fragen beantworte, ohne Michaels Vergehen zu verraten, beschloss sie und sah Marie, die den Sud in einen Becher umfüllte, nachdenklich an. Die Köchin stand mit dem Rücken zu ihr und konnte deshalb Gritlis Miene nicht sehen. Marie ist so alt, sie hat in ihrem Leben sicher schon sehr viel gesehen und erfahren. Vielleicht kennt sie eine Lösung für unser Problem, überlegte Gritli.

Die Köchin stellte die Kräutermischung vor ihr auf den Tisch. »Weiß du nun, welche Antwort du mir geben wirst?«, grinste sie.

Gritli blickte erschrocken auf. »Du wirst mir unheimlich. Kannst du Gedanken lesen?«

»Ach mein Kind«, stöhnte die Köchin und setzte sich zu ihr an den Tisch. »Im Laufe meines Lebens habe ich Manches gesehen und Ungewöhnliches gehört. Auch kann ich eins und eins zusammenzählen. Dein Zögern verrät mehr, als es verschweigt.«

»Wenn ich dir erzähle, worum es geht, wirst du mich nicht verraten?«

Die Köchin schüttelte den Kopf. »Ich gebe dir mein Ehrenwort«, erklärte sie und nahm sich einen Streifen Brot von Gritlis Platte, den sie sich in den zahnlosen Mund steckte.

»Michael hat Liebeskummer«, erzählte das Mädchen wahrheitsgemäß. »Er hat in Italien seine große Liebe gefunden. Vater möchte Michael aber mit einer Frau aus Trier vermählen und will nichts von der fremden Schönheit wissen.«

Als Marie über Gritlis Worte nachdachte, rollten ihre Augäpfel hin und her. »Warum gab es dann diese Schreierei in dem Gewächshaus? Ich war überzeugt, dass ich einen fremden Mann von dort flüchten sah.«

Gritli spürte, wie ihre Ader am Hals heftig pulsierte. Rasch stopfte sie sich Butterbrot in den Mund und trank mehrere Schlucke von dem Kräutergebräu, um Zeit für eine Antwort zu finden. Dabei verschluckte sie sich und musste husten. »Das war der Bruder der Frau, der Michael eine Nachricht von ihr überbracht hatte.«

Wieder rollten Maries Augen von rechts nach links. »Und warum war er nur spärlich bekleidet?«

»Woher willst du das wissen?«, fragte Gritli entrüstet.

»Er ist an meiner Kammer vorbeigerannt. Als ich aus dem Fenster blickte, konnte ich erkennen, dass er kaum bekleidet war.«

Gritli atmete theatralisch aus und lehnte sich auf dem Stuhl zurück. »Also gut«, stöhnte sie. »Dann will ich dir die Wahrheit erzählen. Michael weiß natürlich, dass er das fremde Mädchen nicht heiraten darf, und hat ihren Bruder fortgeschickt. Doch der war von seiner Schwester angewiesen worden, nicht ohne ein Antwortschreiben nach Italien zurückzukehren. Er hoffte, wenn er Michael verfolgte, würde der sich erweichen lassen. Selbst in der Nacht hat der junge Mann vor unserem Haus in der Hoffnung ausgeharrt, Michael würde es sich anders überlegen. Aber mein Bruder war außer sich und hat ihn für eine Unterredung in das Gewächshaus gebracht, denn in unser Haus hätte er ihn nicht bitten dürfen. Da es spät geworden war, bot er dem Mann an, in dem Häuschen zu nächtigen, denn dort würde ihn niemand vermuten. Doch Vater konnte in der Nacht nicht schlafen und ist in das kleine Gartenhaus gegangen. Als er auf den Mann traf, glaubte er einen Einbrecher vor sich zu haben. Und so kam eins zum anderen. Nun ist Vater auf Michael erbost, da der nicht ehrlich war, und Michael ist wütend, weil Vater ohne Vorwarnung auf den jungen Mann eingedroschen hat, der Hals über Kopf geflohen ist. Nun kennst du die Wahrheit«, flüsterte Gritli geheimnisvoll und versenkte ihren Blick in dem Becher.

Marie musterte das Mädchen mit leicht zusammengekniffenen Augen. »Das soll ich dir glauben?«, fragte sie misstrauisch.

Gritli schloss kurz die Augen und nahm einen tiefen Schluck. Dann sah sie Marie an und erklärte: »Nein! Das sollst du nicht. Die Wahrheit ist eine andere. Wahr ist nämlich, dass der junge

Mann Michaels Liebhaber ist und sie sich auf ein Schäferstündchen in dem Gartenhaus getroffen haben.«

Die Augen der Köchin wurden riesengroß, und ihre Gesichtszüge schienen zu entgleisen. Dann lachte sie schallend los. »*Das* werde ich dir auf keinen Fall glauben«, erklärte sie und strich dem Mädchen lachend über den Arm.

Der Knecht Christian stemmte erschöpft die Hände in die Hüften. Der steile Hohlweg war anstrengender, als er gedacht hatte. Mehrmals fiel er hin und schrammte sich Knie und Handballen auf. Die Lunge brannte von dem Anstieg, und die Beine schmerzten, doch die Angst vor dem Schwarzen Tod trieb ihn vorwärts. Mit keinem Blick mehr schaute er zurück. Christian schnappte nach Luft. Zum ersten Mal nach vielen Jahren dachte er an seinen Vater und konnte sich die Angst vorstellen, die den schwerkranken Mann beherrscht haben musste, als man ihn wegbrachte.

Christian ging in die Knie und bedeckte sein Gesicht mit den Händen. Er war noch ein kleiner Junge gewesen, als die beiden Mönche, die im Auftrag des Pestreiters handelten, plötzlich im Raum standen. Sie hatten ihre Gesichter mit Pestmasken verdeckt, deren Anblick ihm große Angst machte. Voller Furcht hatte er sich an den Rock seiner Mutter geklammert, die schreiend dagestanden und es nicht gewagt hatte, ihren Mann ein letztes Mal zu umarmen. »Wo bringt ihr ihn hin?«, hatte sie geschrien.

»Zu den anderen«, zischte einer der Männer. Der Krähenschnabel der Maske, durch den er sprach, verzerrte seine Stimme. Willenlos ließ sich der Vater, der zu schwach war, um sich zu wehren, hinausbringen. Immer wieder hatte er gehustet und Blut gespuckt. Bevor er durch die Tür gezogen wurde, hatte der Vater sich ein letztes Mal zu Weib und Kind umgedreht.

Christian hatte geglaubt, dass er diesen Blick aus rotgeränderten und blutunterlaufenen Augen vergessen hätte. Doch in diesem Augenblick wusste er, dass sich die Erinnerung fest in seiner Seele eingebrannt hatte. Er war nun fast dreißig Jahre alt, und plötzlich weinte er wie ein Kind. Weinte um den Vater, den er nie wieder gesehen hatte und der irgendwo allein und elendig hatte sterben müssen.

Trotzdem war es richtig gewesen, die Kranken von den Gesunden zu trennen, war Christian noch immer überzeugt. Er kam aus der Hocke hoch. Wenn der Vater bei ihnen geblieben wäre, hätten die Mutter und er ebenfalls den Schwarzen Tod sterben müssen. »Vielleicht noch einige andere mehr. Deshalb muss ich die Menschen in Krames warnen«, flüsterte Christian und wischte sich die Tränen fort. Müde setzte er seinen Weg fort und war froh, als der steile Weg geschafft war und er auf eine Ebene hinaustrat.

In diesem Augenblick brach die Morgensonne zwischen den Wolken hervor. Als die Vögel zwitscherten, musste Christian bitter lächeln. »Im Dorf sterben die Menschen an der Pest, doch die Natur erfreut sich eines neuen Tages.«

Als es läutete, sprang Gritli auf und eilte in den Flur, wo sie mit ihrer Mutter zusammenstieß. »Immer langsam mit den jungen Pferden«, rief die ihr lachend hinterher, doch Gritli war bereits am Eingang. Hastig riss sie die Haustür auf und erblickte Melchior, dessen flachsblondes Haar wirr in alle Richtungen abstand.

»Ich soll …«, begann er, doch dann erkannte er sie. »Ach, du bist es. Ich bin pünktlich«, erklärte er und sah sie verlegen an.

»Ja, ich weiß. Warte einen Augenblick, ich muss das Kleid holen.«

Doch da stand ihre Mutter hinter ihr und reichte ihr den Leinensack, in dem die Robe verpackt war.

»Du weißt, worauf du achten musst?«, fragte Susanna, und

ihre Tochter nickte. »Hast du das Nähzeug dabei, falls etwas abgeändert werden muss?« Erneutes Kopfnicken. Sie drückte Gritli einen Kuss auf die Stirn. »Danke, dass du das für mich übernimmst«, raunte sie ihr ins Ohr. Dann schweifte ihr Blick zu Melchior, der das Geschirr des Pferdes überprüfte. »Du weißt, wie du nach Piesport kommst?«, fragte sie mit ernstem Blick.

»Ich habe mich erkundigt und weiß, wie ich zu fahren habe.«

»Du selbst wohnst in der Petrusstraße?«

»Jawohl, Frau Blatter.«

»Ich kann mich darauf verlassen, dass du tugendhaft bist und meine Tochter sicher nach Piesport und wieder zurück nach Hause bringst?«

Melchior nickte. »Ihr könnt Euch auf mich verlassen, Frau Blatter! Allerdings könnte es später Abend werden, bis wir wieder da sind. Wir wissen nicht, wie die Wege beschaffen sind und wie schnell das mit dem Kleid erledigt ist. Ich sage das nur, damit Ihr Euch nicht sorgt.«

»Dessen bin ich mir bewusst. Da du meiner Tochter bereits einmal sehr geholfen hast, vertraue ich dir und lasse sie mit dir fahren.«

»Ich danke Euch für Euer Vertrauen.«

»Es soll dein Schaden nicht sein«, sagte sie nun mit einem milden Gesichtsausdruck. Sie wandte sich an ihre Tochter und flüsterte: »Er scheint ein gewissenhafter junger Mann zu sein.«

Da trat die Köchin hinter sie und gab Gritli einen Beutel und einen Krug. »Hier, mein Kind. Du hast deine Wegzehrung vergessen«, sagte sie und blickte prüfend zu Melchior. Als sie seiner freundlichen Erscheinung gewahr wurde, nickte sie zustimmend. »Mit ihm kannst du fahren«, erklärte sie und zwinkerte Gritli zu, die daraufhin beschämt den Blick senkte.

Susanna zupfte den Schal um Gritlis Hals zurecht und drückte ihre Tochter schmunzelnd an sich. »Ich erwarte dich am späten Abend zurück, mein Kind.«

»Wir müssen los, sonst können wir den Zeitplan nicht einhalten«, erklärte Melchior, während er Gritli den Krug und den Proviantbeutel abnahm und vorne unter dem Sitz verstaute.

Als das Mädchen um das Pferd herumging, fragte sie mit einem überraschten Blick auf die Ladefläche: »Wieso nimmst du Fässer mit?«

»Da ich wusste, dass das Gasthaus Kesselstadt Wein vom Weingut Pitter in Piesport bezieht, habe ich gestern dort nach dem Weg gefragt, und nun soll ich ihnen sechs Fässer Wein mitbringen. Freu dich, denn dadurch werden eure Fahrtkosten halbiert«, erklärte Melchior und lächelte breit.

»Sehr schlau«, lobte Susanna und reichte ihm den Kleidersack, den er vorsichtig auf der Ladefläche hinter dem Sitz verstaute.

Dann umfasste Melchior ohne Vorwarnung Gritlis Hüfte und hob sie hoch. »Der Schal schmeichelt dir«, murmelte er, als ihr Gesicht dicht vor seinem war. Anscheinend ohne jede Anstrengung setzte er sie auf dem Kutscherbock ab.

Gritli strich sich verlegen den Rock glatt und wagte nicht, zu ihrer Mutter und Marie zurückzuschauen, die im Türrahmen standen und sie beobachteten.

»Können wir losfahren?«, fragte Melchior und nahm die Zügel auf.

Gritli nickte, drehte sich zu den beiden Frauen um und hob zum Abschied die Hand. »Bis heute Abend«, rief sie.

Ihre Mutter und die Köchin winkten zum Abschied. Dann schloss sich hinter beiden die Tür.

Melchior ließ das Pferd antraben, und das Gefährt ruckelte über das Kopfsteinpflaster, sodass sich Gritli an dem Haltebügel neben dem Sitz festhielt. Nervös blickte sie nach hinten zu dem Kleid, das wohlverwahrt auf der Ladefläche lag. Dabei entdeckte sie zwei kleine Kästen. »Was sind das für Behälter? Noch etwas, das du aus Piesport mitbringen sollst?«, fragte sie neugierig.

»Darin befinden sich Tauben«, erklärte Melchior und lenkte das Fuhrwerk sicher an einem anderen vorbei, das ihnen rasend schnell entgegenkam.

»Tauben?«, wiederholte Gritli, die glaubte, sich verhört zu haben. Doch er nickte.

»Warum nimmst du die Viecher mit? Willst du sie braten?«

»Es sind Brieftauben«, antwortete Melchior knapp und konzentrierte sich auf das Lenken.

Gritli sah ihn fragend an. »Das musst du mir erklären«, bat sie.

Doch er schüttelte den Kopf. »Erst wenn wir aus der Stadt heraus sind. Jetzt muss ich aufpassen, dass mir keiner vor das Gefährt springt«, sagte er und lenkte das Pferd in Richtung Stadttor an der Simeonskirche.

Gritli blickte umher und hatte das Gefühl, als ob sie die Stadt Trier mit neuen Augen sah. Neugierig beobachtete sie die Menschen, die ihnen begegneten, und das Geschehen um sie herum. Schon am Vormittag herrschte reges Treiben in den Straßen. Sie sah Bauern, die ächzend ihre mit Gemüse vollgeladenen Handkarren zum Marktplatz zogen. Mehrere quiekende Schweine, die dem Metzger entflohen waren, kreuzten ihren Weg. Melchior knallte mit der Peitsche, und sie sprangen zur Seite. Der Fleischer versuchte die Tiere einzufangen, doch jedes Mal entwichen sie ihm. Als er eine Sau am Ohr zu fassen bekam, stolperte er und fiel bäuchlings in den Dreck. Er fluchte und schimpfte, sodass Gritli laut auflachte. Nahe dem Viehmarkt zog ein Hirte ein Mutterschaf an einem Strick, während das Lamm meckernd folgte. Gritli bemerkte einen Knecht, der einen prächtigen Hengst zum Pferdemarkt führte. Durch das Geschrei des Metzgers wurde der Rappe anscheinend erschreckt, denn er stieg in die Höhe, sodass der Pferdewirt verängstigt zur Seite sprang.

»Wie aufregend es ist, wenn man so früh in der Stadt unterwegs ist«, meinte Gritli freudig.

»Das kann nur jemand sagen, der den Morgen im Bett verbringt«, spottete Melchior. »Ich habe das Treiben jeden Tag um mich, und es ist alles andere als aufregend.«

Gritli sah ihn enttäuscht an und schluckte ihre Antwort hinunter. Als sie wieder vor sich schaute, entdeckte sie über den Dächern der Häuser den Turm der Simeonskirche. Kurz darauf erreichten sie das Stadttor.

Die Stadtwache schaute gelangweilt auf die Ladefläche ihres Fuhrwerks und ließ sie passieren. Sie waren die einzigen, die aus Trier hinauswollten, während zahlreiche Menschen hineinströmten. Melchior lenkte das Gefährt auf die andere Seite der Mosel, wo sie der Handelsstraße folgen mussten. Endlich konnte er das Pferd in einen gleichmäßigen Trab fallen lassen und sich entspannt zurücklehnen.

»Jetzt kannst du mir erzählen, warum du das Federvieh mitnehmen musst«, bat Gritli und sah Melchior neugierig an.

Der machte erneut ein zerknirschtes Gesicht und sah kurz zur Ladefläche. »Was soll ich dir sagen? Sobald ich eine Fuhre außerhalb Triers annehme, verlangt meine Mutter, dass ich die Brieftauben mitnehme.«

»Sollst du ihr eine Nachricht schicken? Das ist kindisch«, neckte ihn Gritli lachend, sodass Melchior sie mürrisch ansah und sie verstummte.

»Mein Vater war sehr viel unterwegs und kam manchmal wochenlang nicht nach Hause. Als er einmal krank in einer fremden Stadt darniederlag, wusste sie nicht, wo er war, und ist vor Sorge fast umgekommen. Deshalb musste er später auf längeren Reisen zwei Brieftauben mit sich führen, damit er sie zu ihr senden konnte, wenn ihm etwas zugestoßen wäre.«

»Wäre?«, fragte sie.

Er nickte. »Von dem Augenblick an, als er das Federvieh mitgenommen hat, kam er immer gesund und pünktlich zurück. Deshalb glaubt meine Mutter, dass die Tauben Glücksbringer sind, die ihn und nun auch mich beschützen.«

Gritli blickte Melchior zweifelnd an, und er zuckte mit den Schultern. »Ich weiß, das hört sich unsinnig an. Aber ich höre nun mal auf meine Mutter, und wenn ich sie dadurch beruhigen kann, spiele ich das Spiel gerne mit.«

»Ohhh, du bist anscheinend ein folgsamer Sohn«, neckte Gritli ihn, und seine Miene versteinerte.

»Es tut mir leid, wenn ich dir zu nahe getreten bin«, entschuldigte sie sich, doch er reagierte nicht und blickte stur geradeaus.

Gritli wartete eine Weile, damit Melchior sich beruhigte, und fragte dann: »Ist dein Vater Kaufmann, weil er so oft unterwegs war?« Aber er tat, als ob er sie nicht hörte. »Was habe ich Schlimmes gesagt, dass du nicht mehr mit mir reden willst?«, fragte sie ungehalten.

»Es kann sein, dass es bei reichen Leuten anders ist, aber ich ehre meine Mutter und will sie glücklich machen.«

»Jetzt redest du dummes Zeugs. Was hat das mit Reichtum zu tun? Ich ehre meine Eltern ebenfalls und will nur das Beste für sie. Aber ich habe noch nie gehört, dass jemand auf den Gedanken gekommen wäre, eine Brieftaube mit auf Reisen zu nehmen. Zumal wir am Abend zurück sein werden.«

»Vielleicht liegt es daran, dass dein Vater immer zuhause war und euch niemals allein lassen musste.«

Gritli spürte, wie es in ihr zu brodeln begann, aber da sie noch eine weite Wegstrecke vor sich hatten, schluckte sie ihren Ärger hinunter und fragte vorsichtig: »Welchen Beruf hat dein Vater?«

»Er ist Soldat.«

»Mein Großvater Jaggi war ebenfalls Soldat«, jubelte sie, da sie glaubte, dass sie sich darüber austauschen könnten. Doch außer einem gelangweilten »Ach ja?«, kam nichts über Melchiors Lippen. Gritli beschloss, sich von seinem Sturkopf nicht die Freude an der Fahrt nehmen zu lassen, und erklärte: »Ich kann sehr gut bis Piesport schweigen!« Um ihre Meinung zu unterstreichen, verschränkte sie die Arme vor dem Bauch und schaute sich die

Gegend an. Doch aus den Augenwinkeln sah sie, wie Melchior zu ihr schielte.

Schließlich hörte sie sein lautes Lachen, das sie ansteckte, und sie stimmte mit ein.

»Du bist unmöglich«, rügte er sie und knuffte ihr in den Arm.

Nachdem sie eine Weile weitergefahren waren, bat Gritli: »Erzähl mir von dir und deinen Eltern.«

»Warum willst du das wissen?«

Sie hob die Schultern und ließ sie wieder fallen. »Ich kenne dich nicht, und doch hast du mir damals das Leben gerettet.«

»Du übertreibst«, widersprach er.

»Der angetrunkene Kerl hat sicher nichts Gutes im Schilde geführt«, murmelte sie und erschauderte bei der Erinnerung an den Abend, als sie sich in Trier verlaufen hatte.

»Mein Vater war ein ruhmreicher Soldat und hat unter unserem Erzbischof und Kurfürsten Karl Kaspar von der Leyen gedient. Vor einigen Jahren hatte er einen schweren Reitunfall, wobei er sich ein Bein mehrfach brach. Dank seines eisernen Willens und mit Gottes Hilfe hat er die Verletzung überlebt, aber seitdem plagen ihn große Schmerzen. Besonders im Winter, wenn ihm die Kälte in die Knochen kriecht, kann er den Tag nur überstehen, in dem er Mohnsaft zu sich nimmt.«

»Oh! Das ist tragisch. Ich weiß von meinem Vater, dass der Mohnsaft das Wesen eines Menschen verändern kann. Nicht umsonst wird er auch Teufelszeug genannt.«

Melchior blickte Gritli traurig an und nickte. »Ja, das kann ich bestätigen. Als ich ein Kind war, hatte mein Vater immer einen lustigen Spruch auf den Lippen. Er war mein Ritter. Doch nach dem Unfall hat er sich sehr verändert. Zuerst haderte er mit seiner Verletzung, dann erboste es ihn, dass er nicht mehr der ruhmreiche Soldat sein konnte und nutzlos geworden war. Er ist übel gelaunt, streitsüchtig und voller Selbstmitleid. Meine Mutter muss ihn ertragen, denn ich kann nicht den ganzen Tag bei ihr sein, schließlich muss ich Geld verdienen. Auch wenn sie meistens schweigt, so sehe ich es doch an ihrem Blick, wenn der Tag mit ihm besonders schlimm gewesen ist. In letzter Zeit ist sein Verbrauch an Mohnsaft gestiegen. Ich weiß nur nicht, ob er ihn nimmt, um seine Schmerzen zu betäuben oder seine Sinne.«

Gritli hatte ihm aufmerksam zugehört und sah ihn schockiert an. »Das ist traurig und furchtbar zugleich. Dann liegt die Verantwortung allein auf deinen Schultern, oder hast du Geschwister?«

»Nein, ich bin der einzige Spross meiner Eltern«, grinste er und strich sich verlegen durch das flachsblonde Haar. Gritli entdeckte dabei das Grübchen in der rechten Wange wieder, das ihr am ersten Abend aufgefallen war.

»Warum bist du kein Soldat geworden?«

»Ich hätte sehr gern unter Karl Kaspar von der Leyen gedient, aber dann wäre ich wie mein Vater oft von zuhause fort gewesen, und das wollte ich meiner Mutter nicht zumuten. Als der Fuhrunternehmer in unserer Straße, der keine Nachkommen hat, mich fragte, ob ich sein Geschäft übernehmen wollte, wäre ich dumm gewesen, wenn ich das Angebot nicht angenommen hätte. Das Unternehmen läuft recht gut, sodass ich meine Mutter finanziell unterstützen und eine eigene Familie gründen könnte. Das hätte ich als Soldat nicht gekonnt.«

»Dann bist du mit deinem Leben zufrieden?«

»Ja, ich bin zufrieden, besonders heute.« Melchior sah sie mit einem besonderen Blick an, den Gritli nicht zu deuten wusste, der ihr jedoch gefiel.

Kapitel 29

Urban Griesser war bereits vor dem Morgenerwachen losmarschiert, da er die verlorene Zeit aufholen wollte. Am Tag zuvor hatte er keine weite Strecke zurücklegen können, da die Hornhaut seiner Fersen aufgesprungen war und höllisch wehtat. Als der Weg durch den Wald ihn an einem Bachlauf vorbeiführte, hatte er beschlossen, seine geschundenen Füße zu baden. Die Kühle des Wassers hatte ihm gutgetan, und er beschloss, sich Ruhe zu gönnen und am Bach sein Nachtlager aufzuschlagen. Doch in aller Herrgottsfrühe hatte es ihn nicht mehr gehalten, und er war trotz Dunkelheit losmarschiert, denn er wollte schnellstmöglich in den Ort Piesport gelangen. Er war seinem Glück noch nie so nah gewesen, wie er dachte, und er wollte keine weitere Zeit verlieren. Er trat aus dem dunklen Wald heraus und ging nun über offenes Gelände.

Als die Sonne aufging, stand Griesser auf einer großen Obstwiese mit zahlreichen Apfel- und Birnbäumen, die in voller Blüte standen. Er verharrte mitten im Gehen und betrachtete begeistert das farbenprächtige Bild, das die Natur ihm bot: die weißen Blüten der Obstbäume, das zarte Grün der Kastanienbäume, die gelben Blüten der Bettpisserpflanze, die zartroten Knospen der Wildblumen. Sein Blick wanderte zum Himmel, wo ein Falke schreiend seine Kreise zog und Vögel zwitscherten. Mehrere Rehe standen am Rande eines Hains und sahen zu ihm herüber. Als sie merkten, dass keine Gefahr von ihm ausging, ästen sie weiter, ohne ihn zu beachten.

Wie friedlich es hier ist, dachte Griesser und setzte sich unter einen Apfelbaum, um sein karges Frühmahl zu sich zu nehmen. Er hatte nur noch einen Kanten trockenes Brot in seinem Tragebeutel.

Sobald das Geldmännchen mir genügend Geld vermehrt hat,

werde ich nie wieder Hunger leiden, dachte er, während er mühsam kaute. Ich werde mir abseits eines Dorfes einen Hof kaufen, und vielleicht werde ich der Schultheiß des Dorfes werden. Mit genügend Geld in der Tasche kann ich mir alles kaufen – auch ein Amt. Dann werde ich mir ein prächtiges Weib suchen, das mir prächtige Kinder gebiert. Das würde mir sehr gefallen.

Er spülte das Brot mit Wasser aus dem nahen Bachlauf hinunter, legte den Schlauch ins Gras und wischte sich die Tropfen vom Mund. Dann griff er in seinen Hosenbund und zog eine Goldmünze hervor. Sie war das einzige Vermögen, das er besaß. Er hatte sie in all der Zeit, in der er Hunger und Durst gelitten hatte, nicht gewagt anzurühren. Diese Münze sollte der Grundstock sein für das Vermögen, das das Geldmännchen ihm bescheren würde. Jede Nacht würden sich seine Münzen verdoppeln. Nie wieder würde er in abgerissenen Kleidern herumlaufen und hungern müssen. Die Menschen würden ihn achten und schon von Weitem grüßen und den Hut ziehen. »Seht, da kommt der Urban Griesser mit seinem prächtigen Weib«, würden sie tuscheln, und er würde ihnen Geld zuwerfen, denn dann würden sie ihn mögen und nach seiner Pfeife tanzen. Er würde auch der Kirche in seinem Ort eine Spende zukommen lassen. Natürlich keine zu große, aber groß genug, damit Gott vergessen würde, dass der alte Wendel Bloch umsonst gestorben war. Obwohl er den Tod mehr als verdient hatte, denn Bloch war kein guter Mensch gewesen, dachte Griesser und schloss die Augen. Müdigkeit überfiel ihn, und er schlief ein.

Griesser wusste nicht, wie lange er geschlafen hatte. Er erwachte, weil ein dicker Regentropfen ihn mitten im Gesicht traf. Erschrocken setzte er sich auf. Der Himmel hatte sich zugezogen. Schon prasselte Regen nieder. Er sprang hoch und lief über die Wiese zu dem Wäldchen, wo zuvor die Rehe gestanden hatten. Zwischen den Tannen fand er Schutz. Er rieb sich das Gesicht trocken, als er eine Stimme hinter sich fragen hörte:

»Bist du auch vom Regen überrascht worden?«

Beunruhigt sah er sich um und erblickte eine Frau, die einen Korb mit Holz vom Rücken nahm und auf dem Boden abstellte.

»Du anscheinend auch«, erwiderte er, denn ihr Kleid klebte nass am Körper und ließ ihre fraulichen Konturen erahnen.

»Wohnst du in der Nähe?«, wollte sie wissen.

»Ich bin auf der Durchreise und will an die Mosel.«

»Da hast du noch ein weites Stück Fußmarsch vor dir. Vor Anbruch der Dunkelheit wirst du zu keinem Ort gelangen. Wenn du willst, kannst du mit mir kommen. Wir haben nicht viel, aber in der Scheune gibt es ein trockenes Plätzchen für die Nacht, und einen Teller Suppe könnten wir erübrigen.«

»Wir?«, fragte er.

»Mein Ehemann und ich«, lachte sie und hob den Rocksaum, um sich den Regen aus dem Gesicht zu wischen.

Griesser konnte ihre wohlgeformten Beine sehen und spürte sofort, dass sich sein Glied in der Hose regte. Er ging in die Hocke und tat, als ob er am Waldboden etwas prüfen wollte. Als es wieder abgeschwollen war, stand er auf und blickte zum Himmel. »Es scheint sich einzuregnen. Wenn dein Mann nichts dagegen hat, nehme ich dein Angebot an. Ein Teller warme Suppe würde mir wohltun, zumal ich in letzter Zeit außer trockenem Brot und einem Stück verbranntem Hasenfleisch nichts zu mir genommen habe.«

»Dann sei herzlich eingeladen, und folge mir«, sagte die Frau lächelnd und wollte den Tragekorb schultern.

Griesser trat zu ihr und nahm ihr das Gestell aus der Hand. »Ich kann für das Essen und das Nachtlager nichts zahlen, deshalb lass mich den Korb tragen.«

»Das werde ich dir nicht verwehren«, lächelte die Fremde und rieb sich über die Oberarme. »Er ist dieses Mal besonders schwer«, erklärte sie und ging los.

Während die Frau vor ihm einherschritt, hatte Griesser die

Gelegenheit, sie näher zu betrachten. Er schätzte sie einige Jahre jünger, als er war. Braunes Haar, das bei jedem Schritt hin und her wippte, reichte ihr bis zur Hüfte. Ihre Figur war fraulich und wohlgeformt, aber nicht fett. Auch hatte sie feste und pralle Brüste, die sich unter ihrem nassen Kleid abgezeichneten. Griesser fand, dass sie ein besonders hübsches Gesicht hatte. Als sie lachte, hatte er ihre vielen hellen Zähnen gesehen, was außergewöhnlich war, da die meisten Menschen in ihrem Alter krumme, verfaulte oder gar keine Zähne mehr hatten. Aber sie schien auf ihr Gebiss zu achten.

Bedauerlich, dass sie verheiratet ist, dachte Griesser, der in seiner Hose erneut eine Regung spürte.

Susanna saß bei Marie in der Küche und nahm ihr zweites Frühmahl zu sich, als ihr Mann hereinkam. »Wann wirst du die Einladungen verteilen?«, fragte er, nachdem er knapp gegrüßt hatte.

»Ich wollte gleich losgehen. Die meisten sind jetzt für eine Zwischenmahlzeit zuhause anzutreffen.«

Urs nickte zustimmend und forderte: »Michael soll dich begleiten. Seine Erscheinung wird sie überzeugen, an unserem Essen teilzunehmen und ihre Töchter mitzubringen.«

Susanna spürte, wie es in ihr zu brodeln begann. Sie musste sich beherrschen, ihren Mann nicht mit lauter Stimme zurechtzuweisen. Was erlaubte er sich? Wollte er ihren Sohn wie bei einer Hengstparade präsentieren? Auch sollte Urs sein Benehmen ihr gegenüber überdenken, denn aus jedem seiner Worte glaubte sie, seinen Vorwurf heraushören. Sie fühlte sich angegriffen, und sein Ton verletzte sie. Da aber Marie und eine weitere Magd am Herd saßen und Suppenhühner zerlegten, schwieg sie. Sie blieb höflich und dämpfte ihre Stimme, denn sie wusste, dass die beiden Frauen aufmerksam lauschten. »Glaubst du nicht, dass es übertrieben wäre, Michael mitzunehmen? Er hat sicher anderes zu tun, als Einladungen auszusprechen. Oder traust du mir diese schwierige Aufgabe nicht zu?«, spottete sie leise.

Urs kniff die Augen leicht zusammen und sah angespannt zu den beiden Mägden. Dann blickte er Susanna an. Auch er hielt sich zurück, denn seine Halsschlagader trat fingerdick hervor. »Du hast es richtig erfasst, meine Liebe. Diese ehrenvolle Aufgabe ist leichter zu lösen, wenn ich Michael an deiner Seite weiß. Außerdem hat dein Sohn sonst nichts zu schaffen.« Mit einem kurzen Kopfnicken drehte er sich um und verließ die Küche.

Susanna wäre ihm am liebsten hinterhergerannt, um ihm nachzurufen, er solle seinen Spott für seine Patienten aufbewahren, doch sie blieb sitzen. Mit zittriger Hand führte sie den Becher mit Morgentrank an die Lippen, ohne einen Schluck zu nehmen. Sie ahnte, dass die Köchin und die Magd sie beobachteten, und sie glaubte sogar, deren stechende Blicke im Rücken zu spüren. Sobald ich gehe, werden sie sich die Mäuler über uns zerreißen, grollte sie und stellte den Becher zurück auf den Tisch.

Da hörte sie lautes Gepolter auf der Treppe und eine Tür, die gegen eine Wand knallte. Schon konnte sie die laute Stimme ihres Mannes und die ihres Sohnes hören. Susanna stützte ihren Kopf in beide Hände und schloss die Augen. Wann wird dieser Albtraum enden?, dachte sie und erhob sich. Ohne einen Ton zu sagen, verließ sie die Küche und ging in ihre Schlafkammer, um sich umzuziehen.

Urban Griesser folgte der Schönheit durch dichten Wald, der den Regenguss abhielt. An einem Bachlauf entdeckten sie eine Rotte Wildschweine, die sich im Schlamm suhlten. Sie schlichen an ihnen vorbei, als die Frau plötzlich in der Bewegung verharrte. Der mächtige Keiler hielt seine Schnauze in den Wind und schien Witterung aufzunehmen. Doch anscheinend konnte er den Menschengeruch nicht wahrnehmen, denn er wandte sich wieder seinen Artgenossen zu. Langsam gingen sie weiter, und erst als die Tiere außer Sicht waren, atmeten beide auf.

»Da haben wir Glück gehabt«, meinte die Frau leise und blickte vorsichtig zurück. »Erst vor Kurzem hat ein Keiler ein Kind, das im Wald Kräuter suchte, angefallen und getötet. Die Jäger des Freiherrn wollten ihn erledigen, aber ich weiß nicht, ob es ihnen gelungen ist.«

»Dieser Keiler war besonders groß und stark«, erklärte Griesser und leckte sich die Lippen. »So ein Stück Wildschweinbraten würde mir munden.«

»Wem nicht!«, spottete die Frau und sah ihn durchdringend an, sodass ihm heiß wurde. Er war froh, als sie sich umdrehte, denn er befürchtete, dass die plötzliche Wölbung in seinem Beinkleid ihr nicht verborgen bleiben würde.

Ohne ein weiteres Wort folgten sie dem Waldweg. Griesser spürte, wie ihm die Riemen des Tragekorbs in die Schultern schnitten. Er versuchte sich nichts anmerken zu lassen, doch irgendwann stöhnte er auf, sodass die Frau sich nach ihm umblickte.

»Hast du dir wehgetan?«, fragte sie, aber er schüttelte den Kopf. Trotzdem blieb sie stehen. »Wirklich nicht?«

»Ich frage mich, wie du solch einen schweren Korb tragen kannst. Ich habe das Gefühl, als ob mir das Kreuz durchbricht«, gab er scherzend zu.

»Wenn man muss, dann muss man!«, lachte sie. »Wer sollte ihn sonst tragen?«

»Hast du keine Kinder?«

Ihr Blick versteinerte sich. Doch dann lächelte sie. »Der liebe Gott hat das nicht gewollt. Vielleicht ist es auch besser so, denn mein Mann ist nicht mehr der Jüngste.«

Urban Griesser sah sie nachdenklich an, sagte jedoch nichts. Schweigend gingen sie weiter.

Nach einer Weile war Rauch zu riechen. Griesser entdeckte im Schutz der Bäume eine Hütte, aus deren Kamin dünner Qualm aufstieg.

»Da sind wir«, erklärte die Frau und öffnete die schiefe Tür, die laut knarrte. Sogleich hörte man im Verschlag nebenan eine Ziege meckern. Griesser nahm ächzend den Korb mit dem Holz vom Rücken und trug ihn hinein, wobei er im Türrahmen den Kopf einziehen musste.

Die Hütte bestand aus einem Raum, der wohnlich wirkte. In einer Ecke stand ein breites Bett, das aus armdicken Baumstämmen zusammengezimmert war. Darauf lag eine Decke, die aus mehreren Fellen zusammengenäht war. In dem rußgeschwärzten offenen Kamin an der Wand gegenüber hing über dem Feuer ein Topf. Mitten im Raum standen zwei Stühle an einem Tisch, darauf ein Strauß Wildblumen in einem braunen Krug. Die Frau kniete sich vor den Topf und legte Holz nach. Mit einem breiten Holzlöffel rührte sie das Essen um. Würziger Duft breitete sich im Raum aus.

Griesser hatte das Gefühl, im Zuhause seiner Träume zu stehen. So stelle ich mir mein Heim vor, dachte er lächelnd. Nur größer, fügte er in Gedanken hinzu. Er merkte nicht, dass die Fremde ihn betrachtete.

»Es schient dir hier zu gefallen«, schmunzelte sie, und er nickte erschrocken.

»Wo ist dein Mann?«, fragte er und sah sich suchend um.

»Nicht da!«, antwortete sie knapp.

»Nicht da?«, wiederholte er, und sie nickte. »Wo ist er?«

»Er ist in aller Herrgottsfrühe aufgebrochen, um in Krames Lebensmittel zu verkaufen.«

Griesser schluckte heftig. »Wann kommt er wieder?«

Sie zuckte mit den Schultern. »Meist erst gegen Abend.«

»Erlaubt er dir, dass du Fremde in sein Heim bringst?«

Sie lächelte. »Du bist der erste Fremde, den ich mitgenommen habe«, verriet sie ihm leise.

»Wie heißt du?«, fragte er heiser.

»Barbara«, antwortete sie ihm. »Und du?«

»Urban.« Sein Blick wanderte über ihr Kleid und blieb an ihren Brüsten hängen, deren Brustwarzen spitz aus dem nassen Stoff hervorstachen. Sie warf ihr langes Haar zurück und drehte es im Nacken zu einem Knoten, sodass ihr wohlgeformter Hals sichtbar wurde. Griesser sah ihren Puls unter der Haut schlagen.

Auch Barbara musterte ihn, und als sie sah, dass seine Männlichkeit sich regte, schritt sie langsam auf ihn zu, wobei sich einzelne Haarsträhnen lösten und ihr ins Gesicht fielen. Dicht vor ihm blieb sie stehen, sodass ihr warmer Atem sein Gesicht streichelte. »Du solltest die nassen Sachen ausziehen, sonst holst du dir womöglich den Tod«, flüsterte sie und leckte sich über die Lippen.

Griesser schloss für einen Herzschlag die Augen. Er hatte das Gefühl zu träumen, doch als er wieder vor sich blickte, stand sie immer noch da. Nun wollte er keine Zeit mehr verlieren, denn es war viel zu lange her, dass er eine Frau genommen hatte.

Und ich kann mich nicht erinnern, jemals zwischen den Schenkeln eines solchen Prachtweibs gelegen zu haben, dachte er und nestelte an der Schnürung seines Kittels. Hastig zog er das Hemd über den Kopf und riss die Frau an sich. Als ihre Finger über seinen Oberkörper strichen, stöhnte er laut auf. Sein Körper schrie nach körperlicher Nähe und drohte in hemmungsloser Leidenschaft zu explodieren. Griesser erkannte im Blick der Frau, dass auch sie bereit war, und er zerrte ihr das Kleid vom Leib. Dann hob er sie hoch und warf sie lachend aufs Bett.

Susanna ging mit Michael am Krahnenufer entlang, das sie an der Mosel vorbeiführte. Sie war überrascht, wie viele Menschen sie kannten und grüßten. Immer wieder mussten sie stehenbleiben, da man sie in ein Gespräch verwickelte. Frauen, die mit ihren Töchtern unterwegs waren, begrüßten Susanna überschwänglich und stellten Michael die Mädchen vor.

Susanna konnte das Verhalten verstehen, denn ihr Sohn war eine imposante Erscheinung, die sicherlich die Herzen der Jungfrauen höher schlagen ließ. Er hatte seine halblangen dunkelbraunen Haare zurückgebürstet und die seitlichen Strähnen hinter die Ohren geklemmt, sodass sein kantiges Profil zur Geltung kam. Die leicht gebräunte Haut betonte seine braunen Augen, die in der Sonne bernsteinfarben glitzerten. Seine zurückhaltende und höfliche Art tat ein Übriges. Voller Stolz schritt Susanna neben ihm her.

Um die Wegstrecke bis in die Kaiserstraße abzukürzen, gingen sie durch die Bäderstraße, in der kaum Fußgänger unterwegs waren. Susanna schielte zu ihrem Sohn, der keinen Ton von sich gab.

»Wie geht es dir?«, fragte sie, da sie das Bedürfnis hatte, mit ihm zu sprechen.

»Wie soll es mir gehen?«, knurrte er, ohne sie anzublicken.

»Ich weiß, dass es sehr schwierig für dich ist …«

»Ach, woher willst du das wissen, Mutter? Kannst du dich in mich hineinversetzen? Kannst du meine Gefühle nachempfinden?«

Susanna sah Michael hilflos an. »Nein, das kann ich nicht«, gab sie ehrlich zu.

»Dann sag so etwas nicht, Mutter. Niemand weiß, wie ich fühle oder was ich durchmache.«

»Erklär es mir«, bat sie vorsichtig.

Michael sah sie erstaunt an und ging unter eine Eiche, die in der Straße zwischen zwei Häusern stand und deren Zweige in frischem Grün leuchteten. Er stellte sich an ihren mächtigen Stamm und schien in diesem Augenblick krumm wie ein alter Mann zu werden. Seine breiten Schultern sackten nach vorn, und sein Blick verschleierte sich. »Bin ich verflucht, Mutter? Hat Gott mich fallengelassen?«

Susanna schossen Tränen in die Augen. Sie hätte ihren Sohn gern in ihre Arme gezogen, so wie früher, als er ein kleiner Junge war. Sie erinnerte sich gut an sein schüchternes Wesen und an seine großen Augen während der Reliquienzeigung. Damals hatten die vielen Menschen ihn erschreckt, sodass Urs ihn auf seine Schultern gehoben und beschützt hatte. Wie sollten sie ihn heute beschützen? Und vor wem? Was konnte sie ihm sagen, damit ihm leichter wurde?

Als Susanna schwieg, blickte Michael zu Boden und flüsterte: »Ich habe in der Peinlichen Gerichtsordnung von Kaiser Karl dem Fünften nachgelesen, wie man mein Vergehen bestrafen würde, denn ich wollte Vaters Drohung keinen Glauben schenken.«

»Herr im Himmel, wo hast du die Constitutio Criminalis Carolina gefunden?«

»Eine Abschrift steht in Vaters Bibliothek. Ich wusste, dass er eine besitzt, denn Ur-Oheim Bendicht hatte sie mir vor vielen Jahren gezeigt.« Michaels Lippen zitterten, als er leise sagte: »Vater hat recht, Mutter! Wenn man Andrea und mich der widernatürlichen Unzucht verurteilen würde, würde man mit uns wie mit Hexen verfahren. Man würde uns enthaupten und verbrennen.«

Susanna biss sich in die Faust, um nicht laut aufzuschreien. Ängstlich blickte sie sich um, ob jemand sie beobachtete oder gar belauschte. Aber sie waren allein in der Gasse. »Dazu müsste euch jemand anklagen«, versuchte sie sich und ihrem Sohn Mut zu machen.

Doch Michael sah sie zweifelnd an. »Auch wenn mich niemand anzeigt – wie geht mein Leben weiter, Mutter? Wird mir der Makel ewig anhaften? Werde ich je wieder gesund werden? Wie kann ich mit der Schuld weiterleben?«

»Wenn jemand schuldig ist, dann bin ich das. Ich habe dem Teufel die Möglichkeit gegeben, dich zu verführen. Hätte ich dich bei uns behalten, anstatt dich eigensüchtig fortzuschicken, hättest du diesen Mann, der von Satan beherrscht wird, niemals getroffen«, versuchte sie ihren Sohn zu entlasten. Doch dann verzog sich ihr Gesicht angeekelt, und sie fragte zornig: »Warum ist dieser Unhold nach Trier gekommen?«

Michael schaute erschrocken zu ihr. »Du musst dir wegen ihm keine Gedanken mehr machen. Er hat mich verlassen und wird nicht wiederkommen.«

»Dem Himmel sei gedankt! Wenn dein Vater nun auch noch ein Heilmittel für dich findet, wird alles wieder gut.«

»Mutter, hasst du mich? Verdammst du mich?«, fragte Michael leise.

Susanna blickte ihren Sohn voller Entsetzen an. Erneut spürte sie Tränen aufsteigen, die sie zu unterdrücken versuchte. »Wie kannst du so etwas von mir denken?«, flüsterte sie heiser. »Du bist mein Kind! Mein Sohn! Mein Erstgeborener! Ich könnte dich für nichts auf der Welt hassen oder verdammen«, erklärte sie und zog ihn in ihre Arme. Ihr war es in diesem Augenblick einerlei, ob jemand sie sehen könnte. Sollte die ganze Welt erkennen, dass sie zu ihrem Sohn stand.

Susanna hielt Michael auf Armeslänge von sich, damit sie einander in die Augen blicken konnten. Dann sagte sie mit leiser, aber fester Stimme: »Hätte ich drei Wünsche frei, würde ich mir als Erstes den Augenblick zurückwünschen, in dem die Hebamme dich in meine Arme legte und du mich mit großen Augen angesehen hast. Den zweiten Wunsch würde ich hergeben, um den Augenblick noch einmal erleben zu dürfen, in dem deine Schwester mich zum ersten Mal angelächelt hat. Und der dritte Wunsch wäre für den Augenblick reserviert, als ich mich in euren Vater verliebt habe, denn ohne ihn gäbe es euch beide nicht. Ihr drei seid fest in meinem Herzen eingeschlossen, und nichts kann das ändern.«

Susanna küsst ihrem Sohn die Stirn und sah, dass sein Blick erleichtert wirkte.

Kapitel 30

Die neunjährige Küchenhilfe Ines erwachte auf einer Matratze am Boden liegend. Zitternd zog sie das dünne Laken zum Kinn und schaute mit großen Augen um sich. Sofort erinnerte sie sich an den bösen Traum, der ihren Schlaf zur Qual werden ließ. Sie hatte von fließendem Blut geträumt, das alles in schwarze und tiefrote Farbe getränkt hatte. Selbst aus dem Mund des Vaters war zäher dunkler Schleim hervorgequollen, als er zu ihr sprechen wollte.

Erneut überkam Ines furchtbare Angst, die sie keuchen ließ. »Mutter!«, wisperte sie und zog sich die Decke bis zu den Augen. Sie spitzte über den Rand und versuchte etwas zu erkennen, doch in dem fensterlosen Raum war es stockdunkel. Sie versuchte sich an den vorherigen Abend zu erinnern und musste weinen. »Mutter!«, rief sie unter Tränen, bis jemand sie anschnauzte: »Halt's Maul. Kaum bin ich eingeschlafen, schon weckst du mich wieder.«

Ines erkannte die Stimme des Weinbauern und war beruhigt, dass sie nicht alleine war. »Ist Eure Frau auch hier?«, fragte sie flüsternd.

»Birgit«, rief Pitter in den Raum. »Schläfst du?«

Ein leises Stöhnen war zu hören. »Mich schmerzt jeder Knochen im Leib, sodass ich kaum ein Auge zumachen konnte. Erst als der Hahn krähte, bin ich eingeschlafen. Nun weckt mich dein unnützes Geschrei, und ich spüre den Schmerz abermals«, war die ärgerliche Stimme der Bäuerin zu hören.

»Was kann ich dafür?«, knurrte Pitter.

»Hat man Euch auch in der Nacht in diesen dunklen Raum eingeschlossen?«, fragte Ines mit piepsiger Stimme.

»Ines, bist du das? Wo bist du, Kind?«

»Hier in der Ecke«, weinte das Mädchen.

»Komm zu mir«, bat die Bäuerin mit zittriger Stimme.

Ines kam unter der Decke hervor und krabbelte auf allen vieren in die Richtung, aus der sie die Stimme der Bäuerin gehört hatte. Dabei stießen ihre Hände gegen Beine in Hosen.

»Entschuldigt, Bauer, ich wollte Euch nicht berühren, aber ich kann nichts sehen.«

»Was redest du für dummes Zeugs? Ich liege hier hinten. Du kannst mich nicht berühren«, schnauzte der Mann.

»Zu wem gehören dann die Beine?«, fragte Ines voller Panik und rutschte zurück auf ihre Matratze.

Dann war das kratzende Geräusch eines Eisenschlüssels zu hören, der sich im Schloss umdrehte. Die Tür wurde aufgestoßen, und Licht fiel herein, sodass man den Raum erkennen konnte. Ines schaute schnell zu den Beinen. Ein Mann lag in der Mitte des Raums auf dem Boden und rührte sich nicht.

»Das ist Martin, unser Knecht«, rief die Bäuerin erschrocken und kroch zum Großknecht.

»Ist er tot?«, fragte ihr Mann.

»Besinnungslos«, erklärte der Knecht, der die Tür aufgeschlossen hatte und im Rahmen stand. Alle Augen blickten zu ihm. »Ich bringe euch Essen und Trinken«, erklärte er und stellte eine Platte mit Brot und Käse sowie einen Krug auf dem Boden ab.

»Was erlaubst du dir, Bursche?«, schimpfte der Bauer schnaubend und erhob sich so schnell, dass der Knecht nicht wusste, wie ihm geschah. Mit einem Schritt war Pitter bei ihm und packte ihn am Kragen.

»Wir sind keine Aussätzigen, die man wegsperren muss. Du lässt uns sofort hier heraus, oder es setzt eine Tracht Prügel. Außerdem werde ich dafür sorgen, dass du bei keinem Bauern dieser Welt jemals wieder eine Anstellung findest«, brüllte der Weinbauer.

Der Knecht versuchte sich aus dem Griff zu winden und jammerte: »Ich habe nicht veranlasst, dass man Euch einsperrt, Bauer. Man hat mir befohlen, über Euch zu wachen und, sobald ich Eure Stimmen höre, Essen und Trinken zu bringen.«

»Wer ist ›man‹?«, fragte die Bäuerin, die neben ihren Mann getreten war.

»Der Ulrich Recktenwald.«

»Wieso kann der dir befehlen? Du arbeitest für mich. Der Recktenwald ist der Großknecht vom Scheckel Bert.«

»Ich weiß, aber Bauer Scheckel hat gehört, dass Ihr die Pest haben sollt, und da er befürchtet, dass wir Euch helfen könnten zu fliehen, hat er den Ulrich beauftragt, über uns, Euer Gesinde, zu wachen. Er hat uns strenge Anweisungen gegeben. Widersetzen wir uns ihm und gehorchen Euch, werden wir ebenfalls eingesperrt.«

»Du Narr lässt mich sofort hier heraus! Dem Suffkopf Scheckel werde ich erzählen, wer hier die Pest hat«, brüllte der Weinbauer und schubste den Knecht von sich, dass der zu Boden fiel.

»Du stellst dich neben ihn, und sobald er aufstehen will, trittst du ihm fest zwischen die Beine. Hast du verstanden?«, fuhr er seine Frau an, die erschrocken nickte. Dann ging er zu dem Großknecht, der noch immer bewegungslos am Boden lag, und stieß ihn mit der Fußspitze an. »Martin, du Hurenbock! Wach endlich auf, und hilf mir.«

Tatsächlich kam der Knecht zu sich. Er setzte sich auf und fasste sich stöhnend an den Kopf. »Wo bin ich?«, fragte er.

»In irgendeinem Keller«, blaffte Pitter. »Steh auf, damit wir zum Scheckel gehen können, um ihm sein verlogenes Schandmaul zu putzen. Dieser Neidhammel glaubt wohl, dass er mich mit seinem Gerede über die Pest mundtot machen könnte, damit ihm meine Kunden seinen sauren Fusel abkaufen. Aber nicht mit mir! Der wird sich wundern. Wenn ich mit ihm fertig bin, glauben die Leute, dass *er* die Pest hat und *sein* Wein verseucht ist.«

Das Gesicht des Weinbauern war vor Ärger feuerrot angelaufen. Sein Blick sprühte vor Zorn. Ungeduldig sah er zu, wie der Großknecht langsam auf die Beine kam.

»Wenn ich den erwische, der mir auf den Schädel geschlagen hat, bringe ich ihn um«, drohte Martin.

»Halt die Klappe, und spar dir deine Kraft für Scheckel und sein Gesinde. Als Erstes kannst du den Ulrich Recktenwald verprügeln.«

Ines hatte sich in eine Ecke gepresst, wo sie weinend verharrte und mit ängstlichem Blick alle beobachtete. Als der Bauer zur Tür ging, fragte sie schniefend: »Darf ich zu meinen Eltern zurückgehen?«

»Du kannst hingehen, wohin du willst. Hauptsache, ich muss dein Geheule nicht länger ertragen«, schimpfte der Weinbauer, packte den Knecht, der am Boden kauerte, am Arm und zog ihn hoch. Von Martins Jammern ungerührt, stieß er ihn vor sich her zur Treppe, die nach oben führte. Pitter war so zornig, dass er darüber seine Frau vergaß, die ihm fassungslos hinterherschaute.

»Komm, Ines, ich bringe dich zu deinen Eltern«, sagte sie seufzend und nahm das Mädchen an die Hand.

Melchior betrachtete die schlafende Gritli, deren Kopf auf seiner Schulter ruhte. Er musste einen starken Willen aufbringen, um ihr nicht seinen Arm um die Schulter zu legen. Das blaue Kleid mit dem passenden Umhang schmeichelte ihrer Figur, und der schimmernde Schal in dieser außergewöhnlichen dunkelroten und doch leuchtenden Farbe ließ ihr Gesicht erstrahlen. Der Wind zupfte an ihren Locken und wehte sie in Melchiors Gesicht, sodass er den leichten Duft von Lavendelseife wahrnehmen konnte, der dem Haar entströmte. Ohne Gritli zu wecken, strich er ihr die rostroten Fäden hinter das Ohr. Zum ersten Mal konnte er sie näher anschauen und entdeckte zahlreiche Sommersprossen auf ihrem Nasenrücken, die sie in seinen Augen noch liebreizender machten.

Leise seufzend atmete er aus. »Wie schön du bist«, murmelte er und war glücklich, neben ihr zu sitzen. Vom ersten Augenblick an, als er sie damals in der kalten Nacht gesehen hatte, hatte sie ihm gefallen. Sehr sogar, und seitdem dachte er unentwegt an sie, träumte fast jede Nacht von ihr und hoffte täglich, sie wiederzusehen. Sobald er Zeit fand, war er durch die Straßen von Trier gegangen, in der Hoffnung, ihr irgendwo zu begegnen. Doch jedes Mal war er enttäuscht nach Hause zurückgekehrt. Deshalb war er manchmal sogar mitten in der Nacht in ihre Gasse geschlichen, um im Schatten des gegenüberliegenden Hauses zu dem Blatter-Gebäude zu blicken und über Gritli zu wachen. Allein die Gewissheit, dass sie in einem der Zimmer lag und schlief, hatte ihm genügt. Doch dann, eines Nachts, stand ein anderer Mann auf seinem Platz und starrte zu dem Haus hoch. In dieser Nacht packte ihn die Furcht, Gritli an diesen Fremden oder einen anderen Mann zu verlieren. Auch nun quälte ihn der Gedanke, wie er es anstellen sollte, dass Gritli sich in ihn verliebte. Sein Blick schweifte über die Landschaft.

Wer bin ich im Gegensatz zu ihr? Ein Niemand!, dachte er unglücklich. Sie ist eine Blatter! Diese Familie gehört zu den reichsten in Trier, auch wenn es heißt, dass ihre Vorfahren einfache und arme Menschen waren. Aber wen interessiert die Vergangenheit? Das Hier und Jetzt zählte, und er gehörte nicht zu dieser Schicht. Zwar war Melchior stolz, dass er in der Lage war, eine Familie ernähren zu können. Aber er wäre nicht in der Lage, Gritli das Leben zu bieten, das sie gewohnt war. Zwar würde sie wahrscheinlich eine stattliche Mitgift bekommen, doch davon wollte Melchior nichts haben. Er wollte allein für seine Frau sorgen und unabhängig sein. Traurig sah er zu ihr.

In dem Augenblick erwachte Gritli und strahlte ihn an. Sogleich hellte sich seine Stimmung auf, und er hörte in Gedanken die Stimme seiner Mutter: »Genieß den Augenblick! Wer weiß, was beim nächsten sein wird!« Melchior nickte. Heute saßen beide nebeneinander auf dem Kutschbock, und das machte ihn glücklich. Dieses Gefühl würde er sich heute durch nichts verderben lassen. Er erwiderte Gritlis Lächeln und fühlte sich sofort besser.

»Wo sind wir?«, fragte sie und streckte sich. »Es tut mir leid, dass ich geschlafen habe, aber ich konnte meine Augen nicht länger aufhalten, weil das Geruckel des Fuhrwerks einschläfernd wirkt«, entschuldigte sie sich und gähnte herzhaft.

»Das kann ich verstehen, denn wir sind schon einige Zeit unterwegs«, erklärte Melchior verständnisvoll. »Sollen wir eine Rast einlegen und unsere Wegzehrung zu uns nehmen?«

»Das wäre wunderbar, denn ich habe Durst und Hunger!«, sagte Gritli und zeigte nach rechts. »Meinst du, dass die Regenwolken uns einholen?«

Nun entdeckte auch Melchior die dunklen Wolken und sah die grauen Fäden in der Ferne am Himmel. »Wenn wir Glück haben, regnen sich die Wolken dort hinten über dem Waldgebiet aus.«

»Ich hoffe, dass wir trocken in Piesport ankommen«, meinte Gritli zuversichtlich und zeigte nach vorn zu einer Baumreihe. »Bitte halte dort, damit ich in die Büsche verschwinden kann«, sagte sie, und Melchior trieb das Pferd an.

Gritli und Melchior fuhren nach einer kurzen Rast weiter. Die Handelsstraße führte sie durch gelbe Rapsfelder und anschließend durch einen Wald, wo der Weg stetig bergab ging. Als sie die letzten Bäume hinter sich ließen, glaubten beide an eine Sinnestäuschung, und Melchior zügelte das Pferd. Der Anblick, der sich ihnen auftat, war atemberaubend. Vor ihnen lag in seiner Schönheit das Moseltal, auf das sie hinabblickten. Wingerte stiegen an beiden Seiten des Flusses steil an und bildeten einen Kessel. Der grün schimmernde Fluss schlängelte sich durch die grauen Hänge der Weinberge mit Kuppen, die bewaldet waren. An beiden Ufern des Flusses standen Häuser, zwischen denen ein Kirchturm spitz hervorstach. Die frischen Triebe der Rebstöcke, mit denen die Hänge in geraden Linien bergauf und bergab bepflanzt worden waren, leuchteten in zartem Grün. Auf den schmalen Wegen aus hellem Geröllstein zwischen den Reihen bewegten sich Menschen, die aus der Ferne wie Punkte wirkten. Auch zwischen den Rebstöcken konnte man Arbeiter erkennen.

»So etwas habe ich noch nie gesehen«, rief Gritli und stellte sich auf dem Kutschbock auf, um besser um sich sehen zu können. »Zeit meines Lebens bin ich nur in Trier gewesen und nicht weiter als bis über die Römerbrücke auf die andere Seite der Stadtmauer gekommen. Ich wusste nicht, dass unser Reich so schön sein kann. Hast du so eine Landschaft schon mal gesehen?«, fragte sie Melchior, der sich ebenfalls begeistert umblickte.

»Mir geht es wie dir. Ich kenne Trier sehr gut und komme durch meine Arbeit überall in der Stadt herum, aber ich war noch nie so weit fort«, gab er zu und zeigte hinunter zum Fluss. »Das Dorf auf der anderen Seite der Mosel müsste Piesport sein. Setz dich, Gritli, damit wir weiterfahren können«, bat er und trieb das Pferd mit einem Zungenschnalzer an.

Kapitel 31

Es war bereits nach Mittag, als Susanna den schweren Eisenring, der als Schmuck im Maul eines Löwen an dem wuchtigen grauen Portal hing, gegen das Tor schlug. Erschöpft lehnte sie sich dagegen. »Zum Glück ist es die letzte Einladung, die wir aussprechen müssen. Ich bekomme nicht einen Schluck mehr von dem gepanschten Wein hinunter, der nach nichts schmeckt. Auch diese grässlich faden Hefeteilchen werde ich bis an mein Lebensende nicht mehr essen wollen«, erklärte sie und verzog dabei das Gesicht.

»Ich kann dir nur zustimmen. Noch nie habe ich mich so sehr auf das Fastenbrechen gefreut wie heute – selbst, wenn dieser Tag ein sehr schwerer für mich werden wird«, antwortete Michael leise und versuchte zu lächeln.

»Du hast dich gut geschlagen«, lobte Susanna ihn. »Obwohl dich so manches Fräulein angeschmachtet hat, bist du höflich geblieben. Besonders Schönborns Tochter benahm sich unmöglich. Sie war aufdringlich, laut und albern. Ich hätte nicht so überlegen reagieren können.«

»Was hätte ich machen sollen, Mutter?«, fragte Michael, und sein Lächeln gefror. »Manches Gespräch war mir zuwider, aber ich konnte die Mädchen nicht brüskieren. Auch wenn ich mich Vaters Wunsch fügen muss, so sehe ich von den Töchtern dieser Familien keine als mein Eheweib.«

Susanna holte tief Luft und nickte. »Ich möchte von diesen gackernden Hühnern auch keine als Schwiegertochter haben. Ach, mein Sohn …«, seufzte sie, als die Schlupfpforte im Tor geöffnet wurde.

Eine Magd trat heraus und blickte sie abschätzend an. Mürrisch fragte sie: »Ihr wünscht?« Als sie jedoch Michaels gewahr wurde, erstrahlte ihr Gesicht, und ihr schiefes Gebiss wurde sichtbar.

Susanna schüttelte sanft den Kopf. Es ist immer dasselbe, dachte sie. Sobald sie Michael sehen, werden sie freundlich. »Wir möchten Herrn und Frau Eisenhut sprechen«, erklärte Susanna und schob sich vor die Magd, die nur noch Augen für Michael hatte. »Falls du deinen Blick von meinem Sohn losreißen kannst«, fauchte sie.

Das Mädchen zuckte sichtlich zusammen. »Wen darf ich melden?«, fragte sie und schaute betreten zu Boden.

»Frau Blatter und Sohn«, erklärte Susanna, und die Magd bat mit einem schmachtenden Seitenblick auf Michael: »Bitte folgt mir in die gute Stube. Ich werde Euch bei den Herrschaften anmelden.«

Susanna ging in dem üppig eingerichteten Zimmer hin und her und betrachtete die mannshohen Schränke aus dunklem Holz. Manche hatten Türen mit Glasscheiben, sodass man das Innere sehen konnte. In einem Schrank standen bunte Glaskelche, in einem anderen lagen Porzellanteller mit Jagdmotiven. Neugierig betrachtete Susanna die ausgefallenen Stücke. Bei jeder Bewegung raschelte ihr Kleid, das sie aus der italienischen Seide angefertigt hatte. Die grüne Farbe schmeichelte ihrer hellen Haut, und der weite Rock betonte ihre schmale Taille. Allerdings kratzte die weiße Halskrause am Hals, sodass Susanna versucht war, den steifen Stoff auszuziehen. Es ist die letzte Einladung, tröstete sie sich und knetete ungeduldig die Hände.

»Du scheinst nervös«, stellte Michael fest. »Geht es dir nicht gut, Mutter?«, fragte er besorgt.

»Ich bin erschöpft und müde und froh, wenn ich dieses Kleid ablegen kann. Außerdem musste ich gerade an Gritli denken. Ich hoffe, dass Frau Eider mit meiner Arbeit zufrieden ist und deine Schwester als Näherin akzeptiert.«

Michael zog die Augenbrauen zusammen. »Du hättest keine bessere Vertreterin für dich schicken können. Gritli ist neben dir die beste Näherin, die ich kenne.«

Susanna seufzte und lächelte. »Ja, du hast recht. Ich mache mir unnötige Sorgen«, gab sie zu.

Kurz darauf betrat Wollweber Eisenhut den Raum. Der Mann, dessen Haare mehr grau als rot waren, umarmte sie lachend. Dabei kitzelte sein wild wuchernder Bart sie an der Wange. »Meine

Liebe! Welch seltener Anblick in meinem bescheidenen Heim«, dröhnte seine Stimme.

Seine Frau, die hinter ihm erschienen war, reichte Susanna lächelnd die Hand. »Ich grüße Euch, Frau Blatter! Wen habt Ihr mitgebracht?«, fragte sie neugierig und betrachtete Michael ungeniert.

»Meinen Sohn Michael.«

»Ah, das ist also Euer Sohn. Wir haben schon gehört, dass er aus Italien zurückgekehrt ist. Wie war es dort?«, fragte Frau Eisenhut und musterte Michaels Erscheinung. Ohne seine Antwort abzuwarten, schlug sie freudig vor: »Ich werde uns rasch dünnen Wein und Hefeteilchen kommen lassen. Dann kann er uns von seiner Reise erzählen.«

»Das ist sehr nett von Euch, Frau Eisenhut, aber wir wollen Eure Zeit nicht länger in Anspruch nehmen als nötig. Wir sind gekommen, um Euch zu einem Festessen am Ostersonntag einzuladen.«

»Ostersonntag? Was für ein außergewöhnlicher Tag, um ein Festessen zu veranstalten«, erklärte Eisenhut und blickte Susanna überrascht an.

Die spürte, wie sie hektische rote Flecken am Hals bekam, die nicht von der kratzenden Halskrause herrührten.

»Ja, mein Mann und ich sind uns des ungewöhnlichen Tags bewusst. Aber wir möchten wegen der Rückkehr unseres Sohnes ein Fest ausrichten. Und da Michael uns ein Fass sonnengereiften Rotwein mitgebracht hat, der am besten zu geschmortem Lamm mundet, haben wir uns überlegt, dass wir einige Gäste dazu einladen möchten, die uns am Herzen liegen.«

»Was für ein netter Einfall!«, erklärte Eisenhut und kratzte sich über seine Barthaare, die bis zum Kehlkopf reichten.

»Michael kann uns dann während des Essens von Italien und über die Seidenraupenzucht berichten.«

»Euer Kleid ist aus Seide?«, fragte Eisenhuts Weib.

Susanna hatte gleich zu Beginn den Blick bemerkt, mit dem Frau Eisenhut sie heimlich musterte. Sie wusste, dass die kleine untersetzte Frau zwar freundlich tat, aber neidisch und herrschsüchtig war. Dabei hätte sie allen Grund, sich mir gegenüber in Demut zu üben, dachte Susanna. Ohne meinen Kredit wären sie arm wie die besagte Kirchenmaus. Susanna fand, dass Frau Eisenhut keine passable Schwiegermutter für ihren Sohn abgeben würde. Sie lächelte trotzdem höflich und sagte: »Das habt Ihr mit Eurem Kennerblick richtig bemerkt, Frau Eisenhut. Michael hat mir einen Ballen dieses besonderen Stoffs aus Italien mitgebracht. Kommt morgen in mein Geschäft, und ich zeige Euch, wie sehr die Farbe und das Material Euch schmeicheln werden.«

»So weit kommt es! Wir sind Wollweber, und deshalb werde ich bis zu meinem Lebensende Kleider aus Wollstoffen tragen«, erregte sich Frau Eisenhut. »Wo kommen wir hin, wenn wir Seide aus fernen Ländern einführen? Dann wird womöglich unsere Ware nicht mehr gekauft, und darunter werden auch die Schneider leiden.«

»Wir könnten eine eigene Seidenraupenzucht aufbauen und den Stoff hier in Trier herstellen«, erklärte Michael, der bislang kein Wort gesagt hatte.

»Hat man Euch deshalb in die Ferne geschickt? Sind unsere heimischen Produkte nicht gut genug, sodass wir fremde nachahmen müssen?«, fragte Frau Eisenhut sauertöpfisch und sah Michael unter ihren hochgesteckten Locken gereizt an.

Susanna spürte, wie die Stimmung sich verschlechterte, deshalb sprach sie den Wollweber direkt an: »Clemens, wir müssen wegen des ›Probierens‹ der eingeführten Tücher dringend einen Termin finden.« Zwar hatte Susanna im Augenblick weder die Ruhe noch das Interesse, darüber zu reden. Aber da sie wusste, dass es Eisenhut ein großes Anliegen war, Stoffe aus dem Ausland auf ihre Qualität zu prüfen, hoffte sie, ihn damit ablenken zu können.

»Ja, meine liebe Susanna. Bis wir alle Personen, die wir dazu benötigen, an einen Tisch bekommen, wird sicher Zeit vergehen. Lass uns in mein Arbeitszimmer gehen, damit wir einen passenden Tag finden können.«

»Mutter«, sagte plötzlich eine zarte Stimme hinter ihnen. Alle Anwesenden wandten sich ihr zu, und Susanna erblickte eine junge Frau, die schüchtern den Blick senkte.

»Katharina«, sagte Frau Eisenhut freudig. Zu Susannas Überraschung wurde ihr strenger Gesichtsausdruck weich und liebevoll. Voller Stolz wandte sie sich um und erklärte: »Das ist unsere jüngste Tochter Katharina. Und das, mein Kind, sind Frau Blatter und ihr Sohn.«

Das Mädchen blickte auf und sah Susanna freundlich an. Höflich nickte sie ihr und Michael zu. »Ich grüße Euch, Frau Blatter«, sagte sie mit leicht geröteten Wangen.

Susanna wusste, dass das Ehepaar Eisenhut fünf Töchter hatte, von denen angeblich die älteren vier ein Abklatsch ihrer Mutter waren. Zwar hatte sie Katharina als Kind kennengelernt und wusste um die natürliche Schönheit des Mädchens, aber da sie sie lange nicht gesehen hatte, war sie nun von ihrem Erscheinungsbild überrascht.

Weder das Aussehen ihrer Mutter noch das ihres Vaters lassen darauf schließen, dass sie ein solches Juwel als Tochter haben, dachte Susanna, die sich an dem Mädchen nicht satt sehen konnte. Katharinas weizenhelles Haar fiel in weichen Locken über die Schultern und umschmeichelte ihr Gesicht. Mit den himmelblauen Augen, die von langen dunklen Wimpern umrahmt waren, gleicht sie einem Engel, wie man sie von Kirchengemälden kennt, dachte Susanna und sah aus den Augenwinkeln, dass Michael die junge Frau, die in Gritlis Alter sein mochte, ebenfalls anstarrte.

Susanna hatte Mühe, ihre aufsteigende Freude zurückzuhalten. Sie gefällt ihm, frohlockte sie in Gedanken und hoffte: Katharina wird meinen Sohn von seiner Verfehlung befreien. In Gedanken dankte sie Gott und konnte es kaum erwarten, Urs davon zu erzählen.

»Mutter«, sagte Katharina erneut. »Du sollst bitte zur Waschmagd kommen.«

»Warum? Ist etwas mit der Wäsche?«, fragte Frau Eisenhut scharf.

»Das kann ich dir leider nicht beantworten«, erklärte das Mädchen immer noch mit leiser und ruhiger Stimme, sodass ihre Mutter sich ihr zuwandte und ihr sanft über die Wange strich. »Ach, mein Liebes, ich werde sehen, was sie von mir will.«

Mit einem knappen Nicken in Susannas Richtung sagte sie: »Ihr entschuldigt mich, Frau Blatter. Ich muss nach dem Rechten sehen. Ihr wisst ja sicherlich, wie es ist, wenn man unfähiges Gesinde hat.«

Susanna nickte ebenfalls. Kaum war die Frau davongerauscht, packte sie die Gelegenheit beim Schopf und sagte zu Clemens Eisenhut: »Wollen wir beide in deinem Arbeitszimmer ein Datum für das ›Probieren‹ suchen? Michael kann derweil Katharina von Italien berichten.«

Eisenhut schaute überrascht von seiner Tochter zu dem jungen Blatter und zurück. Anscheinend widerstrebte es ihm, die beiden allein zu lassen. Susanna erriet seine Gedanken und trat dicht an ihn heran. »Wir sind in deinem Haus! Was sollte hier passieren?«, flüsterte sie.

Er nickte. »Du hast recht, meine Liebe. Wir sind nur einen Raum weiter.«

Bevor sie die gute Stube verließen, blickte Susanna zurück und sah, wie Michael und Katharina sich an den Tisch setzten und ihr Sohn das Mädchen anlächelte.

»Das Probieren sollte kurz nach Ostern erfolgen. Wenn wir bis Pfingsten warten, verlieren wir zu viel Zeit. Dann überrollt uns womöglich die Ware aus dem Ausland, und wir kommen mit der Qualitätsprüfung nicht mehr nach«, überlegte Susanna.

»Wir werden im Kaufhaus am Rathaus beim Kornmarkt tagen, denn die Verordnung Karl Kaspars von der Leyen hat festgesetzt, dass die Kommission die ausländischen Stoffe dort ›probieren‹ soll.«

»Bitte erklär mir rasch den Ablauf des Verfahrens. Ich habe es erst einmal mitgemacht und möchte nichts durcheinanderbringen«, bat Susanna.

»Wir müssen besonders darauf achten, dass die ausländischen Tuchwaren beim Benässen nicht kürzer als eine halbe Elle werden. Alle Händler, deren Stoffe über Gebühr einlaufen, wenn sie nass gemacht werden, müssen bestraft werden«, erklärte Eisenhut und fuhr fort: »Auch die Färbung muss probiert werden. Oft wird die Blaufärbung durch trügerische und durchfressende Teufelsfarbe erreicht. Dann ist das Tuch nur scheinbar so schön, als wäre es mit der heimischen Waidfarbe gefärbt worden. Nur die echten Blaufärbungen bekommen den Stempel der Stadt.

Deine Aufgabe wird es sein zu prüfen, ob die Stoffe dicht genug gewoben wurden, damit sie mit Nadel und Garn bearbeitet werden können. Nur wenn wir kritisch probieren, können wir verhindern, dass ausländische Wollweber mit minderwertiger Ware den Preis zerstören und unseren Markt überschwemmen.«

»Nur gut, dass Kurfürst von der Leyen der Bitte der Handwerker und ihren Zünften nachgegeben hat und vor drei Jahren diese Ordnung erließ«, meinte Susanna.

Der Wollweber nickte. »Lass uns die Namen derjenigen aufschreiben, die wir benachrichtigen müssen. Wir benötigen elf Personen. Mit dir wäre die Person des unparteiischen Schneiders erfüllt. Ich bin einer der zwei Wollweber, die vereidigt werden müssen. Außerdem müssen wir dem Statthalter, dem Stadtschultheißen, den beiden Bürgermeistern und den zwei Weberzunftmeistern das Datum nennen. Es sind erst neun Personen, wir benötigen jedoch elf. Wen habe ich nicht bedacht?«, fragte Eisenhut und kraulte sich nachdenklich im Gestrüpp seines Gesichtsbewuchses.

Susanna überlegte und meinte schließlich: »Du hast die beiden Magistratsdeputierten vergessen.«

Eisenhut klatschte sich mit der flachen Hand gegen die Stirn. »Wie konnte ich nur so vergesslich sein. Ich sage dir, Susanna, das liegt an den kargen Mahlzeiten, die ich seit fast vierzig Tagen zu mir nehmen muss. Ich darf nicht über deine Einladung zum Osterschmaus nachdenken, weil mir dann das Wasser im Mund zusammenläuft und ich mich kaum beherrschen kann. Im Vertrauen, meine Liebe, der verdünnte Wein und das fade Hefegebäck ist nichts für einen Mann wie mich«, lachte er schallend und klopfte sich dabei auf die Schenkel.

»Das heißt, dass du meine Einladung annimmst?«

»Ich wäre wohl nicht bei Sinnen, wenn ich sie ablehnen würde.«

»Eure Töchter sind natürlich ebenfalls eingeladen«, erklärte Susanna und versuchte ihren Worten einen ungezwungenen Klang zu geben.

»Ach ja?«, fragte der Wollweber und blickte sie überrascht an. »Alle fünf?«, vergewisserte er sich, und sie nickte. »Du kennst sie nicht«, meinte er.

»Dann werde ich sie bei dem Essen kennenlernen.«

»Ich glaube nicht, dass du das möchtest. Sie gleichen alle ihrer Mutter, und mehr als eines dieser Geschöpfe kann ich bei solch einer Einladung nicht ertragen.«

»Katharina ist wie ihre Mutter?«, fragte Susanna erstaunt.

»Natürlich nicht«, verneinte Eisenhut ihre Frage. »Sie ist mein kleiner Engel und gleicht zum Glück nicht ihrer Mutter, sondern meiner. Sie hat ihr gutes Aussehen und auch ihr sanftes Gemüt. Katharina ist zu gut für diese Welt. Mir graut schon jetzt davor, wenn ich mir vorstelle, dass sie vielleicht einen Mann bekommt, der sie nicht verdient hat.«

»Darüber würde ich mir keine Gedanken machen, denn unser Herr im Himmel wird ihre Wege sicher lenken.«

»Ich möchte deine Zuversicht haben«, murmelte der Wollweber.

»Sei ganz beruhigt, mein Lieber. Manche Wege kann man umleiten, damit sie zum gewünschten Ziel führen«, lächelte Susanna und zog sich den weißen Kragen vom Hals.

Kapitel 32

In Krames

Der Knecht Christian bewunderte die Wallfahrtskirche von Eberhardsklausen und war von ihrer Größe beeindruckt. Das helle Gebäude mit den Sandsteineinfassungen stand in einem Wald, der unmittelbar um das Kloster herum abgeholzt worden war. Schon im Kindesalter hatte er die Legende über das Entstehen der Kirche gehört. Aber erst nun, als erwachsener Mann, sah er sie zum ersten Mal. Christian erinnerte sich an die Erzählung seiner Mutter, die ihm von einem einfachen Mann, namens Eberhard berichtet hatte, der vor vielen Hundert Jahren für die Herren von Esch gearbeitet haben soll.

Die überlieferte Geschichte erzählte, dass der Tagelöhner von seinem kargen Lohn so lang etwas abgezweigt hatte, bis er sich davon ein Bildnis der schmerzhaften Mutter Gottes kaufen konnte, die er sehr verehrte. Eberhard habe das Bild, so die Überlieferung, in eine Baumhöhle gestellt, an der er jeden Tag auf dem Weg zu seiner Arbeit in den Weinbergen vorbeikam, um dort zu beten. Schon bald lobpreisten auch die Menschen der Umgebung das Bildnis und trugen der Mutter Gottes ihre Ängste, Nöte und Sorgen vor. Eines Nachts erschien Eberhard die Gottesmutter und gebot ihm, an der Stelle des Bildnisses eine Kapelle zu errichten.

Zuerst dachte der Knecht, dass es sich um einen Traum gehandelt hatte, doch die Vision kehrte jede Nacht zurück.

Da er kein Geld besaß, schenkten ihm die Herren von Esch ein Stück Land, woraufhin Eberhard aus Steinen, die er zusammentrug, eine kleine Kapelle baute. Zwei Schritte breit, drei Schritte lang und drei Schritte hoch war das kleine Gotteshaus, in dem das Bildnis der Mutter Gottes seinen Platz bekam und das fortan den Namen Eberhardsklausen trug. Immer mehr Wallfahrer besuchten das Kapellchen, sodass schon bald eine größere Kirche gebaut wurde, die am 25. März 1451 vom Erzbischof persönlich eingeweiht wurde.

Zwei Jahre später starb der Tagelöhner Eberhard in dem Wissen, Großes erschaffen zu haben. Schon bald wurde das Kloster gegründet, das von Augustinermönchen geleitet wurde, die für die Verwaltung der Gebäude zuständig waren.

Christian bekreuzigte sich bei dem Gedanken an den gottesfürchtigen Mann, der bewiesen hatte, dass man mit seinem Glauben Großes erreichen kann. Der Knecht blickte an dem Gebäude hoch, holte tief Luft und ging zum Portal der Wallfahrtskirche.

Prior Johann Schuncken stand vor der dunklen Holztür und zupfte an seiner leinenen Kutte. Er versuchte, Zeit zu schinden, denn in einem Raum weiter wurde er bereits erwartet. Schuncken wusste, dass die Mönche angespannt zur Tür blickten in der Erwartung, dass er jeden Augenblick eintreten würde. Ihm war nicht wohl dabei zumute, da er sich von seinen Brüdern im Glauben brüskiert fühlte. Sie hatten den Weihbischof Johann Peter Verhorst zu einer Visitation nach Eberhardsklausen eingeladen, um zwischen den Mönchen zu schlichten. Der Prior presste die Lippen aufeinander und versuchte, jeden negativen Gedanken zu unterdrücken. Er musste sich eigene Schuld eingestehen, weil es ihm nicht gelungen war, bei der regelmäßigen

Zusammenkunft aller Brüder, dem *capitulum culparum*, eine strittige Angelegenheit zu regeln. Schuldkapitel wurden abgehalten, um Verfehlungen einzelner Mönche zu prüfen und ihre Schuld zu ahnden. Die beiden letzten Zusammenkünfte waren in hitzige Wortgefechte ausgeartet, bei denen Bruder Saur dem Prior mit Gewalt gedroht hatte. Nun galt es nicht nur eine Verfehlung des Priesters Blasius zu verhandeln, sondern auch über Saurs Drohung Recht zu sprechen.

Johann Schuncken beugte sich nach vorn und fuhr mit feuchten Händen über seinen dunklen Rock. Er rückte sein helles Käppchen, das Pileolus, zurecht und stieß langsam den Atem aus, um dann tief Luft zu holen. »Auf in den Kampf«, murmelte er und stieß die doppelflügelige Tür auf.

»Da seid Ihr endlich«, rief der Weihbischof, der den silbernen Kelch auf den Tisch zurückstellte und sich eine Handvoll Trauben in den Mund stopfte. Tropfen des roten Weins glitzerten in seinem grauen Bart. »Mein lieber Johann, ich bin bestürzt, dass ich eigens aus Köln anreisen muss, da Ihr als Prior anscheinend Eure Brüder nicht unter Kontrolle habt. Anstatt nach dem Essen zu ruhen, muss ich mich mit den Verfehlungen Eurer Priester beschäftigen«, erklärte er mürrisch.

Schunckens Blick schweifte zu den beiden Übeltätern, denen er diese Rüge zu verdanken hatte. Beide blickten zu Boden und wagten ihn nicht anzusehen. Niemand sprach oder räusperte sich. Es war totenstill im Raum. Das Knacken der Weintrauben im Mund des Weihbischofs schien laut wie ein Donnerknall nachzuhallen.

»Ich höre, Prior Schuncken!«, schmatzte Verhorst und spülte die harte Obstschale mit dem restlichen Wein aus seinem Kelch hinunter.

Der Prior blickte zu seinem Vertreter, dem Subprior, und zu seinem Prokurator, den er erst vor Kurzem in dieses Amt berufen hatte, um das Geld des Klosters zu verwalten. Beide hoben fast unmerklich die Schultern, um sie ebenso langsam wieder sinken zu lassen. Ihnen schien dieses Treffen ebenfalls unangenehm zu sein. Nur der *Frater a consilio* war über das Erscheinen des Weihbischofs entzückt. Kaum hatte Verhorst den Becher geleert, füllte der Gottesdiener ihn auf.

Er hat das Amt des beratenden Priesters inne und nicht das des Dieners, dachte Schuncken empört und setzte sich an den ovalen Tisch. Der Weihbischof blickte ihn scharf an.

»Berichtet mir von den Vergehen dieser beiden Sünder«, forderte Verhorst und zeigte mit der Hand auf die Männer.

Der Prior nickte seinem Stellvertreter zu, der daraufhin ein Blatt zu sich schob, das rechts von ihm auf der Tischplatte gelegen hatte. Mit lauter Stimme verkündete er: »Priester Blasius wird vorgeworfen, häufigen Umgang mit einer in der Nachbarschaft wohnenden Frau zu haben.«

»Ihr müsst nicht so schreien«, schimpfte der Weihbischof und verzog das Gesicht, als ob ihn Schmerzen plagten. Dabei hielt er sich mit der Hand das linke Ohr zu. »Auch wenn ich nicht mehr der Jüngste bin, so höre ich noch sehr gut«, erklärte er grimmig.

Der Subprior schaute verlegen und las dann mit gedämpfter Stimme weiter: »Mitbruder Saur hat bei einem hitzigen Gespräch mit Prior Schuncken demselbigen Gewalt angedroht.«

Weihbischof Johann Peter Verhorst blickte zu Schuncken, schüttelte vorwurfsvoll den Kopf und faltete seine Hände auf dem Tisch. Dann starrte er vor sich hin und schien zu überlegen, wobei er leise knurrende Geräusche von sich gab. Er atmete laut aus und holte ebenso geräuschvoll Luft. »Kanoniker sind Amtsträger aller Weihstufen und deshalb gesondert zu richten. Da sie sich entschlossen haben, in einer strengen klösterlichen Gemeinschaft zu leben, müssen sie sich dementsprechend verhalten. Ihr Benehmen, so wie es mir gerade geschildert wurde, kann nicht straflos hingenommen werden. Ich entziehe ihnen hiermit das Stimmrecht im Kapitel. In aller Deutlichkeit gesagt: Sie dürfen die Versammlungsstätte der klösterlichen Gemeinschaft, den Kapitelsaal, nicht mehr betreten.«

Die beiden Betroffenen schüttelten ungläubig den Kopf. »Dagegen möchte ich Einspruch erheben«, rief Saur und sprang von der Bank hoch.

»Setzt Euch! Ich bin noch nicht fertig«, zischte der Weihbischof. »Außerdem werdet Ihr für die Zeit von einem Jahr von der nachmittäglichen Erholung ausgeschlossen.«

Nun schauten alle Augen zu Prior Schuncken. Er wusste, dass dies die härtere Bestrafung für die beiden war, denn bei dieser nachmittäglichen Erholung wurde jedem Konventsmitglied Wein ausgeschenkt. Darauf verzichten zu müssen käme einem Ausschluss aus der Gemeinschaft gleich. Er hörte, wie sich nun auch Blasius von der knarrenden Bank erhob, als es klopfte.

Kaum hatte der Prior »Herein!« gerufen, öffnete sich die Tür, und ein Priester erschien im Raum.

»Es tut mir leid, Euch zu stören, aber es ist wichtig.«

»*Was* ist so wichtig, dass Ihr uns stört?«

Der Priester schaute den Weihbischof verunsichert an, doch dann straffte er seine Schultern. »Ein Knecht aus Piesport bittet Euch zu sprechen, Prior.«

»Er soll warten, bis wir fertig sind«, schimpfte Verhorst und sah Schuncken voller Verachtung an. »Die Zustände, die hier herrschen, geben mir sehr zu denken. Wegen eines Knechts stört man uns? Unfassbar!«

Schuncken schloss für einen Augenblick die Lider und sah dann zu seinem Priester. »Ihr habt gehört, was der Weihbischof gesagt hat. Der Knecht muss warten.«

»Ich denke, dann könnte es zu spät sein«, erklärte der Priester leise.

»Dann sagt, worum es geht. Aber verliert keine Zeit mit unnötigen Andeutungen!«, ermahnte ihn Schuncken.

»Der Knecht sagt, dass in Piesport die Pest ausgebrochen sei.«

Der Knecht Christian stand schüchtern vor den Kirchenmännern, die ihn ungläubig anblickten. Als er den stechenden Blick des Weihbischofs bemerkte, sah er schnell zu Boden.

»Wie kommst du dazu, solch eine Behauptung aufzustellen?«, zischte die Stimme des hohen Würdenträgers durch den Raum.

Christian räusperte sich mehrmals, dann murmelte er: »Es gab Tote.«

»Ich kann dich nicht hören«, erklärte Verhorst und hielt sich die Hand wie eine Muschel ans Ohr. Dann drehte er den Kopf in die Richtung des Knechts. »Wiederhole, was du gesagt hast.«

»Zwei Knechte und eine Magd sind bereits gestorben.«

»Es gibt viele Gründe, warum man sterben muss. Warum soll ausgerechnet die Pest die Ursache gewesen sein? Bist du in der Heilkunst bewandert, dass du das erkennen kannst?«

»Nein, ich bin ein einfacher Knecht.«

»Dann verstehe ich nicht, warum du behauptest, dass diese Menschen der Schwarze Tod ereilt haben soll. Wie sahen sie aus?«

Christian räusperte sich und gab leise zu: »Ich selbst habe die Toten nicht gesehen.«

Daraufhin verfinsterte sich die Miene des Weihbischofs, und seine Stimme dröhnte durch den Saal. »Du kennst das achte Gebot?«

»Du sollst nicht lügen«, antwortete Christian.

»Anscheinend hältst du dich nicht an die Gebote«, schlussfolgerte Verhorst und lehnte seinen Oberkörper drohend über die Tischplatte.

Christian bereute, der Bitte des Priesters gefolgt zu sein. Er hatte doch nur zwei Kerzen in der Kirche anzünden wollen. Doch dann war der Priester zu ihm gekommen und hatte ihn in ein Gespräch verwickelt, sodass er ihm von der Pest erzählte. Daraufhin hatte der Priester ihn inständig gebeten, vor dem Prior zu sprechen.

Doch nun schien es, als ob Christian vor Gericht stand. Statt ihm zu glauben, beschuldigte man ihn der Lüge. Er ballte die Hände zu Fäusten. Nein, dachte er, ich werde mich nicht einschüchtern lassen. Ich kenne die Gefahr, die von der schwarzen Seuche ausgeht. Mit festem Blick sah er den Weihbischof an. »Ich bin ein gottesfürchtiger Mann, der zeit seines Lebens nach den zehn Geboten gehandelt und gelebt hat. Ich weiß, dass Martha, Jakob und Achim an der Pest gestorben sind, auch wenn ich sie nicht persönlich gesehen habe. Der Herr wollte, dass ich mich nicht anstecke und dass ich Euch davon berichte. Jeder weiß, dass man stirbt, sobald man Pestluft einatmet oder die Kranken berührt. Ihr müsst entscheiden, ob ihr mir glauben wollt. Sicher ist, dass in den nächsten Tagen viele Menschen aus den umliegenden Dörfern nach Piesport kommen werden, um in der Michaelskirche Taufen und Hochzeiten zu feiern. Sollte das nicht unterbunden werden, wird es bald nichts mehr zu feiern geben.«

Prior Schuncken hatte dem Knecht aufmerksam zugehört und in seinem Gesicht geforscht. Der Blick des Mannes zeigte seine Angst vor der Krankheit, seine Körperhaltung zeigte Entschlossenheit, und seine Worte deuteten Fürsorge anderen Menschen gegenüber an. »Wer hat dir gesagt, dass die drei armen Seelen an der Pest gestorben sind?«, fragte er.

»Der Großknecht des Weinguts, auf dem die Toten ebenfalls ihren Dienst taten, schilderte, wie qualvoll sie gestorben sind. Als ich das hörte, erinnerte ich mich an meinen Vater, den das gleiche Schicksal ereilt hatte. Damals war es der Pestreiter gewesen, der dafür sorgte, dass die Kranken von den Gesunden gesondert wurden. Heute ist es meine Aufgabe.«

»Dann hast du dich heute selbst zum neuen Pestreiter erkoren?«, höhnte der Weihbischof, und seine Augen glitzerten vor Spott.

»Wenn es Euch Freude bereitet, verspottet mich, rügt mich,

und verdammt mich, aber verschließt nicht Eure Ohren und Augen und vor allem nicht Euer Herz vor dem, was ich Euch mitgeteilt habe. Es wäre zum Leid aller Menschen, die hier leben. Gott würde das nicht gefallen«, erklärte Christian und wandte sich mit verzweifeltem Blick zur Tür.

Gut gesprochen, dachte Schuncken und sah gespannt zum Weihbischof, der dem Knecht ungläubig hinterherschaute.

»Warte!«, rief Verhorst plötzlich.

Christian schloss die Augen. Sein Herz schien einen Schlag auszusetzen. Er ließ die Türklinke los und drehte sich um.

»Ich habe beschlossen, dir zu glauben und dir zu vertrauen! Wir werden bedenken, was wir tun können, damit die Pest nicht um sich greift. Setz dich zu uns, damit du uns beraten kannst.«

Gritli und Melchior erreichten die kleine Siedlung am Ufer der Mosel, die sie vom Berg aus gesehen hatten. Langsam fuhren sie durch die engen Gassen, wo die Menschen ihnen freundlich entgegenblickten. Neugierig schauten sie sich nach ihnen um. Die meisten Häuser waren aus dunklem Gestein gemauert, schmal, zweistöckig und aneinandergebaut. Sie wirkten klein und zierlich – nicht so prachtvoll und groß wie die Häuser in Trier. Hühner liefen umher, Kinder spielten Nachlaufen, und auf Mauern und Treppen lagen Katzen und sonnten sich. Ein Welpe lief kläffend einem Mädchen hinterher, das einen Stock hin und her schwang. Mehre Frauen kamen schwatzend von der Mosel herauf. Sie trugen Körbe mit frisch gewaschener Wäsche, aus der das Wasser auf den Boden tropfte. Obwohl ihre Röcke bis zu den Knien hochgebunden waren, hingen sie nass an ihren Körpern. Es schien sie nicht zu stören, denn sie lachten und machten den Eindruck, es nicht eilig zu haben.

Melchior hatte nicht gesehen, dass die Straße schmaler wurde, und fluchte, als eine Hausecke so weit in die Gasse hineinragte, dass er befürchten musste, mit dem Fuhrwerk hängenzubleiben. Genervt zügelte er das Pferd und stieg vom Kutschbock.

»Nur ruhig, Junge!«, lachte ein alter Mann, der ein Fischernetz über den Schultern trug und des Weges kam. »Du kannst unbesorgt weiterfahren.«

»Ich vergewissere mich lieber selbst, denn wenn ich hängenbleibe, scheut womöglich das Pferd, und das Rad bricht.«

Der Alte kratzte sich über die grauen Stoppeln seines unrasierten Kinns und betrachtete mit verengtem Sichtfeld die Hausecke. Er ließ das Netz zu Boden gleiten und beugte ächzend den Oberkörper nach vorn. Mit seinen krummen Fingern zeigte er zum Stein und dann zum Rad. »Sieh selbst, Bursche! Du hast eine Handbreit Platz. Deine Sorgen sind unnötig.« Als er sich wieder aufrichtete, stemmte er die Hände in den Rücken und streckte sich. »Dein Mann scheint ein Angsthase zu sein. Hoffentlich ist er im Schlafzimmer anders«, nuschelte er und zwinkerte Gritli zu. Dann ging er stöhnend in die Hocke, um das Netz wieder aufzunehmen. Als er hochkam, griente er von einem Ohr zum anderen. »Gott zum Gruße«, verabschiedete er sich und ging auf krummen Beinen weiter.

Gritli spürte, wie ihre Wangen vor Hitze pochten. Als sie zu Melchior sah, erkannte sie denselben Blick wie am Tag zuvor. Ihre Röte verstärkte sich, und sie fragte gereizt: »Können wir endlich weiter?«

Melchior schwang sich grinsend auf den Kutschbock und ließ das Pferd langsam an der Hausecke vorbeigehen. Schweigend fuhren sie die Straße hinunter zum Ufer der Mosel. Schon von Weitem hörte man das Plätschern des Wassers, und je näher sie kamen, desto stärker konnte man den Fluss riechen. Als der Weg nach links einen Knick machte, zügelte Melchior abermals das Pferd und sah sich um. Der Weg war schon bald zu Ende, sodass er beschloss, stehen zu bleiben. Auf der anderen Seite der Mosel konnten sie erkennen, wie sich dunkle Wolken zusammenzogen.

»Hoffentlich kommen wir vor dem Regenguss bei Frau Eider an«, murmelte Melchior und sah sich um.

»Hier scheint niemand zu sein«, stellte Gritli fest. Doch dann bemerkte sie hinter einer Weide, deren Äste bis ins Wasser ragten, eine Frau auf einer Kiste sitzend. Melchior half Gritli vom Kutschbock, und gemeinsam gingen sie zu dem Baum hinüber. Die Frau hielt ein großes Fischernetz auf ihren Knien, das sie ausbesserte. Mit geübten Griffen führte sie das Garn, das auf ein Stück Holz gewickelt war, und flickte die Löcher.

»Ich grüße dich! Wir müssen nach Piesport«, erklärte Melchior freundlich, doch die Frau blickte nicht auf und tat, als ob sie ihn nicht gehört hätte. »Gute Frau! Wie kommen wir nach Piesport?«, fragte er immer noch lächelnd und wies über die Mosel.

»Meine Mutter kann dich nicht hören«, erklärte ein Junge, der aus einem Haus hinter ihnen trat. »Sie ist taub und stumm«, erklärte er und hockte sich neben die Frau. Liebevoll strich er ihr über das krause graue Haar, das auf ihre Schultern fiel. Jetzt sah sie auf, lächelte und presste ihre Wange gegen die Hand des Jungen. Er zeigte auf Melchior und Gritli, und seine Mutter nickte ihnen grüßend zu. Beide erwiderten den Gruß ebenfalls mit einem Nicken.

Melchior betrachtete den Burschen, der barfuß war und zerlumpte Kleider anhatte.

»Wie heißt du?«, fragte er ihn.

»Tobias.«

»Wie heißt dieser Ort, Tobias?«

»Müstert.«

»Und wo liegt Piesport?«

Der Junge zeigte zu den Häusern auf die andere Seite der Mosel.

Melchior blickte sich um. Als er keinen Überweg und keine Brücke entdecken konnte, fragte er: »Verrätst du uns, wie wir auf die andere Seite gelangen? Wir haben es eilig, nach Piesport zu kommen.«

»Da habt ihr Pech. Es ist nach Mittag, da bleibt der Vater meistens drüben in Piesport im Wirtshaus und nimmt seine Mahlzeit ein. Es kann dauern, bis er zurückkommt.«

»Was hat dein Vater damit zu tun?«

»Er ist der Fährmann und hat erst vor Kurzem übergesetzt.«

»Gibt es keinen zweiten Fährmann? Wir müssen wirklich sehr dringend in den Ort.«

Tobias schüttelte den Kopf und überlegte.

»Es soll dein Schaden nicht sein«, erklärte Gritli hastig, sodass der Junge aufschaute. Auch Melchior blickte sie fragend an.

»Ich gebe dir einen Albus.«

»Zwei von den Silbermünzen«, konterte Tobias sofort.

»Wie alt bist du, dass du es wagst, mein Angebot auszuschlagen und mit mir zu handeln?«, fragte Gritli verärgert.

»Ich glaube, das wird mein zehnter Sommer«, überlegte Tobias. »Außerdem sagt mein Vater, dass man sich nicht mit dem Erstbesten zufriedengeben soll«, verteidigte er seine Forderung, als seine Mutter ihn fragend anblickte. Mit Handzeichen schien er ihr zu erklären, was die beiden Fremden wollten.

Die Frau sah Gritli an und hob einen Finger in die Luft. Dann schüttelte sie den Kopf und zeigte zwei. Nun lachten Mutter und Sohn – die eine lautlos, der andere schallend.

Melchior stimmte ein, und auch Gritli konnte nicht länger ernst bleiben. »Also gut«, gab sie nach. »Besorg uns die Fähre, und du bekommst das Geld.«

Tobias ging bis zu den Knien ins Wasser, legte von jeder Hand zwei Finger an die Lippen und stieß einen schrillen Pfiff aus, den er mehrmals wiederholte. »Jetzt müssen wir warten, dass jemand dem Vater Bescheid gibt.«

»Gibt es nicht eine Brücke oder eine Furt auf die andere Seite?«, fragte Melchior, der spürte, dass ihnen die Zeit davonlief.

»Es gibt eine Stelle, die bei Niedrigwasser seicht genug ist, um mit einem Fuhrwerk durchzufahren.«

»Wo ist die Furt?«, rief Gritli.

»Eine gute Stunde Fahrtzeit. Aber um diese Jahreszeit ist die Mosel zu hoch und zu schnell. Da kommt ihr nur im Hochsommer rüber. Und eine Brücke gibt es hier nicht.«

Melchior sah zu Gritli, die angespannt aufs Wasser schaute. »Wir hätten keine Rast machen dürfen, dann wären wir zeitig hier gewesen, um mit der Fähre übersetzen zu können«, schimpfte sie leise.

»Das haben wir nicht gewusst«, versuchte Melchior sie zu trösten. »Woher wissen wir, dass drüben jemand deine Pfiffe gehört hat?«, fragte er den Jungen, der noch immer im Wasser stand und in Richtung Piesport horchte.

»Sei ruhig«, zischte Tobias und lauschte angestrengt. Dann verzog ein Lächeln sein ernstes Gesicht. »Er kommt«, sagte er fröhlich und streckte Gritli die Hand entgegen.

Kapitel 33

Gritli hatte Mühe, nicht an das Schaukeln auf der Fähre zu denken. Als sie an Land kamen, wankte sie, und ihr wurde übel. Während Melchior langsam das Pferd von dem Boot führte, lehnte sie sich gegen die Mauer und schloss die Augen.

»Ihr müsst die Augen offen halten und auf einen festen Punkt blicken. Schaut auf das Schild der Trinkstube«, erklärte der Fährmann und sah sie mitleidig an. »Es ist nur eine kurze Strecke auf dem Wasser, aber wenn man das nicht gewohnt ist, kann einem speiübel werden.«

Gritli nickte und presste die Lippen aufeinander.

»Nehmt eine Kleinigkeit zu Euch, damit das flaue Gefühl aus

dem Magen verschwindet«, riet er und ging zurück zu seiner Fähre.

»Danke, dass Ihr sofort gekommen seid«, bedankte sich Melchior bei dem schmalen Mann, dessen linkes Auge trüb war.

»Ihr hattet Glück, dass ich wegen des aufkommenden schlechten Wetters noch mal nach den Tauen gesehen habe. Sonst hätte ich Tobias' Pfiff nicht gehört. Ich weiß, wenn der Junge mich ruft, ist es wichtig«, lachte er und rieb Daumen und Zeigefinger aneinander.

»Ich denke, dass es Euer Schaden nicht war«, grinste Melchior und gab ihm den vereinbarten Lohn.

»Wenn Ihr zurück wollt, läutet diese Glocke, und ich werde Euch holen«, sagte der Fährmann und zeigte zu einem Pfahl am Wasser, an dem eine Schiffsglocke hing.

»Das werden wir machen«, erklärte Melchior und sah zu Gritli. »Ich hoffe, dass es ihr bald besser geht.«

Der Fährmann winkte ab. »Keine Bange. Wenn sie ein paar Schritte gegangen ist, wird sie das Wackeln nicht mehr spüren.«

Melchior führte das Pferd zu Gritli, die krampfhaft auf das Schild des Wirtshauses starrte. »Weißt du, wo Frau Eider wohnt?«, versuchte er sie abzulenken.

Sie schüttelte vorsichtig den Kopf.

»Ich werde für dich nachfragen. Bleib hier stehen«, sagte er und verschwand in der Wirtschaft. Schon bald kam er zurück. »Familie Eider wohnt den Weg hinauf. Geht es dir besser, damit wir fahren können?«, fragte er.

Gritli nickte und ging auf steifen Beinen zum Fuhrwerk. Melchior nahm ihren Arm und half ihr auf den Kutschbock. Nachdem er selbst Platz genommen hatte, ließ er das Pferd langsam vorwärtsschreiten.

Während der Fahrt schaute Gritli in die engen Nebengassen von Piesport, von denen die meisten zu den Weinbergen hinaufführten. Neugierig betrachtete sie die Wohnhäuser, die wie in

Müstert aus schwarzem Schiefergestein erbaut worden waren. Gritli wusste, dass Stein ein teures Baumaterial war, das sich kaum einer leisten konnte, weshalb die meisten Häuser aus Holz bestanden. Doch hier schien man den Stein aus den Wingerten genommen zu haben, um den Boden für Rebstöcke nutzbar zu machen. Sie entdeckte ein prachtvolles Weingut, dessen Fenster, Tore und Türen mit rotem Sandstein eingefasst waren. Efeu rankte an der Häuserwand empor und bildete eine grüne Fassade. Eine breite Treppe mit mehreren Stufen vor der Eingangstür gab dem Haus ein herrschaftliches Aussehen. In Piesport müssen reiche Leute leben, überlegte sie.

Da sprach Melchior sie an: »Nach der Beschreibung, die mir der Wirt aus der Trinkstube gegeben hat, müsste dies das Haus der Familie Eider sein. Ich werde nachfragen.«

Er sprang vom Sitz und ging um die hohe Mauer herum, die den Innenhof umgab. Am halbrunden Tor zog er an dem Seil, das an der Mauer hing. Während er wartete, betrachtete er das wuchtige zweiflügelige Holztor. Als er auf Bauchhöhe ein daumendickes Astloch entdeckte, konnte er sich nicht beherrschen und schaute hindurch. Er blickte in einen Innenhof, der mit Katzenkopfsteinen ausgelegt war. Auf der gegenüberliegenden Seite war eine Pforte zu erkennen, die in den Garten führte. Blühende Sträucher, Pflanzen in Körben und ein kleiner Tisch mit einer Bank dahinter luden zum Verweilen ein. Er neigte den Kopf nach rechts und sah eine mit Sandstein verkleidete Häuserecke und eine Treppe, die nach unten führte. Das müssen sehr reiche Leute sein, überlegte Melchior. Als er jemanden kommen hörte, richtete er sich rasch auf. Schon wurde die Schlupfpforte geöffnet, die sich in der linken Torseite befand.

»Ihr wünscht?«, fragte eine ältere Frau, die schwarz gekleidet war. Ihr Haar hatte sie unter einer ebenso dunklen Haube versteckt. Sie machte ein strenges Gesicht, was zu ihrer hageren Gestalt passte.

»Wohnt hier Frau Eider?«, erkundigte sich Melchior freundlich.

»Wer will das wissen?«, fragte sie und musterte ihn ungeniert von Kopf bis Fuß.

»Frau Blatter aus Trier schickt ihre Tochter mit dem Kleid, das Frau Eider in der Schneiderei von Frau Blatter bestellt hat.«

»Ich werde nachfragen.«

Mit einem Rums ließ sie die Pforte ins Schloss fallen. Doch bald darauf kam sie zurück. »Die Tochter der Schneiderin soll hereinkommen«, sagte sie knapp.

»Ich rufe sie«, antwortete Melchior und ging zum Fuhrwerk. Gritli war bereits abgestiegen und blickte ihm fragend entgegen. »Du sollst zu Frau Eider gehen. Ich werde derweil beim Weingut Pitter die leeren gegen volle Fässer eintauschen und dich später abholen. Geht es dir besser?«, fragte er.

Sie nickte. »Das flaue Gefühl im Magen ist zum Glück verschwunden.«

Melchior nahm den Kleidersack von der Ladefläche und drückte ihn Gritli in die Hand. »Hast du alles, was du benötigst?«

»Ja, ich habe das Nähzeug in meinem Beutel«, erklärte sie und hob ihn in die Höhe.

Melchior sah Gritli mitleidig an. Sie war immer noch blass um die Nase. Auch schien ihre Begeisterung über die Fahrt nach Piesport nachgelassen zu haben. Zaghaft blickte sie auf das Wohnhaus, das das größte im Ort zu sein schien. Gerne hätte Melchior sie in die Arme gezogen und an sich gedrückt. Aber er wagte es nicht, denn er hatte Angst, Gritli mit seiner Zuneigung zu verschrecken. Stattdessen stieg er in seinen Sitz auf dem Kutschbock und lächelte ihr aufmunternd zu. Er wendete das Gefährt und fuhr fort.

Gritli sah ihm betrübt hinterher. Zwar hatte sie ihm gesagt, dass es ihr besser ging, aber wohl fühlte sie sich nicht. Sie ärgerte sich, da die schaukelnde Überfahrt auf der Fähre ihr die Freude an dem Ausflug verleidet hatte. Der Gedanke, dass sie für den Rückweg die Fahrt ein zweites Mal würde auf sich nehmen müssen, schreckte sie. Sie blies mit dicken Wangen den Atem aus und schabte mit dem Schuh kleine Steine auf dem Boden hin und her. Sie hatte gehofft, dass Melchior sie umarmen und trösten würde. Warum hat er sich nicht getraut?, dachte sie. Ich hätte mich gern an ihn geschmiegt. Ulrich hätte sicherlich anders gehandelt, überlegte sie und ging seufzend zur Pforte, wo die Magd ihr ungeduldig entgegenblickte.

»Wie lange dauert das?«, fragte sie mürrisch. Die hagere Frau trat als Erste durch die Tür, die sie hinter Gritli ins Schloss fallen ließ und mit einem großen Eisenschlüssel verschloss. »Folgt mir! Frau Eider erwartet Euch bereits«, erklärte sie.

Gritli stieg die braunroten Sandsteinstufen zum Wohnhaus empor und blickte sich scheu um. Sie hatte immer geglaubt, dass ihre Familie in einem herrschaftlichen Haus wohnte, aber dieses war um einiges größer. Sie trat durch eine aufwendig geschnitzte Eingangstür in den Flur, der mit dunklen Holzplanken ausgelegt war. Neugierig betrachtete sie die gekalkten Wände, die vom Boden bis zur Mitte mit bunten Fliesen bedeckt waren. Jede von ihnen war mit einer anderen Pflanze kunstvoll bemalt worden. Gritli erkannte die gelbe Bettpisserblume, den Dornenbusch, die Schlehe, das Veilchen, den Lavendel und viele andere mehr.

»Wollt Ihr Frau Eider das Kleid bringen oder Pflanzenkunde betreiben?«, fragte die Magd schnippisch.

Gritli zuckte zusammen. Sie hatte nicht bemerkt, dass sie die Blumennamen laut vor sich hin gesprochen hatte. »Entschuldigt bitte. Aber diese Kacheln sind außergewöhnlich schön, sodass man nicht umhin kommt, sie zu bewundern.«

»Ich würde meine Arbeit wohl kaum erledigen können, wenn ich so denken würde«, spottete die schwarz gekleidete Frau.

Sie scheint ohne Freude im Leben zu sein, entschuldigte Gritli das brüske Verhalten der Magd und folgte ihr die Treppe hinauf in den ersten Stock. Dort klopfte die Bedienstete an eine Tür und drückte im selben Augenblick die Klinke herunter. Gritli trat ein und blickte sich erstaunt um. Dieser Raum war sichtlich für eine Frau eingerichtet worden. Er war in hellen Farben gehalten und mit viel Liebe zum Detail möbliert. An der gegenüberliegenden Seite hing ein sandfarbener Teppich, der fast die ganze Wand einnahm. Aus bunten Seidenfäden war eine Jagdgesellschaft mit ihrer Beute darauf gewoben worden. Auf dem Sims des Kamins an der rechten Wand standen silberne Kerzenständer und eine kleine Blumenvase mit einem Trockengesteck. Eine Porzellanspieluhr mit einem steigenden Pferd hatte ihren Platz auf einem kleinen Tisch, der vor einem mit hellgelbem Stoff bezogenen Sofa stand. In der Mitte des Raums lag ein großer weicher Teppich in zarten Blautönen.

Gritli wollte sich gerade die große Vase neben dem Kamin genauer betrachten, als sie eine Bewegung wahrnahm. Erschrocken wandte sie sich um. Eine Frau in einem wuchtigen Sessel, der ihre Erscheinung fast verschluckte, blickte ihr entgegen.

»Da seid Ihr endlich«, wurde Gritli barsch angesprochen. Ohne einen Gruß zu entrichten, fragte die Fremde: »Hatte Eure Mutter keine Zeit, selbst zu kommen?«

Gritli ließ sich von der Unfreundlichkeit nicht beirren und sagte höflich: »Gott zum Gruße, Frau Eider. Meine Mutter lässt sich entschuldigen.«

»Ist sie krank geworden?«, fragte die Frau, ohne den Gruß zu erwidern.

Gritli schluckte. »Sie fühlte sich unwohl, wahrscheinlich ein verdorbener Magen«, log sie, da sie befürchtete, dass die Frau einen anderen Grund nicht akzeptieren würde.

»Wenn das so ist, bestellt Ihr meine Genesungswünsche. Ich hoffe, dass das Kleid sitzt, denn sonst wird es für Eure Mutter schwierig. Schließlich habe ich ihr den Lohn im Voraus entrichtet.«

»Falls etwas nicht nach Euren Wünschen ist, werde ich mich bemühen, es abzuändern.«

»Ihr seid ebenfalls Schneiderin?«, fragte Frau Eider und zog zweifelnd eine Augenbraue in die Höhe.

Gritli nickte, nahm ihren blauen Mantel ab und legte ihn auf das Sofa. Dann entnahm sie dem Beutel ihr Werkzeug, legte es auf das Tischchen und zog das Kleid aus der Schutzhülle.

»Ist es nicht hübsch geworden?«, fragte sie leise und hielt das Gewand in die Höhe, um es der neuen Besitzerin zu zeigen. Frau Eider kam auf sie zu und hielt sich den Wollstoff an die Wange, der aus besonders weichem und feinem Garn gewoben worden war.

»Wie zart er ist«, murmelte sie und sah Gritli mit strengem Blick an. »Wollen wir hoffen, dass Eure Mutter richtig Maß genommen hat«, sagte sie. Dann ging sie zu einer Stellage, die neben dem Kamin aufgebaut war, und zog sich dahinter um.

Obwohl Melchior zweimal einen anderen Weg benutzte, fuhr er im Kreis und stand jedes Mal an derselben Abzweigung. Entnervt fragte er einen Fischer, der seinen Fang nach Hause trug, wie er zum Weingut Pitter komme.

Der Mann spuckte die Reste eines Krauts, das er gekaut hatte, vor die Hufe des Pferdes und kratzte sich am Hinterkopf. Dann schaute er zum Himmel, in Richtung Mosel und zum Weinberg hinauf und zeigte schließlich hinter sich. »In diese Richtung«, sagte er und ging seines Weges, bevor Melchior eine weitere Frage stellen konnte. Ungläubig schaute er dem Alten hinterher, der einen leicht schwankenden Gang hatte.

»Dann müssen wir ihm wohl vertrauen«, murmelte Melchior zu seinem Pferd, als ob es ihn verstand.

Tatsächlich erreichte er nach wenigen Minuten das Weingut Pitter, das am Ortsende gelegen war. Es war ein großes, zweistöckiges Haus, ebenfalls aus dunklem Schiefergestein gemauert. In einer mannshohen Mauer öffnete ein doppelflügeliges, schmiedeeisernes Tor den Weg in das Gehöft. Darüber hing ein rundes geschmiedetes Schild, das einen Rebstock zeigte. Von kunstvoller Hand waren in großen Buchstaben der Name »Pitter« und der Hinweis »Weingut« eingehämmert und mit goldener Farbe bestrichen worden. Das Anwesen, das Tor und auch das Schild zeugten von Wohlstand.

Melchior ließ sein Fuhrwerk vor der Mauer stehen und zog einen Torflügel auf. Unsicher blickte er sich um. Da er keinen Menschen sehen konnte, rief er: »Gott zum Gruße! Ich möchte Wein kaufen.« Als niemand ihm antwortete, betrat er den Hof und rief laut: »Ist hier jemand?«

Keine Antwort.

Angestrengt lauschte er und glaubte kurz darauf aus dem Innern der Scheune ein Streitgespräch und Lärm zu hören. Er hustete mehrmals in der Hoffnung, dass man ihn hörte. Stattdessen wurden der Streit und der Krach lauter. Nun ging Melchior auf die Scheune zu, aus der die Stimmen drangen, und versuchte durch Rufe auf sich aufmerksam zu machen. »Gott zum Gruße«, rief er und zog das wuchtige Tor einen Spalt auf.

⁂

»Könnt Ihr bitte näher ans Fenster treten«, fragte Gritli und betrachtete die Frau und das Kleid. »Ihr habt eine vortreffliche Wahl getroffen, Frau Eider. Das Veilchenblau schmeichelt Eurer Haut und passt wunderbar zu Euren Augen und dem dunklen Haar. Dreht Euch bitte, damit ich die Knopfleiste im Rücken prüfen kann.«

Die Kundin tat, wie ihr geheißen. Zufrieden mit der Arbeit ihrer Mutter, packte Gritli das Nähzeug zur Seite. Es gab nichts, was sie hätte ändern müssen.

»Wie fühlt Ihr Euch?«, fragte sie und sah die Frau angespannt an.

Frau Eider strich mit den Händen immer wieder über den Rock und blickte an sich herunter. Dann ging sie zu dem Spiegel, der über dem Kamin hing, und betrachtete sich. »Ihr habt recht. Ich hätte keine bessere Farbe wählen können. Allerdings muss ich gestehen, dass die Beratung Eurer Mutter mich letztendlich überzeugt hat, diesen Stoff zu nehmen. Sie sagte dasselbe wie Ihr über die Farbe. Ich hoffe nicht, dass sie Euch beeinflusst hat.«

Gritli überlegte kurz, ob diese Behauptung eine Beleidigung war und sie darauf gekränkt reagieren müsste. Doch dann atmete sie tief durch und erklärte: »Ich bin die Tochter meiner Mutter. Jede von uns vertritt ihre eigene Meinung.«

Zum ersten Mal lächelte Frau Eider, was ihre harten Gesichtszüge weicher erscheinen ließ.

Unerwartet setzte das Läuten der Kirchenglocken ein, sodass sie irritiert zum Fenster schaute. »Um diese Zeit?«, murmelte sie nachdenklich. »War heute eine Beerdigung, von der ich nichts weiß?«, überlegte sie.

In diesem Augenblick wurde die Tür aufgerissen, und ein Mann betrat den Raum. Fragend sah er von der Frau zu Gritli.

»Das ist die Tochter von Frau Blatter, meiner Schneiderin. Die Arme ist krank geworden«, erklärte sie, bevor der Mann fragen konnte. An Gritli gewandt, sagte sie: »Das ist mein Mann, Gottfried Eider.«

»Gott zum Gruße«, sagte Gritli freundlich, und er erwiderte:

»Und Gottes Segen.« Dann wandte er sich seiner Frau zu. »Hast du schon gehört, Dorothea?«, fragte er, und seine Stimme klang beunruhigt.

»Ich habe eben das Läuten der Kirchenglocken vernommen. Ich nehme an, dass eine Beerdigung stattfindet, denn für eine Hochzeit wäre es nicht der richtige Tag. Aber ...«

»Schweig«, unterbrach ihr Mann sie ungeduldig. Gritli, die soeben Nadel und Faden in den Beutel steckte, sah erschrocken zu ihm auf, und auch Frau Eider blickte betroffen.

»Bei Weinbauer Pitter sind gestern zwei Knechte und eine Magd gestorben«, berichtete der Mann, ohne Anteilnahme in seiner Stimme zu zeigen.

»Gütiger Gott!«, rief Frau Eider und schlug sich die Hand gegen den Mund. »Haben sie sich gegenseitig umgebracht?«, fragte sie schockiert.

»Wie kommst du auf solch einen Gedanken?«, fragte er.

»Warum sonst sterben an einem Tag zwei Männer und eine Frau auf einem Gut? Wahrscheinlich hatte die Magd mit beiden Männern ein Verhältnis, und die Männer haben sich wegen ihr … Pfui, und das in Piesport!«, empörte sich die Frau und blickte ihren Mann fassungslos an.

»Nein, meine Liebe, es ist schlimmer«, erklärte Gottfried Eider. »Wenn es stimmt, was ich gehört habe, dann sollten wir Piesport schnellstmöglich verlassen, Dorothea.«

Frau Eider kräuselte die Stirn. »Gottfried, du sprichst in Rätseln. Was kann geschehen sein, dass wir fliehen müssten?«

»Man sagt, dass die beiden Knechte und die Magd an der Pest gestorben sind.«

»Die Pest?«, fragten Gritli und die Frau wie aus einem Mund.

Eider nickte.

Doch dann lachte seine Frau schallend los. »Welcher Schabernack! Die Pest ist bereits seit meiner Kindheit ausgerottet. Wie soll sie ausgerechnet nach Piesport kommen? Über die Mosel? Unfug! Lass dir keine Lügenmärchen aufbinden.«

»Wenn ich etwas dazu sagen darf?«, bat Gritli höflich. »Mein Vater ist Arzt in Trier, und der wüsste es, wenn der Schwarze Tod wieder aufflackern würde. Er hätte mich niemals nach Piesport fahren lassen, wenn solche Gefahr drohte. Wie Eure Frau sagte: Seit vielen Jahren gibt es im weiten Umfeld keine Pesttoten zu beklagen.«

Frau Eider nickte. »Da hörst du es, mein Lieber. Wahrscheinlich ist es so gewesen, wie ich vermute. Das Gesinde hat sich untereinander vergnügt und aus Eifersucht einander Leid zugefügt.«

Herr Eider blickte nachdenklich von einer Frau zur anderen und murmelte: »Euer Wort in Gottes Ohr! Doch sollte ich recht behalten, werden wir umgehend den Ort verlassen.« Dann verließ er das Zimmer.

Frau Eider und Gritli sahen sich fragend an. Schließlich zuckte die Frau mit den Schultern. »Was die Leute für dummes Zeug von sich geben, und mein armer Mann glaubt diesen Unsinn«, entschuldigte sie die Störung und betrachtete sich abermals in dem Spiegel.

»Ich hoffe, Ihr seid mit der Arbeit meiner Mutter zufrieden?«, fragte Gritli.

Erneut lächelte Frau Eider und nickte. »Bestellt Eurer Mutter meine herzlichen Grüße, und teilt ihr meine Zufriedenheit mit. Ich werde ihre Dienste schon bald ein weiteres Mal in Anspruch nehmen, denn ich benötige eine besondere Festrobe für die Hochzeit meiner Nichte.«

»Meine Mutter sollte Euch den grünen Stoff aus Seide zeigen, den mein Bruder aus Italien mitgebracht hat. Je nachdem, wie das Licht darauf fällt, schimmert er silbrig.«

»So wie Euer schönes Halstuch? Ist das auch aus Seide?«

»Ja, das hat mir mein Bruder ebenfalls aus Italien mitgebracht.«

»Dann soll Eure Mutter mir den Stoff reservieren.«

»Ich werde es ihr ausrichten«, versprach Gritli und legte sich den Mantel über die Schultern. »Wie weit ist es bis zum Weingut Pitter?«, fragte sie.

»Ihr wollt zum Weingut Pitter?«, fragte Frau Eider erstaunt.

»Ich treffe dort den Mann, mit dem ich hierhergefahren bin. Er soll dem Gasthast Kesselstadt Wein mitbringen.«

»Es ist nur ein kurzer Fußmarsch, aber ich lasse gern eine Kutsche für Euch einspannen«, bot Frau Eider an, doch Gritli lehnte dankend ab.

»Nach der Fahrt auf der schaukelnden Fähre bin ich dankbar, wenn ich mich bewegen kann.«

»Das kann ich verstehen«, erklärte die Frau lächelnd und reichte Gritli zum Abschied die Hand.

Kapitel 34

Der Knecht Christian saß am ovalen Tisch zwischen den Kirchenmännern und schwitzte Blut und Wasser. Seit über einer Stunde hörte er ihrer hitzigen Diskussion zu, in die er nicht einbezogen wurde. Als er den kalten Blick des Weihbischofs auf sich spürte, schaute er nach unten auf seine Hände.

Warum hat man mich zum Bleiben aufgefordert, wenn man bis jetzt nicht ein Wort an mich gerichtet hat?, dachte er. Er war zum Umfallen müde, und sein Magen knurrte, doch er verharrte stumm und klaglos auf seinem Stuhl.

»Wie sollen wir herausfinden, wer mit dem verstorbenen Gesinde in Berührung kam? Und wie, wer mit demjenigen? Das gleicht einem Teufelskreis«, rief der Subprior und streckte die Hände zur Decke.

»Letztendlich müssten alle Dorfbewohner in einem Haus oder einer Scheune isoliert werden«, meinte der Prokurator und zog die Mundwinkel nach unten.

»Aber das können wir nicht veranlassen. Es gibt sicherlich Piesporter, die sich noch nicht angesteckt haben. Aber das werden sie, wenn sie mit den Kranken in einem Raum zusammengesperrt werden«, gab Prior Johann Schuncken zu bedenken.

»Wir kommen anscheinend zu keiner gemeinsamen Meinung. Vielleicht wäre es deshalb sinnvoll, wenn wir eine beratende Versammlung einberufen würden«, erklärte der Priester.

»*Frater a consilio*, das ist sicher gut gedacht, aber bedenkt, dass wir in diesem kleinen Kreis schon keinen brauchbaren Plan finden können. Wie wird das erst sein, wenn alle Konventsmitglieder ihre Meinung äußern dürfen? Das gibt ein heilloses Durcheinander, und wir sitzen morgen noch hier zusammen. Wenn wir nicht fähig sind, eine Entscheidung zu treffen, wer dann?«, fragte der Prior, und der Weihbischof stimmte ihm nickend zu.

Verhorst schaute den Knecht an. »Vielleicht habt Ihr einen brauchbaren Einfall, wie wir der Pest entgegentreten können. Schließlich ist es Euer Verdienst, dass wir hier zusammensitzen müssen.«

Christian hatte bereits eine Antwort auf den Lippen, doch er schluckte sie hinunter. Die Angst, dass seine Worte nicht ohne Folgen bleiben würden, hinderte ihn daran. Er vermied es, den Weihbischof anzuschauen, da dessen Erscheinung ihn einschüchterte wie keine andere. Mit scheuem Blick sah er zum Prior. Dann räusperte er sich und schlug vor: »Man sollte den gesamten Ort abriegeln …«

Mit einer abfälligen Handbewegung hinderte der Weihbischof ihn am Weitersprechen. »Welch unnötiges Geschwätz«, kläffte Verhorst. »Wie sollen wir einen Ort abriegeln? Die Menschen würden in alle Richtungen türmen.«

Christian schüttelte unmerklich den Kopf und kaute hart an seinem Groll. Seine Wangenknochen malmten hin und her. Er war im Begriff aufzustehen. Schließlich gehörte er nicht dem Kloster an, und niemand konnte ihn zwingen zu bleiben. Doch es schien, als ob er an dem Stuhl festgeklebt wäre, und auch seine Beine gehorchten ihm nicht.

Prior Schuncken erkannte den Ärger des Knechts. Auch, dass der mit sich haderte, zu bleiben oder zu gehen, fiel ihm auf. Deshalb fragte er ihn freundlich: »Wie stellt Ihr Euch eine Abriegelung des Ortes vor? Ihr habt den Einwand des Weihbischofs gehört. Die Piesporter würden fliehen wollen – was verständlich wäre, denn niemand will mit Pestkranken zusammen sein.«

Unsicher blickte Christian um sich.

»Ihr dürft bedenkenlos sprechen«, erklärte Schuncken und nickte ihm aufmunternd zu.

»Piesport ist von zwei Seiten durch Felsen begrenzt, die in die Mosel ragen. Die kann man nur zeitaufwendig und umständlich umrunden, denn sie sind schwer zerklüftet und fallen steil in den Fluss ab. Die Gefahr abzustürzen oder sich zu verletzen ist groß. Hinter dem Ort steigen Weinberge an, die ebenfalls sehr mühselig zu überwinden sind. Vor Piesport fließt die Mosel, die man nur mit einer Fähre überqueren kann. Zwar gibt es eine Furt, die liegt jedoch mehr als eine Stunde entfernt und ist nur bei niedrigem Wasserstand zu durchqueren …«

»Ha! Da haben wir es! Dieser Ratschlag ist unbrauchbar, denn man kann durch den Fluss schwimmen, und die Menschen, die sich gesund fühlen, werden einen Fußmarsch von einer Stunde oder eine Wanderung durch den Wingert auf sich nehmen. Sie alle werden fliehen!«, ereiferte sich der Weihbischof und goss sich Wein nach. Mittlerweile waren seine Wangen so rot wie der Rebensaft, und seine Aussprache war undeutlich geworden. Doch anscheinend konnte er dem Gespräch noch folgen, denn er fragte bissig: »Wie seid Ihr hierhergekommen, wenn Eurer Meinung nach die Wege zu anstrengend sind?«

»Über den Hohlweg«, erklärte Christian und sah den Mann dieses Mal direkt an.

»Haha! Einen Hohlweg gibt es auch! Wie sollen wir dieses Dorf abriegeln? Euer Vorschlag ist unbrauchbarer als alle anderen zusammen. Ich denke, Ihr habt unsere Zeit und meine Nerven genügend strapaziert. Geht Eures Weges!«, forderte der Weihbischof gereizt.

Prior Schuncken sah, wie der Knecht den Stuhl zurückschob, und hob die Hand, um ihn aufzuhalten. Der Mann sah fragend zu ihm. »Bitte wartet einen Augenblick. Erklärt mir, wie Ihr Euch eine Abriegelung vorstellt.«

»Das ist Zeitverschwendung«, rief Verhorst erbost.

»Bitte gebt uns diese Minuten«, bat Schuncken, und der Weihbischof gab seufzend nach.

Christian setzte sich wieder und sah den Kirchenmann mürrisch an. »Warum wollt Ihr das wissen? Anscheinend hat ein Knecht keine Stimme. Lasst mich gehen. Ich habe mich als guter Christ bewiesen und kann am Abend mit ruhigem Gewissen schlafen. Dass Ihr nicht zuhören wollt, dafür kann Gott mich nicht verantwortlich machen.«

Schuncken sah den Weihbischof wütend an. Der zuckte gelangweilt mit den Schultern und trank seinen Becher aus, um ihn sofort wieder füllen zu lassen.

»Bitte!«, bat der Prior Christian eindringlich.

»Den Hohlweg müsste man mit einer Sperre abriegeln, die natürlich bewacht werden sollte. Die anderen Wege sind mit Gefahren verbunden. Kaum jemand kann so gut schwimmen, dass er den Fluss mühelos überwindet. Die Strömung würde ihn mitreißen. Die Furt ist nur bei Niedrigwasser im Hochsommer zu durchqueren, die Felsen sind unüberwindbar. Auch müsste man die Fähre zerstören, damit keine Möglichkeit besteht, ans andere Ufer zu gelangen. Jeder Weg über die Wingerte ist so steil und anstrengend, dass Ältere oder Kinder ihn nicht schaffen würden. In Piesport leben Leute, die in ihrem Leben kaum weiter gekommen sind als bis Krames. Wo sollen sie hingehen? Hier ist ihr Zuhause, hier wurden ihre Kinder geboren …«

»Im Krieg sind auch viele Menschen aus ihren Dörfern fortgegangen und haben alles zurückgelassen«, warf nun der Superior ein, der wie seine Brüder im Glauben dem Streitgespräch stumm gefolgt war.

»Ja, das ist richtig, aber es herrscht kein Krieg. Deshalb werden die Leute in ihren Häusern bleiben wollen. Man muss sie über die Gefahr aufklären, damit sie bestrebt sind, so wenig Kontakt wie möglich zu anderen zu haben.«

»Wie lange wird eine solche Abriegelung dauern?«, fragte der Prokurator.

Christian hob zaghaft die Schultern.

»Bis der letzte Pestkranke gestorben ist und sicher ist, dass es keine weiteren Ansteckungen gibt«, erklärte Schuncken.

»Das kann Monate dauern«, überlegte sein Stellvertreter.

»Wie sollen sich die Menschen ernähren, da sie ihre Felder, die außerhalb liegen, nicht mehr bestellen dürfen? Irgendwann werden ihre Vorräte aufgebraucht sein«, gab der Prokurator, der für die wirtschaftlichen Angelegenheiten im Kloster zuständig war, zu bedenken.

Prior Schuncken stützte seinen Kopf mit der Hand ab und rieb sich die Stirn. »Kaum haben wir eine Frage gelöst, tut sich eine neue auf«, stöhnte er. Doch dann blickte er auf und verkündete seine Entscheidung: »Am Hohlweg wird der Baum mit dem dicksten Stamm gefällt, damit er den Weg versperrt. Es wird ein großes Schild aufgestellt, das auf die Gefahr im Ort hinweist, sodass Fremde ihn meiden werden. Sobald in Piesport Notstand herrscht, werden die Einwohner von Krames und Esch sowie unser Kloster die eingeschlossenen Piesporter versorgen. So verteilt sich die Last auf viele Schultern. Wir werden die Lebensmittel und alles andere immer zu einer bestimmten Stunde bis zu dieser Sperre bringen. Wenn wir fort sind, können die Piesporter die Sachen abholen«, erklärte er.

»Was ist, wenn sie sich weigern sollten?«

»Wir müssen ihnen harte Strafen androhen und ihnen verdeutlichen, dass, wenn sie sich nicht an die Anweisungen halten, alle, einerlei ob alt oder jung, krank oder gesund, in einer Scheune außerhalb des Ortes eingesperrt werden. Ich denke, das wird sie überzeugen«, beschloss Schuncken.

»Wer soll den Piesportern die Nachricht über unsere Entscheidung überbringen?«, fragte der beratende Priester.

Sofort waren aller Augen auf Christian gerichtet. Der sprang auf. »Ich habe meiner Nächstenliebe Genüge getan. Ihr müsst einen anderen damit beauftragen.«

Weihbischof Verhorst, der in den letzten Minuten geschwiegen hatte, stülpte die Lippen nach vorn und bestimmte dann: »Ich werde nach Trier reisen und dem Freiherrn von Piesport, der zur Zeit bei unserem Kurfürsten und Erzbischof Karl Kaspar von der Leyen im Kurfürstlichen Palais weilt, über Piesport Bericht erstatten. Die beiden Sünder, wegen deren Verfehlungen ich eigens angereist bin, werden als zusätzliche Strafe hinunter nach Piesport gehen und unsere Entscheidung dem dortigen Meier verkünden.«

»Aber Herr Weihbischof, wenn sie sich anstecken sollten, dürfen sie nicht wieder in unsere Gemeinschaft aufgenommen werden!«

»Dann sollen sie Abstand zu den Menschen aus Piesport halten, damit sie sich nicht anstecken können. Und Ihr ...«, sagte er und wies mit dem Finger auf Christian, »... werdet sie begleiten. Dieses Mal dulde ich keine Widerrede!«

In der Scheune stand Weinbauer Friedrich Pitter dem Großknecht seines Konkurrenten, Ulrich Recktenwald, wütend gegenüber. Pitter war einen Kopf kleiner als Recktenwald, zwanzig Jahre älter und um Einiges wohlgenährter, sodass er keuchte. Trotzdem blähte er sich auf, stemmte seine Hände in die Hüften und versuchte so, den Burschen einzuschüchtern. »Du kannst mir erzählen, was du willst! Der Scheckel Bert ist ein Lügner. Er will meine Kunden abwerben und legt deshalb falsches Zeugnis gegen mich ab.«

»Ich lasse nicht zu, dass du meinen Bauern der Lüge bezichtigst. Schließlich kannst du nicht leugnen, dass an ein und demselben Tag zwei Knechte und eine Magd, die bei dir gearbeitet haben, gestorben sind. Und sie starben nicht, weil sie betagt waren.«

»Herr im Himmel! Vielleicht hat die drei eine Lustseuche dahingerafft. Schließlich hatte die Magd mit Jakob und mit Achim ein Verhältnis. Du weiß, wie zügellos das Gesinde heutzutage herumhurt.«

Pitter sah, wie Ulrich Recktenwald überlegte, doch dann schüttelte dieser den Kopf. »Du willst mich nur auf deine Seite ziehen. Aber ich habe gehört, was die Knechte im Dorf erzählen.«

»Woher will das Lumpenpack das wissen? Waren sie beim Tod der drei dabei?«

»Du weißt, dass sie nicht dabei gewesen sind. Aber die kleine Ines hat es ihren Eltern erzählt, und als der Vater sich vergewissern wollte, ob sein Kind die Wahrheit spricht, hat er deinen Großknecht gefragt.«

»Du willst mir wohl nicht erzählen, dass das Gerede einer unmündigen Küchenmagd und das Geschwätz eines unzufriedenen Knechts mehr wiegen als das, was ich sage?«, brüllte Pitter und trat wütend gegen ein leeres Fass, das polternd umfiel.

»Gestehe, dass die drei an der Pest gestorben sind«, rief Ulrich und packte Pitter am Kragen, der sich heftig wehrte und ihn zurückstieß.

»Du elender Hund wagst es, mich anzugreifen?«, keifte der Weinbauer und drückte den Knecht gegen ein Fuhrwerk, das zum Beladen in die Scheune gezogen worden war.

»Ich bring dich um, wenn du es nicht zugibst«, rief der Bursche und schlug auf den Bauern ein, der in die Knie ging und vor Schmerzen aufbrüllte. Schnaufend stand Recktenwald über ihm.

Pitter wischte sich das Blut vom Mund und fasste nach dem Hemd des Großknechts, um sich daran hochzuziehen. Das Leinen zerriss, und der Bauer glitt zurück zu Boden. Er starrte Recktenwald an und keuchte: »Verstehst du nicht, du Dummkopf! Wenn ich zugebe, dass die Pest in Piesport wütet, wird man uns alle fortbringen, damit wir elendig krepieren.«

Ulrich Recktenwald lehnte sich gegen die Ladefläche des Gefährts. Seine Miene war vor Entsetzen und Schmerz verzerrt. »Was sollen wir machen?«, fragte er fassungslos und leckte sich die aufgeplatzten, blutenden Handknöchel.

Friedrich Pitter kam auf allen vieren hoch und stellte sich neben den Burschen. »Wir müssen so schnell wie möglich Piesport verlassen. Bis jetzt weiß noch niemand von der Seuche, denn alle denken, dass dein Bauer lügt, um mich um meine Kunden zu bringen.«

»Dann sollten wir sofort aufbrechen«, schlug Ulrich vor, doch Pitter schüttelte den Kopf.

»Wir können nur bei Nacht verschwinden, damit uns niemand sieht, da sonst eine Massenflucht beginnt … Die Glocken haben geläutet. Ich muss zur Michaelskirche, die Knechte und die Magd müssen unter die Erde gebracht werden. Wenn ich nicht dabei bin, wird nur unnötig geschwätzt«, erklärte Pitter und klopfte sich den Staub von der Kleidung. »Wir treffen uns um Mitternacht hier in der Scheune«, sagte er zu Ulrich.

In dem Augenblick sah er einen Fremden im Tor stehen, der sich gerade anschickte zu gehen. Vor Schreck zuckte Pitter zusammen. »Wer bist du?«, blaffte er und ging drohend auf den Unbekannten zu.

Melchior hatte das Gespräch zwischen Pitter und Recktenwald gehört, und ihm war speiübel geworden. Er wusste um die Gefahr, wenn die Pest ausbrach, und das machte ihm Angst. Vergeblich hatte er sich davonschleichen wollen, als der Bauer ihn erblickte. »Ich komme aus Trier und will Wein für das Gasthaus Kesselstadt kaufen«, stotterte Melchior.

Ulrich Recktenwald trat neben den Bauern und beäugte ihn misstrauisch. »Seit wann stehst du hier?«

»Erst wenige Augenblicke«, log Melchior, doch der Großknecht traute ihm nicht.

»Das bezweifle ich«, sagte der zum Bauern. »Er hat sicherlich alles gehört und wird uns verraten. Wir müssen ihn wegsperren, bis wir abgehauen sind.«

Der Bauer schien das Für und Wider abzuwägen.

»Ich habe euch kaum verstanden, und was ich gehört habe, werde ich nicht verraten«, versprach Melchior mit Furcht in der Stimme.

Doch der Großknecht zischte: »Halt dein verlogenes Maul. Du wirst als Erstes zum Zender laufen und uns verraten. Dann wollen alle fliehen und belagern die Fähre und den Hohlweg, sodass kaum jemand aus Piesport herauskommt. Wir sperren dich in den Weinkeller ein, damit du uns nicht verpfeifen kannst. Irgendjemand wird dich schon finden und befreien.«

Gritli, schoss es Melchior durch den Kopf. Wenn sie sich bei den Eiders ansteckt und ich eingesperrt bin … »Herr im Himmel«, stöhnte er auf und drehte sich um, um wegzulaufen, doch der Großknecht riss ihn am Kittel zurück.

»Hiergeblieben, Bursche! Du entkommst uns nicht«, brüllte er zornig und schlug Melchior mit einem gezielten Schlag nieder. Dann sah er aus den Augenwinkeln eine Gestalt neben sich treten. Er hob bereits die Faust, um auch sie niederzustrecken, als er seinen Namen hörte. Erschrocken drehte er sich um und fragte ungläubig: »Gritli?«

Kapitel 35

Urban Griesser lehnte sich keuchend zurück aufs Laken und zog Barbaras Kopf in seine Armbeuge. Er schloss die Augen und wartete, bis sein Herzschlag sich beruhigte. Auch Barbara japste nach Luft. Als sie wieder durchatmen konnte, legte sie ihren Arm auf seine Brust und kraulte sein graues Haar. »Ich danke dir«, sagte, sie und es klang ehrlich.

»Wofür?«, fragte er überrascht.

»Dafür, dass du mir das Gefühl gegeben hast, eine begehrenswerte Frau zu sein.«

Fragend blickte er ihr in die Augen. »Aber das bist du!«

Sie schüttelte den Kopf. Er glaubte Tränen zu erkennen, doch sie lächelte sie fort. Ihr Blick wurde starr. »Mein Vater hat mich, als ich zwölf Jahre alt war, als Pfand bei meinem Mann zurückgelassen. Er hatte Schulden bei ihm, und da er sie nicht zurückzahlen konnte, brachte er mich hierher – zu einem Mann, der so alt war wie er selbst. Vater versprach, mich nur ein paar Tage dazulassen und mich schon bald auszulösen. Aus den Tagen wurden Monate, und aus den Monaten wurden Jahre. Irgendwann habe ich aufgehört zu warten.«

»Warum hast du den Alten geheiratet?«

»Habe ich nicht. Wir leben ohne kirchlichen Segen wie Mann und Frau zusammen.«

»Du hättest gehen können«, erklärte Griesser verständnislos.

»Das habe ich versucht. Nach zwei Monaten des Wartens bin ich geflohen, doch ich hatte Angst – nachts allein im Wald. Da bin ich reumütig umgekehrt. Wilhelm hatte natürlich bemerkt, dass ich abhauen wollte. Als ich zurückkam, hat er mich geschlagen und gedroht, mir größeres Leid zuzufügen, wenn ich es noch einmal wagen würde.«

»Hast du es später nicht nochmals versucht, als du merktest, dass dein Vater nicht wiederkommt?«

»Das habe ich, mit dreizehn, doch Wilhelm hat mich eingefangen und brutal missbraucht. Nun erklärte er mir, dass kein Mann dieser Welt sich mehr mit mir abgeben würde. Dass ich allein dastehen würde und nur als Hure arbeiten könnte. Wohin hätte ich mich wenden sollen? Meine Eltern wollten mich anscheinend nicht«, erklärte sie. »Ich habe kein Geld und kenne keinen Menschen außer Wilhelm«, sagte sie unter Tränen.

»Du kennst jetzt mich«, erklärte Griesser und küsste ihre Stirn.

Sie legte ihre Wange zurück auf seine Brust und flüsterte: »Du wirst mich ebenfalls zurücklassen.«

Griesser schluckte, denn sie sprach die Wahrheit. Er konnte sie nicht mitnehmen. Da Eider in Piesport sein Geldmännchen nicht freiwillig hergeben würde, würde Griesser es stehlen müssen. Er würde in der Nacht in das Haus des Mannes einbrechen. Vielleicht käme es zum Kampf, womöglich müsste er Gewalt anwenden, damit man ihm das Versteck des Alrauns verraten würde. Es könnte sein, dass jemand verletzt würde.

Ich müsste fliehen und kann niemanden gebrauchen, der mich behindert und auf den ich Rücksicht nehmen muss. Nein, ich kann sie nicht mitnehmen, dachte er und glaubte einen schalen Geschmack auf seiner Zunge zu schmecken.

»Es tut mir leid«, flüsterte er, und sein Mund suchte ihre Lippen.

»Ich weiß«, murmelte Barbara und küsste ihn voller Leidenschaft und Hingabe in dem Wissen, dass sie bald Abschied nehmen mussten.

Kaum betraten Susanna und Michael den Flur, kam ihnen die Köchin entgegen. »Ich habe das Essen warm gehalten und kann es sofort servieren«, verkündete sie, wobei ihre prallen rosa Wangen glänzten.

»Danke, Marie, aber ich werde mich hinlegen. Ich bin erschöpft, und an Essen mag ich im Augenblick nicht denken«, erklärte Susanna und verzog das Gesicht. Mit einem kurzen Blick zu ihrem Sohn meinte sie: »Dir scheint es ähnlich zu gehen.«

Auch Michael schüttelte sich. »Du kannst dir nicht vorstellen, Marie, wie viele Gläser gepanschten Wein und trockenen, faden Kuchen wir essen mussten. Jede Familie bot uns das Gleiche an, und jede drohte beleidigt zu sein, wenn wir ablehnen würden. Vielleicht verspüre ich später Hunger, wenn ich mir an der Mosel die Füße vertreten habe.«

»Ich habe mir so viel Mühe gegeben«, maulte die Köchin leise und watschelte zurück in die Küche.

Susanna wartete, bis Marie außer Hörweite war, und fragte: »Triffst du dich mit jemandem?« Um ihrer Stimme die Schärfe zu nehmen, versuchte sie zu lächeln, was ihr misslang.

Michaels Kopf ruckte hoch, und er schaute sie ungläubig an.

Susanna errötete unter dem Blick ihres Sohnes, der ob der Frage anklagend den Kopf schüttelte. »Es tut mir leid ... Ich meinte ... ich wollte ...«, stotterte sie und wusste, dass sie sich noch mehr in Verlegenheit brachte.

Michael wischte sich mit der Hand über das Gesicht. »Ich kann dich beruhigen, Mutter. Ich werde allein an die Mosel gehen. Anschließend werde ich im Dom beten, damit Gott mir meine Verfehlung vergibt.«

Susanna wusste, dass ihr Blick das Chaos in ihr spiegelte, aber sie konnte nichts dagegen machen, denn sie war hin und her gerissen zwischen dem Wunsch einerseits, ihren Sohn zu umarmen, und andererseits, ihn zu schlagen. Dass er wegen ihrer Frage verletzt schien, konnte sie nicht verstehen. Ahnte er nicht, wie viel Kummer er ihr machte? Konnte er ihre Angst nicht nachvollziehen? Susanna wusste, dass andere Eltern ihre Kinder wegen harmloserer Vergehen verstoßen hatten. Aber Urs und sie kämpften um ihren Sohn. Doch Michael schien das nicht zu erkennen. Sein Blick war ein einziger Vorwurf.

»Du kannst mir nicht verübeln, dass ich misstrauisch bin«, erklärte sie schließlich. »Ich will dich schützen und vor weiteren Verfehlungen behüten.«

»Keine Angst, Mutter! Ich weiß, wie es um mich steht. Doch versteh bitte, dass ich Zeit benötige.«

»Zeit für was?«, fragte eine Stimme hinter ihm.

Urs hatte an diesem Tag früher als sonst nach Hause gehen können, da keine Notfälle eingeliefert worden waren. Als er merkte, dass man seiner Anwesenheit im Hospital nicht länger bedurfte, eilte er nach Hause. Er wollte hören, wie die Leute die Einladung zum Fest aufgenommen hatten. So kam es, dass er zufällig das Gespräch zwischen seiner Frau und seinem Sohn gehört hatte. »Ich habe dich gefragt, wofür du Zeit benötigst.« Seine Stimme klang kalt und verriet in keiner Weise seine wahren Gefühle.

Sein Sohn senkte den Blick zu Boden und schwieg.

»Er meint …«, hörte er seine Frau erklären, doch Urs unterbrach sie barsch: »Woher willst du wissen, was er meint? Du hast auch nicht gewusst, dass die Reise nach Italien ihn ins Verderben führen würde. Also verschone mich mit deiner Meinung.«

Urs sah, wie seine Frau hart schluckte, aber er konnte nicht anders, als ihr erneut vorzuwerfen, dass sie mitschuldig war. Würde er Michael allein die Schuld geben, müsste er ihm sagen, dass er keinen Sohn mehr hätte, und das wäre der Untergang seiner Familie.

»Ich brauche Zeit, um selbst mit mir klarzukommen und um zu verstehen, warum mich der Teufel beeinflussen konnte«, erklärte sein Sohn schließlich.

»Wenn du die Antwort gefunden hast, lass sie mich wissen, damit ich mir deshalb nicht länger den Kopf zerbrechen muss«, sagte Urs rüde, und an Susanna gewandt: »Ich möchte dich bitten, mir Bericht zu erstatten, wie eure Besuche verlaufen sind.«

Dann ging er in die gute Stube und ließ die beiden stehen.

Michael schaute seinem Vater betroffen nach.

Man braucht kein Messer, um jemanden zu verletzen. Worte können das ebenso gut, dachte er und spürte, wie ihn der Lebensmut verließ. Er fühlte seinen Herzschlag nicht mehr, und in seinen Beinen und Händen schien das Blut zu erstarren. Sie wurden taub und gefühllos, sodass er glaubte, jeden Augenblick zu Boden zu fallen. Geräusche drangen nur noch verzerrt an sein Ohr. Auch sah er die Gestalt seiner Mutter leicht verschwommen vor sich. Ich sterbe, dachte er, und der Gedanke daran machte ihm nichts aus, denn sein Leben war nicht mehr lebenswert. Sein Vater verachtete ihn, und seine Mutter befürchtete weiterhin, dass der Teufel über ihn siegen würde. Tot sein, ja das wünsche ich mir, dachte er.

Doch würde seine Seele in den Himmel kommen? Nein, sicher nicht! Für Menschen wie ihn war kein Platz im Paradies. Ich werde in der Hölle schmoren, dachte er, und auch dabei spürte er nichts. Keine Angst, keinen Schrecken – nichts.

Wahrscheinlich bin ich schon auf dem Weg zum Tod, mutmaßte er, als er einen heftigen Schlag im Gesicht spürte.

Susanna blickte ihrem Mann nach. Bis vor Kurzem hatte sie geglaubt, eine glückliche Frau zu sein. Und jetzt? Jetzt schien alles zerstört, was ihr lieb und heilig war – ihre Familie! Ihr Sohn war einem falschen Weg gefolgt, was niemand hatte erkennen können. Auch sie nicht, als sie ihn in die Richtung gelenkt hatte. Ihr Mann spielte sich als Richter auf, obwohl er kein Recht dazu hatte, denn schließlich war er einverstanden gewesen, dass Michael nach Italien ging. Und sie selbst? Sie saß zwischen zwei Stühlen. Auf der einen Seite war sie eine Mutter, die ihren Sohn liebte, und auf der anderen Seite war sie Mutter eines Sohnes, der der Sodomie verfallen war – der widernatürlichen Unzucht. Einer Sünde, die mit dem Feuertod bestraft wurde. Welche Mutter in ihr war stärker? Mit gequältem Blick wandte sie sich Michael zu, der leichenblass vor ihr stand. Er zitterte und schien jeden Augenblick die Besinnung zu verlieren. Als sie nur noch das Weiße seiner Augäpfel sah, packte sie ihn am Ärmel und schlug ihm mit aller Kraft ins Gesicht.

Erschrocken riss Michael die Augen auf. Er kam langsam wieder zu sich. Seine Mutter stand weinend vor ihm und hielt ihn an den Händen fest.

»Ich will meinen Sohn zurück! Meinen Michael, so wie er war, bevor er nach Italien ging«, schluchzte sie und klammerte sich an ihn.

Auch Michael musste schlucken. Er umfing seine Mutter mit beiden Armen und presste sie an sich. »Ich werde versuchen, dem Teufel zu widerstehen. Das verspreche ich dir, Mutter!«, erklärte er und vergrub sein Gesicht in ihrem Haar.

Susanna wischte sich mit beiden Händen die Tränen fort und lächelte ihren Sohn an.

»Ich weiß, Michael. Wir müssen auf die Gnade Gottes hoffen. Deshalb geh in den Dom und bete. Gott wird das mit Wohlwollen sehen.«

»Ja, das werde ich!«, erklärte Michael und verließ das Haus, während Susanna mit heftig pochendem Herzen zu ihrem Mann in die gute Stube ging. Ihre Müdigkeit war Unruhe gewichen.

Urs stand am Fenster und blickte hinaus. Er sah die dunklen Wolken am Himmel, die zu seiner Gemütsverfassung passten. Warum hat Gott sich von uns abgewendet?, fragte er sich. War nicht letzte Woche alles anders gewesen? Hatte er nicht erst vor wenigen Tagen laut gelacht, weil er glücklich war? Auch wenn es Einschnitte in seinem Leben gab, auf die er gerne verzichtet hätte, so wie der Tod seines geliebten Oheims Bendicht oder der Fortgang seines Freundes Nathan Goldstein, so waren das doch Stationen seines Daseins, die zum Leben dazugehörten. Die jeder Mensch ertragen und aushalten musste. Aber das, was nun geschehen war, das hatte nichts mit dem normalen Leben zu tun. Das war wie ein Faustschlag Gottes. Das war wie damals die Pest. Man konnte noch so viele Kräuter schlucken oder die schwarzen Beulen aufschneiden – die schwarze Seuche konnte man nicht bekämpfen oder vernichten, und erst recht nicht den Kampf gegen sie gewinnen. Sie war eine Bestrafung, eine Geisel, ein Fluch! Und ebenso war es mit der Sodomie. Er hatte seine Bücher gründlich gelesen, um etwas zu finden, was man dagegen machen konnte. Doch auch dagegen gab es anscheinend keine Heilmittel.

Urs fuhr sich durchs Haar. Wen konnte er um Rat fragen oder um Hilfe bitten? Er sah das weise Gesicht seines Freundes Goldstein vor sich. »Ach, wärst du noch hier in Trier«, stöhnte Urs, als ein anderes Gesicht sich vor das des Mannes schob. Sein Oheim Bendicht lächelte ihn an. Auch du kannst mir nicht helfen, dachte er. Es hat keinen Sinn. Wir müssen auf Gottes Segen hoffen und darauf, dass er stärker ist als der Teufel. Vielleicht sollte ich einen Priester bitten, für Michael zu beten, überlegte er. Ich muss ihm nicht verraten, dass mein Sohn vom Glauben abgefallen ist. Ich könnte sagen, dass jemand mich im Hospital aufgesucht hat, weil er meine Hilfe benötigte.

Urs spürte bei dem Gedanken Hoffnung in sich aufflackern. Vielleicht wird alles wieder gut, dachte er und blickte erneut zum Himmel, wo ein Sonnenstrahl sich durch die dunklen Wolken schob.

Susanna betrat das Zimmer. Ihr Mann stand am Fenster, die Hände hinter dem Rücken verschränkt, und starrte hinaus. Da er sie nicht zu bemerken schien, sagte sie förmlich: »Ich soll dir Bericht erstatten.«

Mit einem Seufzer wandte er sich ihr zu. Er betrachtete sie wortlos, sodass sie unwohl ihre Finger knetete.

»Wird Michaels Verfehlung unsere Familie zerstören?«, fragte er leise.

»Ich hoffe nicht«, wisperte sie. Ihr war hundeelend, denn Urs sprach das aus, was auch ihre Seele quälte.

»Warum hat Gott uns verlassen?«, wollte er wissen.

Susanna widersprach. »Er hat uns nicht verlassen, denn wir leben. Vielleicht will er, dass wir uns auf das Wichtige besinnen und nicht alles als selbstverständlich hinnehmen«, überlegte sie leise. »Michael ist in den Dom zum Beten gegangen. Vielleicht hilft ihm das.«

»Wie waren eure Gespräche? Werden alle kommen, und bringen sie ihre Töchter mit?«

Susanna kniff die Lippen aufeinander.

»Haben sie abgesagt?«, fragte Urs besorgt.

Susanna rieb sich über den Nacken und setzte sich auf einen der vier Stühle, die um den Tisch standen. »Nein, sie werden alle kommen und ihre Töchter mitbringen.«

»Gott sei gedankt!«, sagte Urs und nahm ihr gegenüber Platz. »Was haben sie gesagt? Wie sind die jungen Frauen?«

Während Susanna die Maserung des Holztisches mit dem rechten Zeigefinger nachmalte, erzählte sie ihm von den verschiedenen Familien.

Urs hörte ihr aufmerksam zu. »Das hört sich vielversprechend an«, meinte er, nachdem sie mit ihrem Bericht fertig war. Als sie nichts sagte, spürte sie seinen forschenden Blick auf sich ruhen. »Du scheinst anderer Meinung zu sein.«

Sie sah auf und atmete hastig ein und aus, dann blickte sie ihm in die Augen und sagte: »Unter all diesen jungen Frauen ist nur eine Einzige, die ich mir als Frau für unseren Sohn vorstellen kann …«

»Was du willst oder nicht kannst …«, unterbrach er sie barsch, doch dieses Mal ließ sie es nicht zu, dass er sie erneut verletzte.

»Urs, es reicht! Du kannst mich nicht behandeln, als ob ich unmündig wäre. Auch lasse ich mir nicht länger die Schuld zuschieben an dem, was geschehen ist. Ich leide ebenso unter der Verfehlung unseres Sohnes wie du. Und auch Michael hat es nicht leicht, denn keiner von uns kann sein Verhalten wirklich verstehen. Keiner von uns weiß, wie es weitergehen wird. Ich gestehe, dass ich ebenfalls hoffe, durch eine baldige Heirat unseres Sohnes unser Leben wieder in gerade Bahnen zu lenken. Doch muss die junge Frau in unsere Familie passen.«

»Susanna, du redest dummes Zeug. Ehen werden nicht aus sentimentalem Grund geschlossen. Die Frau muss sich uns fügen, schließlich wird sie hier leben. Sie wird nicht wagen, sich gegen uns aufzulehnen und deine Anordnungen zu missachten.«

Susanna sah ihren Mann ungläubig an. Nicht nur, dass sich ihr Sohn verändert hatte, auch Urs schien nicht mehr der Alte zu sein. Sein Blick war hart und seine Stimme barsch geworden. Seine Gefühle schienen erkaltet zu sein. Susanna erinnerte sich an die Zeit, als sie und Urs junge Menschen gewesen waren. Sie dachte daran, dass Urs damals Angst hatte, ihr seine Liebe zu gestehen, weil sie reich war und er ihr nicht viel zu bieten hatte. Sie sah auf ihre Hand, an deren linkem Mittelfinger der goldene Ring mit dem roten Stein saß, den ihr Urs als Beweis seiner Liebe einst angesteckt hatte.

»Aus welchem Grund haben wir geheiratet?«, fragte sie leise.

Urs' Blick folgte dem ihren. Zwar starrte auch er auf das Schmuckstück, doch er sagte nichts. Wütend zog sie den Ring vom Finger und warf ihn ihm über den Tisch zu. Seit dem besagten Tag vor fast zwanzig Jahren hatte sie diesen Ring niemals abgestreift. Doch da er anscheinend für Urs nicht mehr die Bedeutung hatte wie für sie, glaubte sie plötzlich, dass er sich in ihre Haut brennen würde.

»Was ist aus dir geworden?«, weinte sie. »Ich lebe mit zwei Fremden unter einem Dach.« Sie sprang hoch, um die Stube zu verlassen. Doch Urs war schneller und riss sie in seine Arme.

In diesem Augenblick brach Susanna zusammen. Sie presste ihr Gesicht gegen seine Brust und weinte bitterlich.

Urs legte seine Wange hilflos auf ihren Scheitel. Welch ein Narr ich bin, beschimpfte er sich in Gedanken und blickte auf seine Frau, die in diesem Augenblick mit den Fäusten auf seine Brust einschlug, dass es schmerzte. Er ließ es geschehen. Als ihre Tränen versiegten, lockerte Urs seinen Griff. Er strich ihr Haar zurück und blickte ihr in die Augen. Dann nahm er ihre Hand und streifte ihr den Ring wieder über den Finger. »Versprich mir, dass du ihn nie wieder abnimmst.«

Susanna nickte und ließ es geschehen. Zärtlich besiegelten beide dieses Versprechen mit einem Kuss.

»Trotzdem muss Michael heiraten. Nur so können wir Gott besänftigen und den Teufel vertreiben.«

»Ich weiß, dass du recht hast, Urs. Es gibt dieses eine Mädchen, das ich mir als seine Frau vorstellen könnte.«

»Erzähl von ihr«, bat Urs, und beide setzten sich wieder.

»Sie heißt Katharina und ist die jüngste Tochter von Clemens Eisenhut«, verriet Susanna und beschrieb ihm das Mädchen.

Nach einer Weile stimmte ihr Urs zu: »Du hast recht, mein Liebling. Sie würde zu Michael, aber auch zu unserer Familie passen. Ich bin gespannt, sie kennenzulernen. Sein Blick wanderte zum Fenster. »Das schlechte Wetter scheint vorbeizuziehen. Ich möchte mit einem Priester wegen Michael sprechen. Möchtest du mich begleiten?«

Susanna sah ihren Mann erschrocken an. »Du willst einem Priester von der Sünde unseres Sohnes erzählen?«

»Ich werde seinen Namen nicht nennen und auch nicht verraten, dass es sich dabei um unseren Sohn handelt. Er wird denken, dass es ein Patient aus dem Hospital ist, der sich mir anvertraut hat.«

Susanna war beruhigt, und gemeinsam verließen sie das Zimmer.

Tatsächlich waren die dunklen Wolken in Richtung Osten abgezogen und nur noch als grauer Schleier in der Ferne zu erkennen. Susanna sah ihren Mann von der Seite an. Es tat ihr gut, neben ihm durch die Gassen von Trier zu gehen, und auch Urs wirkte nach dem Gespräch entspannter. Vielleicht wird alles wieder gut, hoffte Susanna, als sie den Dom vor sich sah. Aus allen Richtungen strömten Pilger, Trierer Bürger und sonstiges Volk in das Kirchenschiff, um für ihre Sünden zu beten.

Plötzlich brach ihr der Schweiß aus, und sie spürte einen heftigen Druck in der Magengegend, der sich mit jedem Schritt, den sie auf die Kirche zugingen, verstärkte. Sie blieb abrupt in der Nähe des Eingangstors stehen und schaute mit bangem Blick an dem Gotteshaus empor, das direkt neben der Liebfrauenkirche stand. Beide Gebäude schienen sich wie eine unüberwindbare und bedrohliche Mauer vor ihr aufzutürmen.

»Was hast du, Susanna? Du bist kreidebleich. Geht es dir nicht gut?«

»Ich weiß nicht«, erklärte sie mit zittriger Stimme. »Es wäre sicher besser, wenn du allein mit dem Priester sprechen würdest. Ich kann nicht in den Dom gehen, denn ich vergehe vor Angst, dass Gott mich wegen meiner Fehler bestrafen wird.«

Urs krampfte das Herz. Er kam dicht auf sie zu, damit niemand sie belauschen konnte. »Es tut mir leid, wenn ich Schuld daran trage, dass dir unwohl ist. Ich hätte dich nicht beschuldigen dürfen.«

Susanna nickte. »Danke, dass du es einsiehst. Trotzdem kann ich nicht mit dem Priester sprechen – nicht heute. Ich werde an die Mosel gehen. Vielleicht geht es mir dort besser.«

Urs gab ihr einen Kuss auf die Stirn. »Wir sehen uns zuhause«, flüsterte er und ging in den Dom hinein.

Susanna wartete, bis das wuchtige Portal sich hinter ihm schloss. Dann versuchte sie tief durchzuatmen, was ihr misslang. Die Luft schien in ihrem Hals festzustecken und ihre Lunge nicht zu erreichen. Sie musste husten.

Ich muss fort von hier, wo Gott mich sehen kann, dachte sie und ging in Richtung Hauptmarkt. Dort lief sie am Marktbrunnen vorbei, ohne dieses Mal auch nur einen Blick auf den Stadtpatron Petrus zu werfen, dessen Figur den Brunnen zierte. Sie schaute geradeaus und eilte zum Paulusplatz und von dort zur Mosel.

Als sie den Geruch des Wassers einatmete, blieb sie stehen und sog die Luft ein. Jetzt konnte sie frei atmen. Erleichtert schloss sie die Augen.

Plötzlich hörte sie ihren Namen. Erschrocken blickte sie sich um. Da sah sie ihre Waschmagd auf sich zueilen, die sehr erregt schien. Susanna blickte ihr entgegen und fragte schon von Weitem: »Adelhaid, was ist geschehen?«

»Frau Blatter, mir ist furchtbar übel«, rief die Frau, die erst seit Kurzem im Haushalt der Familie arbeitete und einige Jahre älter war als Gritli.

»Bist du guter Hoffnung?«, mutmaßte Susanna und vergaß kurz ihre eigenen Sorgen.

Doch die Magd winkte ab. »Um Himmels willen, Frau Blatter. Ich bin nicht verheiratet, wie kann ich da ein Kind bekommen?«

»Das geht manchmal über Nacht«, lachte Susanna leise.

Die Waschmagd schüttelte den Kopf. »Nein, es ist viel schlimmer!«, deutete sie an und fächerte sich mit der Hand Luft zu.

»Sprich!«, befahl Susanna.

»Ich wollte mit den anderen Waschmägden am Nebenarm der Mosel Wäsche waschen, als die Gretel dicht am Ufer im Wurzelwerk eines Gebüschs, das der Fluss freigelegt hat, ein dunkelrotes Tuch entdeckte. Bis zu den Oberschenkeln ist sie in das kalte Wasser gestiegen, da sie unbedingt den Stoff haben wollte. Gretel hat so fest daran gezogen, bis es sich löste ...« Die Magd stockte und japste nach Luft.

»Erzähl endlich weiter«, forderte Susanna ungeduldig.

»Das burgunderrote Tuch war der Mantel eines Mannes, der anscheinend in der Mosel ertrunken ist.«

»Woher willst du das wissen?«

»Er hatte den Mantel noch an ...«, erklärte Adelhaid und sah Susanna aus großen Augen schockiert an.

»Heißt das, ihr habt eine Leiche gefunden?«

Die Magd nickte, und ihre Augen glänzten dabei vor Abenteuerlust.

»Herr im Himmel«, flüsterte Susanna und bekreuzigte sich. »Weiß man, wer er ist?«

Die Waschmagd zuckte mit den Schultern. »Er sieht nicht schön aus. Sein Körper ist aufgequollen, und seine Haut ist so bleich, als ob sie mit Mehl bestäubt wurde. Auch sind seine Gesichtszüge breit und rund. Aber er hat langes schwarzes Haar, in dem sich Algen verfangen haben. Er sieht aus wie einer, der nicht aus unserem Reich stammt. Das meinte auch der Hannes, der ihn aus dem Wasser gezogen hat. Er muss ein reicher Mann gewesen sein, denn der Stoff seines Mantels sieht wertvoll aus. Er ist auch nicht aus Wolle. Sondern …« Die Magd überlegte. »Ich glaube, Gritlis Schal, den ihr Bruder ihr mitgebracht hat, ist auch aus diesem Material.«

Susanna sah die Magd ungläubig an. Der Italiener, dachte sie und glaubte den Boden unter den Füßen zu verlieren.

Kapitel 36

Der Knecht Christian, die beiden Priester Blasius und Saur sowie der Subprior gingen schnaufend in Richtung Hohlweg. Sie wurden von zehn unerschrockenen und kräftigen Männern aus dem Nachbarort Krames begleitet, die zwei mächtige Pferde an Stricken mit sich führten. Normalerweise wurden die beiden Hengste vom Sägewerk zum Baumstammziehen eingesetzt. Nun sollten sie den gefällten Baum dorthin schleppen, wo er den Weg am besten versperrte.

Um die alte Handelsstraße zu erreichen, die aus der Zeit der Heiden stammte und bergab nach Piesport führte, mussten sie von der Wallfahrtskirche Eberhardsklausen einen Fußmarsch hinter sich bringen, der sie zuerst bergauf brachte. Die Steigung war mühsam zu gehen, und schon bald waren die Männer in Schweiß gebadet. Sie durften jedoch keine Rast machen, denn es galt den Ort so schnell wie möglich abzuriegeln. Außerdem zogen von Trier her dunkle Wolken auf, die mit den Regenwolken aus den Weinbergen über Piesport zusammenstoßen würden.

»Selbst das Wetter scheint sich gegen uns zu verschwören«, schimpfte Blasius verhalten, der wegen der Liebschaft zu einer Frau bestraft worden war und deshalb mitgehen musste. Sein Bruder im Glauben, Saur, der im Streit seinem Prior Gewalt angedroht hatte, knurrte leise. »Ich habe keine Lust, im Wald in ein Unwetter zu geraten. Jedes Kind weiß, dass man bei Blitz und Donner Bäume meiden soll.«

»Wir können nicht warten, bis die Wolken weiterziehen. Ihr wisst, dass der Weihbischof vor seiner Abreise nach Trier uns ermahnt hat, schnellstmöglich in das Pestdorf zu gehen, um alles Notwendige zu regeln«, erinnerte ihn der Subprior. Saur winkte gereizt ab. »Sicher hat der Knecht sich wichtig machen wollen und mit seiner Schilderung übertrieben. Ich vermute, dass im Dorf weder die Pest noch eine andere Seuche ausgebrochen ist«, nuschelte er in seinen grauen Bart, damit Christian das Murren nicht mitbekam. Saurs Reizbarkeit war nicht allein dem Knecht geschuldet, sondern auch dem Weihbischof, der ihn als Strafe für ein Jahr von der nachmittäglichen Erholung ausgeschlossen hatte. Da Saur gezwungen war, Verhorsts Bestrafung klaglos anzunehmen, blieb ihm nichts übrig, als seine üble Laune an Christian auszulassen.

»Ich weiß nicht, warum du so ruhig bleiben kannst. Schließlich hat man dir ebenfalls die Ration Wein am Nachmittag gestrichen«, schimpfte Saur mit Blasius, der stumm neben ihm herging und den ihr Schicksal nicht zu kümmern schien.

»Was würde es nutzen, wenn ich mich wie du aufrege? Ich müsste trotzdem nach Piesport tappen. Außerdem bin ich nicht wie du der Meinung, dass der Knecht übertrieben hat. Ich konnte ehrliche Angst in seinen Augen erkennen. Es ist wichtig, dass über den Hohlweg eine Sperre gelegt wird, damit jeder gewarnt wird und niemand Reißaus nehmen und die Seuche weitertragen kann. Sollte die Spoar unnötig sein, danken wir unserem Herrn im Himmel und sind froh.«

Saur schüttelte den Kopf. »Wer sollte sich abhalten lassen, über einen Baumstamm zu klettern oder herumzugehen?«

»Habt Ihr nicht gehört, wie der Weihbischof sagte, dass er dem Kurfürsten und Erzbischof von der Leyen sowie dem Freiherrn von Piesport Bericht erstatten und um Soldaten bitten will, die an der Sperre Wache halten und jeden zurückdrängen sollen?«, fragte der Subprior, der dicht hinter ihnen ging und jedes Wort verstanden hatte.

Saur drehte sich zu dem hageren Männlein um, das mit der Steigung anscheinend keine Schwierigkeiten hatte, während er selbst keuchte. »Nein, das habe ich nicht mitbekommen«, japste er.

»Daran siehst du, wie ernst die Lage ist«, flüsterte Blasius und ging einen Takt schneller.

Christian hätte sich vor Zorn über sich selbst ohrfeigen und gleichzeitig in sein Hinterteil treten können. Wie hatte er nur so dumm sein können, sich an den Tisch der Kirchenmänner zu setzen und zu glauben, dass er ihnen behilflich sein könnte? Seine Christenpflicht war erfüllt, als er ihnen von der Pest berichtet hatte. Danach hätte er sofort fortgehen sollen, anstatt sich in ein Gespräch verwickeln zu lassen. Doch nun war es zu spät, und er war auf dem Weg zurück nach Piesport, dem Ort, den er nie wieder betreten hatte wollen. Christian blickte zum Himmel empor. Welche Prüfung hältst du für mich bereit, oh Herr? Als er die dunklen Wolken sah, dachte er bitter: Wann wird mein Säckchen Glück aufgebraucht sein? Wo im Ort sollen wir Schutz finden, wenn überall die Pest umgeht? Christian war sich sicher, dass mittlerweile weitere Kranke und womöglich Tote zu beklagen waren. Wie bei meinem Vater damals, dachte er.

Endlich erreichten sie den Hohlweg, der zuerst eben war und

dann bergab führte. Er war rechts und links von mächtigen Tannen gesäumt, deren Wipfel sich im aufkommenden Wind bogen. Als sie aus dem Waldstück traten und unter sich die Weinberge und die Mosel sahen, fragte einer der Männer aus dem Ort Krames den Stellvertreter aus Eberhardsklausen: »Wo sollen wir die Spoar anlegen?«

Alle Männer blieben wie auf ein Kommando stehen und sahen den hageren Mann an, der die Arme vor der Brust verschränkte. Der Subprior ließ seinen Blick über die Gegend schweifen. »Wenn man wüsste, wie lange diese Abrieglung andauern wird«, murmelte er.

»Welche Rolle spielt das?«, fragte Christian nervös.

»Dauert die Sperre länger als einen Monat, werden die Essensvorräte der Piesporter knapp werden, weshalb es wichtig wäre, den Baumstamm so weit oben abzulegen, dass die arbeitsfähigen Männer die Felder und Weinberge auch weiterhin bestellen können.«

Der Subprior sah hinter sich, blickte vor sich, ging einige Schritte weiter, kam wieder zurück und meinte schließlich: »Hier, genau hier ist der beste Platz, um eine Sperre einzurichten. Sie ist weit genug vom Dorf entfernt, sodass alle Felder und Weinberge auf der Seite des Ortes liegen und bewirtschaftet werden können. Auch haben die Soldaten einen freien Blick den Weg hinab, sodass sie es sehen, wenn jemand flüchten sollte. Bleiben die Bewohner von Piesport unter sich, kann die Pest sich über diese Entfernung nicht weiter ausbreiten. Ja, hier ist der geeignete Platz«, bestätigte er sich selbst seine Entscheidung. Dann durchschritt er die Baumreihen neben dem Weg und suchte nach einer geeigneten Tanne. Mittendrin fand er eine, deren Stamm so mächtig war, dass er sie mit beiden Armen nicht umfassen konnte. Er sah zum Wipfel empor und nickte. Ihre Äste waren dicht und stark gewachsen, sodass man nur schwerlich an dem gefällten Baum würde emporklettern können. »Diese Tanne wird die Sperre werden«, beschloss er. Doch bevor die Holzfäller mit der Arbeit begannen, sagte er zu den Männern: »Lasst uns zusammen für ein gutes Gelingen beten.«

Daraufhin stellten sie sich in einem Kreis auf, senkten den Kopf und schlossen die Augen.

»Herr im Himmel ...«, hörte man die Stimme des Subpriors. »... breite schützend deine Hände über diese Männer aus, dass ihnen kein Leid geschieht. Damit niemand bei der schwierigen Aufgabe, die du uns gestellt hast, zu Schaden kommt, niemand sich mit der Pest ansteckt und auch die Menschen in Piesport schon bald den Schrecken vergessen können. Herr im Himmel, darum bitten wir dich. Amen!«

Dann bestimmte er fünf Männer aus Krames, die die Sperre anlegen sollten. Die übrigen würden nach Piesport gehen. Allein durch ihr Erscheinungsbild würden sie die Kirchenmänner und auch Christian vor Übergriffen der Piesporter schützen.

»Ran an die Arbeit«, rief ein eifriger Holzfäller und nahm die Sägen von den Pferderücken, die am Geschirr der Zugtiere festgebunden waren.

»Bevor wir weitermarschieren«, sagte der Subprior zu den übrigen Männern, »sollten wir den Plan nochmals durchsprechen, damit wir nichts vergessen und den Ort so schnell wie möglich wieder verlassen können.« Er sah die Männer eindringlich an. »Vergesst niemals, dass ihr von den Piesportern Abstand halten müsst, damit ihr deren Pestatem nicht einatmet. Müsst ihr mit ihnen sprechen, haltet eure Arme vor Mund und Nase. Auch dürft ihr sie nicht berühren. Nur wenn wir das beherzigen, werden wir eine Ansteckung vermeiden können.« Er konnte die Angst in den Augen der Männer erkennen, und auch ihm wurde mulmig zumute. An den Knecht gewandt, sagte er: »Ihr sagtet, dass man nur über diese alte Handelsstraße oder mit der Fähre nach Piesport gelangt?«

Christian nickte.

»Mit dem Baumstamm wäre der eine Zugang versperrt. Liegt die Fähre in Piesport fest?«

Christian verneinte. »Der Fährmann wohnt auf der anderen Seite der Mosel und kommt nur bei Bedarf nach Piesport gerudert.«

»Sollte die Fähre auf der Ortsseite liegen, werdet ihr sie zerstören. Liegt sie auf der anderen Seite, muss man dem Fährmann eine Nachricht zukommen lassen, dass er sich bis auf weiteres Piesport nicht mehr nähern darf.«

»Ob er sich daran halten wird?«, brummte Saur mürrisch.

»Welchen Grund sollte er haben, sich der Gefahr auszusetzen, sich mit der schwarzen Seuche anzustecken?«

Saur zuckte teilnahmslos mit den Schultern und blickte grimmig hinunter zum Ort.

»Ihr wisst, wo der Zender wohnt? Wir müssen dem Ortsbürgermeister die Entscheidung des Weihbischofs mitteilen. Auch muss der kurfürstliche Meier über den Befehl in Kenntnis gesetzt werden.«

»Meint Ihr, dass der Meier oder der Zender sich von einem Kirchenmann befehligen lassen?«, versuchte Saur erneut zu stänkern.

Der Subprior ging auf die schlechte Laune des Priesters nicht ein und meinte freundlich: »Wenn die beiden hören, dass unser Weihbischof auf dem Weg nach Trier ist, um von der Leyen und dem Freiherrn von Piesport Bericht zu erstatten, werden sie gehorchen, zumal der Meier der Vertreter des Grundherrn ist. Er hat dafür Sorge zu tragen, dass alles nach vollster Zufriedenheit des Erzbischofs und Kurfürsten verläuft. Schließlich ist Karl Kaspar von der Leyen der größte Eigentümer in Piesport. Außerdem wissen der Meier und der Zender um das Schicksal ihres Ortes und sind sicherlich bestrebt, dass die Menschen in Piesport in ihren Häusern bleiben können. Es wäre eine Tragödie, wenn man die Einwohner in einer Scheune oder in einem anderen Gebäude zusammenpferchen müsste. Nein, nein, der Ortsbürgermeister wird sich ebenso fügen wie der Vertreter des Grundherrn.«

Saur schienen die Zweifel auszugehen. Er verstummte, und der Subprior wandte sich dem Knecht zu, der nervös und ängstlich schien.

»Ich weiß, dass Ihr voller Angst seid und uns nur sehr ungern begleitet ...«

»Ich bin auch nicht freiwillig hier«, warf Saur ein und sah den Knecht vorwurfsvoll an.

Der Subprior versuchte zu lächeln. Er ging auf den Einwand seines Bruders im Glauben nicht ein. »Lasst uns gehen. Das Wetter wird nicht besser, und die Zeit drängt.«

Ulrich starrte Gritli an, als sehe er ein Gespenst.

»Was machst du in Piesport?«, fragte er ungläubig und schielte zu dem Mann am Boden, der aufzustehen versuchte. »Bleib liegen, sonst setzt es Prügel«, drohte er, sodass Melchior sich zurück in den Staub legte. Ulrich schaute wieder zu Gritli, die misstrauisch die Männer beäugte. Zwar freute er sich, seine Angebetete zu sehen, aber dies war ein ungünstiger Zeitpunkt für einen Besuch. »Du hättest mir bei unserem letzten Treffen sagen sollen, dass du beabsichtigst, nach Piesport zu kommen«, erklärte er, während er den Mann am Boden nicht aus den Augen ließ. Was will sie hier?, überlegte er. Vielleicht will sie mich kontrollieren, dachte er und spürte, wie sich bei dem Gedanken seine Laune verschlechterte. Wenn der Fremde ihr verrät, was der Bauer und ich besprochen haben, schreit sie womöglich den Ort zusammen. Verdammt, musste sie ausgerechnet heute kommen?

»Warum hast du ihn niedergeschlagen?«, fragte Gritli erregt und wollte Melchior hochhelfen.

»Lass die Finger von ihm, er ist ein Dieb und gefährlich!«, log Ulrich und sah zum Weinbauern, der zustimmend nickte.

Melchior leckte sich das Blut aus dem Mundwinkel und stützte sich auf einen Ellenbogen ab. »Du Lügner! Ich habe den Auftrag, für die Gaststätte Kesselstatt in Trier Wein zu kaufen …«, versuchte er sich zu verteidigen.

Doch Ulrich lachte höhnisch auf. »Kaufen? Dass ich nicht lache. Der Weinbauer und ich haben dich dabei erwischt, wie du dich in die Scheune schleichen wolltest, um zu stehlen.«

»Bist du verrückt, solche Lügenmärchen über mich zu erzählen?«, brüllte Melchior und sah Gritli entsetzt an. »Du wirst ihm keinen Glauben schenken wollen, oder?«

»Du kennst den Hurenbock?«, fragte Ulrich und sah von dem am Boden Liegenden zu dem Mädchen.

»Ich bin mit ihm hergefahren.«

»Du bist mit ihm … allein mit ihm?« Ulrich glaubte sich verhört zu haben. »Ich erlaube dir nicht, dass du mit einem fremden Mann allein auf einem Fuhrwerk durch die Gegend fährst«, ereiferte er sich.

»Was hat er dir zu erlauben?«, fragte Melchior, der nichts von dem verstand, was die beiden sprachen. »Und wieso kennst du jemanden in Piesport? Ich dachte, du wärst noch nie aus Trier herausgekommen?« Er sah fragend von Gritli zu Ulrich, der drohend vor ihm stand, es aber anscheinend nicht wagte, erneut zuzuschlagen.

Gritli schluckte. Sie fühlte sich schuldig und wusste nicht, wofür. Ein dicker Kloß saß in ihrem Hals, und sie war den Tränen nahe.

»Ich muss zur Beerdigung«, zischte der Weinbauer, dem das alles zu viel wurde. Er hatte genug mit den drei Toten auf seinem Hof zu tun. Da brauchte er nicht auch noch eine Schlägerei mit einem Fremden. Pitter wollte sich an Ulrich vorbeidrängen, doch der hielt ihn am Ärmel fest.

»Ihr könnt mich nicht allein lassen. Was soll ich mit dem Kerl machen?«, fragte er nervös.

»Lass ihn laufen«, rief der Bauer und verschwand zum Tor hinaus.

Mittlerweile hatte Melchior es geschafft aufzustehen. Er schob seinen Kiefer hin und her und prüfte, ob durch den Schlag etwas gebrochen war. Aber nur seine Lippe blutete.

»Du kommst mit mir, Gritli. Soll er sehen, wie er zurechtkommt«, forderte Ulrich und wollte sie am Arm greifen, um sie mit sich zu ziehen. Doch sie trat hastig einen Schritt zur Seite, sodass er ins Leere griff. »Was soll das?«, fragte sie. Sie fand Ulrichs Verhalten befremdlich. Auch machte er ihr Angst. »Ich bin mit Melchior hergekommen und werde mit ihm zurück nach Trier fahren«, versuchte sie ihren Standpunkt klarzustellen.

»Das erlaube ich nicht«, erklärte Ulrich und sah sie wütend an. Beide durften den Ort nicht verlassen. Wenn sie sich bei ihren Eltern über ihn beschwerte, würden sie vielleicht jemanden nach Piesport schicken, und dann würde jeder von der Pest erfahren. Ulrich spürte, wie sein Herz zu rasen begann und sein Mund trocken wurde.

»Woher kennt ihr euch?«, nuschelte Melchior.

»Sie ist mein Mädchen«, behauptete Ulrich mit schneidender Stimme.

»Dein Mädchen?«, fragte Melchior und verzog den Mund. Der Schmerz ließ ihn leise aufstöhnen. Er wandte sich Gritli zu, die mit hochrotem Kopf den Blick senkte. »Ich wusste nicht, dass du jemandem versprochen bist.«

»Das bin ich nicht«, widersprach sie.

»Wir haben uns geküsst«, ereiferte sich Ulrich. »Das ist wie ein Versprechen.«

Gritli war den Tränen nahe. Der Kuss hat mich entehrt und an Ulrich gebunden, fürchtete sie in Gedanken. Scheu schaute sie auf und sah, wie Melchior versuchte zu lachen, doch dabei fuhr ein stechender Schmerz durch seine blutige Lippe, sodass es wie ein Stöhnen klang.

»Was gibt es zu lachen?«, fragte Ulrich und hob die Faust, um Melchior zu schlagen, der abwehrend den Arm vors Gesicht hielt.

»Wenn jedes Mädchen, das ich geküsst habe, mir versprochen wäre, hätte ich einen Hofstaat an Frauen.«

»Was du hast oder nicht, interessiert mich einen feuchten Furz«, erklärte Ulrich und versuchte Gritli ein weiteres Mal am Arm zu packen.

»Fass sie nicht an, sonst verpasse ich dir dieses Mal eine Tracht Prügel«, drohte Melchior und schob sich zwischen Gritli und Ulrich.

Ulrich Recktenwald spürte, wie seine Zuneigung zu Gritli sich verflüchtigte und sie ihn wütend machte. Nicht nur, dass sie mit fremden Burschen allein durch die Gegend fuhr, sie widersetze sich auch seinen Anweisungen. Dabei war Eile geboten, den Ort zu verlassen, bevor sich das Gerücht über die Pest verfestigte.

»Du kommst jetzt mit«, presste er zwischen den Zähnen hervor und wollte sich Gritli schnappen, doch Melchior war schneller und gab ihm einen Stoß gegen den Bauch, sodass er in die Scheune fiel. Bevor Ulrich sich wieder aufrappeln konnte, schloss sich das Tor, und Melchior legte von außen den Riegel davor.

»Wir müssen aus Piesport fort, Gritli! Angeblich ist hier die Pest ausgebrochen. Falls das stimmt, dürfen wir nicht einen Augenblick länger bleiben.«

Gritli spürte, wie aus ihrem Gesicht alle Farbe wich.

»Was ist?«, fragte Melchior besorgt.

»Es stimmt!«, wimmerte sie. »Herr Eider hat das ebenfalls geäußert. Aber wie kann das sein? Sie ist seit Jahren ausgerottet.«

»Das weiß ich nicht, und das ist mir auch einerlei. Wir müssen zur Mosel und den Fährmann rufen.«

Der Großknecht Martin stapfte den Weg zwischen den Rebstöcken hinauf zur Michaelskirche. Als er um die Biegung kam, sah er vor sich das Fuhrwerk des Bestatters mit den drei Särgen darauf. Dahinter gingen die älteren Bürger von Piesport, die dem Gesinde die letzte Ehre erweisen wollten. Da die Beerdigung wegen des Zustands der Leichen rasch erfolgen musste, konnte man nicht bis zum Samstag warten, weswegen nicht wie üblich jeder aus dem Ort daran teilnehmen konnte.

Martins Körper wurde von einem Hustenanfall geschüttelt, der ihn nach Luft japsen ließ. Bereits in der Nacht hatte er kaum schlafen können, da heftiger Husten ihm den Atem genommen hatte. Er blieb am Wegesrand stehen und ging keuchend in die Knie. Sein Gebell klang rau, und er spuckte Blut. Martin hatte das Gefühl, als ob sein Rachen nur noch rohes Fleisch wäre. »Verdammt, ich werde mich erkältet haben«, hoffte er. Doch in ihm keimte die Angst vor der Pest auf.

Weinbauer Pitter stürmte durch die Eingangstür seines Wohnhauses und rief nach seiner Frau. »Bärbel! Wir müssen zum Friedhof! Die Magd und die beiden Knechte müssen unter die Erde.« Die kleine Ines kam ihm entgegen. »Hast du die Bäuerin gesehen?«, fragte er und blaffte im nächsten Augenblick: »Wie siehst du denn aus?« Er musterte das Mädchen, dessen bleiches Gesicht um die Augen mit schwarzen Schatten gezeichnet war.

»Mir geht es nicht gut. Alles tut mir weh«, wimmerte das Mädchen und wischte sich über das schweißnasse Gesicht.

»Nicht, dass du deshalb die Arbeit vernachlässigst«, ermahnte er sie und stieg die Treppen nach oben, ohne sich weiter um das Kind zu kümmern. »Bärbel«, brüllte er und ging in die Schlafkammer, wo er entsetzt an der Tür stehen blieb. Seine Frau lag regungslos in ihrem Bett und blickte ihm wie tot entgegen. Nur das Pfeifen beim Luftholen verriet, dass sie lebte. Zuerst stutzte Pitter, doch dann entdeckte er das Blut auf dem Kissen und der Bettdecke.

»Bärbelchen«, flüsterte er und setzte sich zu ihr. »Was ist mit dir?«, fragte er ungewohnt zärtlich und wischte ihr liebevoll mit der Hand das Blut vom Mund.

Sie bäumte sich auf und erbrach schwarzen Schleim. Nun ging ihr Atem rasselnd. Erschöpft legte sie sich zurück. Tränen liefen ihr rechts und links die Wange hinab. Die Bäuerin schloss die Augen.

Ines setzte sich kraftlos auf die unterste Treppenstufe. Ihr war heiß und kalt zugleich. Zitternd schlang sie sich die dünnen Ärmchen um den Oberkörper. »Ich will zu meiner Mutter«, weinte sie. Doch sie hatte Angst vor der Bestrafung des Bauern, wenn sie heimlich gehen würde.

Ich frage die Bäuerin, ob ich gehen darf, überlegte sie und schleppte sich die Treppe hinauf.

Leise ging sie über den Gang zur Schlafkammer der Bauersleute und spitzte durch die offene Tür. Sie sah, wie der Bauer schluchzend über dem Körper seiner Frau lag, deren Arm schlaff herunterhing. Erschrocken über das viele Blut, das das Leinen rot und schwarz verfärbt hatte, schlich das Mädchen unbemerkt die Treppe nach unten und lief weinend nach Hause.

Kapitel 37

Der Weihbischof und seine beiden Begleiter trieben ihre Rösser zur Eile an. Johann Peter Verhorst wollte so schnell wie möglich mit dem Erzbischof und Kurfürsten sprechen und ihm von der nahenden Katastrophe berichten. Während er das Pferd vorwärtspeitschte, gestand er sich ein, dass er den Aussagen des Knechts zuerst kein Vertrauen geschenkt hatte. Für ihn war es nicht denkbar, dass in dem Moseldorf die Pest ausgebrochen sein könnte. Er hatte dem Mann sogar unterstellt zu lügen. Im

Laufe der Beratung mit seinen Mitbrüdern hatte er den Knecht kaum aus dem Blick gelassen, in dessen Mienenspiel geforscht und seine Gestik beobachtet. Verhorst konnte auch jetzt nicht sagen, was es war, aber irgendetwas überzeugte ihn plötzlich, dass der Mann die Wahrheit sprach. Es war wie ein Befehl von Gott, dass ich meine Meinung ändere, überlegte er und küsste das Kreuz, das über seiner Brust baumelte. Verzeih mir, dass ich gezweifelt habe, betete er stumm. Ich hoffe, dass der Erzbischof mir Glauben schenkt, denn wir dürfen keine Zeit verlieren. Der Hohlweg muss schnellstmöglich von Soldaten bewacht werden, damit kein Mensch aus Piesport flüchten kann. Nicht auszudenken, wenn der Schwarze Tod bis nach Trier gelangt. Zum Glück reiten wir von dem Unwetter fort, dachte er, als er hinter sich blickte. Sein Umhang flatterte und behinderte seine Sicht.

Von dem scharfen Ritt hatten die Pferde Schaum am Maul und auch am Hals, wo die Zügel über das Fell rieben. Die Männer preschten, ohne langsamer zu werden, an der Stadtmauer entlang bis zum Stadttor neben der Simeonskirche. Die Stadtwache wollte sich den unbekannten Reitern in den Weg stellen, doch als einer von ihnen rief: »Macht Platz! Der Weihbischof muss zum Erzbischof«, sprangen die Männer zur Seite und hatten Mühe, ihre Lanzen nicht fallenzulassen.

Auf dem Weg zum Kurfürstlichen Palais schlugen die Hufeisen der Pferde Funken. Fußgänger, die das Klappern hörten, eilten fluchend aus dem Weg. Doch als sie den Geistlichen erkannten, bekreuzigten sie sich und baten tonlos um Vergebung.

Kaum waren die Männer vor der Residenz des Kurfürsten angekommen, sprang der Weihbischof aus dem Sattel, als ob er ein Jüngling wäre. Ächzend kam er auf die Füße. »Meine Knie«, stöhnte er leise und eilte mit schmerzverzerrtem Gesicht die vielen Treppenstufen hinauf. Auch dort wollte die Wache ihn aufhalten.

»Ihr müsst angemeldet sein«, ermahnte ihn ein Soldat, doch Verhorst stellte sich kerzengerade auf und schimpfte: »Ich habe keine Zeit für Anordnungen. Es geht um Leben und Tod!«

Erschrocken sah der Soldat ihn an und schien abzuwägen.

»Unser Herrgott im Himmel wird es dir danken, mein Sohn!«, versprach der Weihbischof.

Der Mann ließ ihn passieren und führte ihn eilends durch das Gebäude zur breiten Treppe. Heute hatte der Weihbischof keinen Blick für das besonders verzierte Geländer und auch nicht für die Reliefs, die den Aufgang schmückten. Hastig folgte er dem Soldaten die steinernen Stufen empor. An der Tür zum Regierungszimmer des Erzbischofs und Kurfürsten Karl Kaspar von der Leyen klopfte die Wache zaghaft an.

Ungeduldig stieß Verhorst den Soldaten zur Seite und hämmerte fest gegen das Holz. Kaum kam von innen der Befehl einzutreten, riss er die Tür auf und preschte in den Raum.

Überrascht und fragend blickten der Erzbischof und mehrere Männer, die in Uniformen gekleidet waren und an einem großen Tisch zusammensaßen, von ihren Papieren auf.

Als Karl Kaspar von der Leyen den Weihbischof erkannte, zog er seine Augenbrauen zusammen, sodass dazwischen eine steile Falte entstand. »Welch ein stürmischer Auftritt, mein lieber Verhorst«, spottete er freundlich.

»Ich bin überglücklich, Eure Exzellenz in Trier anzutreffen«, erklärte der Weihbischof außer Atem und küsste den Ring des Erzbischofs.

»Da habt Ihr wahrlich Glück, mein Lieber! Zwar ist Trier die kirchliche Zentrale des Staates Kurtrier und des Erzbistums Trier, sodass wir beide als Vertreter unseres Herrn auf Erden hier am richtigen Platz sind. Doch da wir heute ein militärisches Treffen haben, müssten wir von Rechts wegen in Coblenz sitzen, das der politische und militärische Mittelpunkt des Staates Kurtrier ist. Der Kurfürst residiert in Coblenz, der Erzbischof in

Trier«, erklärte von der Leyen lachend. »Wen von beiden wollt Ihr sprechen?«

Verhorst schwirrte der Kopf. Er wollte nur noch rasch sein Anliegen vorbringen, denn vor seinem geistigen Auge verfestigte sich das Bild, dass in Piesport Menschen elendig am Schwarzen Tod starben. »Ich muss mit dem Regenten sprechen«, erklärte er deshalb und sagte ohne Umschweife: »In Eurem Reich ist die Pest ausgebrochen!«

Das leise Gemurmel verstummte augenblicklich, und alle sahen den Weihbischof ungläubig an.

»Ich hoffe, dass Ihr scherzt«, sagte von der Leyen. Doch Verhorsts Blick überzeugte ihn vom Gegenteil. »Wie kann das sein?«

»Das kann ich Euch leider nicht beantworten, Eure Exzellenz. Aber Fakt ist, dass es bereits Tote gegeben hat und sicherlich noch mehr Tote geben wird.«

»Von welchem Ort sprecht Ihr?«, fragte einer der Männer, der in der Uniform eines Offiziers gekleidet war.

»Von Piesport, einem Ort an der Mosel.«

»Piesport?«, rief ein anderer und sprang auf, sodass der schwere Stuhl laut über das Parkett schrammte.

Der Erzbischof und Kurfürst sah den Offizier mitfühlend an. »Das tut mir leid, mein verehrter Johann. Ihr als Freiherr von Piesport seid durch diese Nachricht doppelt geschlagen.«

Er setzte sich und gab mit einem Fingerzeig Anweisung, dass Verhorst sich neben ihn setzen sollte. Dann forderte er leise: »Berichtet, was Ihr wisst, damit wir uns ein Bild von der Lage machen können.«

Nachdem der Weihbischof alles über Piesport, den Knecht und den Plan des Priors mitgeteilt hatte, faltete von der Leyen die Hände auf der Tischplatte und starrte auf die Papiere vor sich. Schweigend saß er da und dachte nach. Schließlich schaute er auf und erklärte: »Auf der Festung Ehrenbreitstein gibt es eine kleine Garnison, und die Betonung liegt auf klein. Deshalb werden wir Söldner anwerben müssen. Da dies Unmengen an Geld verschlingen wird, werden wir höhere Steuern erheben. Rüstung ist unser wichtigstes Ziel, meine Herren. Deshalb muss unsere Miliz intensiv üben. Selbst die kleinste Bauernmiliz muss regelmäßig üben, damit sie zur Landesverteidigung bereitsteht …«

»Ich bitte um Entschuldigung, Eure Exzellenz«, wagte Verhorst den Regenten zu unterbrechen. »Ich verstehe nicht, was das alles mit Piesport zu tun hat. Erwartet Ihr Unruhen oder gar einen Krieg?«

Von der Leyen trommelte mit dem Zeigefinger der linken Hand auf der dicken Eichentischplatte. »Das geht Zivilisten nichts an, mein Lieber! Nur so viel sei gesagt: Kurtrier stehen unruhige Zeiten bevor, deshalb fällt es uns sehr schwer, für einen einzigen Ort Soldaten abzustellen.«

»Aber Eure Exzellenz! Wenn die Pest auf Trier überschwappt, werden wir die unruhigen Zeiten nicht mehr erleben«, ereiferte sich der Weihbischof.

»Ihr meint, mein lieber Verhorst, dass die Piesporter nur aufzuhalten sind, wenn Soldaten diese Sperre bewachen? Was spricht gegen eine Bürgerwehr aus den umliegenden Dörfern?«

Jetzt mischte sich Johann Burkard von Piesport ein, der bereits im Gefolge des Regenten 1655 zur Kaiserwahl Leopolds I. nach Frankfurt mitgeritten war. »Ich denke, dass eine Wache des Kurfürsten mehr Eindruck macht als eine aus den Reihen der Bauern. Vor allem, weil Ihr der wichtigste und größte Grundherr dort seid. Wir wissen aus Erfahrung, dass allein der Anblick einer Uniform die Menschen zur Ordnung ruft. Sie hören mehr auf den Befehl eines Soldaten als auf den eines Bauern, selbst wenn er einer Miliz angehört. Ich befürchte sogar, dass es Tote geben könnte, wenn Piesporter flüchten wollen und sich ihnen die Bauern aus dem Nachbarort entgegenstellen. Keinem wäre geholfen, und die Pest wäre nicht aufzuhalten.«

Die übrigen Anwesenden klopften zustimmend mit dem Knöchel des Zeigefingers auf die Tischplatte.

Karl Kaspar von der Leyen erhob sich wortlos und ging zum Fenster seines Regierungszimmers. Er verschränkte die Arme hinter dem Rücken und blickte hinaus in den herrschaftlichen Garten. Gärtner zupften Unkraut in den Beeten, die Bäume strahlten im satten Grün der frischen Triebe, und bunte Blumen vielfältiger Art brachten Farbe ins Bild. Ein schnatterndes Entenpaar schwamm auf dem Wasser des Springbrunnens, der eine Fontäne gen Himmel sprühte.

Dem Erzbischof fiel plötzlich das Atmen schwer, denn er erinnerte sich an einen Tag, der schon mehr als zwanzig Jahre zurücklag. Er hatte an derselben Stelle gestanden, nur dass es Herbst gewesen war.

Mittlerweile ist mein Haar grau, mein Leib rund, und ich bin müde geworden, dachte er bitter. Sein Blick schweifte zum Himmel. Weißt du noch, Vater?, sprach er in Gedanken. Damals, als die Pest in Trier wütete? Ich habe den Pestreiter eingesetzt, der dafür Sorge trug, dass die Menschen sich nicht ansteckten. Was soll ich dieses Mal machen? Wie kann ich verhindern, dass die Pest erneut in Trier ausbricht? Reicht es allein, diesen Ort von der Außenwelt abzuriegeln? Er schloss die Augen, ohne dass es seine Mitstreiter im Raum bemerkten, und betete stumm.

Als er die Augen wieder öffnete, nickte er lächelnd. Er hatte die Antwort erhalten.

Urban Griesser trat aus der Hütte und ging den Waldweg entlang in Richtung Mosel. Er versuchte nicht zurückzuschauen. Schweren Herzens hatte er sich von der Frau losgerissen, die einem anderen gehörte.

Warum musste ich Barbara jetzt treffen? Nächste Woche wäre ein besserer Zeitpunkt gewesen, um sie kennenzulernen, da mir dann das Geldmännchen meine Goldmünze vervielfacht hat und ich meiner Zukunft sorglos entgegenblicken kann. Mit genügend Geld in der Tasche hätte ich bei ihrem Alten die Schuld begleichen und sie auslösen können. Meine Wünsche wären schlagartig in Erfüllung gegangen, dachte er. »Ich muss gestehen, dass ich noch nie ein solch wildes Weib im Bett hatte«, murmelte Griesser und griff sich grinsend in den Schritt. »Es wäre eine Schande, wenn sie bei dem Alten versauern würde. Noch ist sie jung«, überlegte er und entschied: »Wenn ich genügend Geld habe, komme ich zurück und hole sie.« Er lachte laut auf. »Jetzt habe ich einen weiteren Grund, schnell an viel Geld zu kommen.«

Und dieser Grund beflügelte ihn. Erregt folgte er dem Weg zwischen den Bäumen, der bald steil bergab führte.

Griesser schritt umsichtig zwischen freigelegten Wurzeln, Brennnesseln und anderem Gestrüpp, das ihn zu Fall bringen konnte. Da er sich auf den Abstieg konzentrierte, bemerkte er den Mann, der ihm entgegenkam, nicht sofort. Der Fremde trug einen großen Korb auf dem Rücken und stieg den steilen Pfad quer hinauf. Da er ebenfalls seinen Blick auf den Boden gerichtet hielt, konnte Griesser sein Gesicht nicht erkennen. Der Alte stützte sich während des Gehens auf einem geschnitzten Stock ab und kontrollierte so seine Tritte.

Kurz vor Griesser schaute er auf und verzog seine schmalen Lippen zu einem zahnlosen Lächeln. »Gott zum Gruße«, nuschelte er und blieb stehen.

»Und Gottes Segen«, erwiderte Griesser und betrachtete den Alten, von dem er sofort wusste, dass er Barbaras Mann war. Der Alte war einen Kopf kleiner als er und etliche Jahre älter. Sein Gesicht war von Falten zerfurcht, und eine hässliche Warze prangte auf seiner linken Wange. Er schien vom Regen durchnässt worden zu sein, denn seine Kleidung klebte an dem hageren Körper. Das schüttere graue Haar hing ihm bis zum Kinn, wo ein spärlicher Bart wuchs, der wie zerrupft wirkte. Uns trennen sicherlich zwanzig Jahre, dachte Griesser und blickte in eisblaue Augen, die ihn neugierig musterten.

»Wohin des Weges?«

»Den Berg hinab«, antwortete Griesser knapp.

»Und woher kommst du?«, fragte der Alte misstrauisch.

»Vom Berg oben!«

»Du scheinst von dem Regenguss, der mich gerade erwischte, verschont geblieben zu sein«, stellte der Mann fest und betrachtete die Kleidung seines Gegenübers.

»Ich hatte ein Plätzchen im Trocknen«, gestand Griesser, ohne zu viel zu verraten.

Die kalten Augen schauten ihn nachdenklich an. »Es gibt nicht viele trockene Plätze zwischen oben und bergab. Doch die wenigen sind es wert, dort zu verweilen.«

»Einer reicht, und wenn er besonders ist, verlässt man ihn nur ungern«, erklärte Griesser.

Der Blick des Alten veränderte sich. Griesser war nun vollkommen sicher, dass der Mann Barbaras Mann war und Bescheid wusste.

»Ich hatte nicht so viel Glück und bin vom Regen auf einem freien Feld überrascht worden. Doch nun kann ich mich am Arsch meiner jungen Frau wärmen«, prahlte er und sah auf Griessers Hände, die sich zu Fäusten ballten.

Wenn ich ihn hier zusammenschlage, würde das niemand mitbekommen, dachte Griesser, doch der Mann ahnte anscheinend seine Gedanken, denn er sagte unvermittelt: »Möge der Herr mit dir sein und dir noch viele trockene Plätze schenken.« Dann marschierte er weiter.

Griesser schaute ihm nach. Ich komme wieder, und dann wird der Arsch deiner Frau mir gehören, dachte er gehässig und ging dann ebenfalls seines Weges.

Der Weg war streckenweise so steil, dass er sich an den Baumstämmen abstützen musste, um nicht auf Geröll, Laub und Tannennadeln auszurutschen. Nach einer weitläufigen Biegung trat er aus dem Wald hervor und sah unter sich das Moseltal liegen. Er erkannte die breite Handelsstraße, die sich wie eine Schlange hinunter ins Tal krümmte. In der Ferne sah er vereinzelt Fuhrwerke und Kutschen.

Was würde ich dafür geben, wenn ich fahren könnte, dachte er und verzog sein Gesicht vor Pein, denn seine Knie schmerzten vom stetigen Bergabgehen. Es nützt nichts, dachte er, als er am Horizont mehrere Reiter bemerkte, die im gestreckten Galopp auf die Ortschaft an der Mosel zuritten. Als Metall im Licht aufblinkte, vermutete er, dass es Soldaten waren, die Schwerter mit sich führten. Sicherlich jagen sie einem Verbrecher hinterher, überlegte Griesser und blickte zum Himmel empor, wo dunkle Wolken über ihn hinwegzogen. Wenn ich mit trockenem Hemd nach Piesport gelangen will, muss ich mich beeilen. So viel Glück wie am Vormittag werde ich sicher nicht noch einmal haben.

»Nicht überall gibt es Frauen, die von ihren Männern vernachlässigt werden«, lachte er leise und ging mit schmerzverzerrtem Gesicht weiter.

* * *

Melchior half Gritli aufs Fuhrwerk und nahm selbst mit einem Sprung neben ihr Platz. Dann wendete er das Gefährt und ließ das Pferd in Richtung Mosel traben. Während er aufmerksam die Häuser und Straßen beobachtete, blickte Gritli voller Angst um sich.

Beide waren froh, als sie ohne Störung das Ufer erreicht hatten. Kaum hatte Melchior an den Zügeln gezogen, um das Pferd anzuhalten, hüpfte er vom Wagen und rannte zur Glocke, die er wie wild läutete.

»Bist du von Sinnen?«, rief der Wirt, der aus der Trinkstube geeilt kam. »Der Fährmann sieht zwar nur auf einem Auge, aber er hört mit beiden Ohren noch sehr gut. Lass das Bimmeln sein! Es reicht, wenn du zweimal am Strick ziehst.«

Melchior sagte nichts und hörte auch nicht auf zu läuten, denn er hatte Angst, dass der Mann auf der anderen Seite nicht rechtzeitig käme.

Der Wirt hielt sich die Ohren zu und kam auf ihn zu. »Hör sofort damit auf!«, sagte er drohend.

Als Melchior das Seil losließ, ging der Wirt zurück ins Wirtshaus. Melchior eilte zu Gritli und setzte sich neben sie. »Jetzt müssen wir warten und hoffen, dass der Fährmann uns gehört hat.«

Beide hefteten ihre Blicke auf die Mosel, als mehrere Männer um die Ecke kamen. Erstaunt bemerkte Melchior, dass auch Priester unter ihnen waren, von denen einer zu ihnen herübereilte, allerdings in einigem Abstand neben dem Gefährt stehen blieb. Er hob seinen Arm gegen den Mund, sodass auch seine Nase von dem Stoff des Habits verdeckt wurde. Melchior glaubte zu erkennen, dass er zu ihnen sprach, aber er konnte kein Wort verstehen. Fragend blickte er zu Gritli, die mit den Schultern zuckte.

»Guter Mann, wenn Ihr Euren Mund mit dem Arm verdeckt, können wir Euch nicht verstehen. Nehmt ihn herunter, wenn Ihr zu uns sprecht, und kommt dichter heran. Wir beißen nicht«, versuchte Melchior zu scherzen.

Der Geistliche riss seine Augen auf und schüttelte den Kopf. Anstatt näher zu kommen, ging er einen Schritt zurück und sprach erneut zu den beiden.

»Ich habe nichts verstanden«, erklärte Melchior ärgerlich.

Nun mischte sich ein anderer Priester ein, der noch weiter weg stand. »Ihr sollt in Euer Haus gehen. Ab sofort wird keine Fähre mehr übersetzen«, rief er.

Gritli griff nach Melchiors Arm. »Das darf nicht sein! Wissen sie nicht um die Gefahr, die hier umgeht?«

»Wir sind nicht aus Piesport, sondern aus Trier und müssen zurückfahren. Wir hatten hier einen Auftrag zu erfüllen.«

»Das ist uns einerlei. Der Ort wird die nächsten Wochen abgesperrt. Niemand darf rein oder heraus«, erklärte der Mann.

»Wir haben nichts mit den Pesttoten im Dorf zu tun. Ihr könnt uns nicht zwingen hierzubleiben«, gellte Gritlis Stimme auf. »Ich muss heute noch nach Hause zu meinen Eltern, da sie sich sonst sorgen werden«, weinte sie.

»Es tut mir leid. Ihr könnt nicht zurück nach Trier, sondern müsst bleiben«, sagte der Geistliche und wandte sich von ihnen ab.

Melchior sprang von seinem Sitz auf.

Sogleich lief der Priester, der nun seinen Arm herunternahm, zu seinen Mitbrüdern und schrie: »Bleibt, wo ihr seid, und kommt uns nicht zu nahe.«

»Wir sind nicht krank«, rief Melchior ihm hinterher.

»Woher wollt Ihr wissen, dass die Pest nicht schon in Euch wächst?«

»Herr im Himmel«, flüsterte Gritli. »Wir werden sterben, und niemand weiß es!«

»Ihr habt kein Recht, uns hier festzuhalten«, brüllte Melchior hilflos. Verzweifelt setzte er sich wieder hin und legte Gritli den Arm um die Schultern.

»Bleib ruhig, Gritli. Sicher ist der Fährmann schon unterwegs. Schließlich hat er versprochen, uns abzuholen.«

Der Fährmann blickte lachend zu den beiden Soldaten, die ihre Pferde an einem Pflock anbanden. »Da habt Ihr Glück. Ich wollte gerade ablegen, da auf der anderen Seite meine Glocke geläutet wurde.«

»Wir kommen im Auftrag des Kurfürsten und Erzbischofs Karl Kaspar von der Leyen. Bis auf Weiteres ist es Euch untersagt, mit der Fähre nach Piesport überzusetzen.«

»Warum?«

»Dort ist die Pest ausgebrochen.«

Der Fährmann schaute ungläubig und lachte schließlich schallend. »Das ist nicht wahr! Ich war erst heute Morgen drüben, und da waren alle putzmunter.«

»Hattet Ihr Kontakt zu den Pesttoten?«

»Pesttote?«, fragte der Fährmann entsetzt. »Mir ist nichts bekannt von Pesttoten.«

»Dann ist es gut.«

»Was soll ich jetzt machen? Jemand hat die Glocke geschlagen und mich gerufen. Ich weiß auch, wer es ist. Ein Bursche und ein Mädchen, die nicht aus Piesport sind. Sie wollen sicher zurück.«

»Da haben sie Pech«, sagte der andere Soldat ungerührt. »Auch sie müssen bleiben, bis unser Regent die Erlaubnis erteilt, die Sperre aufzuheben.«

Ihr befehlt mir nichts, dachte der Fährmann.

Doch der Soldat erkannte seine Gedanken und drohte: »Wagt es nicht, eigenmächtig zu handeln! Wenn wir das erfahren – und das würden wir –, werden wir Euch ebenfalls in dem Pestdorf einsperren und Eure Fähre zertrümmern. Also wägt ab, welches Leben Euch wichtig ist: Eures oder das der anderen.«

Der Fährmann schluckte und nickte. »Ich werde den Teufel tun und übersetzen. Ich bin ja nicht lebensmüde«, erklärte er.

Die beiden Soldaten schienen mit seiner Antwort zufrieden. Sie banden ihre Pferde los, schwangen sich in die Sättel und galoppierten davon.

Als sie fort waren, trat die Frau des Fährmanns hinter der mächtigen Trauerweide hervor und sah ihren Mann fragend an. Er zeigte hinüber zur anderen Moselseite und sagte: »In Piesport ist der Teufel los.«

Die Zeit schien wie eine Schnecke zu kriechen. Melchior brannten die Augen, da er ununterbrochen auf das Wasser starrte. Er wollte die Hoffnung nicht aufgeben, dass der Fährmann sie abholen würde.

»Er kommt nicht«, wisperte Gritli, die wie in Schockstarre neben ihm saß.

»Ich verstehe das nicht. Er hat versprochen, uns abzuholen, wenn ich nach ihm läute.«

Ungläubig blickte er zu den Geistlichen, die die Glocke aus ihrer Halterung hoben und das Seil des Klöppels durchtrennten. »Könnt Ihr mir sagen, wie lang Ihr uns hier festhalten wollt?«

»Bis der letzte Pestkranke gestorben ist und es keine neuen Erkrankungen gibt«, erklärte ein hageres Männlein, das einige Schritte auf sie zuging und dann stehen blieb.

In diesem Augenblick kam der Wirt herausgelaufen, der einen Holzhammer in die Luft hielt, gefolgt von einem Greis, der mit einem Stock umherfuchtelte, und einer Magd mit einem Besen.

»Was habt Ihr an der Glocke zu schaffen?«

»Die wird die nächste Zeit nicht mehr benötigt«, erklärte der Subprior und bat: »Haltet Abstand von uns! Wir wollen nicht mit der Pest angesteckt werden«, erklärte er und schützte Nase und Mund mit dem Arm.

»Habe ich das richtig verstanden? In Piesport soll die Pest ausgebrochen sein? Wer erzählt solchen Unsinn?«, rief der Wirt und ging auf die Gruppe zu.

»Bleibt stehen, und kommt nicht einen Schritt näher«, brüllte Blasius und streckte abwehrend die Hände von sich.

»Ich kann so dicht herankommen, wie es mir gefällt«, schrie der Wirt, der keine Rücksicht darauf nahm, dass vor ihm Gottesmänner standen. »Woher kommt Ihr? Wer seid Ihr, dass Ihr es wagt, uns in Piesport festhalten zu wollen?«, fragte er aufgebracht und ließ den Hammer mehrmals durch die Luft sausen. Auch der Alte und die Magd drohten mit ihren Gerätschaften.

»Wir sind Priester aus der Wallfahrtskirche Eberhardsklausen. Glaubt mir, mir wäre ein erfreulicher Grund lieber, um Euch in Piesport aufzusuchen. Doch dieser Knecht hier …«, er zeigte nun auf Christian, der sich hinter den Rücken der Geistlichen versteckt hatte, »… hat uns berichtet, dass der Ort bereits drei Pesttote zu beklagen hat. Deshalb hat Weihbischof Verhorst veranlasst, dass keiner von euch das Dorf verlassen darf. Er ist bereits bei unserem Regenten Karl Kaspar von der Leyen, um militärische Unterstützung anzufordern.«

Voller Entsetzen hatte der Wirt dem Subprior zugehört. Sein Blick schweifte nun zu dem Knecht. »Ich kenne dich. Du bist Knecht bei Hager Jupp. Wie kommst du dazu, uns bei den Priestern anzuschwärzen und Lügenmärchen zu erzählen? Weiß dein Bauer von deiner Schweinerei?«

Der Wirt wollte sich auf den Knecht stürzen, doch Christian und die Geistlichen gingen rechtzeitig mehrere Schritte rückwärts. Der Mann strauchelte vorwärts und konnte nur mit Mühe verhindern, dass er bäuchlings zu Boden fiel.

»Ich lüge nicht«, schrie Christian, der Panik hatte, dass man ihn berühren könnte. »Martha, die Magd, sowie Achim, der Holzknecht, und Johann, der Großknecht – alle drei arbeiteten beim Weinbauern Pitter – sind an der Pest gestorben. Das weiß ich genau, denn mein Vater wurde vom Schwarzen Tod dahingerafft. Ich wollte nichts verraten, sondern bin abgehauen, weil ich mich nicht anstecken will. Ich wollte sogar für Euer Wohlergehen eine Kerze in der Wallfahrtskirche anzünden.«

Als der Wirt das hörte, fragte er ungehalten: »Und warum bist du zurückgekommen? Sicher nicht aus Nächstenliebe.«

Christian schloss kurz die Augen und stieß seinen Atem aus. »Sicher nicht«, sagte er ehrlich und blickte den Wirt verzweifelt an. »Der Weihbischof hat mich dazu gezwungen.«

Der Arm des Gastwirts ging nach unten. Er spuckte in Richtung des Knechts auf den Boden und sagte: »Gott ist doch gerecht!« Dann gab er der Magd und dem Greis ein Zeichen, mit ihm zurück in die Trinkstube zu gehen.

Als sie in dem Wirtshaus verschwunden waren, atmete der Subprior auf. Er wandte sich an Christian und befahl: »Führt uns zum Haus des Meiers.«

Melchior und Gritli, die die Szene beobachtet hatten, sahen sich nun an. »Was sollen wir machen? Wo sollen wir hingehen?«, fragte Gritli und weinte.

Melchior legte den Arm um sie. »Ich weiß es nicht. Aber ich denke, dass es das Beste sein wird, wenn wir uns erst mal verstecken, damit wir mit niemandem in Berührung kommen und von keinem den Pestatem riechen.«

»Wo willst du hin?«

Melchior sah sich um und entschied. »Wir verstecken uns im Wingert zwischen den Rebstöcken. Dort werden sie uns nicht vermuten, da sie davon ausgehen, dass wir in einem Haus Unterschlupf suchen.« Als er Gritlis ängstlichen Blick sah, drückte er ihr einen Kuss auf den Scheitel. »Hab' keine Angst. Ich werde dich niemals allein lassen, und ich werde dich mit meinem Leben beschützen.«

Sie schaute zu ihm auf und versuchte zu lächeln, was ihr misslang, da sie an ihre Eltern denken musste. »Meine Mutter wird umkommen vor Sorge, wenn ich heute nicht zurückkomme«, schluchzte sie und vergrub ihr Gesicht an seiner Brust.

Melchior streichelte ihr über das Haar und schielte zur Ladefläche. Auch er dachte an seine Mutter und dankte ihr für ihre Fürsorge.

Kapitel 38

Urban Griesser erreichte den Ort, den er vom Wald aus gesehen hatte, am frühen Abend. Die meisten Dorfbewohner schienen um diese Zeit in ihren Häusern zu sein, denn die Gassen waren wie leergefegt. Keine spielenden Kinder, keine tratschenden Frauen, keine Hunde oder Katzen – Stille. Ist das Piesport?, überlegte er und spitzte über eine Mauer, um in den Hinterhof des Hauses zu sehen. Doch außer dem Hofhund, der wütend bellte und an der Wand hochsprang, als er Griessers Kopf sah, zeigte sich niemand. Merkwürdig, dachte Griesser und ging ziellos durch die Straßen des Dorfes. Er spürte Durst und Hunger, denn außer Barbaras Eintopf am Mittag hatte er nichts mehr zu sich genommen. Vielleicht kann ich den Wirt überreden, mir ein Bier und eine Suppe zu spendieren, überlegte er und sah sich nach einem Wirtshaus um. Doch nirgends war eine Trinkstube zu sehen.

Griesser hielt seine Hand wie eine Hörmuschel an das gesunde Ohr und lauschte. Aus keiner Richtung schwappte lautes Gespräch oder Musik zu ihm herüber. »Der Ort wirkt wie ausgestorben«, murmelte er und sah sich um. Die Häuser scheinen aber bewohnt zu sein, überlegte er und blickte über die Dächer zu den Schornsteinen, aus denen Qualm aufstieg. »Vermaledeit!«, schimpfte er. »Haben sich die Bewohner vor mir versteckt, oder was ist hier los? In diesem Dorf ist es so still wie auf einem Totentanz.«

Weil Griesser schon zuvor das Rauschen des Moselwassers gehört hatte, ging er hinunter zum Ufer, wo er einen Knaben sah, der Steine über das Wasser springen ließ. »Bursche«, rief er. »Ist das hier Piesport?«

Der Junge drehte sich um, schüttelte den Kopf und ließ den nächsten Kiesel hüpfen. »Müstert!«, antwortete er knapp, während er weitere Steine aufsammelte.

»Wie weit ist es bis Piesport?«

»Das liegt da drüben.«

Griesser sah zum anderen Ufer. »Wo ist die Brücke?«

»Es gibt keine.«

»Wie kommt man auf die andere Seite?«

»Mit der Fähre«, antwortete der Junge und sah ihn genervt an.

Griesser dachte sofort an sein Erlebnis auf hoher See, als das Schiff lichterloh brannte, und schon bildeten sich Schweißperlen auf seiner Stirn. Allein bei dem Gedanken, auf ein Boot steigen zu müssen, wurde ihm elend zumute. Es muss noch eine andere Möglichkeit geben, nach Piesport zu gelangen, hoffte er. »Wo ist der Fährmann?«, fragte er ungehalten.

»Im Wirtshaus.«

»Es gibt ein Wirtshaus in diesem stillen Ort? Wo?«, fragte er.

Der Junge wies ihm den Weg, und Griesser stapfte los.

Die Trinkstube war brechend voll, und trotzdem war es ungewöhnlich ruhig in dem Raum. Man hörte nur das Geräusch, wenn jemand seinen Bierkrug abstellte oder den Stuhl rückte. Hin und wieder konnte man verhaltenes Gemurmel vernehmen. Griesser blickte sich um. Männer jeden Alters saßen an den Tischen oder standen an der Theke. Er entdeckte auch einige Frauen, aber die schienen von der Sorte zu sein, mit denen er sich heute nicht abgeben wollte. Als man ihn bemerkte, blickten aller Augen zu ihm, und genauso schnell schauten sie wieder fort. Niemand schien sich für ihn zu interessieren, und keiner grüßte ihn.

Griesser zwängte sich zwischen zwei Männer an die Theke und bestellte ein Bier. Was ist hier los?, überlegte er. Als der Wirt ihm den Krug vor die Nase stellte, fragte er: »Ich suche den Fährmann. Er soll hier in der Schankstube sein.«

Wortlos wies der Mann zu einem Tisch, wo mehrere Männer saßen und stumm ihr Bier tranken. »Der quer über der Tischplatte liegt, ist der Fährmann.«

»Ist er betrunken?«, fragte Griesser.

»Das wäre ich an seiner Stelle auch.«

»Warum? Ist ihm die Alte abgehauen?«, spottete Griesser, und der Wirt blickte ihn grimmig an. »Ich muss dringend nach Piesport, doch bis der Fährmann nüchtern ist, kann ich nicht warten. Wer kann mich übersetzen?«

»Niemand.«

»Ich bezahle den doppelten Preis«, log Griesser und dachte: Bin ich erst drüben, kann er sich seine Heuer sonstwo hinschieben.

»Selbst wenn du den zehnfachen Preis bezahlst, keiner würde dich nach Piesport bringen, denn dort ist die Pest ausgebrochen. Heute Morgen waren die Soldaten des Kurfürsten hier in Müstert und haben dem Fährmann befohlen, nicht mehr überzusetzen. Es heißt, dass eine Sperre eingerichtet wurde, sodass man von keiner Seite mehr in den Ort gelangen kann. Niemand kommt rein, und niemand kommt raus. Auch wir können, dürfen und wollen nicht mehr rüber, obwohl unsere Verwandten dort leben und wir nicht wissen, wie es ihnen geht. Erst wenn der letzte Pestkranke tot ist und kein Piesporter sich mehr angesteckt hat, wird der Ort wieder geöffnet. Bis dahin müssen wir warten.«

Griesser glaubte an einen Scherz und lachte schallend, doch als er die ernsten Blicke sah, verstummte er. »Aber ich muss dringend nach Piesport.«

»Dann musst du hinüberschwimmen. Doch bevor du das machst, rate ich dir, dir ein Schutzamulett des heiligen Sebastian, des Schutzpatrons gegen die Pest, um den Hals zu hängen. Vielleicht beschützt er dich vor dem Schwarzen Tod.«

Griesser nahm einen tiefen Schluck. Die Angst schien seine Kehle ausgetrocknet zu haben, sodass er kaum noch schlucken konnte. »Wo bekomme ich ein solches Amulett?«

»Im Dom zu Trier«, erklärte der Wirt. Im selben Moment drang stürmisches Glockengeläut durch die Wirtsstube. »Ruhe!

Die Piesporter melden sich«, rief er aufgeregt, und sofort erstarb jegliches Gemurmel im Raum.

Plötzlich verstummte auch die Kirchenglocke, um kurz darauf erneut einzusetzen. Dieses Mal jedoch folgte ein ruhiger Glockenschlag dem nächsten. Die Gäste reckten die Köpfe zur Eingangstür, wie in der Erwartung, dass gleich jemand eintreten werde. Doch niemand kam.

Fragend blickte Griesser zu seinem rechten Thekennachbarn, der wie gebannt vor sich blickte und kaum zu atmen wagte. Auch der Mann zu seiner linken Seite stand bewegungslos da. Nur seine Lippen bewegten sich tonlos.

Als die Glocke in der Ferne schwieg, sprang der Wirt hinter dem Tresen hervor. »Wie viele Schläge habt ihr gezählt?«

»Fünf!« – »Nein, vier!« – »Sechs!«, riefen die Männer durcheinander.

»Es waren fünf«, sagte eine Frau, die hinter einem Stützpfeiler saß und dadurch kaum zu sehen war.

Der Wirt nickte. »Ich habe auch fünf gezählt.«

Plötzlich sprangen alle Gäste auf und drängten zur Eingangstür.

»Was hat das zu bedeuten?«, fragte Griesser den Wirt.

»Wir erweisen den Toten die letzte Ehre«, erklärte der ihm.

»Woher wisst ihr, dass es Tote gegeben hat?«

»Das war das Zeichen.«

»Welches Zeichen?«

»Schon von jeher hat Piesport mit Müstert über die Kirchenglocken Kontakt gehalten.«

»Ich denke, es fährt eine Fähre hin und her. Wozu braucht ihr die Kirchenglocken?«, wunderte sich Griesser.

»Wenn die Mosel Hochwasser führt oder Sturm keine Fähre zulässt oder, wie jetzt, niemand mehr in den Ort darf, dann sind die Kirchenglocken die einzige Möglichkeit, mit dem anderen Ort in Verbindung zu bleiben.«

»Was bedeutet die Anzahl der Schläge?«

»Drei Schläge bedeuten eine Geburt. Vier ist die Zahl für eine Hochzeit, und fünf bedeuten Tod.«

Als Griesser erneut etwas fragen wollte, zischte der Wirt: »Halt jetzt dein Maul, Fremder!«

Griesser schloss den Mund und folgte ihm hinaus. Die Gäste der Trinkstube liefen zum Moselufer, wo sie auf andere Dorfbewohner trafen. Frauen riefen nach ihren Männern, die in dem Gasthaus gewesen waren, und eilten zu ihnen, kaum dass sie sich meldeten. Paare standen Arm in Arm nebeneinander und starrten stumm hinüber. Selbst die Kinder verhielten sich ruhig.

Auf der anderen Seite des Flusses brannte ein großes Feuer, dessen heller Schein die Piesporter erhellte, die sich daneben versammelt hatten. Zwar konnte man in der Dunkelheit kaum ein Gesicht erkennen, aber allein die Gewissheit, dass man gemeinsam um die Toten trauerte, verband die Menschen der beiden Dörfer miteinander.

»Lass mich durch«, rief ein aufgeregtes Männlein. Sein schütteres Haar stand wirr nach allen Seiten ab, und sein Gesicht schien vom Schlaf zerknittert. Auf seinen kurzen Beinen versuchte der kleine Mann, so schnell wie möglich zur Fähranlegestelle zu watscheln. »Warum hat mich keiner geweckt?«, schimpfte er und sah den Wirt mürrisch an.

»Ich bin nicht dein Kindermädchen«, brummte der.

»Aber ich bin der Schultheiß des Ortes und müsste als Erster hier sein.«

»Was du musst oder …«, setzte der Wirt an, als eine Frau schimpfte: »Haltet das Maul, damit wir endlich anfangen können.«

Kaum hatte sie zu Ende gesprochen, hielt jemand ein Gewehr in die Luft und gab einen Schuss ab. Griesser zuckte ob des Knalls heftig zusammen, da der Mann unmittelbar neben ihm stand. »Wozu der Schuss?«, brüllte er und rieb sich über das Ohr, in dem der Knall nachzuhallen schien.

»Jetzt wissen sie, dass wir bereit sind«, verriet das Weib neben ihm, ohne den Blick von Piesport zu wenden.

Griesser schaute nun ebenfalls ans andere Ufer und sah, wie jemand eine Fackel entzündete, in die Höhe hielt und dann ins Wasser warf.

»Eins«, zählten laut die Menschen aus Müstert.

Eine zweite brennende Fackel wurde hochgehalten und dann dem Fluss übergeben.

»Zwei«, riefen sie und schlugen das Kreuz vor der Brust. Als die dritte und vierte Fackel im Wasser der Mosel gelöscht wurden, sprach niemand mehr ein Wort. Doch das Aufschluchzen der Menschen in Müstert war bis nach Piesport zu hören.

Plötzlich gellte der Schrei einer Frau durchs Moseltal. Erschrocken blickten die anderen zu ihr.

»Mein Kind«, schrie sie und ging brüllend in die Knie. Auch ihr Mann wankte, doch bevor er zu Boden ging, stützte ihn der Wirt. »Marie!«, schrie die Frau über den Fluss nach Piesport hinüber und wimmerte dann immer wieder den Namen ihrer Tochter.

»Was hat sie?«, fragte Griesser die Frau neben ihm.

Mit trauriger Miene erklärte sie: »Die Menschen, die Tote zu beklagen haben, treten nun an das Feuer, damit ihre Angehörigen auf unserer Moselseite Bescheid wissen. Marie, die Tochter des Schuhmachers, scheint vom Schwarzen Tod geholt worden zu sein. Ihr Mann und ihre beiden Kinder stehen allein im Schein der Flammen.«

Griesser blickte zu der Mutter und ihrem Mann, die sich schluchzend aneinanerklammerten.

Der Blick der Frau folgte seinem. »Es ist furchtbar, dass die beiden ihr Kind nun nicht einmal zu Grabe tragen können. Wer weiß, wann wir wieder nach Piesport übersetzen dürfen«, sagte sie mit gebrochener Stimme und blickte starr zum anderen Ufer.

Griesser sah, wie der Mann in Piesport seine beiden Kinder

an den Händen nahm und mit hängendem Kopf hinter das Feuer trat. Kurz darauf nahm ein junges Paar seinen Platz direkt bei den Flammen ein. Die Frau konnte sich kaum auf den Beinen halten, immer wieder knickte sie ein. Ihr Mann umfasste stützend ihre Hüfte. Wie ein nasser Sack hing sie leblos in seinen Armen.

In Müstert schwoll ein leises Stöhnen aus zahlreichen Kehlen zu einem lauten Wehklagen an.

»Nicht auch ihr Kind«, flüsterte eine junge Frau nahe Griesser, die ihren eigenen Säugling fest an sich drückte. Wie viele Menschen aus Müstert, schaute auch sie mit betroffenem Blick zu einer Greisin, die wie versteinert in ihrer Mitte stand. Als eine Frau die Alte umarmte, riss die sich los und lief zur Mosel. Gerade als sie sich ins Wasser stürzen wollte, wurde sie von mehreren Männern festgehalten. Schreiend schlug sie um sich. »Lasst mich! Ich will nicht mehr leben!«, brüllte sie. Nur mit Mühe konnte sie gebändigt und nach Hause gebracht werden.

»Jetzt ist sie wahnsinnig geworden«, meinte ein Mann neben Griesser und sah kopfschüttelnd zurück zum Feuer von Piesport. Dort stand noch immer das junge Paar. Während der Mann aufgeregt mit den Armen fuchtelte, schien die Frau nichts von dem Geschehen auf der anderen Moselseite mitzubekommen. Erst als die Greisin nicht mehr zu sehen war, verließen die beiden ihren Platz.

»Nicht auch mein Hannes!«, schrie plötzlich ein Mädchen, das mit den Füßen im Wasser stand und ungläubig hinüber nach Piesport starrte. Dort hatte sich jetzt ein älteres Paar ans Feuer gestellt, sodass ihre Gesichter gespenstisch vom Schein der Flammen angestrahlt wurden. Mit anscheinend versteinerter Miene blickten sie nach Müstert, als der Mann beide Arme in die Höhe reckte. »Und auch der Paul!«, kreischte das Mädchen und sank auf die Knie.

Eine junge Frau versuchte sie aus dem Wasser zu ziehen.

»Komm mit mir, Mechthild. Du holst dir in den nassen Kleidern den Tod«, schimpfte sie sanft und zog am Kittel des Mädchens, das sich nicht rührte. Immer wieder schrie sie den Namen ihres Liebsten hinaus.

Auch wenn Urban Griesser keinen der Toten oder ihrer Verwandten kannte und der Tod keine Bedeutung für ihn hatte, konnte er nicht leugnen, dass ihn die Szenen, die sich am Ufer der Mosel abspielten, nicht kaltließen.

Wie in jeder Nacht, saß Michael am Fenster seiner Stube und starrte auf die andere Straßenseite. Heute war es anders. Die Tage zuvor hatte die Hoffnung ihn wach gehalten, dass Andrea wieder auftauchen würde. An diesem Abend saß Michael da und nahm Abschied. Abschied von einer Liebe, die nicht sein durfte, einer Liebe, die keine Zukunft hatte, einer Liebe, die verdammt war. Er presste die Lider fest aufeinander, um die Erinnerung zurückzudrängen. Doch es misslang. Er entspannte sich und dachte an den Tag, der sechs Monate zurücklag.

Es war auf einem dieser großen Märkte gewesen, die am Lago di Como fast jeden Tag in einem anderen Ort abgehalten wurden. Michael war mit seinem Gastvater und dessen Söhnen unterwegs gewesen, um einen Geschäftspartner des Hauses Devora zu treffen. Dabei mussten sie einen dieser Märkte durchqueren. Es war das erste Mal, dass Michael solch ein üppiges Angebot an ungewöhnlichen Obst- und Gemüsesorten sah. An fast jedem Stand war er stehengeblieben, um sich die Ware genauer zu betrachten. Dabei hatte er die Devoras aus den Augen verloren und stand schon bald allein und orientierungslos mitten zwischen den Verkaufsständen. Da er der italienischen Sprache nicht mächtig war, konnte er nicht nach dem Weg fragen.

Doch da tauchte plötzlich Andrea neben ihm auf. Michael war

sofort von der Schönheit des jungen Italieners eingenommen: dem ebenmäßigen Gesicht mit der markanten Nase, den blauen Augen und den schwarzen Haaren, die ihm bis zur Schulter reichten, und seinem Lächeln, das ihn verzauberte. Der honigfarbene Seidenmantel, den Andrea trug, zeugte von einem Edelmann. »Kann ich Euch behilflich sein?«, wollte Andrea mit leiser Stimme wissen.

»Ihr sprecht meine Sprache?«, fragte Michael erstaunt.

»Nur wenige Worte. Meine Großmutter stammt aus Eurem Reich«, erklärte er nun auf Italienisch.

»Woher wisst Ihr, dass ich nicht von hier bin?«

Andrea lachte leise und zwinkerte ihm zu: »Das sieht man.«

Michael erzählte ihm, wohin er musste, und Andrea führte ihn sicher zu den Devoras, die bereits aufgeregt nach ihm gesucht hatten. Als Dankeschön lud der Gastvater Andrea zum Abendessen ein, und so lernten sich die beiden Männer kennen. Michael wusste zuerst nicht, was mit ihm los war. Er konnte nicht mehr essen und nicht mehr schlafen und glaubte, dass eine Krankheit ihn befallen hatte.

Doch Andrea erklärte ihm seine Gefühle. Michael war verwirrt, denn solch tiefe Empfindungen waren ihm fremd, da er zuvor noch nie einen Menschen so geliebt hatte. Während seine Freunde zuhause mit Mädchen anbandelten, hatte er nie Interesse am weiblichen Geschlecht gehabt. Dass seine Liebe zu einem Mann falsch war, fühlte Michael sofort. Doch Andrea zeigte ihm, wie schön etwas Falsches sein konnte.

Michael legte sich die Hand über die Augen und weinte leise. Seine Tränen versiegten jedoch schnell, denn er hatte in den letzten Tagen so viel geweint, dass seine Kraft aufgebraucht war. Um seinen Puls zu beruhigen, lenkte er seine Gedanken von Andrea fort und zu seinen Eltern. Er sah das entsetzte Gesicht seiner Mutter und das zornige seines Vaters vor sich, als sie ihn im Gewächshaus entdeckt hatten. Michael wusste um den Kummer, den er ihnen bereitet hatte. Deshalb war er an diesem Nachmittag in den Dom gegangen.

Er wollte ungestört bleiben und hatte sich ans Ende einer Bank gesetzt, die im Schatten des Gemäuers stand. Er hatte zahlreiche Vaterunser gebetet, in der Hoffnung, dass Gott ihm vergeben würde. Auch fragte er im Gebet, warum der Teufel ausgerechnet ihn ausgesucht hatte. Warum hat er mich fehlgeleitet? Welche Sünde habe ich begangen, dass Satan mich fangen konnte?, fragte er. Aber er hatte keine Antwort erhalten. Stattdessen überfiel Michael die Furcht, dass er diese Last würde sein Leben lang mit sich herumtragen müssen, denn Andrea hatte ihm verraten, dass er bereits zuvor mehrere Liebhaber gehabt hatte. Was ist, wenn ich verflucht bin und auch in Zukunft die Liebe zu Männern der Zuneigung zu Frauen vorziehe?, fragte er sich bang.

Plötzlich schob sich das Antlitz von Katharina Eisenhut in seine Gedanken. Michael kräuselte die Stirn. War das womöglich die Antwort, auf die er im Dom gehofft hatte? Hatten seine Eltern recht, wenn sie sagten, dass er nur Erlösung von Fluch und Sünde fände, wenn er eine Frau heiratete und eine Familie gründete? Michael schüttelte es bei dem Gedanken. Er konnte sich nicht vorstellen, neben einer Frau zu liegen.

Aber vielleicht ist es nicht so schlimm, wie ich es mir vorstelle, dachte er, und ein neuer Gedanke schoss ihm durch den Kopf. Ob der Teufel wohl auch Frauen verführte, damit sie einander liebten? Michael erschrak über diesen Gedanken und wollte ihn nicht zu Ende spinnen. »Es ist Zeit, ins Bett zu gehen«, murmelte er und erhob sich von seinem Schemel. Sein Rücken schmerzte, und seine Augen brannten. Er streckte sich und rieb sich über die Lider. Dann schlurfte er zu seinem Bett und legte sich nieder. Kaum hatte er die Augen geschlossen, hörte er, wie jemand gegen die Haustür hämmerte.

Urs legte den Arm um Susannas Schultern und starrte vor sich in die Dunkelheit seiner Schlafstube. Er hatte seine Frau lieben wollen, doch beide waren in eigene Gedanken versunken, sodass sie mitten im Liebesspiel aufhörten. Susanna hatte ihren Kopf auf seine Brust gebettet und war eingeschlafen. Doch Urs konnte kein Auge zumachen, denn in seinem Kopf schwirrten die Gedanken, die ihn wach hielten. Er erinnerte sich an das Gespräch, das er mit einem Priester im Dom geführt hatte.

Urs hatte den Gottesmann angelogen und erzählt, dass er in seinem Hospital einen Todkranken versorgt habe, der in der letzten Nacht verstorben sei. Da der Mann schwere Schuld auf sich geladen hatte, habe er das Gespräch mit einem Geistlichen so lange hinausgezögert, bis es zu spät war. Wie Urs dem Geistlichen berichtete, habe er sich zu dem Sterbenden ans Bett gesetzt und ihm zugehört, als er sich alles von der Seele redete. »Er hat gestanden«, sagte Urs, »dass er der Sodomie verfallen war.«

»Ihr meint, er hat Unzucht mit Tieren getrieben?«, fragte der Kirchenmann.

»Er sagte, er hätte ein Verhältnis mit einem Mann gehabt«, entgegnete Urs, der sich dabei vorsichtig umsah aus Angst, dass jemand sein Gespräch belauschen könnte.

»Mit einem Mann?«, fragte der Priester entsetzt, und Urs nickte.

»Warum erzählt Ihr mir von dieser furchtbaren Tat?«

»Ich hoffte, dass Ihr dem armen Sünder nachträglich die Absolution erteilen könntet, damit der Herr im Himmel ihn bei sich aufnimmt.«

»Pah! Daran hätte er zu Lebzeiten denken sollen! Wisst Ihr, was Ihr von mir verlangt? Es ist wider die Natur, Unzucht mit Tieren zu betreiben, aber Unzucht mit Gleichgeschlechtlichen ist eine schwere Sünde, die nicht verziehen werden kann. Dem Mann wäre der Feuertod gewiss gewesen, und seine Seele würde auf ewig im Fegefeuer schmoren.«

Urs hatte das Gefühl, ihm würde der Boden unter den Füßen weggezogen. Vergeblich suchte er nach einem Ausweg. »Es muss doch eine Möglichkeit geben, sich von dieser Sünde reinzuwaschen. Zumal der Mann keine Kinder hinterlassen hat, die nun versorgt werden müssen und der Dorfgemeinschaft zur Last fallen.«

Der Priester schüttelte den Kopf, doch Urs gab sich nicht geschlagen. »Er hat keinen getötet«, versuchte er den Geistlichen umzustimmen.

»Versteht endlich, diese Sünde ist zu schwer.«

»Verzeiht mir, aber ich kann das nicht verstehen. Sind vor Gott nicht alle Menschen gleich?«

»Damit sind reiche und arme Menschen gemeint, aber nicht diejenigen, die sich schwer versündigen.« Der Priester blickte Urs so forschend an, dass dem angst und bange wurde, der Mann könnte seine wahren Beweggründe erahnen.

»Ihr seid ein guter Mann! Nicht jeder würde sich für einen Sünder dermaßen einsetzen, wie Ihr es tut. Würde der Mann noch leben, könnte er versuchen, sein Vergehen zu sühnen, indem er heiratet und Kinder zeugt, die er im rechten Glauben erziehen würde. Ich könnte mir vorstellen, dass dies unserem Herrn gefiele. Doch da er tot ist …« Der Priester hob die Schultern und ließ sie wieder fallen. »Ich bin kein Unmensch und werde für seine arme Seele beten.«

Urs hatte dem Gottesmann gedankt, und während der Priester sich zurückzog, sah er in das Seitenschiff des Doms. Dort hatte er seinen Sohn entdeckt, der unauffällig in einer dunklen Ecke saß. Urs trieb es die Tränen in die Augen, als er in der Körperhaltung seines Kindes den Schmerz erkennen konnte, den Michael erleiden musste. Wie gern hätte er die Qual von ihm genommen, ihn getröstet und ihm gesagt, dass Gott ihm vergeben würde.

Susanna hielt ihre Augen geschlossen, obwohl sie nicht schlief. Immer wieder musste sie an das denken, was sie von der Waschmagd erfahren hatte. Ihr war sofort klar geworden, dass der Tote der Geliebte ihres Sohnes sein musste. Um sich zu vergewissern, hatte sie den Knecht aufgesucht, der die Leiche aus der Mosel gezogen hatte. Hannes war sehr redselig, da er durch den Leichenfund im Mittelpunkt stand. In allen Einzelheiten erklärte er den Zustand des Körpers, sodass Susanna übel wurde. Doch sie ließ ihn reden, um unauffällig zu wirken. Als er geendet hatte, sah er sie erwartungsvoll an, und sie meinte: »Du wärst sicher ein guter Soldat geworden.« Voller Stolz ob des Lobs wippte er auf seinen Fersen auf und ab.

»Adelhaid sagte mir, dass der Tote eine besonders schöne Robe angehabt hätte«, bemerkte Susanna.

Hannes nickte und beschrieb in aller Ausführlichkeit das Tuch des Umhangs, das im Wasser geleuchtet hatte. Susanna erinnerte sich an die Kleidung, die sie in jener verhängnisvollen Nacht dem jungen Mann gereicht hatte, damit er so schnell wie möglich das Gewächshaus verlassen konnte, bevor Urs zurückkehrte. Es war dieser Mantel gewesen, den Hannes beschrieben hatte. Burgunderrote Seide mit goldenen Knöpfen und einem samtigen Kragen. Es musste tatsächlich dieser Andrea gewesen sein, der in der Mosel den Tod gefunden hatte. Susanna seufzte leise auf.

Als sie merkte, dass Urs ebenfalls nicht schlief, drehte sie ihm ihr Gesicht zu und erzählte ihm von dem Leichenfund. Susanna hörte, wie ihr Mann tief ausatmete.

»Gott hat den Mann für seine Tat bestraft, unseren Sohn in die Verdammnis geführt zu haben. Er musste dafür mit seinem Leben bezahlen. Anscheinend haben unsere Gebete und unser Versprechen, dass Michael bald heiraten und seine Kinder zu gottesfürchtigen Menschen erziehen wird, genutzt, denn unser Sohn lebt. Wir können Gott für seine Güte dankbar sein. Ich werde morgen der Kirche als Zeichen unserer Dankbarkeit eine Geldsumme spenden.«

»Sicher werden sich die Eltern des jungen Mannes sorgen«, überlegte Susanna leise. »Ich lasse den Devoras eine Nachricht zukommen, mit der Bitte, diese an seine Familie weiterzuleiten, damit sie wissen, was mit ihrem Sohn geschehen ist.«

»Ja, mach das, mein Liebes.« Urs fühlte sich plötzlich befreit von seiner schweren Last und Sorge. Seine Lippen suchten in der Dunkelheit Susannas Mund. »Wann kommt Gritli zurück?«, fragte er zwischen zwei Küssen.

»Jeden Augenblick«, gurrte Susanna, die endlich wieder lachen konnte.

In diesem Augenblick schlug jemand heftig gegen die Eingangstür.

Urs prallte auf dem Flur mit Michael zusammen, der ebenfalls nach unten gehen wollte. Susanna folgte den beiden Männern zum Eingang. Als Urs die Haustür öffnete, rief er: »Herrgott, Gritli, musst du das ganze Haus aufwecken.«

Doch vor der Tür stand nicht seine Tochter.

Urs blickte den Mann fragend an, als er Susannas Hand auf seinem Arm spürte, die ihn fest umgriff.

»Das kann nicht sein«, hörte er seine Frau flüstern, und plötzlich erkannte auch er den nächtlichen Besucher. Eine Gänsehaut überzog seinen Körper.

Kapitel 39

»Lasst uns innehalten und beten«, bat der Subprior, und die Männer stellten sich so, dass sie hinunter nach Piesport schauen konnten. Nachdem das stille Gebet mit einem leisen »Amen«

beendet wurde, rammten sie ihre Fackeln in den Boden und setzten sich nieder, um zu verschnaufen. Keiner sprach ein Wort. Jeder wirkte betrübt.

Christian sah ihnen ins Gesicht, und bei manchem glaubte er feuchte Augen zu erkennen. Auch ihm war es schwer ums Herz. Er zupfte einen Grashalm und drehte ihn gedankenverloren zwischen den Fingern.

Ich werde nie wieder ruhig schlafen können, dachte er, ließ den Halm fallen und schlug seine Hände vors Gesicht.

In Gedanken sah er die entsetzen Gesichter seiner Freunde in Piesport, die ihn angefleht hatten, sie mitzunehmen. »Lass mich nicht hier! Ich bin nicht krank!«, hatte sein Freund Ulrich Recktenwald gebrüllt, nachdem sie ihn aus der Scheune befreit hatten. Er war auf Christian zugestürmt, doch der war fortgelaufen und hatte sich hinter den Männern aus Krames versteckt, die sich wie eine Wand vor ihm aufbauten. »Komm einen Schritt näher, und du wirst den nächsten Morgen nicht erleben«, hatte einer gedroht. Ulrich war in die Knie gegangen und hatte geschrien, bis er husten musste.

»Halte dich von allen Menschen fern, damit du nicht angesteckt wirst«, hatte Christian ihm geraten. »Es wird nicht lange dauern, dann wird man die Sperre wieder aufheben.«

»Du elender Verräter«, hatte Ulrich ihn beschimpft. »Du lässt uns hier krepieren wie Vieh.«

»Glaube mir, wenn es eine andere Möglichkeit gäbe, würden wir sie ergreifen«, hatte Christian ihm gesagt. Schweren Herzens ließ er ihn zurück und ging mit den anderen zum Haus des Meiers, wo sie bereits von ihm und dem Zender erwartet wurden. Christian erinnerte sich an das Gespräch: »Ich nehme an, du weißt, warum wir hier sind?«, hatte er den Mann gefragt, den er schon sein halbes Leben lang kannte.

Theo Schucklos, der als Meier der Vertreter des Grundherrn war, nickte und zischte: »Mittlerweile pfeifen es die Spatzen von den Dächern: Ihr wollt uns vom Rest der Welt aussperren.« Seine Stimme zitterte vor Zorn und Angst.

»Es hat keinen Sinn, wenn Ihr uns beschimpfen oder verprügeln wollt. Wir haben uns diese Aufgabe nicht ausgesucht, sondern wurden dazu verpflichtet. Wenn Ihr uns berührt oder wir Euren Atem aufnehmen, werden wir ebenfalls krank, und damit ist niemandem geholfen.«

»Sei verflucht, Christian! Wie kannst du so reden und uns das antun? Ich und viele andere sind ebenso wenig krank wie du!«

»Verzeih mir, Theo, du hast recht. Ich sollte meine Worte mit Bedacht wählen. Die Lage des Ortes und auch meine Angst vor der Pest setzen mir sehr zu«, versuchte Christian sich zu entschuldigen, doch der Zender und der Meier sahen ihn nur verächtlich an. Christian blickte beschämt zu Boden, sodass der Superior das Wort ergriff und erklärte: »Ich verspreche bei allen Heiligen, zu denen ich jemals gebetet habe, dass ich dafür Sorge trage, Euch mit allem Notwendigen zu versorgen. Das können wir aber nur, wenn Ihr uns ziehen lasst«, versuchte er eindringlich zu verdeutlichen. Da kam eine Frau auf sie zugelaufen. »Bleib stehen, Weib«, brüllte Saur außer sich.

»Nehmt unsere Kinder mit«, flehte die Frau, die ein weinendes Kleinkind auf dem Arm trug. »Unsere Kinder sind gesund und unschuldig!«

»Gute Frau, das dürfen wir nicht. Bleibt in Euren Wohnungen und innerhalb Eurer Familien. So besteht die größte Möglichkeit, dass Ihr überlebt«, riet der Subprior, der bleich geworden war.

»Ihr könnt uns nicht hierlassen und zusehen, wie wir sterben«, sagte sie fassungslos. Doch als sie in die entschlossenen Gesichter der Männer sah, versprach sie zornig: »Wir werden fliehen!«

»Die Fähre ist eingestellt, und der Hohlweg wurde versperrt. Die Soldaten Eures Grundherrn, des Kurfürsten und Erzbischofs von der Leyen, werden darauf achten, dass niemand fliehen kann. Es tut mir leid, aber Ihr müsst in Piesport bleiben, bis die Gefahr gebannt ist.«

»Was wollt Ihr dann hier?«, schrie sie und drückte das Kind an sich.

»Wir wollen Euch genau das sagen, damit Ihr es beherzigt und nicht vergesst.«

»Wenn uns die Pest nicht tötet, werden wir verhungern«, erklärte der Meier außer sich.

»Ich habe Euch bereits geschworen, dass das nicht geschehen wird«, erklärte der Subprior erneut.

»Wie wollt Ihr Euer Versprechen einhalten?«

Nun mischte sich einer der Männer aus Krames ein. »Theo«, sprach er den Meier an. Er hatte Schwierigkeiten, seine Stimme zu kontrollieren. »Wir aus Krames und die Brüder in Eberhardsklausen werden euch nicht im Stich lassen. Zu einer bestimmten Stunde werden wir euch täglich Lebensmittel und alles, was ihr benötigt, an der Spoar niederlegen. Außerdem wurde die Sperre so weit außerhalb am Waldesrand angelegt, dass ihr weiterhin eure Felder und Wingerte bewirtschaften könnt.« Dann wandte er sich an den Zender. »Du sorgst dafür, dass die Piesporter dir ihre Wünsche mitteilen, damit du sie an uns weitergeben kannst und wir alles besorgen können.«

Plötzlich kamen acht Männer um eine Häuserecke auf sie zugeschritten, sodass Ärger zu drohen schien, wären sie nicht schon betagt gewesen. Die Alten blieben einige Schritte von den Männern entfernt stehen, während einer einen Schritt hervortrat. »Wir gehören der Sebastiansbruderschaft an«, sagte er, und die anderen nickten.

»Ich wusste nicht, dass Anhänger dieser Gemeinschaft in Piesport leben«, erklärte der Subprior und runzelte die Stirn.

Neugierig blickte Christian die Männer an und fragte: »Was ist das für eine Bruderschaft? Ich habe noch nie davon gehört.«

Nun trat ein anderer Mann hervor und erklärte: »Vor vielen Jahren, nachdem der Pestreiter die letzte Epidemie eingedämmt hatte, haben wir uns beim heiligen Sebastian, dem Beschützer vor der Pest, geschworen, dass wir bei einem neuen Ausbruch für die Kranken da sein werden. Wir werden sie versorgen, sie bis zu ihrem Tod begleiten und anschließend beerdigen. Heute ist der Tag gekommen, dass wir unseren Schwur einlösen müssen. Wir werden den Bürgern von Piesport erklären, wie sie sich zu verhalten haben, damit sie nicht von der Pest befallen werden. Zum Glück verfügt jedes Haus über einen eignen Brunnen, sodass niemand von dem Pestwasser der Kranken angesteckt werden kann.«

»Aber was ist mit Euch?«, fragte Blasius nachdenklich. »Ihr könntet Euch ebenfalls anstecken.«

Der Alte nickte. »Das wissen wir, und wir werden deshalb zum heiligen Sebastian und zum heiligen Rochus beten.«

Blasius schien erstaunt. »Ihr gehört keinem christlichen Orden an, und trotzdem geht Ihr dieses Risiko für Eure Mitmenschen ein?«

»Wir brauchen keinen christlichen Orden, damit wir Nächstenliebe ausüben. Wir haben es damals geschworen und mit unserem Blut besiegelt, und das gilt, bis wir sterben.« Er wandte sich an den Meier und den Zender. »Der heilige Sebastian würde sich freuen, wenn wir ihm nach dem Sieg über diesen Pestausbruch als Dank am Ufer der Mosel eine Kapelle bauen und sie nach ihm benennen würden.«

»Das werden wir«, versprach Hans Bender und reichte dem Alten die Hand, die er nahm und drückte.

»Dann wäre alles geklärt«, sagte der Subprior erleichtert und wandte sich direkt an den Zender. »Ich möchte Euch immer im Rhythmus von acht Tagen an der Sperre treffen, damit Ihr mir von Eurem Dorf berichten könnt«, schlug er vor, und Hans Bender stimmte zu.

Auch die Frau hatte sich beruhigt und blickte dankbar zu den Mitgliedern der Sebastiansbruderschaft. »Der Herr wird es Euch im Himmel vergüten«, flüsterte sie und ging fort.

»Ich würde mich Euch gerne anschließen«, sagte Blasius unvermittelt und trat zu den alten Männern in die Reihe.

»Bist du von Sinnen?«, brüllte Saur und schüttelte ungläubig den Kopf, doch sein Bruder im Glauben lachte leise. »Welches Leben erwartet mich in Eberhardsklausen, wenn ich von der Weinration am Nachmittag ausgeschlossen bin?« Blasius zeigte um sich. »Siehst du die vielen Rebstöcke? Ich habe gehört, dass die Piesporter ein wunderbares goldenes Tröpfchen keltern, das ich nun genießen kann«, versuchte er zu scherzen.

»Du wirst sterben«, prophezeite Saur erschüttert.

»Das entscheidet allein unser Herrgott.«

Christian sah hinüber zum Weinberg, wo er helle Punkte ausmachen konnte, die sich zur Michaelskirche hinbewegten. Sie tragen im Schein der Laternen den nächsten Pesttoten zu Grabe, dachte er traurig. Als er den Blick abwandte, glaubte er an der Mosel ein Feuer ausmachen zu können. Doch da es immer wieder aus seinem Blickwinkel verschwand, war er sich nicht sicher. Er dachte an den Priester, über dessen Entschluss er so erschrocken war. Doch gleichzeitig bewunderte er den Mann dafür, denn er selbst war nicht so selbstlos und barmherzig. Sein Wunsch zu überleben war mächtiger als der zu helfen. Zuerst schien es so, als ob Saur es Blasius nachmachen würde, doch auch sein Überlebensdrang schien stärker zu sein. Die beiden Priester hatten sich aus der Ferne voneinander verabschiedet und sich gegenseitig versprochen, dass sie sich an der Sperre wiedersehen würden.

»Lasst uns weitergehen«, forderte der Subprior und erhob sich von dem Findling, auf dem er Platz genommen hatte.

Erschöpft zogen die Männer ihre Fackeln aus dem Boden und schlichen den Hohlweg hinauf. Jeder hing seinen Gedanken nach. Als sie von Weitem den mächtigen Baum sahen, der über dem Weg lag und ihn versperrte, konnte man ihr Aufatmen hören. Die mächtigen, dichtbewachsenen Äste der Tanne waren wie ein Mann so lang und reichten weit in den Pfad hinein.

»Die Holzfäller haben gute Arbeit geleistet. Hier kommt niemand über die Spoar«, sagte einer aus Krames zufrieden.

»Wie kommen wir jetzt auf die andere Seite?«, fragte Saur und blickte sich um.

»Wir müssen um den Baum herum und durch den Wald auf den Hohlweg gehen.«

»Ihr werdet nichts dergleichen tun«, ertönte eine Stimme auf der anderen Seite der Baumsperre.

»Wer seid Ihr, und wie kommt Ihr dazu, so etwas zu sagen?«, fragte der Subprior, der spürte, wie seine Hände feucht wurden.

»Anordnung des Kurfürsten. Ihr bleibt so lange auf der anderen Seite, bis wir sicher sein können, dass Ihr die Pest nicht in Euch tragt.«

»Ihr seid verrückt«, gellte Saurs Stimme durch die Dunkelheit.

»Ich will sofort zu meiner Familie«, brüllte einer aus Krames, und ein anderer schrie: »Das war nicht vereinbart. Es hieß, dass wir niemanden anfassen dürfen, und daran haben wir uns gehalten.«

»Wir sind nicht krank!«, rief der Subprior außer sich.

»Wenn dem so ist, dann habt Ihr nichts zu befürchten und müsst nur warten.«

»Was ist mit Verpflegung oder mit Decken?«, fragte er.

»Wir haben das Notwenigste vor den Baum gelegt, der hinter euch steht.«

Christian blickte fassungslos zum Himmel empor. Er streckte die Hand mit der Fackel nach oben und schrie: »Habe ich nicht alles getan, um den Menschen in Piesport zu helfen? Warum bestrafst du mich, o Herr? Was habe ich getan, dass du mir das antust?« Weinend ging er in die Knie. Er hatte Mühe, in diesem Augenblick nicht vom Glauben abzufallen.

Das Feuer am Moselufer war niedergebrannt. Nur noch wenige Piesporter standen um die glimmende Glut der Holzscheite. Die meisten Einwohner waren in ihre Häuser zurückgegangen. Auch die Menschen in Müstert verließen die Anlegestelle der Fähre, von wo aus sie zu ihren Freunden und Verwandten in dem gegenüberliegenden Ort geschaut hatten. Manche von ihnen weinten leise, andere schienen wie erstarrt, und wieder andere beteten laut und einige stumm. Der Schock über die vier Pesttoten saß bei jedem tief, und kaum einer konnte es begreifen. Während die Frauen ihre Kinder heimbrachten, gingen einige Männer ins Wirtshaus, um den schalen Geschmack hinunterzuspülen, den die Angst vor der Seuche mit sich gebracht hatte.

Obwohl niemand ihn dazu aufgefordert hatte, folgte Griesser den Männern wortlos in den Schankraum. Dort stellte er sich an seinen Platz an der Theke und versuchte, betrübt dreinzuschauen. Als der Wirt ihn fragend anblickte, sah er auf, schluckte und log mit gedämpfter Stimme: »Euer Schicksal geht mir sehr zu Herzen.« Dann drehte er sich den Männern zu, die einen Angehörigen in Piesport verloren hatten. Sie saßen zusammen und blickten schweigend vor sich auf die Tischplatte. Griesser legte seine Hand aufs Herz und erklärte mit spröder Stimme: »Ich möchte Euch mein Beileid aussprechen, und ich hoffe, dass dieser Albtraum ein rasches Ende findet.«

Ein gemurmeltes »Danke!« war ihre Antwort.

»Bring dem Fremden auf meine Kosten ein Bier, damit wir auf meinen toten Schwäher anstoßen können«, sagte der Älteste unter ihnen und blickte zu Griesser, der sich mit einem Kopfnicken bedankte. Er hatte erreicht, was er wollte, und musste sich beim Anblick des gefüllten Bierkrugs beherrschen, um nicht freudig mit der Zunge zu schnalzen. Mit ernster Miene prostete er dem Spender zu. »Auf Euren Schwager. Möge er in Frieden ruhen.« Dann nahm er einen tiefen Schluck.

Ein junger Kerl sagte: »Vor zwei Tagen war ich drüben und habe mit dem Mann meiner Base die Ratten aus dem Wingert gejagt, und heute ist der Kurt tot. Wie kann das so schnell gehen? Wieso können Menschen so schnell vom Schwarzen Tod dahingerafft werden?«

»Ich dachte, die Seuche wäre längst ausgerottet. Woher kommt sie? Wer hat sie nach Piesport geschleppt?«, fragte ein anderer Mann, der mürrisch in die Runde schaute.

»Woher sollen wir das wissen?«, fragte sein Banknachbar ruppig. »Wir können nur hoffen, dass sie nicht über die Mosel zu uns herüberschwappt.«

»Wir können Gott danken, dass der Kurfürst die Sperre eingerichtet und die Fähre verboten hat«, erklärte der Wirt, der fleißig Bier in die Krüge füllte.

»Aber was ist mit denjenigen, die den Schwarzen Tod nicht in sich tragen? Wie ihr wisst, leben mein Sohn und seine Frau in Piesport. Wer wird ihnen helfen? Wer wird sie retten?«, jammerte ein grauhaariger hagerer Mann, der sich mit krummen Fingern über die nassen Augen wischte.

Betretenes Schweigen war die Antwort.

Griesser nippte nur noch an seinem Bier, denn er war sich sicher, kein zweites spendiert zu bekommen. Deshalb wollte er den Rest so lange wie möglich genießen.

Plötzlich sprach der Wirt ihn direkt an: »Fremder, du wolltest unbedingt nach Piesport. Warum?«

Um Zeit zu schinden, versenkte Griesser hastig seinen Blick in dem Krug. Als er wieder hochsah, nuschelte er: »Geschäfte.«

»Mit wem?«, fragte der Wirt misstrauisch.

»Mit Eider.«

»Du kennst Eider?«, fragte sein Thekennachbar zur Linken

zweifelnd. »Eider ist der reichste Mann in der Umgebung«, erklärte er und musterte die Erscheinung neben sich kritisch.

Griessers Blick folgte dem seinen, und er sah, was der Mann sah. Einen zerschlissenen Umhang, der fast mehr Löcher als Stoff aufwies. Schuhe, deren Leder so brüchig war, dass sein linker dicker Zeh sich durchgebohrt hatte. Der Kragen seines ehemals hellen Leinenhemds war abgerissen, und die Hose hing wie ein nasser Sack an seinem ausgemergelten Körper.

»Verrate uns, welche Sorte Geschäfte *du* mit dem Eider tätigen willst?«

»Das geht euch nichts an«, erklärte Griesser frech und stellte sich mit dem Rücken zur Theke, sodass er jeden Mann im Schankraum sehen konnte. Die Stimmung scheint sich gegen mich zu wenden, dachte er und ließ wachsam seinen Blick umherschweifen.

»Wahrscheinlich hat der Eider die Pest nach Piesport gebracht«, schimpfte ein hagerer alter Mann und sah Griesser herausfordernd an.

»Ist er auch an der Pest erkrankt?«, fragte der und versuchte ruhig zu bleiben.

Der Alte zuckte mit den Schultern.

»Wie kommst du dann darauf, dass Eider für den Schwarzen Tod verantwortlich ist?«, fragte Griesser und versuchte, seine Erleichterung nicht hören zu lassen.

»Einer muss es schließlich sein. Oder denkst du, dass Gott uns die Seuche geschickt hat?«, höhnte der Alte. »Gott ist gerecht, und deshalb sage ich, dass der Eider Schuld trägt. Niemand weiß, was er treibt. Ständig ist er fort und hat Geld zum Fressen.«

»Es weiß doch jeder, dass der Eider ein Geldmännlein besitzt, das ihm jede Nacht seinen Reichtum vermehrt. Wieso braucht er dann eine so abgerissene Gestalt wie dich, um Geschäfte zu machen?«, fragte der Wirt und sah Griesser herausfordernd an.

Griesser horchte auf und hoffte, mehr über Eider und seinen

Alraun zu erfahren. Doch als er in die Augen der Männer sah, die ihn misstrauisch betrachteten, wusste er, dass es besser war, schnellstmöglich weiterzuziehen.

»Wie ich bereits sagte, das geht euch nichts an«, erklärte Griesser. Er drehte sich zur Theke um und trank den letzten Schluck seines Biers aus. Als er zur Tür ging, konnte er die Blicke der Männer in seinem Rücken spüren. Er war froh, als ihn niemand mehr ansprach.

Erleichtert trat er hinaus vor die Trinkstube. Er hatte alles erfahren, was er wissen musste, und nichts davon hatte er wissen wollen. Alles schien seine Pläne zu durchkreuzen. Unzufrieden marschierte er bergauf. Bevor er in den Wald eintrat, blickte er zurück ins Moseltal.

»Selbst die Pest kann mich nicht aufhalten, an mein Geldmännlein zu kommen«, murmelte er und schaute zur Anlegestelle der Fähre. Verdammt, verdammt, verdammt, fluchte er in Gedanken. Selbst wenn ich Gold und Edelsteine hätte, könnte ich den Fährmann nicht dazu verführen, in die Nähe des Pestdorfes zu fahren, da seine Angst zu groß ist, durch die pestverseuchte Luft angesteckt zu werden, war sich Griesser sicher. In den Ort käme ich sicherlich hinein, aber auf keinen Fall mehr heraus, denn die Soldaten, die den Hohlweg bewachen, haben Befehl zu schießen, sollte jemand es wagen, die Sperre zu durchbrechen.

Die Furt war um diese Jahreszeit unpassierbar, und die Mosel zu durchschwimmen kam für Griesser nicht infrage, da er nicht schwimmen konnte.

Ich werde schon einen Weg finden, um in den verfluchten Ort zu gelangen, schwor er sich. Doch zuerst muss ich mir ein Schutzamulett gegen die Pest besorgen, damit die Seuche mir nichts anhaben kann, dachte er und schlug die Richtung nach Trier ein.

Urs blickte in das Gesicht, das er vor mehr als zwanzig Jahren das letzte Mal gesehen hatte. Damals, als der Fremde Susanna gerettet hatte. Urs hatte gehofft, dass sie einander nie wieder begegnen würden. Er ist alt geworden, dachte er, als er die graue Haut und die tiefen Falten um Mund und Augen bemerkte. Auch scheint es ihm nicht gutzugehen.

»Ich hoffe, Ihr habt Euch in der Tür geirrt«, sagte er und versuchte sich nicht anmerken zu lassen, wie sehr ihn das Wiedersehen beunruhigte.

»Seid Ihr der Vater von Gritli?«, fragte der Mann ohne Regung.

Bevor Urs antworten konnte, drängte sich Susanna nach vorn. Sie zog ihren Umhang, den sie sich auf der Treppe übergeworfen hatte, vor der Brust zusammen. »Was ist mit unserer Tochter? Kennt Ihr sie?«

»Nein. Ich kenne Eure Tochter nicht.« Der Mann sah sich unsicher um. »Können wir das in Eurem Haus besprechen?«

»Was ist geschehen?«, fragte Susanna erregt.

»Lass ihn eintreten«, verlangte Urs und versuchte, ruhig zu bleiben, obwohl sein Herz hart gegen seine Brust hämmerte. Er sah zu seinem Sohn, der neben seiner Mutter stand, und nickte ihm zu. Daraufhin ging Michael zwei Schritte zur Seite, sodass der Fremde in den Flur treten konnte.

Urs führte den Gast, der sich schwer auf einer Krücke abstützen musste, in die gute Stube. Mit einem Blick wies er Michael an, Wein zu bringen. Nachdem sich alle an den Tisch gesetzt hatten und Michael die Becher füllte, begann der Mann zu berichten.

»Mein Sohn Melchior ist mit Eurer Tochter nach Piesport gefahren.«

»Der junge Fuhrunternehmer ist Euer Sohn?«, fragte Susanna erstaunt.

Der Mann nickte.

»Wir haben Euren Sohn angeworben, da Gritli für mich einen Auftrag in dem Ort erledigen soll. Wir konnten nicht fahren und wollten das Mädchen nicht allein reisen lassen. So baten wir Euren Sohn ...«

Urs ergriff die Hand seiner Frau, um ihren Redefluss zu bremsen. »Lass ihn bitte berichten, sonst sitzen wir morgen Früh noch hier und wissen nicht, worum es geht.«

Susanna verstummte und sah den Mann mit ängstlichem Blick an.

»Unsere Kinder sitzen in Piesport fest, denn dort ist die Pest ausgebrochen«, erklärte der Mann nun ohne weitere Umschweife.

»Herr im Himmel!«, schrie Susanna auf, und Urs flüsterte fassungslos: »Wie kann das sein?«

»Ihr lügt!«, warf Michael ein, nur um etwas zu sagen, sodass der Fremde zwischen den Zähnen hervorpresste: »Warum sollte ich lügen, Bursche? Schließlich rede ich auch von meinem Sohn, du dummer Mensch!«

Michael spürte, wie er puterrot anlief. Beschämt senkte er den Blick.

»Es ist besser, wenn du schweigst«, ermahnte ihn Urs barsch und rieb sich die Schläfe. »Woher wisst Ihr das, wenn unsere Kinder noch in Piesport sind?«

Der Mann zog einen Zettel aus dem Ärmel. »Mein Sohn hat zwei Brieftauben mitgenommen. Eine kam heute zurück in den Verschlag und brachte folgende Nachricht mit.« Er schob das Stück Papier zu Urs, der versuchte, die kleine Schrift zu entziffern.

»Woher wusstet Ihr, dass Gritli unsere Tochter ist? Hier steht nur ihr Vorname.«

»Ihr habt für Euer Kind einen ungewöhnlichen und seltenen Namen gewählt, sodass es nicht besonders schwer war, Euren Nachnamen herauszubekommen. Zumal mein Sohn Melchior meiner Frau von Eurem Fuhrauftrag berichtet hatte.«

»Lasst dieses Geplänkel!«, entrüstetet sich Susanna und sah die beiden Männer vorwurfsvoll an. »Was steht da geschrieben?«, fragte sie und kaute so nervös auf der Innenseite ihrer Wange, dass sie Blut schmeckte.

»Mein Sohn Melchior schreibt, dass das Pestdorf nach allen Seiten abgeriegelt sei. Sie sitzen fest.«

»Warum hat man sie nach Piesport reingelassen, wenn der Schwarze Tod dort umgeht?«, fragte Susanna schluchzend, sodass Michael den Arm um seine Mutter legen wollte.

Doch Urs stieß seinen Sohn fort. »Lass das! Wegen dir muss deine Schwester büßen!«

»Wie meint Ihr das?«, fragte der Mann und schaute verwundert zwischen beiden hin und her.

»Das ist eine Familienangelegenheit!«, wiegelte Urs ab.

Doch der Mann erwiderte: »Jetzt ist es auch meine Angelegenheit, denn es ist mein Sohn, der mit Eurer Tochter in dem Pestdorf gefangen sitzt. Normalerweise wäre er nicht dorthin gefahren, denn er hatte bereits einen anderen Auftrag angenommen. Also erklärt mir, was Ihr meint.«

»Glaubt mir, es handelt sich um eine Streitigkeit unter Geschwistern. Ich habe überreagiert. Niemand trägt Schuld daran, wenn die Pest ausbricht. Gott allein lenkt unser Schicksal«, versuchte Urs die Situation zu entschärfen und sah den Mann entschuldigend an. »Wieso hat Euer Sohn Brieftauben mitgenommen? Das ist sehr ungewöhnlich für einen Fuhrunternehmer«, fragte er.

»Meine Frau besteht darauf, für den Fall, dass Melchior Hilfe benötigt. Wie es scheint, hat sie weise gehandelt.«

»Wir müssen einen Plan ersinnen, wie wir unsere Kinder aus dem Pestdorf befreien können«, rief Susanna mit bebender Stimme.

Ihr Mann wischte sich über die Augen. »Ich kann nicht mehr klar denken, und ich habe keine Ahnung, was wir tun können, um die Kinder zu retten«, stöhnte er und sah seine Frau hilflos an.

»Es muss eine Möglichkeit geben. Je länger wir warten, desto größer wird die Gefahr, dass sie an der Seuche erkranken.« Susanna stieß den Stuhl zurück und ging unruhig im Zimmer auf und ab. »Gritli weiß um die Gefahr der Pest. Nicht wahr, Urs, du hast sie alles gelehrt?«

»Ich dachte mir schon, dass Ihr der Arzt Blatter seid«, wandte sich der Mann ebenfalls an Urs.

Urs nickte.

»Dann seid Ihr demnach der Sohn von Jaggi Blatter. Euer Vater und ich …«

»Ja, ich weiß! Wir haben Euch damals bei der Ausstellung des Heiligen Rocks im Tross mitreiten sehen und wiedererkannt.«

»So klein ist die Welt«, murmelte der Mann und trank einen Schluck von dem Wein, der bislang unberührt auf dem Tisch gestanden hatte.

»Unsere Kinder sind in Gefahr«, schrie Susanna außer sich. »Wenn ihr keinen Plan findet, werde ich nach Piesport reiten.«

»Was willst du dort machen? Piesport ist abgeriegelt.«

»Vielleicht ist sie bei der Familie Eider untergekommen«, überlegte Susanna.

»Ich habe Gritli alles, was ich über die Pest weiß, gelehrt. Wir können nur hoffen, dass sie sich erinnert und alle Vorsichtsmaßnahmen befolgt. Das Wichtigste ist, dass sie sich von den Einwohnern in Piesport fernhält, damit sie nicht angesteckt wird.«

»Aber wie sollen wir sie dann finden?« Susanna ließ sich kraftlos auf den Stuhl fallen.

Melchiors Vater riss den Zettel an sich. »Hat Eure Tochter einen besonderen Schal an?«

Susanna nickte. »Ihr Bruder hat ihr einen feinen Seidenschal aus Italien mitgebracht. Er hat eine eigentümliche Farbe.«

»Jetzt verstehe ich den Zusatz, dass man dem Schal folgen

soll. Sie werden den Ort, wo sie sich versteckt halten, mit dem Stoff kennzeichnen«, erklärte der Mann erleichtert und verriet: »Auch mein Sohn Melchior weiß, was die schwarze Seuche anrichten kann und wie man sich vor ihr schützen muss. Die beiden jungen Leute werden aufeinander aufpassen«, erklärte er hoffnungsvoll.

»Wie kann er das wissen? Seid Ihr in der Medizin bewandert?«

»Nein, ich war Soldat. Aber ich hatte viel mit dem Schwarzen Tod zu tun.«

Nachdenklich blickte Urs den Mann an, den er zwar kannte, der ihm aber fremd war. »Wie ist Euer Name?«

Der Unbekannte zögerte und nahm einen Schluck aus dem Becher. Dann schaute er Urs mit festem Blick an und verriet: »Ich heiße Thomas Hofmann.«

Kapitel 40

Gritli saß in dem dunklen Kellergewölbe und wartete auf Melchior. Er wollte sich um das Pferd und das Fuhrwerk kümmern und ihre Sachen sowie die Taube mitbringen.

»Ob die andere Brieftaube sicher in Trier angekommen ist?«, überlegte sie und schaute durch das armbreite Mauerloch hinaus zum Mond, dessen schmale Sichel über dem Ort stand. Ich habe es als Unsinn abgetan, Brieftauben auf eine Fahrt mitzunehmen. Doch nun bin ich Melchiors Mutter für ihre Weitsicht dankbar. Auch, dass sie Papier und einen Holzkohlestift in einem Tuch eingepackt und an den Taubenverschlag gebunden hat, dachte sie. »Hoffentlich findet Melchiors Vater unser Haus, um meinen Eltern Nachricht zu geben.« Gritli wollte sich nicht ausmalen, wie ihre Mutter reagieren würde, wenn sie von der Pest erfuhr.

Melchior hatte außerdem ihren Schal mitgenommen, um eine Spur zu dem Gewölbekeller zu legen, in dem sie ausharren wollten, bis ihre Retter sie finden würden. So hatte er es in der Nachricht an seinen Vater geschrieben. Gritli war sich sicher, dass ihr Vater sofort zu ihr kommen würde, wenn er von ihrem Schicksal in Piesport hörte.

Sie ächzte und streckte die Beine aus. Obwohl Melchior erst kurz zuvor losgerannt war, hatte sie das Gefühl, seit Stunden allein zu sein. Freudig stellte sie fest, dass sie ihn vermisste und dass der Gedanke an ihn ihr Herz rasen ließ. Nicht nur, weil sie sich in dem Keller allein fürchtete, sondern auch, weil sie ihn mochte. »Ja, ich bin gern mit ihm zusammen!«, gestand sie sich ein und musste lächeln. Ihr gefiel Melchiors besonnenes Wesen, die Art, wie er sie aus seinen blauen Augen anschaute; aber auch, wie er sie vor Ulrich verteidigt hatte, und dass er sie wegen Ulrich nicht verurteilte, sondern ihr die Angst genommen hatte, ein lasterhaftes Mädchen zu sein.

»Ach, mir gefällt alles an ihm«, seufzte sie und blickte erwartungsvoll zur Kellertür. Müdigkeit befiel sie. Um wach zu bleiben, zwinkerte sie mit den Augenlidern und starrte konzentriert durch das Loch ins Helle.

Mäuse fiepten und huschten über den gestampften Lehmboden, sodass Gritli die Füße eng an den Körper zog, da sie fürchtete, dass das Ungeziefer unter ihren Rock krabbeln könnte. Hoffentlich gibt es keine Ratten hier unten, dachte sie ängstlich und umfasste ihre Beine mit beiden Händen. Sie vermied es, sich umzuschauen, da die finsteren Ecken unheimlich wirkten. Das Glück, das sie eben noch empfunden hatte, wandelte sich in Beklemmung, und ihr war zum Heulen zumute. Bedrückt legte sie den Kopf auf die Knie. Sie dachte daran, wie sie sich zwischen den Rebstöcken versteckt und krampfhaft auf dem Fuhrwerk ausgehalten hatten, damit man sie nicht entdeckte. Nur zweimal war Gritli vom Kutschbock gestiegen, da sie befürchtete, ihre

Blase würde platzen. Beim ersten Mal hatte sie sich vorsichtig in die Nähe des Ufers ins Gebüsch geschlichen, von wo aus sie die Priester sah, die sich vor einem Haus versammelt hatten. Als Ulrich aufgetaucht war und um sein Leben gefleht und geschrien hatte, hatte sich ihr Herz zusammengekrampft, und sie hatte sich zwingen müssen, nicht zu ihm zu laufen.

Gritli hob den Kopf. Was muss er von mir gedacht haben, als ich mit Melchior vor ihm stand?, überlegte sie. Doch im selben Augenblick wurde sie wütend: Ich habe ihm nichts versprochen und mir auch nichts zuschulden kommen lassen. Er hatte keinen Grund, so heftig zu reagieren. Auch war es nicht vonnöten gewesen, Melchior niederzuschlagen. Trotzdem hatte Ulrich dieses Schicksal nicht verdient.

»Niemand hat es verdient, an der Pest zu sterben«, schniefte sie und hörte in ihrem Kopf wieder das laute Wehklagen aus den Häusern von Piesport, wenn der Schwarze Tod einen ihrer Liebsten zu sich genommen hatte. Aus ihrem Versteck am Nachmittag hatte sie die Frau beobachtet, die ihrem Mann schreiend hinterhergerannt war, als der seine tote Tochter in den Armen gehalten hatte. Orientierungslos hatte er sich mit dem Kind im Kreis gedreht und war dann auf die Knie gegangen. Sogleich waren zwei ältere Männer zu ihm gestürzt, um ihm das Mädchen abzunehmen, doch er hatte gebrüllt, als ob man ihm das Herz bei lebendigem Leib herausriss. »Wir sind von der Sebastiansbruderschaft und werden dafür sorgen, dass Ines' Seele rasch zu unserem Schöpfer aufsteigen kann«, hatte der Alte ihm gesagt. Da war der Vater ruhig geworden und hatte seine tote Tochter dem Mann übergeben.

Zitternd war Gritli zum Fuhrwerk zurückgekehrt, wo sie Melchior von der Szene berichtete, die sie beobachtet hatte. Als sie sich nicht beruhigen konnte, hatte er sie zärtlich in den Arm genommen und sie wie ein Kind geschaukelt.

Allein bei der Erinnerung vibrierte Gritlis Kinn, und schließlich konnte sie weder ihre Beine noch die Hände ruhig halten. »Herr im Himmel, bitte hilf uns, dass wir nicht an der Pest erkranken«, betete sie leise und umschlang mit den Armen wieder ihren Körper, um sich zu beruhigen. Plötzlich keimte ein Gedanke in ihr auf, der sie beunruhigte. »Ob Gott uns für Michaels Vergehen bestrafen will?«, fragte sie sich leise und erschrak bei dieser Überlegung. Warum sollte sie für die Sünde ihres Bruders büßen müssen? Und was hatte Melchior damit zu tun, und all die anderen unschuldigen Menschen?

Nein, beruhigte sie sich. Vater hat gesagt, dass die Pest eine Krankheit ist, die kommt und geht. Sie hat nichts mit Bestrafung zu tun. Gritli fasste sich an den Kopf und wisperte: »Ich werde verrückt, wenn Melchior nicht bald zurückkommt. Sobald er da ist, werde ich ihm sagen, was mein Vater mir über die Pest erzählt hat. Ich muss ihm erklären, wie wir uns zu verhalten haben und welche Vorsichtsmaßnahmen es zu beachten gilt, damit wir uns nicht anstecken.« Gritli warf sich vor, Melchior nicht aufgeklärt zu haben, bevor er losgegangen war. Nun ist er da draußen und könnte überall die Pest einatmen und sich die Krankheit einfangen, klagte sie sich selbst an.

Sie hatte nicht daran gedacht, weil sie durch die Suche nach einem Versteck abgelenkt war. Wie Diebe waren sie durch den Ort geschlichen, aus Angst, entdeckt zu werden. Nicht auszudenken, was die Dorfbewohner mit ihnen gemacht hätten, da sie Fremde waren. Zum Glück fanden sie das abgelegene Kellergewölbe, in dem sie nun sicher waren. Gritli nahm sich vor: »Sobald Melchior zurück ist, werde ich mit ihm reden und ihm erklären, was er zu beachten hat, um sich nicht mit der Pest anzustecken.«

Es war kalt in dem Gemäuer, das ins Erdreich gegraben worden war. Gritli hatte Hunger und Durst. Auch konnte sie kaum noch die Augen offenhalten. Erschöpft legte sie den Kopf zurück auf die Knie und fiel in einen unruhigen Schlaf, in dem sie träumte, dass Bäume lichterloh brannten und niemand kam, um sie zu löschen. Als sie plötzlich das Gefühl hatte, dass etwas über ihr Haar lief, riss sie die Augen auf und schrie.

»Ich bin es. Verzeih, dass ich dich erschreckt habe«, hörte sie Melchiors Stimme.

»Zum Glück bist du wieder da«, hauchte sie erleichtert und schlang weinend die Arme um seinen Hals.

Trotz ihrer verzweifelten Lage fühlte sich Melchior in diesem Augenblick so glücklich wie nie zuvor. Er hielt Gritli fest umschlungen und küsste zärtlich ihre Stirn. Als ihr Schluchzen nachließ, schob er sie von sich. »Ich habe unsere restliche Wegzehrung mitgebracht.«

»Was ist mit dem Fuhrwerk und dem Pferd? Und wo ist die Taube?«, wollte sie wissen, während sie aus dem Beutel ein Stück Brot und einen Wurstzipfel zog.

»Das Fuhrwerk habe ich im Weinberg zurückgelassen, das Pferd grast zwischen einigen anderen auf einer Koppel, und die Taube habe ich hier unten abgestellt.«

»Und mein Schal?«, fragte sie zwischen zwei Bissen.

»Den musste ich leider in kleine Stücke schneiden, um damit von der Mosel bis zu uns eine versteckte Spur zu legen«, gestand Melchior.

»Das dachte ich mir schon«, murmelte sie und verzog das Gesicht.

»Vielleicht kann dein Bruder dir von seiner nächsten Reise wieder einen neuen Schal mitbringen«, versuchte er sie zu trösten, denn sie hatte ihm verraten, von wem sie diesen besonderen Schal bekommen hatte. Doch Gritli wehrte energisch ab.

»Ich will nie wieder ein Geschenk von ihm haben«, erklärte sie so heftig, dass Melchior sie überrascht anschaute.

Gritli hatte bemerkt, wie Melchior zusammengezuckt war, aber sie wagte es nicht, über Michaels Vergehen zu sprechen.

»Ich war der Ansicht, dass du mit deinem Bruder ein gutes Verhältnis hast.«

»Nicht mehr«, erklärte sie und versuchte, gleichgültig zu klingen.

Nachdenklich betrachtete Melchior das Mädchen, in das er über beide Ohren verliebt war. Er glaubte, ihre verschiedenen Gesichtsausdrücke zu kennen, doch dieser war ihm fremd. Ablehnung, Wut, aber auch Trotz waren zu erkennen. Nachdenklich zogen sich seine Augenbrauen zusammen.

Als Gritli Melchiors Blick auf sich spürte, schaute sie auf und erklärte: »Manchmal verändern sich die Menschen, und mit ihnen ihre Meinungen.«

»Nicht nur manchmal«, gab er ihr Recht und dachte an seinen Vater. Nun war es Gritli, die ihn fragend anschaute.

Stockend erzählte Melchior von seinem Vater, der einst ein stolzer Soldat und sogar Leibgardist des Erzbischofs und Kurfürsten gewesen war – der Mann, den er als Kind bewundert und verehrt hatte. »Er war gütig, fromm und freundlich. Doch dann hatte er diesen Unfall, und er musste seine Schmerzen mit Medizin betäuben, die mit der Zeit sein Wesen veränderte. Er wurde verbittert und jähzornig und zweifelte an der Gerechtigkeit und Güte unseres Herrn.« Melchior fuhr sich mit der Hand durch das Haar. »Es ist sehr schwer, mit ihm zurechtzukommen. Ich habe keine Ahnung, wie meine Mutter es mit ihm aushält. Manchmal erkenne ich in ihrem Blick das Leid und ihre Erschöpfung, und ich wünsche mir, dass sich das Wetter verschlechtert, weil Vater an solchen Tagen im Bett liegen muss. Nur dann hat meine Mutter Ruhe vor seiner üblen Laune. Ich fühle mich abscheulich, weil ich ihm Schlimmes wünsche und kein guter Sohn bin.« Melchiors Stimme war nur noch ein Flüstern. »Ich wäre froh, ich hätte eine Schwester oder einen Bruder, mit dem ich meine Last und meinen Schmerz teilen könnte«, sagte er und versuchte zu lächeln. Gritli konnte sein Grübchen im schwachen Mondlicht erkennen und streichelte ihm über die Wange. Ihre Lippen näherten sich behutsam, und beide gaben sich ihrem ersten Kuss hin.

»Ich liebe dich, Gritli«, gestand ihr Melchior atemlos, »das sollst du wissen, falls wir hier nicht mehr fortkommen sollten«, flüsterte er und sah ihr in die Augen. Als sie ihm antworten wollte, legte er den Finger über ihren Mund. »Ich weiß, dass du in diesen Ulrich verliebt bist, aber das macht mir nichts aus. Es reicht mir, dass ich jetzt neben dir sitze.«

Gritli brannten die Nasenflügel, weil Tränen ihr in die Augen schossen. Sie schob Melchiors Zeigefinger fort und flüsterte: »Ich weiß nicht, was Liebe ist, denn Ulrich war der Erste, den ich geküsst habe.« Sie spürte, wie sie bis in die Haarwurzeln errötete, was er zum Glück in der Dunkelheit nicht sehen konnte. Doch dann sah sie Melchior in die Augen und führte seine Hand auf ihr Herz. »Wenn Liebe Herzklopfen, heiße Wangen, zittrige Knie und den Wunsch nach mehr bedeutet, dann liebe ich dich auch, Melchior. Die Angst, dass wir uns mit der Pest anstecken und nie mehr nach Hause kommen könnten, ist übermächtig in mir. Aber in dieser Lage möchte ich mit niemand anderen zusammen sein als mit dir.«

Melchiors Herz hüpfte vor Freude, und er zog sie erneut an sich.

»Ich kann keinen klaren Gedanken fassen«, murmelte Thomas Hofmann und verzog das Gesicht. Urs musterte den Fremden, dem Schweißperlen auf der Stirn standen. Schon als er den Weinbecher zu den Lippen gehoben hatte, konnte Urs ein leichtes Zittern in der Hand bemerken, das mit jeder Minute stärker zu werden schien.

»Habt Ihr Schmerzen?«, fragte er Hofmann, der erschrocken aufblickte und zögerlich nickte. »Ich habe mir vor Jahren ein Bein gebrochen. Seitdem habe ich große Pein, vor allem, wenn sich das Wetter ändert.«

»Ich kann Euch Tropfen geben.«

»Mir hilft nur eine Sorte«, verriet Hofmann spöttisch.

Urs nickte. »Ich weiß. Die meinte ich auch.« Nun hellte sich Hofmanns Blick auf. Urs ging hinaus und kam mit einem Becher wieder. »Ich habe sie mit einem Kräutersud gemischt, sodass die Wirkung schneller eintritt.«

Hastig griff der Mann nach dem Becher und trank das Gebräu in einem Zug aus.

Susanna schaute nervös von einem zum anderen und fragte mit gequälter Stimme: »Was ist mit unseren Kindern? Was steht außerdem auf diesem Stück Papier?«

Hofmann wischte sich mit dem Handrücken die Tropfen von den Lippen und las laut vor:

Pest in Piesport – Ort abgeriegelt – Schal weist unser Versteck. Wir gesund, Gritlis Eltern Nachricht – M.H.

»Wenn ein Ort abgeriegelt wird, heißt das, dass niemand heraus, aber auch niemand hineinkommt?«, fragte sie bebend und sah ihren Mann hilfesuchend an.

Urs wagte nichts zu sagen, doch sein Blick verriet die Antwort.

»Unsere Kinder müssen in dem Pestdorf bleiben, bis die Sperre aufgehoben wird?« Fragend schaute Susanna um sich, doch keiner der beiden Männer antwortete.

»Wie lange kann es dauern, bis keiner mehr an der Pest stirbt, Urs?«, wollte sie von ihrem Mann wissen, der die Schultern hob. »Wieso weißt du das nicht? Du hast das Pesthaus geleitet und musst das wissen.« Ihre Stimme klang schrill.

»Beruhige dich, Susanna. Wir werden einen Weg finden, um Gritli und den Jungen herauszuholen.«

»Wann, Urs? Wann? Du sitzt da und redest, während unsere Tochter Gefahr läuft, sich anzustecken.«

»Sei vernünftig. Es bringt nichts, wenn wir ohne Plan nach Piesport reiten und dort nichts ausrichten können. Wir müssen sorgsam überlegen.«

»Ich bin kein Arzt, aber ich weiß, dass wir keine Zeit haben. Wir müssen uns beeilen«, schrie Susanna und brach weinend zusammen.

Thomas Hofmann spürte die Wirkung des Suds. Der zermürbende Schmerz ebbte ab, und seine Gedanken wurden frei. Er blickte zu der Frau und überlegte. »Es gibt nur einen einzigen Menschen, der uns helfen könnte«, dachte er laut nach, und sogleich sahen alle zu ihm. »Karl Kaspar von der Leyen!«

»Wie soll der Regent uns helfen können?«, fragte Urs kopfschüttelnd.

»Er soll uns einen Passierschein ausstellen. Sein Siegel öffnet uns alle Türen.«

»Auch wenn wir in das Dorf kämen, warum sollte man uns aus dem Dorf dann wieder weggehen lassen, während andere bleiben müssen?«, fragte Urs kritisch.

»Es muss heimlich und bei Nacht geschehen.«

»Von der Leyen wird uns niemals empfangen. Außerdem residiert er in Coblenz.«

»Ich weiß aus sicherer Quelle, dass der Regent zur Zeit in Trier weilt.«

»Woher wollt Ihr das wissen, und warum sollte man Euch das sagen?«

»Ich habe aus meiner Zeit bei der Leibgarde immer noch gute Verbindungen. Und ab und zu hört man das eine oder andere.«

»Auch, wenn Ihr ein fähiger Soldat gewesen seid, der es bis zum Leibgardisten geschafft hat – warum sollte der Kurfürst *Euch* anhören, und warum sollte er *uns* helfen?«, fragte Urs zweifelnd.

»Einst habe ich dem Kurfürsten einen großen Dienst erwiesen, an den er sich erinnern wird. Ich hoffe deshalb, dass er mich anhört, und ich baue auf seine Dankbarkeit.«

Urs verzog seinen Mundwinkel.

»Ihr müsst mir glauben und vertrauen, Herr Blatter. Ich möchte nichts unversucht lassen, um meinen Sohn aus dem Pestdorf herauszuholen.«

Urs blickte nachdenklich Susanna an, als ihm ein Blitzgedanke kam. »Vater«, murmelte er und schaute zu Hofmann. »Ihr kennt meinen Vater und wisst, dass er damals auf Befehl des Erzbischofs und Kurfürsten heimlich den Heiligen Rock aus Köln nach Trier gebracht hat?«

»Ich erinnere mich gut daran. Die Männer haben ihre Aufgabe bravourös gemeistert. Als das Gerücht die Runde machte, konnten wir es nicht fassen, denn nicht ein Wort ist damals nach außen gedrungen.«

»Wir selbst haben erst kurz vor der Ausstellung der Reliquie davon erfahren«, erinnerte sich Urs. Dann erklärte er: »Ich sollte auch meinen Vater bitten, mit Euch beim Kurfürsten vorzusprechen. Dann sind es zwei Männer, denen der Kurfürst große Taten zu verdanken hat …« Er führte den Satz nicht zu Ende, denn Hofmann nickte zustimmend.

»Das ist ein guter Plan. Sollte uns von der Leyen trotz allem nicht anhören wollen, werden wir sofort nach Piesport reiten und unsere Kinder ohne Passierschein befreien.«

»Mit Eurem kranken Bein werdet Ihr das schwerlich bewerkstelligen können«, stellte Urs sachlich fest.

»Das werden wir sehen, wenn es so weit ist. Erst müssen wir zum Kurfürsten.«

Urs sah zu seinem Sohn und befahl: »Geh zu deinem Großvater, und wecke ihn. Wenn du ihm von unserer Absicht berichtest, wähle deine Worte mit Bedacht, damit sein Herzschlag nicht vor Schreck aussetzt.«

Michael hatte während der Unterhaltung stumm und starr am Tisch gesessen. Ihm war übel, denn er hatte große Angst, dass sein Vater recht haben könnte und seine Schwester wegen seiner Sünde büßen musste. Wortlos blickte er zu seinem Vater, stand auf und verließ die gute Stube.

Im Flur warf er sich seinen Mantel über und ging zu dem kleinen Kreuz, das vor der Treppe an der Wand hing. Er kniete nieder und faltete die Hände vor der Brust, um zu beten. »Herr, ich habe in den letzten Tagen unzählige Gebete an dich gerichtet und um Vergebung gefleht. Doch ich bin deiner Gnade nicht würdig! Stattdessen flehe ich dich an, meine Schwester und diesen Burschen und all die anderen in Piesport zu beschützen. Rette Gritli, und rette Melchior. Wenn du ihnen hilfst, nehme ich in Kauf, dass meine Seele im Fegefeuer schmoren wird«, versprach er und öffnete schweren Herzens die Tür.

»Meine Eltern wohnen in der Nähe, sodass wir nicht lange auf meinen Vater warten müssen«, erklärte Urs und nahm einen Schluck Wein. »Ihr sagtet, dass Ihr mit dem Schwarzen Tod zu tun hattet. Wie muss ich das verstehen?«, fragte er seinen Gast.

Thomas Hofmann hatte die Frage erwartet. Trotzdem wusste er nicht, wie er antworten sollte, denn er hatte einst Stillschweigen geschworen. Doch dieser Schwur lag nun mehr als zwanzig Jahre zurück. Hoffmann schloss für einen Augenblick die Lider und schnaufte laut. »Ihr müsst mir versprechen, dass es unter uns bleibt«, bat er Susanna und Urs, die überrascht nickten.

»Könnt Ihr Euch an die Pestepidemie erinnern, die damals in Trier herrschte?«

Wieder Nicken.

»Damals sandte der Kurfürst und Erzbischof Karl Kaspar von der Leyen einen Mann aus, der dafür Sorge trug, dass die Pestkranken von den Gesunden getrennt wurden.«

»Den Pestreiter!«, murmelte Susanna und spürte, wie sich ihre Haare auf der Haut aufstellten. »Ihr kennt diesen unheimlichen Mann?«, fragte sie flüsternd.

»Auch Ihr kanntet ihn!«, erklärte Hofmann leise.

Unsicher sah sie zu ihrem Mann, der fragend ihren Blick erwiderte. »Ich weiß nicht, wen ihr meint.«

»Der Mönch Ignatius, der Euch befreit hat, als Euch damals ein Unhold entführt hat, um an Euer Geld zu kommen, war der erste Pestreiter.«

»Herr im Himmel«, bekreuzigte sich Susanna.

Hofmann erzählte ihnen von dem geheimen Auftrag, den der Jesuitenmönch bis zu seiner Ermordung ausgeführt hatte. »Als Ignatius tot war, ernannte der Kurfürst mich zu seinem Nachfolger.«

War es schon vorher in dem Raum leise gewesen, so herrschte nun Totenstille.

»Ihr wart ebenfalls Pestreiter?«, vergewisserte sich Urs ungläubig.

Hofmann nickte und verriet voller Stolz: »Als die Pest bekämpft und der schwarze Mann nicht mehr vonnöten war, ernannte mich der Regent zu seinem Leibgardisten.«

»Ich muss gestehen, dass ich mich damals, als ich Euch im Tross von der Leyens erkannt habe, fragte, wie Ihr zu diesem Amt gekommen seid. Von meinem Vater weiß ich, dass man entweder von tadellosem Leumund sein oder sich diese Ehre durch eine außergewöhnliche Leistung verdient haben muss. Dass Ihr der Pestreiter wart, hätte ich niemals vermutet.«

Hofmann lächelte. »Ich habe meinen Auftrag gern erfüllt. Es war eine wichtige Lebensaufgabe. Heute hat das Leben für mich keinen Sinn mehr.«

»Wie könnt Ihr so reden? Ihr habt eine Frau und einen Sohn!«, widersprach Susanna.

Hofmann blickte zu Urs. »Ihr wisst, was das Mittel mit einem Menschen macht, wenn man es mehrmals am Tag einnehmen muss.«

Urs nickte. »Es verändert das Wesen.«

»So ist es. Ich bin eine Belastung für meine Familie geworden.«

»Aber sind Familien nicht dafür da, dass man zusammen die Last trägt, an der man allein zerbrechen würde?«, fragte Susanna.

»Ihr könnt Euch glücklich schätzen, wenn es in Eurer Familie so ist«, erklärte Hofmann, und Susanna blickte zu ihrem Mann.

»Ich werde alles Nötige einpacken, damit wir schnellstmöglich aufbrechen können«, erklärte Urs und stand auf. Beim Hinausgehen wich er dem Blick seiner Frau aus.

Kapitel 41

Der Erzbischof und Kurfürst von Trier, Karl Kaspar von der Leyen, saß hinter seinem mächtigen Schreibtisch und wischte sich mit beiden Händen über das Gesicht. Während er sich die Stirn rieb, hielt er die Augen geschlossen. Mit müdem Blick nahm er einen Schluck von dem verdünnten Würzwein, den sein Diener ihm gebracht hatte. Er schmatzte und trank einen weiteren Schluck. Nachdem er herzhaft gegähnt hatte, lehnte er sich in seinem Stuhl zurück und versteckte die Hände in den weiten Ärmeln seines nachtblauen Morgenmantels. Erst jetzt schaute er die drei Männer an, die vor ihm standen und schwiegen. Von der Leyen musterte sie intensiv, dann sagte er, während er abermals gähnte: »Ich weiß noch nicht, ob ich über Eure Störung mitten in der Nacht erzürnt sein soll, meine Herren. Der gestrige Tag war für mich anstrengend, und ich benötige meinen Schlaf. Es muss also ein wichtiger – und ich betone: ein *sehr* wichtiger – Grund vorliegen, dass Ihr es wagt, Euren Regenten seiner wohlverdienten Ruhe zu berauben.«

Thomas Hofmann trat einen Schritt vor, verbeugte sich und sagte: »Eure Eminenz! Wir wissen um die Störung, die wir nicht gewagt hätten, wäre unser Anliegen nicht von außerordentlicher Wichtigkeit.«

»Ich höre, was Ihr zu berichten habt«, sagte der Kurfürst, ohne eine Miene zu verziehen, und sah ihn erwartungsvoll an.

Urs' Vater Jaggi schaute fragend zu Hofmann herüber, der fast unmerklich mit der Schulter zuckte. Nichts ließ darauf schließen, dass der Regent seinen einstigen Leibgardisten wiedererkannt hatte. Im Gegenteil. Der Erzbischof sah sie regungslos an, und da es ihm anscheinend zu lange dauerte, wandelte sich sein Blick und wurde mürrisch. »Wollt Ihr mir auch noch den Rest der Nacht stehlen, oder erzählt Ihr endlich, worum es geht?«

Hofmann räusperte sich und begann zu erklären: »Eure Eminenz, wir müssen Euch leider mitteilen, dass die Pest ausgebrochen ist.«

»Ein weiterer Ort? Wo?«, fragte von der Leyen.

»Wir wissen nur von Piesport!«, entgegnete Hofmann verunsichert.

Der Regent wedelte mit der Hand in der Luft. »Das weiß ich auch, und ich habe bereits Vorsichtsmaßnahmen ergriffen, um den Ort abriegeln zu lassen.«

»Unsere Kinder sind seit heute Mittag in diesem Ort gefangen.«

»Welche Kinder?«

»Meine Enkeltochter«, ergriff Jaggi das Wort.

»Und mein Sohn Melchior.«

»Sie müssen warten, bis das Dorf freigegeben wird, dann dürfen sie heimkehren – vorausgesetzt, sie erkranken nicht an der Seuche«, erklärte von der Leyen streng. »Und wen habt Ihr in Piesport?«, wandte er sich an Urs, der noch nichts gesagt hatte.

»Das ist mein Sohn Urs, Eure Eminenz. Meine Enkeltochter ist seine Tochter Margarete«, erklärte Jaggi und stützte sich schwer auf seinen Stock. Als der Kurfürst erkannte, mit welcher Mühe Jaggi sich auf den Beinen hielt, wies er zu den Stühlen. »Setzt Euch. Ich muss gestehen, dass ich froh bin, wenn auch andere älter werden«, sagte er mit einem Lächeln, das seine Miene kurz entspannte.

Weiß er, wer wir sind?, überlegte Hofmann, als Jaggi sagte: »In jungen Jahren, wenn man voller Tatendrang ist, denkt man nicht daran, dass es einmal anders sein könnte«, und sich neben die beiden anderen setzte.

»Was ist Euer Anliegen? Denn ich will wieder zurück in mein Schlafgemach.«

Thomas Hofmann und Jaggi Blatter schauten sich kurz an, dann begründete Hofmann, warum sie gekommen waren, und von der Leyen hörte aufmerksam zu.

»Um es auf den Punkt zu bringen, Eure Eminenz«, beendete Hofmann sein Anliegen, »wir benötigen einen Passierschein mit Eurem Siegel, der uns berechtigt, meinen Sohn und das Mädchen aus dem Dorf herauszuholen.«

Karl Kaspar von der Leyen zog seine Augenbrauen hoch. »Sehe ich das richtig, dass Ihr die beiden aus dem Pestdorf nach Trier bringen wollt?«

Die drei Männer nickten gleichzeitig.

»Seid Ihr von Sinnen? Ihr bringt die Pest zurück in meine Stadt! Wie könnt Ihr mir ein solch dummes Ansinnen unterbreiten?« Die Stimme des Erzbischofs klang erregt.

»Eure Eminenz«, mischte sich nun Urs ein. »Ich bin Arzt und habe meiner Tochter schon vor Jahren erklärt, wie sie sich bei einem Ausbruch der Pest verhalten soll. Sie wird sich daran halten und jede Ansteckung vermeiden, sodass von ihr keine Gefahr ausgeht. Sicherlich wird sie auch dem Burschen dazu raten, sich an diese Anweisung zu halten.«

»Warum habt Ihr Eurer Tochter Regeln im Umgang mit der Pest erklärt?«, fragte von der Leyen erstaunt und schob eine zweite Frage nach: »Wie kommt man dazu, seinem Kind von einer Seuche zu erzählen, obwohl seit geraumer Zeit keine Pest aufgeflackert ist?«

Urs war über die Frage überrascht. »Ich habe einst nach einem Heilmittel geforscht …«

»Ist es Euch gelungen?«, unterbrach von der Leyen ihn ungeduldig.

»Nein, wir wissen zu wenig über die Pest«, gab Urs zu.

»Wie könnt Ihr dann wissen, welche Verhaltensregeln man beherzigen muss, damit man nicht an der Seuche erkrankt?«

Urs schluckte hart. »Wir wissen, dass man einen Kranken nicht berühren oder seine Luft einatmen darf.«

»Erklärt mir, wie es in einem Dorf, in dem der Schwarze Tod umgeht, gelingen soll, nicht die Luft der Pestkranken einzuatmen?« Der Erzbischof sah ihn herausfordernd an.

»In dem man sich von den Erkrankten fernhält. Man darf nicht in ihre Nähe kommen. Meine Tochter und Melchior halten sich versteckt, und sie werden mit niemandem sprechen oder ihn berühren.« Urs Stimme bröckelte. Die Selbstsicherheit, mit der er erschienen war, löste sich unter dem prüfenden Blick des Regenten auf.

»Woher wisst Ihr, dass die beiden sich versteckt halten? Könnt Ihr hellsehen?«

»Nein«, mischte sich nun Hofmann ein. »Mein Sohn hat mir eine Brieftaube geschickt, die uns diese Nachricht brachte.«

»Euer Sohn hat eine Brieftaube mit auf Reisen genommen?«, fragte der Kurfürst und sah Hofmann ungläubig an. Als er bejahte, erklärte von der Leyen anerkennend: »Durch solche scharfsinnigen Entscheidungen unterscheidet sich ein Leibgardist von einem einfachen Soldaten.« Er nickte wohlwollend. »Sehr weise!«, lobte er.

»Eure Eminenz!«, dankte Hofmann und erhob sich, um sich zu verbeugen. Er war sich nun sicher, dass der Erzbischof wusste, wer sie waren.

»Wie stellt Ihr Euch meine Hilfe vor? Ich kann keine Passierscheine für Eure Kinder ausstellen, während die Einwohner von Piesport dort ausharren müssen. Ich bin nicht nur Kurfürst und Erzbischof, sondern auch der größte Grundherr in Piesport. Der

Meier ist mein Vertreter. Wenn ich einen retten müsste, dann ihn. Doch liegen mir alle meine Untertanen am Herzen. Ich kann keine Ausnahme machen! Außerdem darf ich nicht riskieren, dass Eure Kinder die Pest nach Trier einschleppen. Nein, Ihr müsst erkennen, dass ich Euch nicht helfen kann.«

Hofmann hatte das Gefühl, jeden Augenblick vom Stuhl zu kippen. Da die Wirkung der Medizin nachließ, brach der Schmerz in seinen Knochen mit solcher Gewalt aus, dass er hätte brüllen können. »Melchior ist mein einziges Kind«, flüsterte er und konnte das Zittern kaum beherrschen. Er erhob sich mit Mühe und versuchter mit fester Stimme zu sprechen. »Eure Eminenz! Ihr wisst, welche große Aufgabe ich einst für Euch bewältigt habe ...«

Weiter kam er nicht, denn der Erzbischof zischte: »Wollt Ihr mir damit sagen, dass ich in Eurer Schuld stehe?«

Hofmann senkte den Blick und setzte sich nieder. Seine Kraft war aufgebraucht. Zum körperlichen Schmerz kam das seelische Leid, und beides vermochte er kaum zu ertragen.

Karl Kaspar von der Leyen blickte grimmig zu Jaggi hinüber. »Wollt Ihr mir auch etwas mitteilen?«

Jaggi versuchte sich mühsam zu erheben, doch der Kurfürst wies ihn mit einem Fingerzeig an, sitzen zu bleiben. »Ich weiß, wie beschwerlich das für Euch ist. Auch ahne ich, was Ihr zu sagen habt. Also schweigt«, erklärte er und faltete die Hände vor dem Mund. Dann stützte er die Ellenbogen auf der Tischplatte ab und dachte nach.

Thomas Hofmann spürte jeden Knochen in seinem Körper. Feine Schweißperlen lagen auf seiner Oberlippe, die er unauffällig fortwischte. Er schob sich die Finger unter die Oberschenkel, um das Zittern zu unterdrücken. Er ließ seinen Blick durch das Regierungszimmer schwirren. Erst jetzt bemerkte er das Kreuz an der Wand hinter dem Erzbischof. Das Kruzifix war über einem kleinen Altar angebracht, auf dem das ewige Licht brannte und ein frischer Blumenstrauß stand. Hofmann betete stumm: Gott, hilf uns, dass dein Diener auf Erden die Erlaubnis erteilt, unsere Kinder zu retten. Ich schwöre, von nun an ein guter Ehemann und Vater zu werden, so wie ich früher war. Er versuchte, nicht an das schmerzlindernde Opium zu denken.

Urs wollte aufspringen, um nach Piesport zu reiten. Jede Minute, die sie hier saßen, bedeutete Gefahr für Gritli und Melchior. Doch er wusste, dass er nicht einfach aufbrechen konnte, nachdem sie den Regenten mitten in der Nacht aus dem Bett geholt hatten. Er presste seine Füße fest auf den Boden, damit seine Nervosität nicht bemerkt wurde. Geistesabwesend schaute er auf das Kruzifix an der Wand. Er betete: Herr Jesus Christus, ich weiß nicht, was ich dir als Tausch für das Leben der beiden Kinder anbieten kann, denn ich habe dir bereits alles versprochen, damit du meinem Sohn vergibst. Doch würde ich jetzt alles für Gritli hergeben, damit du sie rettest. Michaels Seele ist verloren, aber die Seele meiner Tochter ist rein. Das Mädchen hat sich nie etwas zuschulden kommen lassen und hat es mehr als jede andere verdient, gerettet zu werden.

Als Jaggi Blatters Enkel Michael ihn mitten in der Nacht geweckt und von Gritlis Schicksal berichtet hatte, war ihm heiß und kalt zugleich geworden. Doch der alte Soldat hatte seine heftigen Empfindungen schnell zurückdrängen können – so wie in allen brenzligen Situationen, die er bisher erlebt hatte. Jaggi war stets in der Lage, sich von seinen Gefühlen nicht beeinflussen zu lassen. Dies hatte ihn so manches Mal vor Fehlentscheidungen bewahrt und sein Leben gerettet. Um klar denken und handeln zu können, konnte er seine eigenen Belange zur Seite schieben. So war es auch in dieser Nacht. Um seine Enkelin zu retten, würde er versuchen, den Kurfürsten umzustimmen. Jaggi war überrascht gewesen, als er in dem Haus seines Sohnes dem ehemaligen Weggefährten Hofmann gegenüberstand, den er seit Ewigkeiten nicht mehr gesehen hatte.

Das muss schon fast zehn Jahre her sein, dass er vom Pferd stürzte und seinen Dienst quittieren musste, hatte Jaggi überlegt. Obwohl nur wenige Jahre älter als Urs, wirkte Hofmann doch wie ein Greis. Nun rätselte Jaggi, welchen besonderen Dienst Hofmann dem Kurfürsten erwiesen hatte, dass der Mann hoffte, dem Regenten einen Passierschein abtrotzen zu können.

Der Erzbischof vermied es, Hofmann und Blatter anzusehen, da er befürchtete, dass sie seine Gedanken in seinem Blick ablesen könnten. Er konnte und wollte nicht leugnen, dass beide Männer ihm außerordentliche Dienste erwiesen und ihre absolute Loyalität bewiesen hatten. Trotz der vielen Jahre, die seitdem vergangen waren, hatte er nie ihre Namen vergessen: Jaggi Blatter, dem er verdankte, dass die Reliquie von Köln nach Trier zurückgekehrt war. Es war ein waghalsiges Unternehmen gewesen, das Blatter hervorragend gemeistert hat, dachte von der Leyen anerkennend. Ebenso bewunderte er Thomas Hofmann, der den ermordeten Jesuitenmönch Ignatius ersetzt und die schwierige Aufgabe übernommen hatte, als unheimlicher Pestreiter übers Land zu reiten. Mit Hofmanns Hilfe konnte die Pest eingedämmt werden. Auch hatte er tatkräftig dazu beigetragen, dass die Hexenprozesse verboten werden konnten.

Von der Leyen kam es vor, als ob es erst gestern gewesen wäre, dass diese beiden Bittsteller in seinen Diensten standen. Und doch sind mehr als zwei Jahrzehnte vergangen, dachte der Kurfürst.

Er hatte nicht erwartet, diese Männer noch einmal wiederzusehen. Doch nun saßen sie vor ihm, alt, krank und verzweifelt, und erbaten seine Hilfe. Was sollte er machen? Als Regent durfte er das Leben von zwei Personen nicht über das Leben der anderen Menschen in Piesport stellen. Soll ich zwei retten und womöglich Hunderte opfern?, fragte sich der Erzbischof und stöhnte innerlich auf. Oder soll ich gütig handeln und diesen

Männern für ihre großen Dienste danken, indem ich ihnen einen Passierschein ausstelle? Aber wie kann ich die Gefahr umgehen? Wer kann mir raten? Wer weiß die Antwort?

Plötzlich klapperte ein Fensterflügel, der nicht richtig verschlossen war. Erschrocken schauten die Männer auf. Von der Leyen erhob sich, um das Fenster zu schließen, und schob den Vorhang zur Seite. Dabei blickte er hinaus in den Garten, dessen Schönheit im Dunkeln lag. Nur der Brunnen wurde vom Silberlicht des Mondes angestrahlt. Gedankenverloren schaute der Kurfürst zum Himmel hinauf, wo dunkle Wolkenbänder entlangzogen. Vater, was kannst du mir raten?, fragte er in Gedanken.

Und plötzlich wusste er die Antwort.

Kapitel 42

Susanna lehnte mit dem Rücken am Kopfende ihres Betts und starrte mit brennenden Augen zur Wand. Sie hörte in Gedanken Urs' Worte: »Sorge dich nicht! Wir werden Gritli und den Jungen retten.«

Wie kann er sich nur so sicher sein?, schimpfte sie in Gedanken. Er kennt die Gefahr der Pest, die unweigerlich zum Tod führt, und weiß auch um die Gefährlichkeit einer Ansteckung.

Hilflos schlug sie mit der Faust auf die Bettdecke. Nur zu gerne hätte sie Urs zu Karl Kaspar von der Leyen begleitet, um bei dem Gespräch dabei zu sein. Doch es war schon riskant genug, dass die drei Männer es wagten, den Erzbischof in seiner Nachtruhe zu stören. Eine Frau mitten in der Nacht in das Kurfürstliche Palais mitzunehmen hätte zusätzliche Probleme aufwerfen können. Susanna befürchtete, dass die drei Männer keine bestechenden Argumente finden würden, mit denen sie den Kurfürsten überzeugen konnten.

Sie hob den Blick zur Decke der Schlafkammer. Herr im Himmel, warum tust du uns das an? Warum strafst du uns so sehr? Was haben wir getan, dass wir dieses Schicksal ertragen müssen?, schrie sie in Gedanken. Nicht nur, dass du es zugelassen hast, Michael vom Teufel verführen zu lassen. Jetzt wird womöglich unsere Tochter sterben – allein, ohne die tröstenden Worte ihrer Mutter. Sie weinte und warf sich über Urs' Bettseite, um ihr Gesicht in seiner Decke zu vergraben.

Nachdem sie sich beruhigt hatte, setzte sie sich zurück. Sie zog ein Taschentuch aus dem Ärmel ihres Nachtgewands und wischte sich damit über die Augen, schniefte hinein und steckte es unter ihr Kopfkissen. Um nicht verrückt zu werden, versuchte sie die Sorge um Gritli zurückzudrängen und an etwas anderes zu denken. Sie sah Thomas Hofmann vor sich, den Mann, den sie vor vielen, vielen Jahren das letzte Mal gesehen und trotzdem sofort wiedererkannt hatte.

Plötzlich sah sie alles wieder vor sich, konnte sich an alles erinnern. Es war am Tag der Zeigung des Heiligen Rockes in Trier gewesen. Sie war damals mit Urs und dem zweijährigen Michael, ihrer Schwiegermutter und deren jüngsten Kindern sowie mit ihrem Vetter Arthur auf dem Domfreihof gewesen, um ihren Schwiegervater Jaggi zu sehen, der den Kurfürsten und Erzbischof von der Leyen zum Dom eskortiert hatte. Als in ihrer Nähe ein Knabe nach seinem Vater gerufen hatte, hatte sie unbewusst in dessen Richtung geschaut. Sie erinnerte sich wieder an den Schrecken, der sie damals von einem Augenblick zum anderen erstarren ließ. Auch an das heftige Herzklopfen und die Übelkeit, als sie den Vater des Kindes erkannte.

Nun wusste sie, dass er Thomas Hofmann hieß. Doch damals war er für sie nur der unbekannte Soldat gewesen, der sie aus den Fängen ihrer Entführer gerettet hatte – und den sie niemals wiedersehen wollte.

Heute, Jahre danach, wusste Susanna nicht mehr, wie sie damals den Weg bis zu ihrem Heim bewältigt hatte, ohne ohnmächtig zu werden. Sie erinnerte sich noch gut daran, dass sie wie bei einem heftigen Fieber gezittert hatte. Sie hatten ihren Sohn Michael Barbli anvertraut, damit Susanna sich ausruhen konnte. Ohne Murren war der Kleine an der Hand der Großmutter mitgegangen, die ihm seine Leibspeise versprochen hatte.

Erst wenige Monate zuvor waren sie mit dem Kind in die Nähe ihrer Schwiegereltern gezogen, sodass man sich gegenseitig unterstützen konnte.

Als Susanna und Urs in ihrer Wohnung angekommen waren, wollte Urs ihr einen beruhigenden Sud aufbrühen. Auch heute erinnerte sie sich daran, wie sie stumm in der Küche gesessen war und den leeren Becher zwischen den Handflächen gedreht hatte.

»Möchtest du noch von dem Sud, mein Liebes?«, fragte ihr Mann sie. Als sie nicht antwortete, hielt er ihre Hände fest.

Erschrocken schaute sie auf. »Verzeih! Was hast du gesagt?«

»Ob du noch von dem Heilsud möchtest.«

Sie schüttelte den Kopf und wisperte: »Hast du gewusst, dass der Soldat zur Leibgarde des Kurfürsten gehört?«

»Nein. Ich war sehr überrascht, als ich ihn hinter meinem Vater gesehen habe.«

»Seit Langem habe ich nicht mehr daran gedacht. Ich hatte ihn und das Ereignis schon fast vergessen. Doch nun ist alles wieder da. An jede Kleinigkeit kann ich mich erinnern. Glaubst du, er hat uns auch erkannt?«

»Sein Blick ließ darauf schließen«, meinte Urs, ohne eine Miene zu verziehen.

»Kannst du dir vorstellen, dass er mit deinem Vater über das Geschehen von damals spricht?« Susanna hörte selbst, wie Furcht in ihrer Stimme mitschwang.

»Es gibt keinen Grund, zumal es schon fast drei Jahre her ist.

Niemand interessiert sich mehr dafür. Außerdem kann ich mir vorstellen, dass der Mann auch nicht mehr daran erinnert werden möchte. Schließlich gab es Tote. Allerdings bin ich neugierig, wie er es geschafft hat, in die Leibgarde aufgenommen zu werden. Wie es heißt, erhalten nur Männer mit tadellosem Leumund die Ehre, den Regenten zu beschützen. Oder …«

»Oder?«, fragte Susanna, als ihr Mann nicht weitersprach.

»… man muss es sich verdienen, in dem man – wie zum Beispiel mein Vater – etwas Außergewöhnliches leistet.«

Susanna zog nachdenklich die Augenbrauen zusammen. »Ich kann mir nicht vorstellen, dass der Kurfürst und Erzbischof vom Tod der beiden Schurken weiß. Auch glaube ich nicht, dass Hönes' und Dietrichs Ableben für den Regenten von besonderer Wichtigkeit war.«

»Ja, da magst du recht haben. Beide waren unwichtige Halunken, von deren Existenz der Kurfürst sicher nicht einmal etwas gewusst hat. Ich werde meinen Vater nach dem Mann fragen …«

»Nein, das darfst du nicht«, rief sie aufgeregt. »Ich möchte nicht, dass dein Vater oder sonst jemand irgendetwas von damals erfährt. Nicht auszudenken, wenn sie hören, wie dumm ich mich verhalten habe. Womöglich geben sie mir für die Entführung noch die Schuld.«

Urs kniete sich vor sie und nahm ihre Hände herunter, damit sie einander ansehen konnten. »Mach dir keine Vorwürfe, Liebes. Es ist so lange her. Lass uns das Gewesene vergessen und nie wieder darüber sprechen«, schlug er sanft vor.

Sie nickte. »Du hast recht, Urs. Ich hoffe nur, dass der Mann schweigt.«

»Er hat damals zwei Menschen getötet und deshalb sicher kein Verlangen, mit meinem Vater darüber zu reden.«

»Dein Wort in Gottes Ohr«, seufzte sie und erhob sich. »Ich werde mich hinlegen. Das Kind in mir kommt sonst nicht zur Ruhe.«

Wer hätte damals gedacht, dass wir nach so vielen Jahren von unserer Vergangenheit eingeholt werden, dachte Susanna bitter. Ich habe nie darüber nachgedacht, wer mein Retter in Wirklichkeit war. Der Jesuitenmönch war der Pestreiter, und Thomas Hofmann sein Nachfolger. Wer soll da noch durchblicken?, grübelte sie. Wenn man meine Geschichte einem Fremden erzählen würde, er würde sie nicht glauben wollen.

Tief ausatmend streckte sie sich aus. »Ich hoffe, dass der ehemalige Pestreiter zusammen mit Urs und meinem Schwiegervater den Kurfürsten überzeugen kann, einen Passierschein auszustellen«, murmelte sie und schloss die Augen.

Da läutete jemand an der Tür.

Kapitel 43

Karl Kaspar von der Leyen setzte sich zurück in den Sessel hinter seinem Schreibtisch und schaute die drei Männer mit durchdringendem Blick an. Er konnte zusehen, wie sie nervös wurden. Hofmann kaute auf der Unterlippe, der junge Blatter fuhr sich mehrfach durchs Haar, und der alte Blatter stieß mit dem Stock den Takt dazu. Angespannt warteten sie darauf, dass er das Wort an sie richtete. Doch er zögerte.

»Verzeiht, Eure Eminenz, aber es ist Eile geboten«, ermahnte ihn Jaggi Blatter leise, der nun über seinem Stock mehr hing, als dass er sich darauf stützte.

»Was wollt Ihr machen, wenn ich Euch den Passierschein verweigere?«, fragte von der Leyen.

»Wir werden versuchen, die Kinder ohne Eure Hilfe zu retten«, erklärte Jaggi energisch und hob den Kopf in die Höhe.

Von der Leyen lachte schallend auf. »Dieses Unterfangen wäre wahrlich von Erfolg gekrönt. Schließlich seid Ihr darin erprobt, schwierige Situationen zu meistern – damals, vor zwanzig Jahren«, spottete er. »Doch heute, mein lieber Blatter, seid Ihr ein alter Mann, der sich ohne Gehhilfe kaum fortbewegen kann. Hofmann ist ebenfalls ein Krüppel, der nur mit starker Medizin den Schmerz aushalten kann.« Als der Kurfürst des erschrockenen Blicks seines ehemaligen Pestreiters gewahr wurde, lächelte er süffisant und sagte: »Glaubt Ihr, mir wäre Euer Zustand entgangen?«

Hofmann kratzte sich verlegen am Hals und wagte nichts dagegen zu sagen.

»Und dann wäre da noch der Arzt, der nicht eine Eurer Soldatenqualitäten aufweisen kann«, fuhr der Regent mit seinen Ausführungen fort. »Wie wollt Ihr Eure Kinder retten, ohne das halbe Dorf gegen Euch aufzubringen?«

»Ich weiß, dass wir es schaffen können«, erklärte Hofmann stur, doch seine Stimme verriet seine Zweifel.

»Nein, das werdet Ihr nicht«, erklärte von der Leyen energisch. »Wegen der Ansteckungsgefahr kann ich Euch nicht einen meiner Männer zur Verfügung stellen, der Euch leiten könnte. Der Einzige, dem es tatsächlich gelingen könnte und der gesund ist, die Strapazen zu ertragen, ist der Arzt. Doch der hat von nichts eine Ahnung und ist zudem allein. Und somit, meine Herren, ist dieses Unterfangen nicht umzusetzen«, wiederholte er und blickte Urs entschuldigend an.

»Ich schaffe das«, versuchte Urs den Kurfürsten mit energischer Stimme zu überzeugen.

Doch der schüttelte den Kopf. »Kennt Ihr den Ort? Wisst Ihr, wie Ihr die Sperre umgehen könnt und wie Ihr wieder herauskommt?«

Urs rieb sich mit den Händen über die schmerzenden Augen. Wenn nicht der Kurfürst und Erzbischof vor ihm gesessen wäre, wäre er ihm an die Kehle gesprungen. Seine Nerven waren bis zum Zerreißen angespannt. Er wollte ihn anschreien, ihn beschimpfen, doch er versuchte ruhig zu bleiben und sagte höflich: »Eure Eminenz! Es stimmt, ich kenne weder den Ort, noch weiß ich, wo er liegt, noch, wie die Gegebenheiten dort sind. Das Einzige, was ich weiß, ist, dass unsere Kinder in irgendeinem Versteck kauern und darauf hoffen, dass wir sie herausholen. Glaubt mir, selbst wenn ich wüsste, dass mein Säckchen Glück aufgebraucht wäre, würde ich mich auf den Weg machen und jedes Risiko eingehen, um Gritli zu retten. Da uns die Zeit wie Sand durch die Hände rieselt, bitte ich Euch von ganzem Herzen, gebt uns einen Passierschein, oder aber lasst uns gehen.« Urs' Stimme wurde schwächer. Immer wieder musste er hart schlucken, damit die Gefühle ihn nicht übermannten.

Der Erzbischof sah ihm ohne Regung in die Augen. Erneut schienen kostbare Minuten zu verstreichen. Urs war im Begriff aufzuspringen und zu gehen, als der Regent fragte: »Wer kann Euch begleiten? Denn Ihr benötigt einen zweiten Mann!«

Die drei Männer schlossen für einen Augenblick die Augen, um ihrem Herrn im Himmel zu danken. Dann antwortete Urs: »Ich werde meinen Sohn Michael mitnehmen.«

»Ihr habt einen Sohn?«

Urs nickte.

»Ist er nach alter Familientradition Soldat geworden?«

Urs blickte den Regenten erstaunt an. »Ihr erinnert Euch an unsere Familientradition?« Dann beantwortete er die Frage des Kurfürsten: »Nein, Eure Eminenz. Michael wurde Kaufmann.«

»Sehr gut! Trier braucht fähige Kaufleute. Er soll nach Italien gehen und dort seine Erfahrungen sammeln. In Italien gibt es ausnahmslos hübsche und gut gelaunte Menschen. Das liegt, glaube ich, an den vielen Sonnenstunden und dem guten Essen.«

Dann lächelte von der Leyen versonnen. »Ich erinnere mich auch daran, wie Euer Vater damals gefleht hat, dass ich ihn vom Dienst freistelle, damit er Euch aus dem Kerker befreien kann.«

»Das habt Ihr ebenfalls nicht vergessen, Eure Eminenz?«, fragte Jaggi Blatter überrascht.

»Es scheint in Eurer Familie zu liegen, dass Ihr Eure Kinder retten müsst«, sagte von der Leyen mit einem Schmunzeln.

»Glaubt mir, wir suchen uns das nicht aus.«

»Wer sollte anders helfen, wenn nicht die Familie?«, fragte der Erzbischof ernst. »Eine heile Familie ist die Basis für das Leben. Wenn innerhalb der Familie keine Liebe und kein Verständnis herrschten, wo sollten sie zu finden sein? Der Antichrist hat nur dann die Macht, Unruhe zu stiften, wenn sich Menschen gegenseitig verdammen.«

Urs sah den Regenten erstaunt an. »Aber was ist, wenn jemand in der Familie große Schuld auf sich geladen hat? Muss man ihn dann nicht fallen lassen?«, fragte er zögerlich.

»Selbst die Mutter eines Mörders fleht bis zum Schluss um Gnade für ihren Sohn«, sagte von der Leyen und schaute Urs forschend an. »Gott ist gerecht! Es sind die Menschen, die verurteilen.«

Gritli und Melchior konnten kaum die Finger voneinander lassen. Immer wieder küssten sie sich. Nur mit Mühe vermochten sie ihr Verlangen zu zügeln. Melchior hatte in der hinteren Ecke des Kellers mehrere Leinensäcke gefunden, mit denen er den Boden bedeckte, sodass sie einen weichen Untergrund hatten und die Kälte des Lehms sie nicht quälte.

Der Mond war gewandert und stand vor dem Haus, sodass das Licht den ganzen Raum erhellte. Melchior konnte es nicht fassen, dass Gritli neben ihm lag und seine Gefühle erwiderte. Er hatte nicht zu hoffen gewagt, dass sie sein Mädchen werden würde – auch wenn er seit ihrer ersten Begegnung davon träumte. Nun lag sie neben ihm, und er war glücklich. Er stützte sich auf den Ellenbogen, um sie besser betrachten zu können. Zärtlich schob er ihr eine der rostroten Strähnen aus dem Gesicht. »Du bist so unglaublich schön«, murmelte er.

Gritli lächelte, als leiser Glockenschlag zu ihnen drang. »Eins, zwei … elf«, zählte sie und drehte ihr Gesicht ihrem Liebsten zu. »Glaubst du, dass unsere Familien Bescheid wissen und dass sie kommen werden?«

Melchior atmete tief ein und aus und nickte. »Ich weiß nur nicht, wie sie in das Dorf gelangen wollen, da die Fähre nicht fahren darf. Kannst du schwimmen?«, fragte er.

Sie schüttelte den Kopf.

»Das wäre auch zu gefährlich. Die Strömung ist stark und würde dich mit sich reißen«, überlegte er und blickte zu dem Loch hinaus. »Ich muss mich im Dorf umsehen, ob es einen anderen Weg gibt, hier herauszukommen.«

»Lass mich nicht allein«, wisperte Gritli und klammerte sich an ihn. »Ich würde sterben, wenn sie dich finden und womöglich einsperren.«

»Warum sollten sie das machen?«

»Meinem Vater ist das geschehen«, verriet sie leise und erzählte ihm die Geschichte, die ihre Mutter ihr erst vor wenigen Wochen anvertraut hatte.

»Man hat deinen Vater beschuldigt, die Pest über ein Dorf bringen zu wollen?«, fragte Melchior ungläubig. Als Gritli nickte, schüttelte er den Kopf: »Auf welche groteske Gedanken Menschen kommen können. Zum Glück haben deine Mutter und dein Ur-Oheim ihn befreit, denn sonst würde es dich nicht geben«, grinste er und beugte sich über sie, um ihr Gesicht mit Küssen zu bedecken.

Gritli kicherte, da es kitzelte, und stieß ihn sanft von sich.

Kopf an Kopf lagen sie da und schauten hinaus in den Nachthimmel. Plötzlich schreckte Gritli hoch. »Wie soll mein Vater wissen, wo er uns im Dorf suchen soll? Auch wenn du ihnen mit den Stoffstücken Wegweiser hinterlassen hast, werden sie diese vielleicht nicht finden, weil sie am anderen Ende des Ortes nach uns suchen.«

»Du hast recht! Ich habe den ersten Fetzen unten an der Mosel nahe der Glocke befestigt, aber nicht darüber nachgedacht, dass die Fähre nicht mehr fährt und sie deshalb nicht über die Mosel kommen können.«

Gritli setzte sich auf. »Herr im Himmel«, flüsterte sie, da ein Gedanke ihr plötzlich Bauchschmerzen bereitete. Sie presste sich die Faust gegen den Mund. »Wenn wir nicht aus dem Pestdorf herauskommen, kommen sie auch nicht hinein. Wir müssen hierbleiben, bis der letzte Pestkranke gestorben ist und man das Pestdorf wieder öffnet«, weinte sie und sah Melchior verzweifelt an.

Auch ihm war elend zumute. Doch dann sagte er: »Mein Vater war ebenso Soldat wie dein Großvater. Sie werden einen Plan entwerfen, um uns hier herauszuholen, dessen bin ich mir sicher. Sie werden nicht untätig dasitzen und abwarten.«

»Mein Großvater ist uralt, der Geist deines Vaters ist vom Laudanum benebelt, und mein Vater hat keine Ahnung von Strategie oder erfolgversprechenden Rettungsplänen.« Ihre Stimme klang zornig. »Wir sind auf uns allein gestellt. Niemand wird kommen.«

»Was ist mit deinem Bruder?«

Gritli sah in höhnisch an. »Mein Bruder ist verflucht!«

Melchior setzte sich ebenfalls auf. »Wie kannst du so etwas sagen?«

»Gott hat ihn verlassen und dem Teufel Platz gemacht.«

»Warum sollte Gott das tun?«, fragte Melchior.

Wut, Ärger und Hilflosigkeit raubten Gritli den Atem. Sie versteckte ihr Gesicht in ihren Händen und schwieg. Auf keinen Fall wollte sie Melchior ihr Familiengeheimnis verraten.

»Ich bin müde«, entschuldigte sie ihren Gefühlsausbruch und legte sich nieder.

»Schlaf, mein Liebling!«, sagte Melchior verständnisvoll und strich ihr zärtlich über die Wange.

Gritli fiel rasch in einen unruhigen Schlaf, doch Melchior konnte kein Auge zumachen. Er betrachtete sie nachdenklich. Was ist zwischen dir und deinem Bruder vorgefallen, dass du so über ihn sprichst, kleine Gritli?, fragte er sich. Leise seufzend schaute er vor sich. Zahlreiche Fragen beherrschten sein Gemüt.

Was, wenn Gritli recht hat und unsere Väter keinen Weg finden, in den Ort zu kommen? Und wenn sie es doch schaffen, wie sollen sie uns finden? Was, wenn die Brieftaube unterwegs von einem Habicht getötet wurde und niemand nach uns sucht? Wäre es nicht ratsam, die zweite Taube loszuschicken?, überlegte er. Nein, ich werde noch warten. Falls heute niemand kommen sollte, werde ich sie morgen freilassen, entschied er. Er raufte sich die Haare. Ich werde verrückt, wenn ich noch länger untätig in diesem Kellerloch festsitze, dachte er.

Plötzlich kam ihm ein Gedanke, und er weckte Gritli hastig.

»Ich werde einen Passierschein für Euch und Euren Sohn ausstellen, der jedoch nur für diese eine Nacht gilt. Gelingt es Euch nicht bis zum Morgengrauen, Eure Kinder aus dem Dorf herauszuholen, werdet Ihr keine zweite Möglichkeit erhalten«, erklärte von der Leyen und blickte Urs ernst an.

Der wollte bereits aufspringen, als der Erzbischof ihm mit einer Handbewegung befahl, sich wieder zu setzen.

»Ihr wisst nichts über den Ort und wollt ohne Plan losstürmen?«, rügte er ihn.

Urs blickte wie ein gescholtenes Kind zu Boden.

»Erzählt uns über die Gegebenheiten des Ortes, Eure Eminenz. Wie man hineinkommt, wo die Sperren sind – gemeinsam werden wir einen Plan ausarbeiten«, sagte Hofmann, der zu neuem Leben erwacht war. Endlich hatte er wieder eine Aufgabe und war zu etwas nutze.

Kapitel 44

Nachdem die Männer den Passierschein und nützliche Ratschläge vom Kurfürsten erhalten hatten, ging Hofmann zu seiner Frau zurück, während Urs seinen Vater nach Hause begleitete. Da die Zeit drängte, erzählte er seiner Mutter zwischen Tür und Angel von ihren Plänen. Hastig bat er: »Ich werde mit Michael sofort nach Piesport reiten. Würdest du dich um Susanna kümmern, damit sie nicht allein ist und zu viel grübelt?«

»Mach dir keine Sorgen, mein Sohn! Ich werde sofort zu ihr gehen.«

Dankbar umarmte Urs seine Mutter und erklärte: »Sobald die Brieftaube in ihrem Verschlag ist, reitet ihr zu der Waldhütte. Hofmann hat den Plan, wie ihr dorthin gelangt.« Aufmunternd blickte er seinen Vater an, der erschöpft neben ihnen stand. »Vater, sorge dich nicht. Dank dir und Hofmann habe ich die Erlaubnis vom Erzbischof erhalten, ins Pestdorf zu reiten, damit ich Gritli zurückbringen kann. Versuch dich auszuruhen, bis du gerufen wirst.«

Wortlos nickte sein Vater und schlurfte in seine Schlafkammer.

Barbli holte ihre Schwiegertochter aus dem Bett und schlug vor, gemeinsam zu sticken. »Vielleicht werde ich so meine innere Unruhe los«, hatte sie gequält gemurmelt.

Nun saßen sie in der guten Stube. Susanna versuchte im Schein der Kerze mühsam, eine gerade Linie in das Tuch zu sticken. Mit zittrigen Fingern führte sie die Nadel durch den Stoff und fluchte leise, als die Naht krumm wurde.

»Du musst aufpassen, dass du den feinen Stoff nicht zu kraftvoll durchstößt«, mahnte Barbli ihre Schwiegertochter sanft. Doch sie erkannte, dass Susanna keinen Gefallen an der Handarbeit zu haben schien. Lustlos führte sie die Nadel über den Stoff, sodass das Bild ungenau wurde. Barbli seufzte leise und widmete sich ihrer eigenen Arbeit, doch schon nach wenigen Stichen legte sie ihr Werkzeug zur Seite, da die Arbeit auch ihr zu dieser Stunde keine Freude bereitete. Sie sah zu ihrer Schwiegertochter, die ihre Hände auf ihrem Rock liegen hatte und vor sich hinstarrte.

»Urs und Michael werden Gritli gesund zurückbringen«, versuchte sie Susanna aufzurichten. »Jaggi und dieser Hofmann haben zusammen einen guten Plan ersonnen, dem Urs folgen wird. Du wirst sehen: Noch bevor der erste Hahn kräht, werden wir hören, dass sie wohlbehalten in dem Haus angekommen sind.«

Susanna blickte auf und sah ihre Schwiegermutter durch einen Tränenschleier an. »Was, wenn unser Mädchen sich angesteckt hat? Was, wenn auch mein Mann und mein Sohn an der Pest erkranken? Womöglich verliere ich meine gesamte Familie«, flüsterte sie.

»Rede nicht so, mein Kind! Wir hatten ein Leben lang Glück, und unser aller Säckchen ist noch randvoll damit.«

»Was macht dich so sicher?«, fragte Susanna und zog ein Taschentuch aus dem Ärmel.

»Gott ist gerecht und wird uns beschützen, so wie er es immer getan hat. Er hat uns damals die Möglichkeit gegeben, ein neues Leben im Reich zu beginnen. Jaggi wurde ein ruhmreicher Soldat, und mein Sohn Urs hat dich gefunden, mein Kind. Unser Herr hat euch zwei gesunde und wundervolle Kinder geschenkt, und nun wird er dafür Sorge tragen, dass deine Familie wohlbehalten nach Hause kommt.«

»Ich wäre glücklich, wenn ich deine Zuversicht hätte«, schniefte Susanna in das Tuch.

»Du darfst nicht verzweifeln, Susanna. Übe dich im Gebet, und ziehe Kraft daraus.«

Susanna steckte das Tuch zurück und entnahm dem anderen Ärmel ebenfalls ein Tuch, das nach Lavendel duftete.

»Hast du Kopfschmerzen?«, fragte Barbli besorgt, da sie den Lavendel roch.

»Es ist nicht der Rede wert. Sie werden sicher gleich nachlassen«, murmelte Susanna und tupfte sich mit dem Tuch über die Schläfen. Dann legte sie es auf den Tisch, um den Geruch des Krauts einzuatmen. »Hast du nie in deinem Glauben zu Gott geschwankt?«, wollte sie von ihrer Schwiegermutter wissen.

»Schon oft«, gab die Frau unumwunden zu, und ihre Schwiegertochter blickte erstaunt auf. Barbli lachte. »Jeder Mensch wird irgendwann zweifeln oder sogar glauben, dass Gott ihn verlassen hat. Damals, als Jaggi uns aus unserem alten Leben in der Schweiz herausriss und verlangte, dass wir ihm ins Reich folgen sollten, zweifelte ich an meinem Mann und an Gott. Als man Urs der Brunnenvergiftung anklagen wollte, habe ich Gott sogar verflucht. Und als es schien, dass du und Urs euch verlieren würdet, habe ich Gott beschimpft. Es gibt immer wieder Situationen, die gottesgläubige Menschen schwanken lassen. Auch heute hadere ich mit Gott, weil er zugelassen hat, dass unsere Gritli in Gefahr schwebt. Aber ich habe immer Trost im Gebet gefunden und stets fest geglaubt, dass der Herrgott uns hilft und uns nicht verdammt.«

»Glaubst du, dass er alles sieht und trotzdem verzeiht?«

»Wenn der Heiland uns fallen lassen würde, wer soll uns dann erretten? Wer würde uns vor den Machenschaften des Teufels beschützen? Es ist wichtig, dass man auf den rechten Pfad zurückkehrt – einerlei, welche Sünde man begangen hat. Das gelingt nur, wenn man Gott vertraut.«

Susanna machten die Worte nachdenklich, und Barbli strich ihr liebevoll über den Handrücken. »Lass uns etwas ruhen, bevor wir das Notwendige für die Hütte zusammentragen«, sagte sie und löschte das Licht.

Thomas Hofmann legte sich vorsichtig hinter den Rücken seiner Frau. Wie ein Kleinkind lag Eva mit angezogenen Beinen auf der Seite und hielt ihren Körper mit den Armen umschlungen. Er bettete sein Gesicht neben ihren Kopf und sog den Duft ihres Haars ein. Es schien eine Ewigkeit her zu sein, dass er bei ihr gelegen hatte. Als er seine Hand auf ihre Schulter legte, zuckte sie zusammen.

»Du warst lange fort«, hielt sie ihm vor. »Ich habe in der Küche gewartet, aber mir wurde kalt, und so bin ich zu Bett gegangen. Wie haben die Eltern des Mädchens die Nachricht aufgenommen? Was werden sie unternehmen? Gibt es Rettung für Melchior und Gritli?«, fragte sie angespannt. Hofmann konnte aus ihren Worten die Furcht hören und strich ihr zur Beruhigung über die Wange, die noch nass von Tränen war.

»Sie sind genau wie wir voller Angst und verzweifelt. Aber es gibt Hoffnung«, sagte er geheimnisvoll. Seine Frau drehte sich ihm zu. »Wir waren bei unserem Regenten …«

»Dem Erzbischof und Kurfürsten?«, unterbrach Eva ihn ungläubig. Sie setzte sich auf und lehnte sich mit dem Rücken gegen die Wand. »Wie seid ihr auf diesen Gedanken gekommen?«

Hofmann schob sich neben seine Frau und erklärte ihr die Umstände, und sie hörte aufmerksam zu.

»Welchen Plan habt ihr ersonnen?«, fragte sie nervös.

»Der Kurfürst hat Urs Blatter und seinem Sohn Michael einen persönlichen Passierschein ausgestellt, damit sie die Sperre überschreiten und in den Ort reiten können. Dort werden sie nach den Stofffetzen suchen und dieser Spur zu den Kindern folgen. Auf dem Rückweg werden sie den kürzeren Weg nehmen und durch die Mosel schwimmen.«

»Melchior kann nicht schwimmen«, rief Eva entsetzt.

»Das Mädchen, ihr Vater und Bruder ebenfalls nicht. Deshalb werden sie sich an die Sättel der Pferde binden und von den Gäulen mitgezogen werden.«

»Warum nehmen sie nicht schon auf dem Hinweg den kürzeren Weg durch den Fluss?«, überlegte Eva.

»Die starke Strömung der Mosel wird sie mitreißen und auf der anderen Uferseite unterhalb von Piesport an Land treiben. Würden sie diesen Weg auf dem Hinweg versuchen, würde die Strömung sie an dem Pestdorf vorbeiführen. Wertvolle Zeit ginge verloren. Die haben wir aber nicht, denn der Passierschein gilt nur bis zum Morgengrauen.«

Eva zog die Beine an und legte die Arme darüber. »Hoffentlich haben sie sich nicht angesteckt«, flüsterte sie.

»Davor haben wir alle Angst. Auch der Regent befürchtet, dass eine neue Epidemie ausbrechen könnte, wenn einer von ihnen die Pest in sich trägt. Deshalb dürfen der alte und der junge Blatter sowie das Mädchen und unser Michael die nächsten vier Wochen nicht nach Hause zurückkehren. Sie müssen tief im Wald in einem abgelegenen Jagdhaus einen Monat lang ausharren. Jeder von ihnen allein in einer Kammer. Das war die Bedingung des Kurfürsten. Sollten sich keine Zeichen der Pest zeigen, können wir jubilieren und sie nach Hause holen.«

»Und wenn nicht? Was, wenn einer krank wird?«, hauchte Eva Hofmann.

»Dann müssen sie so lange in der Jagdhütte bleiben, bis sich über viele Wochen keine Anzeichen der Erkrankung mehr zeigen«, erklärte Hofmann und fügte dann leise hinzu: »Oder bis der Letzte tot ist.«

Eva presste ihr Gesicht auf die Knie. »Herr im Himmel, steh uns bei«, flüsterte sie.

»Wir werden Glück haben, und alles wird wieder gut«, erklärte Thomas Hofmann zuversichtlich.

Eva sah ihren Mann überrascht an. Obwohl die Lage ernst war, war er guter Dinge. Verflogen schienen Übellaunigkeit und die Missstimmung, die in den letzten Jahren an der Tagesordnung gewesen waren. »Ich erkenne dich kaum wieder«, flüsterte sie.

Hofmann holte tief Luft und ließ sie seufzend entweichen. »Ich weiß, dass ich dir und Michael das Leben zur Hölle gemacht habe. Das wird sich ändern. Urs Blatter will mir helfen, dass ich nicht mehr so viel Laudanum nehmen muss, um meine Schmerzen zu unterdrücken. Ich weiß nicht wie, aber er sagte auf dem Heimweg, dass er einen jüdischen Arzt kennt, den er um Rat fragen wird.«

Eva blickte ihn zweifelnd an.

»Ich habe unserem Herrgott als Pfand für die Befreiung unseres Melchior versprochen, mich zu ändern. Er scheint meinen Vorschlag angenommen zu haben, denn der Kurfürst hat den Passierschein ausgefüllt.«

»War es nicht ein waghalsiges Unterfangen, den Regenten mitten in der Nacht zu wecken?«, fragte Eva Hofmann. »Es wundert mich, dass er euch angehört hat. Ihr seid weder Adlige noch Kirchenmänner, denen von der Leyen zu Dank verpflichtet wäre.«

Hofmann zögerte einen Augenblick, und dann vertraute er seiner Frau das Geheimnis an, das so viele Jahre zurücklag.

»Du bist der Pestreiter gewesen?«, fragte sie mit großen Augen und sah ihn bewundernd an.

Hofmann nickte – zögerlich, aber stolz. »Da der Großvater des Mädchens dem Kurfürsten ebenfalls treu gedient und ihm in der Vergangenheit einen besonderen Dienst erwiesen hat, sah sich Karl Kaspar von der Leyen in der Verpflichtung, uns zu helfen«, erklärte er.

»Warum hast du nie über deine besondere und ehrenvolle Aufgabe gesprochen? Warum erfahre ich davon erst jetzt?«

»Ich hatte mich verpflichtet, Stillschweigen zu wahren. Doch das ist so viele Jahre her, dass ich mich nun davon entbunden fühle. Trotzdem darfst du das Geheimnis nicht weitertragen. Auch der Kurfürst will nicht daran erinnert werden.«

»Das hat er gesagt?«, fragte seine Frau.

Er lachte. »Nicht direkt, denn als wir uns verabschiedet haben, meinte er, dass wir ihn nie wieder um einen solch schwierigen Gefallen bitten dürften.«

Eva betrachtete ihren Mann, dessen Mundwinkel von einem Lächeln nach oben gezogen wurden. Da das Mondlicht sein Gesicht beschien, konnte sie seinen Blick erkennen, und das war derselbe Blick, in den sie sich einst verliebt hatte.

Urs und Michael peitschten ihre Pferde über die Handelsstraße, als ob der Leibhaftige hinter ihnen her wäre. Im gestreckten Galopp preschten die Tiere vorwärts, sodass Urs sich sicher war, die Wegstrecke in einer Stunde zu schaffen. Dank der Verbindungen seines Vaters ritten sie auf den schnellsten Rössern aus dem Stall der Soldatenpferde. Zwar hatte der Pferdeknecht Hansi Federkiel überrascht aufgeschaut, und er konnte seine Neugierde kaum zügeln. Aber da er dem alten Blatter treu ergeben war, stellte er keine Fragen. »Es ist mir eine Ehre, Euch behilflich zu sein«, hatte er erklärt und die beiden Hengste ausgewählt.

Urs war froh, dass das Gespräch mit dem Regenten eine gute Wendung genommen hatte. Er tastete über seine Brust, wo das Schriftstück zwischen Haut und Leinenhemd steckte. Was würde ich jetzt machen, wenn der Erzbischof sich geweigert hätte, uns einen Passierschein auszustellen?, überlegte er und verjagte die Frage sofort aus seinem Kopf. Warum sich darüber Gedanken machen? Ich habe die Erlaubnis zum Betreten und Verlassen des Pestdorfs. Ich habe zwei schnelle Pferde und vier vom Kurfürsten gesegnete Amulette, die uns vor der Pest schützen sollen. Jetzt muss ich nur dem Plan folgen, nichts Unüberlegtes tun und die Kinder rasch aus dem Pestdorf ins Waldhaus bringen. Wenn wir die nächsten vierzehn Tage unversehrt überstehen, können wir in unser altes Leben zurückkehren. Ach, Gritli, dachte er, ich hoffe, du hast dich an meine Ratschläge gehalten.

Urs blickte kurz zurück, ob sein Sohn ihm folgen konnte. Beide Pferde schienen gleich stark zu sein, denn Michael war weniger als zwei Pferdelängen hinter ihm. Die Nüstern seines Hengstes waren weit geöffnet, und er blies den Atem geräuschvoll aus. Zufrieden schaute Urs nach vorn auf den Weg. Zum Glück ist uns das Wetter ebenfalls gewogen, dachte er und trat dem Pferd in die Flanke.

Urs' Gedanken schweiften zurück in das Kurfürstliche Palais. Was der Kurfürst und Erzbischof über die Güte Gottes gesagt hatte, hatte ihn nachdenklich gemacht. Er konnte nicht leugnen, dass dessen Worte seinen Zorn auf seinen Sohn beschwichtigt hatten. *Gott verdammt nicht,* hatte von der Leyen erklärt und Urs somit das Recht abgesprochen, seinen eigenen Sohn zu verfluchen. Bevor sie sich auf den Weg nach Piesport machten, hatte er Michael die Last von den Schultern genommen und ihm erklärt, dass er an der Lage seiner Schwester keine Schuld trug. »Ich danke dir, Vater!«, hatte Michael gesagt und versucht zu lächeln. Auch wenn sie seitdem kaum miteinander gesprochen hatten, so schien die Stimmung zwischen ihnen doch entspannter zu sein.

Allerdings hatte Urs seinem Sohn bislang den Tod des italienischen Mannes verschwiegen. Als Susanna ihm von dem Leichenfund berichtet hatte, war sein erster Gedanke, es Michael zu verschweigen, doch mittlerweile schwankte er in seiner Ansicht. Ich werde ihm heute noch von dem Schicksal des Mannes berichten, denn dann können wir endlich mit der Geschichte abschließen, nahm er sich vor. Alles wird wieder gut, dachte er, als Tränen in seinen Augen brannten. »Dieser verdammte Wind«, schimpfte er und wischte sich energisch über das Gesicht.

Michael hatte den besorgten Blicks seines Vaters gesehen, und er hielt eine Hand in die Höhe als Zeichen, dass alles in Ordnung sei. Der Vater schien seit dem Gespräch mit dem Regenten verändert, fand Michael, nicht ahnend, woran das liegen könnte. Gänsehaut überzog seinen Körper, als er daran dachte, wie sein Vater ihm gesagt hatte, dass er nicht die Schuld an Gritlis Lage trug.

Es ist eine Verkettung von unglücklichen Umständen, schlussfolgerte Michael, während ihm der scharfe Wind ins Gesicht schnitt. Gott ist gerecht und lässt meine Schwester nicht leiden, dachte er. Er betete in Gedanken, dass Gritli sich nicht mit der Pest angesteckt hatte. Unbewusst fasste er sich an das Amulett, das um seinen Hals hing. Es war eine Silbermünze mit dem Abbild des heiligen Rochus, dem Schutzheiligen gegen die Pest. Sein Vater hatte ihm berichtet, dass der Kurfürst vier Amulette gesegnet habe, damit sie, Gritli und Melchior vor der Pest geschützt würden. Alles wird gut werden, dachte Michael und beschloss in dieser Stunde, Katharina Eisenhut einen Antrag zu machen. Ich werde den Wunsch meiner Eltern erfüllen und in Zukunft ein redliches Leben führen, um in Gottes Schoß zurückzukehren. Da er nun diesen Entschluss getätigt hatte, spürte Michael, wie Ruhe und eine tiefe Dankbarkeit sich in ihm ausbreiteten. Erleichtert jagte er seinem Vater hinterher.

Urs schätzte, dass sie die Hälfte der Wegstrecke geschafft hatten, als er merkte, dass sein Pferd zu lahmen begann und schließlich in langsamen Trab fiel. Er gab seinem Sohn ein Zeichen und zügelte den Hengst, der schnaufend stehen blieb. Michaels Pferd kam neben ihm zum Stehen.

»Es scheint der rechte Huf hinten zu sein. Womöglich hat er sich einen Stein eingetreten«, sagte er und stieg aus dem Sattel. Er sprach beruhigend auf den Hengst ein und reichte seinem Vater die Zügel. »Ich sehe nach«, sagte er und hob den Huf des Pferdes.

»Es sind mehrere kleine Steine, die sich ins Horn gedrückt haben.« Er ließ den Fuß des Pferdes ab, um einen Kratzer aus seiner Satteltasche zu holen.

»Michael, ich muss dir etwas sagen …«, begann sein Vater, als er ihm den Rücken zukehrte. Michael schloss die Augen, denn er spürte, dass etwas Unheilvolles kommen würde. Er wagte es nicht, seinem Vater ins Gesicht zu schauen, sondern kramte weiter in der Satteltasche.

»Man hat eine Leiche aus der Mosel geborgen. Einen Mann, der nicht aus Trier stammen soll. Ich vermute, dass es der Italiener sein könnte.«

Michael hörte die Worte seines Vaters wie aus weiter Ferne. Er musste sich am Sattel festhalten, da seine Beine weich wurden.

»Wieso soll es Andrea sein?«, flüsterte Michael.

»Die Beschreibung des Mannes und seiner besonderen Kleidung lässt das vermuten. Deine Mutter ist sich sicher, dass er es ist.«

»Andrea«, wisperte Michael, »sein Name lautet Andrea.«

Urs spürte, wie allein bei der Erwähnung des Namens Groll in ihm hochstieg, zumal Michael ihn fast zärtlich aussprach.

»Du kannst froh sein, dass Gott dir wohlgesonnen ist, mein Sohn. Er hat gerichtet und dich verschont. Dieses Ungeheuer, das dich verführte, wurde seiner gerechten Strafe zugeführt, aber du darfst weiterleben. Gott hat dir verziehen, Michael, daran musst du denken.« Urs hatte Mühe, seine Stimme nicht aufbrausend klingen zu lassen. Er holte tief Luft. »Und merke dir, sein Name *war* Andrea! *War!*«, presste er hervor und ballte seine Hände zu Fäusten. »Und vom heutigen Tage an will ich diesen Namen nie wieder aus deinem Mund hören.«

Michael stand immer noch mit dem Rücken zu ihm, die Stirn gegen das Leder des Sattels gepresst und mit zuckenden Schultern.

Gerade als Urs einen Schritt auf seinen Sohn zu machen wollte, nahm er hinter ihnen ein Geräusch wahr.

Hastig drehte er sich um und sah eine Gestalt, die wie aus dem Nichts aufgetaucht war.

Kapitel 45

Gritli zwinkerte verschlafen. »Sind sie da?«, fragte sie und setzte sich auf.

»Nein, noch nicht. Ich musste dich wecken, weil ich deine Hilfe benötige.«

»Wofür?«

»Ich will das Fuhrwerk aus dem Weinberg zur Mosel ziehen. Wenn ich an eines der Weinfässer ein Stück deines Schals hefte, werden unsere Retter den Stoff leichter sehen können.«

Gritlis Stirn kräuselte sich. »Das ist eine gute Überlegung. Warum nimmst du nicht dein Pferd, um das Fuhrwerk zu ziehen? Wir zwei haben kaum die Kraft dazu.«

»Ich befürchte, dass wir mit dem Pferd zu viel Lärm machen und jemand auf uns aufmerksam werden könnte.«

Gritli nickte. »Bevor wir hinausgehen, möchte ich dir das weitergeben, was mein Vater mir über die Pest eingeschärft hat. Das wollte ich dir schon früher sagen, aber dann ...«, stockte sie, denn sie spürte, wie sie unter seinem Blick unsicher wurde.

»Was hat dein Vater dir gesagt?«, fragte Melchior.

»Du darfst dich keinem Menschen, der Kontakt zu Pestkranken hatte, so dicht nähern, dass du seinen Atem spüren kannst. Sonst läufst du Gefahr, die Pest einzuatmen. Auch darfst du niemanden berühren. Selbst wenn er keine Merkmale aufweisen sollte.«

»Das weiß ich bereits von meinem Vater. Er kennt anscheinend die selben Regeln.«

»Weißt du auch, dass man sich mit Essigwasser oder saurem Wein waschen soll, falls man von einem Pestkranken berührt wurde?«

»Nein, das ist mir unbekannt.«

Melchior blickte sich in dem Kellergewölbe um und entdeckte im hinteren Teil zwei Weinfässer. »Ob da saurer Wein drin ist?«

»Das werden wir prüfen, wenn wir ihn brauchen.« Gritli sah zum Mauerloch hinaus in den schwarzen Nachthimmel. »Um diese Zeit dürften selbst die Einwohner von Piesport schlafen.« Sie griff ihren Mantel, mit dem sie sich zugedeckt hatte, und warf ihn sich über die Schultern. »Lass uns gehen, damit wir rasch wieder zurück sind.«

Gritli drückte das Fuhrwerk von hinten, während Melchior die Deichsel packte und versuchte, den Karren vorwärtszuziehen. Da der Boden mit Steinen übersät war und die schmalen Räder in ausgewaschenen Fahrspuren steckten, war es ein schweißtreibendes Unterfangen, bis sich das Gefährt in Bewegung setzte. Vorsichtig schoben sie es den leichten Hang hinab, als die Räder schneller und schneller rollten. Melchior befürchtete bereits, dass sie es in der Mosel versenken würden, als es an dichtem Buschwerk hängen blieb. Keuchend stützte er seine Hände auf die Knie.

»Zwei Fuhrwerklängen mehr, und es wäre in der Mosel untergegangen«, japste er und sah sich nach Gritli um, die sich ihre Hand fest umklammert hielt. »Hast du dir wehgetan?«, fragte er.

»Nicht der Rede wert«, beschwichtigte sie ihn. »Ich habe mir etwas Haut am Handballen abgeschürft.« Melchior betrachtete die Wunde und hauchte einen Kuss darauf. »Schaffst du es, das Fuhrwerk bis zum Pfosten zu drücken?«

Gritli blickte vor sich zu der Stelle, wo sie mit der Fähre angekommen waren, und nickte. Zum Schutz wickelte sie sich eine Ecke ihres Mantels um die verletzte Hand. Als Melchior die Deichsel griff, fasste sie an das Holz der Seitenteile. Gemeinsam drehten sie das Fuhrwerk in die Richtung und zogen es zur Anlegestelle, wo Melchior den Stoff vom Pfahl knotete. Damit schwang er sich auf die Ladefläche und befestigte den Fetzen an einem der Fässer.

»Fertig«, sagte er leise zu Gritli und stieg von dem Fuhrwerk. Da fragte eine Stimme hinter ihnen:

»Habt ihr meine Tochter gesehen?«

Erschrocken blickten sich die beiden um. Eine Frau mit käsigem Gesicht, barfuß und im leinenem Unterkleid stand auf dem Weg und starrte sie mit leerem Blick an. »Habt Ihr meine Tochter gesehen?«, wiederholte sie die Frage.

»Wie heißt deine Tochter?«, fragte Gritli vorsichtig.

»Ines«, wisperte die Unbekannte. »Sie ist neun Jahre alt und ein hübsches Kind.«

Gritli betrachtete die Frau aus schmalen Augen. Plötzlich wusste sie, wer sie war.

»Ich kenne sie. Ich habe sie mit ihrem Mann gesehen, als ich in die Büsche musste. Das Mädchen ist tot. Ich glaube, die Kleine ist an der Pest gestorben«, flüsterte sie Melchior zu und zog ihn einige Schritte zurück.

In diesem Augenblick kam ein Mann um die Häuserecke gelaufen und rief schon von Weitem den Namen der Frau. Als er Gritli und Melchior sah, brüllte er: »Was macht Ihr mit meinem Weib?« Wütend rannte er auf die beiden zu.

»Lass uns verschwinden«, rief Melchior und fasste Gritli an der Hand, um sie mit sich zu ziehen.

»Wer seid Ihr? Was macht Ihr in Piesport?«, schrie der Mann und eilte ihnen hinterher. Gritli wurde angst und bange, dass er nach ihr greifen könnte, als die Frau den Namen ihrer Tochter heulte. Immer wieder war ihr Ruf nach dem Kind zu hören.

»Ines! Ines, wo bist du?«, schluchzte sie.

Gritli schaute zurück und sah, wie der Mann stehen blieb und sich in die Haare griff. Dann ging er zu seiner Frau, die am Boden lag und wimmerte. Er beugte sich zu ihr herunter und strich ihr liebevoll durchs Haar. »Lass uns nach Hause gehen und für unser Kind beten«, sagte er.

In ihrem Versteck setzte sich Gritli bebend auf die Leinensäcke. Als sich Melchior zu ihr niederließ und sie mit den Armen umschlang, flüsterte sie: »Ich will nach Hause. Bitte mach, dass ich nach Hause kann.« Melchior zog sie an sich und vergrub sein Gesicht in ihren Locken. »Verzage nicht, mein Liebling! Bald wird der Schrecken vorbei sein.«

»Ihr habt uns erschreckt, guter Mann«, sagte Urs und versuchte zu lächeln, obwohl ihm unwohl zumute war.

»Wohin des Weges?«, fragte der Fremde mit kaltem Blick.

»Wir müssen eilends nach Piesport und können deshalb nicht lange mit Euch plaudern«, erklärte Urs, der hoffte, dass der Mann seines Weges ziehen würde.

Als Michael die unbekannte Stimme vernahm, blinzelte er die Tränen fort und drehte sich um. Ein Fremder, der in abgerissener Kleidung steckte, stand bei seinem Vater und schaute nun zu ihm herüber. Sicher ein Heimatloser, dachte Michael und nickte ihm zu.

Doch sein Gruß wurde nicht erwidert. Stattdessen wandte der Mann seinen Blick dem Vater zu und fragte: »Piesport?«

Sein Vater nickte.

»Dort ist die Pest ausgebrochen.«

»Das wissen wir. Deshalb müssen wir hin.«

»Ihr wollt mich zum Narren halten. Was wollt Ihr dort?«

»Es geht Euch nichts an, aber ich muss meine Tochter holen, da sie den Ort nicht mehr rechtzeitig verlassen konnte.«

»Die Fähre fährt für kein Geld der Welt, und der einzige Weg dorthin ist abgeriegelt. Wie wollt Ihr in das Dorf gelangen?«, fragte der Mann ungläubig.

Urs wurde ungeduldig. Der Mann stellte zu viele Fragen über Dinge, die ihn nichts angingen. Doch er wagte nicht, ihm die Antworten zu verweigern. Etwas an dem Fremden, was Urs nicht benennen konnte, verriet ihm, dass der Mann gefährlich werden könnte.

»Ihr scheint Euch gut auszukennen«, stellte Urs fest und versuchte zu lächeln.

»Ich wollte ebenfalls nach Piesport, doch ich will mich nicht mit der Pest anstecken«, sagte der Mann ausdruckslos. Urs wollte gerade etwas erwidern, als Michael verriet: »Deshalb hat der Erzbischof und Kurfürst jedem von uns ein Schutzmedaillon gesegnet.« Er zupfte die Münze aus seinem Hemdausschnitt hervor und hielt sie in die Höhe.

Urs warf seinem Sohn einen strafenden Blick zu und schüttelte kaum merklich den Kopf. Du Narr, hätte er ihn am liebsten gescholten, doch er sagte kein Wort zu Michael, sondern behielt den Fremden im Blick. Als er dessen triumphierendes Lächeln sah, war er sich sicher, dass Michael einen großen Fehler begangen hatte. An seiner Miene konnte man erkennen, dass die Gedanken des Fremden hin und her zu springen schienen.

Was führt er nur im Schilde?, überlegte Urs.

Michael schaute betreten zu Boden. Der vorwurfsvolle Wink des Vaters hatte ihm verdeutlicht, dass er falsch gehandelt hatte. Hastig ließ er die Medaille wieder verschwinden. Er hatte es nicht mit Absicht gemacht, denn er war in Gedanken bei Andrea gewesen und hatte deshalb nur mit halbem Ohr zugehört. Ohne nachzudenken, hatte er ihr Geheimnis preisgegeben.

Hoffentlich hat das keine Nachteile für uns, dachte er und sah zu seinem Vater, als der Fremde fragte: »Wie wollt Ihr in das Dorf gelangen?«

Urs war der verschlagene Unterton nicht entgangen. Wenn du denkst, dass dir allein das Amulett nützen könnte, irrst du dich, höhnte er innerlich und verriet mit einem Glitzern in den Augen: »Wir haben einen Passierschein vom Regenten, der nur für meinen Sohn und mich gilt und deshalb auf unsere Namen ausgestellt wurde.«

Die Augen des Mannes weiteten sich kurz. Dann schien er zu überlegen.

Urs wurde ungeduldig, da durch die Fragerei des Fremden weitere kostbare Zeit verloren ging. Da aber zugleich das schlechte Gefühl, das ihn von der ersten Minute dieses Zusammentreffens an beschlichen hatte, mit jedem Atemzug größer wurde, wagte er nicht aufzubrechen.

Urban Griesser beachtete den Mann nicht weiter, der ihn unentwegt musterte. Er konnte nicht glauben, was er gerade gehört hatte. Sollte der Zufall ihm die Möglichkeit zuspielen, mühelos nach Piesport zu gelangen? Alle seine Sorgen schienen sich in Nichts aufzulösen. Die beiden hatten einen Passierschein, das Schutzamulett und Pferde. Seine Freude wurde leicht gedämpft, da die Erlaubnis auf zwei Personen ausgestellt war. Wenn nur er an der Sperre erschien, würde das womöglich Fragen aufwerfen. Einer von ihnen muss hierbleiben, und einer kommt mit mir, beschloss Griesser und überlegte, wer von den beiden ihn begleiten durfte.

Urs schob seine Sorge beiseite, denn er wollte endlich weiterreiten. Er gab seinem Sohn ein Zeichen, endlich den Huf des Hengstes auszukratzen.

Michael nickte, nahm den Kratzer aus der Tasche und säuberte den Huf von den Steinchen. Als er den Hals des Pferdes klopfte, streifte sein Blick die Umgebung, die er in der Dunkelheit nur schemenhaft erkennen konnte. Wo ist der Mann so plötzlich hergekommen?, fragte er sich. Da er nichts Ungewöhnliches erkennen konnte, wollte er das Werkzeug zurück in die Satteltasche packen, als er wieder an seinen toten Geliebten denken musste. Seufzend schob er Andreas Gesicht fort. Jetzt ist nicht der richtige Zeitpunkt, um zu trauern, ermahnte er sich und fädelte schwer schluckend den Ledergurt in die Öse der Tasche.

Urs musterte den Unbekannten genauer, der ihn um mehr als einen Kopf überragte. Seine schäbige Kleidung, der Rucksack, der fast leer schien, und das durchlöcherte Schuhwerk ließen darauf schließen, dass der unbekannte Hüne schon länger unterwegs war und von der Hand in den Mund lebte. Jetzt bemerkte er die vernarbten Unterarme und erkannte, dass dem Fremden ein Ohr fehlte. Ein Ehrloser, der nichts zu verlieren hat, dachte Urs und wandte sich seinem Sohn zu, um ihm ein Zeichen zu geben, dass er aufsitzen sollte.

Doch in diesem Moment schlug der Mann auf Michael ein, der lautlos zusammensackte.

Urs schrie und wollte zu seinem Sohn eilen, doch der Mann packte ihn am Kragen und zischte: »Du hast zwei Möglichkeiten: Du bleibst hier, oder du rettest deine Tochter.«

»Ich werde dich den Soldaten verraten!«, brüllte Urs.

»Das wirst du nicht, denn sonst töte ich dich, und dein Sohn und deine Tochter bleiben in dem Pestdorf.«

Urs sah auf Michael, der wie tot am Boden lag. »Lass mich nach meinem Sohn sehen. Ich bin Arzt.«

»Dann wirst du wissen, dass dieser Schlag ihn nicht getötet hat.«

»Ich kann ihn hier nicht liegen lassen, allein in der Dunkelheit.«

»Du vergeudest kostbare Zeit«, sagte der Fremde und befahl ihm mit einem Rippenstoß, aufs Pferd zu steigen.

Kaum saß Urs im Sattel, ging der Mann zu Michael und nahm ihm das Schutzmedaillon ab. Dann riss er Urs den Zügel aus der Hand und sprang auf das andere Tier, dem er heftig in die Flanken trat. Als die Hengste losgaloppierten, schaute Urs sich noch einmal nach seinem Sohn um, doch der lag noch immer regungslos am Boden.

Gritli fand keine Ruhe, und an Schlaf war nicht zu denken. Während Melchior neben ihr leise atmete, sprangen in ihrem Kopf die Bilder hin und her. Sie sah die weinende Frau vor sich, die nach ihrer toten Tochter rief. Dann die Männer, die wie Priester gekleidet waren und mit ernstem Gesicht zu den Leuten aus dem Dorf sprachen. Auch den verzweifelten Vater, der sein totes Kind in den Armen hielt und seinen Schmerz hinausbrüllte. Sie spürte Angst, aber auch tiefe Traurigkeit ins sich aufsteigen. Hilflos presste sie die Lider fest zusammen und versuchte die Bilder zu verscheuchen, doch dann tauchte Ulrichs Gesicht auf, wie er sie voller Zorn anblickte. Zugleich erinnerte sie sich daran, wie er ihr an der Stadtmauer von Trier seine Liebe gestanden hatte. »Ich kann ihn hier nicht zurücklassen«, wisperte sie und konnte kaum atmen, da die aufsteigenden Tränen ihr die Luft abschnürten. Sie sah zu Melchior hinüber und überlegte, ob sie ihn wecken sollte, doch dann beschloss sie, ihn schlafen zu lassen. Sie warf sich den Umhang über die Schultern und verließ heimlich den Keller.

Michael erwachte und wusste zuerst nicht, wo er sich befand. Als es ihm dämmerte, setzte er sich auf und rief nach seinem Vater. Als er keine Antwort bekam, schrie er nach ihm. Doch außer seiner eigenen Stimme war nichts zu hören. Er schloss die Augen, denn ihm wurde übel. Als der Brechreiz nachließ, versuchte er aufzustehen. Mühsam kam er auf die Beine, da unter seiner Schädeldecke der Schmerz hämmerte. Suchend blickte er sich um, doch er war allein. Allein auf der dunklen Handelsstraße, umgeben von hohen Bäumen. Er war sich sicher, dass der Schurke seinen Vater gezwungen hatte, mit ihm nach Piesport zu reiten. Er riss sich an den Haaren und blickte zum dunklen Himmel empor.

»Erst Andrea und jetzt mein Vater!«, schrie er. »Gott, wann habe ich meine Schuld beglichen? Wann hast du mir verziehen?«, brüllte er in die Nacht hinaus. Obwohl die Übelkeit sich verstärkte und er sich erbrach, begann er mit schmerzverzerrtem Gesicht in Richtung Pestdorf zu laufen.

Während des Laufens fasste er sich an die Kehle und stellte fest, dass die Münze weg war. Schlagartig wurde ihm bewusst, dass er ohne Schutzmedaillon nicht nach Piesport gehen konnte. Auch hatte er keinen Passierschein mehr. Wie sollte er jetzt seinem Vater helfen, Gritli zu befreien? Er blieb keuchend stehen. Verzweifelt kniete er sich auf dem Weg nieder, faltete die Hände vor der Brust, schloss die Augen und betete: »Herr, ich gelobe, jeden Sonntag dir zu Ehren eine Kerze im Dom zu entzünden. Auch gelobe ich abermals, Katharina Eisenhut zu heiraten und ein rechtschaffener Mann zu werden. Aber bitte hilf mir, meine Lieben zu retten«, flüsterte er.

Er schlug das Kreuz, erhob sich und eilte zurück in Richtung Trier, um Hilfe zu holen. Doch er kam nur langsam voran, da ihm übel war.

Die beiden Pferde preschten die Handelsstraße entlang. Urs fühlte sich elend. Er sorgte sich um seinen Sohn. Obwohl ihm bewusst war, dass die Verletzung Michael nicht ernsthaft bedrohte, so bekümmerte ihn die Vorstellung, dass der Junge bewusstlos mitten in der Wildnis lag. Urs stellte sich vor, wie Wölfe seinen Sohn zerfleischten oder dass ausgewachsene Dachse ihn töten könnten. Urs sah grimmig nach dem Fremden, der vor ihm ritt. Sobald ich die Möglichkeit habe, werde ich dich töten, schwor er sich und wusste doch, dass er gegen den Schurken im Kampf keine Chance hatte.

Als sie durch einen Hain ritten, ließ der Fremde die Pferde vom Galopp in den schnellen Trab fallen, da man den Weg nur schemenhaft erkennen konnte. Doch kaum hatten sie die letzten Bäume hinter sich gelassen, trieb der Mann die Hengste wieder zur Eile an. Die Handelsstraße führte bergab, und in der Ferne waren vereinzelte Lichter zu sehen. Urs konnte die Mosel erkennen, in deren Wasser sich das Mondlicht spiegelte. Diese

Häuser müssen zu Piesport gehören, überlegte er. Das Pferd des Fremden wurde langsam und blieb schließlich stehen. Der Mann wandte sich Urs zu und erklärte: »Das da unten ist Müstert. Piesport liegt auf der anderen Uferseite.«

»Ich weiß! Aber woher weißt du das?«, fragte Urs.

»Ich war bereits dort«, verriet der Fremde und wollte wissen: »Weißt du auch, wo die Wegsperre ist?«

»Der Kurfürst hat uns eine genaue Wegbeschreibung gegeben«, sagte Urs und blickte den Weinberg hinauf, wo er in der Dunkelheit einen schwachen Lichtschein ausmachen konnte. Der Blick des Mannes folgte ihm.

»Solltest du mich bei den Soldaten denunzieren, werde ich mit einem gezielten Messerwurf dein Leben auslöschen. Noch bevor man mich gefangen nehmen oder töten kann. Ich bin geübt im Kämpfen und kenne keine Angst – auch nicht vor dem Tod. Hast du das verstanden?«

Urs war überzeugt, dass der Schuft seine Drohung wahrmachen würde, und nickte. »Ich will nur meine Tochter und ihren Begleiter aus dem Dorf herausholen.«

»Verrate mir, wie ihr aus dem Dorf wieder herauswollt? Denselben Weg zurück?«

»Warum soll ich dir den Plan verraten? Womöglich lässt du mich ohne Pferd zurück«, sagte Urs und blickte den Mann, der böse auflachte, hasserfüllt an.

»Du bist schlau, Medicus! Ich werde beide Pferde mitnehmen, sodass du auf mich angewiesen bist und ich auf dich.«

»Was ist so wichtig in diesem Dorf, dass du das Risiko eingehst, an der Pest zu erkranken? Eine Frau?«, fragte Urs.

Der Mann schüttelte den Kopf. »In dem Dorf liegt der Schlüssel für mein neues Leben«, verriet er geheimnisvoll und peitschte sein Pferd vorwärts.

Kapitel 46

Schon als Gritli vor die Tür ihres Verstecks trat, wusste sie, dass ihr Plan, Ulrich zu retten, schwer umzusetzen war. Wo sollte sie ihn suchen? Ängstlich sah sie sich um.

Piesport ist ein Dorf, in dem es nur wenige Häuser gibt. Es kann nicht so schwer sein, ihn zu finden, machte sie sich Mut. Ich werde mir ewig Vorwürfe machen, wenn ich es unversucht lasse, dachte sie und presste sich gegen eine Hauswand. Wenn ich mich nur an den Namen des Weinguts erinnern könnte, wo ich Ulrich getroffen habe. Vielleicht weiß man dort, wo ich ihn finden kann. »Putter ... Patter ...«, murmelte sie. »Pitter!«, rief sie schließlich leise und blickte sich um. In dieser Richtung wohnen die Eiders, und diese Straße bin ich entlanggegangen, dachte sie.

Sie beobachtete die Gassen. Als sie niemanden sehen konnte, schlich sie zum Weingut Pitter.

Weinbauer Scheckel hatte Ulrich hinausgeworfen. »Wie kann der dumme Hund nur annehmen, dass ich ihn hintergangen hätte?«, fluchte Ulrich und war zu Pitter gegangen, um nach Arbeit zu fragen. Der hatte ihn freudig aufgenommen.

»Mit deiner Hilfe werde ich dem alten Scheckel seine Kunden abspenstig machen«, hatte er gesagt und ihm einen Schlafplatz zugewiesen.

Doch Ulrich konnte nicht schlafen, da ihm abwechselnd heiß und kalt wurde. Auch war sein Mund wie ausgetrocknet, sodass das Schlucken schwerfiel. Er ging hinüber in die Küche, um sich einen Becher kalten Wein zu holen. Das Haus wirkte um diese Zeit wie ausgestorben. Es ist sicherlich schon kurz vor Mitternacht, überlegte er und musste gähnen. Dabei schmerzte sein

Hals, und er verzog das Gesicht. Beunruhigt strich er sich darüber und konnte Verdickungen ertasten. Ulrich wurde übel vor Angst.

Bitte nicht, flehte er und eilte hinüber in die gute Stube des Bauers. Er hoffte dort einen Spiegel zu finden. Tatsächlich stand auf einem Schrank ein handgroßer Spiegel in einem goldenen Rahmen. Er nahm ihn vorsichtig hoch und drehte sich so zum Fenster, dass er im Mondlicht seinen Hals betrachten konnte. Beulen, die sich dunkel unter der Haut abhoben, ließen ihn erschauern. Langsam strich er mit den Fingerkuppen darüber.

»Das kann nicht sein«, wisperte er und betrachtete seinen Hals von allen Seiten. Fassungslos ließ er die Hand sinken. Ich kann mich doch unmöglich mit der Pest angesteckt haben. Wie konnte das so schnell gehen?, grübelte er. Angstschweiß bildete sich auf seiner Stirn, und er konnte kaum noch durchatmen. Die Furcht vor dem Schwarzen Tod ließ ihn beben. Gleichzeitig packte ihn der Zorn. Wütend warf er den Spiegel zu Boden, der in kleine Teile zerbrach. Sein Blick fiel auf das Kreuz über der Zimmertür. »Ich habe nichts getan, dass du mich so strafst!«, schimpfte er verhalten.

Doch dann schluchzte er wie ein Kleinkind. Seine Schultern zuckten, und er konnte sich nicht länger auf den Beinen halten. Er ging in die Knie und hämmerte weinend mit den Fäusten auf den Dielenboden. Ich will nach Hause, dachte er und keuchte nach Luft. Panik stieg in ihm hoch. Das Herz schlug ihm hart gegen die Brust. »Ich muss heim zur Mutter. Sie wird sich sorgen, wenn sie hört, dass ich erkrankt bin«, wisperte er und wischte sich die Tränen fort. Hoffentlich lässt mich der Weinbauer gehen, dachte er und schluckte schwer. »Sicherlich legt er bei den Soldaten an der Sperre ein gutes Wort für mich ein, damit sie mich gehen lassen«, hoffte er. Doch im Innern wusste Ulrich, dass er bleiben musste.

Plötzlich dachte er an das Dorf, aus dem seine Mutter stammte. Das Moselörtchen Inkart war während des langen Kriegs von der Pest heimgesucht worden. Bis auf vierzehn Menschen starben damals alle Einwohner, und die wenigen Überlebenden zogen in den Nachbarort Wehlen. Inkart verfiel immer mehr, bis schließlich nichts mehr daran erinnerte. »Herr, hast du für Piesport das gleiche Schicksal ersonnen?«, fragte er in Richtung des Kreuzes.

Lautes Klagen drang an sein Ohr. Er zog die Stirn kraus. Im selben Augenblick spürte er den Schmerz in seinem Hals. Nur langsam erhob er sich und ging wankend zur Stubentür. Mit schmerzverzogenem Gesicht streckte er den Kopf zum Flur hinaus. Das Jammern kommt von oben, dachte er. Erneut wischte er sich über das Gesicht und stieg dann die Treppe hinauf.

Ulrich sah vorsichtig in die Schlafstube der Bauersleute. Dort erblickte er den Bauern Pitter, der in seinem Bett lag und seine Frau in den Armen hielt. Weinend presste er seine Wange auf die ihre und strich ihr liebevoll über das Gesicht. Als er seinen neuen Knecht bemerkte, flüsterte er mit weinerlicher Stimme: »Du musst leise sein. Meine Frau schläft.«

Ulrich erkannte sofort, dass die Bäuerin tot war. Ihr schlaffer Arm, der aus dem Bett ragte, und die starren Augen ließen ebenso wie das blutgetränkte Bettzeug keinen Zweifel daran zu.

»Bauer, Eure Frau ist tot«, flüsterte er und fasste sich an den schmerzenden Hals. »Die Pest hat sie geholt. Ich werde den Sargmacher rufen«, sagte er leise.

Bei dem Gedanken, dass ihn das gleiche Schicksal erwartete, wurde ihm hundeelend. Er verspürte den Wunsch zu schreien, zu toben und fortzulaufen. Doch was hätte es genutzt? Stattdessen wollte er sich gerade aus dem Zimmer schleichen, als er den Bauern flüstern hörte: »Die Pest?«

Ulrich hielt inne und blickte zurück zu dem Mann, der seine tote Frau ungläubig betrachtete.

»Woher soll die Seuche gekommen sein?«, fragte Pitter und

blickte seinen neuen Knecht fragend an. Im nächsten Moment veränderte sich sein Blick, und blanker Hass ließ seine Augen leuchten.

»Eider!«, murmelte er. »Dieser verfluchte Mensch hat die Pest nach Piesport gebracht. Sicherlich hat er unsere Brunnen mit Pestgift verseucht, das er von seinen Reisen mitgebracht hat.«

»Warum sollte er das machen?«, fragte Ulrich erschrocken.

»Er will sich unsere Weingüter unter den Nagel reißen, wenn wir tot sind, damit er noch reicher wird«, erklärte Pitter mit wütender Stimme. Er strich seiner toten Frau erneut über das Gesicht. »Mach dir keine Sorgen, Bärbel. Ich werde diesem Haderlumpen den Hals abschneiden, so wahr ich dein Mann bin. Ruh dich aus, bis ich wiederkomme.«

Er begreift nicht, dass seine Frau tot ist, dachte Ulrich fassungslos und wollte etwas sagen. Da hörte er, wie sein Name gerufen wurde.

Der Weg nach Trier schien kein Ende zu nehmen. Müde und erschöpft stolperte Michael vorwärts. Er fürchtete sich, da aus allen Richtungen unheimliche Geräusche an sein Ohr drangen, die sein Herz schneller schlagen ließen. Unsicher blickte er sich um. Er versuchte nicht an die wilden Tiere zu denken, die ihm gefährlich werden könnten. Doch sobald er versuchte, seine Gedanken in eine andere Richtung zu lenken, sah er Andreas Gesicht vor sich.

Ich darf nicht an dich denken, jammerte er mit schlechtem Gewissen und lief weiter durch die Dunkelheit. Doch immer wieder musste er innehalten, da der Schmerz über den Tod des Geliebten ihn übermannte. Hilflos ging er in die Knie und schrie den Namen hinaus. »Andrea«, hallte es zwischen den Bäumen wider und schreckte die schlafenden Vögel in den Ästen auf. Michael sah das Gesicht des jungen Italieners vor sich. Seine ebenmäßigen Züge, das rabenschwarze Haar und die blauen Augen. Auch glaubte er die melodische Stimme des Geliebten wieder zu hören, die ihm schmeichelnde Worte ins Ohr flüsterte. Ruckartig blickte er sich um, aber es war keine Menschenseele zu sehen. Als er sich vorstellte, wie Andrea im kalten Wasser der Mosel untergegangen war, glaubte er, sein Herz würde zerspringen.

Da erinnerte er sich der Worte seines Vaters: »*... Gott hat ihn gerichtet und dich verschont ...*«

»Welchen Sinn hat mein Dasein noch, wenn du mich am Leben lässt und mir gleichzeitig das Liebste nimmst?«, fragte er zornig, als die mögliche Antwort durch seine Gedanken zuckte: *Vielleicht hat Gott mich geschützt, damit ich meinen Vater retten kann.*

Michael erhob sich und sah zum Himmel empor, als er plötzlich von neuem Lebensmut beflügelt wurde. »Ich muss mich beeilen und Hilfe holen«, beschloss er und sog die klare Nachtluft tief in seine Lunge.

Da hörte er hinter sich Pferdewiehern. Erschrocken wollte er sich hinter einem Baum verstecken, als er ein Fuhrwerk erkannte, das die Handelsstraße in Richtung Trier fuhr. Mutig stellte sich Michael dem Fahrwerk entgegen, sodass der Lenker die Pferde vor ihm zum Stehen bringen musste.

»Was fällt Euch ein?«, schimpfte der Mann. »Beinahe hätte ich Euch überfahren! Geht mir aus dem Weg, ich muss mich eilen. Wegen eines Radbruchs bin ich schon viel zu spät dran.«

»Ich bin in einer Notlage und erbitte Eure Hilfe, guter Mann«, erklärte Michael und trat neben das Fuhrwerk. Mit wenigen Sätzen erklärte er, dass man ihn überfallen und sein Pferd gestohlen habe, er aber dringend in die Stadt müsste. Der Fremde, der allem Anschein nach ein fahrender Händler war, betrachtete seine Gestalt. Michaels Kleidung, die zwar einfach, aber aus wertvollem Tuch gearbeitet war, schien ihn zu überzeugen, dass er kein Lump war.

»Steigt auf«, sagte der Mann. Kaum hatte Michael neben ihm auf dem Fahrerbock Platz genommen, trieb er seine Pferde an.

Urs und Griesser ließen ihre Pferde in den Schritt fallen, da sie in der Dunkelheit den Hohlweg kaum erkennen konnten. Über ihnen schrie ein Uhu, und ein Käuzchen antwortete. Wildschweinschnaufen war zu hören.

Als sie den schwachen Schein eines Lagerfeuers sahen, wussten sie, dass die Sperre vor ihnen lag. Plötzlich traten mehrere Soldaten aus der Dunkelheit hervor und stellten sich ihnen in den Weg.

»Halt! Wer da?«, rief einer der Männer.

»Ich komme vom Erzbischof und Kurfürsten«, sagte Urs und zügelte seinen Hengst.

»Was wollt Ihr?«, fragte der Mann und hielt das andere Pferd an der Trense fest, sodass es nervös tänzelte.

»Wir haben die Erlaubnis des Regenten, nach Piesport zu reiten.«

»Aus welchem Grund wollt Ihr in das Pestdorf?«, fragte der Hauptmann und sah die beiden Männer misstrauisch an.

»Das geht Euch nichts an. Hier ist der Passierschein. Der allein ist für Euch wichtig«, erklärte Urs scharf und zog das Schriftstück aus seinem Hemd. Zweifelnd nahm der Soldat das Dokument entgegen.

»Bring Licht«, rief der Hauptmann einem der Soldaten zu, der eine Fackel am Feuer entzündete und damit angerannt kam. Er prüfte sorgfältig das Siegel des Kurfürsten. »Es scheint echt zu sein«, sagte er und brach es entzwei. Leise murmelnd las er das Geschriebene und fragte: »Wer ist Urs Blatter?«

»Das bin ich.«

»Dann seid Ihr Michael Blatter?« Griesser nickte.

»Mein Bruder«, erklärte Urs.

»Ihr gleicht Euch nicht«, stellte der Soldat fest, nachdem er ihnen ins Gesicht geleuchtet hatte.

»Wir haben unterschiedliche Väter«, versuchte Griesser zu scherzen, doch der Hauptmann verzog keine Miene.

»Ich weiß nicht, ob ich Euch passieren lassen kann, denn unsere Anweisung lautete, dass niemand in das Pestdorf darf.«

»Wollt Ihr Euch dem Befehl des Regenten widersetzen?«, fragte Urs nervös, während kritische Blicke ihn und Griesser musterten.

»Das wird Konsequenzen nach sich ziehen«, drohte Griesser und schaute die Männer wütend an.

»Wenn Ihr Euch mit der Pest anstecken wollt, werden wir Euch nicht aufhalten. Jedoch lassen wir Euch nicht zurück. Ihr müsst anschließend in dem Dorf bleiben und abwarten, ob Ihr die Pest überlebt.« Der Soldat blickte forschend in die Gesichter von Urs und Griesser. Anscheinend wartete er auf Einspruch. Doch als die beiden nichts dazu verlauten ließen, zuckte er gleichgültig mit den Schultern und sagte: »Hinter der Sperre werdet ihr Männer antreffen, die Piesport ebenfalls nicht verlassen dürfen.«

Fragend zog Urs die Stirn zusammen. »Warum sind sie so dicht bei der Sperre?«

»Sie mussten ins Dorf, um dort die Anweisungen unseres Kurfürsten zu verkünden. Da sie bei den Pestkranken waren, müssen wir abwarten, ob sie sich angesteckt haben.«

»Werden sie irgendwann heimkehren dürfen?«

Der Soldat zuckte erneut mit den Schultern. »Wir werden sehen«, sagte er ausweichend und gab seinen Männern ein Zeichen, woraufhin sie zur Seite traten.

Gritli stand im Rahmen der Eingangstür und blickte scheu in den dunklen Flur. »Herr Pitter, wisst Ihr, wo ich Ulrich finden kann?«, rief sie zaghaft. Als sich niemand meldete, noch einmal etwas lauter. »Wo soll ich nur nach ihm suchen?«, fragte sie sich und wollte gerade gehen, als sie Schritte im oberen Stock hörte. Schon kam jemand die Treppe hinuntergelaufen. Es war der Bauer, den sie bereits in der Scheune gesehen hatte, als Melchior des Diebstahls bezichtigt worden war. Grimmig sah er sie an.

»Was willst du?«, fragte er unwirsch, sodass sie einen Schritt zurückwich.

»Ich suche Ulrich«, antwortete sie kleinlaut.

»Er ist oben. Tritt zur Seite«, blaffte er. Als er sich an ihr vorbeidrängen wollte, drückte sie sich an die Wand, damit er sie nicht berührte.

In dem Augenblick kam Ulrich die Treppenstufen heruntergesprungen. »Habe ich mich also doch nicht verhört«, sagte er und sah sie freudig an.

»Ulrich«, rief sie überrascht und erleichtert. Sie wollte auf ihn zugehen, doch er streckte abwehrend die Hände aus und ging zwei Stufen die Treppe wieder hinauf. »Komm mir nicht zu nahe, Gritli.«

Erschrocken blieb sie stehen und sah ihn schockiert an. »Was ist mit dir?«, wisperte sie, obwohl sie die Antwort ahnte.

»Ich kann es nicht mit Gewissheit sagen, aber ich denke, dass ich den Schwarzen Tod in mir trage.«

Gritli schlug sich die Hand vor den Mund, um nicht laut aufzuschreien. »Wie kannst du das wissen? Ich wollte dich holen, denn mein Vater wird sicher bald kommen und uns aus Piesport fortbringen. Komm mit uns, Ulrich, Vater wird dich untersuchen und dir helfen.«

»Du dummes Ding! Wie soll dein Vater mir helfen wollen?«, presste er zwischen den Zähnen hervor.

Bestürzt blickte sie ihn an. »Du weißt, dass er Arzt ist. Er kann dich untersuchen und feststellen, ob du überhaupt an der Pest erkrankt bist.«

»Was soll ich sonst haben? Sieh meine Flecken und die Beulen!«, rief er zornig und riss sich das Hemd vom Hals weg, damit Gritli die verfärbte Haut sehen konnte.

»Das hat nichts zu sagen. Das kann alles Mögliche sein«, versuchte sie ihn zu trösten.

»Du kannst doch froh sein, wenn ich vor die Hunde gehe. Dann bist du frei und kannst ohne schlechtes Gewissen zu deinem Liebhaber gehen!«, brüllte er plötzlich außer sich.

Gritli schaute ihn ob der harten Worte ungläubig an. Tränen der Wut, der Empörung, aber auch des verletzten Stolzes brannten ihr in den Augen. »Wie kannst du nur so reden? Ich habe dir nichts getan, dass du so gehässig zu mir bist«, schimpfte sie mit zittriger Stimme.

Ulrich griff sich mit beiden Händen in die Haare und stürmte die Treppe hinauf, nur um sofort wieder herunterzulaufen. »Was glaubst du, wie ich mich fühle, seit ich dich mit diesem Burschen gesehen habe? Du bist mein Mädchen und reist mit einem Fremden durchs Land. Ich habe seinen gierigen Blick erkannt, mit dem er dich betrachtet hat. Kannst du nicht verstehen, dass ich darüber wütend bin?«

»Ulrich, du kennst ihn nicht und kannst deshalb nicht über ihn urteilen. Auch hast du kein Recht, auf mich zornig zu sein, denn ich habe dir nie etwas versprochen. Wir beide haben uns geküsst, aber mehr auch nicht. Wie kannst du da denken, dass ich dir gehöre?«, fragte sie und versuchte ihrer Stimme einen ruhigen Klang zu geben.

Ulrichs Blick wandelte sich. Plötzlich sah er Gritli voller Zuneigung an. »Ist er gut zu dir?«, fragte er unvermittelt.

Gritli wusste nicht, was er meinte, und offenbar spiegelte ihr Gesicht das wider. »Wie meinst du das?«

»Na, der Bursche, den du so heftig verteidigst. Er scheint es dir angetan zu haben.«

Gritli spürte, wie ihr heiß wurde. Beschämt schaute sie zu dem Bild an der gegenüberliegenden Wand.

»Das muss dir nicht unangenehm sein. Ich habe auch deinen Blick gesehen, den du ihm zugeworfen hast …«, keuchte er und musste plötzlich husten. Der Anfall war so heftig, dass er außer Atem kam und in die Knie ging. Als er sah, dass Gritli auf ihn zustürmen wollte, schrie er mit letzter Kraft: »Bleib fort!« Japsend sog er die Luft ein, doch sie schien seine Lunge nicht zu erreichen.

»Ulrich!«, rief Gritli entsetzt. »Lass mich dir helfen. Mein Vater wird dich wieder gesund machen.«

»Red keinen Unsinn. Wir wissen beide, dass es keine Rettung für einen Pestkranken gibt.«

»Aber es ist nicht sicher …«, versuchte sie es erneut, doch er winkte ab.

»Tust du mir einen Gefallen?«, fragte er und wischte sich das Blut aus den Mundwinkeln.

Sie nickte unter Tränen. »Geh zu meiner Mutter, und erzähl ihr von meinem Schicksal, damit sie für mich eine Messe lesen lassen kann. Ich werde hier beerdigt werden und nicht mehr nach Hause kommen.«

»Ulrich«, wisperte Gritli. »Es tut mir so leid.«

»Das muss es nicht. Geh zu deinem Freund, und werde mit ihm glücklich.«

Sie sah ihn zweifelnd an.

»Geh endlich, bevor du dich ansteckst!«

Gritli zögerte und ging dann schweren Herzens zur Tür. Bevor sie hinausschlüpfte, sah sie Ulrich ein letztes Mal an, der versuchte, ihr aufmunternd zuzulächeln.

Die Männer hinter der Sperre hatten ein Feuer entzündet, um das sie die Decken ausgebreitet und sich ausgestreckt hatten. Kaum einer fand genügend Ruhe, um zu schlafen. Die meisten hingen ihren Gedanken nach und starrten in den Nachthimmel. Fledermäuse schwirrten über ihren Köpfen, und ab und zu konnte man das Geräusch äsenden Wilds hören.

»Ich werde noch verrückt«, stöhnte einer der Männer aus Krames und setzte sich von seinem Lager auf. Wütend blickte er zu der breiten Tanne, die ihnen den Weg nach Hause versperrte.

»Wie heißt du?«, fragte Christian, der sich auf seinen Ellenbogen abstützte, um den Holzfäller besser sehen zu können.

»Friedel Schmitt«, erklärte er mit sanfter Stimme, die nicht zu seinem Äußeren passte, denn er war breitschultrig und groß gewachsen. Seine Hände glichen Pranken.

»Ich heiße Christian und stamme aus Piesport«, verriet er.

Friedel nickte. »Das haben wir schon mitbekommen, dass du aus diesem verfluchten Ort stammst.«

»Ich kann deinen Zorn verstehen, aber glaube mir, ich hatte nicht vor, jemals wieder hierher zurückzukehren, und erst recht nicht zu bleiben. Der Weihbischof hat mich überrumpelt. Hätte ich nur im Entferntesten geahnt, dass man uns nicht zurücklässt, hätte ich das Weite gesucht.«

»Uns hat man das auch verschwiegen. Und das ist eine große Sauerei!«, schimpfte Friedel, aber seine Stimme wurde trotzdem nicht laut.

»Hast du Angehörige?«, wollte Christian wissen.

»Mich erwarten meine Frau und meine vier Kinder. Ich hoffe, dass man ihnen Bescheid gibt, damit sie sich nicht sorgen.« Fragend blickte er zum Superior, der hilflos die Hände hob.

»Ich kann Euch das nicht beantworten, denn man hat mir ebenso wenig verraten wie Euch. Nicht mit einer Silbe wurde mir angezeigt, dass wir hinter der Sperre ausharren müssen. Ich muss gestehen, dass ich über die Verschlossenheit meiner Brüder im Glauben entsetzt bin. Ich hätte vermutet, dass man mich einweiht, aber man hat es hinter meinem Rücken beschlossen und auch durchgesetzt.«

»Pah, daran kann man die Falschheit der Kirche erkennen«,

schimpfte ein anderer Mann aus Krames, der sich bis jetzt schlafend gestellt hatte. Doch nun setzte er sich auf und zog die Knie an, um die er seine muskulösen Arme legte.

»Beherrscht Euch, und versündigt Euch nicht an der Kirche.«

»Warum wird von mir Ergebenheit gegenüber dem Klerus erwartet, wenn er sich selbst falsch und hinterhältig zeigt?«

»Weil er zum Wohle der Menschen handelt. Sollte die Pest in uns ...«, versuchte der Superior zu schlichten.

»Ihr wisst sehr wohl, dass wir gesund sind. Wir haben uns an die Anweisungen gehalten und uns vor dem Pestatem geschützt. Auch haben wir keinen Menschen in Piesport berührt. Doch wenn wir noch länger auf der Seite des Ortes bleiben müssen, hüllt uns womöglich die verseuchte Luft ein, und dann werden wir sicherlich krank.«

»Es ist einerlei, wer die Schuld trägt. Wir müssen ausharren, bis man uns gehen lässt. So lange dürfen wir uns nicht gegenseitig das Leben schwermachen«, sagte Christian und blickte in die Runde.

»Wenn sie uns wenigstens ein Fässchen Wein mitgegeben hätten, dann wäre unsere Lage leichter zu ertragen«, jammerte Saur und zwinkerte den Männern zu, während er laut schmatzte. Als er den strafenden Blick des Superiors sah, murmelte er: »Hier bin ich unter Gottes freiem Himmel und nicht im Kloster, sodass die Strafanordnung des Weihbischofs hier nicht gilt.«

»Ich werde gleich morgen in der Früh die Soldaten darum bitten«, versprach der Superior lachend. »Doch nun lasst uns schlafen«, bat er und streckte sich auf seiner Decke aus.

Weinbauer Friedrich Pitter hämmerte gegen die Eingangstür des kleinen Hauses am Rande von Piesport.

»Wer wagt es, mich mitten in der Nacht zu stören?«, fragte der Zender grimmig, als er die Tür aufriss. Als er aus verschlafenen Augen den Weinbauern erkannte, schimpfte er: »Bist du von Sinnen, solch einen Lärm zu machen?«

»Du wirst gleich verstehen, warum ich dich wecken musste«, versuchte Pitter Hans Bender zu besänftigen. »Ich weiß, wer uns den Schwarzen Tod gebracht hat«, sagte er geheimnisvoll.

»Komm in die Küche. Das muss nicht jeder mitbekommen«, sagte Bender mit gedämpfter Stimme und sah sich dabei nach allen Seiten um.

Pitter folgte ihm und setzte sich an den kleinen Tisch, der an der Wand neben dem Herd stand. Der Zender griff unter die Sitzbank und zog eine Schnapsflasche hervor. Dann nahm er zwei Becher vom Regal, die er halb mit dem Selbstgebrannten füllte. Einen schob er Pitter zu, während er selbst den anderen zum Mund führte. »Von dem Versteck muss meine Alte nichts wissen, sonst trinkt sie ihn selbst«, grinste er und kippte sich den Schnaps in den Schlund.

Pitter tat es ihm nach und schüttelte sich. »Der ist verflucht stark«, keuchte er und rieb sich über die brennenden Lippen.

»Sag, was du zu sagen hast«, forderte Bender ihn auf und füllte die Becher ein zweites Mal. Als er sah, wie sich der Blick des Weinbauers veränderte, fragte er besorgt: »Was ist mit dir?«

Pitter schniefte und sagte dann mit klangloser Stimme: »Meine Bärbel ist von mir gegangen. Der Schwarze Tod hat sie heute geholt …« Sein Blick veränderte sich erneut und wurde zornig. »Schuld daran trägt dieser Hurenbock Eider. Er hat die Seuche von seinen Reisen mitgebracht!«

Erstaunt über diese Meinung, kräuselte Bender die Stirn. »Was macht dich dessen so sicher? Niemand weiß, woher die Pest kommen kann. Angeblich soll sie durch die Luft fliegen …«

»Unfug!«, wurde er barsch von dem Weinbauern unterbrochen. »Eider hat unsere Brunnen mit Pestgift verseucht. Ein jeder in Piesport wird daran sterben, denn wir haben alle aus den Brunnen getrunken.« Gequält schielte er zu der Schnapsflasche hinüber. »Selbst den Wein haben wir mit dem Brunnenwasser verdünnt«, jammerte er.

»Ich kann nicht glauben, dass der Eider die Brunnen vergiftet haben soll. Welchen Nutzen sollte er daraus ziehen?«

Pitters Augen tränten vom scharfen Schnaps. Er japste nach Luft und erklärte: »Er will das ganze Dorf unter seine Herrschaft bringen.«

»Das ist dummes Zeug. Unser Grundherr ist und bleibt Karl Kaspar von der Leyen«, erwiderte Bender, dessen Zunge schon nicht mehr so recht gehorchte.

»Eider ist ein durchtriebener Hund. Niemand weiß, woher er kommt und was er schafft. Trotzdem ist er vermögend. Ich sage dir, Hans, er will mein Weingut haben, und bestimmt auch deinen Posten, und deshalb hat er das Dorf mit der Pest verseucht. Sicherlich hat seine Frau, die Hexe, ihm geholfen. Hast du schon mal ihr Gesicht gesehen? Nein, denn sie versteckt ihre hässliche Fratze hinter einem Schleier. Ich sage dir, sie wollen mein Weingut und deinen Posten. Deshalb musste meine arme Bärbel sterben«, grollte er und sah Bender aus glasigen Augen an, denn während er die Wörter regelrecht ausspie, trank er einen Becher Selbstgebrannten nach dem anderen. Wankend stand er auf und verkündete: »Ich werde die Ratte aus seinem Loch jagen und ihn festnehmen, damit der Kurfürst über den Hurenbock richten kann.«

Der Blick des Zenders war von dem Schnaps ebenfalls getrübt. »Meinst du wirklich, er will Zender von Piesport werden?«, fragte er lallend.

Der Weinbauer nickte. »So wahr ich Friedrich Pitter heiße.« Durch den Alkohol mutig geworden, sagte Bender mit undeutlicher Aussprache: »Ich werde dich begleiten und dir helfen, den Mistkerl an die Kette zu legen. So weit kommt es noch, dass er mir meine Position streitig macht.«

Urs und Griesser stiegen von den Pferden. Unter den Blicken der Soldaten führten sie die Tiere seitlich an dem gefällten Baum entlang durch den Wald. Hinter der großen Tanne auf Piesporter Seite brannte ebenfalls ein Lagerfeuer. Davor lagen mehrere Männer, die zu schlafen schienen. Urs gab Griesser ein Zeichen, leise zu sein. Er wollte vermeiden, dass sie aufwachten und Fragen stellten. Vorsichtig gingen sie an ihnen vorbei, als eines der Pferde mehrmals schnaubte. Sofort hoben zwei der Männer die Köpfe.

»Wer seid Ihr?«, rief einer laut, sodass die anderen ebenfalls erwachten.

»Wohin wollt Ihr?«, fragte der andere.

»Seid Ihr aus dem Dorf?«, fragte Griesser, der neben Urs in einigem Abstand zum Feuer stehen blieb.

»Ich bin der Subprior aus der Wallfahrtskirche von Eberhardsklausen«, antwortete ein Mann in einem schwarzen Talar, der sich aufstellte.

»Kommt uns nicht zu nahe«, rief Urs.

»Ihr habt nichts zu befürchten. Wir tragen die Pest nicht in uns.«

»Warum dürft Ihr dann nicht über die Sperre?«

»Man will sichergehen, dass wir gesund sind, bevor wir zu unseren Familien zurückkehren«, erklärte ein großer und kräftiger Mann, der am Boden saß.

»Bist du aus Piesport?«, fragte Griesser ihn.

»Nein, aber der ist aus dem Pestdorf«, sagte er und zeigte auf Christian, der sich bis jetzt nicht geregt hatte.

»Weißt du, wo der Eider wohnt?«, fragte ihn Griesser.

»Das Haus kannst du nicht verfehlen. Es liegt am Weinberg und ist von einer hohen Mauer umgeben«, erklärte Christian schlaftrunken. Doch dann wurde er schlagartig munter. »Was willst du von ihm?«

»Das geht dich nichts an«, antwortete Griesser barsch und zog den Sattelgurt fest.

»Du willst den reichen Sack aus dem Dorf bringen«, mutmaßte Christian erregt und sprang auf. »Nur weil er Geld hat, kann er sich die Freiheit erkaufen und muss nicht warten wie wir. Du bleibst hier«, rief er wütend und wollte sich auf Griesser stürzen.

Doch der brüllte: »Wenn du mir zu nahe kommst, töte ich dich.«

Christian blieb, schockiert über die heftige Drohung, stehen. »Eider ist es nicht wert, dass Ihr Euer Leben für ihn in Gefahr bringt«, stammelte er.

»Das lass unsere Sorge sein«, sagte Griesser und schwang sich so wie Urs in den Sattel.

Ohne ein weiteres Wort ritten sie den Hohlweg hinab nach Piesport. Als sie außer Hörweite waren, fragte Urs: »Was willst du von dem Mann?«

»Den Schlüssel für mein neues Leben«, murmelte der und blickte nach vorn.

Kapitel 47

Gritli hielt sich ihren Umhang fest um den Körper geschlungen, da sie zitterte. Sogar ihre Zähne schlugen aufeinander, obwohl kein Fieber sie plagte. Das Zusammentreffen mit Ulrich hatte sie sehr mitgenommen. Bei dem Gedanken, dass er wahrscheinlich niemals wieder seine Mutter sehen würde und allein würde sterben müssen, hätte sie am liebsten laut geschrien. Immer wieder wischte sie die Tränen fort, die ihre Sicht trübten.

Sie eilte dicht an den Häusern entlang in Richtung ihres Verstecks. Sie hatte schon fast den Wingert erreicht, in den der Keller gegraben war, als sie zwei Gestalten schwankend die Gasse entlangkommen sah. Hastig lief sie zwischen die Weinstöcke und kauerte sich dicht an den Boden. Als die Männer näher kamen und einer ebenfalls zwischen die Rebstöcke trat, glaubte sie bereits, dass man sie entdeckt hätte. Doch zum Glück musste er sich nur erleichtern.

»Ich sage dir«, hörte sie den anderen mit schwerer Stimme flüstern, »sollte sich der Eider wehren, haue ich ihm den Schädel ein. Und wage es nicht, mich daran zu hindern.«

»Mach dir keine Sorgen, Hans. Jemand, der die Pest angeschleppt hat, mit dem kenne ich keine Gnade.«

Gritli traute sich kaum zu atmen. Sie wollen dem Herrn Eider Böses antun, dachte sie entsetzt.

Kaum waren die beiden weitergegangen, kam sie aus der Hocke hoch und blickte ihnen nach. Eider soll für die Pest verantwortlich sein? Das ist unmöglich, überlegte sie. Er war ebenso bestürzt wie seine Frau, als die Glocken geläutet haben. Nein, das muss ein Missverständnis sein, war sie sich sicher und eilte zu ihrem Versteck.

Als sie die Kellertür aufstieß, stand ein aufgelöster Melchior vor ihr. »Wo bist du gewesen?«, fragte er aufgewühlt und riss sie in seine Arme, um sie zu küssen. Dann umfasste er ihr Gesicht mit beiden Händen und sah ihr in die Augen. »Geht es dir gut? Ich bin fast umgekommen vor Angst, als du nicht mehr neben mir lagst«, murmelte er. Doch als er ihren bangen Blick erkannte, fragte er erschrocken: »Was ist geschehen? Hat dich ein Pestkranker berührt?«

Hastig schüttelte sie den Kopf. Sie war unfähig zu antworten und presste weinend ihr Gesicht an seine Brust, wo sie ihren Kummer hinausschrie.

Melchior strich ihr tröstend über das Haar und wartete, bis sie sich beruhigt hatte. Dann küsste er zärtlich ihre Tränen fort und forderte sie sanft auf: »Erzähl mir, was dich so aufgebracht hat.«

Schniefend berichtete Gritli, dass sie Ulrich gesucht hatte. »Ich konnte ihn nicht zurücklassen. Das verstehst du doch?«, fragte sie und sah ihn erwartungsvoll an.

Melchior schien nicht lang überlegen zu müssen und nickte sofort: »Du hast richtig gehandelt.«

Erleichtert, dass er sie in ihrem Entschluss bestärkte und nicht beschimpfte, fiel sie ihm um den Hals. Als sie sich nach einem innigen Kuss voneinander lösten, fragte Melchior: »Kommt er hierher?«

Gritli schüttelte traurig den Kopf. »Ulrich wird nicht mitkommen. Er glaubt, von der Pest befallen zu sein.«

Melchior riss erschrocken die Augen auf. »Wie kann er das annehmen? Hat er irgendwelche Anzeichen?«

»Er musste heftig husten«, erklärte sie, und bevor Melchior fragte, beschwichtigte sie ihn: »Ich wollte ihn stützen, doch er verbot mir, ihm zu nahe zu kommen.« Gritli konnte erkennen, wie Melchior erleichtert ausatmete. »Es ist so furchtbar. Er musste immer wieder husten, bis er kaum noch Luft bekam«, wisperte sie.

»Vielleicht kann dein Vater Ulrich ein Kraut senden, das ihm Erleichterung verschafft.«

Gritli sah Melchior dankbar an. »Ich werde Vater sofort fragen, wenn er kommt. Vielleicht hat er sogar Medizin mitgebracht«, hoffte sie und sah durch das Kellerloch hinaus. Da kam ihr das Gespräch der beiden Männer wieder in den Sinn. Mit wenigen Sätzen erzählte sie, was sie gehört hatte.

Melchior schüttelte den Kopf. »Du kennst Frau Eider. Glaubst du, dass es stimmen könnte?«

»Ich kenne sie nicht und habe heute beide zum ersten Mal gesehen. Auch weiß ich nicht, ob Herr Eider dazu fähig wäre. Ich weiß nur, dass man anscheinend sehr leicht beschuldigt werden kann«, murmelte sie und dachte an die Anklagen ihrem Vater gegenüber. »Deshalb bin ich mit solchen Verdächtigungen vorsichtig«, erklärte sie und schmiegte sich an Melchior.

Gottfried Eider setzte sich erschrocken auf, als er die Glocke und die Schläge gegen das Eingangstor hörte. Mit dem Zeigefinger am Mund gab er seiner Frau, die neben ihm lag und ihn fragend anblickte, ein Zeichen, still zu sein. Er stieg aus dem Bett und ging auf leisen Sohlen die Treppe hinunter. Da er befürchtete, man könne ihn bemerken, wagte er nicht zum Haupteingang zu gehen. Stattdessen nahm er den Dienstboteneingang und schlich an der Mauer entlang bis zum Eingangstor. Angestrengt lauschte er und glaubte, die Stimmen des Zenders und die des Weinbauern Pitter zu erkennen, die ihn vor dem Tor laut fluchend beschimpften.

»Dieser Hurensohn schläft womöglich seelenruhig, während der Schwarze Tod meine arme Bärbel geholt hat. Du wirst brennen, Eider, weil du die Pest ins Dorf gebracht und meine Frau getötet hast!«, schrie Pitter außer sich.

In dem Augenblick wurden die Läden im Nachbarhaus aufgestoßen. Ein Mann erschien am Fenster. »Wer lärmt hier mitten in der Nacht?«, rief er mit schlaftrunkener Stimme und hielt eine Laterne aus dem Fenster heraus und in die Höhe.

»Gerber, halt's Maul, und kriech zurück zu deiner Alten. Wir haben mit Eider etwas zu regeln«, lallte Pitter, der kaum gerade stehen konnte.

»Friedrich, du bist es. Du hast mal wieder zu tief in eines deiner Weinfässer geschaut. Mach, dass du fortkommst. Morgen ist auch noch ein Tag«, schimpfte der Nachbar und verschwand wieder in der Kammer, wo das Licht erlosch.

»Du Dummnickel weckst den ganzen Ort. Außerdem geht das nicht so einfach, wie du dir das vorstellst. Wir müssen deinen Verdacht dem Kurfürsten melden, damit er über Eider richten kann«, erklärte Bender und zog Pitter von der Tür fort.

»Lass mich!«, brüllte der Weinbauer und riss sich los. »So lange werde ich nicht warten. Er wird heute noch für sein Vergehen verurteilt und sterben. So wahr ich der größte Weinbauer im Ort bin! Ich rufe den Meier und den Pfarrer, da du mir anscheinend nicht helfen willst«, schimpfte er verärgert und schwankte von dannen.

»Jetzt warte doch«, rief Bender und eilte ihm hinterher.

Gottfried Eider wurde übel. Er lehnte sich mit dem Rücken gegen die Mauer und ging in die Knie. Sie wollen mich wie eine Hexe anklagen und verbrennen, dachte er schockiert. Ich hätte es ahnen müssen, als unser Gesinde abgehauen ist und Piesport von der Außenwelt abgeriegelt wurde. Sie brauchen einen Schuldigen für das Elend, das sich im Dorf abspielt, dachte er bestürzt. Wir haben nie zu dieser Dorfgemeinschaft dazugehört und sind immer Fremde geblieben. Da ist es leicht, uns die Schuld zu geben.

Mit zittrigen Beinen erhob er sich. Wir müssen schnellstmöglich von hier fort, dachte er und eilte ins Haus zurück. Hastig lief er die Treppenstufen nach oben ins Schlafgemach, wo ihm seine Frau ängstlich entgegenblickte.

»Was ist geschehen, Gottfried? Du siehst aus, als ob dir ein Gespenst begegnet wäre«, fragte sie und zog sich die Bettdecke bis zum Kinn.

»Die Piesporter wollen uns anklagen, die Pest in den Ort gebracht zu haben.«

»Du bist verrückt!«, flüsterte sie und sah ihn ungläubig an.

»Ich habe es eben mit meinen eigenen Ohren gehört. Der versoffene Pitter sucht einen Deppen, dem er den Tod seiner Frau anhängen kann.«

»Ist sie tot?«, fragte sie entsetzt.

»Er hat geschrien, dass sie an der Pest gestorben sei.«

»Wie furchtbar! Die Arme! Gott sei ihrer Seele gnädig«, wisperte Dorothea Eider und bekreuzigte sich. »Wie kommt er darauf, dass wir etwas damit zu tun haben könnten?«

»Woher soll ich das wissen? Er scheint betrunken zu sein. Du weißt, dass er nüchtern schon kein einfacher Mensch ist. Wenn er jedoch zu tief ins Glas geschaut hat, ist er unberechenbar. Ich möchte kein Wagnis eingehen. Er wird sicher mit Männern zurückkommen, um uns gefangen zu nehmen und uns anzuklagen.«

»So einfach geht das nicht«, ereiferte sich seine Frau. »Er kann uns nicht für die Pest verantwortlich machen. Das wird ihm kein Richter glauben. Die sollen ruhig kommen! Ich werde ihnen schon erzählen, dass man niemanden so einfach beschuldigen kann.«

»Dorothea!«, rief ihr Mann aufgebracht. »Du verstehst anscheinend den Ernst unserer Lage nicht. Oder glaubst du wirklich, dass Pitter und die anderen im Dorf sich vom Geschnatter eines Weibs umstimmen lassen? Sie wollen einen Schuldigen, und wir kommen ihnen dafür gerade recht.«

»Wie kannst du so sprechen, Gottfried? Schließlich bin ich nicht irgendeine Magd, und du kein Knecht.«

Eider schnaufte tief durch. »Unsere Lage ist ernst, Dorothea! Weck die Mädchen. Wir müssen verschwinden, denn sie werden schon bald zurückkommen und uns holen.«

»Das einfache Volk ist mit Dummheit geschlagen. Wir haben ihnen nie etwas Böses angetan oder ihnen geschadet. Wie können sie nur so abscheulich über uns denken?«, jammerte Eiders Frau.

»Das weiß ich nicht. Aber wenn du noch länger wartest, kannst du sie selbst fragen«, zischte Eider, und sie sprang aus dem Bett.

»Nimm nur das Notwendigste. Deinen Schmuck und sonstige Wertsachen. Auch die Kinder sollen nichts weiter mitnehmen, außer dem, was sie am Leib tragen. Ich hole unser Geld und die wichtigsten Papiere. Wir treffen uns im Keller. Nicht auszudenken, wenn ich den geheimen Gang nicht zufällig entdeckt hätte. Ich wüsste nicht, wie wir uns sonst aus dieser misslichen Lage retten könnten. Der ehemalige Hauseigentümer muss sich anscheinend in Piesport ebenfalls nicht sicher gefühlt haben. Warum sonst hat er einen Gang in den Wingert graben lassen?«, überlegte er, während er sich seine Kleidung überstreifte.

»Das spielt jetzt keine Rolle. Hauptsache, niemand weiß davon. Herr im Himmel! Ich wäre niemals auf den Gedanken gekommen, dass ich wie eine Verbrecherin mitten in der Nacht aus unserem eigenen Haus fliehen muss«, jammerte Frau Eider und zwirbelte ihr langes Haar zu einem Knoten zusammen, den sie im Nacken feststeckte.

Kurz darauf rückten Gottfried Eider und seine Frau vorsichtig das Regal im hinteren Kellerraum zur Seite.

»Gib acht, dass nichts von den Gegenständen zu Boden fällt und zerbricht. Das würde ihnen womöglich verraten, dass wir hier waren«, flüsterte er.

Gemeinsam schoben sie das Gestell so weit von der Wand fort, dass sie durch den Spalt hindurchschlüpfen konnten. Kühle Luft strömte ihnen entgegen. Eider entzündete hastig eine Laterne und gab sie seiner Frau, die als Erste den geheimen Gang betrat. Als er seine beiden wimmernden Töchter hineinschieben wollte, klammerten sie sich weinend an ihn.

»Fürchtet euch nicht vor der Dunkelheit, Kinder. Der Gang ist unsere einzige Rettung, denn er führt in den Weinberg hinauf und somit fort von den bösen Menschen. Hier werden sie uns nicht finden«, versprach er und versuchte ihnen zuzulächeln.

Nur zögerlich folgten die beiden weinenden Mädchen der Mutter in den unheimlichen Gang, der in den Stein gehauen worden war. Dann schlüpfte Eider selbst hinein. Vorsichtig zog er das Regal zurück, um den geheimen Eingang wieder zu verbergen, als er hörte, wie oben erneut gegen das Hoftor gehämmert wurde.

Kapitel 48

Als Urs und Griesser die ersten Häuser von Piesport sahen, stiegen sie von den Pferden. »Wie willst du deine Tochter finden?«, flüsterte Griesser und nahm Urs den Zügel aus der Hand.

»Ein Vater findet sein Kind«, erklärte Urs.

Griesser lachte spöttisch. »Das habe ich noch nie gehört. Aber wie heißt es so schön: Der Glaube versetzt Berge. Wo treffen wir uns wieder?«

»Ich erwarte dich an der Mosel. Dort, wo die Fähre übersetzt.«

»Beeil dich. Ich will aus diesem verfluchten Dorf so rasch wie möglich wieder fort«, sagte Griesser und führte die beiden Pferde mit sich.

Urs blickte ihm ratlos hinterher. Sein Plan, Gritli zu finden, hörte sich einfach an, aber nun wusste er nicht, wohin er laufen sollte. Ich muss die Augen nach den Stofffetzen offenhalten, überlegte er. Doch wo soll ich mit der Suche beginnen?

Zum Glück scheint der Ort nicht groß zu sein, machte er sich Mut und lief in die erste Gasse hinein. Dort suchte er Büsche und Haustüren nach dem hellen burgunderroten Stoff ab. Als er nichts finden konnte, lief er in die zweite Gasse, dann in die nächste und übernächste. Urs befürchtete, den Lappen übersehen zu haben, und ging zurück, um ein zweites Mal alles abzusuchen. Ich werde mein Kind nicht finden, fürchtete er, und sein Herz raste. Er zwang sich zur Ruhe und atmete tief durch.

Überleg: Was würdest du machen, wenn du in Gritlis und Melchiors Lage wärst? Wo würdest du Hilfe erwarten? Gritli wird sich in keinem Wohnhaus verstecken, in dem andere Menschen leben, weil sie weiß, dass sie sich dort anstecken könnte, dachte er.

Als sein Blick auf eine Scheune fiel, lief er darauf zu. Doch mitten im Laufen blieb er stehen. Nein, dort ist sie nicht sicher genug. Die Scheune steht zu dicht an dem Wohnhaus.

Die Zeit war sein größter Feind, denn sie verging erbarmungslos. Urs hetzte in Richtung Weinberg. Vielleicht hält sie sich im Wingert verborgen, dachte er keuchend, doch als er die steilen Hänge hinaufsah, wusste er, dass er sich irrte. Oder am Ufer der Mosel, hinter dichtem Gebüsch, überlegte er und schlich auf die andere Seite des Ortes. Niemand begegnete ihm. Die Einwohner von Piesport schienen alle zu schlafen. Hastig folgte Urs dem Geräusch des fließenden Wassers und erblickte vor sich die Anlegestelle und das Fuhrwerk.

Bitte lass es das Gefährt des jungen Hofmann sein, betete er. Als er auf die Ladefläche spitzte und den Schriftzug auf den Fässern erkannte, atmete er erleichtert aus. Sie gehören dem Gasthaus Kesselstadt, freute er sich und umrundete das Gefährt. Dabei entdeckte er an einer der Tonnen ein Stück Stoff. Er musste sich beherrschen, um nicht laut zu jubeln. Aufgewühlt riss er den Fetzen ab und suchte nach dem nächsten Stück, das er, mit einem Stein beschwert, an einer Hausecke fand. Ein weiterer Fetzen lag unter einem Busch, der nächste wieder an einer Hausecke. Ein Stück hing an einem Bretterverschlag, und das letzte steckte im morschen Holz einer schmalen Eingangstür, die kaum sichtbar in den Fuß des Weinbergs eingelassen war. Urs sah sich besorgt um und klopfte gegen das Holz.

»Gritli«, flüsterte er und stieß vorsichtig die Tür auf. »Gritli«, wiederholte er den Namen seiner Tochter und starrte in die Dunkelheit.

»Vater«, schluchzte Gritli, sprang auf und warf sich an seine Brust.

»Ich bin hier, mein Kind«, flüsterte er und drückte sie fest an sich. »Geht es euch gut?«, fragte er und reichte Melchior die Hand.

»Ich wusste, dass du kommen und uns holen wirst«, flüsterte seine Tochter unter Tränen.

»Noch sind wir nicht zuhause. Habt ihr die Brieftaube hier?«, fragte Urs.

Melchior hob den kleinen Verschlag in die Höhe.

»Lass sie frei, damit sie nach Hause fliegen kann. Deine Eltern wissen dann, dass ich euch gefunden habe, und werden zu meiner Mutter und meiner Frau gehen.«

»Wie werden wir aus dem Dorf herauskommen?«, fragte Gritli, deren Zähne aufeinanderschlugen.

»Melchiors Vater hat einen Plan ersonnen, der klappen könnte, doch es gibt ein Problem«, sagte Urs und erzählte ihnen von dem gewalttätigen Hünen.

Während Griesser die beiden Pferde durch Piesport führte und das Haus der Eiders suchte, überdachte er seinen Plan.

Ich muss den Alten im Schlaf überraschen und ihn aus dem Bett ziehen. Da er das Versteck des Geldmännchens sicherlich nicht freiwillig verraten wird, greife ich mir gleich sein Weib. Wenn ich ihren Bälgern Leid androhe, wird sie mir sagen, wo ihr Mann den Alraun versteckt hält. Er grinste in sich hinein. Er war mit seinem Plan zufrieden.

Angespannt ging er weiter, bis er auf die Gasse stieß, die dicht am Weinberg entlangführte. In einer Wegbiegung erblickte er die hohe Mauer, hinter der er mehrere Gebäude erkennen konnte. Wie der Knecht verraten hatte, war das Anwesen das größte im Ort. Griesser band die Zügel der Pferde an einem Ring fest, der in die Mauer eingelassen war. Achtsam schaute er sich um. Das Dorf schien zu schlafen. Er rüttelte vorsichtig am Tor und an der Schlupfpforte, doch beide waren verschlossen. Griesser versuchte hochzuspringen und an den Mauerkranz zu fassen. Aber er reichte trotz seiner Größe nicht heran. Ich brauche eine Leiter, fluchte er und blickte sich um. Sein Blick fiel auf die Pferde.

»So müsste es gehen«, murmelte er und führte einen der Hengste dicht an das Tor heran. Dort stellte er sich in den Sattel, sodass er sich nun über die Mauer ziehen und auf der anderen Seite geräuschlos in den Hof gleiten lassen konnte.

Alles blieb still. Niemand hatte ihn bemerkt.

Griesser nahm zwei Stufen auf einmal zur Eingangstür und drückte die Klinke herunter. Sie war verschlossen. Wütend trat er mit dem Fuß dagegen. Immer wieder. Als sie trotzdem nicht aufging, sah er sich nach einem Werkzeug um. Er fand eine armlange Eisenstange, die er gegen das Schloss schlug, so fest er konnte.

»Verdammt nochmal! Pitter, hör endlich auf, mitten in der Nacht Krach zu machen!«, hörte Griesser eine Stimme aus dem Nachbarhaus. »Schlaf deinen Rausch aus, und knüpf dir Eider morgen vor.« Mit einem Rums wurden Fensterläden geschlossen.

Griesser, der erschrocken innegehalten hatte, schlug nun vorsichtiger gegen die Klinke. Endlich sprang das Portal auf.

Er konnte sein Glück nicht fassen und trat leise in den Flur. Eiders Schlafräume müssen im ersten Stock liegen, überlegte er und stieg die Treppe nach oben. Vorsichtig öffnete er die erste Tür. Es schien der Schlafraum der Töchter zu sein, da sich darin zwei Kinderbetten befanden. Die Türen des halbhohen Schranks standen weit offen. Mädchenkleidung, Bettwäsche und Decken lagen verstreut auf dem Boden. Griesser runzelte die Stirn und ging in den nächsten Raum. Dort bot sich ihm ein ähnliches Bild, nur dass dies die Schlafkammer der Eltern zu sein schien. Er stürmte zu den Betten und riss die Decken fort. Die Laken waren kalt. Ihm kam ein Verdacht. Er stürmte hinaus in den Gang und riss sämtliche Türen auf. Alle Zimmer waren leer. Überall lagen Sachen auf dem Boden verstreut, sodass man eine überstürzte Abreise der Familie vermuten konnte. Die Eiders schienen nur das Notwendigste mitgenommen zu haben.

Griesser war zu spät gekommen. Das Eider-Haus war verlassen. Doch er wollte noch nicht aufgeben. Vielleicht haben sie den

Alraun vergessen, hoffte er und lief aufgeregt in jedes Zimmer. Er durchwühlte die Schränke, warf die restlichen Gegenstände zu Boden, sah unter den Schränken, Betten und hinter jedem anderen Möbelstück nach. Er sprang die Treppe hinunter und durchsuchte hektisch die Räume im Erdgeschoss. Auch die Küche, die Vorratskammer – jeden Winkel, der als Versteck dienen könnte. Selbst im Keller sah er nach. Doch er konnte das Geldmännchen nicht finden.

Enttäuscht, wütend und traurig lehnte er sich gegen die gekalkte Wand und blickte die Regale an, in denen aller mögliche Kram aufbewahrt wurde. »Urban Griesser, du bist so dumm«, spottete er über sich selbst. »Niemand würde ein Geldmännchen vergessen!« Fluchend ging er in die Knie und fasste sich an den Kopf. Auch diese Möglichkeit, an einen Alraun zu gelangen, war vertan. »Ich verfluche dich, Herr im Himmel, dass du mir das antust!«, schrie er seine Wut hinaus, die in dem Kellergewölbe widerhallte.

Urs, Gritli und Melchior kauerten unter dem Fuhrwerk und warteten angespannt auf den fremden Mann. Die einzige Möglichkeit, das Dorf zu verlassen, war, mit Hilfe der Pferde ans andere Ufer zu gelangen. Hoffentlich lässt dieser Schurke uns nicht zurück, betete Urs und blickte unter dem Fuhrwerk hervor den Weg entlang. Er dachte an Michael und fragte sich, wie es seinem Sohn wohl ging. Sicherlich hat er furchtbare Kopfschmerzen und fürchtet sich allein. Ich hoffe, dass er uns nicht folgt, sondern auf dem Weg zurück nach Trier ist, wünschte er sich.

Gritli drängte sich dicht an ihren Vater und hielt gleichzeitig Melchiors Hand. Die Schutzmünzen, die er ihnen um den Hals gehängt hatte, ließen Gritli wieder durchatmen. Die Gefahr, an der Pest zu erkranken, sollte mit diesen Münzen gebannt sein. Trotzdem schwebten sie in Gefahr. Ihr Vater hatte ihnen von dem fremden Mann erzählt, der ihren Bruder niedergeschlagen hatte und nun beide Pferde mit sich führte, ohne die sie das Dorf nicht verlassen konnten. Ich schäme mich, dass ich so schlecht über Michael gesprochen habe, dachte das Mädchen.

»Vater«, wisperte sie. Als Urs sie anblickte, erzählte sie ihm von Ulrichs Schicksal.

Erschüttert sah Urs seine Tochter an. »Dieses Elend hat der Junge nicht verdient. Ich darf gar nicht an das Leid seiner Mutter denken. Erst der Mann, und jetzt der Sohn ...«, sagte er und versprach: »Sobald ich deine Mutter wiedersehe, werde ich ihr sagen, welches Kraut sie ihm zukommen lassen soll, damit sein Hustenreiz und seine Schmerzen gelindert werden.«

Dankbar nickte Gritli ihm zu.

Urs zögerte einen Augenblick, doch dann entschied er sich, ehrlich zu sein: »Gritli, du weißt, dass kein Kraut der Welt Ulrich retten kann. Wir können seine Schmerzen lindern, ihn aber nicht von der Pest befreien.« Er sah Tränen in den Augen seines Kindes schimmern und zog sie an seine Brust. »Es tut mir leid«, flüsterte er in ihr Haar, als er den Fremden kommen sah. »Da ist der Unhold«, raunte er Gritli zu.

Sie blickte schniefend nach vorn. Der Mann erschien ihr riesengroß. Ängstlich drückte sie Melchiors Hand, als der den Unbekannten ebenfalls erblickte. Er spürte Gritlis Händedruck und ahnte, dass sie Angst hatte, und auch ihm war mulmig zumute.

»Können wir ihn überwältigen und hier lassen?«, fragte er Gritlis Vater leise.

Der schüttelte hastig den Kopf. »Ich bin im Kämpfen ungeübt – ebenso wie du. Es wäre zu gefährlich, zumal der Mann nichts fürchtet – auch den eigenen Tod nicht. Mach keine Dummheiten, mein Junge«, bat Urs Melchior und kroch unter dem Fuhrwerk hervor.

Als Urs in das Gesicht des Mannes blickte, ahnte er Schlimmes, sagte aber kein Wort. Gritli und Melchior stellten sich neben ihn.

»Wie ich sehe, hat der Vater sein Kind gefunden. Da hattest du mehr Glück als ich«, spottete Griesser und forderte: »Verrate mir deinen Plan, wie wir aus dem Dorf herauskommen werden.«

»Wir werden uns ans andere Ufer treiben lassen.«

»Ihr seid verrückt«, zischte Griesser. »Ich kann nicht schwimmen!«

»Wir auch nicht, deshalb benötigen wir die Pferde, denn wir werden uns an den Sätteln festbinden, damit wir nicht mit der Strömung abgetrieben werden.«

»Das werden wir nicht machen«, erklärte Griesser zornig. »Wenn die Pferde nicht gegen den Fluss schwimmen können, gehen wir mit ihnen unter.«

»Die Pferde sind kräftig und werden versuchen, ans Ufer zu gelangen. Du hast selbst gehört, dass uns die Soldaten nicht mehr über die Sperre lassen. Natürlich könntest du dich zu den anderen ans Lagerfeuer setzen und so lange warten, bis sie sicher sind, dass keiner von ihnen an der Pest erkrankt ist ... Wenn du aber nicht hierbleiben willst, gibt es keine andere Möglichkeit. Sei vernünftig. Wir müssen den Weg durch die Mosel nehmen.«

Griesser schaute bärbeißig auf den Fluss. Nun ließ sogar dieser Mann Angst in seinem Blick erkennen, doch Urs ließ sich nicht beirren. Er griff in die Satteltasche seines Pferdes und zog vier Schnüre hervor, die er verteilte. Zuerst band er seiner Tochter und dann Melchior jeweils das eine Ende der dünnen Seile um die Handgelenke.

»Gritli, du kommst an mein Pferd. Melchior, du schwimmst mit ihm.« Seine Tochter wollte protestieren, doch Urs' Blick ließ sie verstummen.

»Beeil dich, wir haben keine Zeit mehr. Bald erwacht der Ort, und dann ist es zu spät für eine Flucht«, sagte Urs und hielt seiner Tochter die Hand hin, damit sie ihm das Seil umbinden konnte. Als er sah, wie Griesser sich abmühte, sagte er: »Lass dir helfen!«

»Ich verzichte auf deine Hilfe«, erklärte der Mann gereizt.

»Binde das andere Ende oberhalb der Steigbügel an den Lederriemen fest«, befahl Urs und half seiner Tochter, bevor er seinen eigenen Strick verknotete. Dann führten sie die Pferde hinunter zur Mosel.

Urs blickte zum anderen Ufer und sandte ein Stoßgebet zum Himmel. Als er in die ängstlichen Augen seiner Tochter sah, sagte er: »Gritli, hab keine Angst. Alles wird gut.« Aufmunternd zwinkerte er seiner Tochter zu. Dann trieb er das Pferd ins Wasser.

Kapitel 49

Eiskaltes Wasser umspülte ihre Körper, und sie schnappten nach Luft. Die Pferde schnaubten und kämpften gegen die Strömung an.

Gritli spürte, wie sich ihr Rock mit Wasser vollsog. Der Stoff wurde schwerer und schwerer und zog sie in die Tiefe. »Vater, ich ertrinke«, schrie sie und schluckte Wasser. Krampfhaft hielt sie sich an dem Riemen der Steigbügel fest, doch sie versank in dem gurgelnden Nass. Als sie wieder hochkam, prustete und spuckte sie. Sie hörte, wie Melchior nach ihr schrie. Auch ihr Vater brüllte ihren Namen. Sie spürte seine Hand auf ihrer, bevor sie abermals von der Mosel verschluckt wurde.

Urs versuchte verzweifelt, über den Sattel nach Gritli zu fassen. Dabei strampelte er mit den Beinen und griff über den Sattel auf die andere Seite des Hengstes, um seine Tochter an den Schultern zu packen und ihren Oberkörper auf den Pferderücken zu ziehen. Doch er rutschte ab. Seine Kraft schien verbraucht.

»Herr im Himmel, steh mir bei«, schrie er, fasste Gritli erneut am Arm und zog sie mit einem Ruck auf den Sattel. Erleichtert umgriff er mit beiden Händen ihre Arme.

Griesser spürte, wie der Fluss seinen Körper mitriss. Zum Glück bin ich mit dem Steigbügel verbunden, dachte er und schaute zu dem Lederband, als er erkannte, das sich sein selbstgeknüpfter Knoten löste. Panisch griff er nach dem Bügel, als das Band auch schon wegschwamm.

Er hielt sich krampfhaft fest, doch die Strömung zerrte an seinen Armen. Verzweiflung machte sich in ihm breit. Er fühlte sich in der Zeit zurückversetzt in den Augenblick, als damals das Schiff Feuer fing und unterging. Wieder hörte er die Hilfeschreie seiner ertrinkenden Kameraden, sah ihre leblosen Körper im nassen Sarg aufs offene Meer davontreiben.

Griessers Atem ging schneller. Er schluckte Wasser und musste husten. Die Kälte des Wassers kroch in seinen Körper und kühlte ihn aus. Er schielte seitlich zum Ufer. Die wenigen Lichter von Piesport verschwanden hinter der Biegung der Mosel. Sie trieben immer weiter weg von dem Ort, der ihm sein neues Leben bescheren sollte.

Er lachte teuflisch auf. »Vermaledeit, warum habe ich mich dazu überreden lassen?«, schimpfte er und blickte zornig zu dem anderen Pferd hinüber. Sein Blick suchte den Arzt. Doch außer dem Licht des Mondes, das sich in dem nassen Fell des Tieres und im Wasser widerspiegelte, konnte er kaum etwas erkennen. Schon spürte er, wie die Kälte seine Arme lähmte. Auch schmerzten seine Finger, die fest das Metall des Steigbügels umschlossen. Der Sog schien immer stärker zu werden, ebenso wie die Verzweiflung und die Angst in seinem Kopf.

Doch dann schrie er innerlich auf. Ich habe einmal das Wasser überlebt und werde es ein zweites Mal schaffen!, dachte er. Mit letzter Kraft kämpfte er gegen die Strömung und griff nach der Mähne des Pferdes. Keuchend zog er sich so weit hoch, dass er den Hals des Tiers umklammern konnte. Heftig mit den Beinen strampelnd, riss er am Kopf des Pferdes, das furchtsam wieherte und das Maul aufriss.

»Lass das Pferd los! Du ziehst seine Nüstern unter Wasser«, hörte er den Burschen brüllen. Im selben Augenblick spürte er, wie der Junge nach ihm schlug.

Doch Griesser ließ nicht ab. Er klammerte sich an dem Pferdekopf fest. Das Tier wurde abgetrieben und strampelte wie wild mit den Hufen. Sein panisches Wiehern ging in den Fluten unter. Als der Kopf des Hengstes wieder auftauchte, schüttelte er sich, und Griesser rutschte vom Hals ab. Nun versuchte er sich am Sattel festzukrallen. Plötzlich wurde er vom Huf des Pferdes getroffen. Schmerz durchschoss seinen Körper. Er brüllte auf. Er wusste sofort, dass sein Bein gebrochen war. Brüllend japste er nach Luft und hing dann keuchend am Sattel. Die Strömung riss sein gebrochenes Bein nach hinten, und der Schmerz raubte ihm die Sinne. Sein Kopf ging unter, und er schluckte Wasser, das er im nächsten Augenblick wieder erbrach.

Griesser wurde schwarz vor Augen. Seine Sinne schwanden. Mit einem flackernden Blick zum Nachthimmel ließ er los und versank im dunklen Wasser der Mosel.

Urs hörte Melchiors Schrei. Erschrocken blickte er zu dem anderen Pferd und sah, wie Griesser vor ihnen unterging. Urs' Blick suchte in dem dunklen Wasser nach dem Mann. Doch Griesser blieb versunken.

Weit unterhalb von Piesport erreichten die Pferde das rettende Ufer und stapften kraftlos aus dem Fluss. Schnaubend und zitternd standen sie da und schüttelten das Wasser von sich. Gritli und Urs hingen erschöpft a"m Sattel. Schluchzend griff das Mädchen nach der Hand des Vaters. »Melchior«, flüsterte sie und blinzelte zu dem anderen Pferd hinüber.

Urs versuchte sich aufzurichten. Schwankend nahm er ein Messer aus der Satteltasche und schnitt die Seile, die ihn und seine Tochter mit den Gurten der Steigbügel ihres Pferdes verbanden, durch. Dann ging er zu dem anderen Pferd, wo ihm Melchior über dem Sattel entgegenblickte. Er durchtrennte auch dessen Schnur, und Melchior stakste zu Gritli hinüber. Beide fielen einander in die Arme und sackten zu Boden. Urs suchte mit seinem Blick das Ufer ab. Der Fremde war nirgends zu sehen.

Obwohl Urs die Sorge nach seinem Sohn antrieb, wollte er die beiden Pferde schonen. Er, Gritli und Melchior schleppten sich neben den Tieren her.

Erst Stunden später, als der Morgen graute, schwangen sie sich in die Sättel. Gritli bestand darauf, mit Melchior zu reiten, und Urs hatte nichts dagegen einzuwenden.

Kaum hatte die zweite Brieftaube den heimatlichen Verschlag in Trier gefunden, überbrachte Thomas Hofmann Susanna die freudige Nachricht.

»Urs hat unsere Kinder gefunden«, stammelte sie unter Tränen und lächelte dabei. »Ich werde sofort meinen Schwiegereltern Bescheid geben, damit wir abfahren können«, sagte sie.

Da stürmte ihr Sohn in die gute Stube. »Michael«, rief sie ungläubig und wusste sofort, dass etwas Schreckliches geschehen sein musste. Allein bei dem Gedanken erstarrte ihr das Blut in den Adern. Sie schwankte und musste sich am Tisch festhalten. »Wieso bist du hier?«, fragte sie flüsternd.

»Wieso ging die Rückreise so schnell? Die Taube kam gerade erst in ihrem Verschlag an«, erklärte Hofmann irritiert und blickte zur Tür. »Wo sind die anderen? Sind sie wohlauf?«, fragte er mit gehetzter Stimme. Als Michael nur dastand und kein Wort sagte, trat er auf ihn zu, packte ihn an den Schultern und schüttelte ihn, sodass Susanna leise aufschrie und Hofmann Michael wieder losließ. »Sprich! Was ist geschehen?«, fragte er ihn nervös.

Endlich schien Michael aus seiner Erstarrung zu erwachen. Mit kurzen Worten schilderte er, was sich zugetragen hatte. »Ich weiß nicht, was in der Zwischenzeit geschehen ist, und kann auch nicht sagen, ob Vater Gritli und Melchior gefunden hat. Was ich aber mit Bestimmtheit weiß, ist, dass dieser Mann sehr gefährlich ist und vor nichts zurückschreckt.«

Nachdenklich ging Hofmann auf und ab. Schließlich blieb er stehen und sah Susanna an: »Urs und unsere Kinder leben, denn nur Euer Mann wusste davon, dass wir auf die zweite Taube warten würden. Er hätte das niemals einem Fremden verraten. Nur wissen wir nicht, ob der Schurke sie, nachdem er in das Dorf gekommen ist, weiterhin bedroht, oder ob er ihnen gar in die Waldhütte folgen wird.«

»Warum sollte er mit in die Hütte wollen? Wäre es nicht denkbar, dass der Fremde von dannen zieht, wenn sie sicher aus dem Dorf gekommen sind?«

Hofmann hob die Schultern und ließ sie wieder sinken. »Wir wissen lediglich, dass Euer Mann die Kinder gefunden hat. Wir wissen jedoch nicht, ob ihnen die Flucht aus dem Pestdorf gelingen wird. Trotzdem müssen wir mit allem rechnen und auf alles vorbereitet sein. Ruf deinen Großvater, Junge, und sag ihm, er soll seine Schusswaffe mitbringen. Ich werde meine ebenfalls holen. Und falls Ihr auch im Besitz einer solchen seid, nehmt sie mit.«

»Mein Mann ist Arzt und kein Soldat …«, gab Susanna zu bedenken, als Michael einwarf: »Wir haben Vaters Armbrust, Mutter. Allerdings bin ich nicht so treffsicher wie er.«

»Sehr gut«, freute sich Hofmann. »Auch wenn du ein ungeübter Schütze bist – der Schurke weiß das nicht. Selbst wenn du ihn verfehlst, wirst du ihn mit der Waffe sicherlich einschüchtern können. Lasst uns keine Zeit verschwenden. Es muss alles vorbereitet sein, wenn sie an der Waldhütte ankommen«, erklärte Hofmann und sah Susanna zuversichtlich an.

Unruhig gingen Susanna und Melchiors Mutter Eva vor der Hütte auf und ab. Susannas Schwiegermutter Barbli war zuhause geblieben, da ihr die Aufregung zu sehr zusetzte.

Weil Urs und die Kinder die kommenden vier Wochen in der Jagdhütte verbringen mussten, hatten die beiden Frauen Kleidung, Bettzeug und Lebensmittel in den Räumen verstaut, sodass sich ihre Lieben hier versorgen konnten.

Jetzt nutzten sie die Zeit, indem sie sich gegenseitig voneinander erzählten, um sich kennenzulernen. Doch ihre Nervosität steigerte sich von Minute zu Minute. Schließlich blickten sie schweigend den Waldweg entlang. Doch nichts rührte sich.

Verstohlen sah Susanna zu dem Holzhaufen am Haus, hinter dem Thomas Hofmann mit dem Gewehr im Anschlag den Weg beobachtete, der zum Anwesen des Kurfürsten führte. Sie konnte nur die Mündung der Flinte zwischen den Holzscheiten erkennen. Den Mann sah sie nicht. Vorsichtig spähte sie nun zu den Bäumen auf der anderen Seite des Hauses, wo ihr Schwiegervater Wache hielt. Auch Jaggi war zwischen den mächtigen Stämmen kaum zu erkennen. Nun tat Susanna, als ob sie nach dem Stand der Morgensonne sah, und blickte nach oben zu den Baumwipfeln. In einer Baumkrone hatte sich Michael versteckt, die Armbrust gespannt und mit einem Pfeil versehen.

Jemand, der von den Verstecken nichts weiß, kann die drei nicht sehen, war Susanna sich sicher, und sie seufzte erleichtert.

Die Zeit schien wie eine Schnecke zu kriechen. Unruhig gingen die Frauen auf und ab. Plötzlich war Pferdschnauben zu hören, und endlich tauchten Urs, Gritli und Melchior vor ihnen auf.

»Urs! Gritli!«, weinte Susanna und schlug sich erleichtert die

Hände vor den Mund. »Geht es euch gut?«, rief sie ihnen zu. Beide winkten und nickten.

Melchiors Mutter stürmte schon nach vorn, als Urs ihr warnend zurief: »Bleibt stehen!«

Erschrocken sah sie Urs an und tat, wie ihr geheißen. »Geht es dir gut?«, rief sie ihrem Sohn entgegen.

Melchior nickte. »Du musst dich nicht sorgen, Mutter. Wir haben niemanden in dem Pestdorf berührt und von jedem, mit dem wir gesprochen haben, so weit wie möglich Abstand gehalten.« Melchior blickte sich um. »Wo ist Vater? Hat er wieder Schmerzen?«, fragte er besorgt.

»Mach dir keine Sorgen, mein Sohn«, sagte seine Mutter und sah ihn durchdringend an.

Melchior runzelte die Stirn. »Was ist …«, wollte er wissen, als Susanna aufgeregt flüsterte: »Wo ist der fremde Mann?«

»Ihr habt Michael gefunden«, sagte Urs und schloss erleichtert die Augen. »Wie geht es ihm? Ist er wohlauf?«, rief er seiner Frau zu und sah sich suchend um.

»Sag mir erst, wo dieser gemeine Schurke ist, der meinen Sohn zusammengeschlagen und allein gelassen hat!«, rief Susanna unbeherrscht.

»Beruhige dich, Liebes. Er ist tot«, erklärte Urs rasch und wollte auf sie zueilen, doch mitten im Gehen blieb er stehen. Zerknirscht sah er zu Susanna, die ihn erleichtert anlächelte.

»Tot?«, fragte Melchiors Mutter ungläubig.

Melchior nickte. »Er ist in der Mosel ertrunken.«

»Gott sei es gedankt«, flüsterte Susanna erleichtert. Doch dann wurde ihr Gesichtsausdruck böse, und sie wünschte dem Toten: »Möge seine Seele auf ewig in der Hölle schmoren.«

Urs schaute seine Frau ob der Verwünschung erschrocken an, als sein Vater Jaggi zwischen den Bäumen hervortrat. »Dieser Hurensohn wird seine Strafe bekommen, denn unser Herrgott ist gerecht«, sagte er zuversichtlich und nickte seinem Sohn zu.

Auch Hofmann kam hinter dem Berg Brennholz zum Vorschein. Beide Männer hielten den Lauf ihres Gewehrs zu Boden und lösten die gespannten Hähne. Mit einem sanften Sprung landete Michael neben seinem Großvater. Er hatte den Pfeil bereits in den Köcher zurückgesteckt und die Sehne der Armbrust gelockert.

Urs blickte erstaunt und überrascht zugleich.

»Wie du siehst, mein Sohn, waren wir bestens auf den Gauner vorbereitet. Er wäre hier nur als Gefangener oder als Toter fortgekommen.«

»Zum Glück hat unser Heiland uns die Entscheidung abgenommen«, meinte Urs und sah Michael glücklich an. »Ich bin froh, dass es dir gut geht, mein Sohn.« Dann suchte sein Blick Gritli. Seine Tochter hatte sich auf einen Baumstamm gesetzt und nickte erschöpft immer wieder ein.

Als er sie weckte, fragte sie verschlafen: »Gehen wir nach Hause?«

»Nein, mein Kind. Wir müssen hier im Wald ausharren, denn das war die Vereinbarung mit dem Kurfürsten.« Urs sah Tränen in Susannas Augen schimmern, und auch Melchiors Mutter kämpfte mit ihren Gefühlen. »Habt keine Angst. Ich bin zuversichtlich, dass wir uns nicht mit der Pest angesteckt haben«, sagte er und zwinkerte den beiden Frauen aufmunternd zu.

Kapitel 50

Trier, fünfzehn Monate später

Urs löste den Verband von der Wade des Mannes und untersuchte die offene Wunde.

»Ich bin zufrieden, Herr Fassbender. Die Verletzung eitert nicht mehr. Da habt Ihr noch mal Glück gehabt.«

»Zum Glück war die Axt stumpf«, frotzelte der Mann.

Urs schmunzelte und sagte zu der Lernschwester: »Marianne, streich Ringelblumensalbe über die Wunde, und leg einen neuen Leinenverband an.« Das Mädchen nickte und nahm einen Tiegel vom Regal. Mit einem schmalen Spachtel entnahm sie den Heilbalsam, den sie über die offene Stelle strich. Im selben Augenblick schrie der Mann auf.

»Was habt Ihr?«, fragte Urs erschrocken.

»Das brennt wie Feuer«, brüllte Fassbender und sprang von der Liege.

Urs blickte zu Marianne, die mit feuerrotem Kopf hastig das Töpfchen zurück aufs Regal stellte.

»Zeig mir den Tiegel«, befahl Urs und las die Aufschrift. »Gütiger Gott«, murmelte er. »Das ist ein Heilbalsam gegen Erkältung. Wie konnte dir diese Verwechslung unterlaufen?« Er nahm den Deckel ab. »Man riecht doch bereits beim Öffnen die Pfefferminze.« Fassungslos schüttelte er den Kopf. »Legt Euch nieder, Herr Fassbender. Ich werde die Wunde mit Kamillenwasser auswaschen. Das wirkt beruhigend.« Der Mann nickte mit wehleidiger Miene und legte sich zurück auf die Pritsche.

»Du kannst gehen, Marianne. Ich erwarte dich in meinem Zimmer«, sagte Urs streng, und das Mädchen verließ mit hängendem Kopf den Raum.

Als Urs in sein Arbeitszimmer trat, saß Marianne auf der äußersten Kante des Schemels und blickte ihm angstvoll entgegen. Er ging wortlos zu der kleinen Anrichte, auf der eine Schüssel mit Essigwasser stand. Während er jeden einzelnen Finger gründlich schrubbte und anschließend abtrocknete, sagte er: »Ich denke, es wäre besser, wenn du dir einen anderen Beruf aussuchst.«

»Bitte, Herr Blatter, Ihr wisst, dass ich gerne helfe«, jammerte sie. »Kein Beruf würde mir mehr Freude bereiten als der der Krankenschwester.«

»Das mag sein, aber dir fehlt das nötige Talent für diesen Beruf. Immer wieder unterlaufen dir gravierende Fehler. Ich bin es leid, dich zurechtzuweisen. Irgendwann bringst du jemanden um, weil du ihm das falsche Mittel verabreicht hast. Ich kann das Risiko nicht länger eingehen.«

»Bitte, Herr Blatter, lasst mich Euch beweisen, dass ich für diesen Beruf geeignet bin.«

»Marianne, vertrau mir. Deine Berufung ist sicherlich nicht die Krankenpflege. Vielleicht bist du in der Küche besser aufgehoben«, sagte Urs seufzend.

»Meine Eltern werden sicherlich sehr enttäuscht sein, wenn ich mich als Küchenmagd verdingen muss«, sagte das Mädchen unter Tränen.

»Du musst dich nicht schämen, mein Kind. Nicht jeder ist zur Krankenpflege geboren. Du bist nicht die Erste und sicher nicht die Letzte, die das merkt und deshalb den Beruf wechseln muss. Stell dich bei Schwester Hildegard vor, und erzähl ihr, was ich zu dir gesagt habe. Sie wird großes Verständnis für deine Lage haben und dir helfen, deine Bestimmung zu finden«, sagte er schmunzelnd.

Marianne sah ihn grübelnd an und wollte gerade etwas sagen, als die Tür aufgerissen wurde und Urs' Tochter hereinstürmte.

»Vater, du sollst rasch nach Hause kommen«, sagte Gritli aufgeregt und begrüßte nickend die junge Lernschwester.

»Ist etwas mit deiner Mutter?«, fragte Urs besorgt.

Doch seine Tochter schüttelte den Kopf. »Katharina hat eine Tochter bekommen«, lachte sie und umarmte ihren Vater.

Urs betrat das Schlafgemach, in dem sich die Familienmitglieder versammelt hatten, um die neue Erdenbürgerin zu begrüßen.

Katharinas Eltern, das Ehepaar Eisenhut, standen Arm in Arm auf der einen Seite des Betts und blickten voller Stolz auf ihre Enkeltochter hinab. Urs' Eltern, Barbli und Jaggi Blatter, saßen auf Stühlen am Fußende und schauten über die Holzumrandung des Bettes zu dem Kind. Urgroßmutter Barbli tupfte sich Tränen von der Wange, und auch der Urgroßvater schien feuchte Augen zu haben. Susanna stand neben Jaggi und blickte Urs strahlend entgegen. Freudig trat er zu ihr, nahm ihre Hand in seine und hauchte einen Kuss darauf. Seine Tochter Gritli und ihr Mann Melchior gesellten sich zu ihnen. Ergriffen betrachtete Urs seine Enkeltochter, die in den Armen ihres Vaters schlummerte.

Michael saß auf der Bettkante bei seiner Frau Katharina und flüsterte gerührt: »Ist sie nicht wunderschön?« Voller Stolz strich er der Kleinen über das Köpfchen.

»Geht es dir gut?«, fragte Urs seine Schwiegertochter, die erschöpft, aber freudestrahlend nickte.

In diesem Augenblick empfand Urs tiefe Dankbarkeit. Mit einem stummen Gebet dankte er seinem Schöpfer, dass sich ihr aller Leben zum Guten gewendet hatte. Glücklich sah er zu seiner Frau. »Unser erstes Enkelkind«, sagte er zärtlich und legte den Arm um ihre Schulter.

»Und schon bald kommt das Zweite«, verriet Gritli und strahlte ihre Eltern an.

Liebe Leserinnen und Leser!

Dank des Erfolgs von *Das Pestzeichen* und seines Folgebands *Der Pestreiter* lag es nahe, einen dritten Band zu schreiben – zumal mich zahlreiche E-Mails erreichten, in denen die Leser wissen wollten, wie es mit Urs und Susanna weitergeht. Als ich daraufhin mit dem Historiker Professor Doktor Johannes Dillinger die historischen Ereignisse besprach, die ich in den neuen Roman einweben könnte, entstand die Idee, die Geschichte von Piesport aufleben zu lassen. Denn, liebe Leserinnen und Leser, diesen Ort gibt es wirklich. Wie im Roman beschrieben, liegt Piesport eingebettet zwischen Weinhängen am Ufer der Mosel – knapp 40 km von Trier entfernt. Leider entspricht es der Wahrheit, dass dieses Örtchen von der Lungenpest heimgesucht wurde und deshalb abgeriegelt werden musste. Allerdings geschah dies bereits im Jahr 1506. Zwei Jahre lang durften die Einwohner Piesport nicht mehr verlassen. Anhand der Überlieferungen aus dieser Zeit habe ich versucht, den Schrecken, der im Ort geherrscht haben muss, so glaubhaft wie möglich darzustellen.

Die Spoar oder Sperre, die man zum Schutz der umliegenden Dörfer errichtet hatte, hielt die Menschen davon ab, Piesport über den einzigen Fußweg, den Hohlweg, zu verlassen. Da schon bald die Lebensmittel der Piesporter aufgebraucht waren, zeigten die umliegenden Dörfer wahre Nächstenliebe und versorgten ihre notleidenden Nachbarn mit allem Notwendigen. Erst 1508 schien die Ansteckungsgefahr gebannt und die Krankheit erloschen zu sein, sodass die Sperre aufgehoben und die Fähre wieder eingesetzt werden konnte. Der Überlieferung nach haben von 98 Haushalten nur 16 die Pestepidemie überlebt. Wenn man davon ausgeht, dass Piesport ca. 250 Einwohner hatte, waren nach zwei Jahren noch etwa 40 Personen am Leben.

Als steinernes Dokument dieser Zeit wurde eine Kapelle nahe der damaligen Sperre errichtet, die die nachfolgenden Generationen an diese schreckliche Zeit erinnern und die Toten unvergessen machen soll.

Ich habe Piesport mehrmals besucht, um die Örtlichkeit so detailgenau wie möglich beschreiben zu können. Auch habe ich mich weitgehend an die wenigen Aufzeichnungen gehalten, die mir zur Verfügung standen. Die Personen und ihre Schicksale jedoch sind von mir frei erfunden.

Die Legende, wie das Kloster Eberhardsklausen einst entstanden ist, konnten Sie in gekürzter Form in meinem Roman nachlesen. Allerdings ist im Laufe der Jahrhunderte aus dem nur wenige Schritte großen Kapellchen ein stattliches Kloster erwachsen, das man heute noch besuchen kann.

Auch in dem neuen Roman *Das Pestdorf* wollte ich entweder eine besondere Figur darstellen oder aber ein außergewöhnliches Thema aufgreifen. So kam ich auf die Homosexualität in der frühen Neuzeit. Um zu wissen, wie die Menschen damals über gleichgeschlechtliche Liebe dachten, habe ich unterschiedliche Literatur gelesen. Allerdings wollte ich tiefer in das Thema, in das Denken und Fühlen derjenigen eintauchen und habe deshalb mehrere Männer und Frauen interviewt, die gleichgeschlechtliche Partner haben. Auch wenn man heute weiß, dass Homosexualität keine Krankheit ist, und auch wenn unser Verständnis vom Glauben – von Gott – ein anderes geworden ist, so war ich doch sehr überrascht zu hören, auf wie viel Gegenwehr meine Interviewpartner gestoßen sind, als sie sich outeten. Nicht nur in der Gesellschaft, sondern auch in der eigenen Familie sind sie teilweise auf die gleichen Meinungen und Widerstände gestoßen wie Michael und Andrea in meinem Roman. Auch dass Eltern ihre Kinder deshalb verdammen und zwischen der Liebe zu ihrem Kind und der Angst vor dem Unbekannten hin und her gerissen sind, wurde mir von mehreren meiner Interviewpartner geschildert. Anscheinend hat sich bezüglich der Toleranz gegenüber Homosexualität noch nicht so viel verändert. Zum Glück wird heute deshalb keiner mehr zum Tode auf dem Scheiterhaufen verurteilt.

Ich weiß, liebe Leserinnen und Leser, dass das Kapitel über die Hunde in den Käfigen viele unter Ihnen bewegen wird bzw. bewegt hat. Mir ging es genauso! Aber so war es nun mal. Nicht nur in Asien war bzw. ist der Hund Fell-, Leder- und Fleischlieferant, sondern auch in unserem Land war es so. Zum Glück *war*!

Ich versuche in meinen Romanen immer wieder das Denken des damals lebenden einfachen Volks plausibel darzustellen. Trotzdem können wir das daraus entstehende Handeln kaum nachvollziehen. Doch wir dürfen nicht vergessen, dass die Menschen der damaligen Zeit nicht unser modernes und umfangreiches Wissen hatten. Zudem waren sie tiefgläubig, was sich der Klerus zunutze machte. Da die Menschen Angst hatten, vor Gott in Ungnade zu fallen, konnte die Kirche sie beherrschen, lenken und einschüchtern. Ein Weltbild, wie wir es kennen, existierte damals nicht. Die einfachen und armen Menschen waren ungebildet und kamen über ihre Dorfgrenze kaum hinaus.

Vor allem jedoch war ihr tagtägliches Dasein von einer großen Angst geprägt. In ihnen loderte die Furcht vor Dämonen, vor dem Teufel, dem Fegefeuer, der Apokalypse und vielem mehr. Die Angst vor allem Unbekannten, aber auch das Nichtverstehen – z. B. warum die Nachbarn mehr Glück im Leben oder mehr Ertrag auf den Feldern hatten, oder warum ein Mann sich zu einem Mann hingezogen fühlte – machten sie empfänglich dafür, Dinge zu glauben, die uns modernen Menschen abwegig und lächerlich erscheinen.

Doch nur so war es möglich, dass die Menschen der damaligen Zeit an magische Schatzsuche, Teufelsbuhlschaft oder, wie in *Das Pestdorf*, an ein Geldmännchen glauben konnten, das einem die Münzen vermehrt. Alles, was ich über die Entstehung oder das Aussehen eines Alrauns geschrieben habe, ist überliefert und entspricht demnach dem Denken der Menschen aus vergangener Zeit.

Auch, dass sie angenommen haben, dass die Vergehen der verurteilten Straftäter sich im Holz der Galgen speichern würden, versetzte die Menschen der damaligen Zeit in Schrecken.

Im Jahr 1670 hat der Dachstuhl der Sankt-Antonius-Kirche in Trier durch einen Blitzeinschlag tatsächlich Feuer gefangen. Ob es allerdings so geschehen ist, wie im Roman geschildert, konnte ich nirgends nachlesen. Auch die Darstellung, dass Stoffe aus dem Ausland, die in Trier verkauft werden sollten, einer Qualitätsprüfung unterzogen wurden, entspricht ebenso den Tatsachen wie die Darstellung der Tuchgewinnung. Auch die Visitation des Weihbischofs Johann Peter Verhorst im Kloster Eberhardsklausen ist überliefert. Allerdings musste er erst im Jahr 1699 über die Vergehen der Priester Saur und Blasius befinden.

Pfründerinnen haben sicherlich einige Hospitäler vor dem Ruin gerettet, denn, wie in meinem Roman geschildert, vermachte manche reiche Frau ihr Vermögen einem Krankenhaus, um im Gegenzug dazu dort wohnen zu können und versorgt zu werden.

Die Sebastiansbruderschaft spielte bereits im *Pestreiter* eine Rolle. Wie hier im *Pestdorf* beschrieben, haben sich ihre Anhänger selbstlos um Pestkranke gekümmert.

Ob die beiden Orte Müstert und Piesport tatsächlich über die Kirchenglocken in Zeiten der Not Kontakt hielten, konnte ich nirgends nachlesen. Allerdings fand ich die Idee logisch und auch sehr atmosphärisch, sodass ich sie in meinen Roman einbauen wollte.

Ob junge Mädchen auch in Trier das Osterwassser schöpfen, ist mir nicht bekannt. Aber es ist ein Brauch, dem im Osten Deutschlands nachgegangen wird.

Den Namen *Andrea* und seine Herkunft habe ich bewusst nicht im Personenregister erwähnt, da ich sonst einiges vorweggenommen hätte.

Falls Sie, liebe Leserinnen und Leser, noch Fragen zu meinem Roman haben, können Sie mich sehr gerne unter info@deanazinssmeister.de kontaktieren.

Herzlichst
Ihre Deana Zinßmeister

Danksagung

Auch bei meinem zehnten Roman möchte ich den Menschen danken, die mich während des Entstehungsprozesses mit Rat und Tat unterstützt haben.

Ich freue mich sehr, dass ich mich erneut bei dem Historiker Herrn Professor Dr. Johannes Dillinger / Oxford bedanken darf, was ich hiermit von ganzem Herzen tun möchte. Dank seiner Beratung konnte ich die Geschichten von Piesport und die des Geldmännchens erzählen, die spannend und ungewöhnlich sind. Immer wieder aufs Neue bin ich überrascht, wie viele spannende Überlieferungen unser Land zu bieten hat, die ich dank Herrn Dillinger kennenlerne.

Mein tiefer Dank gebührt ebenso dem Historiker Dr. Dieter Staerk / Saarbrücken, der mir nicht nur besondere Bücher empfohlen, sondern auch zur Verfügung gestellt hat. Durch dieses einzigartige Recherchematerial war es mir möglich, detailgetreu die Ereignisse aus vergangener Zeit aufleben zu lassen.

Sehr zu meiner Freude durfte ich zum Ende meines Romans mit der Journalistin Monika Metzner / Lübeck in ihrem Haus zusammenarbeiten. So konnten wir schon vor dem Schreiben über einzelne Szenen sprechen und diskutieren, was wiederum neue Ideen hervorgebracht hat. Liebe Moni, recht herzlichen Dank für diese Erfahrung. Es wäre mir eine große Freude, auch bei meinem elften Roman wieder so eng mit Dir zusammenarbeiten zu dürfen.

Die Historikerin Frau Dr. Marianne Dillinger, geb. Sauter / Pfullendorf ist Expertin für altes Strafrecht und hat mich über das Strafmaß für Homosexualität im Mittelalter aufgeklärt. So konnte ich Michaels Ängste besser nachvollziehen und darstellen. Auch ihr möchte ich recht herzlich danken.

Wie bereits bei *Der Pestreiter*, hat mich Herr Bernhard Simon, Diplom-Archivar im Stadtarchiv von Trier, mit einzigartigem Recherchematerial versorgt. Dank ihm und seinem Team, das ebenso wie er selbst akribisch in antiquarischen Büchern nach Quellen für meinen Roman geforscht hat, konnte ich auf Briefe, Aufzeichnungen und Fakten zurückgreifen, die Farbe in den Roman gebracht haben. Dafür möchte ich mich recht herzlich bei Herrn Simon und seinen Mitarbeitern bedanken.

Damit ich Trier auch in diesem Roman aus allen Richtungen beschreiben konnte, halfen mir auch dieses Mal Kirsten und Goy Fries / Mertesdorf. Unermüdlich haben sie meine Fragen beantwortet und mich mit wichtigen Informationen versorgt. Wie auch beim *Pestreiter* war es eine wahre Freude, mit ihnen zusammenzuarbeiten. Dank der vielen interessanten Stunden, die ich mit ihnen in Trier verbracht habe, ist diese Stadt eine meiner Lieblingsstädte in Deutschland. Vielen lieben Dank für Eure Zeit und Eure Inspiration.

Wie im Nachwort bereits erwähnt, habe ich einige Personen bezüglich ihrer Homosexualität interviewt. Diesen Frauen und Männern möchte ich von ganzem Herzen für ihre Bereitwilligkeit, aber auch für ihre Offenheit danken, mit der sie meine Fragen beantwortet haben.

Um einen Ort so beschreiben zu können, dass der Leser ihn sich bildhaft vorstellen kann, ist es wichtig, ihn selbst zu sehen. Deshalb war ich mehrmals in Piesport und habe die Gassen und die Umgebung abgewandert. So konnte ich die Mosel plätschern hören, die Weintrauben schmecken und den Wind spüren. Aber genauso wichtig ist es, jemanden vor Ort zu haben, der einem seine Fragen beantwortet. Ich bin sehr glücklich, Herrn Diplom-Ingenieur Gerd Gessinger kennengelernt zu haben. Er hat eine Ortschronik herausgebracht, die mir als wichtige schriftliche Grundlage diente. Dank ihm bekam ich eine Fülle von Informationen, aus denen ich die herausgefiltert habe, die ich in meine Geschichte einarbeiten konnte. Auch hat er Passagen korrekturgelesen, damit der Ort und seine Begebenheiten richtig dargestellt wurden. Darüber hinaus hat er eine Vorlage für die Karte im Buch gezeichnet, damit man sich den Verlauf der Mosel und die Örtlichkeiten sowie den Hohlweg besser vorstellen kann. Hiermit möchte ich mich sehr herzlich bei Herrn Gessinger bedanken.

Auch gilt mein Dank dem Ehepaar Lobüscher / Gemeinde Piesport, deren Haus ich als Vorbild für das Eider-Anwesen nutzen durfte. Da ich unter anderem den Innenhof und den besonderen Gewölbekeller besichtigen durfte, konnte ich so manches Detail anschaulich beschreiben.

Ebenso möchte ich mich bei Andreas Himbert bedanken, der mir den Brauch des Osterwasserschöpfens erklärte, der in seiner Heimat (Sachsen) üblich ist.

Es hat mich sehr gefreut, dass ich Frau Carmen Vicari, Diplom-Wirtschafsingenieurin / Dossenheim, auch für diesen Roman als Vorableserin gewinnen konnte. Dank ihres kritischen Lesens habe ich meine Figuren noch etwas näher beleuchtet und manche ausschweifende Erklärung gekürzt. Liebe Carmen, vielen Dank für deine Begeisterung.

Auch möchte ich meinen beiden Lektorinnen Frau Andrea Groll und Frau Eva Wagner für ihre konstruktiven Meinungen danken. Dadurch wurden einige Ecken und Kanten, die sich im Roman aufgetan haben, geschliffen und rund. Auch dieses Mal war die Zusammenarbeit mit ihnen ein wahres Vergnügen, wofür ich mich recht herzlich bedanken möchte.

Wie immer möchte ich zum Schluss meiner Familie danken. Langsam, aber sicher bekommen wir Routine darin, die stressige Zeit vor der Abgabe eines Romans entspannt zu überstehen. Vielen Dank für alles! Ihr seid die beste Familie, die man sich wünschen kann.

Bibliographie

Callot, Jacques, *Das gesamte Werk in zwei Bänden*, Herrsching: Verlagsgesellschaft mbH 1975
Cüppers, Heinz, Richard Laufner, Emil Zenz, Hans Pilgram, *Die Vereinigten Hospitien in Trier*, Trier: Volksfreund-Druckerei Nik. Koch 1980
Dillinger, Johannes, *Böse Leute*, Trier: Paulinus Verlag 1999
Dohms, Peter, *Eberhardtsklausen, Kloster, Kirche, Wallfahrt – von den Anfängen bis in die Gegenwart*, Trier: Paulinus Verlag 1985
Düwell, Kurt, Franz Irsigler, *Trier in der Neuzeit – 2000 Jahre Trier Band 3*, Trier: Spee Verlag 1988
Freytag, Gustav, *Bilder aus der deutschen Vergangenheit Band 2*, Hamburg: Albrecht Klaus Verlag 1983
Gessinger, Gerhard, Gemeinde Piesport, *Alt-Piesport und Ferres*, Piesport: Gerhard Gessinger 2013
Haas, Robert, *Die deutsche Seidenzucht*, Leipzig: Weber 1852
Hergemöller, Bernd-Ulrich, *Sodom und Gomorrha – zur Alltagswirklichkeit und Verfolgung Homosexueller im Mittelalter*, Hamburg: Männerschwarm 1998
Katholische Pfarrgemeinde Maria Heimsuchung, *Kirchenführer*, Klausen 2012
Kentenich, Gottfried, *Geschichte der Stadt Trier von ihrer Gründung bis zur Gegenwart*, Trier: Verlag der Lintz'schen Buchhandlung 1915
Kentenich, Gottfried und Dr. Lager, *Trierische Chronik*, Trier: Verlag von Jacob Lintz 1920
Kornfeld, Hans, *Trier*, Neuß: Gesellschaft für Buchdruckerei A.G. 1952
Laufer, Wolfgang, *Die Sozialstruktur der Stadt Trier in der frühen Neuzeit*. Bonn: Ludwig Röhrscheid Verlag 1973
Laufner, Richard, *Trierisches Handwerk von der Vorzeit bis heute*. Trier: Spee Verlag 1996
Marx, Jakob, *Geschichte des Erzstifts Trier*. Trier: Verlag der Lintzschen Buchhandlung 1864
Neu, Peter, *Das St. Jakobshospital zu Trier*. Trier: Kurtrieriches Jahrbuch 1973
Raths, Daniel, *Sachkultur im spätmittelalterlichen Trier Band 1*. Trier: Kliomedia 2011
Rudolph, F. (Hrsg.), *Publikationen der Gesellschaft für Rheinische Gesellschaft, Quellen zur Recht- und Wirtschaftsgeschichte der rheinischen Städte*. Bonn: Hansteins Verlag 1915
Weingärtner, Elke, *Das Medizinal- und Fürsorgewesen der Stadt Trier im Mittelalter und der frühen Neuzeit*. Trier: Johannes Gutenberg Universität 1981
Zenz, Emil, *Die Taten der Trierer*. Trier: Paulinus Verlag 1964

Deana Zinßmeister

widmet sich seit einigen Jahren ganz dem Schreiben historischer Romane. Bei ihren Recherchen wird sie von führenden Fachleuten unterstützt, und für ihren Bestseller »Das Hexenmal« ist sie sogar den Fluchtweg ihrer Protagonisten selbst abgewandert. Die Autorin lebt mit ihrem Mann und zwei Kindern im Saarland.

Mehr von Deana Zinßmeister:

Das Hexenmal
Der Hexenturm
Der Hexenschwur

Die Gabe der Jungfrau
Der Schwur der Sünderin

Das Pestzeichen
Der Pestreiter

(Alle Romane sind auch als E-Book erhältlich)